HEYNE

Das Buch

In Rom erfährt der Kunstdetektiv Jupiter durch die junge Restaurateurin Coralina von einem sensationellen Fund. In einer Kirche ist sie auf Originale der *Carceri* gestoßen, Druckplatten des berühmten Kupferstechers Piranesi. Darunter ist auch ein unbekanntes Werk, außerdem die Tonscherbe einer antiken Schale. Die Versuchung, die Kunstschätze zu Geld zu machen, weicht schnell der Neugier, ihrem Ursprung auf den Grund zu gehen. Enthusiastisch machen sich Jupiter und Coralina an die Recherche, müssen aber bald erkennen, daß sie sich auf tödliches Terrain begeben haben. Rätselhafte Morde, ein verrückter Mönch und unheimliche Erscheinungen führen die beiden zu einem unterirdischen Ort, den seit Jahrtausenden kein Mensch mehr betreten hat – seit einer Zeit, als sich auf dem Gebiet des Vatikans ein gigantischer Friedhof der Etrusker befand. Doch auch andere sind auf der Suche nach dem Eingang zur Unterwelt: die Adepten der Schale, ein Geheimbund, der im Auftrag der Kirche über Leichen geht.

Allen stellt sich bald dieselbe Frage: Was ist das Haus des Daedalus wirklich? Verbirgt sich dahinter, wie man im Vatikan vermutet, nichts anderes als die Hölle selbst?

Der Autor

Kai Meyer, Jahrgang 1969, studierte Film und Theater, arbeitete als Journalist und lebt heute als freier Schriftsteller und Drehbuchautor am Rand der Eifel. Im Wilhelm Heyne Verlag liegen vor: *Die Alchimistin* (01/10842), *Göttin der Wüste* (01/13260), *Der Rattenzauber* (01/10524), *Das Gelübde* (01/10654), *Der Schattenesser* (01/10780), *Doktor Faustus* (01/13099), *Die Engelskrieger* (01/13057), *Loreley* (01/13385), *Nibelungen* (01/13384).

Kai Meyer

Das Haus des Daedalus

Roman

WILHELM HEYNE VERLAG
MÜNCHEN

HEYNE ALLGEMEINE REIHE
Band-Nr. 01/13459

Umwelthinweis:
Dieses Buch wurde auf
chlor- und säurefreiem Papier gedruckt.

Taschenbucherstausgabe 04/2002

Printed in Denmark 2002
Umschlagillustration: Evelyn de Morgan HOPE IN THE PRISON
OF DESPAIR
Umschlaggestaltung: Hauptmann und Kampa Werbeagentur, CH-Zug
Satz: Leingärtner, Nabburg
Druck und Bindung: Nørhaven Paperback A/S, Viborg

ISBN 3-453-19883-2

http://www.heyne.de

Das Labyrinth ist bestens bekannt.
Wir müssen nur dem Faden des Heldenpfades
folgen, und wo wir gemeint hatten,
einen Greuel zu finden, werden wir einen Gott finden.

JOSEPH CAMPBELL, *Die Kraft der Mythen*

KAPITEL 1

Das Vermächtnis des Kupferstechers

Wenn er Bilder sagte, meinte er Kunst.

Alles andere – die Bilder der Menschen, der Städte, seines Lebens – waren nur Eindrücke, flüchtig und schnell vergessen. Die Wirklichkeit hatte keinen Bestand. Zumindest redete er sich das ein. Es hätte alles soviel einfacher gemacht.

Manchmal aber, wenn er vor einem ganz besonderen Kunstwerk stand, einem, das ihm den Atem raubte, ihn schwindelig machte, dann fürchtete er, daß selbst diese Empfindungen nur Erinnerungen waren, an all das Schöne, Vollkommene – Erinnerungen an damals.

An Miwa.

»Guten Flug gehabt?« fragte der junge Taxifahrer, der ihn vom Flughafen Leonardo da Vinci in die Innenstadt brachte.

So sind sie, die Italiener, dachte Jupiter; sogar ihren Flughäfen verleihen sie den Anschein von Kultur und Stil. Der ursprüngliche Name des Flughafens Fiumicino existierte nur noch auf sonnengebleichten Autobahnschildern. Überall sonst hieß er Leonardo da Vinci. Welches andere Volk entlieh den Spitznamen eines Flughafens von einem *Künstler*?

»Signore?«

Jupiter blickte auf. »Hm?«

»Hatten Sie einen guten Flug?« fragte der Fahrer noch einmal und schnitt dabei einen Lastwagen. Hinter ihnen setzte ein wildes Hupkonzert ein.

»Sicher. Wie ist der Verkehr heute? Brauchen wir lange?«

»Dreißig Kilometer bis zur Innenstadt.«

»Das meine ich nicht. Ich kenne die Strecke. Aber sind die Straßen frei?«

»Baustellen. Berufsverkehr. Aber es geht schon.« Sein Blick im Rückspiegel sagte: *Vertrauen Sie mir*. Dieser Blick gehört zum Repertoire aller Taxifahrer dieser Welt. *In meinem Wagen bin ich König. Und mein Wagen ist der König der Straße. Machen Sie sich keine Sorgen.*

Jupiter lehnte sich zurück und betrachtete vom Rücksitz die öde Landschaft zu beiden Seiten der Autobahn. Die braunen Ackerflächen, die vereinzelten Bauten mit ihren seichten Dachschrägen. Und dann, ein paar Kilometer weiter östlich, die ersten Hochhäuser, grelle Hotelbauten am Rande grauer Ghettoblöcke. Wäsche auf Balkons. Neonreklamen, die bei Tageslicht schmutzig und irgendwie obszön aussahen.

Zuletzt war er mit Miwa in Rom gewesen, vor fast zwei Jahren.

»Sind Sie geschäftlich hier?« fragte der Fahrer. Ihm fehlte die Lethargie seiner älteren Kollegen; er war Anfang Zwanzig und noch neugierig auf alles, was von draußen aus der Welt hierherkam. Er trug eine Kappe aus Kordstoff. In seinem Schoß lag ein phosphorgrünes Handy, mit dem er zweifellos seine Freundin anrufen würde, falls es ihm nicht gelang, seinen Fahrgast in ein Gespräch zu verwickeln. Jupiter war nicht danach, eine halbe Stunde lang italienisches Liebesgeplänkel mitanzuhören; er haßte dieses floskelhafte ›Bella‹ nach jedem zweiten Satz. Lieber redete er selbst, gezwungenermaßen.

»Geschäftlich, ja. In gewisser Weise.«

»Sie haben mit Kunst zu tun, oder?«

Jupiter hob erstaunt eine Augenbraue. Er trug keine Designerkleidung, hatte keine Farbkleckse an den Fingern. »Wie haben Sie das rausbekommen?«

Der junge Fahrer grinste stolz. »Sie wollen, daß ich Sie zur Kirche Santa Maria del Priorato fahre. Touristen, die sich Kirchen anschauen wollen, lassen sich immer zuerst zum Hotel bringen. Das heißt, daß sie kein normaler Tourist sind. Aber Sie sind Ausländer. Und ein Ausländer, der sich vom Flughafen direkt zu einer Kirche kutschieren läßt, muß dort beruflich zu tun haben. Sie sehen nicht aus wie ein Priester. Demnach haben Sie Interesse an dem Gebäude selbst, nicht wahr? Kunst oder Architektur, eines von beidem.« Er zuckte die Achseln. »Der Rest war Glück.«

»Für manche ist auch Architektur Kunst.«

Der Fahrer winkte ab. »Sehen Sie die Wohnblöcke da drüben? Ich wohne in so einem. Und jetzt erzählen Sie mir noch mal was über Kunst und Architektur.«

»Ich geb mich geschlagen.«

»Sind Sie Restaurator oder so was? Architekt? Prüfen Sie irgendwelche Bilder auf ihre Echtheit?«

Okay, dachte Jupiter, was soll's... »Ich spüre verschollene Kunstwerke auf. Im Auftrag von Sammlern und Museen.«

»So was wie 'n Detektiv?«

»Nur in Sachen Kunst. Keine Angst, ich werde Ihrer Freundin nicht verraten, daß Sie heute nachmittag noch eine andere Frau treffen werden.«

Der Fahrer verriß das Steuer und streifte dabei um ein Haar einen Subaru auf der Nebenspur. Bei Tempo hundert schaute er über die Schulter nach hinten. »Hey, Sie sind...«

Jupiter grinste. »Ich hab den Bierdeckel in der Ablage gesehen. Darauf steht ein Frauenname und ein Apartment in Tiburtina. Ihre Freundin müßte Ihnen das nicht aufschreiben, oder? Schon gar nicht in irgendeiner Kneipe.«

»Vielleicht hab ich gar keine feste Freundin?«

»Dann hätten Sie Ihr Handy nicht griffbereit auf dem Schoß liegen.« Er konnte sich den Rest nicht verkneifen, auch wenn es überheblich klang: »Ihr Italiener – immer erreichbar für die liebe Familie.«

Schmollend wandte sich der Fahrer wieder nach vorne. »Scheiße, ich bin froh, daß Sie kein Priester sind. Verdammt froh.«

»Angst vor der Hölle?« erkundigte sich Jupiter grinsend.

»Sie nicht?«

Ich war schon da, dachte Jupiter, aber natürlich sagte er das nicht. Klischees sind Klischees wegen ihrer grundsätzlichen Wahrheit, aber man muß sie nicht auch noch laut aussprechen.

Eine Weile fuhren sie schweigend. Sie durchquerten die Außenbezirke, bleiche Ladenfronten vor den Wohngebirgen der Apartmentsilos. Zweispurige Straßen, auf denen die Autos dreispurig fuhren. Dann die langen Alleen der Oleanderbäume, die ersten Ruinen kleiner Aquädukte und gelbbrauner Mauerzeilen, antike Pylonen neben dutzendfach überklebten Litfaßsäulen. Dunstschleier über Brunnenbecken, darüber winzige Regenbögen. Alte Männer in dunklen Anzügen, die Mützen tief in die Stirn gezogen. Junge Mädchen mit Miniröcken und teurem Parfüm, süß genug, damit es in die Nasen vorbeifahrender Cabriofahrer drang. Und aus allen Richtungen gelbe Taxis, als erwartete Rom an diesem Tag eine Generalversammlung der Verkehrsgewerkschaft.

Sie näherten sich der Altstadt.

Es dauerte einige Augenblicke, bis die Umgebung Jupiter stutzig machte.

»Wo sind wir denn hier? Santa Maria del Priorato liegt viel weiter südlich. Wir hätten gar nicht so weit in die Stadt hineinfahren müssen.« Er warf dem Fahrer im Rückspiegel einen argwöhnischen Blick zu, aber etwas sagte ihm, daß der Junge keineswegs den Versuch machte, ihn übers Ohr zu hauen. Er wußte, daß Jupiter kein naiver Tourist war, der sich nichtsahnend durch halb Rom fahren ließ und anschließend bereitwillig die viel zu hohe Rechnung zahlte.

Der Junge fluchte, warf ihm einen grimmigen Blick über die Schulter zu und riß das Steuer zu einer Kehrtwende auf offener Straße herum. Wieder hupte es lautstark, wieder wurden sie nur knapp von anderen Autos und einem ganzen Schwarm röhrender Vespas verfehlt.

»Ich hab keine Ahnung, warum wir plötzlich hier sind«, preßte der Fahrer zwischen zusammengebissenen Zähnen hervor. »Ich hab wirklich keine Ahnung.«

»Ach, kommen Sie ...«

»Nein, nein«, verteidigte sich der Fahrer, »glauben Sie mir, ich versuch nicht, hier irgendwas abzuziehen. Hier, sehen Sie, ich stelle die Uhr ab.« Mit einem Hieb, der eine Spur zu heftig ausfiel, hielt er das Taxameter an. »Ich hab mich verfahren. Aber ich weiß nicht, warum.«

»In Gedanken schon in Tiburtina?«

»Oh, *das*! Nein, das wird nichts. Das hab ich im Gefühl.«

»Sie sind der erste Taxifahrer, den ich je getroffen habe, der sich auf dem Weg vom Flughafen zur Stadt verfährt.« Jupiter schmunzelte. »Ehrlich, eine Premiere.«

»Schön, daß Sie so viel Spaß in meinem Wagen haben. Empfehlen Sie mich weiter.«

Eben noch hatte Jupiter geglaubt, ziemlich genau zu wissen, wo sie sich befanden – irgendwo nahe der Via Pellegrino, nicht weit vom Campo dei Fiori –, aber jetzt machte die Umgebung auch ihn ratlos. Seit ihrer abrupten Wende war der Fahrer zweimal abgebogen, und jetzt befanden sie sich im Gewirr enger, dunkler Altstadtgäßchen. Das Taxi spiegelte sich in den dunklen Fenstern als gelber Farbklecks, der wie ein Irrwisch vorübersauste.

»Sie fahren zu schnell«, bemerkte Jupiter.

»Ich weiß nicht, wo wir sind. Das macht mich nervös.«

»So was wie einen Taxischein gibt's doch auch hier, oder?«

»Machen Sie sich nur lustig. Glauben Sie mir, das ist mir noch nie passiert. Noch *nie.*«

»Klar, natürlich.«

»Ich bin abgebogen, und da wußte ich noch genau, wo wir waren. Aber jetzt...« Er zog sich die Kappe vom Kopf und wischte damit Schweiß von seiner Stirn.

Jupiter seufzte und schaute aus dem Seitenfenster. »Bringen Sie mich einfach irgendwie zur Kirche.«

Das Taxi irrte noch einige Minuten durch schmale Gassen, in denen man kaum den Himmel sah, und über Plätze, auf denen einsame Brunnen plätscherten. Die ganze Zeit über sahen sie keinen Menschen; nur einmal, hinter einer vergitterten Toreinfahrt, kauerte eine krumme Gestalt in einem dunklen Kapuzengewand. Der Kopf war so tief vorgebeugt, daß man das Gesicht nicht sah. Es schien fast, als küsse sie den Boden als Teil eines archaischen Begrüßungsrituals.

»Na, endlich«, rief der Fahrer plötzlich, als vor ihnen eine Schneise sichtbar wurde. Dahinter lag, gebadet in den Strahlen der grellen Frühlingssonne, ein breiter Corso.

Wenig später fuhren sie eine dichtbevölkerte Straße am rechten Tiberufer entlang. Mächtige Platanen beugten sich über die Fahrbahn, fast so devot wie die sonderbare Gestalt im Schatten des Torbogens.

»Sie glauben mir nicht, oder?« fragte der Fahrer.

»Daß Sie sich verfahren haben? Doch, natürlich.«

»Daß ich mich vorher *noch nie* verfahren habe.«

»Ist schon okay. Ich hab's ja nicht eilig.«

»Sie denken, ich lüge«, brummte der Junge beleidigt.

Jupiter lächelte, gab aber keine Antwort. Statt dessen versuchte er einen Blick auf den Tiber zu erhaschen, doch der gemauerte Steinwall neben dem Fußweg versperrte ihm die Sicht. Erst als sie die Auffahrt einer Brücke kreuzten, sah er kurz die Wasseroberfläche aufblitzen, tief unten in ihrem künstlich begrenzten Bett aus Stein.

Zu ihrer Linken standen hintereinander in kurzen Abständen drei Kirchen. Santa Maria del Priorato war die letzte. Das Taxi mußte von der anderen Seite heranfahren und durchquerte erneut ein Netz kleiner Sträßchen. Diesmal fand der Fahrer sein Ziel ohne Probleme.

Jupiter bezahlte und stieg aus. »Denken Sie an den Bierdeckel, wenn Sie Ihre Freundin mal mitnehmen.«

Der Junge ließ das Stück Pappe in einer Tasche verschwinden. »Grazie, Signore. Ciao.«

»Ciao.« Jupiter zerrte seinen Koffer vom Rücksitz und warf die Tür zu.

Der Junge winkte ihm im Davonfahren zu, so, als hätte die Irrfahrt durch den unbekannten Teil der Altstadt sie zu Freunden gemacht.

Jupiter erwiderte die Geste, erstaunt über sich selbst. Dann wandte er sich kopfschüttelnd dem Kirchenportal zu und eilte mit weiten Schritten über den Vorplatz.

Im Inneren des Gemäuers roch es, wie in allen alten Kirchen, nach Weihrauch, Wachs und Feuchtigkeit. Als Teenager hatte Jupiter sich gefragt, ob es hinter jedem Altar eine Dose mit Geruchsspray gab, so wie früher auf den Toiletten alter Tanten, die er als Kind an den Sonntagen besuchen mußte. Kirchenmuff statt Tannengrün, Kerzenrauch statt Gelber Limone.

Auf der rechten Seite des Kirchenschiffs hatte man die Gebetsbänke beiseite geräumt. Dort erhob sich ein vierstöckiges Baugerüst, das die gesamte Seitenwand einnahm. Arbeiter waren nirgends zu sehen, auch keine Gläubigen, kein Priester.

Das Gerüst erzitterte leicht, als auf der oberen Ebene Schritte laut wurden. Die Bretter und Stahlstangen vibrierten. Jeder Schritt klang laut und hohl durch das Kirchenschiff. Jupiter trat ein paar Meter zurück, um einen besseren Blickwinkel nach oben zu haben, doch noch immer konnte er niemanden sehen.

Die Schritte waren nicht mehr zu hören, und eine schlanke Gestalt kletterte an einer seitlichen Leiter hinunter, flink wie eine junge Katze. Langes dunkles Haar fiel über den Rücken des Mädchens. Sie trug einen grauen Overall. Erst als sie die untere Ebene erreichte, erkannte Jupiter, daß der Stoff eigentlich blau war; die blasse Färbung rührte von Kalk und Staub, der ihren ganzen Körper überzog. Ihr Haar war von Natur aus rabenschwarz, aber jetzt hatte es einen Grauschimmer, der sie älter machte, als sie war.

Coralina wandte ihm erst das Gesicht zu, als sie von der vorletzten Sprosse auf den Boden sprang. Sie lächelte. Seit damals war sie noch hübscher geworden. Das mochte daran liegen, daß er sich ihre Schönheit heute eingestehen durfte; damals war sie noch ein Kind gewesen, kaum fünfzehn Jahre alt.

»Jupiter?« Sie trat auf ihn zu, blieb aber einen Schritt vor ihm stehen und musterte ihn mit einer Gelassenheit, die ihn irritierte. »Du bist drahtiger geworden in den letzten, wieviel, acht Jahren?«

»Zehn.« Er grinste. »Hallo, Coralina.«

Er stellte den Koffer ab, und da flog sie ihm auch schon um den Hals. Sie war leicht, er spürte ihr Gewicht kaum, und sie war fast einen Kopf kleiner als er. Als sie ihn wieder losließ, war sein Mantel mit grauem Staub überzogen.

»Upps«, machte sie. »Tut mir leid.« Sie kicherte wie ein kleines Mädchen. »Die Shuvani wird ihn waschen. Ist das mindeste, was sie für dich tun kann.«

»Wie geht's ihr?«

»Wir sehen uns nach zehn Jahren wieder, und du fragst mich als erstes, wie es meiner *Großmutter* geht?« Coralina lachte. »Charmant.«

»Du bist kein Teenager mehr. Daran muß ich mich erst mal gewöhnen.«

Coralinas Augen blitzten. Sie waren dunkel, fast so schwarz wie ihr Haar und ihre schmalen Brauen. Ihre Eltern waren Roma gewesen, Zigeuner, die sie als kleines Kind ihrer seßhaften Großmutter überlassen hatten. Auch die Shuvani war Roma mit Leib und Seele, aber sie lebte jetzt seit mehr als fünfundzwanzig Jahren in der Hauptstadt, und ihr Volk behauptete, daß die Stadt den Menschen das Blut aussaugte. In den Augen ihrer Leute hatte die Shuvani das Leben auf der Straße abgestreift und war keine echte Roma mehr – auch wenn sie zweifellos noch immer so aussah und sich in die auffälligen Trachten und Stoffe ihres Volkes kleidete. Jupiter war sicher, daß sich daran in den letzten zwei Jahren, seit er Coralinas Großmutter zuletzt gesehen hatte, nichts geändert hatte. Beständigkeit war immer wichtig für sie gewesen.

»Du warst in Florenz, als Miwa und ich die Shuvani besucht haben«, sagte er. »Sie wollte mir nicht mal ein Bild von dir zeigen. Die Fotos würden dir nicht gerecht, hat sie gesagt. Du weißt ja, wie sie ist. Aber ich schätze, sie hatte recht.«

Sie nahm das Kompliment mit einem feinen Lächeln entgegen. »Ich bin vor einem dreiviertel Jahr zurück nach Rom gekommen. Seitdem wohne ich wieder im Haus der Shuvani, im Kellergeschoß.«

»In dem alten Gästezimmer?« Beide verbanden mit diesem Raum eine bestimmte Erinnerung, aber Coralina ließ sich nicht verunsichern. Sie durchschaute die Herausforderung.

»Das Gästezimmer gibt's noch immer. Du wirst dort schlafen, wenn's dir recht ist.« Sie strich sich eine lange Strähne hinters Ohr. »Ungestört«, fügte sie dann hinzu. »Ich trage keine Batiknachthemden mehr.«

Jupiter war damals fünfundzwanzig gewesen, zehn Jahre älter als Coralina. Sein erster Auftrag hatte ihn nach Rom geführt, und es war sein erster Besuch bei der Shuvani gewesen. Coralina hatte sich mit jugendlicher Begeisterung in ihn verliebt und war eines Nachts im Gästezimmer aufgetaucht, nur in einem knappen Nachthemd mit gebatiktem Sternenmuster. Sie hatte ihm gestanden, wie sehr sie ihn mochte und daß sie mit ihm schlafen wolle. Jupiter hatte einmal heftig geschluckt, an ein langes Bad in Eiswasser gedacht und sie schweren Herzens fortgeschickt. Damals hatte er Miwa noch nicht gekannt, aber zu Hause wartete eine andere Freundin auf ihn; außerdem hatte er befürchtet, die Shuvani würde ihn hochkant aus dem Haus werfen, wenn er ihre heißgeliebte Enkelin verführte. Und obwohl ihm die Zurückweisung beileibe nicht leichtgefallen war, hätte er doch kein gutes Gefühl gehabt, mit einer Fünfzehnjährigen zu schlafen. Mit einem Mädchen zudem, das ihn gerade erst vier Tage kannte. Er hatte nie Zweifel gehabt, daß seine Entscheidung richtig gewesen war, auch wenn er noch Jahre später ein ganz schwaches Bedauern verspürte. Er hätte sich selbst belogen, hätte er das abgestritten.

Und nun stand Coralina erneut vor ihm, zehn Jahre älter, eine bildhübsche junge Frau, und sie kokettierte mit jener Nacht im Gästezimmer, als hätte sie ihm damals versehentlich Rotwein aufs Hemd gespritzt.

Um das Thema zu wechseln, deutete er auf das Gerüst an der Seitenwand der Kirche. »Dein Reich?«

Sie nickte. »Na ja, zumindest für ein paar Tage. Ich hab vergangene Woche erst angefangen, die Grundsubstanz der Wand zu prüfen. Die Restauration wird ein paar Monate dauern, aber das ist dann nicht mehr meine Sache. Ich meine, klar, ich bin dabei, aber die Leitung hat jemand anders. Ich mache nur die Vorarbeit.«

»Ziemlich verantwortungsvoller Job für jemanden, der gerade erst mit dem Studium fertig ist.«

»Immerhin fast ein Jahr«, entgegnete sie. »Meine Noten waren ziemlich gut. Und ich hab eine abgeschlossene Steinmetzlehre. Die Kombination macht's, schätze ich. Es gibt ja kaum noch traditionelle Steinmetze hier in der Gegend.«

Die Shuvani hatte Jupiter erzählt, *wie* gut Coralinas Abschlußnoten gewesen waren. In Florenz hatte sie Kunstgeschichte studiert und war nebenher bei einem Steinmetz in die Lehre gegangen. Sie hatte beide Ausbildungen mit Auszeichnung abgeschlossen, trotz der zweifachen Belastung. In Anbetracht dessen war es vielleicht Glück, aber gewiß kein Zufall, daß sie gleich einen solchen Auftrag an Land gezogen hatte.

»Die Shuvani hat mir erzählt, daß ihr meine Hilfe braucht«, sagte er und dachte: *Wieviel auch immer meine Hilfe heutzutage wert sein mag.* Er hatte kaum noch gearbeitet, seit Miwa auf und davon war und all seine Kundenunterlagen, Forschungsergebnisse und Computerdateien mitgenommen hatte. Sie hatte ihn von einem Tag auf den anderen ruiniert.

Coralina nickte, und der heitere Zug um ihre Mundwinkel verschwand. »Du bist schnell gekommen.«

»Deine Großmutter hat mich gestern abend angerufen, und ... und ich hatte nicht viel Besseres vor, weißt du.« Außer dazusitzen und abwechselnd die Wand oder das einzige Foto anzustarren, das Miwa ihm von sich gelassen hatte. Seit sie fort war, fragte er sich, warum sie das Bild nicht mitgenommen hatte. Sie war so gründlich gewesen, hatte ihm alles genommen, die Grundlagen von zehn Jahren Arbeit. Und mehr noch, sie hatte ihn bei nahezu all seinen Kunden verleumdet und übernahm nun selbst die Aufträge, während Jupiter in seinem leeren Büro hockte und wartete, daß das Telefon klingelte.

Aber er wartete nicht auf neue Angebote – er wartete darauf, endlich wieder ihre Stimme zu hören, wo auch immer sie jetzt stecken mochte.

Doch Miwa rief nicht an. Natürlich nicht.

»Um was geht's denn eigentlich?«

Coralina schaute ihn überrascht an. »Die Shuvani hat dir gar nichts erzählt?«

»Nur, daß du an der Restauration dieser Kirche arbeitest und möchtest, daß ich auf etwas einen Blick werfe.« Gegen seinen Willen blitzte wieder das Batikhemdchen vor seinem inneren Auge auf. Er hätte noch heute das Muster aufmalen können, frei aus dem Kopf. Erinnerungen, dachte er, können einem solche Dinge antun, wenn sie es schlecht mit einem meinen. Und er hatte in letzter Zeit nicht viel Glück mit Erinnerungen gehabt.

»Du hast dich tatsächlich ins Flugzeug gesetzt, ohne irgendwelche Einzelheiten zu kennen?« Sie schüttelte erstaunt den Kopf. »Du mußt *wirklich* wenig Besseres vorgehabt haben.«

»Dreh das Messer noch ein bißchen in der Wunde um, vielleicht tu ich dir dann den Gefallen und schreie ein wenig.«

Sie berührte sanft seine unrasierte Wange. »Hey, das wird wieder. Okay?« Noch einmal lächelte sie ihr rätselhaftes Zigeunerlächeln, forsch und zugleich seltsam sachlich.

Er nickte langsam und fragte sich insgeheim, ob sie berechnend sein konnte.

»Komm«, sagte sie und ging hinüber zur Leiter.

Er ließ seinen Koffer stehen und folgte ihr die Sprossen hinauf. Die Metallstreben waren glattpoliert von unzähligen Füßen, die auf Dutzenden Baustellen in Roms Sakralbauten und Monumenten darüber hinweg geklettert waren.

»Paß auf, daß du nicht abrutschst«, rief sie ihm von oben zu, und als er aufblickte, entdeckte er, daß sie bereits auf der vierten Ebene angekommen war, während er selbst sich noch auf der zweiten befand. Sie war geschickt, ohne Zweifel.

Oben schlug er mürrisch die Hand aus, die sie ihm entgegenstreckte, und sah, daß sie abermals grinste.

»Kann es sein, daß du mich auslachst?« fragte er pikiert.

»Kann es sein, daß du überempfindlich auf weibliche Aufmerksamkeit reagierst?« konterte sie.

»Die letzte weibliche Aufmerksamkeit in meinem Leben galt der Aufgabe, meine gesamte Existenz möglichst gründlich zu zerstören.«

Sie biß sich nachdenklich auf die Unterlippe und wurde ernst. »Die Shuvani hat mir erzählt, was deine Freundin dir angetan hat. Tut mir leid.«

»Ich bin selbst schuld daran. Miwa ist ...«

»Du verteidigst sie auch noch?«

Er zuckte nur die Achseln. »Können wir das Thema wechseln?«

Coralina führte ihn den schmalen Steg entlang zum anderen Ende des Gerüsts. Sie ging voran, ohne sich umzuschauen. »Was sagt dir der Name Piranesi?« fragte sie.

»Giovanni Battista Piranesi?«

»Eben der.«

»Italienischer Kupferstecher des achtzehnten Jahrhunderts. War zu seiner Zeit aufgrund seiner aufwendigen Radierungen so was wie ein Superstar. Die *Antichitá Romane* und die *Carceri* dürften seine bekanntesten Werke sein. Privat eine eher verkorkste Gestalt. Er wollte sein Leben lang als Architekt arbeiten, bekam aber keine Aufträge.«

»Richtig«, sagte sie, »und falsch. Zumindest der letzte Satz.«

»Stimmt.« Allmählich erinnerte sich Jupiter an Details. In Gedanken blätterte er in Bildbänden mit Radierungen, die heute vermutlich mit all seinen anderen Sachen in Miwas

Wohnung lagen – wo immer auf der Welt sich die auch befinden mochte. »Piranesi war für die Restaurierung einer Kirche hier in Rom verantwortlich. Und die Neugestaltung eines Platzes, glaube ich. Mehr nicht.«

Coralina nickte, und Jupiter verstand.

»*Diese* Kirche hier?« fragte er.

»Santa Maria del Priorato di Malta«, stimmte Coralina zu. »Piranesis architektonisches Vermächtnis.«

Jupiter ließ seinen Blick durch den hohen Kirchenraum wandern, entdeckte aber nichts, was ihm als ungewöhnlich oder gar großartig ins Auge fiel. Mit Nadel und Kupferplatte war Piranesi unbestritten ein Genie gewesen, doch seine Baukunst war unaufdringlich und kaum bemerkenswert.

»Piranesi hat hier nie so arbeiten dürfen, wie er es gerne getan hätte«, sagte Coralina. »Hätte man ihm freie Hand gelassen, wäre der Umbau bestimmt zur völligen Umgestaltung geworden. Ich glaube, er ist an der ganzen Sache ziemlich verzweifelt. Vermutlich hat er sich auch mit seinen Auftraggebern angelegt, was wohl dazu führte, daß er nie wieder als Architekt arbeiten konnte.«

»Und der Platz?«

»Gehört zur Kirche – du bist eben drüber gelaufen. Piazza Cavalieri di Malta.«

Sie erreichten das Ende des Gerüststegs. Über ihren Köpfen erstreckte sich die Decke des Kirchenschiffs. Auf den letzten Metern des Steges war die Wand mit schwarzer Plastikfolie verhängt. In ihren Falten und Wölbungen hatte sich der gleiche feine Staub abgesetzt, der auch Coralinas Haar und Kleidung bedeckte. Davor stand eine Holzkiste, in der jemand Ziegelsteine aufgestapelt hatte.

Coralina blieb vor einem vertikalen Schlitz in der Folie stehen und schlug sie zur Seite wie einen Theatervorhang. »Hier ist es.«

Jupiter trat neugierig neben sie und erkannte zu seiner Überraschung, daß sich hinter der Folie ein Hohlraum in der Wand befand. Er war nicht tief, Jupiter mußte nur seinen Arm ausstrecken, um die Rückwand zu berühren. Verwunderlich, daß er offenbar erst kürzlich freigelegt worden war. Daher also rührte der feine Staub.

»Stammt der aus der Zeit vor Piranesis Umbau?« fragte er.

»Das wäre naheliegend, nicht wahr?« erwiderte Coralina. »Aber ich hab ein paar Steinproben ins Labor gegeben. Und mit allergrößter Wahrscheinlichkeit stammt alles, was du hier siehst, aus der Zeit, in der Piranesi in der Kirche arbeitete.«

Die Mulde war etwa zwei Meter breit und ebenso hoch. Die Rückseite war mit einem Wirrwarr mythischer Reliefs bedeckt, Fabelwesen, die einander umklammerten, bissen, liebten oder jagten. Die meisten hatten die unbestimmbaren Körper gotischer Wasserspeier, wenn auch flacher und weniger bedrohlich. Doch es gab auch solche, die jedes Kind auf Anhieb erkannt hätte: ein Einhorn, einen Pegasus, ein zähnefletschendes Gorgonenhaupt.

»Das paßt überhaupt nicht zu Piranesis übrigen Arbeiten«, staunte er. »Und ihr seid euch, was den Zeitpunkt angeht, ganz sicher?«

»Ja. Und nicht nur wegen der Laborergebnisse.«

Er wollte fragen, was sie damit meinte, doch sie fuhr sogleich fort: »Du hast noch nicht alles gesehen. Warte.« Sie fingerte unter dem Saum des Folienvorhangs nach einem Handstrahler. Helligkeit flutete die Mulde, erzeugte Schatten zwischen den steinernen Kreaturen, Finsternis in ihren Nüstern und Rachen und Augenhöhlen. Einige schienen regelrecht zum Leben zu erwachen, als der Lichtschein über ihre poröse Oberfläche geisterte und den Anschein verstohlener Bewegung schuf.

»Das Ganze war hinter einer Mauer verborgen, die ich in den beiden letzten Tagen abgetragen habe«, sagte Coralina.

»Ich weiß nicht, ob es noch mehr solcher Hohlräume in den Wänden gibt, aber ich vermute, nicht. Es war purer Zufall, daß ich hier oben mit der Arbeit begonnen habe. Ich hab die Wand abgeklopft, dabei blätterte der Putz ab, und die Mauer wurde sichtbar. Die Feuchtigkeit der letzten zweihundert Jahre hat sie morsch werden lassen. Alles, was lose war, hab ich herausgenommen – die morsche Fläche war exakt so groß wie die Mulde dahinter. Rundherum befinden sich fester Verputz und stabiles Mauerwerk.«

»Du hast gesagt, ich hätte noch nicht alles gesehen.«

Sie nickte. »Schau dir mal den Drachenschwanz an, da drüben.« Sie leuchtete mit dem Strahler in die rechte Ecke der Mulde, unweit von Jupiters Schulter.

Der Schwanz eines Lindwurms wölbte sich aus dem übrigen Chaos der verschlungenen Leiber und bildete eine Art steinerne Schlaufe. Oder einen Griff.

Als Jupiter wieder zu Coralina sah, nickte sie ihm auffordernd zu. »Versuch's.«

Er legte die Finger um den Griff und zog daran. Nichts bewegte sich.

»Und?« fragte er.

»Du mußt ihn in Uhrzeigerrichtung drehen.«

Das tat er, und rief damit ein dumpfes Knirschen hervor.

Jupiter zögerte. Bevor er den Griff ganz herumdrehte, fragte er: »Wer weiß davon?«

»Nur du, die Shuvani und ich.«

»Deine Vorgesetzten?«

Sie schüttelte den Kopf. »Nicht einmal der Priester. Er kommt niemals hier herauf. Und die Vorprüfung mache ich allein, es gibt keine Kollegen. Die meisten Restaurationsarbeiten in Rom brennen auf Sparflamme. Die Großbaustelle am Petersdom hat allen anderen in den letzten Jahren die Finanzierung weggefressen.«

»Und warum die Geheimnistuerei?«

Sie lächelte, aber sie schien jetzt nicht mehr ganz so unbekümmert wie zuvor. Coralina hatte etwas herausgefunden, das ihr Sorgen bereitete. Etwas, worüber sie mit ihm reden wollte.

»Dreh den Griff herum«, verlangte sie.

Jupiters Hand vollendete die Drehung, und das Knirschen verstummte schlagartig. Er zog an dem Griff, ohne Erfolg. Erst als er mit seiner linken Hand gegen das Relief drückte, rührte sich etwas. Die gesamte Rückseite der Vertiefung schwang nach innen.

Dahinter war Dunkelheit. Die Luft war kühl und roch abgestanden, obgleich diese Tür in den vergangenen zwei Tagen gewiß mehr als einmal von Coralina geöffnet worden war. Jupiter wußte genau, was sie gespürt hatte, die unbeschreibliche Anspannung vor einer Entdeckung, die spektakulär und großartig, vielleicht aber auch gering und unbedeutend sein mochte. Es war dieser kurze Zeitraum der Ungewißheit, jener Moment des Abwartens, Luftanhaltens, des Verlangens nach endgültiger Erkenntnis. Jupiter hatte solche Augenblicke wieder und wieder erlebt, bei jedem verschollenen Gemälde, jeder verlorenen Skulptur, die er irgendwo auf der Welt aufgespürt hatte, in Museumsarchiven, Privatsammlungen und zweimal sogar auf den Dachböden verlassener Scheunen im Nirgendwo.

Coralina lenkte den Strahl der Lampe in die Dunkelheit jenseits der Relieftür.

Die Geheimkammer war überraschend groß. Jupiter versuchte vergeblich, ihre Lage innerhalb der Kirchenfassade einzuordnen. Sie mußte unglaublich geschickt in die äußere Struktur des Bauwerks eingearbeitet sein, unauffällig und seit Jahrhunderten übersehen.

Jupiter warf einen Blick zurück über die Schulter und grinste. »Du solltest das wirklich jemandem melden.«

Coralina deutete voraus ins Dunkel. »Hereinspaziert.«

Er schaute durch den schmalen Spalt zwischen Gerüst und Wand nach unten, sah Staub, der sanft in die Tiefe rieselte, und machte schließlich einen weiten Schritt über den Abgrund. Einen Augenblick später trat er durch die offene Relieftür ins Innere der Kammer. Coralina war sogleich neben ihm und ließ das Licht des Strahlers umherwandern.

Vom Gerüst aus hatte der Raum tiefer gewirkt, als er es tatsächlich war. Nach zwei Schritten erreichten sie die rückwärtige Wand; sie war unverputzt, aber trocken. Jupiter konnte deutlich Coralinas Fußabdrücke im Staub sehen. Sie hatte augenscheinlich jeden Winkel der Kammer untersucht, hatte Wände, Decke und Boden abgeklopft.

»Was ist das?« fragte er und schaute sich um.

Coralina gab ihm mit einem Nicken zu verstehen, dem Lichtkegel ihrer Lampe zu folgen. Das Licht wanderte langsam über die Rückwand, und jetzt erkannte Jupiter, was sie meinte.

Einige der vertikalen Fugen in der Mauer waren breiter als die übrigen. Sie bildeten Schneisen im Gestein, sechzig oder siebzig Zentimeter hoch. Von hinten fiel kein Licht herein, demnach reichten sie nicht bis hinaus zur Fassade.

In jeder dieser Schneisen steckte etwas, das auf den ersten Blick wie Tuch aussah, mit dem jemand die Öffnungen behelfsmäßig abgedichtet hatte. Jupiter streckte vorsichtig einen Finger aus und berührte das Material. Es fühlte sich an wie hart gewordenes Fensterleder.

Als er sich nach Coralina umschaute, fuchtelte sie mit dem Strahler vor seinem Gesicht herum. »Ich hab wieder alles genau so hergerichtet, wie ich es gefunden habe. Ich wollte, daß du es im Urzustand siehst.«

Er wandte sich wieder den Schneisen zu. Ohne jede einzelne zu zählen, schätzte er, daß es etwa siebzehn oder achtzehn davon gab. Mit Daumen und Zeigefinger zupfte er an dem Leder, ließ es dann jedoch abrupt wieder los.

Seine Scheu amüsierte Coralina. »Es ist *keine* Menschenhaut.« Sie kicherte wie ein Teenager nach einem besonders makabren Scherz. »Auch wenn das gut zur Situation passen würde, nicht wahr?«

»Du hast sie untersuchen lassen?«

»Natürlich. Gegerbtes Kalbsleder, recht gut verarbeitet und auf einer Seite mit einer wasserabweisenden Flüssigkeit bestrichen.«

Jupiter zog kräftiger an einer der Lederfüllungen. Erstaunt stellte er fest, daß sie viel schwerer war, als er erwartet hatte. Etwas war in das Leder eingeschlagen.

Als er den Gegenstand vorsichtig aus dem Spalt zog, erkannte er, daß es sich um eine rechteckige Platte handelte.

Coralina bemerkte den prüfenden Blick, mit dem er die Ränder des flachen Pakets musterte. »Zirka einundvierzig mal vierundfünfzig Zentimeter. Plus, minus ein paar Millimeter.«

Jupiter entfernte vorsichtig den brüchigen Lederumschlag. Eine Metallplatte kam zum Vorschein. Kupfer augenscheinlich, an vielen Stellen grün angelaufen. Ein wenig Feuchtigkeit war also doch durchgedrungen.

Die Platte war bis zu ihren Rändern mit einem Muster bedeckt. Linien und Schraffuren wirkten bei oberflächlicher Betrachtung wie aufgemalt, doch Jupiter erkannte sofort, daß sie eingekratzt waren. In den Vertiefungen hatte sich schwarze Farbe festgesetzt.

Er hob die Platte leicht an, berührte sie dabei jedoch nur mit dem Zipfel des Leders. Er wollte keine Fingerabdrücke hinterlassen. Der direkte Lichteinfall verursachte auf dem Metall irritierende Spiegelungen. »Leuchte mal seitlich darauf«, sagte er zu Coralina.

Da erkannte er, worum es sich handelte.

»Eine der Druckplatten aus Piranesis *Carceri*-Zyklus?«

»Die Vorlage für Blatt sieben«, flüsterte Coralina, als fürchtete sie, das Kunstwerk könne allein durch den Klang ihrer Stimme Schaden nehmen.

Die Platte zeigte – wie alle sechzehn *Carceri*-Motive – die Ansicht eines gigantischen Kerkerkomplexes. Vor dem Betrachter öffnete sich das Panorama einer gewaltigen unterirdischen Halle, durchzogen von mächtigen Brücken und Wendeltreppen, kolossalen Torbögen und Mündungen in mehrere Stockwerke. Überall hingen Ketten, und vereinzelt waren Menschen zu erkennen, Gefangene, taumelnd und mit verzogenen Gliedmaßen. Im oberen Teil des Bildes schloß sich gerade eine enorme Zugbrücke über dem Abgrund der Halle. Allein ihr Anblick beschwor in Jupiters Ohren eine phantastische Geräuschkulisse herauf: das Kreischen stählerner Zahnräder, das Knirschen von mächtigen Ketten, das Ächzen der schwarzen Holzbohlen und Verankerungen, vielfach widerhallend und verzerrt von der grandiosen Weite dieser Unterwelt.

Ihm war schwindelig, als er sich wieder Coralina zuwandte. »Weiß man, daß die Druckplatten noch existieren?«

Sie schüttelte stolz den Kopf. »Nein. Alles, was von den *Carceri* geblieben ist, sind die Reproduktionen, die Drucke, die Piranesi mit Hilfe der Platten hergestellt hat. Aber die Originale gelten als verschollen.«

Jupiters Blick wanderte über die Schneisen in der Wand. »Sind das alle sechzehn?«

»Ja.«

Er legte die Platte vorsichtig auf den Boden und schlug sie beinahe zärtlich wieder in ihren Lederumschlag ein. Dann schob er sie voller Ehrfurcht zurück in den Spalt.

»Kein Wunder, daß die Shuvani sie nicht am Telefon erwähnen wollte. Dieser Fund ist eine Sensation, das ist dir klar, oder?«

»Nein, Jupiter«, entgegnete sie bissig, »ich hab Kunstgeschichte studiert, um mir einen Professor im Tweedjackett zu angeln.«

Er grinste sie an. »Aber von mir willst du wissen, was die Platten wert sind, oder?«

Coralina nickte.

»Du und deine Großmutter, ihr spekuliert auf einen Finderlohn.«

Plötzlich wich sie seinem Blick aus und schaute zu Boden. »Dem Laden geht es nicht gut. Die Shuvani wird vor die Tür gesetzt, wenn sie nicht umgehend ihre Schulden begleicht. Wir könnten nicht einmal den Umzug bezahlen – mein Gott, all die *Bücher* –, geschweige denn ein neues Haus.«

Vorsichtig hob er ihr Kinn mit seinem Zeigefinger an und schaute ihr in die Augen. »Ihr habt nicht vielleicht mit dem Gedanken gespielt, die Platten verschwinden zu lassen?«

Ihr Gesichtsausdruck verhärtete sich, als sie einen Schritt zurück trat. »Du sollst nur den Wert bestimmen, Jupiter. Wir bezahlen dich dafür, wenn du möchtest.«

»Mit dem Geld, das ihr von irgendeinem Hehler für die Platten bekommt?« Wenn er noch lauter wurde, würde man ihn unten in der Kirche hören, deshalb senkte er rasch die Stimme. »Diese Dinger sind ein paar Millionen Dollar wert, Coralina. Millionen! So was verkauft man nicht einfach an der Porta Portese zwischen T-Shirts und irgendwelchen Raubkopien.«

»Es wäre nett, wenn du mich nicht laufend unterschätzen würdest«, gab sie scharf zurück. »Ich kenne Leute, die mit solchen Dingen umgehen können.«

»Warum hast du *sie* dann nicht gebeten, die Platten zu schätzen?«

Diesmal hielt sie seinem Blick stand, aber er sah ihr an, daß es sie Mühe kostete. »Menschen, die einen solchen Fund verkaufen können, sind nicht gerade für ihre Ehrlichkeit bekannt.«

»Ich bin geschmeichelt.«

»Herrgott, Jupiter, die Shuvani vertraut dir! Und ich auch. Sag mir nur, was man für die Platten verlangen kann. Um mehr bitte ich dich doch gar nicht. Du machst dir dabei nicht mal die Finger schmutzig.«

Er nahm ihr den Strahler ab und leuchtete ihr geradewegs ins Gesicht. »Wenn euer Entschluß schon feststeht, warum sind die Platten dann noch hier? Du hättest sie letzte Nacht rausschaffen können.«

»Ich ...« Sie brach ab, suchte nach Worten.

Jupiter kam ihr zuvor. »Du willst das nicht wirklich, oder? Das ist kein kleiner Ladendiebstahl, und das weißt du ganz genau. Kunstraub fällt unter Schwerstkriminalität, erst recht in einem solchen Ausmaß.« *Ladendiebstahl* – ob er wollte oder nicht, er sah in ihr immer noch das kleine Mädchen, das im Kaufhaus seinen ersten Lippenstift in der Jackentasche verschwinden läßt.

»Die Shuvani ist verzweifelt«, sagte sie. »Wir brauchen das Geld.«

»Aber nicht so, Coralina. Nicht auf diese Weise.«

Plötzlich wirkte sie fahrig und gehetzt. »Niemand garantiert uns einen Finderlohn. Die Kirche wird die Platten für sich beanspruchen. Der Vatikan wird nicht eine Lira rausrücken, solange ihn kein Gericht dazu zwingt. Und ich *arbeite* für den Vatikan. Ich kann keine Ansprüche stellen.« Sie scharrte mit dem Fuß im Staub. »Scheiße, Jupiter, wir sind aufgeschmissen, wenn wir nicht irgendwie an Geld kommen.«

»Wieviel braucht ihr?«

»Hundertvierzig Millionen Lire.«

»Hundertvierzig! Dafür könnt ihr ein halbes Haus *kaufen*!«

»Es sind nicht nur die Mietschulden. Du kennst doch die Shuvani! Sie hat eine ganze Reihe Anzeigen am Hals, wegen Ruhestörung, wegen Erregung öffentlichen Ärgernisses und so weiter und so fort. Die Bußgelder läppern sich. Hier zweitausend, da viertausend. Außerdem hat sie einen Unfall gebaut, ein paar Monate nachdem sie ihr den Führerschein abgenommen hatten. Seitdem muß ich alle Buchlieferungen allein ausfahren.«

»Was ist passiert?«

»Sie hat eine Frau angefahren, drüben an der Piazza Cairoli. Die Shuvani war schuld. Sie hat anderthalb Jahre auf Bewährung bekommen, muß eine saftige Strafe zahlen und den Krankenhausaufenthalt des Opfers. Wir können froh sein, daß die Frau nicht auch noch auf Schmerzensgeld geklagt hat.«

»Die Shuvani wurde auf *Bewährung* verurteilt? Und da stiftet sie dich an, Kunstschätze im Wert von ein paar Millionen Dollar zu unterschlagen?« Er ließ den Strahler sinken und schüttelte den Kopf. »Vielleicht sollte ich mal ein ernstes Wort mit deiner Großmutter reden.«

Blitzschnell trat sie vor ihn und packte ihn fest am Oberarm. »Ich bin kein Kind mehr, Jupiter! Ich bin nicht mehr das kleine Mädchen, das sich nachts in fremde Zimmer schleicht. Ich hab meine Entscheidung getroffen.«

»Das hast du nicht. Sonst wären die Platten nicht mehr hier.«

Er sah, daß ihre Augen silbrig blitzten, und er wollte nicht, daß sie weinte. Aber falls sie wirklich kurz davor war, ihre Gefühle offen zu zeigen, so schüttelte sie diese Regung schon im nächsten Augenblick wieder ab.

»Ist es so aussichtslos?« fragte sie leise.

»Völlig.« Er ergriff ihre Hand und wußte selbst nicht recht, weshalb er es tat; es machte die Dinge nicht gerade einfacher. »Selbst wenn es dir gelänge, sechzehn Platten in einem solchen Format aus der Kirche zu schmuggeln, wo willst du dann damit hin? Deine kleinen Hehlerfreunde sind ...«

»Ich hab gesagt, daß ich diese Leute kenne«, unterbrach sie ihn rasch, »nicht, daß sie meine Freunde sind.«

»Solche Kerle sind Zeitbomben.« Jupiter hatte in den vergangenen zehn Jahren zahllose Kunsthehler kennengelernt, und er wußte, wovon er sprach. »Wie lange wird es dauern, bis sie auf den grandiosen Einfall kommen, euch überhaupt nichts für die Platten zu bezahlen? Oder euch damit zu erpressen? Oder das Ganze der Polizei zu stecken, um sich einen Vorteil zu verschaffen?« Er holte tief Luft und seufzte. »Vergiß es, es hat keinen Zweck! Nicht mal Profis hätten eine Chance, damit durchzukommen.«

Sie schwieg sehr lange und ließ ihren Blick bedauernd über die Nischen mit den Kupferplatten schweifen. Jupiter sah ihr an, wie sehr sie mit sich rang. Es war kein einfacher Kampf.

Schließlich nickte sie. »Okay«, sagte sie. »Ich werde ein paar Leute anrufen müssen.«

»Versprochen?«

»Ja. Versprochen.«

Als sie durch den Folienvorhang traten und über das Geländer hinab in die Tiefe blickten, stand ein schwarzgekleideter Priester neben Jupiters Koffer und musterte ihn von allen Seiten.

»Zurück«, zischte Coralina und schob Jupiter nach hinten, wo der Priester ihn nicht sehen konnte. Sie selbst aber drückte sich an ihm vorbei, schenkte ihm den Schatten eines Lächelns und stieg hastig die Leiter hinunter.

Kurz darauf hörte Jupiter, wie sie dem Geistlichen alles erzählte.

Auf einem Klingelschild an einem Haus nahe des Palazzo Farnese steht der Schriftzug *Residenza.* Wer den Knopf betätigt, blankpoliert nach all den Jahrzehnten, hört nach einigen Augenblicken das Signal des Türöffners. Mit einem altehrwürdigen Aufzug aus schmiedeeisernem Gitterwerk gelangt man hinauf in den vierten Stock, wo ein grauhaariger alter Mann in einer Pförtnerloge wartet, die schon zu Zeiten des Duce hier stand. Das Holz ist matt und rissig, und der Alte mürrisch und wortkarg. Zimmer sind hier nicht teuer, und wer nach einem bestimmten Gast oder nur nach einer Auskunft fragt, erhält mit Sicherheit keine Antwort.

In einem der Räume dieser Pension, hoch oben über dem Gassenlabyrinth der Altstadt, saß Santino und starrte auf den Schirm eines tragbaren Videomonitors, nicht viel größer als die abgegriffene Bibel, die auf seinem Nachttisch lag.

Santino weinte.

Die Männer auf dem Videoband waren tot. Er hatte jeden einzelnen von ihnen gekannt. Sie waren seine Freunde gewesen. Seine Brüder.

Kapuzinermönche wie er selbst.

Santino weinte um das, was ihnen widerfahren war, aber er weinte auch um sich selbst, um das Schicksal, das Gott ihm in seiner Allmacht angedeihen ließ.

Santino hatte Angst wie noch nie zuvor in seinem Leben. Er wußte, daß sie ihm folgten, wußte, daß sie ihn auch hier, in dieser Pension, aufspüren würden. Bald schon, vielleicht noch heute.

Er hatte alles getan, um seine Spur zu verwischen, aber er war nur ein Mönch, kein Krimineller, und er wußte nicht, wie man sich von einem Tag zum anderen in Luft auflöste. Sein Verstand riet ihm, die Stadt zu verlassen, fortzugehen aus Rom, hinaus in die Weite der Campagna, nach Süden, hinunter bis ans Meer und noch weiter. Vielleicht würde er einen Unterschlupf in einer Mission finden, irgendwo in Nordafrika.

Aber er wußte auch, daß das eine Illusion war. An jedem Ort, der ihm offenstand, würden sie ihn finden. Er war zu lange Kapuziner, um sich irgendwo anders als unter einem Dach Gottes zu verstecken. Die Pensionen und billigen Hotels, in denen er sich nun bereits seit Tagen verkroch, jeden Tag in einem anderen schmutzigen Zimmer, kamen seiner Vorstellung der Verdammnis ungemein nahe. Ihm war klar, daß er dieses Versteckspiel nicht mehr lange durchhalten würde. Bald würde er den Schutz und den Segen der Kirche suchen, und dann würden sie ihn fassen.

Er konnte spüren, daß seine Verfolger überall waren: die Schritte, die draußen über den Korridor gingen und vor seiner Tür unmerklich langsamer wurden; die Geräusche aus den Zimmern über ihm, das beständige Auf-und Ab-Gehen, das zu ihm herab drang und an seinen Nerven zerrte. Immer wieder auf und ab, auf und ab.

Er wußte nicht mehr, ob er sich all das nur einbildete oder ob die Laute und die Schritte Realität waren. Doch er fühlte, daß er beobachtet wurde, fühlte, wie sich der Kreis um ihn schloß, wie sie näher kamen und näher.

Er mußte die Bänder bis zum Ende ansehen, ehe er seinen Gegnern ins Netz ging. Alle sechs Videos, bis zur letzten Minute. Er mußte die ganze Wahrheit erfahren, das große Geheimnis, für das seine Brüder ihr Leben gelassen hatten, blutend und schreiend, an einem Ort ohne Gott und seinen gnädigen Beistand. Er mußte endlich *alles* erfahren.

In den vergangenen Tagen, seit dem Beginn seiner Flucht, hatte er die drei ersten Bänder angeschaut, jeweils mehrere Stunden lang, immer wieder die gleichen Bilder, die gleichen Stimmen, die gleichen Laute. Das Zuschauen machte müde und benommen, und nur die Furcht der Männer auf den Videos hielt seine Sinne wach. Er wußte, wie berechtigt ihre Angst war. Er kannte den Ausgang ihrer Odyssee in die Tiefe.

Es war nicht einfach, die Aufzeichnungen längere Zeit am Stück zu betrachten. Immer wieder hatte er sein Versteck verlassen müssen, war ziellos durch die Straßen und Gassen geirrt, um schließlich in irgendeinem dieser kleinen Hotels festzustellen, daß die Akkus seiner Geräte leer waren. Er hatte nicht viel Geld, gerade genug, um die eine oder andere Nacht unter einem Dach zu verbringen, und er hatte einen ganzen Tag mit sich gekämpft, ehe er sich dazu durchrang, in einem Geschäft neue Akkus, ein Ladegerät und ein Netzkabel zu stehlen. Das war gestern abend gewesen. Und heute, an diesem Nachmittag, hatte er endlich das vierte Band in den Kassettenschacht geschoben. Die Hälfte aller Aufnahmen hatte er somit geschafft, und er ahnte, daß die Dinge von diesem Punkt an noch schlimmer werden würden, viel schlimmer.

Santino fühlte sich wie ein Alkoholiker, der weiß, daß er die Flasche nicht berühren sollte, *um keinen Preis der Welt*, aber es am Ende trotzdem tut. Er hätte das Abspielgerät mit dem integrierten Monitor wegwerfen, die Bänder vernichten sollen. Einfach nicht hinschauen, nicht zuhören. Sich blind und taub stellen. Doch das konnte er nicht. Er schuldete es den anderen, mehr über ihr Schicksal zu erfahren, daran teilzuhaben, als wäre er selbst ein Mitglied dieser unseligen Expedition in den Abgrund gewesen. Immerhin war er es gewesen, der sie auf die Idee gebracht hatte. Er hatte ihnen die Ausrüstung besorgt und darauf geachtet, daß der Abt nichts von ihren Plänen erfuhr. Santino war von Anfang an der Rädelsführer gewesen.

Und doch war schließlich er es gewesen, der am Eingang zurückgeblieben war. Er hatte ein lahmes rechtes Bein, schon von Geburt an, und dies hatte schließlich den Ausschlag gegeben, den drei anderen den Vortritt zu lassen. Er hätte niemals mit ihnen mithalten können. Und sie würden ohnehin bald wieder bei ihm sein, um ihn an ihren Erlebnissen teilhaben zu lassen.

Doch dann war nur einer aus der Tiefe zurückgekehrt, Bruder Remeo, und er war ein paar Augenblicke später in Santinos Armen gestorben. Remeo hatte sich seinen verbrannten linken Unterarm vor den Körper gebunden – ein blanker, schwarzer Knochen, wie abgeschabt; daran hatte er die Tasche mit den sechs Videobändern befestigt. Er hatte die Kassetten mit letzter Kraft ans Tageslicht gebracht, mit einer Willensstärke, als hinge sein Leben davon ab. Und sterbend hatte er Santino das Versprechen abgenommen, sich der Wahrheit auszusetzen – und dann, vielleicht, die Welt über alles zu informieren.

Santino wollte die Bänder nicht abspielen, wollte die Bilder nicht sehen. Aber er mußte es tun. Jetzt, sofort. Solange noch Zeit dazu blieb.

Remeo, dachte er, *warum wir? Warum ich?*

Der Monitor zeigte die Stufen einer Wendeltreppe, etwa zehn Meter breit und aus solidem Stein. Drei Männer stiegen sie hinab, mittlerweile drei komplette Videobänder lang. Einer von ihnen, Remeo, trug die Kamera mit dem eingebauten Scheinwerfer auf seiner Schulter. Der Kapuziner hatte keine Erfahrung mit technischen Dingen, doch nach all den Stunden auf der endlosen Treppe in die Tiefe hatte er den Bogen allmählich raus. Das Bild war noch immer verwackelt und zeitweilig unscharf, aber es war dennoch weit besser als zu Anfang, als die Umgebung eher zu erahnen als zu sehen war.

Die beiden anderen Mönche waren Bruder Lorin und Bruder Pascale. Remeo war nur selten im Bild, nur dann, wenn er die Kamera kurzzeitig an einen der anderen abgab oder sie auf dem hohen Steingeländer der Treppe ablegte. Doch die meiste Zeit über hielt er sie wacker auf der Schulter, sprach gelegentlich ins Mikrofon und filmte seine beiden Ordensbrüder, während sie Stufe um Stufe um Stufe in den Abgrund stiegen.

Zwölf Stunden, bisher. Und noch immer nahm die Wendeltreppe kein Ende. Hätte Santino Remeo nicht vorbehaltlos vertraut, so hätte er angenommen, die drei Männer wären immer wieder dasselbe Stück hinabgestiegen, vielleicht aus Furcht, noch weiter in die Tiefe vorzudringen. Aber er kannte Remeo, und deshalb wußte er, daß die Länge der Treppe real war.

Zwölf Stunden Abstieg auf einer einzigen titanischen Treppe. Und auch jetzt, zu Beginn des vierten Videobandes, änderte sich nichts daran. Jenseits des Geländers, bauchhohen Säulen aus behauenem Stein, gab es nichts als Schwärze. Mehr als einmal hatten die drei Mönche Leuchtkugeln in die Finsternis geschossen, um dann doch nur enttäuscht zusehen zu müssen, wie die Lichtbälle irgendwo in der Ferne in die Tiefe stürzten und verglühten. In keiner Richtung trafen die Geschosse auf Widerstand, nirgends war auch nur der Ansatz einer Wand, einer Struktur zu erkennen. Nur Leere, nur Dunkelheit.

Die Mönche hatten Vorräte in Rucksäcken bei sich, die sie bei sparsamem Umgang mehrere Tage lang ernähren würden. Als Kapuziner waren sie Entbehrungen gewöhnt, wenngleich ihnen der öde, schier endlose Abstieg körperlich zu schaffen machte. Ihr bisheriges Leben hatten sie einer Ordensarbeit gewidmet, die von Krankenpflege und Handarbeit geprägt war. Die Kapuziner führten inmitten der Zwei-Millionen-Metropole Rom ein karges Eremitenleben. Studien und wissenschaftliche Tätigkeiten waren ihnen untersagt, sie lebten nur zum Wohle anderer und zur Lobpreisung des Herrn.

Die Strapazen des Treppenabstiegs waren neu für sie, und alle drei litten unter heftigem Muskelkater, stetig wiederkehrenden Krämpfen und Atemnot. Die Luft dort unten schien dünner zu sein, war vielleicht mit Gasen oder Chemikalien durchsetzt, die nicht zu sehen und nicht zu riechen waren.

Und dennoch gingen sie weiter, weiter, weiter.

Der Hölle entgegen.

Santino blickte auf. Sein Finger preßte die Pausentaste. Er hatte etwas gehört, draußen, vor der Zimmertür. Erst das Rasseln des Aufzuggitters, dann Schritte. Von einer Person? Von mehreren? Er wußte es nicht zu sagen. Jetzt waren die Geräusche verstummt, direkt vor seinem Zimmer.

War das leises, unterdrücktes Atmen, das er hörte? Ein hauchfeines Wispern?

Bisher hatte Santino im Schneidersitz auf dem Bett gesessen, das Abspielgerät vor sich auf den Knien. Nun aber erhob er sich. Er trug Sportschuhe, Jeans, ein altes Hemd – Stücke aus der Kleidersammlung. Er hatte einen prallgefüllten Plastiksack aus dem Flur eines Wohnhauses gestohlen, war gerannt so schnell er konnte, bis er in einem stillen Innenhof seine Beute sortiert und die passenden Teile herausgefischt hatte. Die Schuhe waren eine Nummer zu klein und fühlten sich ungewohnt an, nachdem er all die Jahre nur Sandalen getragen hatte. Doch mittlerweile konnte er recht gut darin laufen, auch rennen, wenn es sein mußte.

So leise er konnte hinkte er vom Bett zur Tür. Er beging nicht den Fehler, zum Lauschen seinen ganzen Körper von innen gegen das Holz zu drücken. Statt dessen stellte er sich mit dem Rücken neben die Tür, beugte dann den Kopf ein Stück vor, bis er ein Ohr an das rissige Furnier pressen konnte.

Waren das Stimmen? Zwei – oder drei?

Unendlich langsam legte er eine Hand auf die Türklinke, führte die andere zum Schlüssel, der noch immer im Schloß steckte. Wenn er ihn herumdrehte, würden die Männer vor der Tür es hören. Sie würden wissen, daß sie entdeckt waren, würden sich auf ihn stürzen, ihn festhalten, ihn schlagen und mit sich zerren. Und er würde niemals die ganze Wahrheit über Remeo und die anderen erfahren.

Nein, so dumm war er nicht.

Vorsichtig ging er in die Hocke und versuchte, durch das Schlüsselhoch etwas zu sehen. Gewiß, der Schlüssel verdeckte einen Großteil seiner Sicht, doch die hellen Ritzen rechts und links würden ihm verraten, ob dort draußen Bewegung war.

Santino konnte nichts erkennen. Der Korridor schien leer zu sein.

Was aber, wenn seine Feinde zu beiden Seiten des Schlüssellochs standen? Sie waren klug, gewiß. Sie wußten, wie man einen wie ihn zum Narren hielt. Nur ein einfacher Mönch, dachten sie und glaubten, leichtes Spiel mit ihm zu haben.

Aber so einfach würde er es ihnen nicht machen.

Das Wispern hatte aufgehört, und jetzt hörte er auch keinen Atem mehr. Aber das hatte nichts zu bedeuten. Sie waren schlau! So schlau! Vielleicht hörten sie auf zu atmen, bevor sie die Tür eintraten und ihn mit Gewalt davonschleppten. Vielleicht gehörte das zu ihrem Plan.

Santino schlich zurück zum Bett. Er schaltete das Abspielgerät aus. Die Schwärze schien von allen Seiten über das Treppengeländer zu kriechen und füllte jetzt den Bildschirm aus.

Santino steckte das Gerät zu seinen anderen Habseligkeiten in den Rucksack, lauschte noch einmal Richtung Tür – kein Geräusch, kein Atmen, kein Flüstern –, dann wandte er sich zum Fenster. Er hatte dieses Zimmer mit Bedacht ausgewählt. Vor dem Fenster führte eine kleine Ziegelschräge auf ein flaches Dach. Von dort aus konnte er in das Nebenhaus einsteigen und über eine Treppe auf die Straße gelangen.

Einen Augenblick lang wurde Santinos Furcht durch heißen Triumph verdrängt, der so ganz untypisch war für ihn und sein bisheriges Leben. Aber er lernte dazu, lernte, sich in der Welt hier draußen zurechtzufinden. Er würde seinen Feinden ein Schnippchen schlagen, bevor sie auch nur ahnten, daß er abermals auf und davon war.

Mit einem Ruck entriegelte er das Fenster, und nur Herzschläge später war er fort.

KAPITEL 2

Der Kerkermeister

Eine Madonnenfigur zierte das Haus der Shuvani. Davor kniete eine Gestalt, das schwarze Kopftuch tief ins Gesicht gezogen. Die Perlen eines Rosenkranzes glitten durch zitternde Finger, dürr und knochig. Aus dem Schatten unter dem Tuch war leises Flüstern zu hören.

Über der Nische, in der die Madonna stand, war eine kleine Tafel angebracht. Sie verriet, daß die Gottesmutter 1954 zum zehnten Jahrestag der Befreiung vom Faschismus gestiftet worden war. Darunter, am Boden, ganz nah bei den Knien der vermummten Gestalt, standen zwei Schälchen, eines mit klarem Wasser, das andere mit Katzenfutter. Ein räudiger Straßenkater, fett von Ratten und Abfall, hatte die Schnauze tief in die zweite Schale gesteckt und fraß mit schmatzenden Lauten, ohne der Betenden Beachtung zu schenken.

Jupiter nahm das Bild in sich auf wie alle anderen Eindrücke der Straße – als etwas, das wunderbar oder seltsam oder beängstigend hätte sein können, hätte es denn jemand auf eine Leinwand gebannt. So aber, als Teil der Wirklichkeit, war es nur von kurzer Dauer, und er vergaß es noch im selben Moment, als Coralina die Tür des Ladenlokals öffnete.

Fünf Minuten später, nach einer herzlichen Begrüßung durch Coralinas Großmutter, saßen sie oben im engen Dachgarten des Hauses um einen Tisch, auf dem Rotwein und Käse standen.

Die Shuvani war eine große Frau, mit schwerem Leib und breiten, starken Schultern. Ihr Haar war noch immer pechschwarz wie das ihrer Enkelin, wenn auch kürzer und am Hinterkopf zu einem Knoten hochgesteckt. Dutzende Ketten und Reife klimperten an ihrem Hals und ihren Handgelenken. Jupiter wußte nicht genau, wie alt sie war, aber er schätzte sie auf Ende Sechzig. Sie war schon immer schwer zu durchschauen, sogar für ihre Enkelin, die seit Jahren unter einem Dach mit ihr lebte. Nicht einmal Coralina kannte ihren vollständigen Namen. Sie war einfach nur die Shuvani, ein Wort, das in der Sprache der Roma soviel bedeutet wie Hexe oder Zauberin.

»Mein Junge«, war das erste, was sie sagte, als sie alle am Tisch Platz genommen hatten, »ich bin so froh, daß du hier bist!«

»Gerade noch rechtzeitig, wie mir scheint.« Jupiter hatte den festen Vorsatz, sich nicht von ihr einwickeln zu lassen. Er gab sich Mühe, ihre mütterliche Freundlichkeit einfach fortzublinzeln.

Die Shuvani wechselte einen kurzen Blick mit Coralina, die rasch und beschämt zu Boden schaute. Die alte Frau erkannte, was geschehen war, und sie stieß einen tiefen Seufzer aus. »Ach, Kinder, ich hätte es mir denken können.« Damit verfiel sie in brütendes Schweigen, nur unterbrochen von einem leisen Schmatzen, als sie an ihrem Weinglas nippte.

»Was hast du erwartet?« fragte Jupiter. »Daß ich euch bei diesem Wahnsinn unterstütze? Das kann nicht dein Ernst sein.«

Die Shuvani lächelte listig. »Den Versuch war es wert, nicht wahr?«

»Wie meinst du das?«

»Was siehst du vor dir, wenn du in dich gehst, mein Junge?«

»Wenn ich ... in mich gehe?«

»Wenn du die Augen schließt. Na, los, mach schon! Schließ die Augen, und beschreib mir das allererste, das du siehst.«

Widerwillig gehorchte er, riß die Augen aber sogleich wieder auf, ein wenig erschrocken, und schüttelte den Kopf. »Komm schon, was soll das? Ich …«

Sie unterbrach ihn sanft, aber sehr bestimmt. »Du siehst die Kupferplatten. Piranesis Vermächtnis.« Sie grinste und zeigte dabei goldene Schneidezähne. »Du bist infiziert damit wie mit einer Krankheit. Sie werden dich nicht mehr loslassen, Jupiter. Piranesi ist hier bei uns.«

Sie redete oft solch ein Zeug, aber in der Vergangenheit war ihm dabei selten so unwohl gewesen wie in diesem Augenblick.

»Du nimmst diese Sache ziemlich leicht«, sagte er ein wenig hilflos.

»Leicht?« Die Shuvani lachte auf. Er hatte beinahe vergessen, wie es klang, wenn sie lachte – ein lautes, rauhes Männerlachen. »Wir sind hier in Rom, mein Junge. Bei fünfzehn Millionen Touristen jedes Jahr ist es allein unsere Leichtigkeit, die uns davor bewahrt, uns wie Gefangene in einem antiken Disneyland zu fühlen.«

»Es gibt einen Unterschied zwischen Leichtigkeit und Leichtsinn.«

Die Shuvani wechselte einen kurzen Blick mit Coralina, vielleicht um zu erfahren, ob das auch ihre Meinung war. Diesmal aber blieb Coralina standhaft, und die Shuvani lächelte nachsichtig. »Wie ich sehe, hat sich die Jugend solidarisiert.«

»Vielleicht war es wirklich ein Fehler«, sagte Coralina.

Das Lächeln der Shuvani wurde breiter.

Jupiter runzelte die Stirn. »Nein. Es war richtig, den Fund zu melden. Noch war es nicht zu spät.«

Die Shuvani schüttelte in einem Anflug von Resignation den Kopf. »Mein Gott, Jupiter! Wie … vernünftig du in den vergangenen zwei Jahren geworden bist! Fast ein wenig langweilig.« Er wollte widersprechen, aber sie legte den Zeigefinger an ihre Lippen und bedeutete ihm zu schweigen. »Ich hätte mir gewünscht, daß du damals ein wenig mehr Vernunft bewiesen hättest, als du mit Miwaka bei mir warst.« Sie hatte Miwa immer bei ihrem vollen Namen genannt; nur einer von vielen kleinen Hinweisen, wie wenig sie Miwa schon damals gemocht hatte.

»Laß sie aus dem Spiel, ja?« Er sprach eine Spur zu schnell, zu defensiv.

»Ich hab dir schon damals gesagt, daß sie ein falsches Spiel treibt. Diese kleine japanische Schlange hat dich von Anfang an für ihre Zwecke ausgenutzt. Sie hat dich ausgesaugt, und jeder, der dich kannte, mußte tatenlos zuschauen.«

Jupiter flüchtete sich in ein fahles Lächeln. »*Du* warst nicht tatenlos.«

»Ich hab nur versucht, dich zu warnen«, gab sie zurück und ließ ihre Goldzähne blitzen. »Ohne Erfolg. Und, um ehrlich zu sein, ich glaube nicht, daß du deine Lektion begriffen hast. Du hängst immer noch an ihr. Wie ein Hund, den irgendwer an der Autobahn ausgesetzt hat.«

»Besten Dank«, erwiderte er mißmutig. »Ich weiß das Feingefühl, mit dem du dich in andere hineinversetzt, zu schätzen.«

Coralina nippte zum ersten Mal an ihrem Rotwein. »Wie lange wart ihr beiden zusammen, du und Miwa?«

»Nicht ganz drei Jahre.«

»Er war vielleicht mit *ihr* zusammen«, korrigierte die Shuvani kühl, »aber sie nicht mit ihm.«

»Okay, das reicht jetzt«, sagte er leise.

Die Shuvani wollte das Thema fortsetzen, aber Coralina kam Jupiter zu Hilfe. »Trinkst du keinen Rotwein?« Fragend deutete sie auf sein Glas, das er bislang noch nicht angerührt hatte.

»Ich bin Allergiker.«

»Ausgerechnet auf Rotwein?« Coralina kicherte. »Das ist grausam.«

Die Shuvani sprang auf. »Meine Güte, wie konnte ich das vergessen!« Ehe Jupiter sie zurückhalten konnte, verschwand sie im Haus, mit jenem sonderbaren Watschelgang, der vielen beleibten, älteren Frauen zu eigen ist. »Ich hab noch Frascati im Kühlschrank«, rief sie über die Schulter nach draußen.

Coralina nahm Jupiters Glas und leerte es in einen Blumenkübel. »Was passiert, wenn du das trinkst?«

»Roter Ausschlag, schuppige Haut. Und Juckreiz, der einen fast wahnsinnig macht.«

»Nur bei Rotwein?«

Jupiter nickte und klopfte dreimal auf die Tischplatte. »Bisher.«

Die Shuvani kehrte aus der Küche zurück und stellte eine offene Karaffe mit Weißwein auf den Tisch, dazu ein frisches Glas.

Jupiter füllte es bis zur Hälfte. »Coralina hat mir erzählt, daß der Laden nicht gut geht.«

»Ach, eine traurige Sache«, seufzte die Shuvani. »Ich sollte lieber kleine Legionäre aus Plastik und Postkarten mit albernen Wackelbildern an die Touristen verkaufen. Dann würde es uns bessergehen.«

Und nicht ohne Führerschein Fußgängerinnen überfahren, dachte Jupiter.

Vorhin, bevor sie hier herauf in den Dachgarten gestiegen waren, hatte er sich nur flüchtig im Geschäft der Shuvani umgeschaut. Seit damals schien sich nichts verändert zu haben. Allein der Geruch beschwor Bilder von ihm und Miwa herauf, als sie zwei Tage lang in den Kisten und Regalen gestöbert hatten.

Die Shuvani verkaufte Bilder und Bücher, was sie grundsätzlich nicht von ein paar hundert anderen Geschäftsleuten in Rom unterschied. Aber sie hatte sich auf okkulte Kunst spezialisiert, und auf jene Sorte von Büchern, die ihr verstohlene

Besuche von bebrillten, übergewichtigen Esoterikerinnen bescherte.

Der Laden war in den beiden unteren Stockwerken des Hauses untergebracht. Im Erdgeschoß standen die mit Büchern vollgestellten Regalwänden, die das kleine Geschäft in einen engen, schlecht beleuchteten Irrgarten verwandelten. Darüber, im ersten Stock, lagerten Zeichnungen, Stiche, Aquarelle, Drucke – alles, was sich in Kladden und Kästen aufbewahren ließ. Das Geschäft der Shuvani war keine Galerie, in der man die Werke an großzügig ausgeleuchteten Wänden betrachten konnte. Wer hierher kam, mußte viel Zeit mitbringen, um sich durch Stapel und Mappen zu kämpfen, bis er, vielleicht, das Richtige entdeckte. Zudem war die Shuvani keine Freundin von Kundenberatung. Sie vertrat die Ansicht, der Käufer wisse selbst am besten, wonach er suche. Sie beschränkte ihren Anteil am Verkauf auf das Kassieren und ihren Platz hinter dem Tresen, wo sie in Büchern und antiquarischen Katalogen blätterte und dabei wachsam jeden Besucher im Auge behielt. Jupiter erinnerte sich noch gut an Miwas ungehaltene Reaktion, als sie sich am Ende ihres ersten Tages im Laden vor der Shuvani aufgebaut hatte – ganze eins fünfundsechzig hoch und so schmal wie eine zwölfjährige Ballettänzerin –, und der alten Frau Mißtrauen, Unhöflichkeit und – zugegeben, ein wenig unmotiviert – ausgesprochene Häßlichkeit attestiert hatte. Zu jenem Zeitpunkt allerdings war es für die Shuvani ohnehin längst beschlossene Sache gewesen, die energische Japanerin nicht zu mögen, und so hatten Miwas Worte die gegenseitige Antipathie zwar besiegelt, aber keinesfalls hervorgerufen.

Jupiter fühlte sich unwohl bei der Erinnerung an jene Tage und versuchte, die Bilder durch das Strecken und Recken seiner Glieder abzustreifen. Vergeblich. Miwa war immer bei ihm, bei jedem Schritt, jedem Wort, jedem Gedanken.

Eine weiße Katze huschte über das steinerne Geländer des Dachgartens, drückte sich elegant zwischen den mannshohen Kübelpflanzen hindurch und landete mit einem raschen Satz auf dem Schoß der Shuvani. Hingebungsvoll begann die alte Frau das Tier zu streicheln.

»Unten hab ich vorhin einen Kater gesehen, ziemlich zerzaust«, sagte Jupiter. »Gehört der auch euch?«

»Weder er noch sie.« Die Shuvani kraulte die Flanken der Katze. »Aber sie kommen alle, weil sie sich bei mir wohl fühlen. Das haben du und die Katzen gemeinsam, stimmt's?«

Jupiter fühlte sich überrumpelt. Er hatte kühl auftreten und die Shuvani zurechtweisen wollen für ihren Leichtsinn, mit dem sie Coralina zu einem Verbrechen angestiftet hatte. Doch jetzt konnte er nicht anders als zuzustimmen: Er hatte die alte Frau und ihr hoffnungslos mit Krimskrams überfülltes Haus schon immer gemocht, und daran würde sich auch in Zukunft nichts ändern, ganz gleich welche Pläne die Shuvani zur Rettung ihrer Finanzlage aushecken mochte.

Vor über zehn Jahren, als er zum ersten Mal von ihr und ihrem Kuriositätenkabinett gehört hatte, war er eines Tages ohne große Hoffnung vor ihrer Tür aufgetaucht. Er hatte einen heißen Augusttag lang in ihren Regalen und Schränken nach einer Erstausgabe von Fulcanellis *Le Mystère des Cathédrales* gesucht, von dem sie mit großer Überzeugungskraft behauptete, sie habe es gegen Ende des Zweiten Weltkriegs nahe Nürnberg von einem französischen Kriegsgefangenen erstanden. Schenkte man ihren Worten Glauben, so hatte sich im Einband des Buches eine handschriftliche Notiz des geheimnisumwitterten Autors befunden – obgleich sie Jupiter den Beweis dafür schuldig blieb, denn das Buch war unauffindbar gewesen. Dennoch hatten er und die wunderliche Alte Freundschaft geschlossen. Erst später erfuhr er, wie sehr ihn ihre Zuneigung auszeichnete. Die Shuvani hatte keine Freunde und nur wenige gute Bekannte. Aus Gründen, die er bis heute nicht nachvollziehen konnte, hatte sie einen Narren an ihm gefressen. Damals hatte die Shuvani ihn eingeladen, während seiner weiteren Recherchen in Rom in ihrem Haus zu wohnen, und in einer jener Nächte war Coralina in seinem Zimmer aufgetaucht, ganz berauscht von kindlicher Verliebtheit.

»Großmutter?« Coralina zwirbelte eine schwarze Haarsträhne um ihren Finger. »Denkst du nicht, wir sollten Jupiter *alles* erzählen?«

»Ist er denn bereit dazu?« fragte die Shuvani leise, ohne von der weißen Katze aufzuschauen, die sich genüßlich auf ihren breiten Schenkeln räkelte.

»Bereit wozu?« Jupiter blickte von Coralina zu ihrer Großmutter, nicht wirklich beunruhigt, aber doch überrascht. Er hätte wissen müssen, daß die Shuvani einen Trumpf in der Hinterhand hatte.

Als niemand antwortete, fragte er noch einmal: »Bereit *wozu*?«

»Möglich, daß wir einen Fehler gemacht haben«, sagte Coralina. Sie stand auf und gab der Katze auf dem Schoß der Shuvani einen Klaps, der sie verscheuchte. »Ich hasse Katzen.«

Jupiter sah dem Tier nach, als es lautlos zwischen den Kübeln verschwand. Er hätte sich gerne davon ablenken lassen; ihm war klar, daß er nun etwas zu hören bekäme, das ihm nicht gefallen würde. Einen Moment lang kam ihm der Gedanke, daß dies wahrscheinlich der letzte Augenblick war, in dem er das Haus verlassen und sich aus der ganzen Geschichte heraushalten konnte. Aber er blieb, und er ahnte, daß er damit einen Schritt machte, der größer und weiter war, als ihm später einmal lieb sein würde.

Vorgezogene Reue – er fragte sich, ob es dafür einen psychologischen Terminus gab.

»Komm mit.« Coralina ging voraus.

Jupiter folgte ihr, ohne Fragen zu stellen. Er war geduldig genug, um das ganze Ausmaß der Katastrophe abzuwarten; er brauchte keine Vorwarnung, keine rätselhaften Orakelsprüche. *Zeigt es mir*, dachte er benommen, *mich schockiert so leicht nichts mehr.* Hinter sich hörte er die schlurfenden Schritte der Shuvani.

Durch das winzige Wohnzimmer – Bücher, *Bücher* überall – gelangten sie ins Treppenhaus, vorbei an der offenen Küchentür und dem nach Knoblauch und Paprika duftenden Chaos dahinter. Die hölzernen Stufen waren gerade breit genug, um einem Erwachsenen Platz zu bieten, und so steil, daß es ratsam war zu warten, bis der Vordermann das tiefergelegene Stockwerk erreicht hatte; ansonsten riskierte man, auf den glatten Kanten abzurutschen und dem anderen ins Kreuz zu stolpern.

Sie betraten den ersten Stock, das Obergeschoß des Ladens. Hier, inmitten hoher Papierstapel und vollgepackter Mappen, zog Coralina eine schwere Eichentruhe beiseite. Darunter kam etwas zum Vorschein, das Jupiter auf Anhieb erkannte. Er stieß scharf die Luft aus, obwohl der Anblick ihn tatsächlich kaum mehr überraschte.

Unter der Truhe lag ein flaches Rechteck, eingeschlagen in gegerbtes Kalbsleder. Einundvierzig mal vierundfünfzig Zentimeter – Jupiter mußte das nicht nachmessen.

Er setzte sich auf einen schweren Holzstuhl und legte die Hände auf die Armlehnen in Form gekrümmter Löwenpranken. »Ich hätte nicht kommen sollen«, sagte er. »Ich hätte nicht mal den Telefonhörer abnehmen sollen, als *Rufnummer unbekannt* im Display stand.«

Die Shuvani baute sich zwischen ihm und Coralina auf und stemmte ihre riesigen Hände in die Hüften. »Was für ein Waschlappen ist aus dir geworden, um Himmels willen?« Sie klang jetzt wirklich erbost, und zum ersten Mal hatte er das Gefühl, daß sie bereute, ihn hergebeten zu haben.

»Verdammt, es gibt sechzehn *Carceri*-Motive! Jeder weiß das!« Sein Tonfall war energischer als beabsichtigt, aber er konnte sich jetzt nicht mehr zurückhalten. »Was glaubt ihr wohl, was passieren wird, wenn Coralinas Freunde vom Vatikan in der Geheimkammer nur fünfzehn finden? Kein Mensch wird annehmen, die sechzehnte sei einfach weggerostet!« Er verfluchte sich selbst, weil er die Platten in der Kirche nicht nachgezählt hatte. Coralina mußte eine davon schon in der vergangenen Nacht hierhergeschafft haben. Herrgott, vielleicht hatte Miwa recht gehabt, als sie ihm vorgeworfen hatte, er sei nicht Profi genug für diesen Job.

Coralina und die Shuvani wechselten einen Blick, und Jupiter hatte das unangenehme Gefühl, daß ihn die beiden aus irgendeinem Grund nicht ernst nahmen. Vielleicht hatte er diese Wirkung auf Frauen. Großartig.

»Es sind noch immer sechzehn Platten in der Kirche«, erklärte Coralina. »Niemand wird eine vermissen.« Sie lächelte. »Versprochen.«

»Was hast du gemacht? Ihnen einen Gipsabdruck untergejubelt?«

»Dein Zynismus ist zwar herzerfrischend, aber nicht ganz angebracht«, gab sie zurück. »Es ist ganz einfach. Sechzehn Platten sind in der Kirche. Eine ist hier. Und was bedeutet das?«

Jupiter starrte sie aus großen Augen an. »Ihr seid verrückt.«

»Es waren siebzehn«, sagte die Shuvani in einem Ton, als versuche sie einem Kind eine mathematische Formel einzutrichtern. »Siebzehn, Jupiter.«

Coralina ging in die Hocke und schlug das Leder auseinander. Die Kupferplatte glänzte rötlich, gesprenkelt mit hellem Grün. Coralina hob das eine Ende an und stellte sie schräg, damit Jupiter einen Blick darauf werfen konnte.

Er kam sich plötzlich lächerlich vor auf diesem Stuhl, seltsam hilflos, während die beiden ihn erwartungsvoll anstarrten. Hastig sprang er auf und ging vor der Kupferplatte in die Knie.

»Und?« fragte die Shuvani über seiner Schulter. Zum ersten Mal fiel ihm auf, daß sie nach exotischen Gewürzen roch.

Er beugte sich tiefer über die Platte, streckte dann eine Fingerspitze aus und fuhr über die eingeritzten Linien, in denen noch immer die getrocknete Farbe des 18. Jahrhunderts klebte.

Die beiden hatten recht. Es war ein unbekanntes Motiv. Ein unbekanntes, siebzehntes *Carceri*-Motiv!

»Sag was«, forderte die Shuvani ihn auf, aber Coralina warf ihr einen mahnenden Blick zu und die Andeutung eines Kopfschüttelns.

Er schaute die junge Roma eindringlich an. »Und keiner hat gesehen, daß du sie aus der Kirche getragen hast?«

»Keiner.«

»Ganz sicher?«

»Meine Güte, Jupiter! Du solltest dich mal hören!«

»Warum hast du mir nicht sofort davon erzählt?«

»Das hätte ich wahrscheinlich, wenn du nicht gleich so ablehnend reagiert hättest.« Sie schaute auf die Platte, schien die Oberfläche regelrecht mit ihrem Blick zu streicheln. »Und du hattest recht, was die sechzehn bekannten Motive angeht. Aber dieses hier ...« Kopfschüttelnd brach sie ab. Ihre Stimme verebbte, als würden ihr die Worte ausgehen.

Jupiter spürte in sich eine Erregung, die er so seit vielen Monaten nicht mehr gefühlt hatte. Etwas kehrte zurück, ein Teil seiner selbst, von dem er angenommen hatte, Miwa habe ihn mit all seinen anderen Sachen in einen Karton gepackt und fortgetragen. Aber er hatte sich getäuscht. Der alte Instinkt war noch da. Er erkannte noch immer, wenn er auf etwas wirklich Großes stieß. Und genau das war es, was jetzt vor seinen

Füßen lag. Etwas so verflucht *Großes*, daß die Erkenntnis ihm schier den Atem raubte.

»Okay«, sagte er, bemüht, seine Fassung zurückzuerlangen. Profi sein, dachte er. Endlich wieder Profi sein. »Ihr habt niemandem davon erzählt, nehme ich an.«

»Natürlich nicht.«

Er nickte gedankenverloren und betrachtete die Platte genauer. Auf den ersten Blick hätte es eines der sechzehn bekannten Motive sein können. Eine Halle, so hoch, daß sich die Decke im Schatten verlor, durchzogen von Brücken aus Holz und Stein, bevölkert von verschrobenen, einsamen Gestalten. Ketten im Vorder- und Hintergrund. Ummauerte Gruben, die sich im Boden öffneten wie überdimensionale Brunnenschächte. Zweiflügelige Portale, breit genug, um eine Armee einzulassen. Und im Zentrum eine Art unterirdischer Fluß, eher noch ein Kanal mit gemauerten Ufern, der sich von rechts nach links durchs Bild zog.

In der Mitte des Wasserlaufs erhob sich ein Felsquader. Darauf stand ein Obelisk, so symmetrisch, daß seine breite Vorderseite exakt zum Betrachter wies. Etwas war in seine Oberfläche geritzt, eine Form, die Jupiter zunächst nicht zuordnen konnte, weil sie nicht zur Umgebung paßte. Erst als sein Geist ihn zwang zu abstrahieren und sich aus dieser imaginären Kerkerwelt zu lösen, erkannte er, worum es sich handelte.

Es war ein Schlüssel. Genauer noch, der handgroße *Scherenschnitt* eines Schlüssels.

»Das ist noch nicht alles«, sagte Coralina und öffnete die Kiste, unter der sie die Kupferplatte versteckt hatte. Sie griff hinein und holte einen schmalen Lederbeutel heraus, aus dem gleichen Material wie die Verpackung der Platten und oben mit einer Schnur zusammengezurrt.

Jupiter nahm den Beutel und wog ihn in der Hand. »Was ist das?«

»Er steckte in derselben Mauerspalte wie die Platte«, erklärte Coralina. »Ich hab alle anderen Nischen durchsucht, aber das hier war der einzige.«

Jupiter öffnete den Beutel und leerte den Inhalt auf seine Hand.

»Eine Tonscherbe?« fragte er irritiert.

Coralina nickte. »Schau sie dir genauer an.«

Die Scherbe war dreieckig, mit zwei geraden, scharfen Bruchstellen und einer abgerundeten Seite; die Form verriet, daß sie Teil eines runden Gegenstands gewesen war, eines Tellers oder – da die Oberfläche nicht gewölbt war – einer Scheibe. Sie war unwesentlich kleiner als Jupiters Handfläche und bestand aus gebranntem, schokoladenbraunem Ton. Als das Material noch feucht gewesen war, hatte man mit primitiven Stempeln Hieroglyphen hineingedrückt, deren Vertiefungen mit einer hellen Glasur ausgefüllt waren. Jupiter erkannte archaische Darstellungen eines Fischs, einer menschlichen Gestalt und eines Auges. Die übrigen Zeichen ähnelten eher den Kritzeleien eines Kindes: Dreiecke, Winkel, Spiralen und Kreise.

Zwischen den großen Symbolen gab es eine zweite Reihe von Zeichen, viel kleiner und ziselierter, als hätte sie jemand nachträglich mit einem spitzen Gegenstand in den gebrannten Ton gekratzt. Auch hierbei handelte es sich augenscheinlich um Symbole, wenn auch nicht ganz so primitiv, eher wie Fragmente einer unleserlichen Schmuckschrift.

Jupiter hatte bereits zahllose Hieroglypheninschriften gesehen, und diese hier unterschied sich kaum von irgendeiner anderen, obgleich er sie auf den ersten Blick keinem bestimmten Kulturkreis zuordnen konnte. Auch der eingeritzte zweite Text irritierte ihn.

»Das sieht nicht aus, als stammte es aus der Zeit Piranesis«, stellte er fest. »Es ist älter, würde ich sagen. Viel älter. Zumindest die großen glasierten Symbole.«

Coralina nickte schweigend, während die Shuvani vernehmlich ein- und ausatmete.

Jupiter nahm die Scherbe zwischen Daumen und Zeigefinger, hielt sie ins Licht und drehte sie nahe vor seinen Augen. Die Hieroglypheninschrift bedeckte beide Seiten, während die kleineren Zeichen nur auf einer Seite eingekratzt waren.

»An irgend etwas erinnert mich dieses Ding«, murmelte er. »Ich hab so was schon mal irgendwo gesehen.«

»In natura?«

»Nein, in einem Buch, glaube ich.« Er zerbrach sich den Kopf, kam aber nicht darauf, wieso ihm die Scherbe und ihre Muster bekannt vorkamen. So betrachtete er wieder die siebzehnte Kupferplatte.

»Habt ihr eine Idee, was für ein Zusammenhang zwischen beidem besteht?« wandte er sich an Coralina.

»Im Augenblick steht lediglich fest, daß sie beide im selben Versteck untergebracht waren.« Sie ließ sich von ihm die Scherbe aushändigen und betrachtete sie konzentriert. »Entweder vorchristlich«, sagte sie schließlich, »oder ein Dummerjungenscherz. Zumindest, was die großen Symbole angeht.«

»Piranesi hat dieses Ding bestimmt nicht zum Spaß zusammen mit den Platten versteckt«, sagte Jupiter. »Vorausgesetzt, es war überhaupt er selbst, der all das in der Kirche deponiert hat.«

»Davon können wir ausgehen. Die Laboruntersuchungen des Gesteins und des Mörtels waren eindeutig. Und wer sonst hätte Interesse daran haben können, Piranesis Druckplatten in der von ihm umgebauten Kirche zu verstecken?«

Coralina hatte wahrscheinlich recht. Jupiter akzeptierte ihre Feststellung noch nicht als Tatsache, fand aber, daß sie eine gute Basis für weitere Ermittlungen war. Es war immer von

Vorteil, den Dingen eine gesunde Erdung zu geben, auch wenn sie sich im späteren Verlauf der Nachforschungen als falsch oder vorschnell erweisen mochte.

»Jetzt weiß ich's!«

Coralina sah ihn verständnislos an. »Was meinst du?«

»Die Scherbe ...« Er wandte sich an die Shuvani. »Hast du unten ein Buch über die minoische Kultur Kretas?«

»Schätzchen, hier gibt es nichts, das es nicht gibt.« Damit verschwand sie auf der Treppe und mühte sich die engen Stufen hinunter ins Erdgeschoß.

Sekunden später ertönte von unten ein Poltern, dann ein Fluch.

Coralina sprang besorgt auf. »Großmutter?«

Jupiter eilte mit ihr zur Treppe. Als sie hinunterschauten, saß die Shuvani breitbeinig inmitten eines umgefallenen Bücherstapels am Boden.

»Gott, Großmutter, ist dir was passiert?« Coralina wollte die Treppe hinunterspringen, aber die Shuvani hielt sie mit einer Handbewegung zurück. »Schon gut, schon gut ... Eine alte Frau verträgt so was.« Sie deutete auf die Bücher, in die sie hineingestolpert war. »Das ist die Lieferung für Kardinal Merenda. Die sollte schon längst im Vatikan sein.«

»Der Vatikan kauft bei euch Bücher?« fragte Jupiter verwundert.

»Gelegentlich«, gab Coralina zurück. »Kardinal Merenda ist ein ziemlich guter Kunde. Seit die Shuvani ihm einen Band besorgt hat, der vor über zweihundert Jahren aus der vatikanischen Bibliothek entwendet wurde, gibt er uns hin und wieder Suchaufträge. Die Lieferung da unten«, sie deutete die Treppe hinab, wo die Shuvani noch immer inmitten der Bücher saß wie ein Kind in einem Haufen Herbstlaub, »war eigentlich gestern fällig.« Ihrer Großmutter rief sie zu: »Ich kümmere mich morgen darum.«

»Das wäre gut.« Die Shuvani stemmte sich hoch und stand einen Augenblick später wieder auf den Füßen. Vor sich hin murmelnd wackelte sie davon und verschwand aus dem Blickfeld der beiden.

»Sollen wir runterkommen?« rief Jupiter.

»Untersteht euch!« antwortete die Shuvani gedämpft. »Ich bin vielleicht alt, aber nicht invalide.«

Coralina und Jupiter wechselten einen amüsierten Blick, ehe sie rasch zur Kupferplatte und der Tonscherbe zurückkehrten.

Jupiter strich mit dem Finger über den sonderbaren Schlüsselumriß, der mit seiner exakten Linienführung so gar nicht in das grob schraffierte Umfeld des Kerkers paßte. Der Schlüssel war langstielig und hatte einen kantigen Bart; das dazugehörige Schloß mußte sehr alt sein. Jupiter konnte sich nicht erinnern, in einem der übrigen sechzehn Motive eine vergleichbare Abbildung gesehen zu haben, nicht einmal etwas, das auch nur Ähnlichkeit mit einem Schlüssel besaß.

Die Shuvani kehrte mit vier großformatigen Büchern zurück und reichte sie Jupiter. Er hätte einen modernen Bildband mit Fotos bevorzugt, doch er wußte, daß die Shuvani keine aktuellen Bücher führte. Hier handelte es sich um die Bände eins bis vier von Arthur Evans' *The Palace of Minos*, einem zwischen 1921 und 1935 erschienenen Standardwerk über die minoische Ära und ihr bekanntestes Bauwerk. Jupiter blätterte vergeblich in den ersten beiden Bänden, bis er schließlich im dritten fand, was er suchte. Er legte das aufgeschlagene Buch vor sich auf den Boden.

Die rechte Hälfte der Doppelseite zierten zwei kreisrunde Federzeichnungen. Jupiter plazierte die Tonscherbe auf der linken Seite, damit er sie mit den Darstellungen auf der rechten vergleichen konnte. Die Ähnlichkeit fiel sofort ins Auge.

»*Phaistos Disc*«, las Coralina die englische Bildunterschrift. Ihre Miene hellte sich auf. »Der Diskos von Phaistos! Natürlich!«

Sie und Jupiter grinsten sich in stummem Einverständnis an, während die Shuvani mißmutig auf und ab ging. »Könntet ihr mir bitte erklären, von was ihr da faselt?« verlangte sie unwirsch.

Die Federzeichnungen zeigten die beiden Seiten einer runden Scheibe, in deren Oberfläche ein spiralförmiges Labyrinth eingeritzt war. Zwischen den Linien waren Hieroglyphen eingedruckt, ganz ähnlich jenen auf ihrem Fundstück. Doch so oft Jupiter die Scherbe auch auf den Buchseiten umherschob, sie drehte und wendete, war doch bald schon offensichtlich, daß sie nur auf den ersten Blick mit der Zeichnung identisch war.

Enttäuscht ließ er die Scherbe auf dem geöffneten Buch liegen. »Der Diskos wurde Anfang des Jahrhunderts von italienischen Archäologen auf Kreta entdeckt, in der Gegend von Phaistos«, erklärte er der Shuvani. »Die Stadt war neben Knossos das bedeutendste Herrschaftszentrum der Insel, die Kornkammer des minoischen Reiches. Der Diskos ist das älteste bekannte Zeugnis eines gedruckten Textes. Niemand weiß genau, wie alt die Scheibe ist, aber die Schätzungen gehen von rund dreitausendfünfhundert Jahren aus. Das bedeutet, hier haben Menschen den Buchstabendruck erfunden, mehr als drei Jahrtausende bevor Gutenberg seine erste Druckpresse baute.«

Die Shuvani deutete auf die Federzeichnungen. »Was bedeuten die Hieroglyphen?«

»Auch das weiß keiner«, kam Coralina Jupiter zu Hilfe. »Es hat zahllose Versuche gegeben, die Zeichen zu decodieren, weit über fünfzig, soweit ich weiß. Die einen sahen darin einen Kalender, die nächsten einen Reisebericht, andere wieder die Schilderung einer Liebesnacht mit einer minoischen Prinzessin.« Sie schmunzelte. »Sogar Erich von Däniken hat die

Scheibe für seine Theorien vereinnahmt. Na ja, das Übliche – die Götter aus dem All und so.«

»Man weiß so gut wie nichts über die wahre Bedeutung des Diskos«, sagte Jupiter. »Anhand der Gangrichtung der kleinen Strichfiguren läßt sich erkennen, daß die Zeichen von außen nach innen gelesen werden müssen, vom Eingang des Labyrinths zu seinem Zentrum. Aber damit sind wir auch schon am Ende der bekannten Fakten.«

Die Shuvani beugte sich über das Buch, warf einen mürrischen Blick auf die beiden Zeichnungen und richtete sich wieder auf. »Wie groß ist das Ding?«

Jupiter suchte im Text auf der linken Seite nach einer entsprechenden Erwähnung. »Etwa sechzehn Zentimeter im Durchmesser. Du hast nicht zufällig ein Buch, das … hm, ein wenig *zeitgenössischer* ist? Dann könnten wir vielleicht rausfinden, wo der Diskos heute aufbewahrt wird.«

Die Shuvani schenkte ihm einen finsteren Blick. »Ich darf dir mit Stolz versichern, daß es in meinem Geschäft kein Buch mit auch nur einer einzigen Farbfotografie gibt, junger Freund.«

»*Junger Freund*?« Coralina lachte. »Vorsicht, Jupiter, ich kenne diesen Tonfall. Gleich wird sie dich bitten, den Müll nach draußen zu schaffen.«

Die Shuvani gab ihrer Enkelin einen sanften Klaps auf den Hinterkopf. »Und du, junge Dame, hast offenbar keine ausreichende Erziehung genossen, sonst würdest du deinem armen alten Vormund nicht in den Rücken fallen.«

Coralina schaute mit einem frechen Blitzen in den Augen von Jupiter zur Shuvani. »Ich hab ihn hergebracht, oder? Und noch hat er nicht gesagt, daß er schnurstracks mit uns zur Polizei gehen will.«

Jupiter steckte die Scherbe wieder in den Lederbeutel und schlug das vergilbte Buch zu. Staub wölkte empor. »Das Ganze ist Wahnsinn – ihr wißt das beide ganz genau.«

»Deshalb wollten wir dich dabeihaben«, sagte die Shuvani und zeigte ihre Goldzähne. »Als unsere Stimme der Vernunft.«

»Immerhin – deinen Humor hast du im hohen Alter nicht verloren.«

Die Shuvani schnaubte, dann ließ sie sich in den Stuhl mit den Löwenpranken fallen. Das Holz ächzte unter ihrem Gewicht. »Hilfst du uns?«

Jupiter zögerte und blickte hinüber zu Coralina.

Sie strahlte ihn an. »Also?« Er kannte diese Frage, und er kannte dieses Lächeln. Damals hatte er nein gesagt.

Er strich mit dem Daumen über den Lederbeutel in seiner Hand. Deutlich spürte er darunter die Vertiefungen der großen Hieroglyphen. Die kleinere Schriftreihe aber, die jemand nachträglich in das antike Relikt geritzt hatte, ließ sich nicht ertasten. Zum ersten Mal hatte Jupiter das Gefühl, daß sie das wahre Geheimnis darstellte, die Lösung eines Rätsels, das noch unsichtbar unter der Oberfläche der Dinge lag.

»Bekomme ich noch einen Wein?« fragte er leise.

»Piranesi«, begann Coralina, als sie wieder im Dachgarten saßen und nachdenklich ihre Weingläser zwischen den Fingern drehten, »wurde im Oktober 1720 geboren. Er stammte aus einer Familie angesehener Architekten und Handwerker und wurde im Alter von vierzehn Jahren nach Venedig geschickt, um von seinem Onkel in der Baukunst unterwiesen zu werden. Allerdings erwies sich der Junge als ziemlich widerspenstig und aufmüpfig – ich schätze, heutzutage würden wir das Pubertät nennen –, und so wurde er schon bald von seinem ehrenwerten Onkel an die Luft gesetzt.«

»Piranesi mit Pickeln«, bemerkte Jupiter. »Interessante Vorstellung.«

»Ein anderer Architekt nahm sich seiner an und lehrte ihn das Malen von Bühnenbildern, mit besonderem Schwerpunkt auf der Perspektive. Damals gab es in Venedig unzählige Theater und Opernhäuser, so daß Piranesi sich gute Chancen ausrechnete, eine lukrative Anstellung zu finden. Leider unterschätzte er die Schwäche der damaligen venezianischen Wirtschaft, und bald schon mußte er feststellen, daß er trotz all seines Talents keine Aussicht auf ein ausreichendes Einkommen hatte. Piranesi nahm Abschied von der Stadt und schloß sich dem Gefolge eines päpstlichen Gesandten an, mit dem er 1740 nach Rom reiste. Dort beendete er in der Werkstatt eines Kupferstechers seine Ausbildung.«

Jupiter beobachtete gedankenverloren, wie sich das Licht der Abendsonne in seinem Weißwein brach. »Das muß etwa die Zeit gewesen sein, als er mit der Arbeit an seinen Veduten begann, oder?«

»Die Öffentlichkeit entwickelte damals ein enormes Interesse – verbunden mit einer erheblichen Kaufbereitschaft – an detaillierten Stadtpanoramen und Landschaftsansichten«, sagte Coralina, »den sogenannten Veduten. Piranesi erkannte, daß er damit seinen Lebensunterhalt sichern konnte, und stürzte sich mit Begeisterung auf seine neue Aufgabe. Seine erste Sammlung erschien 1743 und erfreute sich eines ziemlichen Achtungserfolges. Er begann, ausgedehnte Reisen zu unternehmen, unter anderem nach Neapel, wo er seine Liebe für vorchristliche Monumentalbauten entdeckte. Zurück in Rom entschied er deshalb, seine künftige Arbeit den Ruinen zu widmen. Über Jahre hinweg erschienen immer neue Stiche mit antiken Motiven. Außerdem übernahm er einen Posten als Geschäftsführer einer gutgehenden Grafikhandlung, der ihm ein geregeltes Einkommen sicherte. Derweil machten ihn seine Werke weit über die Stadt hinaus bekannt. Die Leute schätzten den Detailreichtum seiner Radierungen, der die alten Ruinen noch spektakulärer erscheinen ließ. Zu jener Zeit, 1749, erschien auch die erste Fassung der *Carceri*, eine Mappe mit vierzehn Stichen seiner erfundenen Kerkerlandschaften.«

»Sechzehn«, verbesserte die Shuvani.

Coralina schenkte ihrer Großmutter einen unwirschen Blick. »Nein, vierzehn. Erst Jahre später hat Piranesi den Zyklus komplett überarbeitet und zwei weitere Motive hinzugefügt. Das war 1761. Aber soweit bin ich noch nicht. Nach seinen ersten großen Erfolgen beschloß Piranesi nämlich, sich einer ganz anderen Aufgabe zuzuwenden. Er unterbrach seine Arbeit an den Radierungen und begann mit archäologischen Forschungen in den Katakomben an der Via Appia. Tag für Tag stieg er hinab in die unterirdischen Gänge und Gewölbe und machte sich daran, die Grabmäler der frühen Christen zu dokumentieren. Er tat das mit solcher Begeisterung, daß er seinen bisherigen Kundenkreis vernachlässigte und nur noch vom Verkauf der alten Vedutendrucke lebte. Die Leute verstanden ihn nicht mehr, und viele seiner Anhänger wandten sich von ihm ab. So setzte Piranesi es sich zum Beispiel in den Kopf, die zweihundert Namen von den Platten im Familiengrab des Augustus zu kopieren – und zwar so exakt und detailliert, daß jede kleinste Beschädigung der Inschriften, jede Unebenheit und jeder Riß zu sehen sein würden. Obwohl er an Arbeiten wie dieser fast verzweifelte, führte er sie über einen langen Zeitraum hinweg fort. Die Leute lachten über ihn, erst hinter seinem Rücken, dann offen in sein Gesicht. Aber Piranesi war von der Unterwelt Roms so fasziniert, daß er seine Arbeit in den Katakomben erst beendete, nachdem er alle seine Ziele erreicht hatte.

Als er wieder in die Öffentlichkeit zurückkehrte, gab es freilich ein Problem: Kaum jemand nahm ihn mehr ernst, und sein einstiger Lehrer Giuseppe Vasi war inzwischen bei weitem populärer als er. Piranesi aber gab nicht klein bei, sondern nahm die Herausforderung voller Elan an. Er stürzte sich in die Arbeit, und es dauerte nicht lange, da hatte er seine alte Position zurückerobert. Die Verkaufszahlen seiner Werke stiegen wieder, und schließlich übertraf er sogar seine früheren Erfolge. Als 1756 schließlich die *Antichità Romane* erschienen, die Ansichten Roms, war Piranesi endgültig ein Star. Sein Name war in ganz Europa bekannt, der Adel riß sich um seine Stiche. Man muß sich das wirklich nach modernen Maßstäben vorstellen: Jeder in Rom kannte Piranesi, und hätte es damals schon Klatschblätter und die Boulevardpresse gegeben, so hätten sie wohl Woche für Woche ihre Seiten mit Piranesis neuesten Eskapaden gefüllt. Er lieferte sich lange Auseinandersetzungen mit anderen Künstlern, vor allem aber mit den damaligen Kunsthistorikern.

Piranesi war der Ansicht, die römische Architektur basiere nicht – wie allgemein angenommen – auf der griechischen, sondern auf der etruskischen Baukunst. Diese Diskussion schlug Wellen weit über Italien hinaus. Die Gelehrten, für die das Griechische das Maß aller Dinge war, reagierten teils beleidigt, teils feindselig. Die Etrusker als Urväter der römischen Architektur waren für die damalige Geisteswelt völlig undenkbar – sie galten als Barbaren, über die man kaum etwas wußte, während die griechische Antike in den Augen der meisten *das* Zeitalter der Kunst schlechthin gewesen war. Piranesi führte einen umfangreichen Schriftwechsel mit zahllosen Historikern in ganz Europa, der meist in Beschimpfungen und Schmähungen gipfelte. Vieles davon wurde veröffentlicht und sorgte so für weiteren Zündstoff. Im Grunde ist Piranesi damals bereits genauso vorgegangen wie die heutige Prominenz: Er produzierte immer wieder Skandale und hielt so seinen Namen in aller Munde, was ihm wiederum gewinnbringende Verkäufe sicherte, trotz der exorbitanten Preise, die er für seine Werke verlangte. Hinzu kam, daß er seine Stiche in Auflagen von mehreren hundert Exemplaren drucken konnte, so daß er, anders als etwa die klassischen Maler, durch die Reproduzierbarkeit seiner Kunst weitere Reichtümer scheffelte. Als er im November 1778 schließlich mit achtundfünfzig Jahren starb, war er ein wohlhabender Mann, dessen Familie es verstand, auch postum an seinen Werken zu verdienen.«

»Klingt, als sei er ein ziemlich heller Kopf gewesen«, brummte die Shuvani. Jupiter bemerkte mit einem Anflug von Mißbilligung den Neid in ihrer Stimme.

»Piranesi war für seine Zeit hochgebildet, vermutlich auch hochintelligent«, bestätigte Coralina.

»Stellt sich lediglich die Frage«, sagte Jupiter langsam, mit einem beinahe genüßlichen Blick in die Richtung der Shuvani, »weshalb ein Finanzgenie wie Piranesi einen ganzen Satz Kupferplatten einmauert, wenn er sie doch auch für viel Geld hätte verkaufen können.«

Coralina nickte schweigend, während die Shuvani ein enormes Taschentuch hervorzog und sich lautstark schneuzte.

Jupiters Blick wanderte zur Tür des Dachgartens, und in Gedanken tauchte er tiefer hinab ins Innere des Hauses. Er dachte an die unbekannte Kupferplatte unten im Laden und an die verschlungenen Strukturen ihrer Kerkerarchitektur.

Er dachte an den Schlüssel und fragte sich, welches Tor sich wohl damit öffnen ließe.

Später führte Coralina Jupiter in ihre Wohnung im Kellergeschoß des Hauses. Rohre und Kabelstränge verliefen unter der niedrigen Decke; Coralina hatte sie alle dunkelrot gestrichen, wodurch sie sich auffällig vom Weiß der Mauern abhoben. An den Wänden hingen einige Drucke, säuberlich gerahmt, doch den meisten Platz nahmen aufwendige Zeichnungen auf Millimeterpapier ein, die Coralina für ihre Restaurationsarbeiten angefertigt hatte. Sie waren zu groß für Pinnwände, deshalb hatte sie sie mit Klebestreifen direkt auf dem Verputz befestigt.

Jupiter bestaunte schweigend ihr Geschick im Umgang mit dem Isographen. Nun verstand er, weshalb die Bauleiter von Santa Maria del Priorato einer jungen Frau wie ihr soviel Verantwortung übertragen hatten.

Auf Coralinas Schreibtisch entdeckte er einen Stapel ihrer Visitenkarten. Er steckte einige davon ein, für den Fall, daß er während seines weiteren Aufenthalts in Rom jemandem eine Adresse hinterlassen mußte.

Neben dem Schreibtisch wies ein winziges Kellerfenster hinaus auf die Gasse vor dem Haus. Mehrere Briefe und Werbesendungen lagen darunter auf dem Boden verstreut. Coralina erklärte, daß das Fenster Tag und Nacht gekippt sei und vom Postboten als Briefkasten benutzt wurde; sie hatte ihn darum gebeten, damit ihre Post nicht im Durcheinander der Rechnungen und Kataloge unterging, die jeden Tag im Laden der Shuvani landeten.

Sie brachte Jupiter bis zur Tür des Gästezimmers und beobachtete mit einem Lächeln, wie er eintrat und sich langsam umschaute. Sie glaubte, daß er es hinter seinem Rücken nicht bemerkte, doch da täuschte sie sich. Es verunsicherte Jupiter ein wenig, daß die Erinnerung an damals sie so offensichtlich amüsierte. Den meisten anderen Frauen wäre der Gedanke daran peinlich gewesen. Coralina aber lächelte, und damit gab sie ihm fast so viele Rätsel auf wie der alte Kupferstich im Laden der Shuvani.

»Gute Nacht«, sagte sie leise und zog von außen die Tür zu. Jupiter hörte, wie sich ihre leichten Schritte auf dem Kachelboden des Kellers entfernten, ehe sie die dicken Teppiche erreichte, mit denen sie ihr Wohn- und Arbeitszimmer ausgelegt hatte. Einen Moment lang war ihm die plötzliche Stille unangenehm.

Im Gegensatz zum Rest des Kellers hatte sich in diesem Zimmer kaum etwas verändert. Unter dem einzigen Fenster, das hoch unter der Decke auf einen Innenhof hinausging, befand sich ein Bett, breit genug für zwei. Außerdem gab es ein Waschbecken und eine Badewanne mit gußeisernen Raubtierfüßen. Die Wände waren weiß verputzt wie die anderen Räume des Untergeschosses. Mehrere Bilder hingen daran, die Jupiter bereits von seinem ersten Besuch vor zehn Jahren kannte.

Er legte seinen Koffer auf einen kleinen Tisch in der Ecke und klappte den Deckel hoch. Erstmals kam ihm der Gedanke, daß alle seine Kleidungsstücke gleich aussahen, so als hätte Miwas Verschwinden nicht nur sein Leben, sondern sogar seine Garderobe aller Variationen beraubt. Frustriert zerrte er seinen Kulturbeutel unter der Kleidung hervor und ließ den Kofferdeckel wieder zufallen. Er wußte nicht, warum ihn ausgerechnet jetzt einer jener unregelmäßigen Schübe von Selbstmitleid überkam, wo es doch eigentlich genug anderes gab, über das er sich hätte Gedanken machen müssen. Etwa die Tatsache, daß er jetzt ein Krimineller war.

Mit dem Bild des siebzehnten Kupferstichs vor Augen warf er sich aufs Bett. Er war erschöpft – das war er immer nach Flügen, ganz gleich wie kurz oder lang sie waren –, aber er spürte auch, daß er so schnell nicht würde einschlafen können. Zu viele Dinge geisterten durch seinen Kopf. Das Wiedersehen mit Coralina und der Shuvani, die Geheimkammer in der Kirche, die unbekannte Radierung, die Tonscherbe mit ihren archaischen Symbolen – viel zuviel für einen Tag, fand er.

Immer wieder blitzten hinter seinen Lidern Eindrücke aus dem Leben Piranesis auf, so als wäre er selbst dabeigewesen und erinnere sich bruchstückhaft an die Ereignisse von damals: Piranesis Rückzug in die Katakomben unter der Via Appia, die lange vergessenen Namen an den Wänden des Augustus-Grabes – die Flucht in das Labyrinth einer Vergangenheit, die nicht seine eigene war. Nicht die Piranesis, und auch nicht jene Jupiters.

Schließlich döste er ein und fiel in einen Halbschlaf, in dem er Laute zu hören glaubte, die aus unbestimmter Tiefe an seine Ohren drangen. Das Knirschen stählerner Kettenzüge hallte durch eine dunkle Traumwelt aus mächtigen Steinblöcken und titanischen Gewölbedecken. Schreie eines vergessenen Gefangenen erfüllten die Leere dieser Unterwelt, das Lallen eines Wahnsinnigen im tiefsten aller Kerker.

Als Jupiter erwachte, hörte er tatsächlich Geräusche, direkt vor seiner Tür. Leichtfüßige Schritte auf dem Kachelboden. Einen Moment lang glaubte er an ein Déjà vu. Vor seinem geistigen Auge sah er Coralina, wie sie schweigend das Zimmer betrat und unter seine Bettdecke schlüpfte.

Doch die Schritte gingen an der Tür vorüber, und wenig später hörte er sie auf der Treppe nach oben. Jupiter schaute auf seine Armbanduhr. Kurz nach halb drei. Möglich, daß Coralina einfach nur Durst hatte. Aber gab es hier unten nicht eine eigene Küchenecke? Vielleicht war ihr Kühlschrank leer.

Jupiter rappelte sich auf und trat nach einem Augenblick schläfriger Desorientierung ans Waschbecken. Er war vollbekleidet auf dem Bett eingeschlafen. Seine Zähne fühlten sich stumpf an, seine Zunge belegt vom Wein. Er kramte Zahnbürste und Zahncreme aus dem Kulturbeutel und scheuerte so lange in seinem Mund herum, bis er sich nicht mehr vor sich selbst ekelte. Er wusch sich Gesicht und Hals mit eiskaltem Wasser, woraufhin er sich zwar besser fühlte, allerdings auch wieder hellwach war.

Nach kurzem Zögern beschloß er, Coralina zu folgen. Vielleicht konnte er ja mit ihr gemeinsam die Vorräte der Shuvani plündern. Alles war besser, als sich wach auf dem Bett herumzuwälzen und frustriert darauf zu warten, endlich wieder einzuschlafen.

Draußen im Keller war es dunkel; Coralina hatte kein Licht eingeschaltet. Jupiter stieg die Treppe hinauf und durchquerte die beiden düsteren Ladenetagen. Durch eines der vorderen Fenster schien das Licht einer Straßenlaterne herein und schuf tiefschwarze Schatten zwischen den Regalreihen. Schon als Kind hatte Jupiter Bücherregale im Dunkeln als unheimlich empfunden. All die Geschichten, die im Finsteren auf ihre Wiederentdeckung warteten, stumm und schlummernd, hatten ihm einen Schauder über den Rücken gejagt, wenn es ihn am Abend gelegentlich in die Bibliothek seines Großvaters verschlagen hatte, an jenen ruhigen Ferienwochenenden, die bei den meisten Menschen mit dem Erwachsenwerden aus dem Gedächtnis verschwinden.

Er suchte in der Küche nach Coralina. Sie war nicht dort. Im Wohnzimmer entdeckte er, daß die Tür zum Dachgarten offenstand. Von draußen drang gedämpft die nächtliche Geräuschkulisse Roms herein. Jenseits der meterhohen Topfpflanzen wurde eine Hauswand in weißblaues Lichtgewitter getaucht, als eine Ambulanz mit ausgeschalteter Sirene vorüberraste.

»Coralina?« Er flüsterte mehr, als daß er sie rief. Er wollte die Shuvani nicht wecken.

Er horchte auf eine Antwort, doch alles, was er hörte, waren zwei kämpfende Kater, irgendwo in der Schneise zwischen den Häusern.

»Coralina? Bist du hier draußen?«

Aufmerksam schaute er sich auf der kleinen Terrasse um. Ganz kurz kam ihm der Gedanke, daß sich Coralina vielleicht hinter den Pflanzen versteckte. Ihm fiel jedoch kein vernünftiger Grund ein, weshalb sie das tun sollte; außerdem fürchtete er, sich lächerlich zu machen, wenn er zwischen den Zweigen und Palmwedeln nach ihr suchte. Wahrscheinlich wäre die Shuvani ausgerechnet dann in der Tür erschienen, wenn er gerade kopfüber in irgendeinem Kübel steckte.

Er flüsterte Coralinas Namen ein drittes Mal, ehe er die schmale Treppe entdeckte, die zwischen zwei Weidenbäumen höher aufs Dach führte. Er hatte noch nie der Aussicht über Roms Dächerlandschaft widerstehen können, zumal er sich nicht erinnern konnte, die Stadt jemals bei Nacht von oben betrachtet zu haben.

Als er eine Etage höher auf das Dach des Hauses stieg, knirschten die Gitterstufen unter seinen Füßen wie die Ketten in seinem Traum. Die verschachtelten Ziegelflächen bildeten hier oben einen ebenen Aussichtspunkt. Auf dem Nebenhaus erkannte Jupiter den Bretterverschlag eines Taubenzüchters, dahinter einen Wald rostiger Antennen.

Coralina stand reglos an einem Gitter, das ihr gerade bis zu den Knien reichte, und blickte über den Abgrund der Gasse hinweg. Sie trug nur ein enges weißes Sleepshirt und hatte Jupiter den Rücken zugewandt. Ihr schwarzes Haar tanzte auf einer eisigen Brise. Jupiter bemerkte die Gänsehaut auf ihren nackten Schenkeln, silbrig schimmernd im Licht der Straßenlaterne vor dem Haus. Trotzdem stand sie ganz ruhig da, so als könnte die Kühle der Nacht ihr nichts anhaben.

»Coralina?«

Sie regte sich nicht.

Er trat von hinten an sie heran und berührte sachte ihren Oberarm. »Alles in Ordnung?«

Sie zuckte zusammen, und einen Moment lang fürchtete er, sie könnte das Gleichgewicht verlieren und nach vorne in die Tiefe stürzen. Gerade wollte er sie packen, als sie von sich aus einen hastigen Schritt nach hinten machte, ein unsicheres Taumeln, das zu gleichen Teilen an ihrer Überraschung wie auch an dem kalten Boden liegen mochte, auf dem ihre nackten Füße nach Halt suchten.

»Jupiter?« stammelte sie, obwohl sie ihn doch erkennen mußte. »Ich …« Sie brach ab, schaute an sich hinunter und schüttelte den Kopf. »Ist schon gut«, murmelte sie schließlich. »Nichts passiert.«

»Was tust du hier oben?«

Benommen suchte sie nach Worten. »Ich bin Schlafwandlerin … schon seit Jahren.«

Er blickte zögernd über das niedrige Gitter, hinab in den Abgrund, drei Stockwerke tief. Eine Katze huschte unten über das Pflaster. »Du hättest dich umbringen können.«

Coralina schüttelte den Kopf. »Mir passiert schon nichts.«

»Weiß die Shuvani Bescheid?«

»Natürlich.« Coralina schmunzelte. »Vor ein paar Jahren hat sie aus irgendwelchen Kräutern ein Gebräu zusammengekocht und von mir verlangt, daß ich es trinke. Das sollte angeblich den *Fluch* von mir nehmen.« Sie fuchtelte mit den Händen in der Luft wie die Karikatur eines Geisterbeschwörers.

»Und?«

»Ich hatte vier Tage Durchfall.« Coralinas Lachen schallte hell und gläsern über das Dach. Jupiter fand, daß sie sehr verletzlich wirkte, wenn sie lachte. Vielleicht war dies der Moment, sie in den Arm zu nehmen, wenn auch nur, um sie zu wärmen. Aber sie bewegte sich rückwärts zur Treppe und entzog sich ihm, bevor er auch nur die Hände heben konnte.

»Die Shuvani kennt viele solche Rezepte.« Den Schreck darüber, sich plötzlich hier oben wiederzufinden, hatte sie offenbar überwunden. »Alle stinken, schmecken wie tote Katzen und machen einem nichts als Ärger.«

»Du bist schon öfter hier oben aufgewacht, oder?«

»Meistens gehe ich noch im Schlaf wieder nach unten und lege mich ins Bett. Morgens merke ich dann, daß ich wieder unterwegs war.« Sie zuckte gelassen die Achseln. »Aber ich hab mich dran gewöhnt. Mach dir keine Sorgen.«

Natürlich machte er sich Sorgen, aber er war nicht sicher, ob er ihr das zeigen sollte. Statt dessen wechselte er das Thema. »Es ist wunderschön hier oben.«

»Nicht wahr?« Sie blieb am oberen Ende der Treppe stehen und drehte sich einmal um sich selbst, blickte verträumt über das nächtliche Lichtermeer.

Die Gasse, an der das Haus der Shuvani lag, mündete ein Stück weit entfernt in die Via del Governo Vecchio, eine lange, kurvenreiche Straße, an der sich Roms beste Second-Hand-Läden und Antiquariate drängten. Obwohl Tag für Tag unzählige Touristen an den Auslagen vorüberwanderten, hatte die Straße sich den Ruf eines Geheimtips bewahrt. Tief und eng wand sie sich durch einen der ältesten Teile der Innenstadt, düster sogar bei strahlendem Sonnenschein. Tagsüber war sie voller Einheimischer, die unter freiem Himmel ihre Vespas reparierten oder vor den winzigen Bars Espresso tranken. Nachts aber wich das Leben aus der Via del Governo Vecchio, und übrig blieb nur eine ausgestorbene Schneise im Gefüge der alten Häuser.

Von ihrem Aussichtspunkt aus konnten Jupiter und Coralina die Straße sehen, auch wenn sie sich schon nach wenigen Metern aus ihrem Sichtfeld schlängelte.

»Sie mag es nicht, wenn man sie allzu lange beobachtet«, sagte Coralina rätselhaft, als sie Jupiters Blick hinüber zur Via del Governo Vecchio bemerkte. »Sie schätzt es nicht, wenn man zu genau betrachtet, was dort auf welche Weise verkauft wird.«

»Die Hehler, von denen du gesprochen hast, arbeiten auch dort?«

»Nicht in den Ladenlokalen. Aber in Hinterzimmern und auf Dachböden, ja.«

Er gab sich einen Ruck und sprach aus, was er sich vor dem Einschlafen im Bett überlegt hatte. »Ich denke nicht, daß wir die Kupferplatte gleich zu einem Händler bringen sollten. Ich würde gern ein wenig mehr darüber herausfinden.«

Sie lächelte ihn an. »Als ob ich irgend etwas anderes erwartet hätte.«

»Und die Shuvani?«

Schalk blitzte in ihren Augen. »Ist hiermit überstimmt.«

Schlagartig wurde ihm klar, daß sie noch immer erbärmlich frieren mußte. »Komm ins Haus«, sagte er und wollte mit ihr die Treppe hinuntersteigen.

Coralina hielt ihn zurück. »Warte. Laß uns noch bleiben! Es ist so schön hier draußen.«

»Du erkältest dich.«

»Sei nicht so schrecklich profan.«

Ihre neckische Art verwirrte und reizte ihn. Sie erwartete, daß er sich um sie sorgte; zugleich aber wollte sie nicht, daß er seine Sorge offen zugab oder gar Einfluß auf sie nahm.

Er mußte lächeln und blickte rasch in eine andere Richtung. Die Dächer Roms schimmerten gediegen vor dem schwarzen Nachthimmel. Mondlicht goß sie in stählernes Zwielicht, ein silbriges Auf und Ab aus Schrägen und Kaminen, aus weiten Terrassen mit Kletterspalieren und engen, halbverborgenen Ziegeltälern voller Wäscheleinen und Taubenschläge. Mehrere Generationen von Fernsehantennen stachen empor wie Gebeine auf einem Elefantenfriedhof. Glockentürme, Schlote, Zinnen und Gesimse reckten sich der Dunkelheit entgegen. Leere Stahlgerüste, zurückgelassen von abgezogenen Bautrupps, erhoben sich auf Dächern, die kaum ihr eigenes Gewicht zu tragen vermochten. Klobige Fahrstuhltürme konkurrierten mit schlanken Sakralbauten. Bogenfenster, Säulenpavillons und Strebepfeiler verbreiteten die erhabene Aura der Historie, Kuppeln und Palmen wirkten fast orientalisch. Gemüsestauden in Zinkwannen, lackierte Gartenmöbel und vergilbte Markisen bildeten eine eigene Welt hoch über der Stadt, gänzlich losgelöst vom Treiben in der Tiefe. Am Tag leuchtete all das in warmem Ocker und Siena, in der Nacht aber schlummerten die Kronen der Stadt in fremdartiger Erhabenheit.

Jupiter sah Coralina aufmerksam an. »Du bist sicher oft hier oben.«

»Hier hab ich mich immer am sichersten gefühlt. So ... frei. Klingt das albern?«

»Überhaupt nicht.«

»Natürlich tut es das. Aber ich schätze, das ist der Preis aller Wahrheit.«

Er dachte noch darüber nach, wie sie das meinte, als sie sich vor ihm auf die Zehenspitzen stellte und ihm einen Kuß auf die Wange gab. »Danke, daß du mich gerettet hast.«

»Du hast gesagt, du wärst nicht gefallen.«

»Wäre ich auch nicht.« Sie klang belustigt. »Aber du hast Angst um mich gehabt, und das zählt.«

Als sie zurücktrat, hatte die Kälte ihre Brustwarzen aufgerichtet. Sie bemerkte es selbst und zupfte ein wenig verschämt am Saum ihres Sleepshirts.

»Laß uns wieder hier raufkommen, wenn es wärmer ist«, sagte sie und sprang mit wenigen Sätzen die Treppe hinunter. Jupiter fühlte sich schrecklich alt, als er ihr folgte und jede Stufe einzeln nahm.

Genauso schnell eilte sie die Treppen zum Keller hinunter, mit großem Vorsprung und ohne abzuwarten, ob er ihr folgte; sie wußte auch so, daß er es tat.

Als er seine Unterkunft erreichte, war Coralina längst in ihrem Schlafzimmer verschwunden und hatte die Tür hinter sich geschlossen.

KAPITEL 3

Der Zwerg

Il Tevere biondo. Der blonde Tiber. Lehm und Sand verleihen dem Fluß diese Farbe, während er sich hinab aus dem Apennin windet, durch Umbrien und Latium fließt, bis nach Rom und ins offene Meer.

Als Jupiter mit Coralina hoch über dem Ufer den Gehweg entlang schlenderte, entschied er, daß dies ein weiteres Beispiel jener italienischen Eigenheit war, alles *bello*, alles schönzureden. Der Tiber war durchsetzt mit Giften aller Art, und noch vor wenigen Jahrzehnten waren Menschen an den Infektionen gestorben, die sie sich beim Bad im Fluß zugezogen hatten. Und dennoch nannte ihn niemand den schmutzigen Tiber. Den schwefelgelben Tiber. Den giftigen Tiber. Nein, *blond* war er, auch wenn in seinem Fall die Farbe nicht echter war als im Haar der Verkäuferinnen rund um die Piazza di Spagna.

»Ich würde die Scherbe gerne einem Bekannten zeigen«, sagte Jupiter, als sie sich ohne Eile Piranesis Kirche näherten. Das Ledersäckchen mit dem Bruchstück aus Ton trug er in seiner Manteltasche.

»Welchem Bekannten?«

»Amedeo Babio. Schon von ihm gehört?«

Coralina runzelte die Stirn. »Der Zwerg?«

»Babio mag klein sein, aber er kennt sich aus mit antiker Kunst. Besser als die meisten anderen, die ich kenne.«

»Die Shuvani hält nicht viel von ihm.«

»Die beiden mögen sich nicht«, bestätigte er schulterzuckend. »Ist das ein Problem?«

»Zumindest nicht meines.«

Coralina trug ein dickes Kapuzenshirt aus Fleece. Sie schüttelte sich kurz und schob die Hände in die Ärmel. Jupiter fand es verwunderlich, daß sie heute morgen, bei strahlendem Sonnenschein, stärker fror als vergangene Nacht, halbnackt auf dem Dach des Hauses.

»Babio ist seit über zwanzig Jahren einer der angesehensten Kunsthändler der Stadt«, sagte er. »Nicht der bekannteste, aber einer mit äußerst finanzkräftiger Kundschaft.«

»Mit legaler Ware?«

Er setzte ein vages Lächeln auf. »Im Rahmen des Möglichen.«

»Du hast schon mit ihm gearbeitet, nehme ich an.«

»Vor sechs oder sieben Jahren«, bestätigte er. »Einer meiner Kunden, ein Sammler aus Lissabon, hat mich gebeten, die Echtheit eines bestimmten Stücks zu prüfen. Ich bin mit einem Stapel Fotos zu Babio gereist und hab sie ihm vorgelegt.«

Sie sah ihn im Gehen von der Seite an. »Und, war es echt?«

»Babio hat mich wieder fortgeschickt.«

»Warum das?«

»Er hat gesagt, er erstelle keine Expertisen für jemanden, der es ihm nicht einmal gestatte, einen Blick auf das Original zu werfen.«

»Er konnte doch nicht verlangen, daß du mit solch einem Stück quer durch Europa reist.«

»Er hat es nicht verlangt. Er hat meinen Auftraggeber einfach vor die Wahl gestellt. Das sei das Beste, was er für uns tun könne, hat er gesagt.«

»Euch eine Wahl zu lassen?« Coralina schüttelte den Kopf.

»Babio sagte damals etwas, das ich sehr clever fand. Er meinte, ein Kunstwerk sei nur dann echt, wenn man *echte*

Freude beim Betrachten empfindet. Und keine noch so gute Fotografie könne diese Empfindung hervorrufen, jenen Augenblick, in dem man etwas in Händen hält, das einen wirklich tief im Herzen berührt. Es gehe nicht um Dinge wie Alter oder Herkunft eines Werkes, nur um das Gefühl, das es hervorruft.«

Coralina rümpfte die Nase. »Klingt nicht sehr professionell.«

»An der Universität hat man dir natürlich etwas anderes beigebracht. Aber mit den Jahren wirst du schon noch verstehen, was damit gemeint ist.«

»Oh, besten Dank, *Onkel* Jupiter«, entgegnete sie spitz.

Er lachte leise, sagte aber nichts.

Sie stiegen die Treppe hinauf, die von der Uferstraße zum Vorplatz der Kirche Santa Sabina führte, dem vorderen der drei benachbarten Gotteshäuser. Santa Maria del Priorato bildete den Abschluß dieses steinernen Triumvirats. Jupiter und Coralina folgten einer Straße nach Süden, und wenig später erreichten sie die Kirche Piranesis.

Rund zwei Dutzend Menschen hatten sich vor dem Portal zusammengefunden. Jupiter hatte die Meldung über den Fund der sechzehn Kupferplatten heute morgen in der Zeitung gelesen und sich gewundert, weshalb die Verantwortlichen es so eilig gehabt hatten, die Nachricht an die Medien zu geben. Jetzt durfte man sich im Vatikan nicht wundern, daß Kunstinteressierte und neugierige Touristen die Kirche belagerten, um einen Blick auf die Geheimkammer zu werfen. Jupiter erkannte das eine oder andere Gesicht, ein paar stadtbekannte Sammler und zwei Dozenten vom kunsthistorischen Institut der Universität. Er hatte früher flüchtig mit ihnen zu tun gehabt. Blicke streiften ihn und Coralina, als sie sich dem Auflauf näherten, doch niemand schien ihn zu erkennen. Das war ihm sehr recht.

Unweit des Portals stand eine langgestreckte schwarze Limousine mit abgedunkelten Scheiben. Jupiter bemerkte, daß die Fahrertür einen Spalt weit offenstand. Ein Bein ragte hervor, als wollte der Chauffeur den Wagen mit dem Fuß auf dem Pflaster abstützen. Ein schwarzes Hosenbein und ein schwarzer, blank polierter Schuh. Beides teuer.

»Schau dir das an!« empörte sich Coralina und wies zum Portal. Man hatte gelbes Plastikband gespannt, um den Neugierigen den Eintritt zu verwehren. Dahinter standen zwei Männer, breitschultrige Bodyguards mit kurzgeschorenem Haar und Funkkabeln, die in ihren Ohrmuscheln verschwanden.

»Sag bloß, das wundert dich?«

Sie sah ihn an, als hätte er etwas sehr Dummes gesagt, und ihre schwarzen Augen blitzten streitlustig. »Ich muß die Kerle nur ansehen und weiß, daß sie mich nicht hineinlassen werden.«

Er lächelte nachsichtig. »Das hier ist nicht *deine* Kirche.«

»Ich habe die Vorarbeiten geleitet!« widersprach sie aufgebracht. »Ich bin Mitglied des Restaurationsteams!«

Jupiter sah ihr an, daß sie sich weiter ereifern würde, bevor überhaupt etwas geschehen war, deshalb ging er eilig voraus, drängte sich mit halblaut gemurmelten Entschuldigungen durch die Menge und schuf so eine Gasse für Coralina, die ihm mit einer Würde folgte, als sei sie in der Tat die Besitzerin des alten Gemäuers. Er verstand ihren gekränkten Stolz, wußte aber auch, daß es zwecklos war, in solch einer Lage die Beleidigte zu spielen.

Sie drückte sich eng an Jupiter vorbei und sprach einen der beiden Wachmänner an. Er musterte ihr Gesicht ohne jede Regung und hatte sich gut genug in der Gewalt, um seinen Blick nicht weiter an ihr herabwandern zu lassen. Sehr beherrscht, sehr kühl.

Der Wortwechsel war kurz. Innerhalb weniger Augenblicke erhielt Coralina die Bestätigung dessen, was sie befürchtet hatte. Die Männer hatten den Auftrag, niemanden in die Kirche zu lassen, nicht einmal die Entdeckerin des aufsehenerregenden Fundes.

Einige der Umstehenden hatten gehört, wer sie war, und bestürmten sie sogleich mit Fragen. Jupiter tat sein Bestes, sie vor allzu aufdringlichen Dränglern zu schützen, während Coralina weiterhin auf den Wachmann einredete. Der aber trat einfach zwei Schritte zur Seite und beachtete sie nicht weiter.

Wutentbrannt überließ sie Jupiter dem Ansturm der Wißbegierigen, drängte sich grob durch die Menge und blieb erst in sicherer Entfernung stehen. Jupiter folgte ihr übellaunig.

»Laß mich nicht einfach stehen wie einen dummen Schuljungen!«

Als sie zu ihm herumwirbelte, hatte sie Tränen der Wut in den Augen. »*Ich* habe sie entdeckt! Es ist mein verdammtes Recht, mich weiter in der Kirche umzuschauen.«

Er senkte seine Stimme. »Vielleicht wäre es wirklich besser, sich eine Weile lang nicht mehr hier sehen zu lassen. Je auffälliger du dich benimmst, desto mißtrauischer werden sie.«

»Warum sollten sie?« flüsterte sie erregt. »Sie haben die sechzehn Kupferplatten. Sie vermissen die siebzehnte nicht.«

»Wie viele Nischen waren in der Kammerwand?«

»Mehr als zwanzig.« Sie schnaubte streitlustig. »Glaubst du wirklich, daran hätte ich nicht gedacht?«

Er spürte, daß sie drauf und dran war, ihren Zorn an ihm auszulassen. »Tut mir leid«, sagte er, um Schlichtung bemüht. »Denk nicht, daß ich dich unterschätze. Ich will nur auf Nummer Sicher gehen.«

Sie nickte, aber er sah ihr an, daß ihre Gedanken bereits ganz woanders waren. Ihr Blick richtete sich auf die schwarze Limousine.

»Das Nummernschild«, murmelte sie.

»Was ist damit?«

»Der Wagen gehört zum Vatikan.«

»Und? Sie werden jemanden hergeschickt haben.« Ihm fiel auf, daß noch immer der Fuß des Chauffeurs aus der Tür schaute. Er wippte leicht auf dem Pflaster, so als warte sein Besitzer ungeduldig auf jemanden. Erst als Jupiter genauer hinsah, entdeckte er, daß der Fuß nicht aus Nervosität wippte. Er *zertrat* etwas – eine Ameisenstraße, die aus Spalten im Pflaster an dem Wagen vorüberführte.

Der Mann selbst war hinter den dunklen Scheiben nicht auszumachen, nicht einmal sein Umriß.

»Das ist nicht Kardinal von Thadens Wagen«, sagte Coralina, ohne das Fahrzeug aus den Augen zu lassen.

»Von Thaden?« fragte er ungeduldig. »Wer ist das?«

»Leonhard von Thaden. Schweizer Erzbischof. Der Leiter der Glaubenskongregation.« Sie fixierte Jupiters Blick, und da bemerkte er erstmals, daß sie sich ernsthaft Sorgen machte. Allmählich begann er zu begreifen, weshalb.

»Der Kleiderschrank hinter der Absperrung hat mir gesagt, von Thaden überwache die weiteren Arbeiten in der Kirche«, fuhr sie fort.

»Was hat die Glaubenskongregation mit deinem Fund zu tun?«

»Genau das frage ich mich auch.« Sie trat nervös von einem Fuß auf den anderen. »Ziemlich seltsam, oder?«

Jupiter musterte den Wagen und hatte das beunruhigende Gefühl, daß sie aus dem Inneren beobachtet wurden. »Und du meinst, das ist nicht sein Wagen?«

»Ich kenne den Fuhrpark der Kardinäle. Jeder, der etwas mit dem Vatikan zu tun hat, kennt ihn. Und deshalb bin ich sicher, daß dies nicht von Thadens Wagen ist.«

Er zuckte irritiert mit den Schultern. »Was soll's?«

Coralina wollte auf die Limousine zugehen, doch Jupiter hielt sie zurück. »Nicht, warte! Du hast dich da vorne am Portal schon auffällig genug benommen. Laß uns einfach von hier verschwinden.«

Sie sah ihn einen Moment lang verwundert an, so als hätte er eine vollkommen abwegige Bemerkung gemacht, doch dann nickte sie zögernd. Sie wollte etwas sagen, als ihr Blick über seine Schulter hinweg zur Kirche fiel.

»Zu spät«, flüsterte sie.

Jupiter drehte sich um und sah, daß ein Mann durch die Versammlung am Eingang auf sie zukam. Er mochte Anfang Dreißig sein und hatte hellblondes Haar, beinahe weiß. Auch seine Haut war auffallend pigmentlos.

»Wer ist das?« brummte Jupiter.

»Landini. Von Thadens engster Vertrauter.«

»Ist er dafür nicht ein wenig jung?«

Coralina gab keine Antwort, denn Landini war jetzt nahe genug, um ihre Worte mitanzuhören. Ein jungenhaftes Lächeln huschte über seine Züge, als er auf sie zutrat. Er streifte Jupiter nur mit einem beiläufigen Blick und konzentrierte sich dann ganz auf Coralina.

»Guten Tag. Ich habe gerade erst erfahren, daß Sie hier sind.«

Jupiter bemerkte, daß Coralinas Miene sich aufhellte. Offenbar hoffte sie, die Abfuhr am Portal sei nur ein Mißverständnis gewesen. Sie schüttelte Landini die Hand, und nun strahlte er noch breiter. Mißmutig mußte Jupiter ihm zugestehen, daß er trotz seines sonderbaren Äußeren etwas Gewinnendes an sich hatte.

Dieser Gedanke verschwand allerdings in jenem Moment, als Landini sich Jupiter zuwandte. »Und wer sind Sie?« fragte er kühl.

»Mein Verlobter«, versicherte Coralina eilig, bevor Jupiter etwas sagen konnte, das Landini gegen sie aufbringen konnte. »Darf ich jetzt bitte in die Kirche?«

Landini löste den Blick seiner weißblauen Augen fast ein wenig widerwillig von Jupiter, und sogleich war da wieder dieses feine Lächeln. »Verzeihen Sie«, sagte er zu Coralina, »aber ich darf Sie nicht reinlassen. Ich habe Order, niemandem Zugang zu gewähren.«

»Order von wem? Kardinal von Thaden?«

Landini zuckte mit den Achseln. Lächelnd, natürlich. »Ich darf darüber nicht sprechen, das wissen Sie. Ich bin nur rausgekommen, um Ihnen für Ihren Einsatz und Ihre Ehrlichkeit zu danken.«

Jupiter suchte vergeblich nach einer Spur von Häme im Gesicht des jungen Geistlichen. Aber nein, er fand keine Anzeichen für seinen Verdacht, daß Landini mehr wußte, als er zugab.

»Sie könnten mir zum Dank etwas mehr Vertrauen entgegenbringen«, gab Coralina zurück, scharf, aber nicht so offensichtlich verärgert wie während ihres Gesprächs mit dem Wachmann. Sie gab sich große Mühe, sachlich zu bleiben.

Landini überging Coralinas Bemerkung. »Sie haben bereits gestern abend alles über Ihre Entdeckung zu Protokoll gegeben, nicht wahr?«

»So ist es. Und nun würde ich gerne an meinen Arbeitsplatz.«

Landini schüttelte den Kopf und gab sich augenscheinlich Mühe, zerknirscht zu wirken. »Ganz so einfach ist das nicht. Wie ich schon sagte, ich darf Ihnen keinen Zutritt gewähren.«

»Ich arbeite dort drinnen!«

»Nicht mehr.«

»Sie *feuern* mich?«

Landini blinzelte kurz, so als blende ihn ihre Wut wie eine helle Flamme. »Verstehen Sie das nicht falsch, bitte.«

»Sie haben mich gerade entlassen! Was gibt es da falsch zu verstehen?«

Wieder lächelte er, wenn auch behutsamer. »Wir haben alle Arbeiten an der Kirche gestoppt. Es wird vorerst keine Restaurierungen mehr geben. Das ist alles, was ich Ihnen sagen kann.«

Coralina wollte aufbrausen, aber Jupiter erkannte, daß dies der Augenblick war, um einzugreifen. Er legte ihr sanft eine Hand auf die Schulter. »Komm, laß uns gehen. Signore Landini«, er wählte absichtlich die weltliche Anrede, »kann nichts dafür.« In die Richtung des Geistlichen fügte er mit seinem liebenswertesten Lächeln hinzu: »Nicht wahr?«

»Allerdings.« Landini nickte entschieden. »Wie schon gesagt, es tut mir sehr leid.«

Coralina holte tief Luft, dann drehte sie sich mit einem zornigen Schnauben um und eilte die Straße hinunter. Jupiter ging eilig hinterher, ohne sich noch einmal umzusehen. Er spürte, daß der Geistliche ihnen nachschaute.

»Es wird zur schlechten Angewohnheit, daß du mich irgendwo zurückläßt«, beschwerte er sich, als er Coralina einholte.

»Dieser Scheißkerl!«

Er hielt sie fest und wirbelte sie herum, eine Spur zu heftig. Allmählich reichte es ihm. »Hör zu«, sagte er scharf, »entweder du verzichtest in Zukunft darauf, den halben Vatikan gegen uns aufzubringen, oder ich sitze im nächsten Flugzeug nach Hause.«

Sie wich seinem Blick nicht aus. »Und wo soll das sein, zu Hause? In deiner leeren Wohnung?«

Damit lief sie abermals los und ließ ihn zum dritten Mal innerhalb weniger Minuten einfach stehen.

Auf dem Gehweg vor dem Haus des Zwerges stand ein Kiosk, einer jener hoffnungslos von Zeitungen, bunten Magazinen und Comic-Heften überquellenden Bretterverschläge, die es in

Rom an jeder Straßenecke gibt. Schon bei früheren Besuchen in der Stadt war Jupiter aufgefallen, daß an keinem anderen Ort der Welt der Akt des Zeitungskaufs einen derart eigenwilligen, fast rituellen Charakter hatte wie hier. Anderswo erwarb man seine Morgenausgabe schweigend, vielleicht mit einem flüchtigen Gruß oder einem Dank für das Wechselgeld; man verriet nicht, was man über die Schlagzeilen dachte, und niemand wäre auf die Idee gekommen, große Politik mit dem Kioskbesitzer zu diskutieren.

In Rom war das anders. Kaum ein Käufer, der nicht gleich seine Meinung zum Tagesgeschehen kundtat, immer bereit zu einem kurzen Gespräch, freudig, erregt, empört oder verärgert. Es wurde gestikuliert und geflucht, und oft beteiligten sich Verkäufer und Passanten, bis manchmal gar der Verkehr zum Erliegen kam.

Jupiter wechselte zügig die Straßenseite, als an der nahen Kreuzung die Ampeln auf Rot sprangen. Er war allein. Coralina war nach Hause gegangen, um einen Abdruck des Schlüssels auf der siebzehnten Platte zu nehmen. Einer Eingebung folgend hatte sie sich in den Kopf gesetzt, von einem Kunstschmied eine dreidimensionale Replik herstellen zu lassen. »Wer weiß, wozu es gut ist«, hatte sie gesagt, und Jupiter hatte nicht widersprochen. Außerdem war es ihm ganz recht, wenn sie ihn nicht zu Babio begleitete.

In einiger Entfernung parkte ein Streifenwagen der Polizei. Zwei junge Beamte saßen auf der Motorhaube, hielten ihre Maschinenpistolen in Händen und schauten wachsam um sich, so als erwarteten sie jeden Augenblick die bleireiche Wiederauferstehung der Roten Brigaden aus den Fluten des Tiber. Es war das gleiche Bild, das sich einem überall in Rom bot, für die Einheimischen längst ein gewohnter Teil des Stadtbildes, für Ausländer aber immer noch Anlaß für Irritation und Verunsicherung.

Das Haus des Zwerges war groß, auch wenn es von außen kaum etwas von den Reichtümern seines Besitzers verriet. Lediglich Gitter vor den unteren Fenstern waren ein vager Hinweis auf die Schätze in seinem Inneren, ebenso die winzige Überwachungskamera im oberen Teil des Torbogens und die hochmoderne Sprechanlage.

Amedeo Babio war reich, und das aus gutem Grund. Jupiter hatte gelernt, das Urteil des Zwerges höher zu schätzen als das der meisten anderen Kunsthändler, mit denen er in den vergangenen Jahren zu tun gehabt hatte. Er hoffte lediglich, daß Miwas Saat aus Verleumdungen und übler Nachrede hier noch nicht aufgegangen war. Sie war immer eine gründliche Frau gewesen, in allem, was sie tat, und kaum etwas hatte sie gründlicher betrieben als die Demontage seiner Existenz.

Er war gerade unter den Torbogen des Hauses getreten, als aus der Gegensprechanlage in der Wand eine Stimme drang, zu verzerrt, um mit Gewißheit feststellen zu können, ob es die des Zwerges war.

»Wie groß sind Sie?«

Jupiter blickte hinauf ins Objektiv der Überwachungskamera. »Komm schon, Babio! Du kennst mich.«

»Wie groß sind Sie?«, wiederholte die Stimme.

Jupiter seufzte. »Eins neunundachtzig.«

»Wie alt sind Sie?«

»Babio, *bitte.*«

»Wie alt sind Sie?«

»Fünfunddreißig«, knurrte Jupiter und war nicht sicher, ob er lächeln sollte. »Meine Schuhgröße ist ...«

»Wie heißen Sie?« unterbrach ihn die Stimme.

»Jupiter.«

Die Stimme schwieg einen Moment. Dann, nach kurzem Zögern, sagte sie: »Das ist interessant. Der oberste der alten Götter bringt den Fall des neuen.«

Jupiter erinnerte sich, daß der Humor des Zwerges schon immer eigenwillig gewesen war. »Eine Sprechanlage als antikes Orakel? Wo sind die nackten Priesterinnen?«

Ein Brummen ertönte, als von innen der elektrische Türöffner aktiviert wurde. Jupiter drückte gegen die Tür. Sie war schwer, schwang aber ohne einen Laut nach innen.

Er trat in eine Toreinfahrt mit gewölbter Decke. Zu beiden Seiten wurde sie von hohen Statuen flankiert, perfekte Körper wie die Stein gewordenen Phantasien einer Leni Riefenstahl. Hinter Jupiter fiel die Tür ins Schloß.

Langsam ging er weiter, passierte eine ganze Batterie von Bewegungsmeldern und stand augenblicklich in gleißendem Strahlerlicht. Helligkeit flutete den Tortunnel, betonte die Vollendung der Statuen und verlieh der kleinen Gestalt, die am Ende des Durchgangs wartete, einen riesenhaften Schlagschatten. Amedeo Babio war immer ein Meister der Selbstinszenierung gewesen.

»*Ich bin klein, mein Herz ist rein*«, säuselte der Zwerg in akzentfreiem Deutsch, kicherte leise und verschwand dann in einer offenen Tür.

Jupiter schüttelte resigniert den Kopf und ging mit eiligen Schritten hinterher. Babio war nicht verrückt, aber aus irgendeinem Grund legte er es darauf an, den Leuten einen Anschein von Wahnsinn zu suggerieren. Ein Spleen, vielleicht, oder aber eine sonderbare Taktik, zu eigenwillig, um für andere durchschaubar zu sein.

Durch eine prachtvolle Eingangshalle folgte Jupiter dem Zwerg eine Treppe hinauf. Er betrat einen Saal, der jedem Nationalmuseum zur Ehre gereicht hätte. Auf Sokkeln und Podesten erhob sich ein Irrgarten aus Statuen, von denen Babio gerne behauptete, es handele sich um Kopien, auch wenn Jupiter die Vermutung hatte, daß in diesem Haus mehr echte Kunstwerke der Antike aufbewahrt wurden als in den altehrwürdigen Gebäuden der Stadt.

Das Stirnende des Saals wurde von einem gewaltigen Gesicht eingenommen, fünf Meter hoch und aus hellem Stein gemeißelt. Die Züge waren von der Perfektion eines griechischen Gottes. Blinde Augen blickten Jupiter entgegen, blanke Augäpfel ohne Pupille. Ein gezackter Riß verlief von der Stirn hinab entlang der Nase und spaltete die steinerne Oberlippe.

Davor stand Babio, in einen weißen Kaschmiranzug gekleidet, und zündete sich an einem niedrigen Feuerbecken mit glühenden Kohlen einen Zigarillo an.

»Jupiter, mein Freund«, sagte er paffend, »willkommen in Alberichs Hort!«

Babio hegte seit jeher eine Vorliebe für die nordische Mythologie, und die Identifikation mit dem Zwerg Alberich, dem Hüter des Nibelungenschatzes, war naheliegend. Er sprach Deutsch, Dänisch, Schwedisch und ein wenig Isländisch. Bis vor ein paar Jahren hatte er regelmäßig italienische Übersetzungen aus dem Mittelhochdeutschen bei angesehenen Wissenschaftsverlagen publiziert.

Jupiter schüttelte ihm die Hand und war abermals erstaunt, wie winzig Babio war. Kleinwüchsig selbst für einen Liliputaner, erreichte er kaum eine Höhe von einem Meter. Daß er überhaupt älter als fünfzig geworden war, grenzte nach Ansicht seiner Ärzte an ein Wunder. Babio hatte graues Haar und einen kurzgeschnittenen weißen Vollbart. Sein Kopf war unnatürlich groß im Verhältnis zum Rest seines Körpers, aber Babio scherzte gern, daß dies nur dem Maßstab seines Genies entspräche. »Wäre ich so groß wie du«, hatte er einmal zu Jupiter gesagt, »hätte ich einen Schädel wie die Dioskuren auf dem Kapitol.« Jupiter hatte ihn daran erinnert, daß eine ganze Armee von Restauratoren seit Jahrhunderten dafür Sorge trug, daß die steinernen Köpfe der Statuen nicht einfach vornüber fielen: »Zu groß, zu schwer. Typischer Fall von Größenwahn.«

Babio stieß eine Rauchwolke aus und lehnte sich mit dem Rücken gegen das Kinn des Titanengesichts. »Seit wann bist du in Rom?«

»Seit gestern.«

»Du wohnst wieder bei dieser Hexe, nehme ich an.«

Jupiter nickte. »Du hast mir nie erzählt, was zwischen dir und der Shuvani vorgefallen ist.«

»Vorgefallen? Nichts.« Babio zeigte ein schmales Lächeln. »Von meiner Seite gekränkter Liebesstolz. Von ihrer ... nun, nennen wir es Mißgunst.«

»Liebesstolz?« entfuhr es Jupiter ungläubig. »Du warst ...«

»Schrecklich verliebt in sie«, bestätigte Babio gelassen. »Aber das ist lange her. Sie war eine schöne Frau, damals.«

Die Vorstellung des winzigen Babio in den fleischigen Armen der Shuvani war so grotesk, daß Jupiter kein weiteres Wort über die Lippen brachte.

»Ich weiß, was du denkst«, sagte Babio. »Aber, glaub mir, sie hat nicht immer so ausgesehen wie heute. Als sie nach Rom kam, war sie schlank und schön, eine reife Frau bereits, aber äußerst attraktiv.«

Jupiter fielen auf Anhieb ein halbes Dutzend sarkastischer Antworten ein, aber er beherrschte sich. Ihn wunderte, daß Babio mit einemmal so viel von sich erzählte. Der kleine Kunsthändler mußte doch wissen, daß die bombastische Inszenierung seiner selbst dadurch zum Kartenhaus geriet.

Jupiter räusperte sich. »Wart ihr ... zusammen?«

»O nein, natürlich nicht«, entgegnete Babio kopfschüttelnd. »Sie hatte einen *Beau*, der sie jahrelang becircte und umschwärmte und eher ihren ... nun ja, Größenverhältnissen entsprach. Hochgewachsen – und hoch*gestellt*, wenn du verstehst. Meine Welt ist eine andere als die eure. Die Shuvani weiß das. Sie hat eine Beziehung mit mir nie in Betracht gezogen.«

»Kennst du ihre Enkelin?«

»Die kleine Coralina?«

»Die so klein nicht mehr ist.«

»Als ich ihr zuletzt begegnet bin, war sie ein Teenager. Ein *junger* Teenager. Was ist mit ihr?«

»Wie's scheint, macht sie dem früheren Ich ihrer Großmutter alle Ehre.«

Babio gestattete sich einen Augenblick verträumter Rückschau. Dann aber wurde er abrupt ernst und sagte: »Du bist nicht hier, um mit mir über Frauen zu sprechen. Eigentlich dachte ich, daß du die Nase voll hast von ihnen.«

Jupiter schnaubte abfällig. »Ist Miwa bei dir gewesen?«

»Mehr als einmal. Aber ich hab sie nicht ins Haus gelassen.«

»Warum das, um Himmels willen?«

»Sie ist zu klein.«

»Zu *klein*?«

»Deshalb habe ich dich am Eingang gefragt, wie groß du bist. Niemand unter eins siebzig kommt mir ins Haus.«

Jupiter lächelte höflich, doch dann bemerkte er, daß Babio keine Miene verzog. »Ist das dein Ernst?« fragte er irritiert.

»Gewiß.«

Vielleicht war die Verrücktheit des Zwerges doch mehr als eine Laune, die in unregelmäßigen Zyklen wiederkehrte.

»Klein bin ich selbst«, fuhr Babio ernsthaft fort und zog an seinem Zigarillo. »Ich will nicht ständig in einen Spiegel schauen. Deshalb bevorzuge ich die Gesellschaft von großen Menschen wie dir.«

Es hatte wenig Zweck, diese neue Absonderlichkeit Babios zu hinterfragen. Jupiter mußte es hinnehmen, so wie er den sonderbaren Orakelspruch am Eingang hingenommen hatte.

Und letztlich konnte er froh sein, daß Miwa Babio nicht auf ihre Seite gezogen hatte.

»Wann war sie zuletzt hier?« fragte er.

Mißmutig hob der Zwerg eine Augenbraue. »Du suchst doch nicht etwa nach ihr?«

Jupiter schüttelte den Kopf, vielleicht eine Spur zu hastig. »Nein. Aber sie hat eine Menge Dinge von mir mitgenommen.«

»Zuletzt hab ich sie vor etwa acht Monaten gesehen«, sagte Babio, augenscheinlich zufrieden mit Jupiters Antwort. Gedankenverloren schob er einen seiner winzigen Finger in die Hasenscharte des steinernen Riesengesichts und strich Staub heraus. »Sie sah gut aus.« Mit einem Schulterzucken ergänzte er: »Zumindest auf meinem Überwachungsmonitor.«

»War sie allein?«

»Großer Gott, *Jupiter!*«

»Ich bin nicht eifersüchtig. Nur interessiert.«

»Das will ich hoffen. Die Dinge in deinem Brief lasen sich nicht besonders erfreulich.«

»Der Brief...« Jupiter seufzte. »Das war ein Fehler.« In seiner Verzweiflung hatte er kurz nach Miwas Verschwinden persönliche Briefe an seine wichtigsten Geschäftspartner verfaßt. In den Schreiben hatte er grob skizziert, auf welche Weise Miwa ihn ausgebootet hatte. Insgeheim hatte er wohl gewußt, daß dies der falsche Weg war, galt es doch in der Branche als verpönt, Privates mit Geschäftlichem zu vermischen. Obwohl er in seinem Brief Miwas Betrug nur angerissen hatte, hatte man ihm diesen Schritt übelgenommen. Miwa war es daraufhin noch leichtergefallen, ihn vor aller Welt zu diskreditieren. Liebeskummer treibt einen Menschen zu den dümmsten Dingen, und bedauerlicherweise war Jupiter keine goldene Ausnahme von der Regel.

»Laß uns über etwas anderes reden«, bat er.

Babio machte eine generöse Geste. »Wie du willst. Du hast mir noch immer nicht verraten, warum du hier bist.«

Jupiter nickte und zog den kleinen Lederbeutel aus der Manteltasche. Er löste das Band und ließ die Tonscherbe auf seine Handfläche gleiten. »Weißt du, was das ist?«

Babio nahm die Scherbe mit Daumen und Zeigefinger auf, sehr vorsichtig, beinahe ehrfurchtsvoll. Er betrachtete sie von allen Seiten. »Laß uns in mein Arbeitszimmer gehen.«

Durch eine Tür, halb verborgen hinter dem steinernen Schädel, führte er Jupiter in ein Treppenhaus. Sie stiegen die Stufen ins nächste Stockwerk hinauf, folgten einem schlichten Flur und betraten schließlich ein teakholzgetäfeltes Kaminzimmer. In einer Ecke stand ein gläserner Waffenschrank mit einem halben Dutzend Jagdgewehre. Jupiter bezweifelte, daß Babio je eines davon benutzt hatte; auch das mächtige Elchgeweih über dem Kamin stammte fraglos aus zweiter Hand. Davor lag ein graues Bärenfell samt Kopf mit aufgerissenen Kiefern.

Hätte Jupiter nicht gewußt, daß Babio passionierter Kaffeetrinker war, so hätte er geschworen, daß es hier drinnen nach würzigem Tee roch. Möglich, daß der Duft in der Täfelung hing, die Babio gewiß aus England hatte einfliegen lassen.

Der Zwerg legte die Scherbe auf einen kleinen Leuchttisch, lenkte von oben das Licht eines Punktstrahlers darauf und nahm aus einer Schublade eine große Lupe. Eingehend betrachtete er die Scherbe von allen Seiten, murmelte dabei unverständlich vor sich hin und schaute schließlich über den Rand der Lupe zu Jupiter auf.

»Wo hast du sie her?«

»Das hast du mich früher nie gefragt, Babio, und wir wollen doch nicht mit liebgewonnenen Traditionen brechen, oder?«

Der Zwerg knurrte etwas und widmete sich dann wieder dem Fundstück.

»Ich dachte...«, begann Jupiter, wurde aber sogleich von Babio unterbrochen: »Du dachtest, du hättest ein Bruchstück der Phaistos-Scheibe gefunden. Und dann hast du die beiden verglichen und festgestellt, daß es etwas anderes sein muß.«

Jupiter nickte widerwillig. »Die großen Symbole sind denen auf dem Diskos sehr ähnlich.«

»Minoisch, das denke ich auch«, murmelte Babio. »Zumindest von vergleichbarem Alter und aus einer verwandten Kultur.«

»Und die kleinen Schriftzeichen?« Jupiter deutete auf die schmaleren, unleserlichen Zeilen zwischen den antiken Hieroglyphen.

»Sie wurden später eingekratzt«, sagte Babio. »Nicht einmal besonders kunstvoll. Wer immer das getan hat, hatte keinen großen Respekt vor dem Schatz, den er in Händen hielt.«

»Kannst du feststellen, wann das geschehen ist?«

»Nur schätzungsweise. Zwischen dem sechzehnten und neunzehnten Jahrhundert, würde ich sagen. Heutzutage sind die Leute zu *sophisticated*, als daß sie einen solchen Wert vorschnell zerstören würden.« Babio grinste listig. »Und um den Wert geht es dir doch, oder?«

»An wen könnte man so etwas verkaufen?«

»Oh«, machte Babio. »Zum Beispiel an mich.«

Jupiter winkte ab. »Du hast noch nie irgend etwas so schnell von mir kaufen wollen.«

»Ein erstes Mal für alles, mein lieber Freund. Ein erstes Mal für alles.«

Jupiter setzte sich auf die Schreibtischkante. »So funktioniert das nicht, das weißt du. Du bist kein Hinterhofhehler, Babio. Du würdest nicht versuchen, mich derart plump übers Ohr zu hauen.«

»Warum sollte ich dich zu irgendeinem anderen schicken?« Der Zwerg schaute wieder durch die Lupe. »Ein einzigartiges

Stück, in der Tat. Auf dem freien Kunstmarkt ist es als Bruchstück nicht viel wert. Aber ich würde dir ein hübsches Sümmchen dafür zahlen.«

»Erzähl mir erst etwas darüber.«

Der Zwerg wiegte seinen übergroßen Kopf bedächtig vor und zurück. »Erzählen, erzählen«, knurrte er und fixierte Jupiter mit einem scharfen Blick. »Was kannst *du* mir darüber erzählen?«

»Nichts, das dir helfen würde.«

Babio lachte verstohlen. »Natürlich nicht. Kein Fundort, kein Besitzer, kein gar nichts. So ist es doch, oder?« Er seufzte gekünstelt. »So ist es *immer*.«

»Nun?« Ein Hauch von Ungeduld lag in Jupiters Stimme.

»Ich nehme an, du bezahlst mir nichts für meine Mühe.« Eine trockene Feststellung, auf die Jupiter mit einem Nicken antwortete.

»Ich habe dir mehr als einmal einen Gefallen getan, Babio. Das weißt du.«

»Alte Schulden eintreiben, hm?«

»Wenn du so willst.«

»Ts, ts, ts«, zischte der Zwerg. »Die Welt ist schlecht.«

»Sie wird nicht schlechter dadurch, daß wir die Dinge vor uns herschieben.«

»Deine Ungeduld war schon immer dein Fehler, mein Junge.«

Jupiter lächelte bitter. »Wenn du höflich bitte sagst, verrate ich dir vielleicht noch ein paar andere.«

»Etwa deinen Mangel an Menschenkenntnis?« erkundigte sich Babio humorlos. »Oder deinen Mangel an Mut?«

»Jemand, der sich die meiste Zeit über allein in seiner Villa verbarrikadiert, sollte nicht abfällig über den Mut anderer reden.«

Babio ließ das Thema fallen und folgte mit dem Zeigefinger vorsichtig dem Verlauf eines der Symbole auf der Scherbe.

»Mindestens dreitausend Jahre alt. Glasierter Ton. Die Zeichen wurden mit Hilfe einer frühen Drucktechnik eingearbeitet.«

»Irgendeine Idee, was sie bedeuten könnten?«

Babio verneinte. »Anhand eines Bruchstücks? Das ist so, als würde ich dir eine halbe Seite aus dem Alten Testament geben, und du solltest daraus etwas über die Kreuzigung Jesu ablesen.«

»Gar keine Chance?«

Der Zwerg hob die Schultern. »Jemand, der sich auf so etwas versteht, würde nicht die komplette Zeichenfolge brauchen, vielleicht nicht einmal die Hälfte. Aber das hier dürfte ...«, er maß die Scherbe mit einem scharfen Blick, »vermutlich nicht mehr als ein Sechstel sein. Definitiv zuwenig.«

»Und der andere Text? Die kleineren Zeichen? Sind sie erst eingekratzt worden, nachdem die Scheibe zerbrochen war, oder sind auch sie nur ein Teil von etwas Größerem?«

Babio untersuchte die Ränder der Tonscherbe. »Die Linien gehen über die Bruchstellen hinaus. Ich denke, wir können mit relativer Sicherheit annehmen, daß die Scheibe noch vollständig war, als der Text eingeritzt wurde.«

Jupiter nickte bedächtig. Das entsprach seiner eigenen flüchtigen Untersuchung der Scherbe. »Glaubst du, daß es eine reguläre Schrift ist oder ein Code?«

Babios Brauen zuckten nach oben. »Wieso ein Code? Was gäbe es denn zu verbergen?«

»Netter Versuch«, entgegnete Jupiter grinsend.

»Schade.« Der Zwerg legte die Lupe beiseite und kramte in seinen Schreibtischschubladen. »Erlaubst du mir, ein paar Polaroids davon zu machen? Vielleicht fällt mir jemand ein, der uns weiterhelfen könnte. Ich gehe doch gewiß recht in der Annahme, daß du das gute Stück nicht hier bei mir lassen willst?«

Jupiter war nicht sicher, ob es eine gute Idee war, Fotos der Scherbe in Umlauf zu bringen. Irgendwer mochte einen Zusammenhang herstellen zwischen der Scherbe, Jupiter, Coralina und der Entdeckung der Kupferplatten. Andererseits sah er ein, daß Babio im Augenblick ihre einzige Chance war, mehr darüber herauszufinden.

»Mach deine Fotos«, sagte er nach einem Augenblick zu Babio. »Aber tu mir den Gefallen und überlege dir genau, wem du sie zeigst.«

Der Zwerg zog eine Polaroidkamera aus dem Schreibtisch und machte mehrere Aufnahmen von der Scherbe. »So ängstlich?«

»Nur verantwortungsvoll.«

Babio lächelte still in sich hinein und drückte ein weiteres Mal auf den Auslöser. Kurz darauf hatte er fünf Bilder vor sich liegen, auf denen allmählich der Umriß der Scherbe sichtbar wurde.

Jupiter nahm das Original, schob es in den Lederbeutel und steckte ihn in seine Manteltasche. »Wann, glaubst du, weißt du mehr?«

»Vielleicht nie. Vielleicht schon morgen. Ich ruf dich an.«

Jupiter reichte ihm eine von Coralinas Visitenkarten.

Babio überflog die Adresse und schaute dann mit verschmitztem Lächeln auf. »Wohnst du bei der Alten oder bei ihr?«

»Ich will dein Genie nicht mit unnötigen Details vernebeln, Babio.«

Kichernd ließ der Zwerg die Karte in seinem Anzug verschwinden. »Gut, gut, gut«, rasselte er. »Ich ruf dich an, versprochen. Findest du den Weg allein?«

»Sicher.« Jupiter schüttelte die winzige Hand des Zwerges und trat hinaus auf den Gang.

Hinter sich hörte er den Zwerg wieder murmeln, diesmal in einem dumpfen Sprechgesang: »*Ich bin klein, mein Herz ist rein …*«

Jupiter umfaßte den Lederbeutel in seiner Tasche fester und verließ das Haus.

Nachdem sie den Abdruck des Schlüsselumrisses bei dem Kunstschmied abgegeben hatte, machte sich Coralina noch einmal auf den Weg zur Kirche. Es war nicht allein Neugier, die sie dorthin trieb. Vielmehr erfüllte sie der Gedanke an den Wirbel, den der Fund verursachte hatte, mit vager Beklommenheit. Je mehr Fachleute Interesse an der Entdeckung bekundeten, desto größer war die Gefahr, daß früher oder später doch jemand über einen Hinweis auf die siebzehnte Platte stolpern mochte.

War sie wirklich vorsichtig genug gewesen, als sie das kostbare Stück aus der Kirche geschmuggelt hatte? Konnte sie wirklich sicher sein, daß nicht doch jemand sie beobachtet hatte?

Coralina wollte nicht mit Jupiter über ihre Ängste sprechen, weil sie befürchtete, er könnte einfach seine Sachen packen und abreisen. Aber sie brauchte ihn jetzt – nicht nur, um den Wert der Scherbe und der Platte herauszufinden, sondern auch als Unterstützung gegen die übermächtige und vorschnelle Entschlußfreudigkeit der Shuvani.

An der Stelle vor der Kirche, wo am Morgen die schwarze Limousine gestanden hatte, parkten jetzt mehrere Taxis. Die Menschenmenge vor dem Portal war größer geworden. Hatten vor einigen Stunden noch vor allem Fachleute und nur wenige kulturinteressierte Touristen den Weg in die Kirche gesucht, so wirkte der Auflauf nun wie die Schlange vor einer Diskothek. Mindestens zwei ausländische Schulklassen tummelten sich auf der Piazza Cavalieri di Malta, lachten, pöbelten und lärmten, während ihre Lehrer auf die stoischen Wachmänner am Eingang einredeten. Coralina bemerkte, daß die Zahl der Wächter aufgestockt worden war; waren es am Vormittag nur zwei gewesen, die den Eingang abgeriegelt hatten, so standen dort nun vier. Statt des gelben Plastikbandes hatte man hüfthohe Holzgitter aufgestellt, um dem Ansturm der Neugierigen

Herr zu werden. Eine japanische Reisegruppe stand als dichter Pulk inmitten des Gewimmels, während ihre Führerin unbeeindruckt von all dem Trubel einen Vortrag über die Fassade der Kirche hielt.

In der Nähe parkte ein Kleinbus mit vatikanischem Nummernschild. Experten, vermutete Coralina, die gerade dabei waren, Piranesis Geheimkammer Staubkorn für Staubkorn zu untersuchen.

Das Portal öffnete sich einen Spaltbreit, und zwei Männer traten ins Freie. Der eine war Landini, bedeckt mit einer feinen Schicht von Kalkstaub, die seine pigmentarme Haut noch weißer erscheinen ließ. Der zweite Mann war älter, Anfang Sechzig, ging leicht gebeugt und trug einen bodenlangen schwarzen Mantel. Er war grauhaarig, sein Gesicht gezeichnet von einem Netz tiefer Falten. Seine Augen aber huschten wachsam umher, blieben nie lange auf Landini gerichtet, auch während er mit ihm sprach, sondierten statt dessen die Umgebung, das Treiben der Schaulustigen und die Reaktionen der Wachmänner.

Obwohl Coralina Kardinal von Thaden bislang nur auf Fotografien gesehen hatte, erkannte sie ihn sofort. Der Leiter der Glaubenskongregation war kein beliebter Mann im Vatikan. Viele hätten gerne einen anderen auf seinem Stuhl gesehen, doch der Papst selbst hielt angeblich große Stücke auf ihn. Von Thaden galt als streng, konservativ, allerdings auch hochgebildet und erfahren. In seiner Jugend hatte er lange Zeit in Südostasien gelebt, und man erzählte sich, die Erfahrungen dort hätten seine strengen Prinzipien geprägt.

Coralina konnte nicht anders als diese beiden Männer anzustarren, die augenscheinlich in ein erregtes Gespräch vertieft waren. Sie blieben hinter der Barriere am Eingang stehen, sehr nah beieinander, damit kein anderer mithören konnte, was sie besprachen.

Coralina verfluchte sich, weil sie noch einmal hierhergekommen war. Gerade wollte sie sich abwenden, als Landini sie über die Schulter des Kardinals hinweg entdeckte. Von Thaden redete noch einen Augenblick auf ihn ein, ehe er bemerkte, daß die Aufmerksamkeit seines Assistenten von etwas abgelenkt wurde. Er drehte sich suchend um, und sogleich beugte sich Landini vor, den Blick weiterhin auf Coralina gerichtet, und sagte etwas ins Ohr des Kardinals.

Coralina fühlte sich seltsam entblößt, als jetzt beide Männer sie über die Distanz hinweg anstarrten, Landini mit seinem berechnenden Lächeln, von Thaden kühl und ohne jede Regung.

Unsicher schenkte sie ihnen ein knappes Nicken, dann wandte sie sich ab und ging davon. Dennoch spürte sie, daß die Blicke der beiden Geistlichen weiterhin auf sie gerichtet blieben, ihren Rücken und Hinterkopf fixierten. Gewiß sprachen sie jetzt über sie. Hatten sie schon einen Verdacht? Ahnten oder wußten sie gar, was Coralina getan hatte?

So ungern sie es sich eingestand – Jupiter hatte recht gehabt. Warum hatte sie noch einmal hierher zurückkehren müssen? Natürlich kannte sie die Antwort: Ihr gekränkter Stolz hatte sie hergetrieben, Wut über die Weigerung Landinis, sie in die Kirche zu lassen, und natürlich Zorn darüber, daß man sie wie eine Diebin behandelt hatte – obwohl doch keiner wissen konnte, daß sie tatsächlich eine *war*.

Kindisch, dachte sie. Kindisch und dumm. Du wirst wirklich noch alles vermasseln.

Coralina näherte sich der Südseite der Piazza. Sie entdeckte etwas, das sie stutzig machte.

Am Rande des Platzes kauerte eine gebeugte Gestalt und zeichnete mit kleinen Kreidestücken etwas auf den Asphalt. Es war ein alter Mann, älter noch als Kardinal von Thaden, sichtlich heruntergekommen. Seine ausgebleichte, schmutzige Kleidung erweckte den Anschein, als sei sie seit Wochen nicht mehr gewechselt worden; sein grauer Bart war lang und verfilzt. In einem merkwürdigen Gegensatz zu seiner abgerissenen Erscheinung wirkte der Mann in seiner Arbeit hochkonzentriert, beinahe verbissen, und die Art und Weise, wie er mit hektischer Hingabe seine Zeichnung vollendete, hatte fast etwas Wahnhaftes. Trotzdem konnte Coralina der Versuchung nicht widerstehen, einen Blick auf das Bild des Alten zu werfen.

Er hielt den Kopf beim Zeichnen weit vornübergebeugt, doch dann und wann hob er den Blick, um das Werk in seiner Gesamtheit zu betrachten. Während Coralina sich ihm näherte, kam ihr sein Gesicht mit einem Mal bekannt vor, so als habe sie ihn früher schon einmal getroffen, nur daß er damals noch anders ausgesehen hatte, nicht ganz so verdreckt und abgewrackt.

Natürlich, durchfuhr es sie, er trieb sich häufig vor dem Palazzo Montecitorio herum. Wie war noch sein Name? Christos? Christopher?

Cristoforo, richtig! Er war ihr zum ersten Mal vor ein paar Jahren aufgefallen, als sie in den Semesterferien nach Rom gekommen war, um für eine Hausarbeit über wiederkehrende Motive in den Bildern der römischen Straßenmaler zu recherchieren. Mit einem Bekannten, der sich ein wenig in der Szene auskannte, war sie durch die Straßen der Stadt gezogen. Er hatte ihr eine Reihe von Malern vorgestellt, meist Studenten wie sie, die sich dank der Münzen der Passanten über Wasser hielten. Mit Cristoforo hatte sie damals nicht gesprochen – er redete mit niemandem, hatte ihr Freund ihr versichert –, aber sie erinnerte sich noch genau an etwas, das sie über ihn gehört hatte.

Es hieß, Cristoforo besäße ein fotografisches Gedächtnis, das es ihm erlaubte, jedes Bild aus dem Gedächtnis zu kopieren. Ihr Freund hatte damals kopfschüttelnd erklärt, der Alte hätte mit diesem Talent eine Menge Geld verdienen können. Statt dessen aber verschwendete er seine Kunstfertigkeit an Werke, die der nächste Platzregen oder die Sohlen der Fußgänger nach wenigen Stunden zerstörten. »Er hat die Fähigkeit zu etwas Bleibendem«, hatte Coralinas Freund damals mit einem Kopfschütteln gemeint, »aber er ist zu einfältig, sie zu nutzen.«

Der alte Mann schaute nicht auf, als sie mit raschen Schritten über die Piazza Cavalieri eilte und sich ihm näherte. Niemand sonst schenkte ihm Beachtung, aber vermutlich legte er darauf auch gar keinen Wert. Die hastigen und doch ungemein exakten Bewegungen, mit denen er das Kreidestück über den Asphalt bewegte, ließen auf die Intensität seines Tuns schließen, auf eine Besessenheit, wie Coralina sie noch bei keinem anderen Straßenmaler erlebt hatte.

Während sie auf ihn zuging, hatte sie ihre Aufmerksamkeit derart auf den Mann konzentriert, daß sie das Bild erst in seiner Gesamtheit wahrnahm, als sie es fast mit den Füßen berührte.

Sie blieb schlagartig stehen, und das nicht allein aus Rücksicht auf seine Kunst. Sekundenlang war sie so benommen, daß ihre Knie nachzugeben drohten. Angespannt ging sie neben dem Bild in die Hocke.

»Cristoforo«, sprach sie den Maler mit einer Stimme an, die kränklich und fad klang.

Er reagierte nicht, zeichnete einfach weiter, mit schnellen, zielstrebigen Bewegungen.

»Cristoforo!« Sie versuchte Schärfe in ihren Tonfall zu legen, fühlte sich dabei aber nur hilflos und verwirrt. »Woher kennen Sie dieses Motiv?«

Er gab noch immer keine Antwort. Schweißperlen glänzten auf seiner Stirn, obwohl kühle Windböen über die Piazza strichen.

Coralina erkannte, daß sie auf diese Weise keinen Erfolg haben würde. Sie war unsicher, was sie jetzt tun sollte; sie richtete sich langsam auf und betrachtete das Bild noch einmal in all seinen Details. Es war so gut wie vollendet. Lediglich am oberen Rand fehlten noch Schraffuren und der eine oder andere Lichteffekt.

Die Zeichnung war etwa zwei Meter breit und drei Meter lang.

Sie zeigte das Motiv der siebzehnten Kupferplatte.

Coralina ballte die Hände zu Fäusten, so kraftvoll, daß die Fingernägel schmerzhaft in ihre Handflächen stachen.

Es bestand nicht der geringste Zweifel. Cristoforos Kreidezeichnung basierte auf Piranesis unbekanntem *Carceri*-Stich, einer Radierung, die – davon war sie bis vor wenigen Augenblicken überzeugt gewesen – seit Jahrhunderten kein Mensch mehr gesehen hatte. Niemand außer ihr selbst, Jupiter und der Shuvani.

Es war absurd. Vollkommen abwegig. Cristoforo *konnte* den Stich nicht kennen. Die Platte war nie offiziell reproduziert worden, sie war in keiner bekannten Veröffentlichung des Zyklus enthalten.

In einem Anflug von Panik huschte ihr Blick zu Cristoforos Utensilien, einer alten Zigarrenkiste voller Kreidestücke, keines länger als ein Fingerglied. Zu seinem Besitz schien auch ein zerknülltes Leintuch zu gehören, derart mit Farbe und Kreidestaub durchsetzt, daß es in manchen Kreisen beinahe selbst als Kunstwerk hätte durchgehen können.

Obwohl sie die Gerüchte über das fotografische Gedächtnis des Alten kannte, suchte sie nach einer Papiervorlage, nach dem Ausriß aus einem Buch oder Bildband oder gar nach einem Foto, wie es andere Straßenmaler oft mit Klebestreifen neben ihren Bildern auf dem Asphalt befestigten.

Doch Cristoforo besaß nichts dergleichen. Er zeichnete frei aus dem Gedächtnis – und reproduzierte dabei ein Bild, das bis vor zwei Tagen gar nicht existiert hatte.

»Cristoforo«, versuchte sie es erneut, »bitte, hören Sie mir zu.«

Ungerührt widmete er sich weiterhin den Konturen eines Brückengeländers. Auffällig war, daß er alle Linien mit weißer Kreide zeichnete, so daß der Eindruck einer Negativdarstellung des Originals entstand. Die triste Kerkerszenerie wirkte dadurch noch bedrückender.

Hinter Coralinas Rücken meldete sich eine Stimme zu Wort. »Interessantes Motiv«, sagte Landini.

Sie fuhr herum und hatte ganz kurz den verstörenden Gedanken, daß der hellhäutige Geistliche Kälte ausstrahlte, so blutleer und weiß wie er war. Damit hätte er gut in Cristoforos Zeichnung gepaßt, das negative Gegenstück zu einem Menschen aus Fleisch und Blut.

Aber der Augenblick ihrer Irritation verging. »Interessant ... ja, sicher.« Sie gab sich einen Ruck und fügte hinzu: »Ist es in Ihren Kreisen üblich, sich von hinten an Frauen heranzuschleichen?«

Landini tat ihren Vorwurf mit seinem tausendfach erprobten Lächeln ab. »Ich wußte nicht, daß Sie so schreckhaft sind, Signorina. Ich hoffe doch sehr, Sie akzeptieren meine Bitte um Entschuldigung.«

Sie war drauf und dran, ihm zu sagen, *wieviel* ihr seine Entschuldigung bedeutete und was er von ihr aus damit tun dürfe, als sie aus dem Augenwinkel bemerkte, daß Cristoforo sich vom Boden erhob. Als sie sich ihm zuwandte, preßte er die Zigarrenkiste mit beiden Händen an seine Brust, so als sei sie kostbarer als jede Geldbörse. Einen Moment lang fürchtete sie, er würde ausgerechnet jetzt ihre Frage nach dem Bild beantworten; Landini würde alles mitanhören, die richtigen

Schlüsse ziehen und sie von seinen Wachmännern festnehmen lassen.

Doch ihre Sorge war unbegründet. Cristoforo stand einfach nur da und betrachtete schweigend sein Werk.

Coralina bemerkte, daß nun auch Landini die Zeichnung eingehender betrachtete. »Ein echter Piranesi-Fan, wie mir scheint.« Mit listigem Blinzeln in Coralinas Richtung fügte er hinzu: »Sehr authentisch, nicht wahr?«

Sie wollte ihn nicht ansehen, deshalb bedachte auch sie die fertige Zeichnung mit einem langen Blick. Und da fiel ihr auf, was sie im ersten Moment so irritiert hatte.

Das Bild war nicht vollständig. Etwas fehlte, vielleicht der wichtigste Teil überhaupt. Cristoforo hatte zwar den unterirdischen Wasserstrom im Boden des Kerkerdoms gezeichnet, nicht aber die gemauerte Insel in seiner Mitte und den Obelisken, der sich darauf erhob. Somit fehlte auch der Scherenschnitt des rätselhaften Schlüssels.

Coralina schaute den alten Künstler an, suchte nach einer Regung in seinen faltigen Zügen. Der wild wuchernde Bart und der Schmutz auf seinen Wangen verliehen seinem Gesicht etwas Maskenhaftes, Unwirkliches. Eine geisterhafte Erscheinung, der jemand die Haut des alten Cristoforo übergestülpt hatte.

Der Maler legte den Kopf schräg, sah von dem Bild zu Coralina – und ganz offensichtlich durch sie hindurch.

Landini ging in die Hocke und runzelte die Stirn. »Vielleicht sollte ich das einem unserer Experten zeigen.«

Coralina erkannte ihre Chance. »Tun Sie das«, pflichtete sie ihm bei. »Gute Idee.«

Landini schaute zweifelnd zu ihr auf, dann erhob er sich und ging eilig Richtung Kirche. Coralina fiel auf, daß er sie in diesem Augenblick zum ersten Mal ohne sein falsches Lächeln angesehen hatte. Völlig ernst, und alles andere als freundlich.

Sie wandte sich wieder an den Maler. »Cristoforo? Können Sie mich hören?«

Der Schleier vor den Augen des Alten hob sich für einige Herzschläge. »Crist – o – foro«, murmelte er in einem sonderbaren Stakkato.

Aufgeregt vergewisserte sie sich, daß Landini soeben im Inneren der Kirche verschwand. Lediglich Kardinal von Thaden stand noch immer vor dem Portal und sah zu ihr herüber. Coralina schauderte unter der frostigen Intensität dieses Blickes. Sie verstand auf einmal, weshalb noch heute viele die Glaubenskongregation als moderne Inquisition des Vatikans bezeichneten; zumindest von Thadens Auftreten machte seinem Ruf als Großinquisitor alle Ehre.

Die Jungen und Mädchen einer Schulklasse versammelten sich widerspenstig auf halber Strecke zwischen Coralina und dem Portal, und plötzlich war von Thaden hinter einem Pulk aufgekratzter Teenager verschwunden.

Coralina atmete tief durch. Dann machte sie einen raschen Schritt auf Cristoforo zu und packte ihn am Oberarm. »Kommen Sie! Ich bringe Sie weg von hier.«

Zu ihrem Erstaunen setzte sich der Alte nicht zur Wehr. Willenlos folgte er ihr, als sie mit ihm den Weg zum vorderen der drei Taxis einschlug.

»*Signorina!*«

Landini und ein weiterer Mann hatten die Kirche verlassen und näherten sich ihnen mit eiligen Schritten.

Coralinas Puls raste, als sie den Maler mit seiner klappernden Zigarrenkiste vor sich her zum Taxi schob. Vorne im Wagen faltete der Fahrer in aller Ruhe seine Zeitung zusammen und blickte ihr über den Rand seiner Sonnenbrille entgegen.

»Signorina!« rief Landini ihr erneut hinterher. »Warten Sie bitte!«

Sie wollte nicht losrennen, denn damit hätte sie indirekt die Schuld an allem eingestanden, was Landini ihr vorwerfen mochte. Statt dessen ging sie zügig weiter und führte Cristoforo am Arm wie einen Kranken.

Landini und der zweite Mann folgten ihr, während Kardinal von Thaden reglos zuschaute.

Bevor der behäbige Taxifahrer aussteigen konnte, riß sie selbst eine Hintertür des Wagens auf und schob Cristoforo hinein. Sie rutschte hinterher, zog die Tür zu und drückte den Knopf herunter.

»Fahren Sie«, wies sie den Fahrer an. »Sofort, bitte.«

»Wohin wollen Sie?«

Die beiden Männer hatten das Taxi fast erreicht. Auch sie rannten nicht, wurden aber immer schneller.

»Fahren Sie einfach los. Richtung Innenstadt.«

Der Fahrer zuckte die Achseln, schob seine Sonnenbrille zurecht und startete den Motor.

»Könnten Sie sich *bitte* beeilen?«

Landini hob die Hand zu einer Geste, die sie zurückhalten sollte.

»Schon unterwegs«, sagte der Fahrer und trat aufs Gas.

Als sie losfuhren sah Coralina durch die Heckscheibe, wie Landini ihr etwas hinterherrief. Dann stand der Kardinal ganz unvermittelt neben ihm – wo kam er so plötzlich her? – und sagte seinem Assistenten etwas ins Ohr.

Landini nickte nachdenklich und schaute dem Taxi mit Coralina und Cristoforo eisig hinterher.

Santino stand am Fenster eines weiteren Hotels, eines weiteren Zimmers, und krallte seine bebenden Finger um den hölzernen Rahmen. Er atmete tief ein und aus. Ein Stockwerk unter ihm, auf einem schmalen Platz zwischen Häusern mit geschlossenen Fensterläden, wurden die Buden eines kleinen

Wochenmarkts abgebaut. Die meisten waren schon zerlegt und bildeten jetzt Stapel aus Zeltplanen, Seilen und Metallstangen auf den Ladeflächen klappriger Kleinlaster. Nicht einmal die Abgase beim Anlassen der Motoren konnten den typischen Geruch nach Fisch, verfaultem Obst und Chlor überdecken. Männer in schmutzigen Overalls kehrten die Abfälle zu einem Haufen zusammen und fegten in engen Bögen um einen einsamen Blumenstand, der auch über Nacht hier stehenbleiben würde, genau unterhalb des Fensters. Wenn es nötig war, konnte Santino ohne große Gefahr auf das Dach der Bude springen und von dort aus auf den Boden gelangen.

Noch ein Fluchtweg, dachte er. Noch ein Zugeständnis an die allgegenwärtige Bedrohung und Angst.

Der letzte Lastwagen setzte sich in Bewegung und verschwand in einer Gasse. Ein weiterer Schwall aus Obstresten, Papierfetzen und stinkenden Fischen landete auf dem Müllhaufen in der Mitte des Platzes. Einer der Arbeiter übergoß den Abfall mit einer Flüssigkeit aus einem Kanister und warf ein brennendes Streichholz hinterher. Mit einer meterhohen Stichflamme geriet der Müllberg in Brand. Qualm stieg auf wie ein geflochtener Zopf aus weißen und schwarzen Rauchfahnen, der sich einige Meter über dem Boden vermischte und als grauer Dunst über dem Platz schwebte.

Santino ertrug den Gestank nicht länger und schloß das Fenster. Ganz kurz durchfuhr ihn die Sorge, seine Gegner könnten sich im Schutz der Rauchschwaden dem Hotel nähern und ungesehen ins Innere gelangen. Aber er verwarf diesen Gedanken gleich wieder. Er wurde es allmählich müde, jeden Schritt seiner Feinde vorauszuplanen. Sein Körper war überzogen mit Schrammen und blauen Flecken von gewagten Fluchten aus Fenstern, über Dächer und wacklige Feuerleitern. Er hatte überall Schmerzen, seine Muskeln waren angespannt und wurden regelmäßig von Krämpfen heimgesucht.

Es war genug, er wollte nicht mehr. Er war erschöpft und ausgelaugt, aber er wußte auch, daß er keine Wahl hatte. Noch hatte er nicht alles gesehen, noch harrten neue Schrecken auf den Videobändern ihrer Entdeckung.

Rückwärts trat er ans Bett und setzte sich auf die Kante. Die Matratze war durchgelegen und viel zu weich – vor allem für jemanden, der Jahre auf einem harten Lager im Kloster der Kapuziner verbracht hatte –, doch Santino bezweifelte, daß er sie heute nacht überhaupt benutzen würde. Einchecken, bezahlen, davonlaufen – das war mittlerweile seine tägliche Routine, und kaum jemals kam er dazu, in dem Zimmer zu schlafen, das er morgens bezogen hatte. Das bißchen Geld, das er aus dem Büro des Abts gestohlen hatte, würde auf diese Weise wohl noch zwei oder drei Tage reichen, und wer wußte schon, was dann war. Fest stand nur, daß er bis dahin die Videobänder komplett angeschaut haben würde. Er würde endlich Gewißheit haben, und das war es, was zählte.

Er schaltete den Monitor ein und drückte auf den Startknopf des Abspielgeräts. Sogleich baute sich auf dem Bildschirm wieder das Bild der Wendeltreppe auf, die tiefer und tiefer in die Schwärze führte.

Die Stimme von Bruder Remeo drang aus dem Lautsprecher, klar und deutlich, weil er die Kamera trug und dem eingebauten Mikrofon am nächsten war.

»Die Geräusche haben sich bis jetzt nicht wiederholt«, sagte er. »Vielleicht war es doch nur eine Täuschung … Lorin betet wieder.«

Santino hatte das Gerät vor zehn Minuten abgeschaltet, weil er die Anspannung seiner drei Brüder nicht mehr ertragen hatte. Er selbst war schon verängstigt genug, aber die Unruhe der Mönche verstörte ihn noch mehr. Und das, obwohl sie bislang auf nichts gestoßen waren, das echten Anlaß zur Sorge gegeben hätte. Keine Lebewesen, keine Überreste früherer Expeditionen.

Lediglich eine Reihe von Lauten hatten sie gehört. Das Problem war, daß das Mikrofon der Kamera offenbar zu schwach war, um sie aufzuzeichnen, Remeo dies aber nicht wußte. Deshalb hatte er darauf verzichtet, die Geräusche zu beschreiben. Santino hatte von ihrer Existenz lediglich aus dem Gespräch der drei Männer untereinander erfahren. Auch Remeos tagebuchartige Erläuterungen, die er hier und da einstreute, waren keine große Hilfe, um die Herkunft der Laute zu bestimmen.

Die Kamera zeigte Lorin von hinten, wie er einige Schritte vor Remeo die Stufen hinabstieg. Er hatte den Kopf leicht gesenkt und betete. Seine Worte waren nur als unverständliches Raunen zu hören. Santino vermutete, daß der Mönch die Augen geschlossen hatte – die Stufen fand er auch blind, der Abstand war den Mönchen nach mehr als vierzehn Stunden längst in Fleisch und Blut übergegangen.

In der ganzen Zeit hatten sie nur einmal kurz gerastet. Nun beschlossen sie, erneut eine Pause einzulegen, länger diesmal. Zwei wollten schlafen, während der dritte Wache hielt.

Remeo legte die Kamera ein paar Stufen über ihnen ab, so daß sie auf den Lagerplatz der drei wies. Er trat seitlich ins Bild und schaute direkt ins Objektiv. Remeo war der jüngste der Mönche, gerade vierunddreißig, und in vielerlei Hinsicht der weltlichste von ihnen. Er hatte sich sofort bereit erklärt, die Kameraaufnahmen zu machen, während Lorin und Pascale größere Berührungsängste mit der unbekannten Technik hatten. Selbst jetzt, nach all den Stunden, fühlten sie sich noch immer unwohl, wenn Remeo die Kamera auf sie richtete, und meist verstummten sie auf der Stelle.

Zuletzt aber hatten sie ohnehin kaum noch geredet, abgesehen von Lorins Gebeten, Remeos gelegentlichen Erläuterungen ins Mikrofon und der knappen Diskussion, als sie jenseits des Treppengeländers die Geräusche gehört hatten.

Remeo war blond und hatte große, braune Augen. Er war zu mager, um attraktiv zu sein, dennoch wußte Santino, daß einige der älteren Mönche ein wohlwollendes Auge auf ihn geworfen hatten.

»Wir sind jetzt«, Remeo schaute auf seine Armbanduhr, »vierzehn Stunden und zwanzig Minuten unterwegs.« Er blickte über seine Schulter zurück zu Lorin und Pascale, die es sich auf den Treppenstufen leidlich bequem machten. »Unsere Beine tun weh, und was mich angeht, mir brennen die Augen. Es ist kälter geworden – wir alle spüren es. Mir ist jetzt klar, daß wir ein Thermometer hätten mitnehmen sollen. Aber die Kälte beweist immerhin, daß es in der Hölle nicht wirklich *heiß* ist, nicht wahr?«

»Remeo!« Pascales Stimme drang aus der Entfernung an das Mikrofon. Sie klang dumpf und müde.

Remeo, dem die Interaktion mit der Kamera allmählich Spaß zu machen schien, zwinkerte ins Objektiv. »Pascale hat Angst, daß wir uns versündigen, wenn wir hier unten von der Hölle sprechen. Aber versündigt man sich denn, wenn man in der Kirche den Himmel erwähnt?«

Pascale sagte etwas, aber es war zu leise, als daß Santino seine Worte hätte verstehen können.

Remeo zuckte nur mit den Schultern, dann stieg er die Treppe hinab und gesellte sich zu seinen beiden Brüdern. Die Kamera blieb etwa sechs oder sieben Stufen über ihnen zurück.

Santino horchte zur Tür des Hotelzimmers. Einen Moment lang hatte er geglaubt, Geräusche auf dem Korridor zu hören, doch jetzt herrschte wieder Stille.

Lorin und Pascale legten sich nieder, breiteten Decken über sich aus und rührten sich nicht mehr. Remeo blieb einen Moment zwischen ihnen sitzen, dann stand er auf, trat ans Geländer und blickte in die Tiefe. So verharrte er drei, vier Minuten lang, ehe sich Lorin hinter ihm plötzlich aufsetzte und etwas Unverständliches sagte. Santino vermutete, daß es eine Beschwerde über den hellen Scheinwerfer der Kamera war, denn der Mönch gestikulierte beim Sprechen in die Richtung des Geräts. Augenscheinlich behauptete Lorin, in dem Licht nicht schlafen zu können. Vermutlich aber, so nahm Santino an, war es die Furcht, die ihn nicht zur Ruhe kommen ließ. Lorin war schon immer zu stolz gewesen, irgendwelche Schwächen einzugestehen.

Als Remeo sich weigerte, den Scheinwerfer abzuschalten, kam es zu einem kurzen Streit, ehe sich schließlich Pascale mißmutig aufrichtete und das Wortgefecht der beiden beendete. Offenbar einigten sie sich darauf, das Licht zumindest für eine Weile auszuschalten.

Remeo näherte sich der Kamera, und Augenblicke später wurde das Bild dunkel. Allerdings ließ er das Gerät laufen, so daß der Ton weiterhin aufgezeichnet wurde. In der Mitte des Bildes erschien bald darauf ein heller Schimmer, und es dauerte einen Moment, ehe Santino erkannte, daß Remeo zwischen den beiden ruhenden Brüdern eine Kerze angezündet hatte. Der Schein war zu weit entfernt und nicht stark genug für das Objektiv der Kamera, so daß die Umgebung unsichtbar blieb.

Santino hörte Scharren von Stoff auf Stein, als Remeo sich unweit der Kamera niederließ. Einmal mehr durchzuckte Santino heftiger Schmerz über den Verlust des Freundes. Es war ungeheuer schwer, sich diese Bilder anzuschauen, jetzt, da er wußte, daß seine Brüder längst tot waren. Zum Zeitpunkt der Aufzeichnung hatten sie noch nicht geahnt, welches Ende ihrer Expedition bevorstand. Santino hätte am liebsten den Monitor angebrüllt, hätte seinen Freunden gerne zugerufen, auf der Stelle umzukehren, zurück ans Tageslicht und in Sicherheit zu klettern. Doch der schwarze Schlund hatte sie verschlungen, selbst Remeo, dem es mit letzter Kraft gelungen war zurückzukommen; etwas von ihm war dort unten geblieben, sein Verstand, vielleicht sogar ein Teil seiner Seele.

Santino rieb sich die Augen und schob das Brennen auf seine Übermüdung. Er hatte lange genug um seine Freunde geweint. Jetzt mußte er sich konzentrieren, denn jeden Augenblick konnten jene Geschehnisse ihren Anfang nehmen, die letztlich zur Katastrophe geführt hatten.

»Ich friere«, flüsterte Remeo in der Dunkelheit. Er mußte seine Lippen ganz nah an das Kameramikrofon gebracht haben, damit er die beiden anderen nicht störte. »Wir sehen nichts und niemanden, aber ich habe das Gefühl, als wären wir hier unten nicht allein. Irgend etwas ist hier, und ich weiß nicht, ob ich wirklich herausfinden möchte, was es ist.«

Dann komm zurück, flehte Santino in Gedanken. *Komm zurück und bleib am Leben!*

»Immer hat man uns gepredigt, die Hölle sei ein Ort des Feuers«, wisperte Remeo. »Ein Ort ewiger Flammen und Glutöfen. Aber warum spüren wir dann nichts davon? Warum sehen wir nichts? Warum ist hier nur Leere und Dunkelheit? Entspricht all das nicht viel eher unserem Bild vom Tod *ohne* ein ewiges Leben? Und ist dieser Ort hier vielleicht sogar der Beweis, daß überhaupt *nichts* auf uns wartet, wenn wir sterben?« Er verstummte, während Santino seine Hände in die Bettdecke krallte.

Schließlich fuhr Remeo fort: »Ich überlege schon eine ganze Weile, ob wir nicht alle längst tot sind. Absurd, ich weiß. Und falls wir irgendwann nach oben zurückkehren und ich diese Bänder anschaue und mich selbst über diese Dinge reden höre, werde ich lachen oder mich schämen – auf alle Fälle aber werde ich froh sein, daß all das nur dumme Spekulationen waren.« Er machte abermals eine Pause, ehe er weitersprach: »Aber wenn wir nicht zurückkehren, und ein anderer diese

Worte hört – vielleicht du, Santino, ich bete, daß du es bist –, dann bedeutet das vielleicht auch, daß ich recht hatte. Möglich, daß wir im selben Moment gestorben sind, als wir diese Treppe betraten. Und daß dies hier gar nicht die Hölle ist, daß es gar keine Hölle *gibt*. Möglich, daß dieser Ort nichts anderes ist als die *Manifestation unseres Todes.*«

Remeo verstummte und ließ Santino damit Zeit, über seine Worte nachzudenken. Das, was sein Freund da sagte, war Blasphemie. Und dennoch – auf eine eigenwillige Art und Weise erschienen Remeos Vermutungen Santino beinahe plausibel.

Himmel, dachte er erregt, es ist fast, als wäre ich selbst dabeigewesen, irgendwo da unten auf dieser verfluchten Treppe ins Nirgendwo.

In den Tod, hörte er Remeo in seinen Gedanken flüstern. *Die Treppe in den Tod.*

Santino atmete tief durch, stand auf und ging im Zimmer hin und her. Das Videoband lief weiter, aber im Augenblick war nichts als Remeos leise Atemzüge zu hören, durchsetzt mit etwas, das Schluchzen sein mochte. Hatte der Mönch dort unten in der Dunkelheit geweint?

Santino kehrte vor den Bildschirm zurück. Der helle Schemen der Kerze erlosch und erschien gleich darauf wieder; vermutlich war Remeo zwischen Kerze und Kamera hindurchgegangen.

Aber warum war sein Atmen dann gleichbleibend laut, so als säße er unverändert neben dem Gerät, unmittelbar vor dem Mikrofon?

War einer der beiden anderen Brüder erwacht und aufgestanden? Aber hätte er dann nicht etwas gesagt?

Schon wieder!

Der helle Fleck des Kerzenschimmers verschwand und erschien wieder, als etwas von links nach rechts daran vorüberhuschte. Warum sah Remeo es nicht? Weshalb *spürte* er es nicht?

Aber Remeo weinte, und vermutlich hatte er deswegen die Hände vors Gesicht geschlagen.

»Großer Gott, Remeo!« entfuhr es Santino, obwohl ihm klar war, daß all das längst geschehen war und sein Freund ihn nicht hören konnte.

Ein drittes Mal huschte etwas an dem Licht vorüber, jetzt wieder von rechts nach links.

Santino versuchte sich einzureden, daß es nur ein technischer Defekt war, eine Unzulänglichkeit des Objektivs. Vielleicht war auch der Akku fast leer, so daß der Strom kurzzeitig ausfiel.

Doch warum hörte er dann unverändert Remeos Atmen und leises Schluchzen? Warum wurde der Ton nicht unterbrochen?

Doch was immer es war, das sich dort unbemerkt über die Treppe bewegt hatte – es gab sich Remeo nicht zu erkennen. Irgendwann verstummte das Weinen des Mönchs und sein Atem wurde ruhiger. Santino vermutete, daß er eingeschlafen war.

Die Bewegung wiederholte sich nicht. Santino starrte eine halbe Stunde lang wie gebannt auf den Bildschirm, obwohl dort nichts zu sehen war außer der vagen Helligkeit der fernen Kerzenflamme. Einmal murmelte Remeo etwas im Schlaf, das Santino nicht verstand. Dem Tonfall nach ein Gebet, vielleicht. Oder eine Beichte.

Santino entspannte sich ein wenig. Er hätte vorspulen können, bis wieder ein Bild erschien, aber dann wäre er Gefahr gelaufen, etwas zu verpassen, Geräusche oder Worte, die Remeo einsam und niedergeschlagen ins Mikrofon sprach.

Vierzig Minuten vergingen. Schließlich eine Stunde.

Nach weiteren zehn Minuten hörte Santino, wie Remeo sich bewegte und etwas knurrte.

»Ich bin … eingeschlafen«, flüsterte der Mönch verstört. »Ich hätte … wach bleiben müssen.«

Erneut schob sich ein dunkler Umriß vor das Licht der Kerze, aber diesmal war Santino wegen der raschelnden Laute sicher, daß es Remeo war, der die Stufen zu den beiden anderen Mönchen hinabstieg.

»Lorin?« hörte er Remeos Stimme. »Pascale?«

Der Mönch wiederholte die beiden Name, und diesmal klang er besorgt.

Schließlich war Lorins Stimme zu hören. »Remeo? Was ist passiert?« Der Mönch klang verschlafen, doch bereits bei seinen nächsten Worten war seine Stimme angespannt und scharf. »Wo steckt Pascale?«

Das Rascheln wurde wieder lauter, als Remeo die Stufen hinaufeilte, die Kamera packte und den Scheinwerfer einschaltete. Sogleich war die Treppe in helles Licht getaucht.

Pascales Decke lag zerknüllt auf einer Stufe, daneben sein Rucksack. Der Mönch selbst war verschwunden.

Remeo und Lorin sahen sich an. Panik sprach aus ihren Mienen, aus ihren Gesten.

»Pascale?« Lorin stürmte an der Kamera vorbei nach oben, blieb aber, den Geräuschen seiner Schritte nach zu urteilen, schon nach wenigen Stufen stehen. »Pascale!« rief er noch einmal.

Remeo untersuchte mit hektischen Bewegungen die Schlafstatt des Freundes.

»Pascale! Wo bist du?« Lorins Stimme verebbte ohne jeden Widerhall in der Finsternis. Bald darauf eilte der Mönch wieder ins Bild und blieb neben Remeo stehen.

»Du hast Wache gehalten!« fuhr er Remeo wutentbrannt an. »Du mußt doch gesehen haben, was passiert ist.«

Remeo gab keine Antwort. Selbst auf dem körnigen Videobild konnte Santino ihm seine Schuldgefühle ansehen. »Glaubst du, er ist zurückgegangen?« Remeo erhob sich aus der Hocke und lehnte sich rückwärts gegen das Geländer, so als würden seine Beine ihn nicht länger tragen.

»Warum hätte er das tun sollen?« Lorin stieg zwei Stufen abwärts, verharrte dann einen Moment und kehrte zu Remeo zurück. »Er hatte nicht mehr Angst als wir beide.« Er fixierte seinen Ordensbruder. »Du hast geschlafen! Herrgott, du bist *eingeschlafen*!«

Remeo sah betroffen zu Boden. »Ich ... es tut mir leid.«

Lorin ballte die Fäuste, und für einen kurzen Moment sah es aus, als wollte er Remeo schlagen. »Wie konnte das passieren?«

»Es tut mir leid«, wiederholte Remeo betont.

Sekundenlang starrten sich die beiden Mönche verbissen an, dann schüttelte Remeo den Kopf. »Komm, wir müssen ihn suchen.«

Lorin schaute die Treppe hinunter. »Heißt das, wir gehen weiter?«

»Ich glaube nicht, daß er zurückgegangen ist. Er hätte vorher mit uns darüber gesprochen.«

Etwas hat ihn geholt, durchzuckte es Santino. *Als ihr geschlafen habt, hat es ihn gepackt und mitgeschleift*.

»Gut«, sagte Lorin. »Dann los.«

Sie packten rasch ihre Sachen zusammen. Lorin weigerte sich, Pascales Rucksack zurückzulassen, deshalb trug er seinen eigenen auf dem Rücken und den seines Freundes in den Händen. Remeo schulterte die Kamera. Lorin schenkte ihm einen unwilligen Blick, als er sah, daß das Gerät noch immer eingeschaltet war, sagte aber nichts.

Der Abstieg ging weiter.

Nirgends entdeckten sie eine Spur des Verschwundenen. Hin und wieder trat Remeo mit der Kamera an das Geländer und richtete sie in den Abgrund. Noch immer war kein Ende der Treppe zu erkennen, endlos schraubte sie sich abwärts, tiefer und tiefer über den Rand des Lichtscheins hinaus.

Gelegentlich stritten sie miteinander, immer dann, wenn Lorin Remeo Vorwürfe machte. Santino vermutete, daß sich die beiden insgeheim auf die Hoffnung versteift hatten, Pascale sei in einem Anflug von Panik zurück nach oben gelaufen, ganz gleich, ob ihnen eine solche Flucht plausibel erschien oder nicht. Menschen taten vieles, wenn sie in Todesangst waren. Es war die bequemste Lösung – und sie half ihnen, den Mut zur Fortsetzung ihres Weges aufzubringen.

Santino stand auf. Er trat ans Waschbecken, ließ eiskaltes Wasser einlaufen und tauchte sein Gesicht hinein, so lange, bis er die Luft nicht länger anhalten konnte und ein Schwall von Luftblasen um sein Gesicht an die Oberfläche sprudelte. Er betrachtete seine naß glitzernden Züge in dem kleinen Spiegel und fand, daß er kaum noch aussah wie er selbst. Er war immer schmal und knochig gewesen, aber jetzt bildeten die Wangen tiefe Täler in seinem Gesicht. Die Ringe um seine Augen waren so dunkel, als hätte er sie mit Schminke nachgezogen. Sein kurzgeschnittenes Haar, schwarz wie das seiner sieben leiblichen Brüder daheim in Kalabrien, glänzte fettig, obwohl er erst vor wenigen Stunden geduscht hatte.

Geh zurück, flüsterte eine Stimme in seinem Kopf, die mehr und mehr klang wie jene Remeos. *Sprich mit Abt Dorian. Bitte ihn um Verzeihung für alles. Und dann bete, bis deine Lippen bluten.*

Aber wenn er das tat, würden sie ihn fangen. Niemand würde ihn schützen können, weder Dorian noch einer der anderen Kapuziner.

Er war verdammt, ganz gleich, welche Bußen er sich auferlegte. Alles umsonst.

Draußen vor dem Fenster ertönte ein Schnauben. Ein tiefes, rasselndes, animalisches Schnauben.

Santino drehte sich um und starrte die Scheibe an. »Was ...«, entfuhr es ihm, aber er brachte keinen vollständigen Satz zustande.

Das Schnauben wiederholte sich – aber diesmal kam es nicht von draußen. Es war im Zimmer. Es kam aus dem Lautsprecher des Abspielgeräts!

Er stürzte zum Bett und blickte auf den Bildschirm. Die Aufregung raubte ihm fast den Atem. Das Bild zuckte wild umher, von links nach rechts und wieder zurück.

»Was war das?« stammelte Lorin. »Gott im Himmel, *was war das*?«

Remeo gab keine Antwort. Der Scheinwerfer der Kamera huschte über die Stufen, nach oben und unten, auf der Suche nach der Ursache des Schnaubens. Es mußte sehr laut gewesen sein, wenn das Mikrofon es so deutlich auffangen konnte. Oder sehr nah.

Lorins Gesicht erstarrte zu einer Grimasse der Furcht. »Du hast es doch auch gehört, oder?«

»Ja«, erwiderte Remeo mit schwacher Stimme. »Ich hab's gehört.«

»Kam das von oben oder von unten?«

Das Bild erzitterte, als Remeo den Kopf schüttelte. »Ich weiß es nicht.« Sein Tonfall verriet das ganze Ausmaß seiner Verwirrung.

»Es klang wie ein ... Tier«, sagte Lorin.

»Was für Tiere könnte es hier unten geben?«

Nicht wie irgendein Tier, dachte Santino erschüttert. *Das war ein Stier. Das Schnauben eines Stiers.*

Lorin kam näher, bis er unmittelbar vor der Kamera stand. Er senkte seine Stimme zu einem kaum mehr verständlichen Flüstern. »Glaubst du, daß es das war, was Pascale geholt hat?«

»Wir wissen nicht, ob ihn irgend etwas *geholt* hat.«

»Aber du glaubst es doch auch, oder? Du denkst doch das gleiche wie ich.«

»Ich weiß nicht, was ich denken soll.«

Lorin starrte an der Kamera vorbei in Remeos Gesicht, dann geradewegs ins Objektiv. »Wir werden hier unten sterben«, sagte er leise und überraschend gefaßt, beinahe erleichtert. »Wir werden sterben wie Pascale.«

»Pascale ist nicht tot!« fuhr Remeo ihn an.

»Nein?« Lorin lachte schrill. »Wo ist er dann? Und was sind das für Geräusche?«

Einen Moment lang verstummten beide und lauschten in den Abgrund. Santino schob mit zitternden Fingern den Lautstärkeregler auf Maximum.

Weit, weit entfernt ertönte ein Stakkato heftiger Schläge. Erst klang es wie ein Klopfen, dann mehr und mehr wie rasche Schritte.

Wie Getrampel.

Und dann brach es von einem Augenblick zum nächsten ab.

»Es ... es hat aufgehört«, flüsterte Lorin.

Remeo gab keine Antwort, horchte weiter.

»Es ist fort«, sagte Lorin noch einmal.

»Still!«

Schweigen legte sich über die Wendeltreppe. Eine Minute lang, dann zwei, drei.

Das Schnauben ertönte erneut, diesmal lauter und näher als zuvor.

Doch die beiden Mönche auf dem Bildschirm reagierten nicht. Lorin starrte weiter ins Leere, und auch Remeo hielt die Kamera ganz ruhig. So, als hätte er das Schnauben gar nicht gehört.

Und Santino begriff!

Er sprang vom Bett und hinkte ans Fenster. Er preßte sein Gesicht an das kalte Glas und zog es erst zurück, als er sah, daß die Scheibe beschlug.

Doch er täuschte sich. Der milchige Dunst auf der Scheibe drängte von außen gegen das Glas, nicht von innen. Es war der Rauch des niedergebrannten Müllfeuers, der noch immer nicht vollständig abgezogen war.

Unten, verzerrt und verschwommen jenseits der Schwaden, bewegte sich etwas. Ein schwarzer Umriß huschte über den Platz, vielleicht ein Fahrzeug, vielleicht aber auch etwas anderes.

Und abermals ertönte das Schnauben.

Santino wußte, was er zu tun hatte. Er schaltete das Gerät aus, stülpte seine Tasche darüber und zerrte den Reißverschluß zu. Dann, innerhalb von Sekunden, war er draußen auf dem Gang und eilte zum Notausgang, ein enges Treppenhaus hinunter und an der Rückseite der Pension auf einen Innenhof.

Als er durch einen Torbogen hetzte, glaubte er hinter sich abermals das zornige Brüllen des Stiers zu hören, so laut, daß selbst das Pflaster unter seinen Füßen erbebte, so wütend, daß sein Herz sich zusammenzog und er vor Übelkeit ins Taumeln geriet, stolperte, der Länge nach hinschlug und dabei fast das Gerät zertrümmerte. Im letzten Moment drehte er sich so, daß er die Tasche mit seinem Körper auffing.

Das Schnauben wiederholte sich nicht mehr, aber Santino kämpfte sich dennoch in Panik hoch und rannte weiter, rannte, so schnell sein lahmes Bein es zuließ, floh vor einem mächtigen, unsichtbaren Feind ins graue Abenddunkel.

Minuten später wußte er nicht mehr, wo er sich befand, irrte durch ein Labyrinth fremder Gassen, die er noch nie im Leben gesehen hatte. Es war, als hätte sich die Stadt selbst verändert, verschoben, im magischen Prozeß einer subtilen Neugestaltung.

War dies noch Rom, oder war es ein Ort aus seinen Alpträumen, das Zerrbild einer Metropole, so alt wie die Menschheit, das steingewordene Abbild seiner Angst?

Erschöpft sank er in einem Hauseingang nieder, zog die Knie an und hielt die schwere Tasche umklammert.

Durch Tränenschleier starrte er die Gasse hinunter, zurück in die Richtung, aus der er gekommen war.

Sie lag völlig verlassen da, menschenleer und still.

KAPITEL 4

Cristoforos Altar

Es war dunkel, als Jupiter vor dem Haus der Shuvani eintraf. Coralina öffnete ihm die Tür und ging voran, als sie gemeinsam nach oben stiegen, hinauf ins Wohnzimmer.

»Ich hab eine Überraschung für dich«, sagte sie mysteriös. Etwas schien sie zu amüsieren.

»Was für eine Überraschung?«

Sie gab keine Antwort, sondern blieb neben der Tür stehen und ließ Jupiter als ersten eintreten.

Der runde Holztisch vor den Fenstern war gedeckt, in den Schüsseln dampfte das Essen. Die anderen hatten bereits begonnen, nicht aus Unhöflichkeit, sondern weil sie einen Gast hatten, der aussah, als könne er jeden Bissen gut gebrauchen.

Ein alter Mann, den Jupiter nie zuvor gesehen hatte, saß vor einem gefüllten Teller. Hungrig schaufelte er das Essen in sich hinein, ohne Jupiters Eintreten wahrzunehmen.

Die Shuvani saß einen Platz weiter und blickte Jupiter mit gerunzelter Stirn entgegen. Er sah ihr auf den ersten Blick an, daß ihr die Situation nicht gefiel. Die Einladung des seltsamen Kauzes war also Coralinas Idee gewesen.

»Wir haben Besuch«, sagte die Shuvani eisig.

»Und mit wem haben wir die Ehre?«

Der alte Mann blickte noch immer nicht auf. Statt dessen

legte er eine dritte prallgefüllte Paprikaschote auf seinen Teller und machte sich gleich darüber her.

»Sein Name ist Cristoforo«, sagte Coralina. »Er ist Maler.«

»Brotlose Kunst, hm?«

Sie hob mißbilligend eine Augenbraue. »Wenn du gesehen hättest, was er gemalt hat, würdest du sparsamer mit deinem Zynismus umgehen.«

Jupiter ging auf den Alten zu. Er streckte ihm die Hand entgegen, ohne Hoffnung auf eine Reaktion des Malers. Doch zu seinem Erstaunen ließ Cristoforo kurz von seinem Festmahl ab, schüttelte Jupiters Hand, ohne ihm ins Gesicht zu blicken, und aß dann hastig weiter.

»Jupiter«, sagte Jupiter.

»Es ist immer Nacht«, sagte Cristoforo, »im Haus des Daedalus.«

Jupiter blickte erstaunt zu Coralina hinüber, die verständnislos mit den Achseln zuckte. »Er hat das jetzt schon zum dritten Mal gesagt. Immer nur diesen einen Satz.«

»Sonst nichts«, ergänzte die Shuvani. »Nicht mal ein Dankeschön.« Mißbilligend beobachtete sie Cristoforo beim Essen und rechnete vermutlich gerade aus, was sie die Verköstigung des zotteligen Alten kosten würde.

Es ist immer Nacht im Haus des Daedalus.

Jupiter ging neben dem Maler in die Hocke. »Wie haben Sie das gemeint?«

Cristoforo beachtete ihn nicht.

»Das hat keinen Sinn«, sagte Coralina, setzte sich auf ihren Platz am Tisch und nahm sich eine Paprikaschote. Jupiter wunderte sich, daß sie essen konnte, während der Alte schmatzend und übelriechend mit ihr am Tisch saß. Ihm selbst zumindest war der Appetit vergangen.

»Okay«, sagte er, »dann erklärt ihr es mir. Was macht er hier?«

»Coralina hat ihn gefunden«, knurrte die Shuvani.

»Großmutter!« wies ihre Enkelin sie empört zurecht. »Du redest über ihn, als wäre er ein verlorengegangener Regenschirm.«

»Der hätte zumindest keinen Hunger. Und ließe sich in Null Komma nichts mit einem feuchten Tuch sauber wischen.«

Jupiter betrachtete die Hände des Malers. Unter seinen Nägeln klebte bunter Kreidestaub, winzige Regenbögen an den Enden erstaunlich langer, schlanker Finger.

»Ich bin noch einmal zur Kirche gegangen«, begann Coralina, und dann erzählte sie ihm alles, was geschehen war. Von Landini und Kardinal von Thaden, von der überstürzten Flucht mit Cristoforo – und von dem Bild, das der Maler auf den Asphalt gezeichnet hatte.

»Und du bist ganz sicher, daß es dasselbe Motiv war?« fragte Jupiter.

»Ohne jeden Zweifel.«

Cristoforo aß unbeeindruckt weiter. Falls er dem Gespräch überhaupt folgte, ließ er es sich nicht anmerken. Amüsierte er sich heimlich über seine Gastgeber? Was wußte er tatsächlich über das Motiv?

»Cristoforo«, sprach Jupiter ihn an. »Sie müssen uns sagen, wo Sie dieses Bild gesehen haben.«

Der Maler reagierte nicht.

»Genau das versuchen wir jetzt seit einer knappen Stunde«, sagte Coralina und schob die Hälfte ihrer Paprika ungegessen beiseite. »Das hat keinen Zweck.«

Als hätte ihr letzter Satz ein geheimes Stichwort enthalten, schob Cristoforo seinen Stuhl zurück und stand auf. Einen Augenblick lang blickte er benommen auf den Tisch, dann von einem zum anderen.

»Es ist immer Nacht im Haus des Daedalus«, sagte er noch einmal. Sonst nichts, keinen Dank, kein Wort des Abschieds. Er ging um Coralina herum und zur Tür hinaus.

Jupiter fluchte, wollte aufspringen, aber Coralina hielt ihn mit einer Geste zurück.

»Nein«, sagte sie bestimmt. »Nicht so. Wir können ihn nicht mit Gewalt festhalten.«

Jupiter schüttelte gereizt den Kopf. »Wer spricht denn von Gewalt? Aber wir können ihn nicht einfach laufenlassen!«

»Wieso nicht?«, wollte die Shuvani wissen. »Er ist verrückt. Er kann uns nicht gefährlich werden.«

»Offenbar begreifst du noch immer nicht«, gab Jupiter scharf zurück. »Er *weiß* etwas über diesen Kupferstich. Mehr als wir auf jeden Fall.«

Die Shuvani nickte bedächtig. »So ist es, Jupiter. Aber wir wollen das Ding verkaufen, keine Doktorarbeit darüber schreiben.«

Während er noch erwog, mit der Shuvani zu streiten, folgte Coralina dem Maler die Treppe hinunter. Jupiter gefiel nicht, wie leicht die alte Frau das Ganze nahm. Es ging um mehr als den illegalen Verkauf eines Kunstwerks – wenngleich er noch nicht zu sagen vermochte, was genau es war, das ihm diese Gewißheit gab. Doch das Auftauchen des sonderbaren Künstlers mochte ein weiterer Schritt auf dem Weg zur Lösung des Rätsels sein.

Er folgte Coralina und Cristoforo ins Erdgeschoß und sah gerade noch, wie der Alte durch die Ladentür ins Freie trat. Coralina sagte etwas zu ihm, ohne daß er antwortete. Sie wollte die Tür hinter ihm abschließen, als Jupiter neben sie trat und ihre Hand mit dem Schlüssel festhielt.

»Warte! Wir können ihn nicht einfach gehen lassen.«

»Ach nein? Was willst du denn tun?« Sie sah ihn mit großen Augen an, ehe sich ein feines Lächeln auf ihre Lippen stahl. »Die Wahrheit aus ihm herausprügeln?«

Jupiter wußte keine Antwort darauf, und das ärgerte ihn. Er wollte an ihr vorbei auf die Straße, doch sie hielt ihn zurück.

Ihre Finger schlossen sich so fest um seinen Oberarm, daß es weh tat. Er war überrascht, wie kräftig sie war.

»Laß ihn«, sagte sie. »Er wird dir nichts sagen.«

»Warum hast du ihn dann hergebracht?«

»Ich hatte gehofft, die Umgebung würde ihn vielleicht umstimmen. Aber das hat sie nicht. Das müssen wir akzeptieren. Alle drei.«

Jupiter schaute durch das schmale Ladenfenster hinaus auf die Gasse. Cristoforo bog um die Ecke zur Via del Governo Vecchio und verschwand. »Aber er *geht*!« sagte er beharrlich. »Wir werden ihn in der Stadt nicht mehr wiederfinden!« Seine Hilflosigkeit machte ihn wütender als ihre sanftmütige Sturheit.

»Er wird uns finden, wenn er es für nötig hält.«

»Ja, ja, das hört sich gut an, und mir wird gleich ganz warm ums Herz. Aber wie wär's, wenn wir zur Abwechslung mal realistisch bleiben? Dieser Mann weiß etwas, das *wir* wissen sollten. Falls diese Platte schon früher aufgetaucht ist, falls sie bekannt ist, und wenn auch nur einem kleinen Kreis von Leuten, dann wird irgendwer sich fragen, warum sie nicht bei den übrigen sechzehn in der Kirche war. Irgendwer wird die richtigen Fragen stellen und damit früher oder später vor dieser Tür landen. Und was willst du dann sagen? Daß du die Platte nur ausgeliehen hast, um ein paar Abzüge zu machen?«

»Was das angeht, magst du recht haben«, erwiderte sie, aber es klang keineswegs defensiv. »Trotzdem wirst du aus Cristoforo nichts herausbekommen, genausowenig wie irgendein anderer.« Sie lehnte sich mit dem Rücken gegen die Tür und sah ihn eindringlich an. »Das ist der Unterschied zwischen dir und mir, Jupiter. Du hast dich immer nur um die Kunst gekümmert, aber nie um die Menschen dahinter.«

»Und du hast dich in den letzten zehn Jahren zur großen Menschenkennerin entwickelt, ja?«

»Nein«, entgegnete sie fest, »das war ich schon damals. Deshalb bin ich ja in jener Nacht zu dir gekommen. *Ich* wußte, was du wolltest. Nur *du* hast es dir selbst nicht eingestanden.«

Er starrte sie mit offenem Mund an wie ein Schüler, der gerade von seiner Lehrerin zurechtgewiesen worden ist.

Coralina löste sich von der Tür, machte einen tänzelnden Schritt um ihn herum und ging zwischen den Bücherregalen Richtung Treppe. »Laß Cristoforo in Frieden«, sagte sie, ohne sich umzudrehen. »Schlimm genug, daß ich ihn hierhergebracht habe. Das war ein Fehler ... aber darin hab ich ja mittlerweile Erfahrung, nicht wahr?«

Jupiter folgte ihr mit Blicken, als sie nach oben stieg, sah dann hinaus auf die leere Gasse, schaute wieder zur Treppe und horchte auf das zarte Geräusch ihrer Schritte auf den hölzernen Stufen.

Er hatte Miwa auf einer Auktion kennengelernt, in Reykjavik, während Island um sie herum unter einer meterdicken Schneedecke lag. Sie, die bezaubernde Japanerin, die zwei Jahre jünger war als er, aber zehn Jahre jünger aussah – das machte sie, zumindest optisch, so alt wie Coralina, dachte er heute, und ihm wurde ein wenig schwindelig dabei –, und er, der viel zu vertrauensselige Kunstjäger, bei weitem noch nicht so lange im Geschäft wie die meisten seiner Konkurrenten und doch mit einer beachtlichen Erfolgsquote. Miwa war durchtrieben und berechnend, das hatte er gleich am ersten Abend erkannt, als sie versuchte, mehr über seine Fortschritte auf der Suche nach einem gewissen Objekt aus Brüssel zu erfahren. Erst hatte er geglaubt, sie sei nur mit ihm aufs Zimmer gegangen, um ihn auszuhorchen, doch dann hatte sie in der ganzen Nacht kein Wort darüber verloren, keine einzige Frage gestellt. Er hatte das als Kompliment aufgefaßt, bis sie ihm später, scheinbar beiläufig, erzählte, sie sei nur mit ihm ins Bett gegangen, weil sie keine Winterschuhe dabei hatte und das Hotel nicht verlassen konnte. Zum Zeitpunkt dieser Eröffnung hatte er sie bereits gut genug gekannt, um zu wissen, daß die Wahrheit irgendwo auf halber Strecke zwischen den beiden Extremen lag. Gut möglich, daß sie aus Langeweile mit ihm geschlafen hatte, eigentlich ein despektierlicher Grund; aber er war auch sicher, daß sie ihn mochte, liebte sogar, zumindest für eine Weile. Andere hatten versucht, ihm das auszureden – später, als alles vorüber war –, aber er glaubte noch heute daran, vielleicht, weil er daran glauben wollte.

Miwa hatte ihn geliebt. Sein schlaksiges Äußeres, sein geschäftliches Unvermögen, sogar sein häufiges Zögern, das manche als Feigheit mißverstanden und das doch nur sein Versuch war, die Dinge rational zu betrachten. Sie hatte ihn geliebt, ohne jeden Zweifel – ihn und seine Kundenkartei.

Und was die rationale Betrachtung der Dinge anging, so fragte er sich nun, warum er heute so gründlich damit abgeschlossen hatte, zumindest was Miwa betraf. Ihm war bewußt, daß er sie und die Zeit mit ihr glorifizierte – aber wozu sonst war die Erinnerung an eine verflossene Liebe gut, wenn nicht dazu, sie im Rückblick schönzureden? Er litt auch so genug, ohne sich all die kleinen und großen Katastrophen ihrer zwei Jahre miteinander vor Augen zu führen; es erschien ihm überflüssig, die Fäden zu einem größeren Ganzen zu verweben, das ihm vielleicht verdeutlicht hätte, wie umfassend Miwa ihn betrogen und ausgenutzt hatte.

Und nun tauchte Coralina auf, keine fünfzehn mehr wie damals, und es verging keine Stunde, in der er sich nicht fragte, ob sie tatsächlich mit ihm flirtete oder ob das einfach ihre Art war und sie in Wahrheit in ihm nur den etwas unbeholfenen und manipulierbaren Geschäftsfreund ihrer Großmutter sah. Sein Gefühl sagte ihm, daß dem nicht so war, daß sie ihn tatsächlich mochte, immer noch oder wieder, auf eine reifere

Art als damals. Aber was durfte er schon auf Gefühle geben, die ihn schon einmal derart übel getäuscht hatten? Das Gescheiteste war wohl, solche Anwandlungen gänzlich zu ignorieren.

Beziehungskrüppel, dachte er in einem Anflug masochistischer Selbsterkenntnis, und dabei hatte er bis vor kurzem geglaubt, daß dieses Wort nur auf den Hochglanzseiten der Frauenmagazine existierte, zwischen einem Dutzend holzig gewordener Parfümdüfte und den Werbeseiten der Modeindustrie. Sogar darin hatte er herumgeblättert, in den ersten Monaten nach Miwas Fortgang, auf der Suche nach einer Antwort auf die quälende Frage, wie Frauen dachten, wie sie fühlten und warum sie Männern wie ihm so etwas antaten. Irgendwann war er sich dabei so armselig vorgekommen, daß er einfach einen großen Stapel gekauft und ihn mit beinahe ritueller Geste in einen Papierkorb versenkt hatte. Danach war es ihm für ein paar Stunden bessergegangen, lange genug, um eine Bar zu finden und sich über den nächsten Anflug von Kummer hinwegzutrösten.

Aber das war damals gewesen. Damals, vor einem Jahr – damals, vor einer Woche. Jetzt war er in Rom, auf dem besten Wege, ein Verbrecher zu werden, und, verdammt noch mal, er fühlte sich gut dabei. Vielleicht war das sogar das Bemerkenswerteste an seinem Dilemma.

Am Morgen nach dem mißratenen Abendessen mit Cristoforo erwartete Coralina Jupiter unten im Laden und nahm ihn mit in eine nahe Bar, wo sie im Stehen süßes Gebäck aßen und bitteren Espresso tranken.

»Ich hab nachgedacht über das, was du gesagt hast«, sagte sie und stellte ihre Tasse ab.

»So?« Er hielt vergeblich nach einer Papierserviette Ausschau, um sich den klebrigen Zuckerguß von den Fingern zu wischen. Notgedrungen mußte die Innenseite seines Mantels herhalten.

»Ich glaube immer noch, daß du Cristoforo falsch einschätzt«, sagte sie.

Das wunderte ihn, ehrlich gesagt, nicht besonders.

»Aber vielleicht bin ich auch zu unvorsichtig«, fuhr sie zu seinem Erstaunen fort. »Ich meine, du bist der Fachmann.«

»Ich bin kein Hehler.«

»Nein. Aber du weißt, wie man sich in solch einer Situation verhalten muß. Wem man trauen kann und wem nicht.«

»Und was bedeutet das?«

»Ich werde heute versuchen, mehr über dieses Haus des Daedalus herauszubekommen, von dem Cristoforo gesprochen hat. Vielleicht finde ich was im Internet.«

Jupiter nickte nachdenklich. »Und Cristoforo?«

»Ich weiß, wo er wohnt.«

»Ich dachte, er sei obdachlos.«

»Die meisten Obdachlosen haben irgendeinen Ort, an den sie sich zurückziehen. In Cristoforos Fall ist das die Ruine eines alten Palazzo, im Herzen von Trastevere.«

Jupiter kannte das Viertel recht gut. Einst war es das Armeleutequartier Roms gewesen, um später, begünstigt durch einen längst vergessenen Hafen, einen Aufschwung zu erleben. Heute wurde es mehr und mehr zur schicken Wohngegend, in der ein paar Dutzend Nobelrestaurants um Gäste buhlten. Daß es sich dennoch seinen volkstümlichen Charakter bewahrt hatte, war eines der vielen kleinen Wunder Roms, wo sich das Weltstädtische immer wieder mit nostalgischer Beschaulichkeit mischte.

»Ich wußte nicht, daß es in Trastevere überhaupt noch so was wie Ruinen gibt«, sagte er.

»Nicht mehr viele«, entgegnete Coralina. »Aber bei ein paar Gebäuden sind die Besitzverhältnisse ungeklärt, und solange sich die Eigentümer nicht einigen können, wird es wohl noch dauern, bis daraus Hotels oder Edelapartments werden. Bis dahin hat Cristoforo ein Dach über dem Kopf.«

»Gut, dann laß uns hinfahren.«

Sie schüttelte den Kopf. »Ich komme nicht mit.«

»Wieso nicht?«

»Wenn du versuchen willst, etwas aus Cristoforo herauszubekommen, dann ist das deine Sache. Ich will damit nichts zu tun haben.«

»Was glaubst du, was ich mit ihm anstellen werde? Ihm die Fingernägel ziehen?«

Sie wich seinem Blick aus. »Das ist deine Sache.«

»Komm schon, Coralina, wofür hältst du mich?«

»Tu, was du für richtig hältst. Aber ohne mich.«

»Ich werde ihn nicht mal *anfassen.*«

»Freut mich, das zu hören.« Sie wollte sich umdrehen und die Frühstücksbar verlassen, doch Jupiter packte sie blitzschnell am Handgelenk, nicht fest, aber doch bestimmt.

»Hör mal«, sagte er, »du scheinst ein Bild von mir zu haben, das nicht ganz …«

»Barcelona«, unterbrach sie ihn leise. »Vor anderthalb Jahren … Ich hab gestern abend noch mit der Shuvani gesprochen.«

Er starrte sie entgeistert an. »Was, um Himmels willen, hat sie dir erzählt?«

Natürlich kannte er die Antwort. Vielleicht war es ja unvermeidlich gewesen, daß Coralina davon erfuhr. Er fragte sich nur, weshalb die Shuvani ihr ausgerechnet jetzt, in einer solchen Lage, davon erzählt hatte.

»Willst du von *mir* hören, was passiert ist?« fragte er.

Sie zögerte, nickte dann langsam. »Okay.«

Jupiter suchte einen Moment lang nach einem Einstieg in die Geschichte, fand keinen, der die Ereignisse beschönigen konnte, und fing dann mit dem Erstbesten an, das ihm einfiel. Natürlich mit Miwa.

»Sie hatte mich damals gerade verlassen. Ich bin nie ein Trinker gewesen, und die Vorstellung, Kummer in Alkohol zu ersäufen, war bis dahin für mich ein Klischee aus alten Kriminalromanen, Sam Spade und Philip Marlowe, all das Zeug… du weißt schon. Als Miwa verschwunden war mit all meinen Unterlagen und Disketten und Festplatten, saß ich plötzlich da mit nur noch einem einzigen Auftrag. Und das auch nur, weil ich damals mitten in den Nachforschungen steckte und die wesentlichen Daten im Kopf hatte. Ich dachte, es wäre gut, mich abzulenken – zumindest ist es ja das, was einem alle sagen –, und so flog ich nach Barcelona, traf mich dort mit ein paar Leuten an der Hotelbar, ließ mich von ihnen betrunken machen und mir einen gehörigen Bären aufbinden. Ich war auf der Suche nach einer dieser stilisierten Frauenfiguren aus Ton, einer Darstellung der großen Göttin, die immer auf den Titelbildern all dieser Matriarchatsbücher auftaucht. Breite Hüften, große Brüste und kein Gesicht.« Er schüttelte den Kopf. »Ich meine, hast du dir je überlegt, warum eine Frau *so was* anbeten sollte? Die Emanzipationsbewegung hat uns Männern immer vorgeworfen, euch als Sexualobjekte zu mißbrauchen – und was drucken die selbst auf ihre Bücher und Briefköpfe? Das Bild einer Frau ohne Gesicht, nur Geschlecht, nur Gebärmaschine.« Er lächelte bitter. »Eines der großen Paradoxa unsere Zeit, nicht wahr?«

Coralina schmunzelte und kramte einen Bon für zwei weitere Tassen Kaffee aus ihrem Portemonnaie.

Er atmete tief durch und fuhr fort: »Ich hatte zwei Monate gebraucht, um den Kontakt für dieses Treffen an der Hotelbar herzustellen, und glaub mir, ich *wollte* glauben, was sie mir erzählten. Sie erkannten natürlich schnell, in was für einer Verfassung ich war. Ich war noch nie ein besonders guter Schauspieler, und an dem Abend wahrscheinlich noch drei Stufen unter meinem üblichen Niveau. Kurz gesagt, sie flößten mir solche Mengen Wodka und Whiskey ein, daß ich beschloß, der Adresse, die sie mir gaben, noch am selben Abend einen Besuch abzustatten. Dort sollte die Frau wohnen, in deren Auftrag die Statue meines Kunden gestohlen worden war.«

Er verstummte kurz und beobachtete Coralinas Gesichtszüge, versuchte herauszufinden, was sie von ihm erwartete. Eine Entschuldigung? Eine kleine Verdrehung der Tatsachen, damit es ihr leichterfiel, wieder Vertrauen zu ihm zu fassen?

Jupiter entschied sich statt dessen für die Wahrheit.

»Die Frau öffnete mir die Tür. Sie war nicht mehr jung, Anfang Fünfzig vielleicht. Eine reiche und skrupellose Kunsthändlerin der üblen Sorte, hatte man mir erzählt, und ich war viel zu betrunken, um *irgend etwas* zu hinterfragen. Später erfuhr ich dann, daß sie die Witwe eines taiwanesischen Reeders war, ohne jedes Interesse an Kunst. An diesem Abend aber, vor dieser Tür, sturzbetrunken wie ich war und todunglücklich vor Kummer um Miwa, sah ich in ihr nur das, was ich sehen wollte, meine Gegnerin im Kampf um diese verdammte Statue. Die Leute haben später behauptet, weil sie eine Asiatin war, hätte ich Miwa in ihr gesehen und sie deshalb krankenhausreif geschlagen. Aber das ist nicht wahr. Wenn ich Miwa in dieser Tür hätte stehen sehen, wäre ich wahrscheinlich vor ihr auf die Knie gefallen und hätte mich endgültig vor aller Welt zum Narren gemacht. Aber genau das Gegenteil war der Fall. Alles, was ich dachte, war, daß ich dieser Frau nur die Statue abnehmen, sie zu ihrem Besitzer zurückbringen und eine anständige Summe kassieren mußte, die es mir erlauben würde, mein Büro neu auszustatten und vielleicht wieder von vorne zu beginnen – quasi die Stunde Null nach Miwa einzuläuten. Ich war betrunken wie selten zuvor in meinem Leben, aber ich kann nicht behaupten, daß ich nicht zurechnungsfähig war. Irgendwo tief drinnen wußte ich ganz genau, was ich tat, und in jenem Augenblick war es genau das, was ich wollte. Ich hab sie windelweich geprügelt, als sie behauptete, sie wisse gar nicht, was ich von ihr wolle, und als schließlich die Polizei kam und mich festnahm, hab ich noch immer gedacht, daß sie mich anlügt. Bis ich gesehen habe, daß der zuständige Kommissar einer der Männer aus der Hotelbar war. Er sorgte dafür, daß das Verfahren eingestellt und ich ins nächste Flugzeug gesetzt wurde. Er hatte erreicht, was er wollte – die Statue blieb bei seinen Hintermännern, und ich war endgültig geliefert. Gründlicher als ich selbst hätte niemand meine Reputation auslöschen können. Miwa hat dann im nachhinein das Ihrige dazu beigetragen, die Geschichte publik zu machen.«

Coralina trank aus. »Warte!«

Er schaute ihr nach, als sie mit den Bons zur Theke ging und bald darauf mit zwei dampfenden Kaffeetassen zurückkam.

»War das die Geschichte, die die Shuvani dir erzählt hat?« fragte er.

»Ihre Version war die *Reader's-Digest*-Fassung.« Coralina knetete sich nachdenklich mit Daumen und Zeigefinger die Unterlippe. »Kürzer, und ein wenig mehr aufs Wesentliche konzentriert. Dafür mit ein paar farbenfrohen Illustrationen der Höhepunkte.«

Nachdem er an seinem Kaffee genippt und sich die Zungenspitze verbrannt hatte, sagte er: »Ich weiß, daß meine Sicht der Dinge das Ganze nicht schöner macht. Ich hab diese Frau verprügelt, daran kann ich nichts mehr ändern.«

»Nein.« Sie trank ihre Tasse in einem Zug leer; es schien sie nicht zu stören, daß der Kaffee nahezu kochend heiß war. Dann beugte sie sich vor und gab ihm mit Lippen, die zu glühen schienen, einen flüchtigen Kuß auf die Wange. »Aber es ist okay«, sagte sie. »Irgendwie ist es okay.«

»Eine Frau zu schlagen?«

»Auf diese Kerle hereinzufallen. Der Dumme zu sein.« Sie lächelte spitz. »Das … paßt zu dir. Irgendwie.«

»Charmant.«

Sie kicherte. »Haben wir das denn noch nötig? Uns gegenseitig unseren Charme zu beweisen?«

Wieder verstand er nicht auf Anhieb, was sie meinte, und wieder ließ sie ihn stehen.

»Ich kümmere mich um dieses Haus des Daedalus«, sagte sie, während sie ihm mit feiner Handschrift eine Adresse auf einen Kassenbon schrieb.

»Viel Glück mit Cristoforo«, sagte sie im Hinausgehen. Zurück blieb ein dezenter Hauch ihres Parfüms.

Als Jupiter den Kaffee austrank, verbrannte er sich die Zunge ein zweites Mal.

Hinter ihnen ertönte eine Hupe, als das Taxi abrupt vor einer Gassenmündung hielt, zu schmal, als daß ein Auto hineingepaßt hätte. In Trastevere und anderen sehr alten Stadtteilen Roms gab es noch solche Gassen, gerade breit genug für ein schmales Packpferd oder einen schweren Menschen, aber denkbar ungeeignet für die Anforderungen der modernen Welt. Als diese Häuser errichtet, diese Gassen vermessen worden waren, hatte noch niemand daran gedacht, daß dereinst Fahrzeuge mit Benzinmotor die Straßen verstopfen und ihre Abgase die Fassaden grau färben würden.

Jupiter bezahlte den Fahrer und stieg aus. Der Mann im Wagen hinter ihnen machte eine obszöne Geste und fluchte lautstark. Beide Autos setzten sich in Bewegung.

Jupiter blieb allein zurück. Die Straße war menschenleer, lediglich einige Wagen parkten an den Bordsteinkanten. Auf der anderen Straßenseite stand eine schwarze Limousine mit abgedunkelten Scheiben.

Nachdem Jupiter die Bar verlassen hatte, war er in einen der benachbarten Neppläden für Touristen gegangen. *Fotoentwicklung über Nacht! Anmeldung für Stadtrundfahrten! Theatertickets!* Er hatte sich eine kleine Kamera gekauft, ein überteuertes No-Name-Gerät, von dem er hoffte, daß es seinen Anforderungen genügen würde.

Nun zog er den Apparat aus seiner Manteltasche, vergewisserte sich mit einem raschen Blick, daß er funktionsbereit war, und ging mit langsamen Schritten zu der Limousine hinüber. Dabei hielt er die Kamera so, daß sie vom Wagen aus nicht zu sehen war.

Er stellte sich einen halben Schritt hinter die Fahrertür, damit man sie ihm beim Öffnen nicht vor die Brust schlagen konnte, und klopfte zaghaft mit dem Fingerknöchel gegen das undurchsichtige Glas.

»Entschuldigen Sie bitte«, sagte er und gab sich betont unverfänglich. Als niemand antwortete, klopfte er noch einmal. »Entschuldigung«, wiederholte er. »Signore? Signora?«

Er erhielt keine Antwort.

Jupiter atmete insgeheim auf, obwohl er keineswegs überzeugt war, daß nicht doch jemand in dem Fahrzeug saß. Sicher war er lediglich in einem Punkt: Dies war nicht die Limousine des Kardinals, auch wenn er schon bei seiner Ankunft bemerkt hatte, daß der schwarze Wagen ein vatikanisches Nummernschild trug. Es mochte sich um einen Zufall handeln, gewiß, aber aus Erfahrung wußte er, daß es ein Fehler wäre, sich auf das Offensichtliche zu verlassen.

Er klopfte ein drittes und letztes Mal – vergeblich –, dann umrundete er die Limousine und versuchte, einen Blick ins Innere zu erhaschen.

Bewegte sich da nicht jemand auf der Rückbank? Jupiter beugte sich so weit vor, bis nur noch eine Handbreit sein Gesicht von der Scheibe der rechten Hintertür trennte. Er war sich bewußt, wie absurd er von innen wirken mußte, doch das war ihm im Augenblick gleichgültig. Auch war ihm klar, daß er seine eigenen Regeln mißachtete – wenn jetzt jemand die Tür schwungvoll öffnete, würde er Jupiter das Nasenbein zertrümmern.

Aber, verflucht, er war *sicher*, daß jemand im Wagen saß. Es konnte kein Zufall sein, daß diese Limousine ausgerechnet hier parkte, nur wenige Schritte von der schmalen Gasse entfernt, die zu Cristoforos Unterschlupf führte. Er hätte zum Haus laufen können, doch der Gedanke, dort auf einen oder mehrere Unbekannte zu treffen, behagte ihm nicht. Auf der Straße fühlte er sich sicherer, und wenn es zu einer Konfrontation kommen sollte, welcher Art auch immer, dann sollte dies hier geschehen, wo er die Möglichkeit zur Flucht hatte.

Das schwarze Glas sah aus wie geronnenes Öl, eine spiegelglatte Oberfläche, die Jupiters Gesicht reflektierte und verzerrte, es in die Länge zog wie die Züge eines gotischen Wasserspeiers.

Er hob den Finger, um abermals anzuklopfen, diesmal an der Hintertür, doch gleich darauf ließ er die Hand wieder sinken. Falls jemand im Wagen war, würde sich derjenige ohnehin nicht zu erkennen geben.

Jupiter richtete den Fotoapparat auf die Scheibe und drückte ab. Durch den Sucher sah er nichts als blendendes Weiß, als sich das Blitzlicht auf dem schwarzen Glas brach. Er wußte, daß kaum Hoffnung bestand, auf einem Abzug etwas zu erkennen, doch er wollte zumindest alles versucht haben. Nach Coralinas Auftritt vor Piranesis Kirche wußten Landini und seine vatikanischen Brüder längst, daß irgend etwas mit ihr nicht stimmte, und ihr Argwohn schloß Jupiter fraglos mit ein. Sich jetzt auffällig zu verhalten machte keinen großen Unterschied mehr.

Er schoß ein halbes Dutzend weitere Fotos, ehe er einer Bewegung auf der anderen Straßenseite gewahr wurde. Er ging hinter dem Kotflügel der Limousine in Deckung und schaute vorsichtig über den Kofferraum hinweg.

Zwei Gestalten wurden in der Gasse sichtbar, zwei Männer, einer im Rollstuhl sitzend, der andere aufrecht dahinter. Augenscheinlich hatten sie Jupiter noch nicht bemerkt.

Der Mann im Rollstuhl trug einen dunklen Anzug und einen schwarzen Hut mit breiter Krempe. Auf seiner Nase saßen runde Brillengläser in einem zarten goldenen Drahtgestell. Jupiter schätzte ihn auf Mitte Sechzig. Sein erster Gedanke war, daß es sich um einen vatikanischen Würdenträger handeln mußte. Auffällig war jedoch das Fehlen aller kirchlichen Insignien, nicht einmal einen Ring trug der Mann. Obwohl er ungewöhnlich dünn war, saß sein Anzug wie angegossen. Eine teure Maßanfertigung mit blitzender Nadel am Revers.

Der zweite Mann war in Jupiters Alter, überaus breitschultrig und gewiß an die zwei Meter groß. Auch er trug einen dunklen Anzug. Eine Chauffeursmütze bedeckte sein blondes Haar. Skandinavier, dachte Jupiter, oder Osteuropäer.

Der Chauffeur schob den Rollstuhl sanft von der Bordsteinkante und über die Straße. Jupiter huschte gebückt hinter der Limousine zum nächsten parkenden Wagen und versteckte sich dahinter.

Der alte Mann sagte etwas zu seinem Begleiter, das Jupiter nicht verstehen konnte. Es klang wie Tschechisch oder Polnisch. Er hatte sich in den vergangenen Jahren ein gutes Gehör für Sprachen zugelegt; selbst wenn er den Sinn nicht verstand, konnte er den Klang der Worte recht zuverlässig einem bestimmten Land zuordnen. Ein angenehmer Nebeneffekt seiner zahllosen Reisen kreuz und quer durch Europa.

Der Chauffeur antwortete, und das einzige, was Jupiter heraushörte, war die Anrede ›Professor‹. Der alte Mann schaute auf seine Armbanduhr und nickte zufrieden.

Jupiter fluchte insgeheim, als er sah, daß der Chauffeur die linke Hintertür der Limousine öffnete. Aus einem Versteck auf der anderen Straßenseite hätte er jetzt hineinschauen können. So aber konnte er nur beobachten, wie der Chauffeur dem Professor aus dem Rollstuhl half – offenbar konnte der alte Mann mit ein wenig Hilfe durchaus einige Schritte machen, er war also nicht gelähmt – und ihn im Inneren der Limousine plazierte. Jupiter horchte, ob auf dem Rücksitz Worte gewechselt wurden, konnte aber nichts hören. Vermutlich war der Wagen tatsächlich leer gewesen.

Angespannt sah er zu, wie der Chauffeur den Rollstuhl zusammenklappte und im Kofferraum verstaute, mit der fließenden Bewegung eines Leguans auf den Fahrersitz glitt und den Motor anließ. Die Limousine fuhr in nördlicher Richtung davon.

Langsam richtete Jupiter sich auf.

An der nächsten Kreuzung bog der Wagen ab und verschwand hinter den alten Häuserfronten.

Jupiter eilte über die Straße und betrat die enge Gasse. Knöchelhoch lag der Schmutz in den Ecken. Von oben ertönten aufgekratzte Stimmen aus einem Fernsehapparat, leicht verzerrt hallten sie zwischen den hohen Mauern wider.

Die Gasse mündete in einen Hinterhof, der zu drei Seiten von fensterlosen Backsteinwänden eingefaßt war. An der vierten Seite aber, genau gegenüber der Gasse, erhob sich die Fassade eines alten Herrschaftshauses, dreistöckig und mit zerfallenen Stuckarbeiten geschmückt. Das Dach war flach und von einer Renaissancebalustrade umfaßt.

Rechts von Jupiter lag das Blechgerippe einer ausgeschlachteten Vespa, ansonsten war der Hof erstaunlich sauber. Keine aufgeplatzten Müllbeutel oder aufgeweichten Pappkartons, kein vergessenes Kinderspielzeug oder entnadelte Weihnachtsbäume, nichts von dem, was Jupiter an einem Ort wie diesem erwartet hatte.

Man hatte die Fenster des Palazzo von innen mit Brettern verbarrikadiert, aber das mußte bereits Jahre zurückliegen. An vielen Stellen hatte die Witterung das Holz morsch werden lassen. Irgendwer hatte schmale Öffnungen hineingebrochen, die auf Jupiter den Eindruck von Schießscharten machten.

Zielstrebig ging er auf den Eingang des Palazzo zu, ein bogenförmiges Doppeltor, dessen linker Flügel ausgehängt war. Dahinter herrschte graues Zwielicht.

Er fragte sich, was die Männer aus der Limousine hier zu suchen gehabt hatten. Vermutlich waren sie wegen Cristoforo hier gewesen. Dann aber entdeckte er an der Mauer neben der Tür eine Blechplakette, die das Gemäuer als Eigentum des Vatikans kennzeichnete. Hatte Coralina nicht gesagt, es gäbe Unstimmigkeiten zwischen den verschiedenen Parteien, die das Haus für sich beanspruchten? Zumindest der Vatikan schien diese Streitfrage in seinem Sinne gelöst zu haben. Gut möglich also, daß der alte Professor nur hiergewesen war, um das Gebäude zu inspizieren. Vielleicht war er einer der Verantwortlichen für die exterritorialen Besitztümer des Heiligen Stuhls.

Doch so recht mochte Jupiter an diese Möglichkeit nicht glauben. Der Fund der Kupferplatte und das Auftauchen Cristoforos hatten ein latentes Mißtrauen bei ihm wachgerufen, und er spürte selbst, daß es in eine ausgewachsene Paranoia umzukippen drohte. Den Vatikan zu unterschätzen wäre ein grober Fehler gewesen, allen voran Kardinal von Thaden und seinen weißhäutigen Lakaien Landini. In Gedanken setzte er den mysteriösen Professor und seinen Chauffeur mit auf die Liste potentieller Widersacher.

Aus dem Inneren des Palazzo drang der abgestandene Geruch von Urin und feuchtem Mauerwerk. Ein kurzer, eiskalter Luftzug wehte ihm entgegen und blähte seinen Mantel wie ein Schiffssegel kurz vor dem Sturm. Er zog die Kamera aus der Tasche und legte den Finger vorsorglich auf den Auslöser, um gegebenenfalls schnell reagieren zu können.

Entschlossener als zuvor, durchquerte er den Torbogen – und betrat die Kerkerwelt der *Carceri*.

Die Eingangshalle war das Tor zum Universum Piranesis. Die Wände waren bis auf den letzten Winkel mit Kopien der sechzehn Kupferstiche bedeckt, ins Riesenhafte vergrößert und von einem Detailreichtum, der nichts dazuerfand, sondern vielmehr Einzelheiten, die in den Originalen lediglich angelegt waren, schärfer herausarbeitete. Ketten, Brücken und Treppenstufen wirkten plastischer, die Tiefe der unterirdischen Hallen noch gigantischer und beängstigender. Nur eine einzige Auslassung hatte Cristoforo sich erlaubt: Seine Version der Kerker war menschenleer. Keine verzerrten Gestalten auf den Stufen und Zugbrücken, keine schwarzen Schattenrisse der Verdammten. Cristoforos *Carceri* waren verlassen, und das machte die grandiose Unmenschlichkeit ihrer Architektur noch furchteinflößender.

Einen Moment lang hatte Jupiter das Bedürfnis, sich irgendwo anzulehnen, weil die Illusion – und eine Illusion war es ganz zweifellos – perfekt war. Er sah, daß es nur Bilder waren, sah, daß die phantastischen Kerkerkathedralen nicht wirklich existierten, und doch erschienen sie ihm so unglaublich real, so bedrückend in ihrer größenwahnsinnigen Brillanz.

Langsam bewegte er sich ins Zentrum der Eingangshalle und näherte sich einer Korridormündung an der Stirnseite, einer Öffnung in Piranesis Vision, die vielleicht aus ihr hinaus, vielleicht aber auch noch tiefer in sie hinein führte, hinab in diesen Abgrund aus menschenverachtenden Bauten, so genial wie furchtbar.

Die Wände des Gangs waren unbemalt. Endlich konnte Jupiter wieder frei durchatmen. Am Ende des Korridors, etwa zwanzig Meter entfernt, führte eine Treppe nach oben. Um dorthin zu gelangen, mußte er ein halbes Dutzend offener Türen passieren. Hinter jeder bot sich ihm das gleiche Bild: hohe Räume, die Cristoforo mit Farbe, Pinsel und Kreidestücken zu piranesischen Verliesen umgestaltet hatte, Schreckenslandschaften aus titanischen Steinquadern.

Der Palazzo war ein Schrein, ein Altar vor der Kunst des Kupferstechers. Jupiter stellte sich die Frage, ob sich Cristoforo in seinem verwirrten Geist selbst als Insassen dieser Kerker sah, als Häftling in einem Gefängnis, in das er sich vor vielen Jahren verirrt hatte und aus dem er nun keinen Ausweg mehr fand. Vielleicht war das die Schattenseite seiner fotografischen Wahrnehmung. War es möglich, daß sich die *Carceri* derart fest in seinem Kopf verankert hatten, daß er sie nicht mehr verlassen konnte, egal ob er wollte oder nicht? War er selbst zu einem Bestandteil von Piranesis Kunst geworden, weil die Bilder der *Carceri* in seinem Kopf ein Eigenleben führten, sich immer weiter ausdehnten wie ein Virus in einem Computer, allen verfügbaren Speicherplatz belegten, die reale Welt auslöschten und sich selbst zur Scheinwirklichkeit stilisierten?

Kunst als Virus, der das menschliche Gehirn zerstört. War so etwas möglich, war es *denkbar*?

Jupiter schob die Vorstellung beiseite – ihm wurde schwindelig.

Zögernd passierte er alle Türen, dann stieg er die Treppe zum ersten Stock hinauf.

Coralina saß an ihrem Schreibtisch im Keller des Hauses, vor sich ihren leuchtenden Monitor, in der Hand den Telefonhörer, durch den sie das Gespräch der Shuvani mitanhörte.

»Cristoforo ist tot«, sagte eine Männerstimme am anderen Ende der Leitung. »Die Meldung ist uns vor knapp einer Stunde auf den Tisch geflattert. Irgendwer hat ihn aus dem Fluß gezogen. Der Polizeibericht sagt nur ... warte, Augenblick ...« Blätter raschelten, als der Mann seine Papiere sortierte. »Hier ist es. Starke Verletzungen am Kopf. Vermutlich Tod durch Gewalteinwirkung, steht hier.« Der Mann lachte bitter. »Darf man ja wohl annehmen – es sei denn, der Gute hätte sich den Schädel an einer Wand eingerannt und wäre dann übers Brückengeländer gefallen.«

Coralinas Magen zog sich zusammen. Der Telefonhörer in ihrer Hand fühlte sich mit einem Mal eiskalt an. Sie hörte, wie die Shuvani angestrengt ein- und ausatmete.

Der Mann am Telefon war Lorenzo Arera, ein Redakteur des *Corriere della Sera*. Er schaute häufig im Laden der Shuvani vorbei und hatte ihr wegen einiger Suchaufträge seinen Namen und seine Telefonnummer gegeben. Die Shuvani hatte ihn angerufen, um mehr über Cristoforo herauszufinden. Arera hatte einmal über ein paar Straßenmaler berichtet, die den Boden einer alten Fabrikhalle zu einer Art Galerie umfunktioniert hatten. Der Journalist hatte sich damals mißbilligend über das Talent der jungen Leute geäußert und sich die Bemerkung erlaubt, daß es schon mehrerer Künstler vom Schlage eines Cristoforo bedürfe, um ein derartiges Projekt zum Erfolg zu führen. Die Shuvani hatte angenommen, daß Arera einiges über den alten Maler wußte. Mit einem Anruf in der Redaktion, so hatte sie gehofft, würde sie vielleicht etwas mehr über ihren gestrigen Besucher in Erfahrung bringen können.

Und dann das, die Nachricht vom Tod Cristoforos.

»Im Obdachlosenmilieu ist so etwas nicht allzu selten«, stellte Arera fest. »Es vergeht kaum eine Woche, in der nicht einer von denen im Fluß treibt. Diesmal hat es eben Cristoforo erwischt. Schade, er hatte Talent.«

»Haben Sie eine Ahnung, wie es überhaupt so weit mit ihm gekommen ist?« Die Shuvani gab sich hörbar Mühe, das Beben in ihrer Stimme zu unterdrücken. »Was hat er gemacht, bevor er auf der Straße lebte?«

»Er hat Gemälde restauriert«, erwiderte der Journalist, »Fresken. Hat lange in der Sixtinischen Kapelle und im Petersdom gearbeitet. Er war jahrelang einer der bevorzugten Fachleute des Vatikans, hatte sogar eine Festanstellung, wenn ich mich recht erinnere. Ich weiß nicht, wie gut Sie sich in der Branche auskennen, aber glauben Sie mir, so was hat Seltenheitswert.«

»Meine Nichte ist Restauratorin. Sie hat bis vor ein paar Tagen für den Vatikan gearbeitet.«

»Sehen Sie – bis vor ein paar Tagen! Das ist der Punkt. Restauratoren sind so gut wie nie fest angestellt, schon gar nicht im Vatikan. Aber Cristoforos Können wollte man sich dann doch nicht entgehen lassen. Er muß über zwanzig Jahre dort gearbeitet haben.«

»Warum hat er aufgehört?«

»Durchgedreht. War nicht mehr ganz richtig im Kopf. Hatte irgendeine Krankheit, nehme ich an. Vor ein paar Jahren hat man ihn entlassen, von einem Tag auf den anderen. Die haben ihn einfach an die Luft gesetzt. Soweit ich weiß, wurde er eine Weile in einem Kloster gepflegt, ehe er auch von dort verschwand und später als Straßenmaler wieder auftauchte.« Arera seufzte. »Mehr weiß ich leider auch nicht.«

»Wo haben die ihn aus dem Wasser gezogen?«

Einige Sekunden vergingen, während Arera die knisternde Polizeimitteilung studierte. »An der Ponte Mazzini. Hat noch nicht lange im Wasser gelegen, steht hier. Höchstens ein paar Stunden.«

Coralina krallte ihre Hand fester um den Hörer. Die Ponte Mazzini, eine der kleineren Brücken Roms, war nicht weit von hier entfernt. Wahrscheinlich war Cristoforo umgekommen kurz nachdem er gestern abend das Haus verlassen hatte.

Nicht umgekommen, verbesserte sie sich. Er war ermordet worden. Jemand hatte ihm den Schädel eingeschlagen und seinen Leichnam in den Fluß geworfen.

Sie legte den Hörer auf, ohne das Ende des Gesprächs mitanzuhören. Wenig später lenkte sie den Lieferwagen der Shuvani Richtung Trastevere.

Im ersten Stock des Palazzo entdeckte Jupiter ähnliche Bilder wie im Erdgeschoß, zum Teil exakte Kopien der unteren Räume, zum Teil auch neue, erschreckende Ausblicke auf Piranesis dunkles Genie.

Schließlich, im Obergeschoß, stieß er auf ein Abbild des siebzehnten Kupferstichs. In einem langgestreckten Saal hatte Cristoforo die beiden größten gegenüberliegenden Wände damit bedeckt. Es war genauso, wie Coralina gesagt hatte: Der unterirdische Flußlauf war da, schlängelte sich grau und fast ohne Strömung durch die Kerkerszenerie, doch die Insel in der Mitte fehlte, und mit ihr der Obelisk und der Umriß des Schlüssels. Was immer Cristoforo gesehen hatte, es war demnach nicht das Original, nicht die Kupferplatte gewesen. Vermutlich war er auf einen Druck der Platte gestoßen, aus dem irgendwer ein Stück entfernt hatte. Vielleicht hatte man den Teil mit dem Schlüssel herausgerissen oder beim Drucken abgedeckt.

Auf der einen Seite fand Jupiter diesen Gedanken beruhigend, deutete er doch mit einiger Sicherheit darauf hin, daß die Kupferplatte unentdeckt geblieben war. Andererseits aber konnte ihnen auch ein gedrucktes Exemplar gefährlich werden. Wenn Cristoforo es gesehen hatte, mochten auch andere davon wissen. Somit wäre die Existenz der siebzehnten Platte bekannt.

Die letzten beiden Räume des Obergeschosses waren nahezu unbearbeitet. In einem Saal, dessen Fenster nach hinten auf einen weiteren Innenhof wiesen, lagen ein Knäuel alter Decken und ein schmutziger Wintermantel. Eine der Wände war mit groben Strichen bedeckt, Silhouetten klobigen Kerkerinventars.

Cristoforo selbst war nirgends zu finden. Jupiter vermutete, daß er sich beim Auftauchen des Professors und seines Chauffeurs aus dem Staub gemacht hatte. Dennoch – die vage Vorstellung, aus einem Versteck heraus beobachtet zu werden, beunruhigte ihn mehr, als er sich eingestehen mochte.

Er schaute sich auch in dem zweiten unbemalten Raum um, fand jedoch nichts außer einer leeren Wasserflasche aus Plastik und einer dichten Staubschicht auf dem Boden.

Vom Korridor drang ein scharrendes Geräusch herein, ganz kurz nur – dann war es wieder still.

Jupiter lief hinaus auf den Gang. Er war leer.

»Hallo? ... Ist da jemand?«

Niemand antwortete.

Er bewegte sich langsam den Gang hinunter. Es gab acht Räume hier oben, vier auf jeder Seite des Korridors. Im Vorbeigehen schaute er durch die offenen Türen, entdeckte aber nichts Auffälliges.

»Hallo?« rief er noch einmal. Abermals vergeblich.

Er näherte sich bereits den beiden letzten Türen vor der Treppe, als ihm im nachhinein etwas Ungewöhnliches in einem der Zimmer auffiel, die er gerade passiert hatte.

Rasch drehte er sich um und überwand die wenigen Meter bis zur Tür des Raums. Er atmete noch einmal tief durch, bevor er eintrat.

Die gegenüberliegende Wand war mit einer Kopie des dreizehnten *Carceri*-Stichs bedeckt, mit Treppen und Ketten und bizarren Foltergeräten. Auf den ersten Blick wirkte das Bild nicht ungewöhnlicher als die anderen im Haus, und erst beim zweiten Hinsehen erkannte Jupiter, was ihn so irritiert hatte.

In der rechten unteren Ecke des Wandgemäldes befand sich eine Tür. Sie ging so fließend in die Strukturen des Kerkers über, daß sie Teil des Bildes hätte sein können, und als solchen hatte Jupiter sie beim ersten Vorbeigehen wahrgenommen.

Vorhin aber war sie geschlossen gewesen. Jetzt stand sie weit offen.

Dahinter hing Schwärze wie ein Samtvorhang.

Jupiter durchmaß mit vorsichtigen Schritten den Raum. »Cristoforo?«

Er hatte die offene Tür fast erreicht, als er hinter sich im Flur Schritte hörte. Alarmiert wirbelte er herum, eilte zur Tür und schaute hinaus.

Vor ihm stand ein Mann, dunkelhaarig, mit ausgezehrten Gesichtszügen. Er trug schmutzige Jeans und ein Hemd voller Flecken. In seiner Hand hielt er eine Reisetasche, deren klobiger Inhalt den Boden nach unten ausbeulte.

Bevor Jupiter etwas sagen konnte, stieß der Mann plötzlich einen wilden Schrei aus und setzte sich in Bewegung. Im ersten Moment glaubte Jupiter, er wolle sich auf ihn stürzen, doch der Mann nutzte lediglich das Überraschungsmoment aus und drängte sich an ihm vorbei.

»Warten Sie!« rief Jupiter, während der Mann hinkend, aber erstaunlich schnell zur Treppe lief. Er wollte nach oben, die schmaler werdenden Stufen hinauf, zu einer Luke in der Decke, die vermutlich auf das Dach des Gebäudes führte.

Während Jupiter ihm mit raschen Schritten folgte, schossen ihm mehrere Gedanken durch den Kopf: Der Mann mochte ein Herumtreiber sein, der sich zusammen mit Cristoforo hier eingenistet hatte. Gut möglich, daß das Haus in der Szene bekannt war – ja, ganz gewiß war es das – und daß es noch anderen Obdachlosen als Unterschlupf diente. Warum also diesen

Mann verfolgen, der vermutlich nur irgendein Pechvogel war, unwichtig, was den Zusammenhang zwischen Piranesi, dem Vatikan und Cristoforo anging?

Doch zwei Dinge hatten Jupiter stutzig gemacht. Zum einen das Holzkreuz, das der Mann um den Hals trug – Mönche trugen solche Kreuze, vor allem jene der besitzlosen Orden. Jeder andere, der Wert auf so ein Schmuckstück legte, hätte eines aus Silber oder Gold oder irgendeinem billigen Metallimitat getragen.

Noch auffälliger aber war der Blick des Mannes gewesen, den Jupiter im Vorbeilaufen aufgeschnappt hatte. Ein Blick voller Todesangst, so gehetzt und verzweifelt, daß Jupiter einen Augenblick lang überlegte, ob es nicht besser sei, den Mann einfach sich selbst und seinen Problemen zu überlassen. Aber etwas sagte ihm, daß diese Angst sehr wohl mit den Dingen zu tun haben mochte, die ihn selbst beschäftigten. Wenn er gründlich vorgehen wollte, blieb ihm gar keine andere Wahl, als mit dem Mann zu sprechen. Vielleicht wußte er etwas über Cristoforo, das nützlich für sie war.

Der Mann war schnell, aber die schwere Reisetasche behinderte ihn. Jupiter holte ihn ein, bevor er die Klappe öffnen und aufs Dach klettern konnte.

»Bitte, warten Sie«, forderte er den Fliehenden noch einmal auf. Als er nicht reagierte, packte Jupiter den Griff der Reisetasche und riß den Mann daran zurück. Er hatte ganz bewußt nicht nach seinem Arm oder Bein gegriffen – das schien ihm zu persönlich, zu intim, zu verletzend. Die Tasche erwies sich als die richtige Wahl; der Mann zerrte an ihr, als hinge sein Leben davon ab.

»Hören Sie, ich will Ihnen nichts tun«, begann Jupiter, bis ihn die knochige Faust des Mannes an der Wange traf. Mit einem überraschten Aufschrei taumelte Jupiter zwei Stufen zurück und hätte um ein Haar das Gleichgewicht verloren. Im letzten Moment packte er das Messinggeländer und hielt sich daran fest.

Der Mann stieß die Dachluke auf. Durch das Quadrat schimmerte graublauer Dunst. Kühle Luft wehte herein und trug den schlechten Geruch des Flüchtlings an Jupiters Nase. Er roch ungewaschen, nach tagealtem Angstschweiß.

Jupiter bekam den Mann erneut zu fassen, noch bevor dieser hinausklettern konnte. Diesmal war er weniger zimperlich. Er hielt ihn am Knöchel fest und zog ihn mit einem kraftvollen Ruck nach unten. Die Reisetasche entglitt den Händen des Mannes und knallte mit einem metallischen Scheppern auf die Stufen. Der Mann brüllte einen Fluch in lateinischer Sprache, dann holte er erneut aus, um nach seinem Verfolger zu schlagen. Doch Jupiter war gewarnt, wich aus, wirbelte den Mann herum und drehte ihm den linken Arm auf den Rücken. Er konnte sich nicht erinnern, wann er einen solchen Griff zuletzt angewandt hatte. Seine letzte Schlägerei lag weit zurück, in seiner Schulzeit – abgesehen von dem erniedrigenden Fiasko in Barcelona.

Der Mann schrie erneut, doch statt mit dem freien Arm nach Jupiter zu greifen, packte er die Reisetasche und zog sie dicht an seinen Körper.

»Glauben Sie mir«, keuchte Jupiter atemlos, »ich will Ihnen nichts tun! Ich bin ein Bekannter von Cristoforo. Ich bin auf der Suche nach ihm.«

Die Augen des Mannes waren weit aufgerissen und blutunterlaufen. Zuwenig Schlaf. Ein Flüstern drang über seine spröden Lippen, und erst als er es wiederholte, mit der flehenden Monotonie eines Gebets, gelang es Jupiter, die Worte zu verstehen: *»Der Stier brüllt.«*

»Kommen Sie mit nach unten«, sagte Jupiter sanft. »Bitte! Ich verspreche, daß Ihnen nichts geschehen wird. Ich will Ihnen nur ein paar Fragen stellen.«

Der Mann starrte ihn verstört an.

»Wie heißen Sie?« fragte Jupiter, und noch einmal, als der Mann nicht antwortete: »Verraten Sie mir Ihren Namen?«

»Santino.«

Gut, dachte Jupiter, ein Anfang. »Sie brauchen keine Angst zu haben. Ich will Ihnen Ihre Tasche nicht wegnehmen. Sie müssen mir auch nicht sagen, was Sie darin aufbewahren. Mich interessiert nur Cristoforo.«

Santino ließ sich von Jupiter die Stufen hinabschieben, scheinbar willenlos. Und doch spürte Jupiter, daß jede Sehne seines Körpers angespannt war.

»Cristoforo ist nicht hier«, sagte Santino.

»Aber er war hier, oder?«

Sie erreichten die obere Etage. Jupiter deutete den Korridor hinunter, und Santino machte einige Schritte in die Richtung der hinteren Zimmer. Dann aber blieb er unvermittelt stehen und drehte sich zu Jupiter um.

»Können Sie ihn auch hören?«

»Wen hören?«

Santino legte den Kopf schräg und lauschte in die Ferne. Seine Anspannung ließ dabei nicht nach, und Jupiter war mit einem Mal klar, daß nicht *er* es war, den der Mann derart fürchtete. Santino lief vor etwas ganz anderem davon.

»Den Stier«, sagte er. »Manchmal kann ich ihn hören, wenn er schnaubt und brüllt. Wenn er näher kommt. Er hat meine Witterung aufgenommen.«

»Wen meinen Sie mit Stier?« Nicht für einen Augenblick zog Jupiter in Erwägung, daß Santino von einem echten Tier sprechen könnte. Er dachte an den italienischen Spitznamen der Mafia, *la piovra*, der Krake. Möglich, daß Santino vor etwas Ähnlichem davonlief.

Aber der Mann schüttelte nur unmerklich den Kopf und gab keine Antwort.

»Okay.« Jupiter seufzte. »Versuchen wir's noch einmal. Können Sie mir sagen, wo ich Cristoforo finden kann?«

»Er ist nicht hier.«

»Das sagten Sie schon.«

»Ich hab ihn nicht gesehen.«

»Wie lange sind Sie schon hier im Haus?«

»Seit heute nacht. Cristoforo war nicht hier.«

»Kommen viele Obdachlose her? Ich meine, ist das hier eine stadtbekannte Unterkunft oder so was in der Art?«

Santino schaute ihn irritiert an. »Ich bin kein Obdachloser... ich meine, ich war keiner, bis vor...« Er führte den Satz nicht zu Ende. Statt dessen sagte er nach einer kurzen Pause: »Ich kann Ihnen nicht helfen. Lassen Sie mich gehen.«

»Wer verfolgt Sie?«

»Niemand.«

»Und der Stier?«

Santinos gehetzter Blick geisterte hinüber zum Treppenhaus, so als erwarte er, jeden Augenblick könne dort jemand erscheinen und sich auf ihn stürzen. »Er ist verstummt. Im Augenblick... ist er still.«

»Wissen Sie, wo ich Cristoforo sonst noch treffen könnte?«

»Es war ein Fehler, hierherzukommen«, sagte Santino.

Jupiter nahm an, das bezöge sich auf ihn, auf Jupiter, doch dann begriff er, daß Santino viel zu sehr mit sich selbst beschäftigt war, als daß er sich um einen anderen hätte Sorgen machen können.

»Ich habe den Stier hierhergeführt«, sagte Santino, »zu Cristoforo. Das war unverantwortlich.« Er schaute Jupiter geradewegs in die Augen. »Ich möchte jetzt gehen, bitte. Ich habe... zu tun.«

Jupiter warf einen Blick auf die ausgebeulte Reisetasche und fragte sich allmählich doch, was Santino darin herumtrug.

Aber er hatte versprochen, sich nicht darum zu kümmern, und so beließ er es dabei.

»Woher kennen Sie Cristoforo?« fragte er statt dessen.

»Werden Sie mich gehen lassen, wenn ich Ihre Frage beantworte?«

Jupiter kam sich abscheulich vor. Fast tat es ihm leid, Santino bei seiner Flucht die Treppe hinauf aufgehalten zu haben. Aber es stand zuviel auf dem Spiel.

»Sie können auch sofort gehen, wenn Sie wollen«, sagte er. »Aber ich wäre Ihnen dankbar, wenn Sie meine Fragen trotzdem beantworten würden.«

Sein versöhnlicher Tonfall schien Santino zu verwirren. Der Mann musterte ihn erneut, und zum ersten Mal hatte Jupiter das Gefühl, daß Santino etwas anderes als einen Feind in ihm sah, einen Menschen, der ihm nicht zwangsläufig etwas Böses wollte.

»Sie haben gefragt, woher ich Cristoforo kenne. Ich habe ihn gepflegt. Damals, als er krank war, als sie ihn fast in den Wahnsinn getrieben haben.«

»Wen meinen Sie mit ›sie‹?«

»Ich bin Mönch … Kapuziner. Es fällt mir schwer, schlecht über die Mutter Kirche zu sprechen.«

»Die Kirche hat versucht, Cristoforo in den Wahnsinn zu treiben?«

»Er hat als Restaurator für den Vatikan gearbeitet«, sagte Santino. »Es hieß, er sei geisteskrank, und man brachte ihn zu uns ins Kloster, damit wir ihn pflegten. Das ist unsere Aufgabe, wissen Sie? Wir Kapuziner helfen anderen Menschen, wir versorgen sie, wenn sie krank sind und …«

Jupiter unterbrach ihn mit sanftem Nachdruck. »Warum ist Cristoforo dann nicht mehr in Ihrer Obhut?«

Der Mönch überlegte einige Sekunden, bevor er antwortete. »Er wollte gehen, und da ließen wir ihn ziehen. Wir sperren niemanden ein.«

»Und warum sind Sie hier?«

Wieder vergingen einige Augenblicke. »Ich habe den Orden verlassen«, erklärte Santino schließlich. »Ich war auf der Suche nach einer Bleibe.« Sein Blick irrte hektisch zu der Tasche in seiner Hand, dann schaute er wieder zu Jupiter auf. »Ich wußte, daß Cristoforo hier wohnt, und ich kam her, um zu übernachten. Das ... ist alles.«

»Haben Sie die beiden Männer gesehen, die vorhin hier waren?«

»Nur durchs Fenster. Ich hab mich hier oben hinter der Tür versteckt. Einer von ihnen ist raufgekommen, aber er hat mich nicht bemerkt.« Er lächelte freudlos. »Die Tür ist für jeden zu sehen und doch versteckt, wie in einem Bilderrätsel. Cristoforo hatte immer schon ein Faible für Geheimnisse.«

»Wie meinen Sie das?«

»Fragen Sie *ihn* danach, nicht mich.«

»Dazu muß ich ihn erst finden.«

»Das liegt auf der Hand, nicht wahr?«

Jupiter kramte in seiner Manteltasche und zog eine von Coralinas Visitenkarten hervor. »Wenn Sie ihn treffen, würden Sie mich dann anrufen?«

»Ich habe keine Münzen für eine Telefonzelle«, sagte Santino und steckte die Karte ein, ohne einen Blick darauf zu werfen.

Ein wenig verwundert darüber, daß ein Mönch versuchte, auf diese Weise an Geld zu kommen, drückte Jupiter ihm einen Hunderttausend-Lire-Schein und ein wenig Kleingeld in die Hand. »Wird das reichen?«

Santino nickte mit großer Ernsthaftigkeit. »Danke.« Er schien zu überlegen, ob er noch etwas hinzufügen solle, als plötzlich ein scharfer Ruck durch seinen Körper fuhr.

»Hören Sie!« flüsterte er.

Jupiter runzelte die Stirn. »Der Stier?«

»Stimmen.« Der Anschein von Ruhe, der sich in den letzten zwei, drei Minuten über Santinos Züge gelegt hatte, fiel von ihm ab wie eine Maske.

Dann, von einer Sekunde zur nächsten, war er an Jupiter vorbei und stürzte mit seiner Reisetasche die Stufen zum Dach hinauf.

»Santino!« rief Jupiter ihm hinterher, verzichtete aber darauf, ihm zu folgen. Er konnte nur hoffen, daß der Mönch sich tatsächlich bei ihm melden würde.

Santino wuchtete die Reisetasche durch die Luke und kletterte ins Freie. Gleich darauf war er verschwunden.

Jupiter lauschte. Der Mönch hatte recht. Vom Hof her drangen Stimmen herauf.

Er eilte zu einem verbarrikadierten Fenster in einem der vorderen Zimmer und blickte durch einen Spalt hinaus. Es war noch dunstiger geworden, vielleicht Smog, vielleicht erste Anzeichen für einen Regenschauer. Graues Zwielicht lag über der Stadt. Der Hof war in schummriges Dunkel getaucht.

Drei Gestalten in schwarzen Overalls huschten über das Karree zum Eingang herüber und verschwanden aus Jupiters Blickfeld. Wenig später hörte er ihre scharrenden Schritte im Inneren des Hauses.

Die drei hatten etwas getragen. Klobige, kantige Gegenstände. Jupiter huschte wieder hinaus auf den Korridor und lehnte sich vorsichtig über das Treppengeländer. Aufmerksam horchte er in die Tiefe. Die Männer waren verstummt, auch wenn er sie immer noch hantieren hörte, jetzt begleitet von einem leisen Plätschern.

Gleich darauf drang ein scharfer Geruch an seine Nase, heraufgetragen vom Luftstrom in den alten Räumen und Gängen.

Benzin! Die Männer hatten Benzinkanister dabei!

Wenige Augenblicke später eilten drei schwarze Gestalten die Stufen herauf. Zwei flüsterten miteinander, aber Jupiter verstand nicht, was sie sagten. Beim ersten Auftauchen der drei hatte er sich vom Geländer gelöst und war zurückgetreten, damit sie ihn nicht entdeckten.

Seine Gedanken überschlugen sich. Die Männer steckten das Haus in Brand. Kamen sie auf Befehl des mysteriösen Professors? Warum aber sollte eine hochgestellte Persönlichkeit des Vatikans eine Besitzung des Kirchenstaates niederbrennen?

Ihm blieb keine Zeit, länger darüber nachzudenken, denn an den Schritten der Männer hörte er, daß sie sich aufteilten. Mindestens einer von ihnen kam herauf in den zweiten Stock.

Jupiter zögerte nicht. Auch auf die Gefahr hin, daß man ihn hörte, sprang er die Stufen zur Dachluke hinauf und verließ das Haus auf dem gleichen Weg wie Santino.

Das Flachdach war mit schwarzer Teerpappe belegt, gesprenkelt mit einem häßlichen Muster aus Taubenkot und schimmernden Pilzkissen. Der Mönch war verschwunden.

Jupiter verharrte einen Moment am Rand der Luke und horchte auf die Stimmen der Männer. Hatten sie ihn bemerkt?

Nein, niemand folgte ihm. Keine gebrüllten Warnungen oder Kommandos, keine Schritte auf den oberen Stufen.

Er rannte ziellos über das Dach, suchte nach einer Möglichkeit, zu entkommen. Zu seiner Rechten endete die Fläche an der Mauer eines Nachbarhauses; es war ein Stockwerk höher und hatte auf dieser Seite keine Fenster. Vor und hinter Jupiter klafften die Abgründe der beiden Höfe. Somit blieb für seine Flucht nur eine einzige Richtung – nach links. Santino mußte denselben Weg genommen haben.

Das Haus zur Linken war eine Etage niedriger als der Palazzo. Das Ziegeldach war leicht angeschrägt, mit einem ummauerten Dachgarten in der Mitte. Der Höhenunterschied zu Jupiters Standort betrug etwa drei Meter, tief genug, um sich beide Beine zu brechen. Trotzdem – immer noch besser, als zusammen mit Cristoforos Wandgemälden zu verbrennen.

Jupiter stieg über die Balustrade des Flachdachs, hielt sich, nach hinten greifend, mit beiden Händen fest und zögerte abermals. Drei Meter. Danach vielleicht ein Aufprall, der ihn mit den morschen Dachziegeln in die Tiefe reißen würde.

Die Entscheidung wurde ihm abgenommen.

Das Donnern einer Explosion ließ das Dach erzittern. Die Balustrade schwankte unter seinen Händen wie die Reling eines Schiffs bei starkem Seegang. Er sah, wie heller Verputz unter ihm auf die Dachziegel bröckelte. Als er sich umschaute, schoß eine Stichflamme aus der Luke, mehrere Meter entfernt, und doch heiß genug, um die Haare in seinem Nacken zu versengen. Die Druckwelle war stark genug, ihn vorwärtszuschleudern, fort von dem sicheren Sims und hinab in den Abgrund.

Jupiter schrie, als er mit den Füßen zuerst auf dem Dach aufkam, nach vorn stürzte und auf Händen und Knien landete. Einige Sekunden lang kauerte er benommen da, ehe hinter ihm eine zweite Explosion den Palazzo erschütterte. Mörtel und Staub rieselten auf ihn herab wie Puderzucker.

Er rappelte sich auf, drohte auf den Ziegeln auszurutschen, fing sich wieder und rannte über die flache Schräge. Hinter ihm stob schwarzer Rauch auf. In den angrenzenden Häusern wurde Geschrei laut, als Menschen aus ihren Fenstern blickten und sahen, daß das Gebäude in Flammen stand.

Jupiter erreichte den Dachgarten, drängte sich durch den dichten Bewuchs am Rand der Terrasse und entdeckte eine offene Tür zum Treppenhaus. Santino mußte dort hinab geflohen sein – es war der einzige sichere Weg nach unten.

Jupiter sprang die Stufen hinunter, immer drei auf einmal, ehe er unten durch einen dunklen Korridor zur Haustür taumelte.

Die ersten Schaulustigen hatten sich bereits versammelt.

Aber keiner beachtete Jupiter, als er schmutzig und atemlos aus dem Nachbarhaus stolperte. Er atmete einmal tief durch, und dann lief er los.

Er hatte bereits drei Häuserblocks hinter sich gelassen, als in der Ferne die erste Sirene ertönte.

Er lag in der Badewanne und sah winzigen Rußpartikeln zu, die wie mikroskopische Sonnensysteme in den Tropfen auf seiner Haut rotierten. Sogar nach dem zweiten Einseifen perlte das Wasser noch immer von dem dunklen Schmierfilm auf seinen Armen ab.

Beinahe wäre er vor Erschöpfung eingeschlafen, als plötzlich die Shuvani ins Bad stürmte, vorgab, seiner Nacktheit keine Aufmerksamkeit zu schenken, und gestenreich erzählte, was sie von einem befreundeten Journalisten über Cristoforo erfahren hatte.

Jupiter wurde sehr ruhig, als er vom Tod des Malers erfuhr. Er ließ heißes Wasser nachlaufen, aber die Temperatur wurde nicht angenehmer, nur schmerzhaft. Wenn es denn noch einer Bestätigung bedurft hätte, ihm klarzumachen, wie knapp er dem Tod entronnen war, so war es diese Nachricht. Diejenigen, die Cristoforo ermordet hatten, würden auch vor weiteren Gewalttaten nicht haltmachen.

»Noch etwas«, sagte die Shuvani, ehe sie das Badezimmer verließ.

»Ja?«

»Dein Freund hat angerufen. Der Zwerg.«

»Babio?« Er hätte ihrer Reaktion gerne mehr Beachtung geschenkt, doch dazu fehlte ihm im Augenblick die Kraft. Der alte Zwist zwischen ihr und dem Kunsthändler war nebensächlich geworden. »Was hat er gesagt?«

»Daß er dich treffen will, morgen am Pantheon.« Sie nannte ihm den Namen eines Cafés, von dem er noch nie gehört hatte.

»Hat ziemlich aufgeregt geklungen. Mich würde interessieren, wieviel er weiß.«

»Angst vor seiner Provision?«

»Nein. Die geht ohnehin von deinem Anteil ab.«

Er hatte ihr nicht erzählt, was im Palazzo vorgefallen war, weil er nicht wollte, daß sie sich Sorgen um ihn machte. Jetzt aber bezweifelte er, daß sie überhaupt einen Gedanken an die möglichen Folgen seiner Flucht verschwendet hätte. Falls sein rußiger Anblick sie stutzig machte, so fand sie es offenbar überflüssig, sich nach dem Grund dafür zu erkundigen. Jupiter vermutete, daß sie allen emotionalen Komplikationen aus dem Weg ging, um ihre Entscheidung, die Platte zu unterschlagen, nicht in Frage stellen zu müssen.

»Um wieviel Uhr will Babio mich treffen?«

»Gegen elf, hat er gesagt.«

Jupiter nickte und schwieg.

Die Shuvani wollte sich gerade zurückziehen, als Schritte hinter ihr die Kellertreppe herabpolterten. Einen Augenblick später erschien Coralina im Türrahmen, drängte ihre Großmutter beiseite, beugte sich über ihn und drückte dem überrumpelten Jupiter einen heftigen Kuß auf die Stirn.

»Wofür war der?« fragte er unsicher, als sie erleichtert vor der Wanne in die Hocke ging.

»Mein Gott, Jupiter!« Sie war völlig außer Atem – nicht von dem Kuß, wie er mit leichtem Bedauern registrierte. »Das Haus hat gebrannt … Ich war dort und … ich hatte Angst um dich. Ich bin gleich hingefahren, als wir gehört haben, was mit Cristoforo passiert ist. Aber … ich weiß nicht … ich hab mich verfahren. Das ist mir noch nie passiert … plötzlich war ich ganz woanders, nicht mehr in Trastevere … Ich hatte diese Gassen noch nie vorher gesehen.«

Kurz blitzte die Erinnerung an die Taxifahrt nach seiner Ankunft in ihm auf, doch dann tat er die Parallele als Zufall ab.

»Mir ist ja nichts passiert«, beruhigte er sie.

»Der Palazzo hat in Flammen gestanden!« Sie strich sich einige Haarsträhnen aus dem Gesicht, die an dem Schweißfilm auf ihrer Stirn hafteten. »Das ganze Viertel war voller Rauch. Die Feuerwehr kam kaum durch. Ich hab den Wagen irgendwo abgestellt und bin hingelaufen. Aber keiner konnte mir sagen, ob Menschen in dem Haus waren.« Sie holte tief Luft. »Scheiße, ich hab solche Angst gehabt!«

Er lächelte sanft. »Ich bin gerade noch rausgekommen, bevor das Feuer ausbrach.« Als sie einen ungläubigen Blick auf seinen rußverschmierten Arm warf, fügte er hinzu: »Na ja, *während* das Feuer ausbrach.«

»Die Geschichte wird immer gefährlicher«, sagte sie leise. »Erst Cristoforo, und jetzt du.«

Die Shuvani räusperte sich. »Immerhin lebt er ja noch.«

Coralina sprang wütend auf und machte einen drohenden Schritt auf ihre Großmutter zu. »Es reicht!« fuhr sie die alte Zigeunerin an. »Endgültig! Dir ist wirklich alles recht, um den Laden zu retten, oder? Aber hast du schon mal darüber nachgedacht, daß du selbst es warst, die uns in diese Lage gebracht hat?«

Die Shuvani wollte etwas erwidern, doch Coralina ließ ihr keine Zeit dazu. »Wenn es nicht zu spät wäre, alles rückgängig zu machen, würde ich die Kupferplatte auf der Stelle zurückbringen.« Sie zögerte und sagte leiser: »Vielleicht sollten wir das verdammte Ding einfach in den Fluß werfen.«

»Nein«, meldete sich Jupiter zu Wort. »Das werden wir nicht tun. Jetzt nicht mehr.« Sie hatten zuviel riskiert, um jetzt einfach aufzugeben. »Der Brandanschlag hat nicht mir gegolten. Niemand wußte, daß ich in dem Haus war. Alles, was die wollten, war, Cristoforos Bilder zu zerstören.«

Coralina trat zurück an die Wanne. »Was für Bilder?«

Die Shuvani nutzte die Gelegenheit zum Rückzug. »Ich bereite dann mal das Essen vor.« Mit ihren letzten Worten war sie draußen und zog die Tür hinter sich zu.

Jupiter erzählte Coralina von den Wandmalereien in den Sälen des Palazzo. Er berichtete auch von dem Professor im Rollstuhl, seiner Begegnung mit dem sonderbaren Kapuzinermönch und den drei Männern mit den Benzinkanistern. »Noch haben sie es nicht auf uns abgesehen«, sagte er abschließend. »Und das müssen wir ausnutzen.«

»Aber wie? Wir haben ja nicht mal einen vernünftigen Plan.«

»Babio will mich treffen. Morgen vormittag. Er muß irgendwas rausgefunden haben.«

»Dann komme ich mit.«

Jupiter hob die Schultern. »Er wird sich freuen, dich kennenzulernen.«

Sie beäugte ihn zweifelnd, fragte aber nicht weiter. Statt dessen berichtete sie ihm, was sie über das mysteriöse Haus des Daedalus herausgefunden hatte.

»Daedalus ist eine Gestalt aus der griechischen Mythologie – aber das weißt du wahrscheinlich.«

»Er war der Vater von Ikarus, glaube ich.«

Coralina nickte. »Daedalus galt als einer der größten Erfinder und Architekten der Antike. Es heißt, er habe auf Kreta für König Minos das berühmte Labyrinth des Minotaurus gebaut. Wie gut kennst du die Geschichte?«

Er begann erneut, seine Arme einzuseifen. »Nicht allzugut. Nur die Kurzfassung, mehr ist nicht hängengeblieben.«

»Ich hab die ganze Sache heute nachgelesen, im Internet und in ein paar Büchern im Laden«, sagte sie. »Kreta war damals die stärkste Nation in der Ägäis. König Minos beherrschte die See mit Hilfe einer mächtigen Flotte. Sein Sohn Androgeos reiste eines Tages nach Athen, um dort an einem Wettkampf teilzunehmen, den er prompt gewann. Neidische Athener aber gönnten ihm den Sieg nicht. Sie griffen ihn aus dem Hinterhalt an und brachten ihn um. Verständlicherweise erregten sie damit Minos' Zorn. Es kam zur Schlacht, und Athen unterlag. Der Sieger Minos forderte für den Tod seines Sohnes grausame Vergeltung: Jahr für Jahr sollten die Athener fortan sieben Jungen und sieben Mädchen nach Kreta schicken, die er dem Minotaurus, einem Ungeheuer, halb Mensch, halb Stier, zum Fraß vorwerfen würde.«

Bei der Erwähnung eines Stiers erinnerte sich Jupiter an die Bemerkung Santinos, aber er wollte Coralina nicht unterbrechen.

»Jahrelang wurde der Tribut entrichtet«, fuhr sie fort, »bis eines Tages der Held Theseus nach Athen kam, gegen die Ungerechtigkeit dieses Brauchs aufbegehrte und selbst als Opfer mit den anderen Jungen und Mädchen nach Kreta segelte. Er war der Überzeugung, unter dem Schutz der Götter zu stehen und daß es nur ihm gelingen könne, den Minotaurus zu besiegen.

Doch in Kreta angekommen, verliebte er sich in Ariadne, die Tochter des Königs, und auch sie verguckte sich in den Schönling vom Festland.

Spätestens hier kommt nun Daedalus ins Spiel. Er trug der Sage nach nicht nur die Verantwortung für das Labyrinth, sondern auch für die Zeugung des schrecklichen Minotaurus. Die Sache war nämlich so: Ariadnes Mutter, die Königin Pasiphae, hatte sich Jahre zuvor in einen weißen, dem Poseidon geweihten Stier verliebt.«

»Hübsche Vorstellung«, bemerkte Jupiter.

Coralina grinste. »Er wird schon seine Vorzüge gehabt haben ... Auf jeden Fall wandte sie sich mit ihrem Problem an Daedalus, den großen Erfinder. Er konstruierte ihr eine hölzerne Kuh, in die sie hineinklettern konnte und sich so dem weißen Stier … na ja, hingeben konnte, wenn du weißt, was ich meine.«

»Meine Phantasie reicht so gerade dazu aus.«

»Pasiphae wurde schwanger und brachte einen gräßlichen Tiermenschen zur Welt, eben den Minotaurus. Minos, ihr Mann, war davon alles andere als angetan, wie du dir vorstellen kannst. Er ließ von Daedalus das größte Labyrinth der Welt errichten, in dessen Zentrum der Minotaurus gefangengehalten wurde. Um ihn ruhigzustellen, wurden ihm Menschenopfer dargebracht, zuletzt die Jungen und Mädchen aus Athen. Womit wir wieder den Bogen zu Theseus schlagen. Der nämlich sollte ebenfalls an die Bestie verfüttert werden. Doch auch Ariadne bat Daedalus um Hilfe. Er riet ihr, ihrem Geliebten eine lange Schnur mit ins Labyrinth zu geben, deren eines Ende am Eingang befestigt werden sollte. Auf diese Weise würde Theseus jederzeit den Weg zurück finden.

Gesagt, getan – Theseus betrat mit dem Faden das Labyrinth, erschlug nach schwerem Kampf den Minotaurus und kehrte zurück ans Tageslicht. Er überreichte dem König den Schädel des Ungeheuers, doch Minos geriet außer sich vor Wut. Zwar gelang Theseus und Ariadne die Flucht von der Insel, aber dafür erging es unserem Freund Daedalus schlecht. Er wurde mit seinem Sohn Ikarus in das Labyrinth gesperrt, um dort zu verhungern. Doch Daedalus hatte natürlich wieder eine Idee. Aus Wachs und Vogelfedern baute er für sich und seinen Sohn zwei Paar großer Schwingen. Die beiden schnallten sich die Flügel auf den Rücken, und tatsächlich gelang ihnen so die Flucht. Doch beim Flug übers Meer erlag der junge Ikarus den Lockungen der Sonne, stieg zu weit auf und verbrannte. Daedalus aber flog niedergeschlagen weiter bis nach Sizilien, und dort verliert sich seine Spur.«

»Und was hat es mit diesem Haus des Daedalus auf sich?«

»Das Haus des Daedalus ist eine Metapher, wenn du so willst«, erklärte Coralina. »Als man im Mittelalter die Kathedrale von Chartres erbaute, wurde in ihren Boden ein Mosaik in Form eines Labyrinths eingelassen. Dessen Mittelpunkt bildet ein Porträt des Baumeisters – er wollte sich so in eine Linie mit Daedalus stellen, der damals bereits als größter aller Baumeister galt. Für dieses Labyrinth bürgerte sich der Begriff *Haus des Daedalus* ein. Er wurde später auf andere Labyrinthe in den Kathedralen ganz Europas und schließlich sogar auf Labyrinthe jeglicher Art übertragen. Daedalus ist noch heute die Symbolfigur der Architekten, und sein Haus ist das Labyrinth in all seinen Ausprägungen, vom englischen Heckenlabyrinth bis hin zu den antiken Irrgärten aus Stein.«

»*Es ist immer Nacht im Haus des Daedalus*«, zitierte Jupiter. »Glaubst du, Cristoforo hat einfach nur Unsinn dahergeredet?«

»Keine Ahnung«, gestand sie. »Fest steht nur, daß er mit Haus des Daedalus nicht den Palazzo in Trastevere gemeint hat.«

Jupiter nickte. »Ein Labyrinth«, sagte er nachdenklich. »Irgendein Labyrinth ...«

Coralina stand mit einem Schulterzucken auf und reichte ihm ein Handtuch.

KAPITEL 5

Kreuz aus Feuer

Am Morgen seines vierten Tages in Rom machte sich Jupiter gemeinsam mit Coralina auf den Weg zur Rotonda, dem Platz vor dem altehrwürdigen Pantheon im Herzen Roms.

Unterwegs holten sie in einem Fotoshop die fertigen Bilder ab. Coralina hatte Jupiters Film am Abend zum Entwickeln gegeben und den jungen Mann an der Annahme mit einem Lächeln und einem Trinkgeld dazu gebracht, die Arbeit daran vorzuziehen.

Auf dem Weg zum Wagen schauten sie sich die Abzüge an. Jupiter war enttäuscht.

»Das hab ich befürchtet.« Sein Blick wanderte rasch von einem Foto zum nächsten. Auf allen war nur die Fensterscheibe der Limousine zu sehen, in der sich Jupiters verschwommener Umriß spiegelte. Auf einigen konnte man die Kamera erkennen, auf anderen nur ein dunkles Oval.

Coralina betrachtete eines der Bilder genauer. »Auf dem hier sieht es aus, als wäre tatsächlich jemand hinter der Scheibe.«

Jupiter nahm den Abzug und schüttelte den Kopf. »Das ist nur die Spiegelung.«

»Bist du sicher?« Sie griff wieder nach dem Foto und kippte es leicht hin und her, als könnte sie dadurch ein zweites Motiv unter dem ersten sichtbar machen. »Ich weiß nicht… Das hier *könnte* jemand sein. Hier, das sieht aus wie Wangenknochen, und das hier könnte eine Braue sein.«

»*Meine* Wangenknochen und *meine* Braue«, sagte Jupiter.

Coralina glitt hinter das Steuer und schaute auf die Uhr. »Wir haben Zeit. Ich möchte das Bild gerne zu einem Freund bringen. Fabio kennt sich mit so was aus.«

»Mit Gesichtern?«

»Mit Computern. Er macht digitale Nachbearbeitungen und solche Sachen. Vielleicht kann er das Foto irgendwie filtern. Er kann's zumindest versuchen.«

Jupiter hielt das für Zeitverschwendung, ließ Coralina aber ihren Willen. Eine Viertelstunde später hielten sie vor einem ockerfarbenen Mietshaus nahe der Piazza Barberini. Coralina verschwand für zehn Minuten im Inneren. Als sie wieder herauskam, stieg sie ein und fuhr los, Richtung Pantheon.

»Und?« fragte Jupiter. »Was sagt er?«

»Er wird's versuchen.«

»Was für eine Art Freund ist er?«

Ihre rechte Augenbraue zuckte nach oben. »Was für eine Art *Frage* ist das?«

»Reine Neugier.«

Sie unterdrückte ein Lächeln. »Nur ein Freund. Eigentlich der Freund einer Freundin. Beruhigt?«

»Ich war nie beunruhigt.«

Coralina schaute rasch nach links und grinste verstohlen. Er bemerkte es trotzdem.

»Was ist daran so lustig?« erkundigte er sich.

»Die Shuvani hat mich vor dir gewarnt.«

»Ich nehme an, deshalb hat sie dir von Barcelona erzählt.«

»Damals, als du zum ersten Mal bei uns warst, da hab ich ihr erzählt, daß ich ...«, sie schien zu überlegen, wie sie den Satz am besten beendete, »dich mag.«

»Oh-oh.«

Coralina lachte. »Sie hat damals eine Menge netter Dinge über dich gesagt. Aber auch, daß sie dich umgebracht hätte, wenn du in dieser Nacht auch nur einen Finger…«

»Ich glaube nicht, daß es ihr um meinen Finger ging«, unterbrach er sie grinsend.

Sie knuffte ihn mit der Faust gegen den Oberschenkel. »Wahrscheinlich nicht.«

»Und heute hat sie noch immer die gleichen… hm, Vorbehalte?«

Coralina zuckte die Achseln.

Er aber blieb beharrlich. »Jetzt bin ich neugierig. Was hat sie gesagt?«

»Deine Beziehung zu Miwa hat ihr nicht gefallen. Sie hat gesagt, daß…« Sie brach kopfschüttelnd ab und lächelte. »Nein, das willst du nicht hören.«

»Los, raus damit.«

Coralina druckste herum. Das Thema wurde ihr zusehends unangenehm. »Sie sagt, daß diese Beziehung ein Zeichen deiner Schwäche war… Warte, du mußt versuchen, sie zu verstehen! Sie hat viele Jahre ihres Lebens auf der Straße verbracht. Die Gesellschaft der Roma ist streng strukturiert. Du weißt schon – Männer müssen eben *echte* Männer sein, all dieses Machogehabe…«

»Sie hält mich für schwach?«

Coralina bremste hart, als ein paar Kinder eine Kreuzung überquerten. »Nicht im herkömmlichen Sinn. Wenn sie schwach sagt, meint sie eher so was wie… instabil.«

»Instabil!«

»Komm schon, nimm's ihr nicht übel.«

Vor ihnen wechselte eine japanische Touristengruppe die Straßenseite. Er verfluchte sich, weil er selbst in einem Augenblick wie diesem nach Miwa Ausschau hielt.

Als er wieder zu Coralina blickte, sah er, daß sie bemerkt hatte, was in ihm vorging. Den Rest der Fahrt verbrachten sie schweigend.

Auf der Piazza Collegio Romano fanden sie eine Parklücke und vertrauten den Wagenschlüssel einem alten Parkplatzwächter an, der ihn zu ein paar Dutzend weiteren Schlüsseln auf ein langes Band schob, das er um den Oberkörper trug wie den Patronengurt eines mexikanischen Banditen – noch eines der Mysterien Roms, dachte Jupiter. Er hatte nie verstanden, warum die Leute hier nicht nur ihre Fahrzeuge, sondern auch ihre Schlüssel abgaben. Vielleicht hatte er auch einfach nie danach gefragt.

Er tat es auch jetzt nicht.

Babio erwartete sie in einem Straßencafé am Rande der Rotonda. Er wirkte sehr klein hinter seinem dampfenden Cappuccino. Der Kellner hatte ihm mehrere Kissen gebracht, die seinen Sitz erhöhten, doch noch immer wirkte er winzig und verloren in seinem maßgeschneiderten weißen Anzug.

»Setzt euch«, sagte er nach einer knappen Begrüßung und wies auf zwei leere Stühle. Sein Blick huschte kurz über Coralina hinweg, doch zu Jupiters Erstaunen verzichtete der Zwerg darauf, wie üblich den Charmeur zu spielen. Irgend etwas war passiert; das war die einzige Erklärung für das ungewohnte Verhalten des Kunsthändlers.

»Wir hätten uns an irgendeinem sichereren Ort treffen können«, sagte Babio. »Aber wenn es etwas gibt, das ich in all den Jahren gelernt habe, dann ist es die Tatsache, daß man sich nirgends besser verstecken kann als in aller Öffentlichkeit.«

Jupiter und Coralina wechselten einen beunruhigten Blick.

»Habt ihr die Scherbe dabei?« fragte Babio.

Jupiter klopfte auf die kleine Wölbung in seiner Manteltasche. Er hatte den Lederbeutel seit seinem ersten Treffen mit Babio nicht herausgenommen. »Was hast du herausgefunden?«

»Genug, um dir einen exorbitanten Preis bieten zu können.«

»Klingt gut.«

»Nein«, widersprach der Zwerg, »nicht wirklich. Ich biete dir diesen Preis, um euer Leben zu retten. Sieh's als freundschaftliche Geste.«

Coralina wandte sich an Jupiter. »Wie meint er das?« Sie klang ungeduldig, aber auch ein wenig ängstlich.

»Ich vermute, das wird er uns erklären«, erwiderte Jupiter, ohne Babio aus den Augen zu lassen.

Als eine Gruppe schwarzgekleideter Priester an ihrem Tisch vorüberging, zuckte der Zwerg erschrocken zusammen. Er blickte den Männern lange nach, ehe er sich mit Verschwörermiene vorbeugte. Seine kurzen Arme erreichten nur knapp die Cappuccinotasse. Der Milchschaum auf der Oberfläche zitterte, als Babio sie anhob und einen Schluck nahm.

»Ich möchte euch die Scherbe abkaufen«, sagte er dann, »bevor euch etwas passiert. Sie wird euch umbringen, aber das werdet ihr mir nicht glauben, nicht, bevor es zu spät ist. Du nicht, Jupiter, und wenn ich deine junge Freundin richtig einschätze, sie auch nicht.«

Jupiter betrachtete ihn mit gelinder Verwunderung. »Du hast schon mal besser geblufft.« Was, genaugenommen, ebenfalls ein Bluff war, wußten sie doch längst, daß die Scherbe und die Kupferplatte gefährlich waren. Aber sie mußten unbedingt noch mehr erfahren, jedes Detail, das Babio herausgefunden hatte.

»Ihr wollt mich nicht verstehen, oder?« Babios Gesichtsausdruck wirkte gehetzt. »Ich will die Scherbe denjenigen geben, die das größte Interesse daran haben – so groß, daß sie bereit sind, eine ganze Menge Risiken dafür einzugehen.«

»Was für Leute sind das?«

Der Kunsthändler schüttelte seinen übergroßen Kopf. »Du weißt, daß ich dir darauf keine Antwort geben kann. Du hast mich schon tief genug in diese Sache hineingeritten.«

»Komm schon, Babio! Du witterst ein fettes Geschäft, das ist alles. Ansonsten säßen wir nicht hier.«

In ein paar Metern Entfernung ritten zwei Carabinieri hoch zu Roß an ihnen vorüber. Die Menschen auf der Rotonda wichen rasch zurück, als sie das Klappern der Hufe vernahmen. Nachdem die beiden fort waren, hing noch immer ein leichter Geruch von Pferdestall in der Luft.

»Verschwinde aus Rom«, sagte Babio zu Jupiter. »Und nimm deine kleine Freundin am besten gleich mit.«

Aus dem Mund des Zwerges klang die Bezeichnung ›kleine Freundin‹ eher grotesk als verletzend. Coralina wurde sehr kühl. »Ich denke, Sie sollten uns jetzt ein Angebot machen, Signore Babio.«

Der Zwerg beugte sich mit einem leichten Stöhnen vor, ergriff eine Papierserviette vom Tisch und schrieb mit Kugelschreiber eine Zahl auf den Rand; sie endete mit erstaunlich vielen Nullen.

Jupiter wollte danach greifen, doch Coralina kam ihm zuvor. Ihr Gesicht hellte sich auf. »Nur für die Scherbe?« fragte sie perplex und handelte sich damit unter dem Tisch einen Tritt von Jupiter ein.

Babio wurde sogleich hellhörig. »Gibt es denn noch etwas, das Sie mir anbieten könnten?«

»Nein«, sagte Jupiter, nahm die Papierserviette und verzog beim Lesen der Zahl keine Miene. »Das ist zuwenig, und das weißt du.«

Coralina sah ihn groß an. »Zu…« Aber sie verstummte gleich wieder und schaute nervös auf Babios Tasse.

»Nicht zuwenig«, widersprach der Zwerg. »Soviel ist euer Leben wert. Ich kaufe euch die Scherbe ab, gebe sie weiter, und niemandem passiert etwas. Das ist ein netter Bonus.«

Jupiter blieb ungerührt. »Mich interessiert vor allem der Bonus, der für *dich* dabei rausspringt, lieber Freund.«

»Du verstehst noch immer nicht, Jupiter.« Babios Blick wurde so eindringlich, daß Jupiters eisige Maske einen Moment lang zu bröckeln drohte. »Wir sind beide in keiner Verhandlungsposition. Du feilschst hier nicht um Geld, sondern um euer Leben.« Er schaute rasch über den weiten Platz, auf Touristen und Hausfrauen und fliegende Händler. »Sie beobachten uns. Jetzt, in diesem Augenblick. Und wenn ich ohne die Scherbe an diesem Tisch zurückbleibe, wird ihnen das nicht gefallen.« Seine Stimme gewann abrupt an Schärfe. »War das klar genug für dich, *lieber Freund?*«

Coralina sah Jupiter besorgt von der Seite an und wartete offenbar darauf, daß er das Angebot annahm. Er aber war noch immer nicht überzeugt, daß Babio die Wahrheit sagte. Er kannte den Zwerg gut genug, um zu wissen, daß er häufig und gern mit gezinkten Karten spielte. Das ganze Gerede mochte ein Trick sein, um ihnen die Scherbe abzuschwatzen.

»Zeig sie mir, Babio«, verlangte er. »Wo sind die Leute, die uns beobachten?« Er schaute sich um, doch das einzige, was ihm auffiel, war eine Handvoll Kinder, die den fetten Tauben vor dem Pantheon nachjagten.

Der kleine Kunsthändler sank in sich zusammen, als ihm klar wurde, daß Jupiter ihm keinen Glauben schenkte. »Überall und nirgends«, sagte er nur.

»Okay.« Jupiter stand auf und gab Coralina einen Wink, es ihm gleichzutun. »Das reicht. Wenn du ein besseres Angebot hast, weißt du, wo du uns finden kannst.«

Coralina war sitzen geblieben und maß ihn mit einem ungläubigen Blick. Mit einem raschen Kopfschütteln gab er ihr zu verstehen, ihm jetzt ja nicht in den Rücken zu fallen. Widerstrebend erhob sie sich.

»*Sie* wissen, wo sie euch finden können«, murmelte Babio. Noch einmal hob er die Stimme. »Sie haben keine Angst, Jupiter, weil es nichts gibt, das ihnen Angst einjagen könnte. Sie treffen Entscheidungen über Leben und Tod wie du über dein Mittagessen. Sie werden dich kriegen. Euch beide. Warum glaubst du mir nicht, daß ich nur euer Bestes will?«

»Weil ich dich kenne, Babio. Und weil ich dich genau aus diesem Grund mag. Du bist ein Profi, und du bist raffiniert. Du würdest dir solch eine Geschichte einfallen lassen, um an die Scherbe zu kommen, nicht wahr?«

Babio nickte. »Ja, vielleicht würde ich das. Vielleicht habe ich es sogar schon getan, früher und bei anderen. Aber nicht bei dir.«

»Ich bin zutiefst gerührt.« Jupiter schob den Stuhl unter den Tisch und zeigte zum nördlichen Ausgang des Platzes. »Kennst du dort drüben die kleine Trattoria, gleich in der ersten Straße links? Coralina und ich werden dort jetzt etwas essen. Wenn du es dir überlegt hast, kannst du uns in den nächsten, sagen wir, zwei Stunden dort finden.«

Coralina sah immer noch aus, als wollte sie widersprechen, doch sie fügte sich; Jupiter hatte die größere Erfahrung im Umgang mit Babio. Nach kurzem Zögern folgte sie ihm, und zusammen gingen sie die Via Maddalena hinauf, ein enges Sträßchen, in dem sich die Touristen drängten.

»Schau dich nicht nach ihm um«, sagte Jupiter. »Er soll denken, daß wir fest entschlossen sind.«

»Ich bin *nicht* fest entschlossen.«

»Das gehört zum Spiel.«

»Zum Spiel?« Sie schnaubte leise. »Jupiter, ich verstehe dich nicht! Das war genug Geld, um ...«

»Es war zuwenig«, fiel er ihr ins Wort. »Vertrau mir!«

»Wie soll ich dir vertrauen, wenn ich dich nicht verstehe?«

Nachdem sie um eine Ecke gebogen waren, blieb Jupiter stehen. »Hör zu«, sagte er. »Ich mag Babio, und zwar vor allem, weil er berechenbar ist. Als ich ihm die Scherbe gezeigt habe, war mir klar, daß er uns ein Angebot machen würde. Davon lebt er, und ganz bestimmt nicht schlecht. Die Höhe dieses Angebots bemißt sich nach dem, was er über die Scherbe herausgefunden hat. Wenn er uns eine so hohe Summe bietet, wie er es gerade getan hat, muß er auf etwas ziemlich Aufsehenerregendes gestoßen sein, meinst du nicht auch? Und das bedeutet, daß die Scherbe viel mehr wert ist, als wir bislang angenommen haben. Wenn er nicht von sich aus höher geht, dann wird es ein anderer tun. Ihr habt mich hergeholt, damit ich euch beim Verkauf helfe – und das werde ich tun, und zwar so gut ich kann. Das oberste Gebot in diesem Geschäft ist, niemals das erste Angebot anzunehmen, ganz gleich, was für eine Geschichte dir dein Gegenüber auftischt.«

»Aber das, was er gesagt hat …«

»Ist vielleicht die Wahrheit, ja sicher, vielleicht aber auch nicht.« Jupiter hatte das Gefühl, daß sich die Gasse um ihn drehte, daß er zusammen mit seiner Umgebung in einen tiefen Abgrund stürzte. »Ich habe einen Auftrag angenommen, und den werde ich ausführen, und zwar zu den bestmöglichen Konditionen.«

Sie blickte ihm fest in die Augen. »Wem willst du eigentlich etwas beweisen, Jupiter? Dir selbst? Oder Miwa?«

»Das hat nichts mit …«

»Oh doch, das hat es«, fiel sie ihm aufgebracht ins Wort. »Sie hat dich verlassen. Sie hat dich ruiniert. Aber du läufst immer noch dieser verqueren Wunschvorstellung hinterher, ihr könntet wieder zusammenkommen. Und als wäre das nicht schlimm genug, verquickst du diese blöde Geschichte mit unseren Angelegenheiten hier in Rom. Verdammt, Jupiter, ich weiß, daß man Fehler auch bei sich selbst sucht, wenn man verlassen wird, aber Miwa wird nicht zu dir zurückkehren, nur weil du für die Scherbe einen möglichst hohen Preis herausschlägst.«

Es erschreckte ihn, wie leicht er zu durchschauen war, und es schmerzte doppelt, daß ausgerechnet Coralina ihn mit der

Wahrheit konfrontierte. Natürlich hatte sie recht – er hatte lange genug gefürchtet, ohne Miwa nicht mehr auf die Beine zu kommen. Und, ja, er glaubte tatsächlich, daß es seinem Selbstbewußtsein nur gut täte, wenn er diesen Auftrag erfolgreich zu Ende bringen würde – so es das denn überhaupt noch war, ein simpler *Auftrag*. Belog er sich damit nicht selbst?

Coralina geriet allmählich in Rage. »Wenn Miwa dir eingeredet hat, ein Versager zu sein, und du zu dumm bist, um die Wahrheit zu erkennen – gut, dein Problem. Aber zieh uns nicht in deinen privaten Kleinkrieg gegen dich selbst hinein!« Sie atmete tief durch. »Wir hätten das beschissene Geld nehmen und ihm die Platte gleich noch als Zugabe geben sollen.«

Jupiter wich ihrem Blick einen Moment lang aus, dann riß er sich zusammen. »Mag sein, daß du recht hast.« *Natürlich hast du das.* »Mag auch sein, daß es ein Fehler war, Babio hinzuhalten.« *Das wissen wir doch beide.* »Aber es ist zu spät, jetzt zurückzugehen und sein Angebot anzunehmen. Nicht, wenn wir auch nur eine Spur von Glaubwürdigkeit behalten wollen.«

Coralina zögerte. Schließlich nickte sie gefaßt. »Gut, dann gehen wir eben essen.«

Er hatte das Gefühl, daß es ihr leid tat, so offen gewesen zu sein, doch er war ihr nicht böse. Ehrlichkeit war etwas, das er dringend nötig hatte. Er war zu lange belogen worden – erst von Miwa, dann von sich selbst.

Die Trattoria lag am Ende eines überbauten Durchgangs, dessen Wände mit Bastmatten verkleidet waren, flankiert von großen Pflanzenkübeln. In einem winzigen Innenhof, nicht größer als Jupiters Schlafzimmer im Haus der Shuvani, standen ein halbes Dutzend Tische unter riesigen Leinensonnenschirmen. Der Stoff war an vielen Stellen verschimmelt, aber das störte hier niemanden, genausowenig wie das feuchte Mauerwerk und die abgeblätterte Farbe. Jupiter hatte schon früher hier gegessen und wußte, daß es sich um eine der besten Trattorien Roms handelte. Die Speisekarte war kurz und hervorragend. Das Essen wurde in heißen Pfannen serviert, war nur aus frischen Zutaten zubereitet und schmeckte phantastisch. Zudem hatte das Lokal den Vorteil, daß Jupiter nie mit Miwa hiergewesen war – er wollte nicht, daß sein Aufenthalt in Rom zu einer Schnitzeljagd auf ihren Spuren entgleiste.

Mit Rücksicht auf Jupiters Allergie bestellte Coralina Weißwein in offenen Karaffen, die – wie sie lachend anmerkte – aussahen wie Urinflaschen im Krankenhaus. Es war einfacher Landwein, nicht teuer, aber stark genug, um Coralina albern und Jupiter geschwätzig zu machen. Er erzählte ihr mehr über Miwa und sich selbst als jedem anderen Menschen, und er gestand ihr, daß er nicht wußte, ob er jemals über sie hinwegkommen würde. Coralina versuchte ihn durch bizarre Episoden aus dem Leben der Shuvani aufzuheitern. Schließlich ergriff sie auf dem Tisch seine Hand und ließ sie nicht mehr los.

An den Nebentisch setzten sich zwei Priester in Begleitung zweier Frauen. Coralina brachte eine ganze Minute vor lauter Kichern kein Wort heraus, ehe sie flüsternd darüber spekulierte, was die vier wohl heute abend unternehmen würden. Es war nicht nur der Wein, der sie albern und anzüglich werden ließ, es war vielmehr die Atmosphäre dieses Orts, abgeschottet von der Außenwelt. Für eine Weile gelang es ihnen, alle Gedanken an Cristoforo und Piranesis Vermächtnis zurückzudrängen und sich zu verhalten wie ein Mann und eine Frau, die einfach nur den Tag und ihr Zusammensein genießen.

Sie hatten eine gute Stunde lang so gesessen und über alles mögliche geredet, als Coralina das Gespräch unvermittelt auf den Zwerg zurückbrachte. »Wir hätten sein Angebot wirklich annehmen sollen.«

Jupiter war zu stolz, um sich einzugestehen, daß er in zu kurzer Zeit viel zuviel Weißwein getrunken hatte. Mit einemmal klangen Coralinas Worte überaus einleuchtend. Er war nicht sicher, ob es am Alkohol lag; möglich, daß der Wein seine Sinne berauscht, aber seine Vernunft wachgerüttelt hatte. Er erkannte jetzt deutlich, daß Coralina die ganze Zeit über recht gehabt hatte. Babios Angebot war unbestritten großzügig, ganz gleich, welche Motive sich dahinter verbargen, und es anzunehmen würde ihnen auf einen Schlag die ganze Last von den Schultern nehmen. Vielleicht war es sogar eine gute Idee, ihm auch die Kupferplatte anzubieten. Er würde sie weit unter Preis kaufen, ganz ohne Frage, schon allein, weil kaum etwas seinem Spezialgebiet ferner liegen konnte als Radierungen. Und doch – es war eine Chance, allen Ärger loszuwerden und sogar noch ein einträgliches Geschäft zu machen.

Jupiter gab sich geschlagen. Coralina lächelte erfreut und zahlte die Rechnung.

Aus dem Durchgang traten sie hinaus auf die Gasse. Die Häuser zu beiden Seiten waren hoch, die Straße düster. Vor einer Mauer stand ein Baugerüst und warf ein Netz von Schatten.

»Glaubst du, er sitzt noch im Café?« fragte Coralina.

»Vielleicht. Wenn er deinen Einfluß auf mich richtig einschätzt, ganz bestimmt.«

Wie konnte ich mich nur in solch einer Situation betrinken? dachte er, doch es tat ihm nicht wirklich leid. Coralina hatte genausoviel Wein getrunken, und auch ihre Stimme klang belegt.

Sie gingen zurück zur Rotonda, durch einen verschwommenen Wirbel aus Farben und Körpern und Stimmen aus aller Herren Länder. Ein kühler Wind fegte über den Vorplatz des Pantheons, aber kaum jemand störte sich daran. Die Kuppel des uralten Tempelbaus thronte wie ein aufgehender Mond über dem Platz, grau und zerfurcht von fast zweitausend Jahren, die sie sich über diesem Ort erhob.

Die Straßencafés rund um den Platz waren gut besetzt, auch jenes, in dem sie sich mit Babio getroffen hatten. Zwischen all den Menschen mußte Jupiter mehrmals hinsehen, ehe er den Zwerg wiederfand, fast völlig verdeckt von den Männern und Frauen an den Nebentischen.

Babio saß da und blickte schweigend über den Platz zum Pantheon, so als sei ihm zwischen den Granitsäulen am Eingang ein Geist erschienen.

»Babio?«

Jupiter drängte sich zwischen den vollbesetzten Tischen zum Platz des Zwerges.

Die Augen des Kunsthändlers waren weit aufgerissen. Er hatte eine Hand mit der Getränkekarte auf seine Brust gepreßt wie ein Gläubiger sein Gebetbuch. Er saß vollkommen still, ohne jede Regung, während um ihn der Trubel Roms tobte.

»Babio?«

Jupiter legte eine Hand auf die Schulter des Zwerges.

Die Getränkekarte vor der Brust des kleinen Mannes verrutschte. Darunter war das Revers seines weißen Jacketts getränkt von zähem Dunkelrot.

»O nein!« Coralinas Flüstern war ganz nah an Jupiters Ohr und dennoch unendlich weit entfernt. Er hatte das Gefühl, ganz allein mit Babio zu sein, an einem Ort, so fremd und kalt, daß es ihm die Kehle zuschnürte.

Äußerst behutsam hob er die starre Hand des Zwerges, bis die Karte wieder über der Einschußwunde lag. Babio hatte recht gehabt: Nirgends war man so gut versteckt wie in aller Öffentlichkeit. Nicht einmal als Leiche.

Wie lange mochte er schon so dasitzen? Seine Armgelenke ließen sich noch bewegen, doch die Finger, die sich um die Karte krallten, waren bereits steif.

Coralina trat wie betäubt einen Schritt zurück. Dabei stieß sie mit dem Rücken gegen eine Frau am Nachbartisch. Coralina murmelte eine Entschuldigung, während die Frau sie von oben bis unten musterte.

Jupiter ergriff ihren Arm und führte sie zügig zwischen den Tischen hindurch auf den Platz. Noch einmal warf er einen Blick zurück über die Schulter, sah Babio dasitzen, so als fasziniere ihn etwas am Eingang des Pantheons, vielleicht die Taubenschwärme, vielleicht eine Gruppe junger Amerikanerinnen in Shorts oder Miniröcken. Er sah aus wie ein Tagträumer, nicht wie ein Toter.

»Ich …«, begann Coralina, aber Jupiter schüttelte rasch den Kopf. »Nicht jetzt«, sagte er und drängte sie in eine der nächsten Seitenstraßen. Noch einmal, leiser: »Nicht jetzt.«

Babio blieb zurück, dann das Pantheon, das Gedränge der Touristen.

Als sie den Wagen erreichten, brach Coralina in Tränen aus.

Das Klischee entsprach also tatsächlich der Wahrheit: Wenn gar kein Ort mehr blieb, an den man sich zurückziehen konnte, landete man irgendwann unter einer Brücke.

Santino kam diese Erkenntnis zwischen zwei Bissen; von einem Teil des Geldes, das der Fremde ihm gegeben hatte, hatte er sich eine gefüllte Pastete gekauft. Über ihm spannte sich das steinerne Band der Ponte Sisto, der Verbindung zwischen Trastevere und der Altstadt. Vom Tiber stieg fauliger Geruch auf. Hinter dem westlichen Ufer war die Sonne untergegangen, Dämmerlicht lag über der Stadt.

Unkraut wucherte zwischen den Steinen des Uferstreifens. Am Nachmittag hatte sich Santino im Schatten der Brücke verkrochen und sich seitdem nicht mehr von der Stelle gerührt. Einmal waren ein paar Jugendliche die Treppe heruntergekommen, die von der stark befahrenen Uferstraße ans Wasser führte, aber sie hatten Santino nicht bemerkt und waren nach einer Weile wieder verschwunden.

Er hatte die Reisetasche hinter seinem Rücken versteckt und würde das Abspielgerät erst auspacken, wenn es vollkommen dunkel war. Die Erfahrungen der letzten Tage hatten ihm gezeigt, daß er nirgends in Sicherheit war, nicht in einer Pension, nicht im Haus Cristoforos, nirgendwo. Vielleicht war es besser, wenn er sich dort aufhielt, wo man ihn nicht suchte. Unter dieser Brücke, zum Beispiel.

Zum ersten Mal seit Tagen fühlte er sich einigermaßen sicher. Der Uferstreifen lag rund zehn Meter unterhalb der Stadt und war kilometerlang begehbar. Bei Nacht konnte Santino ihm durch halb Rom folgen, ohne daß irgendwer ihn bemerken würde. Und zur Not konnte er immer noch ins Wasser springen und versuchen, die andere Seite zu erreichen, auch wenn das bedeutete, die Videoausrüstung aufzugeben.

Nachdem es dunkel geworden war, wartete er noch eine halbe Stunde, bevor er das Abspielgerät auspackte. Er legte es auf seine Beine und lehnte sich mit dem Rücken gegen den grobgemauerten Fuß des Brückenpfeilers. Ein Knopfdruck, und das Bild der endlosen Wendeltreppe erschien auf dem Monitor.

Nachdem Bruder Pascale verschwunden war, hatten Remeo und Lorin ihren Weg in die Tiefe fortgesetzt. Santino hatte das zweite Band in Cristoforos Unterschlupf bis zu Ende gesehen und rund eine Stunde der dritten und letzten Cassette angeschaut. Der Streit zwischen Remeo und Lorin war längst beigelegt, und dumpfes Schweigen lag über dem Abstieg der beiden. Das animalische Trampeln und Brüllen hatte sich nicht wiederholt.

Remeo wechselte die Kamera gelegentlich von der einen auf die andere Schulter. Die Anstrengung des Treppensteigens zehrte zunehmend an seinen Kräften, und seine Kommentare ins Mikrofon waren seltener und schwer verständlich. Seine Stimme klang fad und tonlos. Santino fragte sich, ob die Luft dort unten dünner wurde, ohne daß die beiden Mönche es bemerkten.

Wieder überkam ihn das Verlangen, per Bildsuchlauf vorzuspulen. Der ewig gleiche Anblick zermürbte ihn beinahe mehr als die Strapazen, die er seit Tagen durchmachte. Er war am Ende, körperlich wie geistig. Die Eintönigkeit des Treppenabstiegs war fast noch schlimmer als das, was er erwartet hatte: gehörnte Dämonen mit scharfen Klauen, die seine Brüder zerfleischten; ein Blick von der Treppe in die Flammenmeere der Hölle; das Ende im schlimmsten Sündenpfuhl. All das hatte er sich ausgemalt und geglaubt, ihn könne nichts mehr erschüttern. Doch seine Vorstellungskraft hatte ihn nicht auf die Monotonie der Treppe vorbereitet. Zum wiederholten Mal fragte er sich, wie Remeo und Lorin die Kraft aufgebracht hatten, tiefer und tiefer hinabzusteigen. Der Stumpfsinn des Weges, dazu die unerträgliche Anspannung waren mehr, als ein Mensch ertragen konnte. Allein ihr Glaube mußte die Mönche aufrechterhalten.

Ihr Glaube …

Santino hatte lange nicht mehr über sein eigenes Verhältnis zu Gott nachgedacht. War der Herr noch bei ihm, wachte er noch über jeden seiner Schritte? Warum ließ er zu, daß sie ihn jagten? Weshalb wies er ihm keinen Ausweg aus seiner verzweifelten Lage?

Sicher, er hätte ins Kloster zurückkehren können. Dorian, der Abt, hätte ihn gewiß wieder aufgenommen. Aber damit hätte er nur Unheil über die Gemeinschaft der Kapuzinerbrüder gebracht. Und würden seine Gegner ihn nicht längst im Kloster erwarten?

Während Remeo und Lorin weiter die Treppe hinabstiegen, kreisten Santinos Gedanken um Gott. Hatte er die Gleichgültigkeit des Herrn nicht selbst heraufbeschworen? Er und die anderen hatten ein Tor aufgestoßen, das für immer hatte verschlossen bleiben sollen. Sie hatten den Abstieg in Regionen gewagt, in denen nichts zu finden war außer Tod und Verdammnis. Warum sollte Gott sich um einen wie ihn scheren, der er doch gegen Gesetze verstoßen hatte, die so alt waren wie diese Stadt, vielleicht so alt wie die Welt.

Und dennoch – er durfte seine Brüder nicht verraten, indem er sich jetzt von ihnen und ihrem gemeinsamen Ziel abwandte. Sie hatten ihr Leben für diese Aufgabe gelassen, und Santino würde das ebenfalls tun, wenn es nötig war. Mittlerweile hatte er kaum noch Zweifel an der Unumgänglichkeit seines Schicksals.

Ich bin bereit, Herr, dachte er.

Bald bin ich bereit.

Aber erst – die Videos.

»Noch immer kein Ende in Sicht«, murmelte Remeo dumpf ins Mikrofon der Kamera. Dann schwieg er wieder. Nur sein Atem war zu hören, schwer und rauh wie der eines Asthmatikers.

Lorin ging voraus, schweigend, brütend. Zehn Minuten später blieb er plötzlich stehen. Er schaute angestrengt zu Boden, bückte sich und berührte mit den Fingerspitzen etwas, das sich außerhalb des Bildes befand. Als er sich zu Remeo und zur Kamera umdrehte, waren seine Gesichtszüge verkrampft. Sein linkes Augenlid zuckte unkontrolliert.

»Sieh dir das an«, flüsterte er.

Remeo trat näher heran. Die Kamera schaute über Lorins Schulter auf das, was sich vor ihm auf der Stufe befand. Auf dem körnigen Monitorbild waren nicht mehr als ein paar dunkle Punkte zu erkennen.

Santino fürchtete, es seien Blutstropfen.

»Asche«, wisperte Remeo. »Das *ist* doch Asche, oder?«

Lorin nickte. »Aber keine gewöhnliche.« Er schüttelte sich und stand auf. »Das ist verbrannte Haut.«

»Großer Gott…« Das Bild wackelte, als Remeo sich mit dem Rücken gegen die Steinspindel im Zentrum der Treppe lehnte. »Bist du ganz sicher?«

»Ich habe genug Verletzte gepflegt, die mit Brandwunden zu uns kamen, um zu wissen, wie verkohlte Haut aussieht.« Der Mönch verrieb ein winziges Stück Asche zwischen Daumen und Zeigefinger. »Und das hier ist welche, ohne jeden Zweifel.«

»Könnte sie auch von… einem Tier stammen?« Remeos Stimme klang noch schwächer, war kaum mehr zu verstehen.

Lorin hob die Schultern, aber die Bewegung wirkte steif und unnatürlich. »Vielleicht.«

Das Bild erbebte und wurde wieder starr, als Remeo die Kamera auf den Stufen ablegte.

Santino konnte die Stimmen der beiden Männer jetzt kaum noch hören. Sie schienen darüber zu diskutieren, ob die verbrannten Hautfetzen von Pascale stammten, als Lorin plötzlich einen spitzen Schrei ausstieß.

»O nein! Herr im Himmel – *nein!*«

Auch Remeo rief etwas, aber die Worte waren nicht zu verstehen.

Die Kamera lag auf den Stufen und wies starr ins Leere. Einen Moment lang herrschte völlige Stille, und Santino fürchtete schon das Schlimmste, als plötzlich wieder Bewegung in das Bild kam. Die Kamera wurde aufgehoben und strich über Lorin hinweg, der auf den Stufen kauerte, die Hände vors Gesicht geschlagen. Dann wurde das Objektiv auf die Decke über der Treppe gerichtet. Sie war ebenso stufenförmig wie der Boden, ein exaktes, auf den Kopf gestelltes Spiegelbild.

Fußabdrücke führten daran entlang in die Tiefe.

Im ersten Augenblick glaubte Santino, er hätte durch das Gewackel der Kamera die Orientierung verloren. Gewiß schaute er auf den *Boden* der Treppe, nicht auf die Decke. Möglich, daß Remeo die Kamera einfach verkehrt herum hielt und dadurch dieser seltsam verfremdete Blickwinkel entstand.

Doch dann senkte Remeo die Kamera langsam, und erneut kam Lorin ins Bild, schaute mit leerem Blick auf, scheinbar geradewegs in Santinos Augen. Die Kamera verharrte einige Atemzüge lang auf ihm, dann wurde sie abermals angehoben, eindeutig zur Decke hinauf!

Die Fußspuren, die dort oben entlang liefen, führten in die Tiefe, so als hätte jemand den gleichen Abstieg unternommen wie die Mönche – *kopfüber!*

Die Spuren waren schwarz und unvollständig, mal von Zehen, mal von Fersen, dann wieder von ganzen Füßen.

»Wir können uns nicht erklären, woher die Spuren stammen«, sagte Remeo ins Mikrofon, nun wieder ein wenig gefaßter, vielleicht weil der Schrecken dieser Entdeckung *zu* absurd war, zu unfaßbar. »Die schwarzen Stellen scheinen von … von verbrannter Haut zu stammen, die an der Decke klebt. Das Stück, das Lorin entdeckt hat, ist wahrscheinlich abgeblättert und heruntergefallen.« Remeo stockte, bekam sich aber gleich wieder unter Kontrolle. »Derjenige, der an der Decke entlang gelaufen ist, hat das augenscheinlich getan mit … brennenden Füßen.«

Der Mönch verstummte und ließ die Worte ungewollt nachklingen. Santino schauderte in seinem Versteck unter der Brücke und versuchte zu begreifen, was er da gerade sah und hörte.

Schließlich setzten Remeo und Lorin ihren Weg fort. Es gab keine Diskussion, nicht einmal den Ansatz eines Gesprächs. Der Abstieg war zum Automatismus geworden, ganz gleich, was ihnen unterwegs noch begegnen würde.

Hin und wieder schwenkte Remeo mit der Kamera hinauf zur Decke, und da waren sie noch immer, schwarze Spuren aus Hautfetzen und verbranntem Fett.

»Es riecht verkohlt«, sagte Remeo, »ganz leicht nur. Eben habe ich gedacht, wieder Geräusche zu hören, aber es waren nicht die gleichen wie vorher … eher eine Art Rauschen. Aber ich glaube, Lorin hat nichts bemerkt.«

Der zweite Mönch drehte sich nicht zur Kamera um, obwohl er Remeos Worte gehört haben mußte. In stumpfsinnigem Trott nahm er Stufe um Stufe.

»Moment!« stieß Remeo mit einemmal aus. »Was ist *das*?« Er riß die Kamera in einem hektischen Schwenk nach links, hinüber ins Nichts jenseits des Treppengeländers.

Dort war es nicht mehr dunkel. Von unten strahlte ein heller Schein herauf, so als streue hinter dem Horizont des Geländers eine aufgehende Sonne ihre ersten Strahlen in die Finsternis.

»Da ist wieder das Rauschen«, keuchte Remeo. »Es wird lauter.«

Das Videobild verzerrte sich, als sich plötzliche Helligkeit in die Linsen des Objektivs brannte. Jede winzige Bewegung der Kamera erzeugte Nachbrenner, körnige Schweife aus Licht, die die Motive vervielfältigten wie in einem Spiegelkabinett.

Remeo trat langsam auf das Geländer zu. Von Lorin kam keine Reaktion, er befand sich außerhalb des Bildes und gab keinen Ton von sich.

Santino krallte seine Hände um die Metallkanten des Monitors, während er sich gemeinsam mit Remeo dem Abgrund näherte, Schritt für Schritt für Schritt.

Das Licht wurde heller, stieg zu ihnen herauf.

Die Kamera blickte über das Geländer in die Tiefe, nicht steil nach unten, sondern in einem stumpfen Winkel, der es ihr erlaubte, einen Teil des Panoramas aufzuzeichnen, das sich ihr darbot.

Santino hielt die Luft an. Der winzige Ausschnitt des Bildschirms war nichts im Vergleich zu dem, was die beiden Mönche auf der Treppe mit eigenen Augen sahen – und doch: Santino vergaß zu atmen, zu denken. Nur ganz allmählich begann er zu begreifen, *was* die Kamera dort einfing.

Großer Gott, er *erkannte* es!

Remeo schwenkte die Kamera steiler in die Tiefe. Mit einemmal wurde das Bild von Licht erfüllt, purer, gleißender Helligkeit, etwas, das brannte und loderte und Geräusche wie das Lachen eines Wahnsinnigen von sich gab.

Wie aus weiter Ferne waren die Schreie Lorins zu hören, und dann begann auch Remeo zu kreischen. Die Kamera fiel zu Boden.

Das letzte, was Santino erkannte, war ein kreuzförmiger Umriß, der von außen über das Geländer schwebte, *ein Kreuz geformt aus reinem Feuer!*

Das irre Gelächter und Remeos Kreischen vermischten sich zu infernalischen Lärm, schraubte sich zu etwas empor, das klang wie die Gesänge sterbender Wale, irgendwo im Abgrund des Ozeans.

Das Bild wurde schlagartig dunkel.

Die Aufzeichnung endete.

Fast eine Stunde lang saß Santino vollkommen reglos da. Starrte auf den leeren Monitor. Rührte sich nicht. Gab keinen Laut von sich.

Ein einziges Bild hatte sich fest in sein Gedächtnis gebrannt, verzerrt, unscharf, unvollständig.

Nicht das Feuerkreuz.

(Eine brennende Gestalt mit ausgebreiteten Armen?)

Was er auch nach einer Stunde immer noch vor sich sah, war das Panorama des Abgrunds. Der Ausblick vom Rand der Treppe. Zu dunkel, um mehr als einen Bruchteil zu erkennen. Und doch wußte er, was es war. Herrgott, er wußte es – *weil er es nicht zum ersten Mal gesehen hatte!*

Ganz langsam richtete Santino sich auf, steckte das Equipment in die Reisetasche und trat ans Ufer des Tiber.

Er war nicht bereit für einen weiteren Blick, würde nie wieder bereit dazu sein. Er hatte schon zuviel gesehen. Niemals würde er verstehen, woher Remeo danach noch die Kraft genommen hatte, sich die Treppe hinaufzuschleppen und ihm die Bänder zu übergeben.

Die Kraft des Irrsinns, durchfuhr es ihn. Ja, das war es. Die Kräfte eines Irrsinnigen.

Santino holte aus, dann schleuderte er die Tasche mit aller Kraft hinaus auf den Fluß. Stumm und reglos sah er zu, wie sie im pechschwarzen Wasser versank.

KAPITEL 6

Die Adepten der Schale

Coralina lief aufgeregt im Wohnzimmer der Shuvani auf und ab. »Wir müssen sie loswerden«, sagte sie zum dritten Mal innerhalb weniger Minuten. »Die Scherbe und auch die Kupferplatte. Ich will das Zeug aus dem Haus haben!«

Jupiter beobachtete Coralinas Spiegelbild in der Glastür zum Dachgarten. Draußen war es dunkel geworden. Durch das Pflanzendickicht schimmerten hier und da die Lichter eines Nachbarhauses. Er saß im ledernen Lesesessel der Shuvani und fühlte sich seltsam geborgen zwischen den halbrunden Ohren der Lehne.

»Es ist zu spät«, sagte er. »Wer immer Babio getötet hat, weiß, daß wir die Scherbe haben. Sie haben uns in dem Café mit ihm beobachtet.« Leiser fügte er hinzu: »Ehrlich gesagt wundert es mich, daß sie noch nicht hier aufgetaucht sind.«

Die Shuvani nickte beipflichtend. Sie saß am Eßtisch und drehte ein Weinglas in ihren fleischigen Händen. »Warum haben sie versucht, euch die Scherbe durch Babio abzukaufen? Sie hätten euch einfach abfangen und dir die Scherbe abnehmen können.«

Coralina blieb stehen und sah Jupiter im Spiegel der Fensterscheibe eindringlich an. »Vielleicht hat Babio die Wahrheit gesagt.«

»Babio?« Die Shuvani hustete gekünstelt. »Mir tut ja leid, was mit ihm passiert ist, aber mit der Wahrheit hat der kleine Mann es nie allzu genau genommen.«

»Im Gegensatz zu dir, nicht wahr?« bemerkte Jupiter trocken.

Coralina fuhr herum und fauchte ihre Großmutter an: »Wie naiv bist du eigentlich? Babio ist tot, weil *wir* die Platte und die Scherbe gestohlen haben.«

»Gibst du etwa mir die Schuld an seinem Tod?«

»Uns allen dreien. Verdammt, du verurteilst Babio und bist nicht mal dir selbst gegenüber ehrlich!«

Die Shuvani wich Coralinas Blick aus und schwieg.

Ihre Enkelin trat einen Schritt auf sie zu, die Hände in die Taille gestemmt, mit rotem Gesicht und kochend vor Wut. »Das darf einfach nicht wahr sein«, flüsterte sie, drehte sich abrupt um und schaute wieder aus dem Fenster.

»Du hast recht«, sagte Jupiter niedergeschlagen. »Babio hat nicht gelogen. Vielleicht wollte er uns die Scherbe wirklich abkaufen, um unser Leben zu retten. Hätte ich auf ihn gehört, wäre er jetzt nicht tot.«

»Nein!« widersprach die Shuvani entschieden. »Diese Leute hätten ihn so oder so umgebracht, spätestens nachdem er ihnen die Scherbe übergeben hätte.«

»Wir sollten aus Rom verschwinden«, sagte Coralina.

Jupiter überlegte einen Moment, bevor er zu einer Erwiderung ansetzte. »Ich glaube, wir sind in Sicherheit, solange wir die Scherbe haben. Wir könnten sie zerstören. Was immer es mit diesem Stückchen Ton auf sich hat, es scheint so viel wert zu sein, daß Babios Mörder kein Risiko eingehen werden.«

»Und was, wenn sie einen von uns entführen?« Coralinas Stimme verriet Hilflosigkeit und Zorn. »Wenn sie drohen, dich zu töten, Jupiter? Glaubst du vielleicht, ich würde ihnen die Scherbe dann nicht geben? Anschließend könnten sie uns immer noch in aller Ruhe umbringen.« Sie holte tief Luft und fuhr nur unmerklich ruhiger fort: »Liebe Güte, wir spekulieren und spekulieren … Es muß doch irgend etwas geben, das wir *tun* können!« Sie raffte ungeduldig ihr langes Haar im Nacken zusammen und steckte es kurzerhand in den Kragen. »Wir können nicht nur hier rumsitzen und warten, bis irgendwer auftaucht und uns eine Waffe vors Gesicht hält.«

Jupiter stand auf und wollte auf sie zugehen, noch unschlüssig, ob er einen Arm um sie legen sollte, als die Shuvani plötzlich eine Hand hob.

»Psttt«, machte sie und legte einen Finger an die Lippen. »Seid mal still.«

Jupiter und Coralina wechselten einen alarmierten Blick. »Was ist los?«

»Ruhe!« Die Shuvani horchte, dann nickte sie. »Es hat geklingelt, unten an der Ladentür.«

»Kommen um diese Zeit noch Kunden?« fragte Jupiter.

»Kunden kommen nicht mal tagsüber«, bemerkte die Shuvani mit Galgenhumor.

Coralina schaute zum Treppenhaus. »Glaubt ihr, daß sie das sind?«

»Ich wüßte nicht, warum sie sich die Mühe machen sollten, die Türklingel zu benutzen.«

Es schellte erneut. Diesmal hörten sie es alle.

»Ich sehe nach«, sagte Jupiter.

»Nein!« Coralina hielt ihn am Oberarm zurück. »Geh nicht!«

»Was glaubst du, wie lange wir uns hier oben verstecken können, hm?«

Sie zögerte. »Gut«, entschied sie schließlich, »dann komme ich mit.«

Jupiter wollte widersprechen, doch er sah an dem funkelnden Glanz in ihren Augen, daß er sie nicht umstimmen konnte. »Okay«, sagte er knapp.

Die Shuvani folgte ihnen bis zur Treppe. »Seid vorsichtig!« Sie eilte in die Küche, blickte sich suchend um, fand im Abwasch eine schmutzige Pfanne und wog sie prüfend in der Hand wie eine Streitaxt.

Jupiter und Coralina schlichen die Stufen hinunter. In den beiden Ladenetagen herrschte völlige Stille. In der Dunkelheit zwischen den Regalen hätte sich mühelos ein ganzes Dutzend Gestalten verstecken können, doch die beiden zogen es vor, das Licht ausgeschaltet zu lassen. Sie wollten nicht, daß man von außen erkennen konnte, wohin sie sich bewegten.

Im Erdgeschoß verstellten weitere Regale die Sicht von der Treppe zur Ladentür. Jupiter und Coralina drückten sich an den langen Reihen der Buchrücken entlang, bis sie schließlich einen vorsichtigen Blick zum Eingang werfen konnten.

Es hatte zu regnen begonnen, einer jener abrupten Platzregen, wie sie Rom zu allen Jahreszeiten heimsuchen. Meist sind sie schnell vorüber, doch Gnade dem, der im richtigen Moment keinen Schirm zur Hand hat – die Stärke der römischen Regenschauer macht ihre kurze Dauer um ein Vielfaches wett.

Der Mann vor der Tür hatte seinen Schirm aufgespannt und hielt ihn tief über dem Kopf. Es war ein schlichtes, schwarzes Modell, das einen tiefen Schatten über sein Gesicht und seinen Oberkörper warf. Wassertropfen legten einen verwaschenen Schleier über die Glastür. Im Licht der einzigen Straßenlaterne konnte Jupiter erkennen, daß der Mann keinen Mantel trug, lediglich einen dunklen Anzug.

»Ist das jemand, den ihr kennt?« flüsterte Jupiter.

Coralina zuckte die Achseln. »Ich kann sein Gesicht nicht sehen.«

Jupiter dachte an den mysteriösen Professor und seinen Chauffeur, doch beide kamen nicht in Frage: Der alte Mann saß im Rollstuhl, und sein Gorilla war viel bulliger als die Gestalt vor dem Laden.

»Sieht so jemand aus, der am hellichten Tag vor dem Pantheon einen Menschen erschießt?« fragte Coralina zweifelnd. »Mit einem Schalldämpfer?«

Jupiter verzog die Mundwinkel. »Meine Erfahrung mit solchen Leuten beschränkt sich auf die Lektüre von le-Carré-Romanen, tut mir leid.« Doch noch während er sprach, fiel ihm ein, daß das inzwischen nicht mehr stimmte. Er war im Palazzo gewesen, als dieser in Brand gesteckt wurde, und er hatte gesehen, wie ihre Gegner vorgingen: Sie hatten drei Männer in schwarzen Overalls geschickt, um ein Haus niederzubrennen. Man sollte annehmen, daß sie sich mindestens die gleiche Mühe gaben, um drei Menschen zu ermorden.

Er teilte Coralina seine Gedanken mit, und sie nickte. »Klingt einleuchtend.«

»Einleuchtend genug, um unser Leben aufs Spiel zu setzen?«

»Haben wir denn eine andere Wahl?«

Jupiter richtete sich kurz entschlossen auf. »Du bleibst in Deckung. Ich gehe.«

Sie zögerte, dann reichte sie ihm den Schlüssel. »Hier«, sagte sie. »Und paß bitte auf, ja?«

Er nickte knapp und machte sich auf den Weg zum Eingang. Sein ganzer Körper schmerzte vor Anspannung. Er hätte hochkonzentriert sein sollen, bereit, bei der geringsten Bewegung des Mannes vor der Tür zur Seite zu springen, doch aus irgendeinem Grund wollte ihm das nicht gelingen. Er war wie hypnotisiert von der Gefahr, und das gab der ganzen Situation eine irreale Note.

Er trat in den Laternenschein, der von außen durch die Glastür hereinfiel. Der Mann unter dem Schirm mußte ihn jetzt sehen.

Jupiter schob den Schlüssel ins Schloß und drehte ihn herum.

Der Mann hob den Rand des Regenschirms und kreuzte Jupiters Blick. Die Regenschleier auf der Scheibe verzerrten seine Züge. Es sah aus, als weine er. Eine Täuschung.

Jupiter zog die Tür auf. Die Messingglöckchen über dem Eingang klingelten.

Der Mann hob den Schirm noch ein wenig mehr.

»Guten Abend«, sagte er, und sein Tonfall ließ die förmlichen Worte beinahe herzlich klingen. »Gestatten Sie mir, einzutreten?«

»Was wollen Sie?«

»Mit Ihnen sprechen.«

»Sind Sie allein?«

»Das bin ich, in der Tat.«

Jupiter fand, daß der Mann aussah wie ein englischer Butler in alten Schwarzweißfilmen, ein freundlicher älterer Herr, hochgewachsen, schlank, mit auffallend gerader Haltung. Silbergraues Haar, gestärkter weißer Kragen, ein Seidentuch um den Hals mit einer milchigen Brosche aus Elfenbein. Der Griff des Schirms war aus dem gleichen Material.

Jupiter trat beiseite und ließ ihn eintreten.

Der Mann hantierte ein wenig hilflos mit dem tropfenden Schirm. »Vielleicht sollte ich ihn draußen stehenlassen. Ich will nicht, daß Ihre Bücher naß werden.«

Coralina trat hinter dem Regal hervor. »Da vorn neben der Tür steht eine Bodenvase. Stecken Sie ihn einfach rein.«

Der Mann fand die Vase, nickte Coralina dankbar zu und sagte: »Sehr nett, herzlichen Dank.«

Jupiter versuchte zu ergründen, ob Coralina ihre Deckung verlassen hatte, weil sie den Mann kannte, oder weil er ihr harmlos erschien. Als ein Blick in ihre Richtung ihn nicht weiterbrachte, wandte er sich wieder an den Fremden: »Sind Sie ein Stammkunde?«

»Nein, tut mir leid. Ich muß gestehen, daß ich zum ersten Mal hier bin.«

»Vielleicht waren im Regen die Öffnungszeiten an der Tür nicht deutlich genug zu erkennen.«

»Oh, seien Sie versichert, daß sie vollständig lesbar waren.« Der Mann deutete in Coralinas Richtung eine Verbeugung an, nickte dann Jupiter zu. »Gestatten Sie, daß ich mich vorstelle. Mein Name ist Estacado.« Er reichte Jupiter die Hand, die dieser zögernd ergriff. »Felipe Estacado.«

»*Kardinal* Estacado?« entfuhr es Coralina entgeistert.

Der Mann schüttelte mit mildem Lächeln den Kopf. »Sein Bruder. Im Gegensatz zu ihm bin ich kein kirchlicher Würdenträger.« Falls er wirklich der Bruder des Kardinals war, mußte er Spanier sein, obwohl er ohne jeden Akzent sprach.

Jupiter widerstand dem Reflex, einen Schritt zurückzuweichen. Er war jetzt sicher, daß es ein Fehler gewesen war, Estacado hereinzubitten.

»Kardinal Estacado ist Kardinalsbibliothekar und Archivar der Kurie«, erklärte Coralina in Jupiters Richtung. »Er ist der Leiter der Vaticana.«

»Mein Bruder tendierte schon als Kind zum Bibliophilen«, sagte Estacado schmunzelnd. »Ein Interesse, das wir teilen. Man könnte sagen, daß ich ihm bei seiner Arbeit assistiere. Die Leitung der Vatikanischen Bibliothek erfordert einen gewissen Zeitaufwand, wie Sie sich denken können. Er hat mich vor einigen Jahren gebeten, zu ihm nach Rom zu kommen, und ich bin seinem Ruf gefolgt.«

Jupiter musterte den Besucher mit unverhohlenem Mißtrauen. »Und heute abend ist Ihnen eingefallen, daß Ihnen ein bestimmtes Buch fehlt, und da dachten Sie, schaue ich doch mal bei diesem bezaubernden kleinen Laden in der Altstadt vorbei.«

»Nein«, erwiderte Estacado gelassen, »ich bin wegen der Scherbe hier. Und natürlich wegen der Kupferplatte.«

»Nach dem Mord an Amedeo Babio haben wir, ehrlich gesagt, einen weniger höflichen Besucher erwartet.«

»Ihr Sarkasmus mag aus Ihrer Sicht durchaus angebracht sein, junger Mann, aber, glauben Sie mir, Ihr Angriff trifft den Falschen.«

»So?«

»Ich möchte Ihnen ein Angebot unterbreiten.«

Coralina starrte ihn verbissen an. »Das ist heute schon das zweite. Passen Sie auf, Ihrem Vorgänger ist es nicht allzugut bekommen.«

»Ich bin nicht Ihr Feind«, sagte Estacado. Sein Blick streifte über die Bücherregale im Schatten des Ladens. »Ich könnte niemandem, der Bücher liebt, ein Haar krümmen.«

»Ihr Glück, daß Babio Statuen gesammelt hat.«

»Ich habe mit der Ermordung Ihres Freundes nichts zu tun. Ich habe geahnt, daß es geschehen würde, aber ich trage keine Schuld daran.«

»Dann kommt Ihre Warnung ein klein wenig spät.«

»Ich bin nicht hier, um Sie zu warnen. Ich glaube auch nicht, daß das noch nötig ist, oder? Nein, wie gesagt, ich bin gekommen, um Ihnen etwas anzubieten.«

»Geld?« Unvermutet erklang die Stimme der Shuvani aus der Dunkelheit. Jupiter fragte sich, wie es der schweren Frau gelungen war, lautlos die Treppe herunterzukommen.

Estacado versuchte einen Blick auf die alte Zigeunerin zu erhaschen, doch die Shuvani hielt sich hinter Coralina im Dunkeln verborgen.

»Kein Geld«, antwortete er. »Sicherheit.«

»Vor wem?«

»Sie wissen, vor wem.«

»Falsch«, widersprach Jupiter. »Wir wissen so gut wie gar nichts. Nur, daß einige Personen aus dem Vatikan in die Sache verwickelt sind. Ehrlich gesagt, steigert das nicht gerade Ihre Glaubwürdigkeit.«

»Sie haben recht«, sagte Estacado mit einem Seufzen. »Aber hätte ich Sie deshalb belügen sollen? Nicht jeder im Vatikan ist Ihr Feind.«

Coralina kam näher. »Sagen Sie uns, wer Babio ermordet hat. Wer hat solches Interesse an der Scherbe?«

»Die Adepten der Schale«, entgegnete der Spanier. »Ich nehme nicht an, daß Sie jemals von ihnen gehört haben.«

Jupiter überlegte. »Adepten der Schale?« Er wandte sich an Coralina. »Sagt dir das was?«

»Nichts.«

»Ich werde Ihnen mehr darüber erzählen«, versprach Estacado. »Später. Erst müssen Sie fort von hier.«

»Wir sollen mit Ihnen kommen? Sie können uns nicht wirklich für *so* dumm halten.«

Ein zorniges Funkeln erschien in Estacados Blick. »Wollen Sie wirklich mit mir über Dummheit diskutieren? Haben Sie denn geglaubt, die Fachleute des Vatikans hätten keine Möglichkeiten festzustellen, ob sich noch weitere Kupferplatten in der Geheimkammer befunden haben?« Er sah Coralina vorwurfsvoll an. »Sie sind doch Restauratorin. Sie kennen die technischen Mittel, mit denen solche Funde untersucht werden. Es hat zwei Tage gedauert, aber dann gab es überhaupt keinen Zweifel mehr, daß in einem weiteren Mauerspalt etwas aufbewahrt worden war. Etwas, das plötzlich nicht mehr da war. Wie konnten Sie so naiv sein, die Kirche derart zu unterschätzen?« Er schnaubte verächtlich. »Es wäre geradezu lächerlich, wäre die Lage nicht so verteufelt ernst.«

Coralina wollte aufgebracht widersprechen, doch Estacado gab ihr keine Chance. Statt dessen wandte er sich wieder an Jupiter und fuhr ohne Unterbrechung fort: »Und Sie? Lieber Himmel, die Scherbe ausgerechnet diesem Babio zu zeigen …

Wußten Sie, daß er Fotos davon gemacht hat? Grundgütiger, er hat sie innerhalb eines einzigen Tages in halb Rom herumgezeigt und da sprechen Sie von Dummheit!«

»In der Tat«, murmelte die Shuvani, unsichtbar jenseits der Regale.

Jupiter achtete nicht auf sie. »Warum sollten Sie uns helfen wollen?«

»Sagen wir, ich bin ein großer Bewunderer von Piranesis Kunst. Es widerstrebt mir zutiefst, daß eines seiner Werke der Anlaß für so abscheuliche Verbrechen ist. Und dabei haben wir noch gar nicht über den Tod dieses alten Malers gesprochen.« Die Art, wie er das sagte, unterstellte, daß Jupiter und Coralina auch daran die Schuld trugen. Vielleicht hatte er nicht einmal unrecht.

»Ein Bewunderer Piranesis!« schnaubte Coralina und deutete zur Tür. »Es ist besser, wenn Sie jetzt gehen, Signore Estacado.«

»Nein, warten Sie!« Die Shuvani trat zwischen den Bücherreihen hervor. Im grauen Halblicht schien sie um Jahre gealtert.

»Die Stimme der Vernunft?« fragte Estacado mit ironischem Unterton.

Coralina seufzte. »Das bezweifle ich.«

»Ich würde niemals meinen Laden im Stich lassen«, sagte die Shuvani. »Aber wenn Sie den beiden Kindern wirklich helfen wollen, dann tun Sie es um Himmels willen.«

»Großmutter!« Coralina klang aufgebracht. »Er ist ...«

»Er hat die Adepten der Schale erwähnt«, unterbrach die Shuvani sie. »Wenn wirklich sie dahinterstecken, solltet ihr jede Chance ergreifen, die sich euch bietet.«

Jupiter und Coralina wechselten einen beunruhigten Blick. »Was weißt du über diese Adepten?«

Die alte Frau senkte ihre Stimme. »Ich kannte einmal einen von ihnen.«

»Hören Sie zu!« verlangte Estacado ungeduldig. »Sie müssen verschwinden, und zwar mit der Scherbe und der Kupferplatte. Ich kann Sie an einen sicheren Ort bringen. Für Erklärungen ist später noch genug Zeit.«

»Warum sollten wir Ihnen glauben?« fragte Jupiter.

»Sie haben keine andere Wahl, fürchte ich. Wenn Sie hierbleiben, wird man Ihnen Ihren Fund mit Gewalt abnehmen.«

»Sie könnten zu denen gehören«, sagte Coralina. »Vielleicht bringen Sie uns nur aus der Stadt, um uns in aller Ruhe beseitigen zu können.«

»Glauben Sie das wirklich?« Estacado blinzelte irritiert. »Hätten Sie mir eher vertraut, wenn ich aussähe wie ein Herumtreiber, wie ein alter verrückter Straßenmaler?«

Jupiter ertappte sich bei dem Gedanken, daß Estacado recht hatte. Wäre der Bruder des Kardinals in Lumpen aufgetaucht, mit verfilztem Bart und Kreidestaub unter den Fingernägeln, hätte er ihn vielleicht für ebenso verschroben wie Cristoforo gehalten. Gewiß aber hätte er nicht auf Anhieb einen Feind in ihm vermutet.

»Ich nehme nicht an, daß Sie uns irgendeine Garantie geben können?« sagte er. »Irgend etwas, das es uns leichter machen würde, Ihnen zu vertrauen?«

»Ich verlange gar nicht, daß Sie mir vertrauen«, erwiderte Estacado kühl. »Mir reicht es, wenn Sie einsehen, daß selbst eine kleine Chance besser ist als gar keine. Die Adepten werden nicht mehr lange zögern.«

»Geht mit ihm«, sagte die Shuvani. »Nehmt die Platte und die Scherbe mit.«

»Was ist mit dir?« fragte Coralina.

»Ich bleibe im Laden. Ich gebe dieses Haus nicht auf, niemals.«

»Dann bleibe ich auch«, erklärte ihre Enkelin mit fester Stimme.

»Nein! Die Adepten werden mir kein Haar krümmen.« Die Shuvani sah Estacado durchdringend an. »Es erklärt eine Menge, daß ausgerechnet diese Leute dahinterstecken. Ich weiß jetzt, warum wir noch am Leben sind.«

»Entschuldigen Sie bitte.« Jupiter zog die Shuvani hinter die Regale. In Windeseile war Coralina bei ihnen.

»Du mußt uns sagen, was du weißt.« Jupiter sah, daß ein Tränenschleier über den Augen der alten Roma lag. Aber er konnte jetzt keine Rücksicht auf ihre Gefühle nehmen.

»Das ist so lange her«, erwiderte sie müde. »Fünfundzwanzig Jahre, gleich nach meiner Ankunft in Rom. Es gab damals jemanden, einen tschechischen Architekten. Er und ich, wir waren … eng befreundet. Irgendwann erfuhr ich, daß er einer Art Geheimgesellschaft angehörte, die sich die Adepten der Schale nannte. Er wurde sehr wütend, als er feststellte, daß ich davon wußte, und bald darauf war es vorbei mit uns.«

»Und er ist noch immer hier in Rom?« fragte Coralina.

»Ja.«

Jupiter fielen Babios Worte wieder ein: *Die Shuvani hatte einen Beau, der sie jahrelang becircte und umschwärmte.*

»Hast du ihn jemals wiedergesehen?« wollte Coralina wissen.

»Nur aus der Ferne. Aber ich weiß, daß er hin und wieder Bücher bei mir gekauft hat – natürlich nur über Dritte.«

»Wie gefährlich kann ein Mann sein, der sich nicht einmal traut, seiner Ex unter die Augen zu treten?«

Die Shuvani schüttelte betreten den Kopf. »Damit hat das nichts zu tun. Er ist krank. Irgendeine Knochenkrankheit, glaube ich. Er sitzt heute im Rollstuhl.«

Jupiter stieß scharf die Luft aus. »Wie heißt er?«

Coralina sah ihn überrascht an. Er hatte ihr von den beiden Männern vor Cristoforos Palazzo erzählt, und nun gingen ihr die gleichen Gedanken durch den Kopf wie ihm.

»Domovoi Trojan«, sagte die Shuvani. »Professor Domovoi Trojan.«

»Der erste Baumeister des Vatikans«, erhob sich hinter ihren Rücken die Stimme Estacados. »Einer der mächtigsten Männer hinter den Fassaden der Kirche, und das, obwohl er nur ein weltlicher Mitarbeiter des Heiligen Stuhls ist.«

»Genau wie Sie, nicht wahr?« bemerkte Jupiter scharf.

Estacado schenkte dem Einwurf keine Beachtung. »Trojan ist für alle Bauprojekte des Vatikans verantwortlich. Unter seiner Leitung sind die Sixtinische Kapelle und die Fassade des Petersdoms renoviert worden. Er tritt so gut wie nie selbst in Erscheinung.« Estacado rümpfte die Nase. »Böse Zungen im Vatikan nennen ihn den Albert Speer des Heiligen Vaters.«

Coralina blieb mißtrauisch. »Wie gut kennen Sie ihn?«

»Gut genug, um die Worte Ihrer Großmutter bestätigen zu können«, sagte Estacado. »Trojan ist einer der Adepten der Schale, ein wichtiger Mann innerhalb der Gemeinschaft.« An die Shuvani gewandt fügte er hinzu: »Sie glauben wirklich, er hat Sie und Ihre beiden Schützlinge bislang in Frieden gelassen, weil er sich an Ihre gemeinsamen Jahre erinnert? Nun, das würde zu ihm passen. Er ist ein hoffnungsloser Romantiker.«

»Was ihn mir beinahe sympathisch macht«, sagte Coralina ätzend in Estacados Richtung.

Der Spanier verlor die Geduld. »Gut, dann bleiben Sie hier. Ich denke, Sie werden Professor Trojan bald kennenlernen.«

Er wollte sich abermals abwenden, doch diesmal drängte sich die Shuvani an Jupiter und Coralina vorbei und legte dem Mann ihre riesige Hand auf die Schulter. »Warten Sie! Die beiden gehen mit Ihnen.«

»Ich weiß nicht, ob das …«, begann Jupiter, doch die Shuvani fiel ihm ins Wort.

»Du wirst dafür sorgen, daß Coralina in Sicherheit ist«, sagte sie eindringlich. »Ich habe Fehler gemacht, zu viele Fehler. Du wirst meinem kleinen Mädchen helfen, nicht wahr?«

»Ich bin kein Kind mehr, Großmutter!« Die Worte hatten empört klingen sollen, aber Coralina konnte die Traurigkeit in ihrer Stimme nicht gänzlich überspielen. Sie umarmte die Shuvani. »Komm mit uns. Bitte.«

»Nein.« Nur dieses eine Wort, aber Jupiter wußte, daß der Entschluß der alten Frau unumstößlich feststand. Sie war zu sehr eine Roma, um etwas, an dem ihr Herz hing, einfach aufzugeben. Ihre Enkelin und dieses Haus waren alles, was ihr geblieben war. Sie wußte, daß sie Coralina nicht halten konnte, und um so größer war ihre Bereitschaft, alles für diesen Laden zu riskieren.

»Nehmen Sie die Scherbe und die Kupferplatte mit«, verlangte Estacado, und als er Jupiters Blick sah, fügte er hinzu: »Ich weiß, daß Ihnen das nicht gefällt, aber es gibt nur einen Ort, an dem ich Sie und Ihren Fund vor den Adepten schützen kann.«

»Sie haben uns noch nicht verraten, was für ein Ort das ist«, sagte Coralina.

»Mein Zuhause«, entgegnete Estacado. »Der Vatikan.«

Bevor Jupiter etwas erwidern konnte, packte ihn die Shuvani flehend am Arm.

»Bitte«, flüsterte sie tonlos.

Der Regen hielt unvermindert an. Fette Wassertropfen platzten auf der Windschutzscheibe des schwarzen Mercedes, als Estacado den Wagen nordwärts steuerte. Die nächtlichen Lichterketten Roms glitten an ihnen vorüber, verschwommen hinter den Regenvorhängen, umrahmt von flirrenden Strahlenkränzen.

Jupiter saß auf dem Beifahrersitz. Er hatte die rechte Hand zur Faust geballt. Sie lag auf der Manteltasche, in der sich der Lederbeutel mit der Tonscherbe befand, für die Babio hatte sterben müssen. Zunächst hatte er Estacado aus den Augenwinkeln beobachtet, doch nach dem ersten Kilometer scheute er sich nicht mehr, den Spanier unverhohlen von der Seite anzustarren.

»Ich weiß, daß Ihnen Ihre Situation paradox erscheint«, sagte Estacado, ohne den Blick von der Straße zu wenden. Die Rücklichter der vor ihnen fahrenden Autos zersplitterten auf der nassen Scheibe zu roten Partikeln. »Der Vatikan mag Ihnen in Ihrer Lage als der denkbar gefährlichste Ort erscheinen. Aber, glauben Sie mir, dort wird man Sie nicht suchen. Und erst recht nicht Ihren Schatz.«

»Was wissen Sie über die Scherbe?« fragte Coralina und beugte sich zwischen den Sitzen vor. Die in Leder geschlagene Kupferplatte lag neben ihr auf der Rückbank.

»Sie ist Teil eines Gegenstands, den die Adepten schlicht die Schale nennen.«

»So was wie ein Heiligtum?«

»Eine Art Relikt«, verbesserte Estacado. »Ein sehr, sehr altes Objekt, das vor langer Zeit in mehrere Teile zerbrach. Die Adepten haben über die Jahrhunderte alle Splitter in ihre Hand gebracht – bis auf diesen einen.«

»Wieso lag die Scherbe in Piranesis Geheimkammer?« fragte Jupiter.

»Weil er selbst einst Mitglied des Bundes war«, entgegnete Estacado. »Aber haben Sie noch ein wenig Geduld. Ich werde Ihnen alles über die Adepten und die Schale erzählen, wenn wir ein wenig mehr Ruhe haben.«

Als wollte jemand seine Worte unterstreichen, schoß vor ihnen eine dunkle Vespa aus einer Seitenstraße, schnitt ihre Fahrtrichtung und verschwand blitzschnell im Regen. Estacado bremste abrupt, um einen Zusammenstoß zu verhindern.

Jupiter schrak ebenso zusammen wie Coralina, aber er bemühte sich, seine Nervosität nicht zu zeigen. Als Estacado wieder beschleunigte, fragte er: »Was erwarten Sie von uns für Ihre Hilfe? Die Kupferplatte? Die Scherbe? Oder beides?«

»Die habe ich doch schon, oder?« Ein ironisches Glitzern erschien in Estacados Augen, als er Jupiters Blick erwiderte. »Wenn ich Ihr Mißtrauen wirklich verdient hätte, glauben Sie dann nicht, daß es mir ein leichtes wäre, beides an mich zu bringen, genau jetzt, in diesem Augenblick?«

Jupiters Hand krallte sich unmerklich um den Lederbeutel in seiner Manteltasche. »Sie müßten zwei Leichen loswerden. Einen wirren Straßenmaler kann man vielleicht in den Fluß werfen, ohne daß jemand Verdacht schöpft, aber mit uns dürfte das schwieriger werden.«

Der Spanier schmunzelte. »Hätte tatsächlich ich diesen Cristoforo ermorden lassen, hätte man ihn nicht gefunden.«

»Das ist komisch«, sagte Coralina bissig, »aber zum ersten Mal glaube ich Ihnen aufs Wort.«

Sie fuhren über die Ponte Umberto, am Justizpalast vorbei und bogen schließlich von der Via Crescenzio in die Via di Porta Angelica, die entlang der Ostseite des Vatikans verläuft. Die Ummauerung des Kirchenstaates mußte an dieser Stelle fünf oder sechs Meter hoch sein, gekrönt von einem mehr als mannshohen Gitterzaun mit scharfen Stahlspitzen. Ohne entsprechende Ausrüstung war es unmöglich, sie zu überwinden, von außen wie von innen. Zudem behielten uniformierte Wachleute alle Mauerabschnitte sorgsam im Blick.

Am Ende der Straße, kurz vor dem Durchgang zu den Kolonnaden des Petersplatzes, lag auf der rechten Seite die langgestreckte Kaserne der Schweizergarde. Unmittelbar davor befand sich ein mächtiges Gittertor, flankiert von Säulen, auf denen steinerne Adler die Straße überschauten. Die Porta Santa Anna stand trotz der späten Uhrzeit noch weit offen.

Sie wurden von zwei Wachmännern kontrolliert, die Estacado erkannten und passieren ließen, ohne seine Begleiter eines Blickes zu würdigen. Nachdem der Mercedes das Tor passiert hatte, entdeckte Jupiter weitere Männer, hochgewachsen und in den Schmuckuniformen der *Svizzeri*. In starkem Kontrast zu ihrer Phantasiekleidung standen die Maschinenpistolen, die an Riemen über ihren Schultern hingen.

»Wußten Sie eigentlich«, fragte Estacado, während er den Wagen im Schrittempo über die gepflasterten Straßen des Kirchenstaates rollen ließ, »daß sich genau hier, wo man später den Vatikan errichtet hat, eine riesige Nekropole der Etrusker befand? Rom wurde um 750 vor Christus gegründet, aber damals lagen die Häuser der Stadt ausschließlich am rechten Ufer des Tiber. Hier aber, auf der linken Seite, war nichts als Ödland. Als die Latiner versuchten, hier Wein anzupflanzen, ernteten sie Sauerampfer. Tacitus hat das hübsch in Worte gefaßt: *Wenn du den vatikanischen Wein trinkst, trinkst du Gift.*« Estacado lächelte. »Auch heute noch manches Mal sehr zutreffend.«

»Sie scheinen sich hier ganz wie zu Hause zu fühlen«, bemerkte Coralina.

Estacado begegnete ihrem Zynismus mit einem schalkhaften Blick in den Rückspiegel. »Nachdem die Etrusker 650 vor Christus Rom erobert hatten, begruben sie auf diesem Areal ihre Toten. Interessant ist, daß ein paar hundert Jahre später ausgerechnet hier der Leichnam des Petrus bestattet wurde. Als man im vierten Jahrhundert über seinem Grab die erste Basilika errichtete, ahnte man wahrscheinlich nicht, daß dieses Gebiet schon zur Zeit der Heiden und der Vielgötterei heiliger Boden gewesen war.«

Jupiter hörte kaum zu. Unruhig schaute er durch die regennassen Scheiben nach draußen. Wie die meisten Romreisenden hatte er vor Jahren den Petersdom besichtigt und an einer Rundfahrt durch die Vatikanischen Gärten teilgenommen. Die Bereiche aber, durch die sie jetzt fuhren, waren ihm fremd; sie waren für die Öffentlichkeit geschlossen. Dennoch erkannte er hier und da ein Gebäude, das er auf Fotos oder im Fernsehen gesehen hatte. Sie passierten den wuchtigen Rundbau der Vatikanbank und, gleich dahinter, den ockerfarbenen Papstpalast, in dessen oberen Etagen sich die Privatgemächer des Heiligen Vaters befinden.

»Alles, was man über die Etrusker weiß, weiß man aus ihren Gräbern«, fuhr Estacado fort, offenbar in Oberlehrerlaune. »In den Gräbern haben sie uns Spuren ihrer Zivilisation hinterlassen, ihres Lebens, ihrer Magie. Sie waren ein geheimnisvolles Volk, mit einem großen Wissen über die Welt, in der sie lebten.«

Estacado fuhr bis zu einem Torbogen am Fuß eines hohen Gebäudeblocks, wendete und parkte den Wagen so, daß seine rechte Seite unweit einiger Bäume und Büsche zum Stehen kam. »Steigen Sie bitte aus und begeben Sie sich rasch in den Schatten der Bäume. Ich will nicht, daß irgendwer Sie zufällig erkennt.«

Jupiter schaute über die Schulter zu Coralina. Sie nickte ihm zu: *Alles in Ordnung, mach dir keine Sorgen. Wir schaffen das schon.*

Sie stiegen aus und drückten sich unter die tiefhängenden Äste. Besorgt sahen sie, daß Estacado einen Moment länger im Wagen sitzen blieb, nach einem Handy griff und eine der Speichertasten drückte. Er sprach ein paar Worte, nickte dann zufrieden und stieg aus.

»Mit wem haben Sie gesprochen?« wollte Jupiter wissen.

»Mit einem Vertrauten«, erwiderte Estacado. Jupiter hatte allmählich das Gefühl, daß der Spanier Geschmack an seiner Geheimnistuerei gefunden hatte. »Es ist alles für Sie vorbereitet.«

Er führte sie durch ein schweres Holztor in einen Korridor mit Gewölbedecke. Jupiter trug die Kupferplatte, Coralina hielt sich nahe neben ihm. Sie sprachen nicht miteinander, wechselten nur ab und zu einen kurzen Blick, um sich gegenseitig Mut zu machen.

Sie bogen um mehrere Ecken, ohne einer Menschenseele zu begegnen. Die Flure lagen in diffusem Halbdunkel, nur in weiten Abständen brannten Notleuchten. Estacado erklärte ihnen, daß er darauf verzichtet habe, das Hauptlicht einzuschalten, um keine unnötige Aufmerksamkeit zu erregen.

In vereinzelten Nischen standen Heiligenstatuen und beobachteten sie aus pupillenlosen Augen. Coralina drängte sich unbewußt an Jupiter; als sie es bemerkte, ging sie wieder auf Abstand.

Jenseits der Fenster lag ein Innenhof mit einer kleinen Rasenfläche. »Der Papageienhof«, erklärte Estacado.

»Ich kenne dieses Gebäude«, flüsterte Coralina Jupiter zu. »Ich hab mal ein paar Bücher für Kardinal Merenda hier abgeliefert. Wie's aussieht, befinden wir uns mitten in der Vaticana.«

»Die Vatikanische Bibliothek«, bestätigte Estacado, der ihre Worte gehört hatte. »Sozusagen das Reich meines Bruders. Sie sind gleich in Sicherheit.«

Er führte sie eine breite Treppe hinunter, die in einem Korridor mit grauem Linoleumboden endete. »Eines von mehreren Kellergeschossen der Bibliothek«, erklärte Estacado. »Es ist ratsam, hier unten nicht allein herumzulaufen – Sie könnten sich verirren.«

Sie bogen um weitere Ecken, stiegen eine zweite Treppe hinunter und erreichten schließlich einen Raum, dessen Tür weit offen stand. Gedämpfter Lichtschein fiel durch den Rahmen und warf ein gelbes Rechteck auf den Boden des Ganges.

»So«, sagte Estacado, »wir sind da. Hier können Sie die Nacht über bleiben. Und die nächsten, falls Sie es wünschen.«

Jupiter blieb im Eingang stehen. »Ich nehme an, die Platte wollen Sie mitnehmen.«

»Ich denke nicht, daß das nötig ist« Estacado lächelte milde. »Vielleicht würde es Ihnen Spaß machen, das wertvolle Stück morgen früh gemeinsam mit mir zu untersuchen? Vielleicht kann ich Ihre Aufmerksamkeit auf ein paar interessante Details lenken, die Sie selbst noch nicht bemerkt haben.«

»Sie meinen den Schlüssel?« fragte Coralina geradeheraus. Jupiter dachte an die Kopie, die sie in Auftrag gegeben hatte, und fragte sich, ob Estacado davon wußte.

Für einen Moment richtete sich der Blick des Spaniers in diffuse Ferne. »Der Schlüssel, ja«, sagte er gedankenverloren. »Er wird ein Thema sein, zweifellos.«

Jupiter und Coralina betraten das Zimmer. Es war ein großer Raum, viel zu groß für zwei Personen. Jemand hatte ihnen auf zwei Klappbetten ein Nachtlager bereitet. Um das Ganze nicht allzusehr nach einer Zelle aussehen zu lassen, stand auf einem Tisch ein prachtvoller Blumenstrauß. Für Jupiter sah er aus, als hätte man ihn geradewegs von irgendeiner Beerdigung hierher gebracht. Coralina beugte sich vor und roch an einer Blüte.

»Frisch«, kommentierte sie unbeeindruckt.

»Ich lasse Sie jetzt allein«, sagte Estacado. »Hinter dem Vorhang dort drüben finden Sie ein Waschbecken, eine Toilette und eine Dusche. Früher hat man hier Gelehrte aus abgelegeneren Gegenden der christlichen Welt untergebracht, Männer aus Afrika und Asien, die in der Vaticana studierten. Mittlerweile schlafen natürlich auch sie in den offiziellen Gästehäusern.«

»Werden Sie uns hier einschließen?« fragte Coralina, und Jupiter fügte lakonisch hinzu: »Zu unserer eigenen Sicherheit, natürlich.«

»Warum sollte ich das tun?« Estacado wirkte erstaunt. Mit einem Kopfschütteln trat er hinaus auf den Flur und deutete im Vorbeigehen auf den Schlüssel, der an der Innenseite der Tür steckte. »Das da ist Ihrer.«

Er wünschte ihnen eine gute Nacht, dann ließ er sie allein. Noch eine ganze Weile lang horchten sie auf seine leiser werdenden Schritte in den hallenden, menschenleeren Korridoren, dann herrschte Stille.

Jupiter suchte nach einem Platz für die Kupferplatte und legte sie schließlich einfach auf den Tisch. Beinahe hätte er dabei die Blumenvase umgestoßen, doch Coralina fing sie mit einer raschen Handbewegung auf. Erstaunt registrierte er, wie schnell ihre Reflexe waren.

»Und nun?« Sie ließ sich auf einen der schmucklosen Holzstühle fallen. »Jetzt sind wir genau da, wo wir nie hinwollten.«

Jupiter nickte nachdenklich, dann ging er zur Tür und sperrte sie behutsam ab, um in den unterirdischen Fluren kein Echo zu erzeugen.

Coralina kramte ihr Handy hervor und wollte die Nummer der Shuvani tippen, doch ein Blick auf das Display ernüchterte sie.

»Kein Netz«, sagte sie leise und warf das Gerät enttäuscht auf eines der Betten.

Jupiter ließ sich mit einem Seufzer auf das zweite Bett fallen. »Du hast doch nicht wirklich etwas anderes erwartet?«

Coralina setzte die Ellbogen auf die Tischkante und stützte ihr Gesicht in beide Hände. Stumm schaute sie Jupiter an, sagte kein Wort, blickte nur zu ihm herüber und schien den Versuch zu machen, seine Gedanken zu lesen.

Ob ihr gefiel, was sie entdeckte, verriet sie ihm nicht. Irgendwann schloß sie die Augen und schlief in dieser Haltung ein, starr wie eine der Statuen in den oberen Etagen. Und kein bißchen weniger rätselhaft.

KAPITEL 7

Janus

Jupiter erwachte, ohne sich bewußt zu sein, daß er überhaupt eingeschlafen war. Er trug immer noch seinen Mantel, lag quer über dem Bett und fror erbärmlich.

Durch die offene Tür des Kellerraumes wehte ein eisiger Luftzug herein und brachte einen leichten Geruch von Terpentin mit sich.

Jupiters Hand tastete nach dem Lederbeutel. Er steckte noch immer in seiner Manteltasche. Auch die Platte lag unverändert auf dem Tisch.

Coralina war verschwunden.

Sie saß nicht mehr am Tisch, auch ihr Bett war unberührt. Er rief ihren Namen in Richtung des Toilettenvorhangs, doch dahinter regte sich nichts.

Alarmiert sprang er auf und eilte zur Tür. Der Korridor lag gähnend leer vor ihm. Die Deckenlampen projizierten in weiten Abständen helle Lichtkegel auf das Linoleum; dazwischen war der Kellergang dunkel, so als wären Stücke des Bodens in tiefschwarzen Abgründen versunken.

»Coralina?«

Keine Antwort.

Panik stieg in ihm auf. Sie hatten sich von Estacado wie Vieh zur Schlachtbank führen lassen, und nun waren er und seine Leute gekommen und hatten …

Der Schlüssel steckte an der Innenseite der Tür.

Jupiters Blick fiel eher beiläufig darauf, doch als ihm Sekundenbruchteile später klar wurde, was diese Entdeckung bedeutete, lief es ihm eiskalt den Rücken hinunter.

Coralina hatte den Raum *freiwillig* verlassen. Hatte sie etwas Ungewöhnliches gehört? Hatte man sie aus dem Zimmer gelockt? Nein, in beiden Fällen hätte sie ihn geweckt.

Plötzlich begriff er. Vor seinem inneren Auge liefen die Bilder seiner ersten Nacht in Rom ab, als er sie oben auf dem Dach entdeckt hatte, nur einen Fingerbreit vom tödlichen Sturz in den Abgrund entfernt.

Sie schlafwandelte wieder. Ausgerechnet jetzt – und an diesem Ort!

Er schaute auf seine Uhr. Kurz vor eins. Er hatte nicht lange geschlafen. Falls er von einem Geräusch erwacht war, das Coralina verursacht hatte, konnte sie noch nicht weit sein. Aber hätte er sie dann nicht draußen auf dem Gang sehen müssen? Gut möglich also, daß sie schon eine ganze Weile auf den Beinen war.

Fluchend eilte er zum Tisch und tat etwas ganz und gar Hilfloses: Er nahm die Kupferplatte und schob sie unter die Matratze seines Bettes. Jeder, der danach suchte, würde sie sofort entdecken – aber nach allem, was geschehen war, widerstrebte es ihm, sie offen auf dem Tisch liegenzulassen. Den Lederbeutel behielt er weiterhin in seiner Manteltasche. Falls Estacado recht hatte, ging es den Adepten vor allem um die Scherbe, so daß sie mit dem Fund der Platte zumindest keinen vollständigen Sieg erringen würden.

Er zog den Schlüssel ab, verschloß die Tür von außen und schlug den Weg nach rechts ein. Er wußte nicht, ob Coralina dieselbe Richtung gewählt hatte. Er verließ sich ganz auf seinen Instinkt. Und auf eine gehörige Portion Glück.

Das Ende des Korridors war in dem verwirrenden Wechselspiel aus Licht und Schatten nicht auszumachen. Zu beiden Seiten gab es zahllose Türen, vermutlich Archivräume der Bibliothek. Alle waren geschlossen.

Schließlich gelangte er an ein feuersicheres Stahlschott, das mit einem Rad entriegelt wurde wie Verbindungsluken in einem U-Boot. Es stand weit offen.

Dahinter lag eine unterirdische Halle. Auf Regalen, die bis zur Decke reichten, befanden sich Tausende und Abertausende von Büchern. Der Geruch nach uraltem Papier und brüchigen Lederrücken war betäubend.

Jupiter fand neben dem Eingang einen altmodischen Drehschalter, mit dem sich die Hauptbeleuchtung einschalten ließ. Anfangs schien sie mehr Schatten als Helligkeit zu erzeugen.

»Coralina?« flüsterte er und erhielt abermals keine Antwort. Etwas war anders in diesem Saal, und es dauerte einen Moment, ehe er begriff, was es war: Im Gegensatz zum Kellergang gab es hier kein Echo, nicht einmal einen leichten Nachhall seiner Schritte. Die Bücherregale, in engen Reihen angeordnet wie Särge in einem Leichenschauhaus, schluckten jeden Laut.

Langsam ging er durch einen Gang, von dem rechts und links die Regalreihen abgingen, und warf hin und wieder einen Blick zurück. Doch immer, wenn er glaubte, aus dem Augenwinkel eine Bewegung wahrgenommen zu haben, entdeckte er beim zweiten Hinsehen nichts als Staubwirbel, die im Lichtschein der Deckenbeleuchtung tanzten. Weiter hinten verzweigten sich die engen Seitengänge, aber er zögerte, tiefer in dieses Labyrinth aus uraltem Wissen einzudringen.

Das Unbehagen, das er schon in der Nacht im Laden der Shuvani verspürt hatte, multiplizierte sich hier um ein Vielfaches. Die Menge der Bücher beunruhigte ihn. Es war fast, als könnten ihn die Millionen von Argumenten zwischen den Buchdeckeln zu Dingen verführen, die er nicht tun wollte.

Bücher waren Teil seines Berufs, seines Lebens, doch das änderte nichts an der Haßliebe, die er für sie empfand. So wie manch einer Menschenmengen mied, ging Jupiter größeren Ansammlungen von Büchern aus dem Weg. Er empfand ihnen gegenüber die gleiche Scheu, die andere im Angesicht eines Hypnotiseurs verspürten: Er wußte um ihre Macht, zu verführen, zu beeinflussen, Menschen zu verändern. Insgeheim hatte er den irrationalen Verdacht, daß es gar nicht nötig war, sie zu öffnen, um den Geist aus der Flasche zu lassen.

Als er nach mehr als zwanzig Metern und halb so vielen Abzweigungen noch immer keine Spur von Coralina entdeckt hatte, beschloß er, ungeachtet seiner Unsicherheit weiter in den Irrgarten der Regalreihen einzudringen. Er dachte an Daedalus und an die List der Ariadne, und er wünschte sich einen ähnlichen Faden wie jenen, den sie ihrem Geliebten Theseus gegeben hatte, oder, wenn er die Wahl hätte, ein modernes Äquivalent. Und wenn er schon beim Wünschen war, wie wäre es dann mit einer Waffe, etwas, mit dem er im Notfall zuschlagen konnte? Etwas, das *kein* schweres, altes Buch war, das einem bei der Berührung seinen Willen aufzwingen mochte wie einen dunklen, vorzeitlichen Fluch.

Er bog nach rechts in einen der Seitengänge – der neunte oder zehnte auf dieser Seite –, und gelangte nach ein paar Metern an eine Kreuzung. Noch mehr Bücher. Bände über Bände über Bände. Er fühlte sich plötzlich sehr klein und verletzlich.

»Coralina?« Zweimal, dreimal rief er gepreßt ihren Namen – ohne Erfolg. Wo steckte sie nur?

Noch eine Kreuzung. Wieder schlug er den Weg nach rechts ein, weil sein Orientierungssinn ihm sagte, daß er auf diese Weise irgendwann zurück zum Eingang des Saals gelangen mußte, zumindest an eine der Wände, die jetzt verborgen lagen hinter den deckenhohen Regalreihen.

Bald wurde ihm klar, daß er Coralina auf diese Weise niemals finden würde. Vielleicht war sie zurückgegangen und lag längst im Bett. Sie hatte ihm erzählt, daß ihr das daheim häufig passierte – sie erwachte morgens in ihrem Schlafzimmer und erkannte nur an Kleinigkeiten, daß sie in der Nacht unterwegs gewesen war. Möglich, daß es ihr heute genauso erging. Dann würden sie gemeinsam darüber lachen und abwarten, bis Estacado auftauchte, um mit ihm die Geheimnisse der Kupferplatte zu erforschen.

Immer vorausgesetzt natürlich, Coralina lag tatsächlich in ihrem Bett. Aber irgend etwas sagte Jupiter, daß das nicht der Fall war. Es wäre schlichtweg zu einfach, und *nichts* war einfach gewesen in den letzten Tagen, nicht seine Aufgabe hier in Rom, nicht die Erinnerungen an Miwa und schon gar nicht seine Gefühle für Coralina. Schlagartig wurde ihm klar, daß er sich nicht nur Sorgen um sie machte – er vermißte sie, vermißte ihr Lächeln, ihre Ernsthaftigkeit, ihren Zynismus, ihre schnippischen Antworten. War das schon der Einfluß der Bücher um ihn herum, gaben sie ihm solche Gedanken ein? Flüchtig schaute er auf die nächstgelegenen Buchrücken. Kein *Romeo und Julia*, keine große Liebesliteratur. Nur lateinische Titel, in denen es um Glaubenslehre, um Dogmen und ihre Auslegung ging. Nein, es waren nicht die Bücher. Er vermißte Coralina, weil er sie gern hatte, und plötzlich war es gar nicht mehr so schwer, sich das einzugestehen.

Dann, von einer Sekunde zur anderen, erloschen die Lichter.

Dunkelheit breitete sich zwischen den Bücherregalen aus. Die Schatten wurden größer, tiefer, bedrohlicher. Jupiter griff instinktiv nach der Strebe einer Regalwand, hielt sich daran fest wie ein Schiffbrüchiger, der fürchtete, die Finsternis könne ihn wie eine Ozeanwoge davonspülen, Treibgut in einem Meer aus Büchern, Büchern, Büchern.

Die Notbeleuchtung surrte leise wie ein ferner Insektenschwarm, doch die einzelnen Lampen lagen viel zu weit auseinander, um mehr als jeden dritten oder vierten Seitengang in fahlgelbes Licht zu tauchen.

Und schließlich, nach nicht einmal einer Minute, erloschen auch sie.

Die Finsternis war absolut. Die Umgebung versank in Schwärze, und erst jetzt wurde Jupiter klar, daß er sich zwei Stockwerke unter der Erde befand, an einem Ort, wie er dunkler kaum sein konnte. Erneut überkam ihn ein Anflug von Panik. Er war umgeben von Millionen von Büchern, gefangen in einer Gruft aus Papier, und er hatte nicht die geringste Ahnung, in welche Richtung er sich wenden mußte. Die Dunkelheit war jene vollkommene Schwärze, vor der sich Kinder fürchten, wenn sie in den Keller steigen, jene Finsternis, die sie nie erleben, immer nur fürchten, eine imaginäre Gefahr aus ihrer Phantasie. Aber hier, in dieser Halle, war diese Dunkelheit mit einemmal greifbar, erlebbar, und sie schwemmte die alten Ängste aus Jupiters Kindheit empor, geradewegs aus einer Warteschleife seines Unterbewußtseins. Sekundenlang durchlief ihn ein entsetzliches Zittern, ehe seine Vernunft wieder die Oberhand gewann und ihn zwang, zu überlegen.

Das Licht war aus. *Jemand* hatte es ausgeschaltet.

Coralinas Name lag ihm auf den Lippen, aber im letzten Moment hielt er ihn zurück. Es konnte nicht Coralina gewesen sein. Möglich, daß sie im Schlaf den Drehschalter der Hauptbeleuchtung bedienen konnte – aber niemals hätte sie sich an den Sicherungen der Notbeleuchtung zu schaffen gemacht. Jemand hatte gezielt alle Lichter ausgeschaltet. Jemand, der wußte, daß Jupiter hier war.

Er tastete sich vorsichtig an der Regalwand entlang, spürte das kalte Leder der Buchrücken unter seinen Fingerspitzen und überlegte angestrengt, wie er am schnellsten zurück zum

Hauptgang käme. Er war vorhin zweimal rechts abgebogen. Wenn er an der nächsten Kreuzung erneut nach rechts ging, mußte er zwangsläufig wieder den Mittelgang erreichen – es sei denn, die Regale waren nicht in dem üblichen Schachbrettmuster angeordnet, mit Längs- und Quergängen, die sich im rechten Winkel kreuzten.

Mach dich nicht selbst verrückt! befahl er sich. Doch alle Vernunftsbeteuerungen waren zwecklos. Wenn seine Vorstellungskraft ihm Streiche spielen wollte, würde sie es tun.

Was waren das für Geräusche, leise, sehr weit entfernt? Es klang wie schnelles Hämmern… wie *Getrampel!* Das Trampeln von Hufen!

Er blieb stehen, stocksteif, und lauschte.

Jetzt war es wieder weg. Er hörte nichts mehr, weder Hufschlag noch menschliche Schritte. Die Bücher schluckten jeden Laut, sogar sein eigener Atem klang fremd und mechanisch.

Da war es wieder! *Hufe!* Er täuschte sich nicht. Es klang wie ein Schlachtroß in gestrecktem Galopp, noch weit entfernt, aber allmählich immer lauter, näher.

Und wieder verstummte es.

Du machst dir was vor, schalt er sich. Alles, was du hörst, existiert nur in dir selbst. Sei still, geh weiter, mach keinen Mucks. Sonst könnte irgendwer *dich* hören. Derjenige, zum Beispiel, der das Licht ausgeschaltet hat. Jemand, der es auf dich abgesehen hat!

Das Regal unter seinen Fingern endete. Sekundenlang tastete er ins Leere, dann berührte er plötzlich etwas Weiches, Warmes, Nachgiebiges. Schlagartig zuckte er zurück, aber jemand ergriff sein Handgelenk und hielt ihn fest. Schmale Finger. Frauenfinger.

»Coralina?« flüsterte er aufatmend.

»Psst«, machte sie. »Sei still.«

»Was ist los?«

»Irgendwer ist hier.«

Abermals horchte er in die Finsternis. Zuerst hörte er nichts, doch dann, ganz langsam, wurde ihm klar, daß da tatsächlich Geräusche waren, leise und regelmäßig, nahezu verschmolzen mit dem Rhythmus seines Atems. Schritte! Höchstens zwei, drei Regalreihen entfernt.

Er konnte Coralinas Umriß nur erahnen, aber sie hielt noch immer sein Handgelenk, halb führend, halb klammernd. Er lauschte auf ihren Atem, doch es schien, als hielte sie ihn an, so vollkommen war die Stille, die sie umgab. Im Gegensatz zu ihr kam er sich laut und unbeholfen vor; sein Herz schlug hart und hörbar gegen seine Brust wie der Springfedermechanismus einer antiken Standuhr.

Die Schritte kamen von links, und so bewegten sich die beiden vorsichtig in die entgegengesetzte Richtung. Nach wenigen Metern stießen sie gegen eine Bücherwand, die eigentlich nicht hätte hier sein dürfen, wenn Jupiters Theorie einer systematischen Anordnung gestimmt hätte.

Notgedrungen wandten sie sich nach links. Coralinas Finger lösten sich von seinem Unterarm, und er nutzte die Gelegenheit, ihre Hand zu ergreifen. So bewegten sie sich schweigend vorwärts, verharrten nur hin und wieder, um auf die Schritte des Dritten zu lauschen, der sich irgendwo in der Dunkelheit befinden mußte. Sie konnten ihn jetzt nicht mehr hören, keine Schritte, kein Rascheln seiner Kleidung.

Er erwartete sie an der nächsten Kreuzung, schweigend, regungslos. Jupiter bemerkte ihn zuerst, spürte seine Anwesenheit, ohne ihn wirklich zu sehen. Er blieb abrupt stehen, hielt Coralina zurück und fragte laut in die Schwärze:

»Wer sind Sie?«

Coralina drückte seine Finger fest zusammen. »Jupiter, was soll …«

»Mein Name ist Janus«, sagte eine männliche Stimme, keine zwei Meter vor ihnen.

»Janus? Ist das ein Nachname?«

»Einfach nur Janus«, sagte der Mann. »Folgen Sie mir!«

»Folgen?« Jupiter stieß ein bitteres Lachen aus. »Vielleicht erklären Sie uns erst, was Sie von uns wollen.«

»Ihr Leben retten.« Der Tonfall des Mannes war barsch, ein krasser Gegensatz zu Estacados kultiviertem Säuseln.

»Vielleicht täusche ich mich«, sagte Coralina kühl, »aber die Formulierung ›Leben retten‹ erfährt seit gestern abend einen inflationären Gebrauch.«

»Sie sind witzig«, entgegnete der Mann ohne jede Spur von Heiterkeit. »Fragt sich, wie lange noch. Das Hauptlicht habe ich ausgeschaltet, damit man vom Gang aus nicht sieht, daß Sie hier sind – aber die Sicherung für die Notbeleuchtung, das war ich nicht. Das waren *die*. Und das bedeutet, daß sie bald hier sein werden.«

»Die Adepten der Schale?«

»Estacados Halsabschneider, ganz gleich, welchen Namen sie sich geben.«

Mehr als seine allgemeine Unruhe und die Sorge um Coralina irritierte Jupiter die Tatsache, daß sie ihr Gegenüber nicht sehen konnten. Einem Fremden zu trauen, war eine Sache – einem Unsichtbaren, eine ganz andere.

»Kommen Sie«, sagte Janus und machte im Dunkeln einen Schritt auf sie zu. »Wir haben keine Zeit mehr.«

»Nennen Sie uns einen einzigen Grund, Ihnen zu glauben.«

»Estacado hat Sie belogen. Es war ein Fehler, ihm zu vertrauen.«

»Warum sollten wir denselben Fehler noch einmal machen?« fragte Coralina trotzig.

»Wenn Sie noch länger hier bleiben, wird das erste Mal in der Tat das einzige Mal bleiben. Man wird Ihnen keine Gelegenheit geben, überhaupt noch irgendeine Entscheidung zu treffen.«

»Das ist doch Unsinn«, hielt Jupiter dagegen. »Estacado hätte uns schon längst umbringen können.«

»Estacado ist nicht Landini«, erwiderte Janus, und es war die Erwähnung dieses Namens, die Jupiter stutzig machte. »Landini handelt unüberlegt. Er war es, der den Maler umbringen ließ, noch bevor Estacado sich einschalten konnte. Estacado verabscheut rohe Gewalt. Er tötet, aber er tut es mit Stil – und er würde niemals zulassen, daß ein Mord seine Pläne gefährdet. Deshalb hat er Sie hergebracht – um Sie in Sicherheit zu wiegen, um Sie aus der Öffentlichkeit zu schaffen und um sich alle Zeit mit Ihnen zu nehmen, die er für nötig hält.« Janus zögerte, dann fügte er hinzu: »Allerdings gibt es ein Problem. Gerade in diesem Augenblick durchsuchen seine Leute Ihr Zimmer. Aber sie werden die Platte nicht finden.«

»Sie ist ...«, begann Jupiter, wurde aber unterbochen:

»Nicht mehr dort, wo Sie sie versteckt haben«, sagte Janus. »Ich habe sie fortgeschafft, vorerst in ein Versteck in der Nähe.«

»*Sie* haben die Kupferplatte?« entfuhr es Coralina.

»Glauben Sie mir, wenn Sie erst die Zusammenhänge begreifen, werden Sie zu schätzen wissen, was ich getan habe ... Und nun kommen Sie endlich mit!«

Jupiter drückte im Dunkeln Coralinas Hand und wünschte sich, ihr Gesicht zu sehen. Er hätte die Verantwortung für die Entscheidung gerne mit ihr geteilt. Als Coralina aber weiterhin schwieg, fragte er: »Wohin bringen Sie uns?«

»Erst einmal fort von hier, in ein Versteck, wo die Adepten nicht nach Ihnen suchen werden.«

Coralina atmetet tief durch. »Okay«, sagte sie tonlos, »gehen wir.«

Jupiter spürte, daß sie zusammenzuckte.

»Erschrecken Sie nicht«, bat Janus. »Ich nehme Ihre Hand und führe Sie hier raus.«

»Einverstanden«, erwiderte sie.

Der sonderbare Fremde kannte sich offenbar gut genug aus, um den Weg auch im Dunkeln zu finden. Zwar eckten sie mehrfach an, aber schließlich erreichten sie den Mittelgang. Das Schott stand noch immer offen. Die Notleuchten auf dem Korridor waren erloschen, aber in weiter Ferne zuckten immer wieder winzige Lichtpunkte auf – Taschenlampen. Janus hatte also recht gehabt. Estacados Männer durchsuchten ihr Zimmer.

»Schnell, beeilen Sie sich!« Janus führte sie durch das Schott auf den Gang, bog aber schon nach wenigen Metern rechts ein und lief mit ihnen einen weiteren Korridor hinunter. Sie waren etwa zwanzig Schritt weit gekommen, als die Notbeleuchtung wieder aufflammte und sie in fahles Halblicht tauchte. Estacados Leute mußten die Sicherungen wieder eingeschaltet haben, um sich die Suche nach Jupiter und Coralina zu erleichtern.

Zum ersten Mal konnten die beiden einen Blick auf ihren Führer werfen. Janus' harter Tonfall täuschte. Er war kleiner als Coralina, hatte breite Schultern und war leicht übergewichtig. Sein Haar war schlohweiß und zerzaust; er schien seit Monaten keinen Friseur mehr gesehen haben. Eine schlecht verheilte Narbe zog sich über seine linke Wange, führte am Hals hinunter und verschwand in seinem schwarzen Rollkragenpullover. Jupiter schätzte ihn auf Anfang Fünfzig, was die hohen Sportschuhe, die er trug, seltsam unpassend erscheinen ließ. Zu allem Überfluß hatte er einen häßlichen Herpes im Mundwinkel.

»Hier entlang«, flüsterte Janus und deutete auf eine angelehnte Tür. Dahinter befand sich eine Art Abstellkammer, vollgestopft mit ausgemusterten Rollschränken und Karteikästen. Ein schmaler Weg führte zur gegenüberliegenden Wand.

»Vorsicht, fallen Sie nicht runter«, sagte Janus und blieb stehen. Jupiter und Coralina sahen die quadratische Öffnung im Boden erst einen Augenblick später.

»Wohin führt die?« wollte Jupiter wissen.

»Wohin glauben Sie denn, daß sie führt?« gab Janus übellaunig zurück. »Natürlich eine Etage tiefer! In einen alten Versorgungsgang.«

»Wie viele unterirdische Stockwerke gibt es hier?«

Janus lächelte mysteriös; dabei entstand ein bizarrer Haken im Verlauf seiner Narbe. Er gab keine Antwort.

»Springen Sie«, sagte er zu Jupiter und wies auf die dunkle Öffnung im Boden. »Und dann Sie«, forderte er Coralina auf.

Jupiter schnaubte. »Sie erwarten allen Ernstes, daß wir in irgendein Loch springen, dessen Boden wir nicht mal sehen können?«

»Ich würde Sie hineinstoßen, wenn ich einen Kopf größer wäre«, gab Janus giftig zurück. »Na ja, vielleicht zwei.«

Jupiter sah, daß Janus' Art Eindruck auf Coralina machte. Sie schien ihn auf Anhieb zu mögen, im Gegensatz zu dem aalglatten Estacado. Sie löste sich von den beiden Männern, trat an den Rand der Öffnung und sagte über die Schulter zu Jupiter: »Viel zu verlieren haben wir ohnehin nicht mehr, oder?«

»Wie wär's mit unserem Leben?« merkte er an, aber da war sie schon fort. Instinktiv schossen seine Hände vor, doch sie griffen ins Leere. Zugleich hörte er, wie Coralina unten aufkam.

»Alles in Ordnung«, flüsterte sie herauf.

Janus schenkte Jupiter ein schiefes Grinsen, dann bedeutete er ihm mit einem Kopfnicken, Coralina zu folgen. »Nun machen Sie schon!«

Jupiter seufzte und sprang in die Tiefe.

Der Fall war kürzer, als er vermutet hatte. Coralina packte ihn am Arm, obwohl das nicht nötig war; er wußte die Geste trotzdem zu schätzen. Gemeinsam traten sie beiseite und machten Platz für Janus, der einen Augenblick später folgte.

»Ich kann von hier unten den Deckel nicht auf die Öffnung ziehen«, sagte er, als er neben ihnen aufkam. »Das heißt, daß sie früher oder später entdecken werden, welchen Weg wir genommen haben. Wir sollten uns also beeilen.«

Es gab auch hier unten Notlampen – allerdings in so großen Abständen, daß ihr Auftauchen eher irritierte, als daß es ihnen weiterhalf. Doch Janus schien jeden Meter dieses Kellergeschosses genau zu kennen, denn wieder führte er sie mühelos durch die Dunkelheit. Einmal ließ er sie durch ein offenes Eisengitter klettern, das in Brusthöhe in der Wand befestigt war; ein anderes Mal kletterten sie eine rostige Leiter hinunter, die sie ein weiteres Stockwerk tiefer führte – das vierte seit ihrem Abstieg an der Seite Estacados.

»Hörst du das?« fragte Coralina in Jupiters Richtung.

Janus kam ihm zuvor. »Das ist Wasser. Wir nähern uns einem unterirdischen Reservoir. Wenn wir das erreicht haben, dürften wir vorerst in Sicherheit sein.«

Bald darauf traten sie durch eine Öffnung hinaus auf einen breiten Steinsims. Aus der gegenüberliegenden Wand ergoß sich ein breiter Wasserstrahl in die Tiefe und sammelte sich nach einigen Metern in einem dunklen Bassin. Als Jupiter sich umschaute, entdeckte er an der Wand hinter sich zahllose Metallrohre, manche vom Durchmesser eines Abwasserkanals, andere nicht dicker als sein Unterarm. Sie kamen von unten aus dem Wasser und verschwanden ein ganzes Stück über ihnen in der Decke.

Der Lärm des künstlichen Wasserfalls auf der anderen Seite war ohrenbetäubend.

»Wir müssen eine Weile hierbleiben«, brüllte Janus, um das Getöse zu übertönen. »Eine Stunde, vielleicht zwei. Danach kann ich versuchen, Sie wieder nach oben zu bringen.«

Coralina runzelte sorgenvoll die Stirn. Jupiter sah ihr an, daß sie an die Shuvani dachte. »Wir müssen nach Hause! Wenn Estacado so gefährlich ist, wie Sie sagen, muß ich meine Großmutter warnen.«

»Sie werden bis auf weiteres im Vatikan bleiben«, erklärte Janus bestimmt. »Zumindest, wenn Sie am Leben bleiben wollen.«

»Warum nimmt eigentlich jeder an, daß wir in der Höhle des Löwen am sichersten sind?« fragte Jupiter unwillig.

»Weil der Löwe selten in seinem eigenen Lager nach Beute sucht.«

»Aber die wissen doch, daß wir hier sind«, widersprach Jupiter. »Estacado hat uns selbst hergebracht.«

»Er wird annehmen, daß es mir gelungen ist, Sie aus dem Vatikan zu schleusen. Er weiß, daß wir einen Vorsprung haben, und er wird alle Tore doppelt bewachen lassen.« Janus lächelte kühl. »Schauen Sie mich nicht so an, er *hat* die Macht dazu. Aber er wird zähneknirschend vermuten, daß Sie es vorher noch hinaus in die Stadt geschafft haben. Ich kenne ihn. Ich weiß, wie er denkt.« Er wandte sich an Coralina. »Und was Ihre Großmutter angeht … Ihr wird nichts zustoßen. Estacado hat es auf die Scherbe und die Kupferplatte abgesehen, nicht auf das Leben einer alten Frau. Solange beides hier bei uns ist, ist sie sicher. Wahrscheinlich wird er das Haus überwachen lassen, vielleicht schickt er auch ein paar Leute hinein, um nach Ihnen zu suchen. Aber, wie gesagt, Estacado legt Wert auf Stil. Er mordet nicht blindwütig, und eines muß man ihm lassen – er ist nicht rachsüchtig. Dafür hat er sich viel zu gut unter Kontrolle.« Zuletzt wurde Janus immer leiser, weil es anstrengend war, gegen das Tosen des Wasserfalls anzubrüllen. »Lassen Sie uns später darüber reden, wenn wir aus diesem Lärm raus sind.«

Coralina bedachte Jupiter mit einem flehenden Blick. Janus' Ausführungen hatten ihre Sorgen um die Shuvani keineswegs zerstreut.

Jupiter mußte sich eingestehen, daß er um die alte Frau am wenigsten Angst hatte. Im Augenblick dachte er vor allem an Coralina und sich selbst. Es interessierte ihn brennend, wer Janus war und welches Ziel er verfolgte. Immerhin besaß er bereits die Kupferplatte, und die Scherbe hätte er ihnen in dem dunklen Bibliothekssaal vermutlich ebenfalls abluchsen können. Trotzdem hatte er sie gerettet – zumindest behauptete er das. Denn welche Beweise hatten sie schon für das, was er sagte? Nur ein paar Lichter am fernen Ende des Korridors.

Schlagartig erinnerte sich Jupiter an den Hufschlag hinter den Bücherregalen. Er konnte ihn nicht *wirklich* gehört haben, nicht zwei Stockwerke unter der Erde! Aber was war es dann gewesen? Wirklich nur ein Produkt seiner überreizten Phantasie?

Janus setzte sich auf den Sims und ließ die Beine über dem Abgrund baumeln wie ein Kind, das in seinem Baumhaus Indianer spielt. »Setzen Sie sich«, rief er ihnen zu, doch beide blieben stehen.

Coralina lehnte sich gegen die Wand, unweit eines breiten Rohrs, durch das lautstark Wasser nach oben gepumpt wurde. »Was ist das hier überhaupt?«

»Die Anlage ist Teil eines antiken Aquädukts, das man vor hundert Jahren modernisiert hat«, brüllte Janus. »Das Wasser stammt aus dem Braccianer See, vierzig Kilometer von hier. Damit werden Dutzende von Brunnen im Vatikan, aber auch draußen in der Stadt gespeist.«

Jupiter blickte zu der breiten Öffnung, aus der sich der Wasserfall in die Tiefe ergoß. Er sah, daß der Tunnel dahinter nicht bis oben hin mit Wasser gefüllt war; auf der linken Seite befand sich sogar ein schmaler Fußweg, etwa einen Meter über der Wasseroberfläche, der dem Verlauf des Kanals ins Dunkel folgte. Er fragte sich, ob man über diesen Sims wohl die gesamten vierzig Kilometer bis zum Braccianer See zurücklegen konnte. Doch selbst wenn – es gab keine Möglichkeit, von ihrem Platz aus zur Einmündung des Aquädukts zu gelangen. Dazwischen lagen der Abgrund und, weiter unten, das schwarze Wasserreservoir.

Janus hatte Jupiters Blick bemerkt. »Vergessen Sie's«, sagte er. »Nette Idee, aber die hatten schon andere vor Ihnen. Man hat keinen je wiedergefunden. Die wenigsten sind überhaupt auf die andere Seite des Reservoirs gelangt, und nur einer, soweit ich weiß, hat es geschafft, an der Wand hinauf bis zur Mündung zu klettern. Dort hat ihn dann die Strömung erwischt. Und wer hier ins Wasser fällt, den zieht der Sog gnadenlos nach unten und dann hinauf in die Rohre. Wer weiß, wie viele von den armen Teufeln blau und aufgeschwemmt darin feststecken.« Er deutete grinsend auf die Leitungen, die hinter ihnen an der Wand nach oben führten.

Während sie warteten, entschuldigte sich Coralina flüsternd bei Jupiter für ihr Schlafwandeln. Er winkte ab und sagte, sie könne ja nichts dafür. In einem faden Versuch, einen Scherz zu machen, schlug er vor, sie in der nächsten Nacht ans Bett zu fesseln. Daraufhin sah sie ihn so lange und durchdringend mit ihren Zigeuneraugen an, daß er rot wurde und hastig in eine andere Richtung blickte. Er wurde einfach nicht schlau aus ihr.

Nach fast einer Stunde erhob sich Janus von der Kante des Steinsimses. Er hatte während der ganzen Zeit kein Wort mehr gesprochen; nachdenklich hatte er in die Tiefe gestarrt und die zahllosen Strudel beobachtet, welche die Wasseroberfläche in ein psychedelisches Muster verwandelten.

»Kommen Sie, gehen wir weiter«, sagte er.

Sie verließen das Reservoir durch den einzigen Zugang und gingen eine Weile auf demselben Weg zurück, den sie gekommen waren.

»Wohin wollen Sie?« fragte Jupiter.

»Erst mal an die frische Luft. Ich möchte gerne überprüfen, ob meine Vermutung, was Estacados Maßnahmen angeht, stimmt.«

»Ist er wirklich der Bruder des Kardinalsbibliothekars?«

»Gewiß. Der Kardinal ist ebenfalls ein Mitglied der Adepten.«

»Aber warum hat Estacado Einfluß auf die Bewachung der Tore?«

Janus zog lautstark Schleim durch die Nase. »Erkältet. Das macht die Feuchtigkeit hier unten.« Er wischte sich mit dem Handrücken durchs Gesicht. »Estacado hat Einfluß auf Kardinal von Thaden, und dieser wiederum auf den Oberkommandierenden der Schweizergarde.«

»Von Thaden und Landini gehören zu den Adepten der Schale«, überlegte Jupiter laut. »Wer noch?«

»Weniger, als Sie vielleicht annehmen. Aber dennoch eine Handvoll – und unglücklicherweise gehören dazu einige der einflußreichsten Männer an der Seite des Heiligen Stuhls.« Janus stieß ein leises Seufzen aus. »Wissen Sie, der Einfluß der geheimen Logen auf den Papst hat den Beigeschmack des Trivialen bekommen, seit jedermann glaubt, darüber Bescheid zu wissen. Für die Öffentlichkeit hat all das den Anschein einer gewissen Transparenz. Irgendein eifriger Journalist wird immer die nächste Enthüllung veröffentlichen, das nächste Buch über verdeckte Finanzgeschäfte, Verstrickungen mit der Mafia, über angebliche Giftmorde. P2, das Opus Dei, die Ritter vom Heiligen Grabe – all das ist gut dokumentiert. Doch es ist gerade diese angebliche Durchschaubarkeit, die den besten Deckmantel für die Adepten der Schale abgibt. Jeder glaubt, alles zu wissen – und übersieht dabei das Offensichtliche. Die Adepten haben gegenüber anderen Logen den Vorteil, daß sie keine weitverzweigte Organisation sind. Ihre Mitglieder zählen weniger als ein Dutzend. Keine Abspaltungen, kein jugendlicher Nachwuchs, keine Verästelungen in andere Länder. Die Adepten sind eine verschworene Gemeinschaft, und sie sitzen nah am Ohr des Heiligen Vaters, im Kreis seiner engsten Vertrauten.«

»Aber was wollen sie?« fragte Jupiter. »Ich meine, welche Ziele verfolgen sie?«

Janus lächelte bitter. »Sehen Sie, genau da beginnt das moralische Dilemma. Wie verwerflich ist es, die Grundfesten der Kirche zu schützen? Ich fürchte, darauf gibt es keine einfache Antwort.«

»Zu schützen?« Coralina hatte geschwiegen, seit sie das Reservoir verlassen hatten. Jetzt meldete sie sich erstmals wieder zu Wort. »Was sollten die Adepten denn beschützen wollen?«

»Vielleicht etwas Größeres, als Sie beide sich vorstellen können.«

Jupiter blieb stehen und hielt den kleineren Mann an der Schulter zurück. »Spielen Sie keine Spielchen mit uns, Janus. Ich bin nicht in der Stimmung für noch mehr ominöse Andeutungen. Erzählen Sie uns, was Sie wissen, sonst laufen Sie Gefahr, daß ich die Scherbe Estacado gebe. Für unser Leben scheint mir das ein fairer Tauschhandel zu sein.«

»Wollen Sie mir drohen?« Janus schien amüsiert, aber Jupiter glaubte in seinem Blick eine Spur von Beunruhigung zu entdecken.

»Ich kann die Scherbe jederzeit zerbrechen, schneller, als Sie oder irgendwer sonst sie mir abnehmen könnte.«

»Sie werden alles erfahren«, erwiderte Janus, »aber nicht jetzt, und gewiß nicht, weil Sie es fordern. Ich denke, Sie schätzen Ihre Lage immer noch falsch ein.«

Jupiter hielt seinem Blick stand. »Für mich ist unsere Lage klar. Uns sind ein paar Leute auf den Fersen, die uns ohne mit der Wimper zu zucken töten werden. Sagen *Sie* mir, was wir zu verlieren hätten, wenn wir die Scherbe vorher zerstören!«

»Solange wir das besitzen, was den Adepten das Wichtigste überhaupt ist, haben wir zumindest eine Chance.« Janus' Stimme klang eindringlich wie die eines Predigers. Jupiter hatte sich bisher noch keine Gedanken gemacht, ob Janus ein Geistlicher war, doch jetzt hielt er es fast für möglich – trotz seines abgerissenen Äußeren.

»Mit der Scherbe und der Platte könnte es uns gelingen, ihren Bund ein für allemal zu zerschlagen«, fuhr Janus fort. »Wir könnten sie aus dem Vatikan vertreiben. Verstehen Sie? Diese beiden Gegenstände sind das einzige Druckmittel, das wir gegen Estacado und seine Leute in der Hand haben. Wenn Sie die Scherbe zerstören, haben wir verloren. Dann waren all die Jahre unseres Widerstands sinnlos.«

Jupiter warf einen Blick auf Coralina. Sie kaute nervös auf ihrer Unterlippe. Er sah ihr an, daß sie sich vor allem große Sorgen um die Shuvani machte. Früher oder später würde sie von Janus verlangen, einen Kontakt zu ihrer Großmutter herzustellen.

»Wie viele Verbündete haben Sie?« wandte er sich wieder an Janus.

»Wenige. Es hat alles ganz harmlos begonnen, vor ein paar Jahren. Wissen Sie, ich war über zwei Jahrzehnte als Priester in Afrika und Mikronesien, ehe man mich zurückrief und mich bat, an der päpstlichen Akademie zu unterrichten. Das ging keine drei Monate gut, dann hatte ich zwei Drittel meiner Brüder gegen mich aufgebracht. Man stellte mich vor die Wahl: eine Pfarrei irgendwo im Hinterland oder ein Posten auf dem Abstellgleis in der Verwaltung des Vatikans, allerdings mit der Aussicht, früher oder später wieder ins Ausland gehen zu können. Ich entschied mich für letzteres. Man gab mir eine Stelle bei Radio Vatikan. Meine segensreiche Aufgabe war es, die Pressemitteilungen des Staatssekretariats zu verlesen. Es hieß, ich sei nun Journalist im Auftrag der Kirche«, er schnaubte abfällig, »freilich ohne jeden journalistischen Freiraum. Den gab ich mir schließlich selbst, und auf allerlei Umwegen stieß ich auf die Adepten der Schale. Ich begann, Material über ihre Mitglieder zu sammeln, über die Estacado-Brüder, Professor Trojan, Kardinal von Thaden, seinen Sekretär Landini und die anderen. Ich spielte ein paar Unterlagen einem ausländischen Journalisten zu, einem amerikanischen Vatikankorrespondenten, der anbot, ein Buch darüber zu schreiben. Er machte den Fehler, eigene Recherchen anzustellen. Von Thaden war der erste, der auf ihn aufmerksam wurde, und er gab Landini den Auftrag, das Problem aus der Welt zu schaffen. Der Amerikaner verschwand von der Bildfläche. Kurze Zeit später fand man seinen Leichnam.«

»Lassen Sie mich raten«, bemerkte Coralina. »Er trieb im Tiber.«

Janus lächelte. »Landini ist bei aller Verschlagenheit ein tumber Handlanger ohne jede Phantasie. Vielleicht macht ihn gerade das gefährlich. Immerhin ging er so geschickt vor, daß alle Indizien auf einen Raubmord hinwiesen. Niemand entdeckte die Verbindung zum Vatikan.«

»Wußten von Thaden und die anderen, daß Sie den Amerikaner auf ihre Spur gebracht hatten?« fragte Jupiter.

»Nicht sofort. Eine Weile ließ man mich in Ruhe, und ich konnte weiterhin meine Nachforschungen betreiben. Ich dachte, irgendwann kommt ein anderer, jemand, der geschickter ist und mir glaubt, ohne auf eigene Faust zu recherchieren. Aber natürlich kam keiner, und ich wurde ungeduldig – und unvorsichtig. Durch eine dumme Nachlässigkeit erregte ich die Aufmerksamkeit Estacados. Statt mich jedoch einfach zu beseitigen, wie von Thaden und Landini es wohl getan hätten, versuchte er, mit mir ins Geschäft zu kommen. Er bot mir an, mich in alle Geheimnisse der Adepten einzuweihen, vorausgesetzt, ich würde ihm meine Unterlagen aushändigen. Er versprach, mir dafür einen Posten in Asien zu besorgen. Er sah darin wohl so eine Art Abschiebehaft, für mich aber war es der perfekte Köder. Ich habe mir all die Jahre gewünscht, dorthin zurückzukehren. Estacados Angebot war sehr verlockend. Gegen den Willen von Thadens erzählte er mir alles, von der Gründung der Adepten, ihrer Geschichte, und er zeigte mir ihr größtes Mysterium.«

»Ein großer Fehler, so wie's aussieht«, sagte Coralina.

»Nein«, entgegnete Janus hastig. Für einen Moment legte sich ein verklärter Schleier über seine Augen. »Ich war überwältigt von dieser unglaublichen Vision, von den Dingen, die Estacado mir eröffnete. Für kurze Zeit war ich so etwas wie sein Schüler, verstehen Sie?«

Jupiter hob eine Augenbraue, und Coralina knuffte ihn sanft in die Seite. Janus bemerkte es nicht. Er fuhr fort: »Ein, zwei Monate lang war ich wie geblendet. Ich bat Estacado, mich nicht fortzuschicken, ja, ich verlangte sogar, Mitglied der Adepten zu werden.«

»Was Estacado überhaupt nicht gefiel«, ergänzte Jupiter.

»Oh doch. Wäre es nach ihm gegangen, wäre ich in den Kreis der Adepten aufgenommen worden. Das Problem waren die anderen. Sie hatten nicht verhindern können, daß Estacado mich unter seine Fittiche nahm – aber sie konnten sehr wohl meine Aufnahme in den Bund vereiteln. Dazu ist die Zustimmung aller nötig, und das Ergebnis der Abstimmung war niederschmetternd. Estacado blieb nichts übrig, als sich zu fügen. Er wollte mich nach Asien schicken, wie er es versprochen hatte, doch von Thaden und Landini waren der Ansicht, daß ich durch mein Wissen ein zu großes Risiko geworden war… Ich will den Rest kurz machen. Estacado willigte ein, mich verschwinden zu lassen – auf Landinis Art und Weise. Ich konnte mich in Sicherheit bringen, doch ich beschloß, es nicht mit einer Flucht bewenden zu lassen. Es gibt einen kleinen Kreis von Personen im Vatikan, denen ich vertraue, und sie waren es, die ich einweihte. Gemeinsam beschlossen wir, den Einfluß der Adepten zu brechen.«

Jupiter summte die Titelmelodie der *Star-Wars*-Filme und erntete einen verdutzten Blick von Janus. »Verzeihen Sie«, sagte Jupiter, »aber das klingt nach einer ziemlichen Räuberpistole.«

Coralina war weniger diplomatisch. »Also ist Ihr einziges Motiv Ihre Enttäuschung. Ihre gekränkte Eitelkeit. Der Zauberlehrling, der von seinem Meister verstoßen wurde und nun die Besen tanzen läßt, um das Haus des Meisters zu zerstören.«

Janus starrte sie finster an. »Ich habe nie behauptet, daß meine Motive edel und selbstlos sind.« Er massierte sich die Halsmuskeln und strich dabei fast zärtlich über die lange Narbe. »Aber wenn es nur Rache an Landini und den anderen wäre, die mich antreibt, hätte ich das einfacher haben können. Fast jeder hier im Vatikan hatte bereits unter der einen oder anderen Entscheidung zu leiden, die aufgrund der Einflüsterungen der Adepten getroffen wurden. Glauben Sie mir, es ist mehr als nur Vergeltung. Halten Sie mich denn tatsächlich für so einfältig?« Er gab ihnen keine Gelegenheit zu antworten. Statt dessen schüttelte er den Kopf und fügte rasch hinzu: »Sie kennen mich nicht. Sie sollten sich kein vorschnelles Urteil erlauben. Diesen Fehler haben Sie doch schon bei Estacado gemacht, nicht wahr?«

Jupiter legte die Stirn in Falten. »Wir könnten alle zusammen in alten Wunden stochern. Na, wie wäre das?« Sein strafender Blick traf nicht nur Janus, sondern auch Coralina. Sie senkte den Blick, aber er sah ihr an, daß es in ihr kochte. Die Angst um die Shuvani, die Bedrohung ihres eigenen Lebens und die verwirrenden Ausführungen des kleinen Mannes waren ein explosives Gemisch. Er hoffte, daß sie nichts Unüberlegtes tun würde.

Doch als sie nach einem Augenblick wieder sprach, klang sie gefaßt. »Ich möchte jetzt mit meiner Großmutter telefonieren.«

Janus seufzte. »Wie Sie wollen. Aber Sie werden es kurz machen müssen. Dort oben ist es jetzt sehr gefährlich ... für uns alle.«

»Keine Sorge.« Coralina ging mit großen Schritten den Gang hinunter, ohne auf Janus zu warten.

Jupiter schloß sich ihr an; zum ersten Mal konnte er die Befriedigung nachvollziehen, die sie empfand, wenn sie andere einfach stehenließ.

Janus holte sie auf seinen kurzen Beinen ein. »Ich habe Ihr Handy in Ihrem Zimmer gesehen«, sagte er atemlos.

»Ich hab's liegenlassen.«

»Ich kann Sie zu einem Apparat bringen. Um diese Uhrzeit wird dort niemand sein. Aber Sie müssen mir etwas versprechen.«

»Wir sind in Ihrer Gewalt«, erwiderte Coralina sarkastisch. »Schon vergessen?«

»Ich möchte Sie einigen Personen vorstellen.«

»Ihren Verbündeten?« fragte Jupiter.

»Freunden, ja. Ich möchte, daß Sie mich zu ihnen begleiten und vorher keine Dummheiten machen.«

Coralina wechselte einen kurzen Blick mit Jupiter. »Okay«, sagte sie dann.

Janus nickte zufrieden und übernahm wieder die Führung. Sie folgten ihm durch schmale Korridore, die mehr Ähnlichkeit mit feuchten Minenstollen hatten als mit Kellergängen. Durch einen Schacht, der aussah wie ein im Boden versunkener Turm, kletterten sie hinauf in ein enges Treppenhaus, das unter einer Falltür endete. Als Janus sie mit einer Metallstange öffnete, rieselten Staub und Erdreich herunter.

»Ein Abstellschuppen der Vatikanischen Gärtnerei«, erklärte er, zog aus dem Schatten eine Leiter heran und lehnte ihr oberes Ende an die offene Falltür. Er kletterte als erster hinauf, gefolgt von Coralina.

Jupiter lauschte ein letztes Mal hinab in den Irrgarten der Schächte und Stollen. Fast glaubte er, ferne Stimmen zu hören, doch dann wurde ihm bewußt, daß es nur unterirdische Luftzüge waren, die in der Tiefe wisperten. Er wunderte sich, wie unermeßlich groß die Unterwelt des Vatikans sein mußte. Beeindruckt machte er sich auf den Weg nach oben.

Was Janus so abfällig Schuppen genannt hatte, war tatsächlich ein weitläufiger Raum mit verputzten Wänden und Schmucksäulen. Die weißgekalkten Oberflächen waren grau geworden, niemand säuberte sie mehr. Kleine Traktoren waren hier untergebracht, Gartengeräte aller Art und ein gutes Dutzend Fahrräder. Auf ihnen legten die Gärtner die großen Distanzen in den Parkanlagen zurück, wenn die täglichen Ruhestunden den Einsatz eines motorisierten Gefährts nicht gestatteten.

Janus legte einen Finger an die Lippen und deutete auf das große Tor der Gerätehalle. Es stand einen Spaltbreit offen, gerade weit genug, daß ein Mensch hindurchschlüpfen konnte. Er schien zu befürchten, daß sie bereits erwartet wurden.

Gebückt schlichen sie zwischen den Traktoren und Gerätschaften zur nächstgelegenen Wand. Daran entlang huschten sie Richtung Ausgang, bogen jedoch nach einigen Metern durch eine schmale Tür nach rechts. Janus drückte sie lautlos hinter sich zu und drehte den Schlüssel herum.

Sie befanden sich in einem stickigen Aufenthaltsraum mit einer langgestreckten Holztafel, mehreren Kaffeemaschinen und einer Unmenge vergilbter Zeitungen. An einer Wand, gleich neben dem einzigen Fenster, hing ein Telefon.

»Das können Sie benutzen«, sagte er zu Coralina. »Aber, bitte, nur eine Minute. Von Thaden ist in der Lage, sämtliche Leitungen in die Stadt hinaus zu kontrollieren.«

»Glauben Sie, da draußen ist jemand?« Jupiter trat näher an die Tür und horchte.

Janus antwortete nicht. Er eilte zum Fenster, drückte sich daneben mit dem Rücken gegen die Wand und schaute verstohlen ins Freie. »Nun telefonieren Sie schon!« wies er Coralina ungehalten an. »Wir haben nicht viel Zeit!«

Sie zögerte nicht länger, nahm den Hörer ab, wählte eine Null vor und bekam ein Freizeichen.

Jupiter gesellte sich zu Janus. Draußen vor dem Fenster sah er nichts als Buschwerk und ein Stück freie Rasenfläche. »Werden sie uns hier finden?«

Janus nickte. »In ein paar Minuten. Jemand war im Schuppen. Estacado hat schneller reagiert, als ich dachte. Er hat die Ausgänge aus der Unterwelt überwachen lassen, sogar die versteckten.«

Jupiter fragte sich, ob es wirklich eine gute Idee gewesen war, dem kleinen Mann ihr Leben anzuvertrauen. Gewiß, er schien vieles über Estacado und die Adepten der Schale zu wissen; offenbar aber wußte Estacado ebensoviel über Janus, genug jedenfalls, um seine Schritte vorauszusehen.

»Ich weiß, was Sie jetzt denken«, sagte Janus, ohne den Blick vom Fenster zu nehmen. »Trotzdem – vertrauen Sie mir. Wenn wir erst mal hier raus sind, wird er unsere Spur verlieren. Das verspreche ich Ihnen.«

Jupiter schaute sich zu Coralina um. »Wie sieht's aus?«

Ihr Gesicht war angespannt, Schweißperlen glänzten auf ihrer Stirn. Sie preßte den Hörer so fest ans Ohr, als könne sie dadurch Einfluß auf den Anschluß am anderen Ende nehmen.

»Sie geht nicht ran«, flüsterte sie.

Jupiter huschte am Fenster vorbei und trat neben sie. Allmählich teilte er ihre Sorge um die Shuvani.

Tränenglanz funkelte in ihren Augen. »Verdammt, warum

geht sie nicht ans Telefon?« Eine Spur von Hysterie lag in ihrer Stimme.

»Na ja, dafür kann es tausend Gründe geben.«

Sie sah ihn an, als hätte er etwas entsetzlich Dummes gesagt. »Tausend Gründe, ja? Und was, wenn er sich getäuscht hat?« Sie deutete auf Janus und kümmerte sich nicht darum, daß er ihre Worte mithörte. »Was schert ihn die Shuvani? Er hat's nur auf die Scherbe und den Schlüssel abgesehen. Er hat uns angelogen. Estacado wird sie umbringen.«

Bei der Erwähnung des Schlüssels zuckte Janus' rechte Augenbraue nach oben, doch er blickte weiterhin aus dem Fenster. »Noch eine Minute«, sagte er leise. »Nicht mehr.«

»Versuch's noch mal«, bat Jupiter.

Mit zitternden Fingern wählte sie erneut die Nummer der Shuvani und hielt den Hörer so, daß Jupiter mithören konnte. Er wollte einen Arm um sie legen, sie beruhigen – sie trösten, falls es sein mußte –, aber er kam sich kindisch und unbeholfen vor und ließ es schließlich bleiben.

Das Freizeichen wurde zum Klingelsignal.

Einmal. Zweimal. Dreimal.

Sie waren da. Vor dem Haus. Drei Männer in schwarzer Kleidung, zum Leben erwachte Splitter der römischen Nacht. Die Shuvani hatte sie vom Küchenfenster aus gesehen, gleitende Umrisse, wie Schatten im Scheinwerferlicht eines vorüberfahrenden Autos.

Sie lief die Treppe hinunter ins Erdgeschoß und blieb in Sichtweite des Eingangs stehen, verborgen hinter Bücherregalen. Sie wagte kaum, sich zu rühren. Unruhig spähte sie durch eine Lücke zwischen den Buchrücken.

Jenseits des schmalen Schaufensters war niemand zu sehen.

Ein Knall zerriß die Stille. Erst glaubte sie, jemand habe gegen die Tür getreten – doch da war keiner. Das Licht der

Straßenlaterne vor dem Haus begann zu flimmern; gleich darauf erlosch es. Die Dunkelheit kroch zum Fenster herein. Plötzlich stand die Shuvani in völliger Finsternis.

Sie stieß scharf die Luft aus und wich zur Treppe zurück. Noch waren die Männer nicht im Haus, aber sie wußte, daß es nicht mehr lange dauern konnte.

Trotz allem bedauerte sie nicht, daß sie Coralina und Jupiter nicht begleitet hatte. Niemand würde sie aus ihrem Geschäft, ihrem Haus vertreiben. Dies war ihr Zuhause, ihr Anker in der Welt. Die weisen Frauen der Roma, die ihr als Kind all ihr Wissen vermittelt hatten, jene Frauen, die sie zu einer der ihren, zur Shuvani gemacht hatten, sie hatten ihr vom Anker in der Welt erzählt, und von seiner Bedeutung. Ihr Wissen war wie eine Pflanze, die ohne Wurzeln verdorren würde. Ohne das Haus würde auch sie selbst vertrocknen, eingehen wie eine vergessene Topfpflanze. Sie würde darum kämpfen, mit allen Mitteln, die ihr zu Gebote standen; und sie hatte schon mehr getan, als sie für möglich gehalten hatte, Schlimmeres, als sie je gewollt hatte. Sie hatte einen Verrat begangen, der sich vielleicht nicht wiedergutmachen ließ.

Die Adepten der Schale, also. Domovoi Trojans großes Geheimnis. Er hatte sie verlassen, als sie davon erfahren hatte, und das, obwohl doch er es gewesen war, der ihr monatelang den Hof gemacht hatte, ganz nach den Regeln der alten Schule, so gänzlich fremd und exotisch für ein Mädchen vom fahrenden Volk.

Domovoi Trojan ... Als sie gehört hatte, daß er krank war, hatte sie geweint. Nicht *um* ihn, *für* ihn. Ein großer Unterschied. Sie hatte Kräuter für ihn verbrannt und andere Dinge. Sie hatte gebetet und gesungen. Und es hatte nichts genutzt. Heute saß er im Rollstuhl, und sie war sicher, daß ihn sein Schicksal verändert hatte. Damals war er jünger gewesen, nachdenklich, aber auch voller Humor und Lebensfreude. Er war ein Gelehrter, immer auf der Suche nach mehr und noch mehr Wissen, aber er hatte diesen Hunger nach Weisheit mit einem unbändigen Spaß am Leben verbunden. Er war längst kein Student mehr gewesen, als sie ihn kennengelernt hatte, nicht auf dem Papier, aber im Herzen war er immer ein Schüler geblieben, ein Adlatus höherer Mächte, höheren Wissens, höherer Weisheit. Und als er ihr begegnet war, da war er auch ihr Schüler geworden, in Dingen, die nur die Frauen der Roma wußten.

Dann aber war er aus ihrem Leben verschwunden, nur einen Tag nachdem sie von den Adepten der Schale erfahren hatte. Sie hatte ein Gespräch zwischen ihm und einem anderen Mann mitangehört, nicht absichtlich, und sie wußte genug von geheimen Lehren, um die richtigen Schlüsse zu ziehen. Vom Studenten und Schüler zum Adepten, ein logischer Weg. Eine Treppe, deren Stufen ihn zu jenen höheren Weihen führen sollten, nach denen es ihn immer verlangt hatte; Stufen aber auch, die ihn geradewegs aus ihrem Leben führten.

Nun also kreuzten sich ihre Wege erneut, nach so vielen Jahren ohne eine einzige Begegnung. Doch sogar heute kam er nicht selbst zu ihr, sondern schickte seine Männer, die vor ihrem Haus die Lichter löschten und gewiß nicht nur hier waren, um seine Grüße zu übermitteln.

Das Telefon klingelte.

Die Shuvani fuhr derart erschrocken herum, daß sie mit dem Ellbogen einen Bücherstapel vom Regal warf. Polternd fielen die Bände auf den Boden und blieben mit aufgeschlagenen Seiten liegen. Aus dem obersten grinste ihr eine schwarzweiße Fratze entgegen, wie die Grimasse eines Kastenteufels.

Um zum Telefon neben der Kasse zu gelangen, mußte sie den vorderen Teil des Ladens durchqueren. Damit aber hätte sie sich geradewegs in das Sichtfeld der Männer begeben, die sich irgendwo draußen vor dem Schaufenster aufhalten mußten. So leichtsinnig war sie nicht.

Statt dessen eilte sie im Schutz der Regale wieder die Treppe hinauf. Ein zweiter Apparat befand sich oben im Wohnzimmer. Wenn sie sich beeilte, dann, vielleicht …

Das Klingeln erstarb, als sie schnaufend den zweiten Stock erreichte. Sie eilte dennoch zum Telefon und riß den Hörer herunter. Nur das Freizeichen. Der Anrufer hatte aufgelegt.

Coralina, dachte sie verzweifelt und legte mit bebender Hand den Hörer auf, *wenn du das warst, dann versuch es noch mal. Bitte!*

Unten im Laden ertönte ein Scheppern. Glassplitter hagelten klirrend auf den Boden.

Domovoi Trojans Gesicht ging in ihren Gedanken auf wie der Mond am Nachthimmel, schmallippig, verzerrt, ein Liebhaber aus einem Alptraum.

Das wagst du nicht, dachte sie und legte all ihre Wut in diesen einen Gedanken. *Das – wagst – du – nicht!*

Sie eilte zur Treppe und horchte auf Schritte, hörte aber keine.

Gerade hatte sie beschlossen, zurück zum Telefon zu gehen und die Notrufnummer eins-eins-drei zu wählen, als es abermals zu läuten begann.

Einen Augenblick lang war sie vor Schreck und Anspannung stocksteif, dann hastete sie rasch zurück ins Wohnzimmer. Nach dem dritten Klingeln riß sie den Hörer herunter.

»Coralina?« rief sie gehetzt in die Muschel. »Sie sind hier. Sie …«

Das Telefon war tot. Am anderen Ende war nur Stille. Kein Atmen, kein Rauschen. Nur absolutes Schweigen.

Fassungslos starrte sie den Hörer an. Sie hieb auf die Gabel, horchte erneut. Stille.

Ihr Blick folgte dem Kabel bis zur Steckdose in der Wand, und da begriff sie. Die Leitungen verliefen in dem alten Haus nicht durch Kabelschächte in den Mauern; sie führten an der Wand des Treppenhauses hinab, unter der Decke des Ladens entlang hinaus auf die Straße. Jemand, der sich auskannte, mußte das auf einen Blick erkennen. Es war ein Leichtes, die Leitung mit einem schnellen Schnitt zu durchtrennen.

Sie ließ den nutzlos gewordenen Hörer fallen. Sie mochte groß und schwer sein, aber sie war keine hilflose alte Frau. Statt sich irgendwo zu verkriechen, eilte sie zur Treppe und polterte so schnell sie konnte die Stufen hinunter. Durch die Tür zum ersten Stock sah sie Kisten und Mappenstapel, in denen sie okkulte Kunst aufbewahrte, dazwischen weitere Bücherberge, so hoch wie Termitenbauten.

Sie hatte gerade den Treppenabsatz erreicht, als sie hörte, daß ihr von unten jemand entgegenkam. Langsam, nicht eilig, mit gemächlichen Schritten, die alle Selbstsicherheit der Welt verrieten. Dann sah sie Bewegung in der Dunkelheit, erkannte Umrisse, die Form eines Menschen, dann noch einen, und einen dritten.

Sie verließ das Treppenhaus und zog sich zurück in den ersten Stock. Sie kannte hier jeden Quadratzentimeter, wußte, wo in der Dunkelheit Stolperfallen drohten, wo Bücher lagen, wo sich das Kabel einer Stehlampe in Knöchelhöhe zwischen den Regalen spannte. All dem ging sie geschickt aus dem Weg.

Hätte sie mit den Männern sprechen sollen? Versuchen, zu verhandeln? Alles vergeblich, dachte sie.

Sie lief zum einzigen Fenster. Es wies hinaus auf die Gasse. Unweit davon befand sich der Glasschirm der erloschenen Straßenlaterne. Sie sah ihn vor sich im Nichts schweben wie eine Urne, randvoll mit Schwärze, mit Asche gefüllt.

Mit hastigen Bewegungen riß sie das Fenster auf und kletterte ächzend auf den Rahmen.

Hinter ihr verharrte die Finsternis, verharrten die Gestalten. Sie glaubte, eine Stimme zu hören, die etwas sagte, etwas darüber, daß man ihr nichts tun wolle, daß man nur das Haus durchsuchen, ihr ein paar Fragen stellen werde.

Domovoi, dachte sie traurig, als sie sich abstieß, *warum bist du nichts selbst gekommen?*

Sie fiel ins Leere, vorbei am Mast der Laterne.

Warum nicht du selbst?

Alles tat weh, der Aufprall, der Gedanke an Domovoi.

… *nicht* …

Die Schmerzen.

… *du selbst* …

KAPITEL 8

Mater Ecclesiae

»Warum geht sie nicht ran?« Coralina bebte am ganzen Leib. Jupiter mußte ihr den Hörer aus der Hand nehmen, aus leichenstarren Fingern, weiß und kalt, mit spitzen Knöcheln.

»Vielleicht schläft sie. Oder liegt in der Badewanne.«

Er bereute die Worte, noch während er sie aussprach.

»Behandle mich nicht wie ein dummes Kind!« brüllte sie ihn an. Janus schüttelte den Kopf und massierte sich verlegen die Augenlider.

»Tut mir leid«, sagte Jupiter sanft. »Laß uns nicht …«

»Er hat gelogen!« Anklagend zeigte sie auf Janus. »Der Mistkerl hat uns angelogen! Sie werden sie umbringen. Vielleicht haben sie es schon getan. Sie werden …«

Janus bewegte sich mit erstaunlicher Geschwindigkeit auf sie zu und baute sich mit gerunzelter Stirn vor ihr auf. Es gelang ihm, imposant zu wirken, obwohl er kleiner war als sie.

»Ich habe *nicht* gelogen – nicht, als ich sagte, Estacado werde Ihrer Großmutter kein Haar krümmen, und nicht, als ich Sie gewarnt habe, daß unsere Gegner bald hier sein werden. Wir haben keine Zeit mehr. Wenn wir in Sicherheit sind, können Sie von mir aus noch einmal versuchen, zu Hause anzurufen. Aber jetzt kommen Sie mit, verflucht noch mal!«

Und damit drehte er sich um und eilte zur Tür des Aufenthaltsraums.

»Komm schon«, sagte Jupiter leise zu Coralina. »Mir gefällt das alles auch nicht. Trotzdem glaube ich, daß er recht hat. Irgendwer wird demnächst hier auftauchen, und dann möchte ich nicht mehr hier sein.«

»Wenn ihr etwas zugestoßen ist ...« Sie brach ab, nahm sich sichtlich zusammen und nickte schließlich. »Okay. Gehen wir mit ihm.«

Sie wollte an Jupiter vorbeigehen, doch er hielt sie an den Schultern fest, zögerte eine Sekunde, dann küßte er sie auf die Lippen. Nicht lange, und nicht besonders leidenschaftlich. Aber er küßte sie, und obwohl es der denkbar ungünstigste Augenblick war, schaute sie ihn aus großen Augen an und brachte sogar ein zaghaftes Lächeln zustande.

»Das soll mich doch nicht etwa beruhigen, oder?«

Er öffnete den Mund, um etwas zu erwidern, als hinter ihnen Janus' Stimme ertönte, aufgebracht und äußerst ungeduldig. »Würden Sie mir jetzt *bitte* folgen!«

Jupiter ergriff Coralinas Hand, und gemeinsam liefen sie mit Janus hinaus in die Gerätehalle. Sie eilten zum offenen Tor und zwängten sich durch den Spalt ins Freie.

Janus führte sie über Schleichwege hinter Heckenreihen und Buschwerk durch die nächtlichen Gartenanlagen des Vatikans. Immer wieder schaute er sich angespannt um, und einmal gab er ihnen mit einem stummen Wink zu verstehen, hinter einem dichten Gebüsch in Deckung zu gehen. Sekunden später marschierten mehrere Gestalten an ihnen vorüber, Männer der Schweizergarde; mit ihren Hellebarden erinnerten sie Jupiter auf absurde Weise an die Soldaten der Herzkönigin in *Alice im Wunderland*. Ob sie auf der Suche nach ihnen waren, wußten weder er noch Coralina mit Gewißheit, doch Janus' besorgter Gesichtsausdruck ließ keinen anderen Schluß zu.

Hinter Bäumen erkannte Jupiter zu ihrer Linken einen verschachtelten Gebäudekomplex. »Die päpstliche Akademie«, flüsterte Coralina. Beide hatten erst die Vermutung, Janus werde sie dorthin führen, doch dann bog er abrupt nach rechts ein und folgte einem Weg zwischen eng stehenden Bäumen in westliche Richtung. Noch einmal sahen sie aus der Ferne eine Gruppe von Gardisten, die sich in entgegengesetzter Richtung bewegte.

Wasserrauschen verriet ihnen, daß sie sich einem großen Brunnen näherten. Augenblicke später sahen sie ihn: ein dunkler Teich, umfaßt von einem Halbrund künstlicher Felsen. Aus den Rachen steinerner Fabelwesen sprudelte Wasser, bewacht von der Statue eines mächtigen Adlers.

Hinter dem Brunnen erhob sich ein weiteres Gebäude, dreistöckig, kastenförmig, mit einem flachen Dach. Dunkelrote Holzläden verschlossen die Fenster. Janus führte sie durch einen Hintereingang ins Innere und verriegelte die Tür mit einem schweren Stahlriegel.

»Wo sind wir hier?« wollte Jupiter wissen.

»Im Monastero Mater Ecclesiae«, entgegnete Janus, »dem einzigen Nonnenkloster des Vatikans. Es steht ziemlich genau im Zentrum der Gärten … man könnte es als Herz des Vatikans bezeichnen, in jeder Hinsicht«, fügte er mit einem irritierenden Blinzeln hinzu.

Aus den Schatten löste sich eine Gestalt, als hätte sie nur auf dieses Stichwort gewartet. »Janus«, sagte sie leise, »und unsere beiden Gäste. Ich habe euch schon früher erwartet.«

Es war eine Frau in schlichter Nonnentracht, hochgewachsen, mit schmalen Gesichtszügen. Sie hatte hellgraue Augen und trat ihnen mit einem feinen, abwartenden Lächeln entgegen.

»Schwester Diana«, stellte Janus sie vor, »die Äbtissin des Klosters.«

Sie reichte Jupiter ihre schmale, kühle Hand, dann begrüßte sie Coralina. Jupiter sah, daß sich die beiden Frauen musterten, so als herrsche zwischen beiden auf Anhieb eine unverhohlene Spannung.

»Wir haben eine kleine Mahlzeit für Sie vorbereitet«, sagte Diana. »Es ist spät, aber wir nahmen an, daß Sie vielleicht hungrig sind.«

Essen war das letzte, woran Jupiter während der vergangenen Stunden gedacht hatte, doch jetzt merkte er, daß er tatsächlich Hunger hatte. Coralina nickte unmerklich, ihr ging es genauso.

Janus und Diana wechselten einen Blick, dann führten sie die beiden durch die Gänge des Klosters in einen kleinen Speisesaal. Zwei weitere Nonnen, jünger als Diana, standen reglos zu beiden Seiten eines Tischs, auf dem für zwei Personen gedeckt war. In der Mitte stand ein silberner Kessel.

»Eintopf«, erklärte Diana. »Wir beschränken uns auf einfache Speisen.«

»Natürlich.« Jupiter zwinkerte Coralina verstohlen zu. Als er wieder zu Diana schaute, wurde ihm beschämt klar, daß die Äbtissin es bemerkt hatte.

»Wir wissen Ihre Mühe zu würdigen«, sagte er in einem flauen Versuch, die Situation zu retten.

Diana nickte ihm kurz zu, dann bat sie die beiden, Platz zu nehmen. Eine der schweigenden Nonnen öffnete den Kessel und füllte mit einer Kelle ihre Teller. Der Eintopf roch hervorragend.

»Wie viele Nonnen leben hier?« fragte Jupiter, während er den Löffel hineintauchte und kostete.

»Acht«, sagte Janus, »Diana eingeschlossen.«

»Wir sind keine große Gemeinschaft«, ergänzte die Äbtissin. »Sie werden meine übrigen Schwestern später noch kennenlernen.«

Coralina probierte ebenfalls und verbrannte sich die Zungenspitze. »Sie haben versprochen, daß ich noch einmal versuchen kann, meine Großmutter zu erreichen«, sagte sie zu Janus.

Der kleine Mann nickte. »Und das sollen Sie – wenn Sie gegessen haben. Wenn Sie möchten, kann ich in der Zwischenzeit versuchen, ein paar Erkundigungen über Ihre Großmutter einzuholen.«

»Können Sie das denn von hier aus?«

»Ich will es zumindest versuchen.«

Er verließ den Speisesaal, und bald darauf folgte ihm die Äbtissin. Im Hinausgehen gab sie den beiden jungen Nonnen einen Wink, der ihnen bedeutete, die Gäste allein zu lassen.

Gleich darauf waren Jupiter und Coralina ungestört.

Coralina ließ den Löffel auf den Teller sinken und schüttelte langsam den Kopf. »Was soll das eigentlich alles?«

»Ich hab nicht die geringste Ahnung«, gestand Jupiter. »Ich nehme an, als nächstes wird Janus die Kupferplatte herbringen lassen.«

»Und dann?«

Er zuckte stumm die Achseln.

»Wir hätten niemals herkommen dürfen«, sagte Coralina. »Draußen in der Stadt ...«

»Waren wir nicht mehr sicher«, unterbrach er sie. »Solange uns hier niemand vermutet, ist das vielleicht gar kein übles Versteck.« Er aß einen weiteren Löffel Eintopf, dann schob er den Teller von sich und ergriff Coralinas Hand. »Hey, wir kommen schon wieder heil aus der Sache heraus. Okay?«

Sie hob unschlüssig die Schultern, ohne ihm in die Augen zu sehen. »Das ist alles meine Schuld. Ich hätte niemandem von der Geheimkammer erzählen sollen, schon gar nicht der Shuvani.«

Jupiter lächelte aufmunternd. »Sind wir schon soweit ... bei Schuldzuweisungen?«

»Wir haben zu viele Fehler gemacht.«

»Estacado hat gepokert – und wir sind drauf reingefallen. Er hat gewußt, daß es die Platte gibt, aber er wußte nicht sicher, daß wir sie haben.«

Coralina nickte, dann umschlossen ihre Finger die seinen. »Du hast mich geküßt, vorhin.«

Er lächelte. »Ich erinnere mich dunkel.«

»Sei nicht so kaltschnäuzig.« Ihre Fingerspitzen streichelten seinen Handrücken. »Und Miwa?«

Jupiter seufzte. »Es wird Zeit, über sie hinwegzukommen – das hast du selbst gesagt.«

Sanft sah sie ihn aus ihren dunklen Augen an und schüttelte den Kopf. »Ich will nicht wissen, was du für richtig hältst, sondern was du tatsächlich *denkst*.«

Er wußte, was sie meinte, und versuchte ernsthaft, in sein Inneres zu horchen, auf alle Spuren von Miwa, die noch immer da waren, ganz unbestritten, und die doch mit jedem Tag an Coralinas Seite blasser wurden.

Gerade wollte er ihr erklären, was in ihm vorging, als Janus zur Tür hereinstürmte.

»Es gibt Neuigkeiten«, sagte er. Er hatte ein Handy dabei. »Es ist etwas … passiert.«

Coralina ließ Jupiters Hand los und sprang auf. »Was haben die mit ihr gemacht?«

Janus blieb vor ihr stehen und fuchtelte nervös mit dem Telefon. Es war unübersehbar, wie unangenehm ihm diese Unterredung war. »Nichts, so wie es aussieht. Sie sagt, sie sei aus dem Fenster gefallen.«

»Aus dem *Fenster*?« Coralina starrte ihn an, als wollte sie ihm im nächsten Moment an die Kehle gehen.

»Sie können sie anrufen.« Er reichte ihr das Telefon und einen Zettel mit einer handgeschriebenen Telefonnummer. »Sie liegt im Krankenhaus. Das ist die Nummer ihres Apparats.«

»Wie geht es ihr?« fragte Jupiter.

»Sie hat ein paar Prellungen, aber offenbar keine Brüche. Der Arzt, mit dem ich gesprochen habe, meinte allerdings, man müsse noch die genauen Untersuchungen abwarten.« Er zögerte kurz. »Sie war sehr aufgeregt, als man sie eingeliefert hat. Offenbar haben die Ärzte Probleme, ihren Blutdruck zu senken. Das Ganze kann nicht länger her sein als eine Stunde.«

Coralina tippte die Nummer ein und drückte die Verbindungstaste. Nach einem Moment hellte sich ihre Miene ein wenig auf. »Großmutter? Gott sei Dank! Was ist passiert?«

Jupiter beobachtete sie, während sie der Shuvani zuhörte. Er konnte nicht verstehen, was die alte Frau sagte.

»Jemand ist ins Haus eingebrochen«, faßte Coralina den Wortschwall ihrer Großmutter für Jupiter zusammen und versuchte zugleich, ihr weiterhin zuzuhören. »Sie ist aus dem Fenster gesprungen ... Sie sagt, sie habe ihren Anker in der Welt verloren.«

Jupiter und Janus wechselten einen Blick. Der Geistliche zuckte die Achseln.

»Was sagt die Polizei?« fragte Coralina.

Während die Shuvani antwortete, verdrehte Coralina aufgebracht die Augen. »Was soll das heißen, du hast niemandem davon erzählt?«

Jupiter schaute sie fragend an, bis Coralina sagte: »Sie hat Angst um uns gehabt, sagt sie. Sie meint, wenn sie der Polizei etwas erzählt hätte, hätten die angefangen nachzuforschen und vielleicht rausgefunden, daß wir die Platte gestohlen haben.«

Janus rümpfte die Nase. »Klingt vernünftig.«

Coralina hörte der Shuvani noch eine Weile zu, dann reichte sie das Handy widerstrebend an Jupiter weiter. »Sie will mit dir reden.«

»Mit mir?« Er nahm es entgegen und hielt es ans Ohr. »Wie geht es dir?«

»Ganz hervorragend«, erklang die Stimme der Shuvani an seinem Ohr, leicht verzerrt und von Rauschen durchdrungen. »Wie geht es *euch*?«

Jupiter berichtete ihr von Estacados Lüge und daß sie vor ihm auf der Flucht waren. Er erwähnte weder, wo sie sich versteckten, noch wer ihnen half – er fürchtete, daß von Thadens Leute das Gespräch abhören könnten.

»Ich muß dir etwas gestehen«, sagte die Shuvani. »Hast du den Lederbeutel noch?«

Jupiters Hand fuhr instinktiv an die Delle in seiner Manteltasche. »Sicher.«

»Die Scherbe ist nicht mehr darin«, sagte sie.

Ein, zwei Herzschläge lang erstarrte er, bis seine Fingerspitzen durch den Stoff des Mantels und das Leder die unregelmäßige Form des Tonbruchstücks ertasteten. »Wie meinst du das?«

Die Shuvani atmete schwer ein und aus. »Ich habe sie ausgetauscht«, sagte sie, »vorgestern abend, als du in der Badewanne gelegen hast.«

»Du hast *was*?«

Sie schwieg einen Augenblick, dann sagte sie es noch einmal. »Ich habe die Tonscherbe in dem Lederbeutel ausgetauscht – gegen ein Stück von einem zerbrochenen Suppenteller. Ich wollte nicht, daß du sie diesem Babio verkaufst.« Sie machte eine Pause, ehe sie hinzufügte: »Es tut mir leid.«

Jupiter versuchte, gefaßt zu bleiben, aber in ihm stieg Panik auf. Seit sie die Kupferplatte nicht mehr besaßen, war die Scherbe ihr einziges Unterpfand gegen Estacado gewesen. Falls nun auch noch die Scherbe fort war …

»Wo ist sie jetzt?« fragte er leise und wandte sich von Coralina und Janus ab, damit sie die Wahrheit nicht von seinem Gesicht ablesen konnten.

»Hier bei mir im Krankenhaus. Ich hab sie bei mir getragen, als ich aus dem Fenster … gefallen bin.«

»Versteck sie – und sag nicht, wo. Es kann sein, daß die Leitung abgehört wird.« Er schaute zu Janus.

»Unwahrscheinlich, aber nicht unmöglich«, sagte der Geistliche.

Jupiter redete weiter auf die Shuvani ein. »Möglicherweise weiß Estacado jetzt Bescheid. Wichtig ist, daß du ruhig bleibst. Frag die Ärzte, ob sie dich in ein anderes Zimmer verlegen können. Kannst du das tun?«

»Sicher.«

»Okay.« Jupiter wich Coralinas forderndem Blick aus. »Wir melden uns wieder bei dir.«

»Viel Glück«, sagte die Shuvani. »Und, Jupiter – es tut mir wirklich leid. Sag das auch Coralina.«

»Mach ich.«

Die Shuvani trennte die Verbindung.

»Was ist los?« Coralinas Sorge, eben erst einigermaßen besänftigt, loderte auf wie eine Stichflamme.

Er gab keine Antwort, drückte statt dessen Janus das Handy in die Hand, zog den Lederbeutel hervor und schüttelte seinen Inhalt auf den Tisch.

»Was soll das?« fragte Coralina, als sie sah, was zum Vorschein kam.

Es war ein Stück von einem violetten Porzellanteller, so groß wie die Tonscherbe aus Piranesis Geheimkammer.

Jupiter wischte das Bruchstück wütend vom Tisch. Es schepperte mit einem hellen Laut auf den Boden.

»Jupiter«, sagte Coralina beschwörend und zog ihn mit beiden Händen an sich. »Was, verdammt noch mal, hat das zu bedeuten?«

Er holte tief Luft, dann erklärte er es ihr. Janus hörte schweigend zu.

Die Shuvani legte den Hörer auf und atmete tief durch. Seit ihrer Ankunft im Krankenhaus hatte sie zweimal hyperventiliert, und sie wollte nicht, daß es ein drittes Mal geschah.

Jupiter hatte recht. Als erstes mußte sie in ein anderes Zimmer verlegt werden. Besser noch in ein anderes Krankenhaus. Aber mit welcher Begründung?

Sie hätte gerne einen Blick aus dem Fenster geworfen, auch wenn es draußen dunkel war. Irgendwer hatte jedoch die grauen Vorhänge zugezogen. Manchmal, nachts auf ihrer Dachterrasse, hatte sie über das Lichtermeer der Stadt geschaut, funkelnd wie ein Stück Sternenhimmel, das sich über die Hügel des alten Latium legte. In solchen Augenblicken hatte sie den Atem der Historie spüren können, der zwischen den alten Bauten und Straßen emporstieg, spüren können wie etwas Physisches, das sich um ihr Gemüt legte und die Dinge ins richtige Verhältnis rückte. Probleme, egal welcher Art, wurden mit einemmal sehr klein und unbedeutend angesichts dessen, was diese Stadt in ihrer mehr als zweieinhalbtausendjährigen Geschichte durchgemacht hatte. Große und kleine Katastrophen hatten Rom heimgesucht, Häuser und Türme geschliffen, aber letztlich hatten sie nichts daran ändern können, daß die Stadt noch immer majestätisch auf ihren Hügeln ruhte. Dieser Gedanke, fand die Shuvani, hatte etwas sehr Beruhigendes.

Sie streckte die Hand nach dem Rufknopf für das Schwesternzimmer aus, zögerte aber, ihn zu benutzen. Sie lag in einem Einzelzimmer, das sie niemals würde bezahlen können. Keiner hatte sie bei der Einlieferung nach ihrer Versicherung gefragt. Sie war zum letzten Mal in einem Krankenhaus gewesen, als man ihr mit neunzehn den Blinddarm entfernt hatte; trotzdem wußte sie genug über die römische Klinikversorgung, um sicher zu sein, daß alte Frauen mit ein paar Prellungen naturgemäß in Mehrbettzimmern landeten.

Sie aber lag allein in diesem Zimmer. Niemand würde bemerken, wenn ihr etwas zustieß.

Ihr Blick fiel auf ein Holzkreuz über der Tür. Kalter Schweiß drang ihr aus allen Poren. Dies war ein *katholisches* Krankenhaus!

Ihre Gedanken überschlugen sich. Es gab jetzt keinen Zweifel mehr, daß sie in der Falle saß. Man würde sie nicht verlegen, nicht aus diesem Zimmer und nicht in eine andere Klinik. Es gab einen guten Grund, weswegen sie ausgerechnet hier war. Jemand hatte dafür gesorgt. Jemand, den sie kannte – und der vermutlich nicht das Telefon von Jupiter und Coralina abhörte, sondern *ihres*. Jemand, der jetzt wußte, daß sich die Scherbe hier im Zimmer befand.

Sie zog ihre bebende Hand vom Klingelknopf zurück, doch die Zimmertür wurde trotzdem geöffnet.

Domovoi, dachte sie kalt.

Doch es war nicht Trojan, der den Raum betrat. Es war eine junge Frau.

»Guten Abend«, sagte sie lächelnd und drückte die Tür sachte hinter sich ins Schloß.

Wieder ging es abwärts.

Janus führte sie eine Treppe hinunter in den Keller des Monastero Mater Ecclesiae. Durch eine Bohlentür, die aussah wie der Eingang zu einer mittelalterlichen Schatzkammer, traten sie in einen unterirdischen Versammlungsraum. Er war kleiner als der Speisesaal und wurde durch einen Kronleuchter mit flackernden Kerzen erhellt.

»Der Raum ist abhörsicher«, erklärte Janus und fügte leiser hinzu: »Zumindest so sicher, wie das im Vatikan eben sein kann.«

Rund um eine Tafel saßen die acht Nonnen des Klosters. Die meisten waren erstaunlich jung, kaum eine älter als vierzig. Jupiter wußte genug über Nonnenklöster, um zu erkennen, daß die Altersstruktur im Mater Ecclesiae mehr als ungewöhnlich war. Die Frauen schauten ihren Gästen erwartungsvoll entgegen.

In der Mitte der Tafel lag die Kupferplatte. Das Licht der Kerzen gab ihr eine ockerfarbene Tönung.

»Sind das die *Freunde*, von denen Sie gesprochen haben?« flüsterte Jupiter Janus ins Ohr.

»Die besten, die ich finden konnte.«

Wunderbar, dachte Jupiter bitter. Ihre Verbündeten waren also acht Nonnen – Verbündete im Kampf gegen einen Geheimbund, der bereits mehrere Menschen auf dem Gewissen hatte. Mit jeder neuen Enthüllung, die Janus ihnen offenbarte, schienen ihre Chancen, den Vatikan jemals lebend zu verlassen, ein wenig mehr zu schwinden. Ein Blick in Coralinas Richtung zeigte ihm, daß ihr die gleichen Gedanken durch den Kopf gingen.

»Nehmen Sie Platz«, bat Janus und wies auf zwei freie Stühle an der Tafel. Die Blicke der schweigenden Nonnen folgten ihnen, als sie sich setzten. Jupiter fühlte sich immer unwohler, mochte Janus auch noch so oft beteuern, wie sicher sie hier waren.

»Ich habe Ihnen Erklärungen versprochen«, sagte der Geistliche. Auch für ihn gab es einen Stuhl, doch Janus blieb stehen. »Die Zeit ist gekommen, mein Versprechen einzulösen.«

»Warum?« fragte Coralina frei heraus. »Was haben Sie davon, uns einzuweihen? Sie wissen, daß wir die Scherbe nicht mehr besitzen – und die Platte gehört bereits Ihnen.« Sie deutete auf den siebzehnten *Carceri*-Stich.

Janus nickte, als hätte er diesen Einwand erwartet. »Sie waren die ersten, die die Scherbe und den Schlüssel in Händen gehalten haben. Ich denke, daß Sie in gewisser Weise ein Recht darauf haben, die Wahrheit zu erfahren.«

»Wir wollten die Sachen *verkaufen*«, konterte Coralina düster. »Das war alles. Es ging uns nur um das Geld, um nichts sonst. Wir werden uns nicht für irgendwelche moralischen Verpflichtungen umbringen lassen. Und schon gar nicht für eine Palastrevolution im Vatikan. Wenn es das ist, worauf Sie hinauswollen, vergessen Sie 's.« Sie schaute Jupiter an, der ihr ein aufmunterndes Lächeln schenkte. Wenn sie aufgeregt war, erschien eine trotzige Falte über ihrer Nasenwurzel.

Die Nonnen schauten sich verunsichert an, doch zuletzt blieben ihre Blicke an der Äbtissin hängen.

»Sie verstehen noch immer nicht«, ergriff Diana das Wort. »Warum hören Sie nicht erst einmal zu?«

Jupiter legte seine Hand beruhigend auf Coralinas Oberschenkel. Die Äbtissin hatte recht. Sie konnten ihre Entscheidung treffen, wenn Janus ihnen alles erzählt hatte.

»Wie Sie wollen«, sagte er zu dem Geistlichen. »Legen Sie los.«

Janus sah Diana dankbar an; während er hinter den Nonnen auf und ab ging, begann er mit seinen Erklärungen. »Die Adepten der Schale formierten sich im 18. Jahrhundert. Zu Anfang trugen sie diesen Namen noch nicht, den gaben sie sich erst später. Sie waren eine Gruppe von sechs jungen Männern, die sich der Erforschung der antiken Ruinen verschrieben hatten, Studenten und Gelehrte, die in der vorzeitlichen Architektur nach einer verborgenen Botschaft suchten. Einer *okkulten* Botschaft.« Janus blieb stehen und sah Coralina eindringlich an. »Haben Sie jemals von Fulcanelli gehört?«

»Ein Pseudonym«, erwiderte Coralina. »Vermutlich ein französischer Alchimist, dessen wahrer Name nie mit völliger Sicherheit geklärt worden ist. Anfang des zwanzigsten Jahrhunderts hat er ein Buch veröffentlicht, in dem er versucht hat, zu belegen, daß die Architektur der gotischen Kathedralen nichts weiter ist als eine Art steinernes Zauberbuch.«

»*Le Mystère des Cathedrales.*« Janus nickte anerkennend. Jupiter erinnerte sich, daß er dieses Buch vor zehn Jahren im Laden der Shuvani gesucht hatte. »Fulcanellis Ausführungen haben damals in der Gelehrtenwelt für einigen Wirbel gesorgt. Und nun stellen Sie sich vor, daß unsere Adepten eine ähnliche Theorie bereits anderthalb Jahrhunderte früher entwickelten, nur daß sie sich nicht auf die Bauten des Mittelalters, sondern auf jene der Antike bezogen. Die Grundaussage aber ist dieselbe: Mystiker und Magier haben in den unterschiedlichsten Zeitaltern den Versuch unternommen, ihre Geheimnisse und Lehren in Stein zu verewigen!

Fulcanellis Steckenpferd waren die Alchimisten des Mittelalters. Die Adepten dagegen widmeten sich in ihren Forschungen der Epoche der Römer und Griechen, ja, sie gingen sogar noch weiter zurück, indem sie die Gräber der Etrusker untersuchten und den Einfluß dieses Volkes auf die okkulten Bewegungen der klassischen Antike erforschten. Ich denke, Sie wissen genug über Piranesi, um bereits zu ahnen, daß er eines der Gründungsmitglieder der Adepten war.«

Jupiter erinnerte sich an Coralinas Ausführungen im Haus der Shuvani. Sie hatte von der Fixierung des Kupferstechers auf die etruskische Architektur gesprochen. Die *Carceri* selbst waren dieser Bauweise nachempfunden, eine übersteigerte Vision imaginärer Etruskerbauten.

Janus sprach weiter: »Die Adepten forschten hier in Rom, aber auch in anderen Regionen Italiens und Südeuropas. Unter ihnen gab es, wie Sie sich vorstellen können, mehrere Theologen, und einer von ihnen hatte Zugang zu den Archiven des Vatikans. Dort entdeckte er eine antike Schale aus dem minoischen Zeitalter. Längst war vergessen, wie sie hierher gelangt war – vermutlich als Geschenk irgendeines griechischen Christen an die Kirche, viele Jahrhunderte früher. Diese Schale war beidseitig mit einer Spirale unbekannter Hieroglyphen bedeckt, außerdem gab es auf der einen Seite einen unleserlichen Text, der offenbar nachträglich eingeritzt worden war. Sie haben die Scherbe gesehen, Sie wissen also, wovon ich spreche. Ein wertvolles Stück, zweifellos, aber für die Adepten sollte es vor allem symbolischen Wert erhalten. Zu Beginn war es nur eine Spielerei, ein Gegenstand, um den sie sich bei ihren Treffen scharten, so wie andere Geheimbünde sich um Zirkel und Winkelmaß oder um eine Replik des Grals versammelten. Wir dürfen nicht vergessen, daß dies alles junge Männer waren, manche kaum zwanzig Jahre alt, mit allerlei verrückten Flausen im Kopf.

Es vergingen mehrere Jahre, in denen die gestohlene Schale aus dem Vatikanischen Archiv den Adepten als Symbol diente, und es war in dieser Zeit, daß sie sich ihren Namen gaben. Dann aber machte sich einer von ihnen, unser Freund Piranesi, daran, den Text auf der Schale zu dechiffrieren. An den Hieroglyphen ist er vermutlich gescheitert, zumindest weist nichts darauf hin, daß er ihre Bedeutung je entschlüsselt hat – sie waren vermutlich zu alt und ihre Form zu beliebig, um eine exakte Botschaft daraus abzulesen. Anders aber die eingeritzte Schrift *zwischen* den Hieroglyphen! Sie war erst später hinzugefügt worden, und ihre Bedeutung ließ sich leichter enträtseln, vor allem für jemanden, der sich bereits mehrere Jahre mit der graphischen und kalligraphischen Kunst beschäftigt hatte. Piranesi stieß auf etwas, aber er verzichtete darauf, die übrigen Adepten in seine neue Erkenntnis einzuweihen. Es muß ihn in seiner Entscheidung bestärkt haben, daß wenig später ein heftiger Streit zwischen den Adepten entbrannte. Offenbar hatte er geahnt, wie verletzlich der Zusammenhalt zwischen den Freunden war, und er wollte nicht, daß die geheime Botschaft durch einen Zwist in die Öffentlichkeit getragen würde.

Während dieses Streits aber geschah es, daß die Schale aus dem Reich des Minos zu Bruch ging – sie zerbrach in sechs Scherben. Die Zerstörung dieses Symbols einte den Bund von neuem, und es wurde ein Pakt geschlossen: Jeder Adept erhielt eine der sechs Scherben zur Aufbewahrung. Man einigte sich darauf, daß nach dem Tod jedes Mitglieds dessen Scherbe zurückgegeben werden mußte, um so im Laufe der Jahrzehnte die Schale wieder zusammenzusetzen. Jener, der als letzter überlebte, sollte sein Stück mit den anderen vereinen, damit das Geheimnis wiederhergestellt war. Darauf leisteten alle sechs einen Schwur.« Janus lächelte nachsichtig. »Flausen, wie gesagt. Junge Männer neigen zu solchen Ideen, wenn man sie gemeinsam in einen Raum sperrt. Bis dahin waren die Adepten so eine Art Studentenvereinigung gewesen, die sich mit Architektur und Okkultismus beschäftigte. Nun aber hatten sie die Weichen gestellt, um zu einem echten Geheimbund zu werden. Sie hatten ihr Symbol und ihren Schwur, und zumindest einer von ihnen, Piranesi, verfügte über geheimes Wissen. Aufgrund dessen wählte er für sich jene Scherbe, auf der, wie er wußte, der wichtigste Teil der codierten Botschaft stand, jenes Bruchstück also, ohne das alle anderen wertlos waren.

Wieder vergingen Jahre, und wieder kam es zu einem Eklat. Das muß 1748 oder 1749 gewesen sein. Zu jener Zeit trug sich Piranesi mit der Absicht, seinen *Carceri*-Zyklus zu veröffentlichen. Er war damals noch keine dreißig, und der Leichtsinn der Jugend war ihm noch nicht gänzlich ausgetrieben. Tatsächlich beging er den Fehler, die übrigen Adepten schließlich doch noch in sein Geheimnis einzuweihen; es war wohl an der Zeit dazu, muß er gedacht haben, zumal er mit seinen Stichen den Beweis dafür erbracht hatte, daß tatsächlich *er* es gewesen war, der das Rätsel als erster gelöst hatte.«

»Wie meinen Sie das?« fragte Jupiter. »Was sollten die *Carceri* denn beweisen?«

»Noch ein wenig Geduld«, erwiderte Janus, »Sie werden bald alles verstehen. Piranesi jedenfalls rief eine Versammlung des Bundes ein und informierte die anderen, daß er den Text decodiert hatte und dabei auf etwas Unfaßbares gestoßen war – auf die Lage eines geheimen Ortes, den er bereits besucht und in seinen Stichen verewigt hatte.«

Coralina starrte ihn aus großen Augen an. »Wollen Sie damit sagen, die *Carceri* existierten tatsächlich? Als echtes Bauwerk?«

»So ist es«, sagte Janus.

»Aber das ist absurd«, entfuhr es Jupiter. »Solch ein Bauwerk müßte gründlich dokumentiert sein, selbst wenn es später zerstört worden ist.«

»Es wurde nicht zerstört. Die *Carceri* existieren noch immer, und damit nähern wir uns schon dem Höhepunkt unserer Geschichte.«

Jupiter wollte auffahren, aber Coralina brachte ihn mit einem Wink zum Schweigen.

»Vielen Dank«, sagte Janus mit einem Schmunzeln in ihre Richtung. »Hören Sie sich erst die ganze Geschichte an. Danach können Sie Ihr Urteil fällen.«

Jupiter nickte widerstrebend.

»Piranesi berichtete den anderen Adepten also, daß er schon Jahre zuvor den eingeritzten Text auf der Schale entziffert und dabei einen Hinweis auf eine verborgene Tür entdeckt hatte – eine Tür zu einem grandiosen unterirdischen Bauwerk. Allerdings weigerte er sich, seinen Freunden die genaue Lage dieses Zugangs mitzuteilen. Sie können sich vorstellen, daß er sich damit nicht allzu beliebt machte. Piranesi hatte nämlich bereits entschieden, den Bund der Adepten zu verlassen und auf eigene Faust weitere Nachforschungen anzustellen. Vermutlich erhoffte er sich davon nicht nur ideellen, sondern auch finanziellen Gewinn. Einmal, so behauptete er, war er schon dort gewesen, und auf seinen Stichen habe er dokumentiert, was er dort entdeckt habe – so, wie er früher bereits die Ruinen Roms in seinen Werken verewigt hatte. Es gelang den Adepten nicht, Piranesi dazu zu bewegen, sein Wissen preiszugeben. Er behauptete, sein Bruchstück der Schale, das für die Entschlüsselung des Textes notwendig sei, nicht mehr zu besitzen, so daß die übrigen Adepten keine Chance hatten, den Text selbst zu decodieren.

So ließ er sie zurück, fluchend und Drohungen gegen ihn ausstoßend, und bald darauf erschien die erste Auflage seiner *Carceri*-Stiche. Das Sonderbare ist jedoch, daß es keinerlei Hinweise darauf gibt, daß Piranesi je ein zweites Mal durch die geheime Tür gegangen ist. Nicht nur bewahrte er von nun an völliges Stillschweigen über seine Entdeckung, er verzichtete auch darauf, Profit daraus zu schlagen. Ehrlich gesagt bezweifle ich, daß es allein die Drohungen der anderen Adepten waren, die ihn davon abhielten – nein, Piranesi muß aus irgendwelchen Gründen um sein Leben gefürchtet haben, und ich glaube nicht, daß dazu ein paar vage Beschimpfungen seiner früheren Freunde ausgereicht hätten. Gewiß jedoch waren sie es, die aufgrund ihrer weitreichenden Beziehungen vereitelten, daß er jemals Karriere als Architekt machte.

Piranesi lebte derweil recht gut von seinen Stichen, und 1760 beschloß er, die *Carceri* ein zweites Mal zu veröffentlichen, überarbeitet und um drei weitere Blätter ergänzt. Außerdem schuf er jenen siebzehnten Stich, den wir hier vor uns sehen, mit der Rißzeichnung eines Schlüssels, den er auf diese Weise an spätere Generationen weitergeben wollte.«

»Wollen Sie damit sagen«, fragte Coralina, »daß dies der Schlüssel zu den realen *Carceri* ist?«

»Allerdings«, bestätigte Janus. »Die Kupferplatte birgt den Schlüssel – und die Scherbe das letzte Puzzlestück im Lageplan des Eingangs.«

»Estacado und die anderen brauchen also beides«, sagte Jupiter. »Es ging ihnen die ganze Zeit um den geheimen Zugang.«

Janus streckte sich zufrieden und ließ seine Fingerknöchel knacken. »Dieser Zugang befindet sich vermutlich hier im Vatikan. Sie werden bald erfahren, wie ich zu dieser Vermutung komme.«

»Noch mehr Geheimnisse?« Coralina war anzusehen, daß sie alles andere als überzeugt war von den Ausführungen des Geistlichen.

»Lassen Sie mich erst meinen Bericht beenden, bevor wir gemeinsam den nächsten Schritt tun«, bat Janus. »Die Geschichte der Adepten war, wie Sie bereits wissen, mit Piranesis Austritt nicht beendet. Tatsächlich verquickte sie sich fortan mehr und mehr mit dem Geschick der katholischen Kirche. Wie gesagt, es gab einige Theologen unter ihnen, und sie waren es, die den anderen weismachten, daß es sich bei einem Ort wie jenem, den Piranesi entdeckt hatte, um nichts Geringeres als die Hölle selbst handeln könne.«

»Du liebe Güte«, seufzte Jupiter.

»Es ist leicht, sich heute darüber lustig zu machen, zumindest für Außenstehende«, sagte Janus. »Aber, glauben Sie mir, die Sache war zu aufregend, als daß die Adepten einfach hätten weitermachen können wie bisher. Solange Piranesis Scherbe nicht wieder auftauchte, konnte der Bund nicht aufgelöst werden, das gebot ihr Schwur. Und so kam es, daß es eine neue Generation von Adepten gab, und noch eine, und eine nächste. Man vergaß die alten Regeln oder weitete sie nach eigenem Gutdünken aus. Aus sechs Adepten wurden zehn, und aus zehn schließlich ein Dutzend, denn die fünf verbliebenen

Scherben waren längst zusammengefügt worden, um den Code ihrer Inschrift zu knacken, und galten nicht mehr als Symbol oder Ausweis der Mitgliedschaft. Vermutlich ist es ihnen längst gelungen, den Text zu entschlüsseln, mit Ausnahme des fehlenden Bruchstücks und dem darauf enthaltenen wichtigsten Teil der Lagebeschreibung. Die Scherbe, die Sie in Piranesis Kirche entdeckten, ist also das letzte Stück, das ihnen noch fehlt.« Janus deutete auf die Kupferplatte. »Und natürlich der Schlüssel.«

Jupiter überlegte einen Moment und versuchte die neuen und verwirrenden Informationen zu verdauen. Dann fragte er: »Wie aber kam Cristoforo an den Stich?«

»Cristoforo war, wie Sie wissen, der angesehenste Restaurator des Vatikans. Er hatte Zugang zu den geheimen Archiven unter dem Papageienhof. Wie es aussieht, ist er dort auf einen Druck der siebzehnten Platte gestoßen. Ich habe nicht die geringste Ahnung, wie das Blatt dort hingelangt ist und warum keiner sonst davon wußte. Cristoforo zeigte seinen Fund niemandem, aber er konnte wohl seinen Mund nicht halten. Er sprach mit dem einen oder anderen darüber, und bald gelangte die Nachricht von der sensationellen Entdeckung auch an die Ohren der Adepten. Sie ahnten wohl aufgrund früherer Nachforschungen im Umfeld Piranesis, welches Geheimnis die siebzehnte Platte barg – vermutlich hatte eines seiner Kinder die Platte einmal gesehen und wiederum seinen Nachkommen davon erzählt und so weiter, und so weiter …

Man verlangte von Cristoforo, das Blatt herauszugeben. Er aber weigerte sich und zerstörte den Druck, bevor ihn jemand untersuchen konnte. Er behauptete, es habe keinen Schlüssel auf dem Bild gegeben, ganz gleich, was sie mit ihm anstellten. Ich vermute, daß sie es mit Gewalt versuchten und er darüber endgültig den Verstand verlor. Sie wagten nicht, ihn umzubringen, weil sie wohl hofften, ihm das Geheimnis doch noch eines Tages entlocken zu können. Statt dessen warfen sie ihn aus dem Vatikan.

Cristoforo war verrückt, gewiß, aber er wußte sehr wohl, wie er es seinen Peinigern heimzahlen konnte – fortan pflasterte er Rom mit Kopien des siebzehnten Stichs, allerdings ohne den Schlüssel, versteht sich. Er muß Landini und die anderen damit bis aufs Blut gereizt haben. Sicher war es ihnen eine besondere Freude, ihn zu töten, als sich herausstellte, daß die siebzehnte Platte wieder aufgetaucht war. Endlich brauchten sie Cristoforo nicht mehr und konnten ihn beseitigen.«

»Wie aber ist der Druck überhaupt ins Vatikanische Archiv gelangt?« wunderte sich Jupiter.

»Wenn Sie mich fragen, hat Piranesi selbst ihn dort eingeschmuggelt. Er war immer ein selbstverliebter Mensch, darin sind sich alle seine Zeitgenossen einig, und er hat sich offenbar einen Spaß daraus gemacht, die Adepten zu ködern. Er hat ein Stück Wurst vor ihrer Nase baumeln lassen und zugeschaut, wie sie im Kreis rannten. Offenbar hat er damit gerechnet, daß der Druck viel früher auftauchen würde, noch zu seinen Lebzeiten. Daß bis zu seiner Entdeckung mehr als zweihundert Jahre vergehen würden, konnte er nicht ahnen.« Janus machte eine fahrige Handbewegung. »Alles Theorie, versteht sich. Aber meines Erachtens ist es die Wahrheit. Bedenken Sie auch, daß der Bund damals noch nicht so gefährlich war wie heute. Ich glaube nicht, daß Piranesi die Adepten jemals ernsthaft gefürchtet hat – nein, gefürchtet hat er etwas anderes, etwas, das ihn davon abhielt, die *Carceri* ein zweites Mal zu betreten.«

»Das heißt«, faßte Jupiter die Ausführungen des Geistlichen zusammen, »Estacado weiß, daß die siebzehnte Kupferplatte in irgendeiner Form den Schlüssel zu dieser Tür darstellt. Und er weiß auch, daß die Scherbe ihn zur dieser Tür führen wird.« Er machte eine kurze Pause, dann führte er den Gedanken zu Ende: »*Warum* aber überhaupt das alles? Was haben die Adepten davon, wenn sie die Tür finden und öffnen? Ich meine, es muß doch mehr dahinterstecken als nur gekränkter Stolz darüber, daß Piranesi Estacados Vorgänger an der Nase herumgeführt hat. Und sicher auch mehr als ein rein archäologisches Interesse.«

»In der Tat«, bestätigte Janus. »Aber vergessen Sie nicht, daß die Adepten heute auf der Seite des Vatikans stehen. Was sie tun, tun sie in gewisser Weise für den Fortbestand der katholischen Kirche. Was, wenn die Kirche schon seit Jahrhunderten von der Existenz dieser uralten Bauwerke gewußt hätte, lange bevor Piranesi auf sie stieß? Wenn sie, wie ich schon sagte, darin die physische Manifestation der Hölle vermutete? Bedenken Sie, wir reden jetzt vom Mittelalter, von einem idealen Nährboden für Aberglauben und religiösen Fanatismus. Damals wurden die realen *Carceri* entdeckt, und jemand faßte den Entschluß, ihre Existenz geheimzuhalten und den Eingang zu versiegeln, indem man ihn unter dem prachtvollsten Bauwerk der Christenheit begrub – unter einer gewaltigen Basilika, die alles bisherige in den Schatten stellen sollte, eine Kathedrale von solchen Ausmaßen, daß sie mit ihrem Prunk jede Erinnerung an die heidnische Anlage unter ihren Fundamenten auslöschen würde.«

»Das macht keinen Sinn«, widersprach Coralina. »Der Petersdom ist nicht aus dem Nichts entstanden. Als man im 16. Jahrhundert mit den Arbeiten daran begann, stand an derselben Stelle schon zwölfhundert Jahre lang eine andere Basilika.«

»So ist es«, stimmte Janus zu. »Die Basilika des Konstantin, errichtet im vierten Jahrhundert. Sie wurde auf altem Etruskerland erbaut, an einer Stelle, an der einst ein gewaltiger etruskischer Friedhof lag – und natürlich das Grab des Petrus. Es waren vermutlich die Etrusker oder gar ihre Vorfahren, die die *Carceri* errichten ließen. Was, wenn die frühen Christen hier auf ihren Eingang stießen, ihn für das Tor zur Hölle hielten und die heiligste aller Reliquien als eine Art Wächter davor plazierten?«

»Sie glauben allen Ernstes«, sagte Jupiter, »daß die Gebeine des Petrus hier begraben wurden, um das Tor zur *Hölle* zu bewachen?«

»Allerdings. Im Mythos gilt Petrus bis heute als Oberster aller Torwächter. Er entscheidet, wer das Reich Gottes betreten darf und wer abgewiesen wird. Gut möglich, daß hier ein Teil der Wahrheit in den Mantel der Legende gekleidet wurde.« Er brach kurz ab, als hätte er einen Moment lang den Faden verloren, doch dann fuhr er unbeirrt fort: »Später aber kamen Zweifel an der Echtheit der Gebeine auf, und so entschied man während der Renaissance, ein neues, besseres Siegel anzubringen. Papst Julius II. ließ die alte Basilika abreißen und gab 1506 den Auftrag, eine neue Kathedrale zu errichten, prachtvoller als alles bisher Dagewesene. 1626 war der Bau vollendet und Urban VIII. nahm die Domweihe vor. Damit glaubte man, den vermeintlichen Einstieg zur Hölle für alle Zeiten versiegelt zu haben. Bis – und damit schlagen wir den Bogen zu den Adepten –, bis Piranesi die Inschrift der Schale entzifferte und den zweiten Zugang entdeckte.«

»Einen *zweiten* Zugang?« Coralina blickte verwirrt von Jupiter zu Janus. »Aber Sie sagten doch …«

»Die Tür, von der wir vorhin gesprochen haben, jener Einstieg, den Piranesi entdeckt und vermutlich auch benutzt hat, ist *nicht* das Hauptportal der *Carceri.*«

Jupiter schüttelte resigniert den Kopf. »Die Geschichte wird nicht plausibler, indem Sie sie alle fünf Minuten von hinten nach vorne krempeln.«

Janus und die Äbtissin wechselten einen kurzen Blick. Dianas Hand, welche die ganze Zeit über ruhig auf dem Tisch gelegen hatte, ballte sich zur Faust. Ein unmerkliches Raunen ging durch die Reihe der Nonnen. Dann aber nickte die Äbtissin dem Geistlichen unmerklich zu.

»Sie verlangen Beweise?« Janus seufzte wie ein Mann, der eine Entscheidung von ungeheurer Tragweite zu treffen hat. »Vielleicht haben Sie recht … Vielleicht ist es tatsächlich an der Zeit, Ihnen etwas zu zeigen.«

KAPITEL 9

Das Daedalusportal

Diana ließ ihnen Nonnentrachten bringen und forderte sie auf, sie überzuziehen. Jupiter und Coralina kamen sich ziemlich lächerlich darin vor. Vor allem Jupiter fand, daß er aussah wie ein schlecht kostümierter Komiker in einem albernen Fernsehsketch. Doch schließlich sah auch er ein, daß die Verkleidung bei Nacht durchaus ihren Zweck erfüllte. Kein Gardist würde es wagen, eine Nonne zu belästigen, und solange sie keinem der Adepten selbst über den Weg liefen, mochte der Trick funktionieren.

Zu dritt verließen sie das Kloster durch den Hintereingang. Janus führte sie hinaus ins Dunkel, während Diana und ihre sieben Schwestern zurückblieben.

»Keine Sorge, es ist nicht weit von hier«, erklärte Janus, während sie zügig am Adlerbrunnen vorübergingen. Auch er trug eine Tracht, deren Saum über den Boden schleifte; er hatte die Wahl gehabt zwischen einem Kleid, das seiner Länge, aber nicht seinem Umfang entsprach, oder einem, in das er bequem hineinpaßte, das ihm jedoch viel zu lang war. Er hatte sich für letzteres entschieden und mußte nun achtgeben, daß er nicht stolperte. Sein Gesicht lag, ebenso wie das von Jupiter und Coralina, im Schatten einer Nonnenhaube verborgen.

Diesmal benutzten sie den gepflasterten Weg. In ihrer Nonnenstaffage hätte es nur unnötiges Aufsehen erregt, hätte man sie querfeldein zwischen Bäumen und Büschen beobachtet.

Inmitten eines Rondells stand auf einem mächtigen Sockel die Statue des Petrus, mit erhobenem Arm, in der imposanten Pose des Predigers. Sein Gesicht wurde von Scheinwerfern angestrahlt. Mit Janus' Worten frisch im Gedächtnis, erhielt dieser Anblick für Jupiter eine vollkommen neue Bedeutung. Petrus war nicht länger nur der Erste Apostel, der legendäre Fels, auf dem Christi Kirche errichtet worden war; er war der Wächter dessen, was sich *unter* dieser Kirche befand. Er war der Hüter der ultimativen Schwelle.

Um das Denkmal erhoben sich drei Palmen. Die Wedel rauschten geisterhaft im Dunkel, hoch oben, jenseits des Lichtscheins der Punktstrahler. Gleich dahinter, auf der anderen Seite des Rondells, stand ein kleines Gebäude, mit einem einzelnen flachen Turm, hellbraunem Verputz und einer grünen Bogentür. Sie streiften rasch die Nonnengewänder ab und versteckten sie in einem Gebüsch.

Janus klopfte an eine der vergitterten Scheiben. Unruhig warteten sie auf Antwort. Gleich gegenüber der Tür befand sich eine Laterne, die sie mit hellem Licht übergoß.

Gerade als sich in einiger Entfernung ein Trupp Gardisten aus dem Dunkel löste und in ihre Richtung marschierte, wurde die Tür von innen geöffnet.

»Schnell«, flüsterte Janus, ließ Coralina und Jupiter den Vortritt und folgte ihnen rasch hinein. Ein bulliger Mann, breitschultrig wie ein Profiboxer und mit flachem, ausdruckslosem Gesicht, verriegelte hinter ihnen die Tür.

Sie warteten reglos, bis draußen die Schritte der *Svizzeri* verklungen waren, dann erst wagten sie sich wieder zu bewegen.

Janus stellte ihnen den Mann als Aldo Cassinelli vor. Er war der leitende Gärtner des Vatikans. Cassinelli nickte den beiden mürrisch zu und reichte ihnen seine haarige Pranke. Auf den ersten Blick fand Jupiter ihn wenig vertrauenerweckend, auch wenn er zugeben mußte, daß er sich in seiner Gesellschaft sicherer fühlte als im Kreis der fast ein wenig unirdisch wirkenden Nonnen. Cassinelli sah aus, als könne er es mit drei Gardisten gleichzeitig aufnehmen. Eine Fotografie an der Wand zeigte ihn mit einer großbusigen Italienerin in einem geblümten Sommerkleid.

»Ihre Frau?« fragte Coralina mit einem Blick auf das Bild.

»Sie ist tot«, erwiderte der Gärtner knapp. »Krebs.«

»Oh ... tut mir leid.«

»Aldo ist ein guter Freund«, sagte Janus. »Einer der wenigen Verbündeten, die uns noch geblieben sind.«

Das klang, dachte Jupiter, als hätte es früher noch andere gegeben, und es warf die unangenehme Frage auf, was wohl aus ihnen geworden war. Das vage Gefühl der Sicherheit, das er beim Anblick des Gärtners empfunden hatte, schwand schlagartig.

»Habt ihr die Platte?« fragte Cassinelli.

»Ja.«

»Wo ist sie?«

»Dort, wo Estacado sie nicht finden wird«, gab Janus vage zurück.

Der Gärtner führte sie eine Treppe hinunter in den Keller des Hauses. Sie mußten die Köpfe einziehen, um nicht an die niedrigen Gewölbedecken zu stoßen. Es gab wenig Licht hier unten, nur eine nackte Glühbirne, die den dichten Schatten in den Ecken nicht gewachsen war.

Im hinteren Raum des Kellers zerrte Cassinelli eine Holzplatte vom Boden und gab damit den Blick auf eine dunkle Öffnung frei. Nach all den Geheimtüren der letzten Stunden war Jupiter beinahe ein wenig enttäuscht, wie simpel sich die uralten Geheimnisse des Vatikans tarnten.

Der Gärtner verschwand im vorderen Teil des Kellers und kehrte bald darauf mit einer Taschenlampe und einer Holzleiter zurück, die er im Dunkel der Öffnung verschwinden ließ. Nur ihr oberes Ende ragte noch eine Handbreit weit heraus.

»Der Schacht kreuzt ein altes Entlüftungssystem«, erklärte Janus, nahm die Taschenlampe und begann als erster den Abstieg.

»Entlüftung für was?« fragte Coralina.

»Sie werden schon sehen.«

Einen Augenblick lang glaubte Jupiter, Coralina würde wütend mit dem Fuß aufstampfen und sich weigern, einen Schritt weiterzugehen, bevor Janus nicht deutlicher wurde. Dann aber biß sie sich nur auf ihre Unterlippe, murmelte etwas Unverständliches und folgte dem Geistlichen in die Tiefe. Als letzter stieg Jupiter die Leiter hinunter. Cassinelli blieb im Keller zurück, und wenig später schob er über ihnen die Holzplatte an ihren alten Platz.

Der Schacht war feucht und grob gemauert. Wie Insektenbeine ragte Wurzelwerk aus den Fugen und verästelte sich weiter unten zu einem dichten Netz. Nach zweieinhalb Metern endete ihr Abstieg auf einer weiteren Holzplatte, deutlich morscher als die erste und mit schillernden Pilzkissen bewachsen. Janus bat Jupiter, ihm zu helfen, sie zur Seite zu ziehen. Darunter kam – wie erwartet – abermals nichts als Finsternis zum Vorschein.

Janus leuchtete hinein. Die Öffnung hatte unregelmäßige Ränder; es sah aus, als sei sie mit einem Hammer durch eine Ziegeldecke geschlagen worden. Darunter verlief ein horizontaler Schacht, der Jupiter vage an das Innere einer antiken römischen Wasserleitung erinnerte.

»Es ist ein wenig eng da unten«, warnte sie Janus. »Wir werden eine ganze Weile gebückt laufen müssen, vor allem Sie, Jupiter. Ich hoffe, Sie haben eine gute Kondition.«

»Wie ein Marathonläufer«, erwiderte Jupiter mürrisch. »Mit Lungenkrebs im Endstadium.«

Coralina lächelte ihn an, zögerte kurz, dann gab sie ihm einen Kuß.

Janus sprang in das Loch hinab, und als er unten angekommen und sein Kopf noch immer deutlich unter der Öffnung zu sehen war, erkannte Jupiter, wie niedrig der Schacht tatsächlich war. Sein Rücken schmerzte bereits bei der Vorstellung, und als er schließlich neben Coralina und dem Geistlichen stand, ächzend und vornübergebeugt, schwante ihm allmählich, was ihnen bevorstand.

Janus ging voran. Coralina ergriff Jupiters Hand, mußte sie aber bald wieder loslassen, als sich herausstellte, daß es die Fortbewegung nur noch schwieriger machte.

Sie folgten dem Schacht etwa hundert Meter, ehe sie an eine weitere Öffnung im Boden gelangten. Durch sie kletterten sie eine Ebene tiefer, wieder in einen Gewölbegang. Eine Ratte huschte vor Jupiters Füßen durch die Schatten, das einzige Lebewesen, das ihnen hier unten begegnete.

Noch mehrfach wechselten sie die Ebenen, kletterten ein weiteres Mal einen Schacht hinab und kamen schließlich in einen engen Tunnel, an dessen Ende ein schummriger Lichtschein zu erkennen war.

»Wir sind gleich am Ziel«, flüsterte Janus. »Von jetzt an keinen Laut mehr!«

Coralina verriet durch das kurze Zucken einer Augenbraue ihr Mißfallen, widersprach aber nicht. Auch Jupiter schwieg, während sie sich der Quelle des Lichts näherten. Die gebückte Haltung forderte ihren Tribut. Sein Rücken tat weh, und der Schmerz hatte sich schon vor bis in seinen Brustkorb ausgeweitet; bei jedem Atemzug spürte er ein scharfes Stechen in den Lungen.

Sie kamen an ein schweres Gitter. Die Streben hatten den Umfang von Coralinas Unterarmen und bereits Rost angesetzt. Die Zwischenräume waren groß genug, um mühelos hindurchschauen zu können.

Vor ihnen lag eine unterirdische Halle, sehr hoch, aber mit einer vergleichsweise kleinen Grundfläche, nicht größer als zehn mal zehn Meter. Das Gitter befand sich gleich unter der Decke in einer der Wände, so daß sie von hoch oben in die Tiefe schauten. Bis zum Boden mochten es zwanzig Meter sein, schätzte Jupiter und drückte sein Gesicht gegen die Eisenstäbe. Auch Janus und Coralina traten näher ans Gitter, um den ganzen Raum überschauen zu können.

Auf der gegenüberliegenden Seite befand sich ein gewaltiges Tor. Es reichte bis zur Decke und nahm fast die gesamte Breite der Halle ein. Zu beiden Seiten wurde es von mächtigen Säulen flankiert, die Torflügel selbst waren schmucklos und roh behauen. Jupiter sah auf Anhieb die bauliche Ähnlichkeit zu Piranesis Kerkerstichen, den etruskischen Einfluß.

Das Tor war geschlossen. An mehreren Stellen der Steinflügel waren Sensoren angebracht, von denen aus lange Kabelstränge zu einer halbkreisförmigen Anordnung von Schaltpulten führten. Dahinter saßen zwei Männer in hellen Overalls, spielten Karten und warfen gelegentlich einen Blick auf die Anzeigen und Diagramme auf den Armaturen.

»Das Daedalusportal«, flüsterte Janus so leise, daß es schwerfiel, ihn zu verstehen.

Coralina sah ihn ungläubig an. »Ist das ...«

»Das Tor zur Hölle, wenn wir den alten Theologen Glauben schenken wollen«, erwiderte Janus. »In erster Linie aber ist es vermutlich der Haupteingang der *Carceri*.«

»Was ist dahinter?« wollte Jupiter wissen.

Janus hob die Schultern. »Es wurde nie geöffnet.«

»Aber ...«

»Still!« Janus fiel ihm scharf ins Wort. Einer der Männer hinter den Schaltpulten hatte seine Spielkarten gesenkt und horchte angespannt.

»Hast du das auch gehört?« fragte er seinen Kollegen.

Der zweite Mann lauschte, schüttelte dann den Kopf. »Nichts. Vielleicht Ratten im Luftschacht.«

»Klang aber wie Stimmen.«

Janus drängte Jupiter und Coralina hastig zurück, als sich der erste Mann erhob, um zum Tor hinüberzugehen und von dort aus einen Blick hinauf zum Gitter zu werfen. Nach einer Weile hörten sie, wie er zum Schaltpult zurückkehrte. Alle drei hatten Schweiß auf der Stirn, als sie sich erneut vorsichtig dem Gitter näherten und zu ihrer Erleichterung feststellten, daß die Männer ihr Spiel wieder aufgenommen hatten.

Janus warf den beiden einen mahnenden Blick zu. Das war knapp, sagten seine Augen. Jupiter brannten ein Dutzend Fragen auf der Zunge, aber er beherrschte sich. Seine Finger tasteten nach Coralinas Hand und umschlossen sie. Unmerklich rückte sie näher an ihn heran.

Jupiter betrachtete das Tor genauer. Es gab keinen sichtbaren Mechanismus, um es zu öffnen, keine Seilzüge oder Ketten oder Zahnräder. Er entdeckte auch keine Spuren von Gewalteinwirkung. Keine Löcher, die in den Stein gestemmt worden waren, keine Hinweise auf Sprengungen.

Seitlich der Überwachungskonsolen befand sich ein großer runder Tisch mit elf Stühlen. Dahinter an der Wand stand ein kastenförmiger Schrank. Erst als Jupiter genauer hinsah, erkannte er, daß es sich um einen Tresor handelte, ein altmodisches Modell mit einem tellergroßen Strebenrad.

»Sie haben genug gesehen«, raunte Janus nahezu lautlos und wollte sich abwenden, als von unten aus der Halle Geräusche heraufdrangen, Schritte von mehreren Personen und gedämpfte Stimmen.

Jupiter und Coralina rührten sich nicht von der Stelle. Auch Janus drückte sich wieder näher ans Gitter, um einen Blick auf die Neuankömmlinge zu werfen.

Durch einen Eingang, der sich genau unterhalb des Lüftungsgitters und damit außerhalb ihres Sichtfeldes befand, betraten mehrere Männer die Halle. Einer war Estacado, ein anderer Kardinal von Thaden, gefolgt von seinem weißhäutigen Sekretär Landini. Nach ihnen traten einige Männer ein, die Jupiter nie zuvor gesehen hatte. Keiner von ihnen war unter sechzig, und Jupiter vermutete, daß es sich um hohe Geistliche des Vatikans handelte. Einige wirkten müde, ihr Haar war notdürftig zurückgekämmt. Einer trug Pantoffeln an den Füßen. Die Männer waren augenscheinlich aus dem Schlaf gerissen worden. Irgend etwas Wichtiges mußte geschehen sein. Jupiter nahm an, daß ihre Flucht und das Verschwinden der Kupferplatte Gründe der nächtlichen Versammlung waren. Er schaute auf seine Armbanduhr: kurz nach halb vier.

Zuletzt wurde Professor Domovoi Trojan von einem hünenhaften Blonden hereingeschoben. Auf Trojans Schoß lag ein hölzernes Kästchen, das er mit beiden Händen festhielt.

Estacado gab den beiden Männern an den Schaltpulten und Trojans Chauffeur einen Wink. Die drei verließen wortlos die Halle. Jupiter hörte, wie sie eine Tür hinter sich schlossen.

Die Adepten der Schale setzten sich auf die Stühle um den runden Tisch. Trojan positionierte seinen Rollstuhl in eine Lücke zwischen Estacado und Kardinal von Thaden. Weihevoll stellte er das Kästchen vor sich auf den Tisch, schob es dann Estacado hinüber. Von Thaden erhob sich, öffnete den Tresor und holte unendlich vorsichtig einen runden Gegenstand hervor.

Jupiter konnte selbst aus dieser Höhe erkennen, daß es sich um die minoische Schale handelte. Man hatte die fünf Bruchstücke augenscheinlich zusammengeklebt; lediglich das sechste fehlte noch. Von oben sah es aus wie eine Torte, aus der man ein formloses Stück gebrochen hatte.

Die Schale hatte eher die Form eines Tellers, so unmerklich war ihre Wölbung. Die braune Lackierung schimmerte im Licht einiger Strahler, die an den Wänden der Halle verankert waren.

Estacado rückte beiseite, damit von Thaden die Schale auf den Tisch stellen konnte, neben das Holzkästchen des Professors.

Coralina beugte sich an Janus' Ohr. »Haben Sie gewußt, daß sie sich um diese Zeit hier versammeln würden?«

Der Geistliche schüttelte den Kopf. *Nein*, formten seine Lippen ohne einen Laut.

Nachdem der Kardinal wieder Platz genommen hatte, ergriff Estacado das Wort.

»Sie wissen, daß unsere beiden Gäste entkommen sind, und uns allen dürfte klar sein, wer ihnen vermutlich dabei geholfen hat.«

Einer der älteren Männer, die Jupiter nicht kannte, räusperte sich. »Du hättest auf Kardinal von Thaden hören müssen. Wir hätten sie beseitigen sollen, dann hätten wir jetzt nicht dieses leidige Problem.«

Coralina flüsterte Jupiter ins Ohr: »Das ist der Kardinalsbibliothekar, Estacados Bruder.«

»Leidiges Problem?« Estacado schmunzelte. »Ja, vielleicht. Trotzdem war es den Versuch wert. Ich bin nach wie vor dagegen, blindwütig Menschen umzubringen. Ihre lächerliche Rache an diesem Maler«, er wandte sich bei diesen Worten an von Thaden und Landini, »war überflüssig und unserer nicht würdig. Er war nur ein verrückter alter Mann, der sich einen Spaß daraus gemacht hat, uns mit seinen Schmierereien zu provozieren. Es war nicht nötig, diese Herausforderung anzunehmen.«

Jupiter sah, daß Landini zornig die Fäuste ballte, doch der Kardinal hielt ihn mit einer Handbewegung zurück. Ein feines Lächeln, wie mit einer Klinge gezogen, spielte um seine Mundwinkel. »Ihre humanistische Gesinnung in Ehren, Signore Estacado«, sagte er, und seine Stimme troff vor Sarkasmus, »aber Cristoforo war ein Risiko, und die Vermeidung von Risiken sollte in unseren Entscheidungen einen höheren Stellenwert einnehmen, als Sie möglicherweise wahrhaben wollen.«

»Stellen Sie mich in Frage, von Thaden?« Es entging Jupiter nicht, wie respektlos Estacado sich gegenüber einem der höchsten Würdenträger der katholischen Kirche verhielt. »Sie alle haben mich zum Vorsitzenden dieser Runde gewählt.«

»Noch ein Risiko, das sich hätte vermeiden lassen«, sagte Landini leise, doch die Akustik der Halle trug seine Worte bis hinauf zum Luftschacht.

Estacado zog es vor, dem Einwurf des Sekretärs keine Beachtung zu schenken, auch wenn ein Raunen durch den Kreis der Adepten ging. Manche schienen Landinis Worten zuzustimmen.

Von Thaden beugte sich leicht vor. »Muß ich daran erinnern, daß Ihr kleines Experiment heute nacht nicht der erste Fehlschlag war, den Sie sich geleistet haben?«

Jupiter und Coralina sahen, daß Janus verhalten lächelte. Obwohl von Thaden und die anderen ihre Gegner waren, mußte Jupiter sich eingestehen, daß er ihren Standpunkt nachvollziehen konnte – Estacado *war* ein unnötiges Risiko eingegangen, indem er ihn und Coralina am Leben gelassen hatte, ganz zu schweigen von Janus' Einweihung in die Mysterien der Adepten.

Unten in der Halle nahm eine heftige Diskussion ihren Anfang, in deren Verlauf mehrere Adepten Estacados Handeln kritisierten, andere aber für ihn Partei ergriffen. Auffallend ruhig verhielt sich nur Professor Trojan. Er sagte während der ganzen Zeit kein Wort, nahm nur einmal kurz seinen Hut ab, drehte ihn nachdenklich in den Händen und setzte ihn schließlich wieder auf.

Dann aber, nach einer Viertelstunde heftiger Vorwürfe und Gegenattacken, stieß der Professor ein heftiges Husten aus, das alle anderen zum Schweigen brachte.

»Vielen Dank«, sagte er so ruhig, als fürchtete er, jedes laute Wort könne ihm die Stimme rauben. »Ich denke, wir sollten nun zum vordringlichsten Grund unseres Hierseins kommen. Täusche ich mich, oder ist dieser ganze Streit in Anbetracht unseres heutigen Triumphs nicht ein wenig … lächerlich?«

Estacado erkannte seine Chance. »Ein Triumph, in der Tat.« Er nahm das Holzkästchen mit beiden Händen vom Tisch und hob es in einer theatralischen Geste den Anwesenden entgegen. Anschließend setzte er es wieder neben der Schale ab. »Wir sollten fortfahren, denke ich.«

Sein Bruder, der Kardinalsbibliothekar, stimmte zu. »Das sollten wir.«

Auch einige der anderen Männer nickten, und Jupiter sah, daß sich ein zufriedenes Lächeln in die Züge des Professors stahl. Zum ersten Mal hatte er den Eindruck, daß der alte Mann im Rollstuhl unter den Adepten einen höheren Rang innehatte, als es auf den ersten Blick erscheinen mochte.

Janus erriet Jupiters Gedanken. »Von Thaden mag laut sein, und Landini verschlagen«, flüsterte er, »aber Trojan versteht es, im Hintergrund die Fäden zu ziehen. Solange er Estacado unterstützt, bleibt dessen Stellung unangefochten.«

»Wissen Sie, was das ist?« flüsterte Coralina, als Estacado beide Hände an den Deckel des Kästchens legte und ihn langsam nach oben klappte.

Janus schüttelte den Kopf und konzentrierte sich wieder ganz auf das Geschehen unten in der Halle.

Andächtige Stille senkte sich über die Versammlung der Adepten.

Estacado griff vorsichtig in das Kästchen und holte mit Daumen und Zeigefinger etwas hervor.

Coralina erstarrte. »Nein!«

Jupiter verspürte einen schmerzhaften Stich und drückte ihre Hand noch heftiger.

Sogar Janus hielt für einen Moment den Atem an.

Vom Schacht aus war der Gegenstand in Estacados Hand nur klein und undeutlich zu erkennen. Und doch war klar, daß es sich um die Scherbe handelte.

Die Scherbe, die eigentlich bei der Shuvani in der Klinik hätte sein sollen. Die Scherbe, die sie niemals freiwillig herausgegeben hätte.

»Sie ist tot«, brachte Coralina tonlos hervor.

Jupiter wollte widersprechen, sie beruhigen, irgend etwas sagen, das sie trösten würde, aber schon der Versuch erschien ihm zynisch. Er ahnte, daß Coralina recht hatte. Die Adepten mußten das Telefongespräch abgehört, die Shuvani ermordet und die Scherbe an sich gebracht haben.

Tränen bahnten sich einen hellen Weg durch den Staub auf Coralinas Wangen, aber ihr Gesichtsausdruck blieb ohne eine Regung. Sie machte auch Janus keinen Vorwurf, starrte nur in die Tiefe, hinab auf die zwölf Männer und das Allerheiligste in ihrer Mitte.

Estacado legte die Scherbe in die Lücke im Gefüge der Schale. Sie paßte haargenau. Die Spirale der Hieroglyphen vervollständigte sich, und mit ihr – unsichtbar für die drei Beobachter unter der Hallendecke – die eingekratzte Inschrift zwischen den Symbolen.

»Wie lange wird es dauern, den Text zu dechiffrieren?« fragte von Thaden.

Estacado lächelte zufrieden. »Ein paar Stunden. Morgen früh kennen wir den genauen Standort des zweiten Tors und können mit den Grabungen beginnen.«

Von Thaden nickte. »Ich werde dafür sorgen, daß alles Nötige veranlaßt wird.«

Einige der Männer hatten sich von ihren Plätzen erhoben und beugten sich vor, um einen besseren Blick auf die Schale zu haben. Zum ersten Mal seit zweieinhalb Jahrhunderten war das Artefakt wieder vollständig.

Jupiter spürte, daß die Aufregung der Männer ihn ansteckte. Den Code hatte man anhand der fünf anderen Scherben vermutlich längst entschlüsselt – nur der eine wichtige Hinweis hatte noch gefehlt, jener Teil der Beschreibung, den nur Piranesi kannte. Doch heute nacht würde das Rätsel endlich gelöst werden.

Er legte einen Arm um Coralina und zog sie langsam vom Gitter fort. Janus warf noch einen letzten Blick hinunter in die Halle und folgte ihnen dann.

Coralina blickte Jupiter fragend an. »Wir hätten ihr nicht helfen können, oder?«

»Nein.«

»Wir … wir wollten doch, daß sie mitkommt.«

»Sie hat ihre Entscheidung getroffen.«

Coralina schluckte. »Wir hätten sie überreden müssen.«

»Vielleicht ist ihr gar nichts passiert«, sagte er leise. »Du hast Estacado gehört.«

»Sie hätte ihnen die Scherbe nie freiwillig gegeben.«

»Am Telefon klang es, als sei sie vernünftig geworden. Es hat ihr leid getan, daß sie die Scherbe vertauscht hat.«

Während des Rückweges durch die Luftschächte sagte Coralina kein Wort mehr, ließ auch nicht zu, daß Jupiter sie in den Arm nahm. Vor allem aber hielt sie sich von Janus fern. Einmal machte der Geistliche den Versuch, sie anzusprechen, aber sie beachtete ihn nicht.

Jupiter konnte nicht feststellen, ob sie denselben Weg nach oben nahmen, den sie herabgekommen waren. Für ihn sah hier unten alles gleich aus, feucht und dunkel und eng. Irgendwann hatte er das Gefühl, sich nie wieder aufrichten zu können, so stark wurde der Schmerz in seinem Rücken. Doch auch dieser Moment verging, und seine Gedanken kehrten zurück zur Shuvani und dem, was die Adepten ihr angetan haben mochten.

Irgendwann, vielleicht nach zwanzig Minuten, vielleicht nach einer Stunde, erreichten sie wieder die Leiter, die in den Keller des Gärtnerhauses führte. Janus pochte gegen die Falltür, und schon wenige Augenblicke später wurde sie von Cassinellis Pranken beiseite geschoben. Er half ihnen hinauf und deckte die Öffnung schließlich wieder ab.

»Es ist mir egal, wie Sie es anstellen«, sagte Coralina zu Janus, »aber ich möchte jetzt zurück in die Stadt. Ich muß mich um meine Großmutter kümmern.«

»Lassen Sie mich erst mal herausfinden, was im Krankenhaus geschehen ist«, bat Janus. »Ich kann dort anrufen.«

Coralina funkelte ihn wutentbrannt an. »Und was für eine Lüge werden Sie uns diesmal auftischen? Sie haben versprochen, daß sie in Sicherheit ist!« Ihre Stimme überschlug sich, und selbst Cassinelli verlor erstmals seinen stoischen Gesichtsausdruck und blickte besorgt von einem zum anderen. »Verdammte Scheiße, Janus, Sie haben gesagt, ihr könne nichts passieren!«

»Wir wissen nicht, ob ihr …«

»Ob sie tot ist?« brüllte Coralina und störte sich nicht an den Tränen, die über ihre Wangen rollten. »Herrgott, nicht einmal jetzt haben Sie den Mut, es auszusprechen. Sie ist *tot*, Janus! Das wissen Sie genausogut wie ich!«

Janus hielt ihrem anklagenden Blick einen Moment länger stand, dann wandte er sich an den Gärtner. »Ich muß telefonieren.«

Cassinelli nickte und machte sich auf den Weg zum Kellerausgang, aber Jupiter hielt Janus zurück, als dieser ihm folgen wollte. »Sie haben gesagt, von Thaden kann die Leitungen abhören. Er wird also wissen, wo wir uns verstecken.«

»Haben Sie einen besseren Vorschlag?«

»Coralina hat recht. Bringen Sie uns aus dem Vatikan, ganz gleich, auf welchem Weg. Um den Rest kümmern wir uns selbst.« Er meinte, was er sagte, aber er hatte auch noch einen anderen Grund, Janus' Telefonat mit der Klinik zu verhindern: Falls Coralina Gewißheit erhielt, daß der Shuvani etwas zugestoßen war, würde sie niemandem mehr trauen, schon gar nicht Janus, egal, ob er ihnen helfen konnte oder nicht. Auch Jupiter nahm dem Geistlichen übel, daß er die Gefahr für die Shuvani heruntergespielt hatte – andererseits hatte Janus nicht gewußt, daß sie im Besitz der Scherbe war.

»Ich kann Sie nicht rausbringen«, sagte Janus betreten. »Die Tore sind geschlossen. Die Wächter werden Anweisung bekommen haben, niemanden durchzulassen, den sie nicht kennen.«

»Was ist mit dem Weg durch das Wasserreservoir?« fragte Jupiter.

Janus starrte ihm verwundert in die Augen. »Ich habe Ihnen doch gesagt, daß noch nie jemand –«

»Sie haben es wirklich niemals versucht?« unterbrach ihn Jupiter scharf. »Sie nutzen den Raum als Versteck und haben den Ausgang direkt vor Ihrer Nase – und Ihnen ist nie der Gedanke gekommen, es zu probieren? Das nehme ich Ihnen nicht ab.«

Janus seufzte, während Coralina Jupiter erstaunt ansah. »Versucht, ja«, gestand der Geistliche schließlich. »Es *wäre* ein guter Fluchtweg aus dem Vatikan, wenn einen die Strudel im Reservoir nicht nach unten ziehen würden. Wir haben versucht, mit einer Art Floß überzusetzen. Mich hat man noch aus dem Wasser ziehen können, aber einer meiner Begleiter ... Er ist ums Leben gekommen.« Janus brach ab und schüttelte den Kopf. »Es funktioniert nicht, glauben Sie mir.«

»Haben Sie es mit Seilen versucht?«

»Sie wollen sich über das Wasser hangeln?« Janus schnaubte. »Das ist nicht Ihr Ernst!«

»*Haben* Sie es versucht?«

»Natürlich nicht. Vielleicht ist Ihnen aufgefallen, daß ich kein Hochleistungssportler bin.«

Jupiter wechselte einen Blick mit Coralina, die ihm unmerklich zunickte. »Coralina und ich könnten es schaffen«, sagte er, obwohl ihm alles andere als wohl dabei war.

»Sie haben ja den Verstand verloren«, murmelte Janus.

»Wir schaffen es«, kam Coralina Jupiter zu Hilfe, »falls Sie uns helfen. Das sind Sie uns schuldig.«

Janus fuhr zornig zu ihr herum, doch als er die Entschlossenheit in ihrem Blick sah, schwieg er und blickte grübelnd zu Boden. Schließlich wandte er sich an Cassinelli, der immer noch abwartend am Kellerausgang stand. »Was hältst du davon?«

Der Gärtner hob seine bulligen Schultern. »Sollen Sie's probieren.«

Janus, der sich offenbar Unterstützung erhofft hatte, bedachte Cassinelli mit einem grimmigen Blick, fragte aber dann: »Hast du Seile, die lang genug sind?« Bevor der Gärtner antworten konnte, wandte Janus sich wieder an Jupiter. »Wie wollen Sie das Ende der Seile überhaupt auf die andere Seite bekommen?«

Jetzt, da sie einmal den Entschluß gefaßt hatten, verspürte Jupiter neuen Mut. Es war an der Zeit, aktiv zu werden, ganz gleich, wie die Sache enden würde. Er fühlte sich gelöst und aufgekratzt wie nach zuviel Koffein. »Ich dachte an Wurfanker«, sagte er.

»*Wurfanker!*« Janus verdrehte die Augen. »Was glauben Sie, wo wir hier sind, um Himmels willen?«

Bevor Jupiter etwas erwidern konnte, hörten sie Cassinelli zwischen Kisten und Säcken im vorderen Teil des Kellers rumoren. Einen Augenblick später zog er einen rostigen Wurfanker hervor.

»So einen?« fragte er mürrisch.

Coralina grinste. »Exakt.«

»Wo, zum Teufel, hast du *den* her?« schnauzte Janus den Gärtner an.

Cassinelli trat nervös von einem Fuß auf den anderen, so als hätte man ihn bei etwas Verbotenem ertappt. »Hat irgendwer über die Außenmauer geworfen. Mit 'nem Strick dran. Kommt hin und wieder vor. Rübergeklettert ist noch keiner, die Wächter fangen sie ab. Aber ihr Zeug lassen sie liegen, und irgendwer muß es wegräumen. Machen dann meine Leute oder manchmal ich selbst.« Er schwenkte den Anker vor und zurück. »Ist 'n paar Jahre her. Hing drüben an der Westmauer, gleich beim Hubschrauberlandeplatz. Kein Mensch da, nur das Ding hier lag rum.« Er deutete auf eine Kiste. »Ich hab noch mehr davon, manche dreißig, vierzig Jahre alt.«

Jupiter trat auf den Gärtner zu und klopfte ihm auf die Schulter. »Das haben Sie sehr gut gemacht.«

Ein Lächeln hellte das großporige Gesicht des Mannes auf. »Seile sind auch mehr als genug da.« Er schaute an Jupiter vorbei zu Coralina. »Sie sind ziemlich mutig, Signorina.«

Sie trat auf ihn zu und umarmte ihn fest. »Vielen Dank, Signore Cassinelli.«

»Aldo«, sagte er.

»Aldo – ich bin Coralina. Und das ist Jupiter.«

Cassinelli überlegte. »Komischer Name, Jupiter. Wie der …«

»Der oberste der alten Götter«, ergänzte Jupiter und erinnerte sich blitzartig an die seltsamen Worte Babios: *Der oberste der alten Götter bringt den Fall des neuen.*

Janus trat zu ihnen und warf einen mißbilligenden Blick auf den Wurfanker. Er hatte vier stählerne Spitzen mit Widerhaken. »Ich kann's nur noch mal sagen – Sie sind vollkommen wahnsinnig.«

Coralina achtete nicht auf ihn. »Können Sie uns zum Reservoir begleiten?« fragte sie Cassinelli.

Der Gärtner schrak zusammen. »Ich … ich …«

»Aldo geht nie dort hinunter«, erklärte Janus.

»Ich mag die Dunkelheit nicht«, sagte der riesige Mann kleinlaut. »Ich bin gern im Freien. Im Garten. Ich mag Pflanzen und den Himmel. Dinge, die grün sind. Und blühen. Ich geh nicht da runter.«

Ganz kurz erwog Jupiter, Cassinelli zu überreden. Doch ein Blick in Coralinas Augen sagte ihm, daß sie das gleiche dachte wie er: Sie hatten schon genug Menschen in die Sache hineingezogen, mit tödlichen Konsequenzen für Babio und Cristoforo. Er wollte nicht, daß Cassinelli der nächste war.

»Okay«, sagte Jupiter. »Was ist mit Ihnen, Janus? Jemand muß uns zum Reservoir führen.«

»Natürlich!« Der Geistliche klang fast ein wenig empört darüber, daß Jupiter angenommen hatte, er würde ihn und Coralina allein gehen lassen.

Cassinelli suchte einen festen Strick heraus, dick genug, um einen Menschen zu tragen. Janus verlangte zwei weitere, die Jupiter und Coralina sich um die Oberkörper knoten sollten, damit er sie zur Not aus dem Wasser ziehen konnte. »Obwohl ich Ihnen keine große Hoffnung machen will«, setzte er hinzu. »Der Sog ist wahrscheinlich viel zu stark.«

Zum Abschied umarmte Coralina Cassinelli. Hatte er sich bei der ersten Berührung noch verkrampft, so klopfte er ihr nun aufmunternd auf den Rücken. »Sie schaffen das schon«, sagte er. Sein Grinsen war so breit wie das eines Gorillas. Er reichte auch Jupiter die Hand und schüttelte sie ausgiebig. »Ich wünsche Ihnen viel Glück. Gott möge Ihnen beistehen.«

Wieder glitten sie durch die Falltür und gingen gebückt durch die Luftschächte bis sie auf einen breiten Gang trafen, in dem Jupiter endlich wieder aufrecht gehen konnte. Obwohl es keine Anzeichen gab, daß sie verfolgt oder beobachtet wurden, senkten sie ihre Stimmen zu einem Flüstern.

»Warum hat niemand versucht, das Portal zu öffnen?« fragte Jupiter im Gehen.

»Wenn Sie die Kirche wären – würden Sie dann das Tor zur Hölle öffnen?«

»Solange niemand nachschaut, weiß keiner, ob dahinter tatsächlich die Hölle ist.«

»Nein, natürlich nicht. Heutzutage nimmt das auch niemand mehr ernsthaft an. Aber genaugenommen würde das die Sache nur noch schlimmer machen.«

»Wie meinen Sie das?«

»Die Adepten sind nicht die einzigen, die von dem Tor wissen. Der Papst, die Kardinäle, eine Menge Männer wissen Bescheid darüber. Sehen Sie, jahrhundertelang glaubte man, daß dies wirklich das Tor zur Hölle ist, und seine Existenz war eines der geheimen Fundamente der katholischen Kirche. Solange auch heute nichts davon nach außen dringt, ist das Geheimnis sicher. Aber stellen Sie sich vor, man würde bekanntgeben, daß es dieses Tor gibt ... Die Wissenschaft würde sich dafür interessieren und würde Nachforschungen anstellen wollen. Es würde bekannt werden, daß man den Vatikan irgendwann einmal als Siegel der Hölle errichtet hat – und um so größer wäre das Interesse an dem, was sich hinter dem Tor verbirgt. Was aber, wenn man es tatsächlich öffnen würde und dahinter wäre ... nichts! Vielleicht ein System von Grotten oder eine Halle, oder ein paar alte Verliese wie auf Piranesis Kupferstichen. Aber keine Hölle. Was erzählt man in einem solchen Fall den zig Millionen Gläubigen? Daß die Kirche einem Irrtum aufgesessen ist? Daß es gar keine Hölle gibt, oder zumindest nicht hier, an diesem Ort? Können Sie sich den weltweiten Spott vorstellen, wenn der Papst vor die Mikrofone treten und zugeben müßte, daß seine Vorgänger sich geirrt haben, als sie den Vatikan wie einen Pfropfen auf dieses Tor setzten?« Janus schüttelte energisch den Kopf. »Aus der Sicht der Kirche muß die Existenz des Daedalusportals für immer geheim bleiben. Ebensowenig darf man versuchen, es zu öffnen. Und – womit wir wieder beim Thema wären – das gleiche gilt für das zweite Tor, das Piranesi entdeckt und vielleicht sogar geöffnet hat. Wenn man hindurchgehen würde, wenn man Expeditionen hineinschicken und irgendwann von der *anderen Seite* auf das Haupttor stoßen würde... Verstehen Sie, die Kirche kann das nicht zulassen! Und sie hat die Adepten der Schale beauftragt, für die Wahrung des Geheimnisses zu sorgen. Ganz gleich, um welchen Preis.«

Coralina brach unerwartet ihr Schweigen. »Warum nennen Sie es das Daedalusportal?« Und Jupiter ergänzte: »Cristoforo hat von etwas gesprochen, das er das Haus des Daedalus nannte.«

»Das Haus des Daedalus ...«, wiederholte Janus. »Dann hat er also davon gewußt.«

»Wovon?«

»Von der Legende. Den alten Gerüchten. Dem Mythos. Wie auch immer Sie es nennen wollen.«

Janus blieb vor einer Öffnung in der Wand stehen und winkte Jupiter und Coralina hindurch. Auf der anderen Seite folgten sie einem Gang, dessen Wände mit trockenen Moosteppichen bedeckt waren.

»Wissen Sie«, fuhr der Geistliche dann fort, »natürlich sind immer eine Menge Gerüchte durch die Säle des Vatikans gegeistert, über das Tor und was dahinter sein mag. Manche Geschichten waren einfach nur fromme Wünsche, Spinnereien, die ein paar Besserwisser verbreitet hatten. Andere waren sachlicher, geprägt vom aufkommenden Rationalismus. Aber dann gab es auch noch solche, die so verrückt waren, daß sie es beinahe schon wieder mit dem, was man für die Wahrheit hielt – dem Eingang zur Hölle –, aufnehmen konnten. Eine davon war die Geschichte vom Baumeister Daedalus und seinem Vermächtnis … Sie wissen, wer Daedalus war, oder?«

Jupiter und Coralina nickten stumm.

»Dann wissen Sie vermutlich auch, daß es ihn nach seiner Flucht von Kreta und dem Tod seines Sohnes Ikarus ins heutige Italien verschlagen hat.«

»An die Küste Siziliens«, sagte Coralina.

Janus ließ den Schein seiner Taschenlampe über die Wände huschen. »Eine Legende besagt, daß Daedalus von dort aus nach Norden wanderte. Es heißt, es habe ihn nach langer Wanderung in dichter besiedelte Regionen verschlagen – in das antike Latium. Und man sagt, daß er hier, an diesem Ort, ein ungeheuerliches Bauwerk errichten ließ. Sein Vermächtnis für die Menschheit.«

»Die *Carceri*?« fragte Jupiter.

»Wenn wir bei Piranesis Terminologie bleiben wollen – ja. Das größte Labyrinth, das je erschaffen wurde, unterirdisch, unfaßbar groß, über zahllose Ebenen. So groß, daß die Kirche es für die Hölle halten könnte.«

Coralina betrachtete den Geistlichen von der Seite. »Sie glauben die Geschichte?«

»Zumindest Cristoforo hat daran geglaubt, als er vom Haus des Daedalus sprach, meinen Sie nicht auch?« Janus erwiderte Coralinas Blick mit einem listigen Lächeln. »Aber es ist natürlich genauso, wie Sie sagen – es ist nur eine Geschichte. Und zwar eine von vielen, die im Laufe der Jahrhunderte um das Portal gesponnen wurden. Die Hölle, die *Carceri*, das Haus des Daedalus … Am Ende macht das keinen Unterschied, falls es uns nicht gelingt, das zweite Tor zu finden und der Öffentlichkeit zugänglich zu machen.«

Coralina blieb stehen. »*Darum* geht es Ihnen?«

»Unter anderem. Was dachten Sie?« Janus verharrte kurz, ging aber weiter, als er sah, daß auch Coralina sich wieder in Bewegung setzte.

»Ist der Name Daedalusportal die offizielle Bezeichnung für das Tor?« fragte Jupiter.

»Es gibt noch ein paar andere, aber die meisten, die davon wissen, nennen es so. Eine Legende besagt, daß der Geist des Daedalus noch immer in dem unterirdischen Labyrinth umherstreift und darauf wartet, befreit zu werden.«

»Und was wird dann geschehen?« seufzte Coralina. »Mal wieder der vielbeschworene Weltuntergang?«

Janus schüttelte den Kopf. »Ihre Neugestaltung. Die Welt wird neu geschaffen nach dem Bilde des Baumeisters. Sie wird, wenn Sie so wollen, labyrinthisiert.«

In der Ferne war leises Rauschen zu hören.

»Ist das das Reservoir?« fragte Jupiter.

Janus nickte. »Wir sind gleich da.«

Wenig später wurde der Lärm des Wassers ohrenbetäubend. Janus führte sie durch einen Torbogen, den sie bereits kannten. Dahinter, jenseits eines Gittersteges, öffnete sich der Abgrund des Reservoirs. Fünf Meter unter ihnen strudelte die schwarze Oberfläche, während sich aus der Öffnung in der gegenüberliegenden Wand ein breiter Strahl in die Tiefe ergoß.

Der Steg war etwa zwei Meter breit. Die Öffnung, aus der das Reservoir gespeist wurde, lag auf der anderen Seite des Abgrunds, auf gleicher Höhe des Stegs; das Wasser aus dem Aquädukt sprudelte durch eine breite Rinne in der Mitte der Öffnung, rechts und links verliefen begehbare Simse. Nur dort bot das grobe Mauerwerk Halt für den Wurfanker.

Die Entfernung zwischen Gittersteg und Öffnung betrug sieben, vielleicht acht Meter. Falls sie unterwegs abrutschten, würden sie in das Reservoir stürzen und in die Tiefe gerissen werden.

Jupiter hatte noch nie im Leben einen Wurfanker geschleudert, und seine ersten Versuche schlugen kläglich fehl. Beim achten oder neunten Mal traf er immerhin bereits die Öffnung, auch wenn der Anker jedesmal in dem tosenden Wasser landete und fortgerissen wurde.

Fast eine halbe Stunde war vergangen, ehe sich die Stahlspitzen endlich in den Mauerfugen eines der beiden Simse verhakten. Zu dritt zerrten sie an dem Seil, um die Festigkeit zu prüfen, aber der Anker bewegte sich nicht. Er saß tatsächlich fest.

Sie zogen das Seil straff und verknoteten das Ende auf ihrer Seite mit einem mannsbreiten Wasserrohr. Janus nahm die beiden anderen Seile, die Cassinelli ihnen gegeben hatte, und reichte jedem der beiden eines. Er half ihnen, sie sich unterhalb der Achseln um die Brust zu binden. Mit diesen zusätzlichen Sicherungsseilen wollte er sie notfalls ins Trockene ziehen.

Jupiter ahnte, daß die Kraft eines einzelnen Mannes nicht ausreichen würde, einen Menschen aus dem Sog der Strudel zu retten. Deshalb bestand er darauf, daß Coralina als erste kletterte. Sollte sie abstürzen, würden er und Janus sie gemeinsam herausziehen können. Mit ein wenig Glück konnten sie sie mit Hilfe des Seils zu einem Mauervorsprung manövrieren, der tief unter dem Gittersteg auf Höhe des Wasserspiegels verlief. Durch die Gitterstreben erkannte Jupiter, daß das Reservoir dort unten einen zweiten Ausgang hatte.

Er küßte Coralina und wünschte ihr Glück, dann umfaßte sie den straff gespannten Strick und rutschte über die Kante des Gitterstegs. Ein kräftiger Ruck ging durch das Seil, als sie mit beiden Händen über dem Abgrund baumelte. Jupiters Puls raste, als er beobachtete, wie sie sich langsam vorwärts hangelte.

Schlagartig überfielen ihn Zweifel. Er hatte keinerlei Übung in solchen Kletterpartien. War er kräftig genug, acht Meter auf diese Weise zu bewältigen?

Coralina machte ihre Sache erstaunlich gut. Bald schon hatte sie mehr als die Hälfte der Strecke überwunden, und noch immer zeigte sie keine Ermüdungserscheinung. Jupiter und Janus sprachen kein Wort, blickten nur gebannt auf die Frau über dem Abgrund. Sie hielten das Ende des Sicherungsseils fest umklammert, um sofort reagieren zu können, falls Coralina den Halt verlor. Aber noch wies nichts darauf hin, daß dieser Fall eintreten würde. Schon früher hatte Jupiter Coralinas Kraft und katzenhafte Gewandtheit bemerkt, doch nun überraschte sie ihn wirklich.

Das letzte Stück war das gefährlichste. Auf den beiden letzten Metern führte das Seil gefährlich nah an dem künstlichen Wasserfall vorbei. Falls Coralina jetzt ins Schwingen geriet und dabei von der nahen Sturzflut erwischt wurde, würden die Wassermassen sie mit sich reißen.

Doch Coralina entging der Gefahr mit Bravour. Wenig später erreichte sie die Mauer unter dem äußersten Rand der Öffnung. Hier erwartete sie eine letzte Schwierigkeit: Da sich der Wurfanker im Boden des Simses verhakt hatte, mußte sie etwa anderthalb Meter an der nackten Wand hinaufklettern, um ihn zu erreichen. Scharf zeichneten sich die Sehnen an ihren Unterarmen ab, als sie sich an dem Seil nach oben zog, während ihre Fußspitzen flink nach den tiefsten Fugen tasteten.

Als Jupiter sah, mit welcher Leichtigkeit Coralina auch dieses Hindernis bewältigte, vergaß er vor Staunen beinahe seine Angst um sie. Je länger er allerdings auch mitansah, welches Geschick nötig war, um die Öffnung zu erreichen, desto größer wurden seine Zweifel an sich selbst. Er konnte immer weniger glauben, daß tatsächlich er selbst diesen Fluchtweg vorgeschlagen hatte.

Schließlich war Coralina in Sicherheit. Einen Moment lang verharrte sie sitzend auf dem Rand des Simses und atmete einige Male tief durch. Dann erhob sie sich und lächelte den beiden ein wenig gezwungen über den Abgrund hinweg zu, bevor sie Janus' Taschenlampe von ihrem Gürtel löste. Sie machte einige Schritte ins Dunkel, kehrte aber bald schon zurück an die Kante und zuckte mit den Achseln.

»Scheint in Ordnung zu sein!« rief sie. »Jetzt bist du dran, Jupiter!« Ihre Worte waren über das Dröhnen des Wasserfalls hinweg kaum zu verstehen; Jupiter erriet sie mehr, als daß er sie hörte.

Janus klopfte ihm auf die Schulter. »Sie schaffen das schon! Wenn Sie drüben ankommen, folgen Sie einfach dem Tunnel. Nach ein paar hundert Metern finden Sie in der rechten Wand einen Schacht, der nach oben führt. Klettern Sie die Leiter hinauf. Sie endet in einem Teil der städtischen Kanalisation. Dort sollten Sie keine Schwierigkeit haben, einen Ausstieg zu finden.« Er zog prüfend an dem Knoten um Jupiters Brust. »Vor zwei Jahren bin ich mit ein paar anderen einmal den umgekehrten Weg gegangen. Von der Straße aus sind wir hinuntergeklettert und bis dorthin gekommen, wo Ihre Freundin jetzt steht. Aber der Abgrund hat bislang jeden davon abgehalten, diesen Weg zu nehmen.«

Jupiter warf einen kurzen Blick auf die aufgewühlte Wasseroberfläche. »Kann ich verstehen.«

Janus hob die Hand und gab Coralina ein Signal. »Ihr Freund kommt jetzt rüber!« rief er lautstark.

Sie nickte. Hinter dem Dunstschleier aus aufspritzendem Wasser wirkte sie bleich, fast wie ein Gespenst.

Jupiter gab sich einen Ruck, packte das Seil und glitt nach kurzem Zögern vom Gittersteg. Ein entsetzlicher Schmerz fuhr durch seinen Körper, als er von einem Herzschlag zum nächsten frei über dem Abgrund baumelte. Zwei, drei schreckliche Sekunden lang fühlte es sich an, als würden ihm beide Arme aus den Schultergelenken gerissen, dann gewöhnten sich seine Armmuskeln allmählich an die Belastung. Unendlich vorsichtig begann er sich vorwärtszuschieben. Das Sicherungsseil um seinem Brustkorb schnürte ihm die Luft ab, und ihn überkam der irreale Drang, beide Hände vom Seil zu lösen und den Strick von seinem Oberkörper zu reißen. Aber er unterdrückte seine Panik, bekam sogar den Schmerz unter Kontrolle. Langsam bewegte er sich weiter über den Abgrund.

Coralina rief ihm etwas zu, wahrscheinlich, um ihn anzuspornen, aber er hörte sie nicht, sah nur, wie sich ihre Lippen bewegten, beinahe wie in Zeitlupe.

Aufgrund seines Gewichts hing das Seil viel stärker durch als bei Coralina, und er erkannte, daß er ein weit höheres Stück an der Wand würde hinaufklettern müssen als sie. Die Aussicht darauf machte ihn noch verzweifelter. Er hatte jetzt das sichere Gefühl, daß er es nicht schaffen würde, daß der Wurfanker abrutschen oder das Seil reißen würde.

Kälte kroch an seinem Körper herauf, so als baumelten seine Füße bereits im eiskalten Wasser. Irgendwann hörte er auf, seine Beine zu spüren, und der erneute Anflug von Panik, der dabei in ihm aufstieg, verleitete ihn zu einem furchtbaren Fehler.

Atemlos blickte er an sich hinab in die Tiefe.

Er sah die strudelnden Fluten unter sich, sah die aufschäumende Gischt, die Dunkelheit des Wassers, die das Reservoir schier bodenlos erscheinen ließ – ein unterirdischer See, der hinabreichte ins Innere der Erde, tiefer und tiefer und tiefer.

Von einem Herzschlag zum nächsten konnte er sich nicht mehr bewegen. Er war wie gelähmt. Hing stocksteif am Seil, beide Hände zu Schraubzwingen erstarrt, unfähig, sich zu bewegen, reglos und kalt und starr vor Angst.

Hinter ihm ertönte Janus' Stimme, dumpfe Silben hinter dem Dröhnen des prasselnden Wassers, und es dauerte einen Moment, ehe Jupiters erlahmte Wahrnehmung die Worte entschlüsseln konnte.

»*Sie kommen!*« rief Janus, jetzt schon zum zweiten Mal, und wieder brauchte Jupiter ein, zwei Sekunden, ehe er erkannte, was das zu bedeuten hatte.

Die Adepten der Schale waren auf dem Weg hierher! So nah, daß Janus sie bereits hören konnte!

Unendlich langsam gelang es ihm, den Kopf zu heben. Coralina stand in der Öffnung des Aquädukts und winkte ihm aufgeregt zu. Ihr Mund öffnete und schloß sich, aber Jupiter verstand nicht, was sie sagte. Sie hatte Angst um ihn. Schreckliche Angst.

Seine Muskulatur fühlte sich versteinert an. Als er versuchte, einen Blick über seine Schulter zu werfen, hatte er das Gefühl, sein Kopf müsse abbrechen wie ein steifgefrorener Ast, einfach abfallen und tief unter ihm im Wasser versinken.

Dennoch gelang es ihm, einen verschwommenen Blick auf Janus zu erhaschen. Der Geistliche war dabei, das Ende von Jupiters Sicherungsseil mit hektischen Bewegungen an eines der Rohre zu knoten. Dabei schaute er immer wieder rasch zum Eingang hinüber. Lichtkegel von Taschenlampen huschten über die Korridorwand.

Selbst durch den Schleier seines betäubten Empfindens erkannte er, was Janus vorhatte. Der Priester hatte keine andere Wahl, als ebenfalls die Flucht zu ergreifen. Und es gab nur einen einzigen Weg.

»Nicht!« keuchte Jupiter. »Das Seil …«

Aber er verstummte, als ein heftiger Ruck durch das Seil lief und er abrupt ins Schaukeln geriet. Janus hatte sich vom Steg abgestoßen und hing nun genau wie Jupiter an beiden Händen über dem Abgrund.

»Weiter!« stöhnte der Geistliche kraftlos. »Machen ... Sie ... schon!«

Etwas klickte in Jupiter. Es war, als würde ein Sicherungsschalter in ihm umgelegt. Erneut begann er sich vorwärtszuschieben, schneller jetzt, mit neuer Kraft, obwohl das Seil wie wild schaukelte, weil sich auch Janus daran entlang hangelte.

Coralina beugte sich weit vor und versuchte, das Seil mit beiden Händen ruhig zu halten. Ohne Erfolg. Es schwang weiterhin nach rechts und links, wippte auf und ab und schüttelte die beiden Männer, die hilflos daran hingen.

Jupiter sah, daß sie ihm abermals etwas zurief, ihn anspornte. Ihr Gesicht war rot angelaufen vor Erregung, und Wut über ihre Hilflosigkeit sprach aus ihrer Miene. Sie konnte nichts tun, nur dastehen und zuschauen, wie Jupiter und Janus um ihr Leben kämpften.

Noch drei Meter.

Vor sich sah Jupiter die tosende Flut des Wasserfalls. Seine Füße befanden sich einen guten halben Meter tiefer als die von Coralina, und durch das Schwingen des Seils war er in weit größerer Gefahr, von der Sturzflut erfaßt zu werden. Aber er mußte es schaffen, mußte durchhalten, den Schmerz in seinen Händen ertragen, als das Seil immer tiefer in seine Haut schnitt. Zugleich versuchte er, die Beine ein wenig anzuwinkeln, um den Wassermassen auszuweichen.

Plötzlich schrie Janus: »Ich kann ... nicht mehr ...«

Das Seil federte plötzlich nach oben, hüpfte hoch und runter wie ein Gummiband, und als Jupiter sich schließlich umschaute, war niemand mehr hinter ihm.

»Nein!«

Er blickte nach unten und sah noch, wie Janus vom Ausläufer eines Strudels ergriffen wurde und sich mit erhobenen Armen um sich selbst drehte, immer schneller, wie ein lebender Kreisel, und dabei panische Schreie ausstieß, während ihm Wasser in Mund und Nase drang.

Jupiter wurde mit einemmal sehr ruhig. Aus dem Augenwinkel sah er, wie sich der Gittersteg in seinem Rücken mit Gestalten füllte, sah Lichter durch die künstliche Grotte geistern. Er hörte auf, sich zu bewegen, blickte zu Coralina, sah, daß sie ihn anschrie und ihm eine Hand entgegenstreckte, nur noch zwei Meter von ihm entfernt – und traf seine Entscheidung. Er hing am Sicherungsseil, während Janus den Fluten und Strudeln hilflos ausgeliefert war; er *mußte* es versuchen!

Noch einmal kreuzte sein Blick den Coralinas, und sie erkannte, was er vorhatte.

»Nein!« brüllte sie. »Tu das nicht!«

Jupiter schenkte ihr ein letztes Lächeln, dann holte er tief Luft und ließ das Seil los.

Er glaubte, Coralina schreien zu hören, versuchte während des Falls ihr Gesicht im Blick zu halten, weil er dachte, es sei schön, wenn sie das Letzte wäre, was er sah, und dann knallte er auf die Oberfläche und war nicht *im mindesten* auf die furchtbaren Kräfte vorbereitet, die sofort an ihm rissen wie Henkersgäule bei einer mittelalterlichen Vierteilung.

Das Wasser war sehr viel kälter, als er erwartet hatte, und sekundenlang war es, als bliebe sein Herz stehen, als ersterbe alles Leben in ihm. Doch dann gelang es ihm, Luft zu holen, während er zugleich in einen Strudel geriet. Seine Hände stießen gegen etwas, umfaßten Stoff, dann einen Arm. Er sah Janus' Hinterkopf ganz nah vor seinem, dann sein Gesicht, sah, daß er die Augen geschlossen hatte, den Mund weit aufgerissen, die Arme kraftlos im Spiel der Wassermassen.

Jupiter schrie, als etwas seine Füße zu packen schien und ihn nach unten zerrte, Finger aus purem Wasser, die geballte Macht des Strudels. Janus wurde ihm entrissen, er schrie seinen Namen, aber nur Blasen stiegen aus seinem Mund auf, und da erst begriff er, daß er wieder unter Wasser war, umgeben von glasharter Schwärze wie ein in Bernstein gefangenes Insekt. Etwas Helles sauste an ihm vorüber, noch einmal Janus' Gesicht, mit auf und zu klappendem Unterkiefer, dann sah er ein letztes Mal die ausgestreckten Arme des Geistlichen, Hände, die nach ihm tasteten, hilfesuchend, in Todesangst. Jupiter hatte keinen Einfluß auf seine Bewegung innerhalb des Sogs, aber er versuchte trotzdem, nach Janus zu greifen, und hatte ihn fast erreicht, spürte kalte Haut unter seinen Fingerspitzen, tastete weiter, griff zu – und griff ins Leere.

Denn im gleichen Moment riß ihn ein grausamer Ruck zurück nach oben, dem Licht entgegen. Sein Brustkorb war wie abgeschnürt. Seine Arme wurden hochgerissen, als sich das Sicherungsseil um seinen Oberkörper spannte, in seine Achselhöhlen schnitt und das Bewußtsein aus seinem Körper quetschte wie den Inhalt einer Zahnpastatube.

Noch einmal versuchte er, Janus' Namen zu brüllen. Er bekam Wasser in den Mund, spuckte und würgte, und dann glaubte er in einem endlosen klaren Augenblick den Priester zu sehen, wie er tief unter ihm davontrudelte, sich drehte und drehte und drehte wie ein Kreisel, die Hände der Oberfläche entgegengestreckt, während sein ersterbender Blick den Jupiters kreuzte und ihn hielt, bis sich die Schwärze über ihm schloß und ihn endgültig schluckte.

Der Schmerz in Jupiters Oberkörper brannte wie Säure, die sich in seinen Brustkorb und Rücken fraß. Er bekam nun tatsächlich keine Luft mehr, und sein Denken war bereits zu wirr, um zu differenzieren, ob sich seine Lungen mit Wasser füllten oder ob es das Sicherungsseil war, das ihm den Atem nahm.

Die Schwärze hüllte ihn ein, umkoste ihn, wiegte ihn in kalten, leblosen Schlaf. Noch einmal sah er Lichter über sich, helle Schemen, die über Stein und Wogen huschten. Doch dann erloschen auch sie, und die Kälte durchdrang seinen Leib, seinen Geist, und ließ sein Herz gefrieren.

Coralina taumelte zurück, als sie sah, wie Jupiter im Wasser verschwand. Sie war wie betäubt, und als ihre Finger schließlich die Knoten ihres eigenen Sicherungsseiles lösten, geschah es wie in Trance. Ein Zittern durchlief ihren Körper, und ihr wurde so kalt, als wäre sie selbst in die eisigen Fluten des Reservoirs gestürzt.

Auf der anderen Seite des Abgrunds füllte sich der Gittersteg mit Gestalten. Im Schein der Taschenlampen erkannte sie vage mehrere Männer in schwarzen Overalls. Einmal glaubte sie, Landini zu erkennen, war aber nicht sicher. Im Augenblick war es ohnehin bedeutungslos.

Wieder schaute sie hinab aufs Wasser. Sie sah jetzt, daß sich Jupiters Sicherungsseil straffte. Einen Augenblick später tauchte er auf, schlug einen Moment lang panisch um sich und schien sich unter Kontrolle zu bekommen. Dann aber erschlaffte er abrupt, als das Seil um seine Brust ihm die Luft abschnürte.

Zugleich erschienen weitere Gestalten auf dem schmalen Mauersims, der unten entlang der Wasseroberfläche verlief. Coralina sah, wie zwei Männer Jupiter packten und ins Trockene zogen.

Für Janus kam jede Hilfe zu spät. Er tauchte nicht wieder auf. Coralina mußte unwillkürlich an das denken, was er gesagt hatte, als er sie zum ersten Mal hier heruntergeführt hatte. Daß die Leichen in die Rohre hinaufgesaugt wurden, wo sie irgendwo steckenblieben und verrotteten.

Sie hatte ihn nicht gemocht, und sie gab ihm noch immer zumindest einen Teil der Schuld an dem, was der Shuvani zugestoßen war. Doch ungeachtet dessen traf sein Tod sie zutiefst. Er hatte nicht hierherkommen wollen, hatte ihnen abgeraten, diesen Weg zu nehmen. Trotzdem hatte er ihnen geholfen. Und nun war er tot.

Ihr Blick hing an dem reglosen Jupiter, und Landini mußte ihren Namen zweimal brüllen, bis sie ihn endlich wahrnahm. Langsam und von einer gefährlichen Ruhe erfaßt, schaute sie hinüber zum Gittersteg.

»Sie hätten das nicht tun sollen!« rief der Albino ihr zu. Sein Gesicht schimmerte im Licht einer Taschenlampe. »Sie hätten auf mich hören sollen.«

Sie erwog, zu antworten, doch dann beließ sie es bei einem haßerfüllten Blick in Richtung der Adepten. Sie sah, daß Jupiter sich bewegte, nur einen Arm, wie im Halbschlaf, aber das bewies zumindest, daß er lebte. Sie wollte bei ihm sein, ganz gleich, was Landini mit ihnen vorhatte. Wollte an seiner Seite sein, seine Hand halten, in sein Gesicht schauen, wenn er wieder zu sich kam.

Landinis Männer durchtrennten das Seil. Wie eine Luftschlange wirbelte das andere Ende in die Tiefe und zuckte wild, als es von einem Strudel erfaßt wurde und zitternd an dem Wurfanker zu Coralinas Füßen zerrte.

Der Weg zurück war endgültig abgeschnitten. Sie konnte nur dem Tunnel folgen, tiefer ins Dunkel, um hoffentlich irgendwann auf den Aufstieg in die Kanalisation zu stoßen.

Sie hatten verloren, das war sicher. Die Adepten hatten die Scherbe, sie hatten Jupiter, und Janus lebte nicht mehr. Wie lange würde es dauern, bis ihnen auch die Kupferplatte in die Hände fiel? Sie konnte sich jetzt nur noch auf die Nonnen im Konvent stützen, und wie lange mochte es schon dauern, bis der Bund auch hinter dieses Geheimnis kam? Vielleicht würden sie Jupiter foltern, bis er ihnen die Wahrheit erzählte. Coralina hätte ihm deswegen gewiß keinen Vorwurf gemacht – sie selbst hätte den Adepten das Versteck der verdammten

Scherbe verraten, nur um endlich von dieser Last befreit zu sein, ganz gleich, was danach mit ihr geschah. Sie hatten so gründlich versagt, wie es nur möglich war. Sie hatten alles aufs Spiel gesetzt, sogar das Leben anderer, und sie hatten alles verloren.

Sie warf Landini einen letzten Blick zu und vergewisserte sich, daß die Männer Jupiter aus der Grotte trugen, hinaus ins Labyrinth der Schächte und Stollen.

Dann drehte sie sich um, achtete nicht auf die Drohung, die der Albino ihr hinterherrief, ging einfach los, folgte dem Lichtschein ihrer Lampe, neben sich den tobenden Strom des Wassers und vor sich nichts als Dunkelheit, kalt wie der Tod in einer Winternacht.

KAPITEL 10

Offenbarungen

Die Oberwelt empfing sie mit der rasselnden Hektik einer Stadt, die allmählich aus dem Schlaf erwachte. Im Osten hatte der Himmel die Färbung von korrodiertem Blattgold angenommen; in einer halben Stunde würde die Sonne aufgehen. Ein blasser Schimmer lag um die Kanten der Häuser, um die Kuppeln und Türme und Dachterrassen. Das erste Autohupen drang durch die Dämmerung, das Röhren der Vespas, das ferne Schreien eines Kleinkinds hinter einem offenen Fenster.

Coralina mußte aus keinem Kanaldeckel klettern oder ihre Hände durch Abflußgitter schieben, damit irgendwer auf sie aufmerksam wurde. Sie ging einfach eine schmale Treppe hinauf, die von dem breiten Kanal, dem sie die vergangenen zwanzig Minuten gefolgt war, abzweigte und dann dem Dämmerlicht entgegen, das sie erst für eine Täuschung hielt, eine weitere falsche Hoffnung, eine List der Adepten.

Sie gelangte an eine Gittertür, die nur mit einem festen Draht gesichert war. Sie brach sich zwei Fingernägel bei dem Versuch ab, ihn zu öffnen, doch schließlich gelang es ihr. Ein Nagelbett blutete, aber sie schenkte dem Schmerz keine Beachtung.

Die Gittertür führte durch einen niedrigen Bogen hinaus auf einen der gepflasterten Streifen, die sich zu beiden Seiten des Tibers erstreckten. Links von ihr wuchs die Ufermauer empor, dahinter hörte sie den Lärm der Autos, der Vespas, das Schreien des Kindes. Dies war die Welt, die sie kannte. Sie war zurück. Sie lebte. Und sie scherte sich einen Dreck darum.

Sie dachte nur an Jupiter, an seinen Gesichtsausdruck, als er sich in die Tiefe stürzte, um Janus zu retten. Daran, daß alles umsonst gewesen war. All die Toten, sogar Jupiters Opfer. Jetzt war er ein Gefangener der Adepten, und Janus war tot.

Mühsam schleppte sie sich die Treppe zur Straße hinauf. Sie fühlte sich verloren und allein gelassen. An wen konnte sie sich wenden? Wer würde ihr helfen? Sie hätte zur Polizei gehen können, aber sie bezweifelte, daß man ihr glauben würde. Sie hatte keine Beweise, und sie hätte zugeben müssen, daß die Ursache des Ganzen ein Diebstahl war, den sie selbst begangen hatte. Zudem fürchtete sie, daß die Adepten Verbindungen zu den Behörden unterhielten. Sie traute niemandem mehr. Selbst die Shuvani hatte sie hintergangen, als sie die Scherbe ausgetauscht hatte.

Die Shuvani …

Als erstes mußte Coralina herausfinden, was aus ihr geworden war. Aber sie wußte nicht einmal, in welches Krankenhaus die alte Frau eingeliefert worden war.

An der Piazza Cinque Giornate entdeckte sie eine Telefonzelle; in dem zerfledderten Telefonbuch fand sie eine Liste aller römischen Kliniken. Sie hatte noch immer ihr Portemonnaie einstecken, und so kaufte sie an einem Kiosk von ihrem letzten Geld eine Telefonkarte und machte sich daran, die Nummern der einzelnen Krankenhäuser zu wählen. Niemand kannte den Namen der Shuvani, nirgends wußte man etwas über ihre Aufnahme. Coralina wurde bei jedem Gespräch verzweifelter, und schließlich mußte sie sich eingestehen, daß ihre Versuche zwecklos waren. Die Adepten hatten die Klinik ausgewählt, in die man die Shuvani gebracht hatte, und sie hatten gewiß dafür gesorgt, daß ihr Name auf keiner Patientenliste auftauchte. Selbst die Tatsache, daß Janus herausgefunden hatte, wo sie war, mußte von Estacado gesteuert worden sein, um das Gespräch zwischen ihr und Coralina abzuhören. Die Adepten waren ihnen die ganze Zeit über einen Schritt voraus gewesen.

Die Liste der Krankenhäuser verschwamm vor ihren Augen, als sie abermals ihre Tränen niederkämpfte. Wütend schlug sie das Telefonbuch zu und lehnte sich mit dem Rücken gegen die Glasscheibe. Ein alter Mann mit Mantel und Aktentasche warf ihr von außen einen verwunderten Blick zu, verharrte einen Moment, zog es dann aber vor, weiterzugehen. Coralina blickte ihm nach und zugleich durch ihn hindurch.

Beobachtete man sie gerade? Kannte Landini den Ausgang der Kanalisation? Hatten seine Leute sie bereits erwartet und folgten ihr nun unauffällig bis zu einem Ort, wo niemandem auffallen würde, wenn man sie packte und verschleppte?

Sie wehrte sich gegen solche Gedanken, aber es gelang ihr nicht völlig, sie zu unterdrücken. Trotzdem sagte sie sich, daß die Adepten bereits hatten, was sie wollten. Jupiter würde ihnen keine anderen Informationen geben können als Coralina, noch dazu war er geschwächt von seinem Überlebenskampf im Wasser. Es sollte Landini nicht schwerfallen, alles aus ihm herauszubekommen.

Und dann? Würden sie ihn töten?

Natürlich würden sie das. Sinnlos, sich etwas vorzumachen. Jupiters einzige Chance war, das Geheimnis so lange wie möglich zu wahren und zu hoffen, daß sich ihm in der Zwischenzeit eine Möglichkeit zur Flucht bot. Vielleicht verließ er sich darauf, daß Coralina einen Weg finden würde, ihn zu retten. Aber was *konnte* sie denn tun? Sie war allein, erschöpft, und die bestbewachte Grenze Italiens trennte sie voneinander.

Mach schon, sagte sie sich, nimm dich zusammen! Tu *irgendwas*!

Ihre Gedanken rasten, rekapitulierten Jupiters Sturz in die Tiefe, seinen Aufschlag auf dem Wasser, Bilder wie in einer Endlosschleife, ein Strudel, in dessen Zentrum Jupiters Gesicht in schwarzem Wasser versank, dann wieder auftauchte und den Mund öffnete, als wollte er ihr etwas zurufen: *Mach weiter! Gib nicht auf! Wir kriegen die Scheißkerle!*

Sicher doch, natürlich ...

Entschlossen blinzelte sie den Tränenschleier fort und schlug mit zitternden Fingern erneut das Telefonbuch auf. Sie fand Fabios Nummer und tippte sie viel zu hastig ein, verwählte sich und versuchte es fluchend noch einmal. Diesmal ertönte ein Freizeichen. Vermutlich war er eben erst ins Bett gegangen. Er saß immer die Nacht hindurch vor seinen Computern und verschlief den größten Teil des Tages. Fabio war der einzige, der ihr vielleicht glauben würde; und er würde ihr helfen, da war sie ganz sicher.

Nach dem dritten Freizeichen meldete sich der Anrufbeantworter:

»Ciao, hier ist Fabio. Ihr denkt jetzt, ich bin zu Hause und hab keine Lust, ranzugehen. Aber diesmal bin ich wirklich weg. Drei Tage Besuch bei Mama. 'ne Nachricht könnt ihr nicht hinterlassen – schickt mir 'ne Mail, wenn's was Wichtiges gibt ... Ach ja, und falls du das bist, Coralina, dein Bild ist fertig. Ich hab's gefiltert, und du hattest recht. Es gibt tatsächlich ein zweites Gesicht in der Fensterscheibe. Ich hab's dir auf 'ne CD gebrannt und sie durchs Fenster in dein Kellerloch geworfen ... Ciao.«

Starr hielt sie noch einen Augenblick länger den Hörer ans Ohr, lauschte auf das verzerrte Rauschen am anderen Ende, bis schließlich ein Besetztzeichen ertönte. Wie betäubt hängte sie den Hörer ein. Kein Fabio. Niemand, der ihr helfen würde.

Ein zweites Gesicht in der Fensterscheibe.

Sie fragte sich, ob das jetzt noch von Bedeutung war. Jeder der Adepten mochte mit in der Limousine gesessen haben, vielleicht sogar Estacado selbst. Das alles war längst unwichtig geworden.

Doch es blieb die Tatsache, daß sie wahnsinnig werden würde, wenn sie nicht irgend etwas unternahm. Sie brauchte Geld, sie brauchte einen Wagen, und sie mußte herausfinden, was zu Hause vorgefallen war. Vielleicht gab es unter den Nachbarn einen, der etwas beobachtet hatte.

Egal, wie sie die Sache drehte und wendete, sie würde als erstes nach Hause gehen müssen. Sie war sich der Gefahr bewußt, daß die Adepten sie dort erwarten mochten, aber es war das einzige Ziel, das ihr einfiel, das einzige, das im Augenblick einen Sinn für sie ergab.

Benommen trat sie aus der Telefonzelle ins Freie. Ganz allmählich kehrte ein Teil ihrer alten Entschlossenheit zurück. Der Strudel in ihren Gedanken drehte sich langsamer, die Bilder wurden ruhiger, klarer.

Sie würde einen Weg finden, Jupiter zu helfen.

Der herbe, schwere Geruch von Rotwein hing in der Luft.

Jupiter öffnete die Augen und richtete sich auf. Er war schon eine Weile wach, ein paar Minuten, falls sein Zeitgefühl nicht ebenso verrückt spielte wie die meisten seiner anderen Empfindungen. Es dauerte einen weiteren Moment, ehe die Erinnerung an die Ereignisse zurückkehrte und ihm die Ausweglosigkeit seiner Lage klarmachte. Janus erschien vor seinem inneren Auge, und sein Magen zog sich zusammen vor Trauer und Schmerz.

Der Anblick seiner Umgebung hatte in Anbetracht der Situation durchaus etwas Absurdes. Jupiter befand sich in einem Weinkeller. Boden und Decke waren aus dunkelroten Ziegeln gemauert, an den Wänden standen hohe Weinregale. Flaschenhälse wiesen wie Pistolenläufe in seine Richtung, mit Schimmel überzogene Korken und blind gewordenes Glas.

Jupiter kauerte auf dem Boden. Man hatte eine Decke für ihn ausgebreitet, aber sie war dünn, und die kantigen Ränder der Ziegelsteine stachen unangenehm in seinen Körper. Er rappelte sich hoch, taumelnd wie ein Betrunkener.

Ertrunkener wäre wohl passender, dachte er mit Galgenhumor.

In der Mitte des Raumes befand sich ein spartanischer Holztisch. Darauf standen drei entkorkte Weinflaschen, daneben zwei leere Gläser. Staub haftete an den Flaschen und ihren vergilbten Etiketten. Die einzige Lampe des Kellers baumelte an einem schmucklosen Kabel über dem Tisch.

Rotwein.

Der ganze Keller war voller *Rotwein*! Er konnte es fühlen, schon der Geruch erzeugte ein Kribbeln auf seiner Haut.

Die schwere Bohlentür war geschlossen. Jetzt aber hörte er, wie sich von außen jemand daran zu schaffen machte. Er beeilte sich, zum Tisch zu kommen, um sich aufzustützen. Er wollte nicht, daß sie sahen, wie unsicher er auf den Beinen war. Erst recht widerstrebte es ihm, vor ihnen auf dem Boden zu kauern – auch wenn sich das kaum vermeiden lassen würde, wenn er noch länger den Geruch des Rotweins ertragen mußte.

Am wenigsten aber gefiel ihm der Anblick der drei offenen Flaschen.

Die Tür schwang auf, und zwei Männer traten ein. Der eine war Landini, geisterhaft weiß wie ein Laiendarsteller in einer schlechten *Hamlet*-Inszenierung. Der zweite Mann war der hünenhafte Chauffeur des Professors. Er nahm die Mütze ab und hängte sie an einen der Flaschenhälse.

»Willkommen«, sagte Landini, während der Chauffeur die Tür schloß. »Sie sind schneller auf den Beinen, als wir befürchtet hatten.«

»Ist das Ihre Art, mir nachträglich gute Besserung zu wünschen?« Jupiter heftete seinen Blick auf den Sekretär des Kardinals. »Sie sind ja immer noch ganz bleich vor Sorge.«

Landinis Lächeln wurde einen Moment lang fast humorvoll. »Sieht aus, als könnten wir gute Freunde werden.« Er trat von der anderen Seite an den Tisch und füllte die beiden Gläser mit Rotwein. »Grund genug, finde ich, um mit Ihnen anzustoßen.«

Jupiter schaute gehetzt zur Tür, aber dort stand mit verschränkten Armen der Chauffeur und musterte ihn kalt.

Landini reichte ihm eines der Gläser. »Hier, für Sie.«

»Tut mir leid«, erwiderte Jupiter und konnte seine Nervosität nicht halb so gut überspielen, wie er es sich wünschte, »um diese Tageszeit trinke ich keinen Alkohol.«

»Ich bin sicher, Sie werden für uns eine Ausnahme machen.«

Der Chauffeur kam näher.

Jupiter wich langsam zurück, schob sich sachte an der Kante des Tischs entlang. Wenn er losließ, würden seine Beine nachgeben. Er war noch immer viel zu geschwächt, um sich auf einen Kampf einzulassen. Nicht, daß er auch sonst nur eine Chance gegen den breitschultrigen Fahrer gehabt hätte.

Landinis Lächeln war wieder kühl und schmallippig. »Es gibt sehr *viel* Rotwein in diesem Keller. Ich wage keine Schätzung, was die Liter angeht, aber schauen Sie sich nur um – es sind wirklich eine Menge Flaschen.«

Weiterhin hielt er Jupiter das Glas entgegen. Es war bis zum Rand gefüllt. Das Licht der Deckenlampe zauberte ein blutiges Funkeln auf die Oberfläche des Weins, ließ ihn flirren wie einen scharf geschliffenen Rubin.

»Nehmen Sie!« verlangte der Albino mit Nachdruck.

Der Chauffeur stand jetzt nur noch einen Schritt von Jupiter entfernt und nickte ihm zu, zackig wie ein militärischer Gruß.

Sehr langsam streckte Jupiter die Hand aus und nahm das Glas.

Landini prostete ihm zu und trank einen Schluck. »Ganz hervorragender Jahrgang, übrigens. Dies ist einer der privaten Weinkeller des Heiligen Vaters. Ich hoffe, Sie wissen das zu schätzen.« Ein wenig schärfer fügte er hinzu: »Trinken Sie das Glas aus!«

Jupiter schüttelte den Kopf. Er konnte seinen Blick nicht mehr von der rotglühenden Oberfläche nehmen. Er wußte nur zu genau, was geschehen würde, falls er auch nur mit ein paar Tropfen davon in Berührung käme. Er kannte die Reaktionen seines Körpers.

Der Chauffeur trat lautlos hinter seinen Rücken. Er sagte kein Wort, aber Jupiter konnte seinen Atem im Nacken spüren.

»Machen Sie schon«, verlangte Landini.

Jupiter wußte, daß er keine Wahl hatte. Er schloß die Augen, führte das Glas an die Lippen – und trank den Wein in einem Zug.

Als er die Augen wieder öffnete, erschien ihm Landinis Gesicht noch weißer, sein sadistisches Grinsen noch breiter. Der Albino packte die angebrochene Weinflasche und streckte sie Jupiter entgegen.

»Sie sehen durstig aus, mein Freund. Hier, nehmen Sie doch gleich die ganze Flasche!«

Jupiter spürte ein Kratzen im Hals. Sein Magen revoltierte. »Was wollen Sie, Landini?«

»Nur, daß Sie trinken. Keine Angst, die Rechnung zahlt der Papst. Wer kann das schon für sich in Anspruch nehmen?«

»Ich weiß nicht, wo Janus die Kupferplatte versteckt hat.«

»*Trinken Sie!*«

»Ich ...« Weiter kam Jupiter nicht, denn im selben Moment schlug ihm der Chauffeur von hinten das leere Glas aus der Hand und umschloß mit beiden Armen seinen Oberkörper. Jupiter spürte die Muskeln des Mannes, als sie sich gegen seinen Brustkorb preßten. Seine eigenen Arme waren in der Umklammerung gefangen, er konnte sich nicht wehren.

Landini trat mit der Weinflasche um den Tisch herum. »Sie werden später noch genug Gelegenheit haben, zu erzählen, was Sie auf dem Herzen haben. Aber bis dahin gebietet es die Höflichkeit, daß Sie unsere Einladung annehmen.«

Und damit führte er die Flasche an Jupiters Mund und preßte sie brutal zwischen seine Lippen, bis das Glas schmerzhaft gegen die Schneidezähne stieß.

Jupiter versuchte vergeblich, sich aus der Umklammerung des Chauffeurs zu winden. Doch sein Strampeln half nichts. Er wollte schreien, aber ein Schwall Rotwein füllte seinen Mund. Ausspucken war unmöglich – Landini preßte den Flaschenhals mit aller Gewalt auf seinen Mund. Er mußte schlucken, wenn er nicht ersticken wollte.

»Sehen Sie«, höhnte Landini, »ich wußte, daß Sie Geschmack daran finden würden.«

Er setzte die Flasche erst wieder ab, als sie fast leer war, und auch da ließ er Jupiter nur einen Augenblick Zeit zum Luftholen. Dann flößte er ihm den Rest ein.

Jupiter versuchte, Worte zu artikulieren, aber heraus kamen nur wirre Silben. In seinem Hals schwoll etwas an. Er hatte das drängende Gefühl, sich übergeben zu müssen, aber zugleich entwickelte sein Körper ein erschreckendes Eigenleben. Eine heftige Schüttelfrostattacke überkam ihn, ließ ihn zittern wie einen Erfrierenden.

Er hörte, wie der Chauffeur an seinem Ohr leise lachte, während er den Druck auf Jupiters Oberkörper erhöhte.

Landini griff nach der zweiten Flasche. »Sie sollten auch diesem edlen Tropfen eine Chance geben.« Er tat, als studiere er das Etikett. »Ganz vortrefflich, glauben Sie mir. Der Heilige Vater nimmt an Feiertagen gern einen Schluck davon.«

Erneut rammte er Jupiter einen Flaschenhals zwischen die Zähne.

Diesmal aber gelang es Jupiter, seinen Kopf freizuschütteln und Landini einen ganzen Schwall Rotwein ins Gesicht zu spucken. Der Albino wurde stocksteif und starrte Jupiter ausdruckslos an. Rote Rinnsale liefen über seine Stirn und Wangen. Jupiter brach in hysterisches Gelächter aus, als ein Bild aus dem Dämmer seines benebelten Verstands emporstieg: Landini als Marmorstatue vor den Toren des Senats, als das Blut Cäsars über seine weißen Züge spritzte.

»Halt ihn fest!« fauchte Landini den Chauffeur an, und noch im selben Augenblick schlossen sich die Arme des Mannes so fest um Jupiter, daß er kaum mehr atmen konnte.

Nur noch trinken.

Schlucken.

Sterben?

Der Rest des Weins floß seine Kehle hinab. Landini riß die Flasche von seinem Mund. Das Gesicht des Albinos war jetzt nur noch ein ferner, gespenstischer Schemen.

Der Alkohol tat seine Wirkung, gewiß, aber das war nicht das Schlimmste. Schon jetzt rebellierte sein geschwächter Körper auf die anderthalb Liter Gift, die sie ihm eingeflößt hatten. Eigentlich war es zu früh, um schon eine Hautreaktion zu spüren. Doch ganz gleich, ob es an der Menge lag oder nur an Jupiters schwindendem Bewußtsein – er spürte, wie das Jucken begann, die Rötungen, der schuppige Ausschlag. Er fühlte, wie es sich von seinem Bauch aus in alle Richtungen ausbreitete; wenn er an sich hinabsah, hatte er das Gefühl, auf den Körper eines Brandopfers zu schauen. Alles um ihn herum schwankte, drehte sich, rotierte in einem schneller werdenden Mahlstrom aus Rot und Schwarz und dem Weiß von Landinis verzerrter Fratze.

Er war jetzt fast froh, daß der Chauffeur ihn festhielt. Allein hätte er sich nicht eine Sekunde auf den Beinen halten können, dazu war oben viel zu sehr unten, und unten irgendwie oben.

Wie durch einen Dunst aus mikroskopischen Kristallen, blitzend und spiegelnd vor seinen Augen, sah er, daß Landini nach der dritten Flasche griff.

Jupiters Kehle füllte sich mit Säure, so blitzartig, daß er gerade noch rechtzeitig den Mund aufbekam, um nicht daran zu ersticken. Purer Rotwein schoß über seine Lippen, besudelte Landini, den Tisch, ihn selbst. Er würgte und spuckte, und plötzlich schwand sogar der Druck um seinen Oberkörper, als der Chauffeur ihn losließ.

Landini stieß eine Kette heftiger Flüche aus, aber Jupiter hörte sie nur wie durch Watte. Die dritte Flasche wurde wutentbrannt zu Boden geschleudert und zerplatzte mit einem schrillen Klirren, das langgezogen in Jupiters Ohren nachhallte.

Seine Knie gaben nach, er sackte zusammen. Nur um Haaresbreite verfehlte sein Kinn die Tischkante, dann schlug er rückwärts auf dem Boden auf. Sein Hinterkopf landete auf dem Schuh des Chauffeurs –

(derselbe Schuh, der vor Piranesis Kirche eine Ameisenstraße zermalmt hatte)

– und prallte dann auf harten Stein, als der Fuß unter seinem Schädel weggezogen wurde.

Wieder sagte Landini etwas, diesmal zu dem Chauffeur, und durch den flirrenden Kristalldunst sah Jupiter, daß die beiden Richtung Tür gingen und sich dann einfach auflösten wie in einem Säureregen.

Die Tür fiel ins Schloß. Er war allein.

Allein in einer Pfütze aus erbrochenem Wein, vor Schwindel nahezu unfähig, sich zu bewegen. Er konnte sich nur zur Seite wälzen, als eine weitere Weinfontäne aus seinem Rachen schoß, seine Kleidung tränkte, seine Haut bedeckte.

SEINE HAUT ...

Das Jucken explodierte auf seiner Brust und strahlte von dort aus in alle Richtungen, fraß sich an seinen Gliedern entlang, den Hals hinauf, über die Wangen, die Stirn, die Kopfhaut.

Jupiter schrie wie ein Wahnsinniger. Dann bohrten sich seine Fingernägel in weiche Haut und rissen sie in Fetzen.

Der helle Morgenhimmel spiegelte sich in den Schaufenstern des Ladens. Coralina sah, daß etwas anders war als sonst. Da waren Bücher in der Auslage, die nicht dorthin gehörten, achtlos hingeschleudert, kreuz und quer, als sei im hinteren Teil des Geschäfts eine Bombe explodiert.

Das Glas der Ladentür war zerbrochen; sie stand einen Spalt weit offen.

Ein Frösteln schüttelte Coralina, als sie vorsichtig die Hand nach der Tür ausstreckte. Sie gab ihr einen Stoß und sah zu, wie sie nach innen schwenkte. Der Rahmen fuhr knirschend über Glassplitter hinweg, ehe er gegen ein größeres Stück stieß und sich verkantete. Der entstandene Spalt war gerade breit genug, daß Coralina hindurchschlüpfen konnte.

Sie hatte in den vergangenen Stunden zu viel durchgemacht, als daß der Anblick des verwüsteten Ladens sie jetzt noch hätte erschrecken können. Sie war wütend und traurig, aber sie hatte keine Angst. Irgendwer hatte einen Großteil der Bücher von den Brettern gezerrt, auch einige Regale waren umgekippt. Lose Blätter lagen umher, und jemand hatte alle Schubladen am Kassentisch aufgebrochen. Die Kasse war geöffnet und geleert worden, vermutlich, um der Polizei einen gewöhnlichen Einbruch vorzugaukeln.

Gegen ihr besseres Wissen rief Coralina mehrfach nach der Shuvani, stieg über die Bücher am Boden hinweg zur Treppe und stürmte die Stufen hinauf ins erste Stockwerk. Hier sah es ähnlich aus wie unten, alles war durchsucht worden, sogar das Geheimfach unter der Truhe hatte man entdeckt.

Weiter nach oben, in die Küche, ins Wohn- und ins Schlafzimmer. Auch hier hatte man herumgestöbert, wenn auch weniger gründlich. Das Durcheinander nahm sich im Vergleich zum Chaos unten im Laden eher harmlos aus.

Die Shuvani war nirgends zu finden.

Coralina lief wieder nach unten. Als sie das Erdgeschoß erreichte, fiel ihr etwas auf, das sie zuvor nicht wahrgenommen hatte. Geräusche drangen aus dem Keller herauf, leises Rauschen und Plätschern; es klang wie eine Sparversion des Reservoirs unter dem Vatikan.

Vor der Kellertreppe blieb sie wie angewurzelt stehen.

Der Keller stand unter Wasser.

Hüfthoch, schätzte sie. Mindestens. Auf der dunklen Oberfläche schwammen ihr Blätter und Dokumente entgegen, die Rißzeichnungen ihrer Restaurationsarbeiten, Briefe, Faxe, Unterlagen aus der Zeit ihres Studiums.

Das Wasser plätscherte aus den zerstörten Rohrleitungen, die unter der Kellerdecke entlang führten und die sie damals, nach ihrer Rückkehr aus Florenz, dunkelrot angestrichen hatte.

Rückwärts ließ sie sich auf eine Treppenstufe fallen, vergrub das Gesicht in den Händen und gestatte sich zum ersten Mal seit ihrer Flucht aus dem Vatikan zu weinen. Ungehemmt ließ sie ihre Tränen fließen und schluchzte haltlos. Sie weinte um Jupiter, um die Shuvani, um ihr eigenes Schicksal. Es gab keine Hoffnung, ganz gleich, was sie unternehmen würde, um die Dinge wieder ins Lot zu rücken. Keine Chance, keine Rettung.

Nach ein paar Minuten erholte sie sich ein wenig, die Tränen versiegten, und sie stellte fest, daß sie wieder klarer denken konnte. Die Zerstörung der Wasserleitungen war mehr als eine

Gehässigkeit. Die Adepten hatten geglaubt, irgend etwas hier unten zerstören zu müssen. Sie trauten Coralina nicht. Sie wußten nicht, wieviel sie herausgefunden hatte und was davon sie vielleicht auf Papier oder im PC festgehalten hatte.

Beim Gedanken an den Computer fiel ihr Fabios CD-Rom ein. Er hatte sie durch das Fenster geworfen, das ihr als Briefkasten diente. Von dort aus landete alles direkt auf ihrem Schreibtisch, der jetzt unter Wasser stand. Trotzdem mußte sie versuchen, die Disk zu retten, wenn auch nur, weil es das einzige war, das ihr im Augenblick zu tun einfiel.

Das Wasser, das ihr bis zu den Knien stand, war eiskalt. Sie zog Janus' Taschenlampe hervor und schaltete sie ein. Der Keller war dunkel bis auf einen fahlen Schimmer, der durch die Fenster hereinfiel. Sie lagen unterhalb des Straßenniveaus, und die Morgensonne stand noch nicht hoch genug, um die Fensterschächte mit Licht zu füllen. Graues Dämmerlicht lag über den hinteren Räumen, die vorderen waren völlig dunkel.

Sie war sicher, daß sich niemand mehr hier unten befand – warum hätte irgendwer in dem kalten Wasser auf sie warten sollen? Dennoch war ihr ganz schlecht bei dem Gedanken, tiefer in die überfluteten Zimmer vorzudringen. Das Plätschern des Wassers aus den zerschlagenen Rohren übertönte alle anderen Laute; sie würde also nicht einmal hören können, falls sich ihr jemand von hinten näherte.

Zwei, drei Meter weit watete sie ins Wasser. Es reichte ihr bis zum Bauchnabel. Sie hatte eine Gänsehaut, aber ihre Anspannung nahm der Kälte ein wenig von ihrem Biß. In dem schwachen Licht war alles unsichtbar, das sich tiefer als eine Handbreit unter der Oberfläche befand. Sie hätte sich ebensogut durch schwarzes Öl kämpfen können, es hätte kaum einen Unterschied gemacht. Ganz kurz spielte sie mit dem Gedanken zu schwimmen, um schneller voranzukommen, aber aus irgendeinem Grund beunruhigte sie die Vorstellung, den Kontakt zum Boden aufzugeben – vielleicht, weil der Gedanke, durch ihren *Keller* zu kraulen, einfach zu abwegig, zu bizarr war.

Langsam kämpfte sie sich den Flur entlang. Der Widerstand des Wassers war größer, als sie erwartet hatte, ihre Schritte kamen ihr vor wie Bewegungen in einer Zeitlupenaufnahme.

Plötzlich stieß sie mit dem Knie gegen die Kante einer alten Truhe. Der Schmerz flammte an ihrem Bein empor, und sie verlor das Gleichgewicht. Instinktiv versuchte sie, sich abzustützen; dabei ließ sie die Lampe fallen. Sie spürte, wie sie an ihrem Bein hinabglitt, auf ihrem Fuß aufkam, von dort abrollte und einen Augenblick später verschwunden war. Ärgerlich blickte sie an sich hinab und sah den Schein der Lampe fahl unter der Oberfläche leuchten. Das Modell war wasserdicht, doch das änderte nichts daran, daß sie jetzt über einen Meter tief unter Wasser lag. Coralina würde hinabtauchen müssen, um sie aufzuheben.

Mit einem leisen Fluch blickte sie hinüber zur Tür des Arbeitszimmers. Dahinter war es so dunkel, daß sie kaum Hoffnung hatte, die CD-Rom zu finden; erst recht nicht, falls sie in eine andere Ecke des weitläufigen Raumes gespült worden war.

Nein, sie hatte keine Wahl. Sie war auf die verflixte Lampe angewiesen.

Noch einmal schaute sie sich im Dunkeln um, dann holte sie tief Luft und tauchte unter. Im Wasser öffnete sie die Augen, in der Hoffnung, etwas erkennen zu können, doch die wabernden Schemen aus Schwärze um sie herum verstärkten nur ihre Unruhe. Sie ging in die Hocke und tastete nach der Quelle des Lichtscheins. Das Plätschern an der Oberfläche klang hier unten dumpf und sehr weit entfernt. Sie kannte jeden Quadratzentimeter dieses Flurs, des ganzen Kellers, und doch war er ihr nun vollkommen fremd, als hätte sich die Realität verschoben und einen bekannten Ort in etwas Fremdes, Bedrohliches verwandelt.

Die Finger ihrer rechten Hand umfaßten die Taschenlampe. Kraftvoll stieß sie sich ab und brach mit Kopf und Brust durch die Oberfläche. Sie war nicht lange unter Wasser gewesen, war nicht einmal wirklich außer Atem, und doch hatten ihr die wenigen Sekunden dort unten mehr Furcht eingejagt als der Anblick des überschwemmten Kellers oder die Dunkelheit der Räume. Ganz kurz hatte sie das Gefühl gehabt, sehr viel tiefer hinabgetaucht zu sein, und erneut kehrte die Erinnerung an den Sturz der beiden Männer in das Reservoir zurück; die Erinnerung an Janus, der im bodenlosen Abgrund des Beckens versank; an Jupiter, der ihm gefolgt war, um ihn zu retten.

Sie zitterte jetzt, nicht nur vor Kälte. Mühsam kämpfte sie einen erneuten Anflug von Panik nieder und setzte ihren Weg zum Wohn- und Arbeitszimmer fort. Auch hier riß der kleine Lichtkegel treibendes Papier aus der Finsternis, gleich daneben die Blätter einer Pflanze, die wie Seerosen auf der Oberfläche schwammen. Das herabplätschernde Wasser aus den Rohren erzeugte wirbelnde Strömungen, die von allen Seiten zugleich zu kommen schienen. Dadurch bewegten sich die heil gebliebenen Rißzeichnungen an den Wänden in einem sanften Schwanken, wie das zähe Flattern weißer Papiervorhänge. Das Fenster war nach wie vor gekippt, der Schreibtisch unter der Wasseroberfläche unsichtbar. Treibgut verriet die Stelle, an der er stand.

Coralinas Computertower stand auf dem Tisch, sein oberer Teil ragte aus dem Wasser wie der Tempelturm einer versunkenen Stadt. Vom Monitor war nur noch ein schmaler Rand zu sehen.

Coralina watete tiefer in den Raum, als plötzlich …

Ein Geräusch, hinter ihr! Sie drehte sich um. Nichts! Nur das Rauschen des herabprasselnden Wassers, durchmischt mit Glucksen und Klatschen und Schwappen.

Aber war da nicht eine Stimme gewesen? Sie ging zurück zur Tür und blickte hinaus in den Flur. Sie wagte nicht, mit der Lampe zur Treppe zu leuchten, aus Angst, jemand könne von oben den Lichtschein bemerken.

Vorsichtig bewegte sie sich zurück in den Raum. Falls dort oben jemand war, würde er mit Sicherheit zuerst in den trockenen Etagen nach ihr suchen. Ihr blieb also noch ein wenig Zeit. Und falls sie sich getäuscht hatte, falls niemand da war – um so besser. Es wurde ohnehin Zeit, daß sie die Sache hier unten hinter sich brachte.

Zaghaft ertastete sie unter Wasser den Rand des Schreibtischs, fühlte mit den Fingern seine Oberfläche. Da war ein schwerer Füllfederhalter, ein Locher, ein leerer Abroller für Klebeband. Die Stelle, an der sonst die Post landete, war leer bis auf einen dicken Umschlag, der sich mit Wasser vollgesaugt hatte. Er war weich und biegsam. Also keine CD-Rom.

Sie hielt die Lampe über den Schreibtisch und versuchte, durch das Wasser hindurch weitere Einzelheiten zu erkennen. Das Keyboard ihres PCs, die Maus, eine leere Plastikablage, ein silberner Brieföffner. Nirgends eine Spur von Fabios CD. Wie sie ihn kannte, hatte er sie ohne Umschlag durchs Fenster geworfen, vermutlich auch ohne Plastikhülle. Sie ließ den Lichtschein der Lampe in einer spiralförmigen Bewegung rotieren, in immer weiteren Kreisen, bis er über die Kante des Schreibtischs hinausglitt und vom umliegenden Nichts geschluckt wurde. Das Licht reichte nicht aus, um auch den Fußboden zu erhellen. Coralina wollte sich schon dem Treibgut auf der Oberfläche zuwenden, als sie plötzlich ein Glitzern bemerkte. Etwas hatte das Licht reflektiert, ein silbriger Augenaufschlag, gleich wieder vorbei.

Okay. Sie war einmal getaucht, sie konnte es auch ein zweites Mal tun. Prüfend leuchtete sie noch einmal über jenen Teil des Bodens, auf dem sie das Schimmern gesehen hatte, konnte aber nichts mehr erkennen.

Ein vorbeischwimmender Fisch, dachte sie in einem Anflug hysterischen Humors. Lichtreflexe auf seinen silbernen Schuppen. *Wasser … Fisch* – das war wirklich *verteufelt* komisch!

Sie atmete ein paar Mal tief durch, dann ging sie in die Knie, tauchte unter. Das Wasser verzerrte die Größenverhältnisse des Schreibtischs und der Gegenstände darauf. Sie schwenkte die Taschenlampe hin und her, in der Hoffnung noch einmal das gleiche Blitzen wahrzunehmen, irgendwo am Fuß der Tischbeine.

Beim ersten Versuch fand sie nichts als aufgeweichtes Papier und die aufgequollenen Reste einer Tafel Schokolade. Sie mußte auftauchen, Luft holen und es ein zweites Mal versuchen.

Diesmal wurde sie fündig. Der Lichtstrahl der Lampe tastete über eine silberne Scheibe am Boden hinweg. Coralina streckte die Hand danach aus, fühlte glattes Plastik und hob es auf. Langsam, um beim Auftauchen kein allzu lautes Geräusch zu verursachen, richtete sie sich auf und holte Luft.

»Ja!« flüsterte sie und hielt die Disk triumphierend in den Schein der Lampe. Sie war auf beiden Seiten unbeschriftet, eine unscheinbare CD.

Als sie sich zur Tür umdrehte, stand dort ein Mann.

Coralina erschrak so heftig, daß sie die CD fast wieder fallen gelassen hätte. Dann aber richtete sie die Lampe wie eine Waffe auf die Gestalt im Türrahmen. Etwa drei Meter trennten sie voneinander.

Der Mann stand wie sie bis zum Bauch im Wasser. Er blinzelte und hob schützend eine Hand, als der Lichtstrahl auf sein Gesicht fiel. Er war dunkelhaarig, ausgezehrt. Kinn und Wangen waren mit roten Flecken übersät, wie bei jemandem, der sich nach langer Zeit zum ersten Mal rasiert hatte. Er wirkte nicht wirklich bedrohlich – das waren vielmehr die Umstände und die unheimliche Umgebung. Wäre sie ihm auf der Straße begegnet, hätte sie eher Mitleid als Furcht empfunden. Hier unten aber, verbunden mit seinem überraschenden Auftauchen, jagte er ihr tiefe Angst ein.

»Wer sind Sie?« fragte sie, während ihre linke Hand die CD unter Wasser in eine Hosentasche schob und dann rückwärts über den Schreibtisch tastete. Noch bevor der Mann antworten konnte, bekam sie den Brieföffner zu fassen, riß ihn in einer Fontäne aus dem Wasser und richtete ihn auf den Fremden wie ein Messer.

»Ich ... ich habe Ihr Licht gesehen«, stammelte der Mann leise und schien dabei fast durch Coralina hindurchzuschauen. »Die Tür ... oben ... sie war offen. Ich suche jemanden.«

»So?« erwiderte sie mißtrauisch. »Wen?«

»Einen Mann. Einen Ausländer. Er hat mir ... das hier gegeben.« Er zog ein kleines Stück Papier aus der Brusttasche seines schmutzigen Hemdes. »Der Name darauf ... sind Sie das?«

Coralina machte langsam einen Schritt auf den Mann zu. Sie erkannte ihre Visitenkarte. »Sie haben mir noch nicht gesagt, wer *Sie* sind.«

»Mein Name ist Santino.«

Coralina erinnerte sich, daß sie diesen Namen schon einmal gehört hatte. Jupiter hatte ihn erwähnt.

»Der Kapuzinermönch?« Sie musterte ihn genauer. »Aus Cristoforos Haus?«

Santino nickte. »Ich kenne den Namen des Mannes nicht, der mir die Karte gegeben hat.« Wieder blinzelte er. »Könnten Sie ... vielleicht ... die Lampe runternehmen? Sie blendet mich.«

»Jupiter«, sagte Coralina.

»Jupiter? Wie …«

»Ja. Wie der Gott.«

Santino nickte erneut, so, als erkläre das eine ganze Menge. »Er hat gesagt, ich soll hierher kommen, wenn ich etwas über Cristoforo weiß.«

»Cristoforo ist tot«, sagte sie kühl.

Trauer zeichnete sich auf dem Gesicht des Mönches ab, aber keine echte Überraschung. »Wie ist er gestorben?«

»Man hat ihn umgebracht«, gab sie ungeduldig zurück. »Was wollen Sie hier, Santino?«

»Sie wissen mehr über Cristoforo als ich. Aber deshalb bin ich nicht gekommen. Ich bin gekommen, weil ich …« Er senkte den Kopf. »Weil ich Hilfe brauche.«

Coralina schnaubte verbittert. »Hilfe? Schauen Sie sich um! Sieht das aus, als wäre ich in der Lage, anderen zu helfen?«

»Wo ist Jupiter jetzt?«

»Nicht hier. Im Vatikan.«

Santinos Augen, ohnehin schon tiefliegend und düster, schienen sich noch weiter in ihre Höhlen zurückzuziehen, so finster war der Schatten, der sich über seine Züge legte. »Dann haben sie ihn gefangen?«

Coralina runzelte die Stirn. Wußte er Bescheid über die Adepten? Waren sie diejenigen, vor denen er auf der Flucht gewesen war, als Jupiter ihm begegnete? Sie entschied sich, dem Mönch zu trauen – zumindest auf diese Entfernung.

»Die Adepten der Schale«, bestätigte sie, erntete aber nur Unverständnis.

»Nennen sie sich so?« fragte der Mönch irritiert. »Sie sind die Sklaven des Stiers, nicht wahr?«

Er war nicht ganz richtig im Kopf, ohne jeden Zweifel. Jupiter hatte ihr seinen Eindruck von dem Mönch geschildert, aber entweder hatte er untertrieben, oder aber Santinos Zustand hatte sich seither rapide verschlechtert. Eine wahnhafte Paranoia sprach aus seinen Blicken, seinen Gesten, sogar aus seiner Haltung, erschöpft, aber auch jeden Moment zur Flucht bereit wie ein Wüstentier an einer einsamen Wasserstelle.

Coralina ging nicht auf seine Frage ein. Statt dessen sagte sie: »Wir sollten hochgehen. Wir holen uns sonst noch beide den Tod hier unten.« Als er nicht reagierte, fügte sie hinzu: »Wegen der Nässe.«

Die Worte schienen mit einiger Verzögerung bei Santino anzukommen, denn es vergingen einige Sekunden, ehe er zustimmend nickte.

Coralina leuchtete an ihm vorbei in den Flur. »Gehen Sie vor.«

Er drehte sich um und watete Richtung Treppe. Seine Bewegungen waren merkwürdig. Erst dachte sie, es läge am Wasser; dann erkannte sie, daß er leicht hinkte. Sie folgte ihm, ohne den Abstand zu verringern. Die Tatsache, daß der einzige Mensch, der möglicherweise auf ihrer Seite stand, augenscheinlich den Verstand verloren hatte, machte ihre Lage nicht gerade angenehmer.

Sie schleppten sich mit klatschnasser Kleidung die Treppe hinauf. »Weiter nach oben«, dirigierte Coralina den Mönch. »Wir könnten ein paar Handtücher gebrauchen, schätze ich.«

Im zweiten Stock ließ sie ihn auf dem Flur stehen und trat ins Badezimmer der Shuvani, um trockene Handtücher zu suchen. Sie packte einen ganzen Stapel, drückte Santino die Hälfte in die Hände und führte ihn ins Wohnzimmer.

Er legte den Stapel zaghaft auf den Tisch, nahm das oberste Handtuch und entfaltete es so sorgfältig, als hätte er große Ehrfurcht davor. Behutsam tupfte er damit auf seiner nassen Kleidung herum und wirkte schrecklich unbeholfen.

Coralina zögerte einen Moment, dann ließ sie ihn allein und ging noch einmal ins Badezimmer. Aus der Waschmaschine kramte sie eine trockene Jeans, dazu eines ihrer heißgeliebten

Kapuzenshirts aus Fleece. Nach kurzer Überlegung ergriff sie ein zweites und nahm es für Santino mit. Sie trug Pullover und T-Shirts fast immer in XL, weit und schlabberig, so daß es ihm passen würde. Für seine nasse Hose hatte sie keinen Ersatz.

Im ersten Moment behagte es ihr nicht, sich vor Santinos Augen umzuziehen, aber dann bemerkte sie, daß die Situation für ihn weit befremdlicher und unangenehmer war als für sie. Immerhin war er ein Mönch, und er schaute rasch und mit einer gewissen Bestürzung zu Boden, als sie ihre nasse Jeans abstreifte und ihre nackten Beine zum Vorschein kamen. Vermutlich hatte er seit Jahrzehnten keine Frau mehr ohne Kleidung gesehen.

Als ahnte er, was sie dachte, sagte er leise: »Ich habe immer nur Männer gepflegt, niemals Frauen, wissen Sie?«

Sie schlüpfte in die trockene Hose und zog den Reißverschluß zu. »In welchem Kloster leben Sie?«

»In … gar keinem mehr. Ich habe den Orden verlassen.«

»Und vorher? Im Kapuzinerkloster an der Via Veneto?«

Santino nickte.

»Ich kenne die Kirche«, sagte sie. »Santa Maria della Concezione. Als Kind hab ich dort mal die Knochengruft besichtigt.«

Der Mönch knöpfte sein fleckiges Hemd auf, zog es aus und faltete es sorgsam zusammen. Sein nackter Oberkörper wirkte dürr und ausgehungert. Die Haut war sehr hell, so als sei sie noch nie einem Sonnenstrahl ausgesetzt worden. »Die Gruft ist in den letzten Jahren zur Touristenattraktion verkommen.«

Coralina wandte ihm den Rücken zu, als sie ihr nasses Oberteil auszog, sich abtrocknete und das Kapuzenshirt überzog. Als sie sich umdrehte, war auch er wieder vollständig bekleidet.

Sie wollte so schnell wie möglich nachschauen, was Fabios Filterung des Fotos ergeben hatte – sie wollte dazu eines der Internet-Cafés in der Innenstadt aufsuchen –, und sie machte keinen Hehl aus ihrer Ungeduld, als sie sich zur Treppe wandte.

»Wissen Sie es?« fragte Santino unvermittelt.

»Was soll ich wissen?«

»Die Wahrheit über den Stier. Über Cristoforo. Über die endlose Treppe.«

Sie ließ sich auf einer Sessellehne nieder und fixierte ihn. »Diese Sache mit dem Stier ...«

»Ich weiß schon«, unterbrach Santino sie. »Sie glauben, ich bin verrückt. Aber es gibt Dinge, die habe ich mir nicht eingebildet. Ich habe die Aufzeichnungen der anderen gesehen. Die Videos, die Remeo gemacht hat. Die Bilder von der Treppe. *Das* war keine Einbildung!«

Sie hatte nicht die leiseste Ahnung, wovon er sprach. »Hören Sie, ich weiß nicht, was das mit Jupiter zu tun hat oder mit den Adepten. Nicht mal mit Cristoforo.«

»Cristoforo kannte den Schlüssel«, sagte Santino. »Ich habe ihn jahrelang gepflegt, und er hat ihn für mich aufgezeichnet. Aus dem Kopf, mitten in diesem Bild. Er hat dabei immer wieder einen Satz gesagt ...«

»Es ist immer Nacht im Haus des Daedalus«, sagte Coralina leise.

Santino legte überrascht den Kopf schräg. »Das waren seine Worte. Er sagte, er habe den Schlüssel hier oben, in seinem Kopf. Und dann hat er ihn aufgezeichnet. Ich habe nichts darauf gegeben, verstehen Sie, lange Zeit nicht. Aber dann, irgendwann, als ich mit Bruder Remeo darüber gesprochen habe und sich bestimmte ... bestimmte *Dinge* zusammenfügten ... gewisse Hinweise ... da habe ich den Schlüssel anfertigen lassen. Cristoforo hat mir vertraut. Ich habe ihm den Schlüssel gezeigt, und da wurde er wütend. Er schrie und schlug um sich, redete wirres Zeug. Und dann verschwand er einfach. Wir konnten ihn nicht zurückhalten.«

Unten in der Gasse schlug eine Wagentür. Dann eine zweite.

Coralina stand auf. »Haben Sie das gehört?« Sie wartete nicht auf seine Antwort, sondern rannte in einen der vorderen Räume und warf durchs Fenster einen Blick auf die Gasse. Sie sah ein schwarzes Wagendach. Das Dach einer Limousine.

Ein schrilles Knirschen drang aus dem Erdgeschoß herauf.

»Das ist das Glas unter der Ladentür«, entfuhr es ihr.

»Sie kommen«, wisperte Santino, aber er klang sehr ruhig, fast gleichgültig. »Sie werden uns töten.« Eine simple Feststellung in einem Tonfall, als spräche er von einem bevorstehenden Regenschauer.

Sie lief zur Treppe, überlegte angestrengt. Dann drängte sie Santino ins Wohnzimmer. »Durch die Glastür, schnell! Von der Terrasse aus können Sie aufs Dach. Los, machen Sie schon!«

»Was ist mit Ihnen?«

Sie horchte nach unten, hörte Glassplitter, die unter Schuhsohlen knirschten. »Ich muß noch was erledigen. Laufen Sie vor!«

Sie wartete nicht, um zu sehen, ob er ihrer Anweisung folgte. Eilig, aber so leise sie konnte, schlich sie die Treppe hinunter.

»Sie gehen denen ja entgegen!« flüsterte Santino verstört hinter ihrem Rücken.

»Verschwinden Sie schon!« gab sie scharf zurück.

Sie hörte, wie er sich ins Wohnzimmer zurückzog, dann konzentrierte sie sich ganz auf die Geräusche von unten. Sie erkannte mindestens zwei Stimmen, ohne zu verstehen, was sie sagten. Das Glas knirschte jetzt nicht mehr; das bedeutete wohl, daß alle jetzt im Laden waren.

Coralina erreichte den Treppenabsatz des ersten Stocks. Hier lag ein verstreuter Haufen Bücher, derselbe Stapel, in den die Shuvani vor einigen Tagen hineingestolpert war, gleich nach Jupiters Ankunft. Die Bücherlieferung an Kardinal Merenda. Damals – *Gott, das klang, als sei es schon Jahre her!* – hatte Coralina ihrer Großmutter versprochen, die Bücher so schnell wie möglich zum Vatikan zu bringen. Die Erinnerung daran versetzte ihr einen Stich. Zu dem Zeitpunkt hatten sie noch nicht ahnen können, wie sich die Dinge entwickeln würden.

Unten schepperte etwas. Jemand stolperte und fluchte in einer harten, rauhen Sprache.

Coralina hielt vor Aufregung den Atem an. Ihr Blick glitt über den verstreuten Bücherstapel, auf der Suche nach … etwas.

Sie fand es im selben Moment, als unten im Erdgeschoß die Treppe knarzte. Die Männer kamen herauf!

Coralina packte ihren Fund – ein einfaches Blatt Papier, die handschriftliche Liste des Kardinals mit den Buchtiteln, die die Shuvani ihm hatte schicken sollen. Neben seiner Unterschrift prangte deutlich ein altmodisches Lacksiegel.

Mit dem Dokument in der Hand stürzte Coralina die Stufen hinauf. Aus dem Augenwinkel sah sie noch, wie unten jemand um die Treppenbiegung kam, ein großer schwarzer Umriß, der erstaunt aufschaute, als er Coralina die Treppe hochrennen sah.

Sie hörte, wie die beiden Männer unten im Treppenhaus die Verfolgung aufnahmen. Schwere Schritte auf den hölzernen Stufen. Ein Ruf, den sie nicht verstand.

Sie erreichte den zweiten Stock, sprintete durchs Wohnzimmer und hinaus auf die Dachterrasse. Santino war nirgends zu sehen. Durch die Fenster nahm sie die beiden Schatten wahr, die jetzt durchs Wohnzimmer huschten und ihr folgten.

Atemlos stopfte sie Merendas Schreiben zu der CD-Rom in die Hosentasche und sprang die schmale Eisentreppe hinauf, die von der Terrasse auf das höhergelegene Dach führte. Hier oben hatte Jupiter sie beim Schlafwandeln überrascht. Die Morgensonne hing glühend in einem Riß zwischen den Wolken und übergoß die Dachlandschaft mit flüssigem Gold. In Braun- und Ockertönen erstreckte sich um sie herum ein Meer aus Ziegeln und Türmen und Giebeln. Auf einem der Nachbarhäuser begannen Tauben in ihrem Verschlag zu kreischen, so als spürten sie, daß ganz in der Nähe Gefahr drohte.

Santino stand unweit eines Gitters, hinter dem sich der Abgrund der Gasse öffnete.

»Falsche Richtung!« rief sie ihm keuchend zu. »Da entlang!«

Sie deutete nach rechts, wo das Dach ihres Hauses gegen die Schräge eines benachbarten Gebäudes stieß. *Fast!* Denn zwischen den beiden Häusern war ein tiefer Spalt, nicht breiter als anderthalb Meter. Coralina setzte darüber hinweg, blieb dann stehen und wartete darauf, daß Santino ihr folgte.

Aber Santino stand immer noch unverändert vor dem Gitter, schaute in die Tiefe, dann zu ihr herüber – und lächelte.

Coralinas verwirrter Blick wurde abgelenkt, als ihre Verfolger die Eisentreppe heraufhetzten. Den ersten Mann erkannte sie wieder – es war der Chauffeur, der Mann, der Professor Trojan in seinem Rollstuhl in die Halle des Daedalusportals geschoben hatte. Der zweite Mann trug einen dunklen Overall. Er war nicht kleiner als der Chauffeur, wenn auch weniger breitschultrig. Sein Gesichtsausdruck blieb ausdruckslos, nicht einmal besonders interessiert. Auf Coralina machte er den Eindruck eines Mannes, der tat, was man ihm sagte, jemand, der funktionierte, ohne moralischen Ballast. Das machte ihr beinahe mehr Angst als das überhebliche Grinsen des Chauffeurs.

»Santino!« brüllte sie. »Kommen Sie!«

Wenn der Mönch noch länger zögerte, würden ihm die beiden den Weg abschneiden. Tatsächlich setzte er sich jetzt in Bewegung, humpelte erstaunlich schnell auf sie zu, und noch immer spielte dieses sonderbare Lächeln um seine Lippen, seltsam sanft, fast freundlich; einen Moment lang verwirrte es sie so sehr, daß sie Mühe hatte, sich davon loszureißen. Dann aber wirbelte sie herum, nutzte die letzten paar Schritte bis zur Kante als Anlauf und sprang mit einem weiten Satz über die Schneise zwischen den Häusern. Beim Aufprall auf der seichten Dachschräge hatte sie kurz das Gefühl, mitsamt der Ziegeln abzurutschen, doch schon nach ein, zwei Herzschlägen fing sie sich und rannte weiter.

Santino folgte ihr, sprang trotz eines schwachen Beins fast noch weiter als sie selbst. Sie wartete, ließ ihn vorneweg laufen, die Schräge hinauf, über den Dachfirst und auf der anderen Seite wieder hinunter. Es war Coralina fast ein wenig unheimlich, mit welcher Zielstrebigkeit Santino den richtigen Weg fand, morschen Dachpfannen auswich und einen Haken um ein Dachfenster schlug, das versteckt hinter einem Vorsprung lag. Es war, als kenne er die Dächer hier oben ganz genau, so, als wäre er bereits früher hier gewesen und hätte sich eine Fluchtroute zurechtgelegt.

Natürlich! dachte sie entgeistert. War es möglich, daß er bereits viel länger im Haus war als sie? Daß er als erstes hier heraufgegangen war und die Lage sondiert hatte? Seine Flucht vor was auch immer hatte ihn dazulernen lassen. Er mochte ein Mönch sein, und er mochte krank und schwächlich wirken, aber in diesem Augenblick begriff Coralina, daß Santino ganz genau wußte, was er tat.

Der Chauffeur und der zweite Mann waren ihnen dicht auf den Fersen. Beide setzten mühelos über den Spalt hinweg; nur der Mann im Overall kämpfte kurz um sein Gleichgewicht, als unter seinen Füßen eine Dachpfanne in Bewegung geriet, abrutschte und in der Tiefe verschwand. Er selbst fing sich ohne große Anstrengung und setzte die Verfolgung fort, zwei, drei Schritte hinter dem Chauffeur.

»Dort entlang«, keuchte Santino und zeigte nach links.

Coralina zögerte noch, ihm zu folgen, und deutete in die entgegengesetzte Richtung. »Was ist mit der Tür da drüben?«

Es war der Eingang zu einem Betonwürfel, den man wie einen Zylinder auf eines der Dächer gesetzt hatte. Vermutlich führte er in ein Treppenhaus.

»Abgeschlossen«, zischte Santino und bog nach links.

Coralina folgte ihm. Also *war* er hier oben gewesen.

Sie rannten über eine Fläche voller Katzenkot. In einer Ecke lag ein Haufen weißer Federn, verklebt mit der schmutzigen Teerpappe. Ein paar Vogelknochen lagen verstreut daneben.

Wieder schaute sie sich um. Der Chauffeur war näher gekommen, der andere Mann lief direkt hinter ihm. Wenn sie nicht bald einen Weg fanden, die beiden abzuhängen, würden sie sie einholen. Und dann, dessen war sie sicher, hatte auch Santino keinen Trumpf mehr im Ärmel. Mit dem Brieföffner jedenfalls, den sie immer noch in der Tasche trug, würde sie kaum etwas ausrichten können.

»Da rauf!« kommandierte der Mönch und humpelte eine Ziegelschräge hinauf. Die Platten knirschten bedenklich – stärker noch, als Coralina ihm folgte –, aber sie hielten der Belastung stand.

Am meisten beunruhigte sie, daß die beiden Männer hinter ihr keinen Versuch machten, sie mit Rufen zum Aufgeben zu bewegen. Sie mußten sich vollkommen sicher sein, daß es kein Entkommen für die Flüchtlinge gab. Und wenn Coralina ehrlich zu sich war – wenn sie *Zeit* gehabt hätte, ehrlich zu sein –, wäre sie wohl zu dem gleichen Schluß gekommen.

Sie erreichten den höchsten Punkt der Schräge. Santino verharrte einen Moment lang und wartete, bis Coralina bei ihm war. Als sie neben ihm stand, wies er sie leise an, auf der anderen Seite einen weiten Bogen zu laufen. Ihr Blick fächerte über die abschüssige Schräge, doch sie konnte nichts Auffälliges entdecken.

Sie bewegte sich nach rechts und hielt sich auf ihrem weiteren Weg gefährlich nah am Rand der Dachschräge. Sie befanden sich auf einer Lagerhalle, die an einen Hinterhof der Via del Governo Vecchio grenzte. Der Hof lag zwei Etagen unter ihr. Sie erkannte das Gebäude nicht auf Anhieb; in ihrem Kopf herrschte ein viel zu großes Durcheinander. Allerdings vermutete sie, daß es sich um eine der zahllosen Vespa-Werkstätten handelte, die es in diesem Viertel gab, nach Öl und Abgasen riechende Hallen, in denen junge Männer nach Feierabend ihre Motoren frisierten. Ein Blick in die Tiefe des Hofs bestätigte ihre Vermutung: Dort unten lag ein Haufen ausgemusterter Reifen.

Jetzt erkannte sie am Ende des Daches das Stahlgestänge einer Feuerleiter, die hinunter in den Hof führte. Das mußte der Weg sein, den der Mönch ausgekundschaftet hatte. Wenn sie erst einmal dort unten waren, war es ein leichtes, ihren Verfolgern zu entkommen.

Als sie sich umschaute, stand Santino noch immer am Giebel. Er lächelte wieder dieses befremdliche Lächeln, das so gar nicht zu ihrer Situation paßte.

»Santino!« rief sie und hielt auf die Feuerleiter zu. »Verdammt, worauf warten Sie?«

Hinter ihm, jenseits des Dachfirsts, erschienen die Köpfe und Oberkörper der beiden Männer. Santino rieb sich das Knie seines lahmen Beins, so als hätte er Schmerzen – ein Trick, um seine Verfolger unvorsichtig zu machen. Dann aber humpelte er los, mitten über die Schräge.

Coralina blieb stehen. Sie konnte nicht anders. Sie mußte sehen, was geschehen würde, mußte wissen, was er tat – und sie fragte sich, *warum* er es tat.

Die Ziegel bebten unter Santinos Füßen, und jetzt fiel Coralina auf, daß sie dunkler waren als die der anderen Dächer, über die sie bisher gelaufen waren. Sie sahen aus wie verfault, stärker von der Feuchtigkeit zerfressen. Morscher.

Der Chauffeur und der zweite Mann sprangen über den First und folgten Santino. Der Abstand zwischen ihnen und dem Mönch betrug keine vier Meter mehr, gleich hatten sie ihn.

Coralina stand wie erstarrt am Gestänge der Feuerleiter und hielt sich mit einer Hand daran fest. Hinter ihr gähnte der Abgrund des Hofes, aber sie hatte nur Augen für die drei Männer.

Santino hatte sie fast erreicht, als ein berstender Laut ertönte, wie von einem festen Stück Holz, das von ungeheuren Gewalten zerbrochen wurde.

Balken! Ein Dachbalken!

Der Mann hinter dem Chauffeur blieb wie angewurzelt stehen. Entsetzen breitete sich auf seinen Zügen aus, dann haltlose Panik. Er schrie laut auf, dann senkte sich der gesamte Mittelteil des Daches mit einem Geräusch, als sei eine Abrißbirne unweit von ihnen in das Gemäuer gekracht. Wie die Zeitlupenaufnahme eines Trampolins drückte sich die Schräge ächzend nach unten durch, bildete einen Krater aus Staub und Stein und splitterndem Holz.

Santino wurde schneller – und stolperte. Drei Schritte von Coralina entfernt schlug er der Länge nach hin, und erst einen Herzschlag später erkannte sie, daß er sich absichtlich auf den Bauch geworfen hatte.

Auch der Chauffeur begriff, daß Santino sie in eine Falle gelockt hatte. Er machte einen Satz und knallte eine Armlänge hinter dem Mönch auf die berstenden Dachziegel, während hinter ihm der zweite Mann mit einem entsetzlichen Kreischen im Dach versank – und das Dach versank mit ihm!

Wie ein sandfarbener Atompilz schoß eine Staubwolke empor, breitete sich über dem Dach aus und verhüllte einige Sekunden lang den Himmel und die umliegenden Dächer. Coralina klammerte sich mit einem Aufschrei an die Feuerleiter, verlor kurz den Halt, fing sich aber wieder. Ihr Herzschlag raste, so schmerzhaft, so laut, als würde er ihren Brustkorb sprengen. Vor sich sah sie im Staubnebel eine Gestalt, die auf sie zu kroch – Santino. Sie wollte ihm entgegeneilen, ihn in Sicherheit ziehen, doch im selben Moment wurde er von hinten gepackt und zurückgerissen.

»Santino!« Sie taumelte vorwärts, ungeachtet der Gefahr. Der Rand des Daches, noch etwa drei Meter breit, war erhalten geblieben, ein gezahnter Sims mit gesplitterten, zerfressenen Kanten, und noch konnte sie hinter dem Staub nicht das ganze Ausmaß der Zerstörung erkennen. Nur eines war sicher: Der zweite Mann war fort, sie hatte ihn mit einem Großteil der Ziegel abstürzen, einfach *verschwinden* sehen wie eine Handpuppe in einem Kasperletheater.

Wie sein Gefährte war der Chauffeur von dem einstürzenden Dach mitgerissen worden, doch offenbar war es ihm gelungen, sich an der Abbruchkante festzuhalten.

Santinos rechtes Knie war eingeknickt, in das linke Bein hatte der Chauffeur seine Hand gekrallt. Coralina tastete sich vorwärts, fürchtete, jeden Augenblick könnte auch der Rest des Daches nachgeben. Sie streckte die Hand aus, wollte nach Santino greifen.

Doch der Mönch lächelte nur. Und schüttelte den Kopf.

Dann stieß er sich nach hinten ab, prallte mit aller Kraft gegen den völlig überrumpelten Chauffeur – und verschwand gemeinsam mit ihm in der Tiefe.

»Nein!«

Verzweifelt stolperte Coralina einen weiteren Schritt nach vorne, kämpfte sekundenlang um ihr Gleichgewicht und hörte zugleich ein lautstarkes Poltern, als die beiden Körper auf dem Boden der Halle aufschlugen, acht oder zehn Meter unter ihr.

Sie fing sich mit letzter Kraft und bekam mit rudernden Armen das Gestänge der Feuerleiter zu fassen.

Eine ganze Weile lang kauerte sie einfach nur da, hockte am Rand des Daches, die Arme um das Geländer der Leiter geschlungen, horchte auf das leise Prasseln von Steinsplittern, als der Staub sich setzte, hörte aufgebrachte Stimmen unten im Hof und jemanden, der immer wieder kreischend nach Polizei und Krankenwagen rief, völlig hysterisch, so, wie sie selbst sich im Inneren fühlte; nur war sie viel zu benommen und zu schwach, um es nach außen dringen zu lassen.

Schließlich nahm sie all ihre Kraft zusammen und stieg die Feuerleiter hinunter, hinab in einen Hof, der sich langsam mit Menschen füllte, während andere aufgebracht versuchten, die Schaulustigen fernzuhalten. Jemand sah sie und rief ihr zu, sie solle stehenbleiben, aber sie achtete nicht darauf, tauchte im Gedränge der Menge unter, warf einen letzten Blick durch das Tor der Halle, sah drei verdrehte Leiber auf einem Berg von Trümmern und Balken liegen, zwängte sich dann durch den Ansturm der Zuschauer, erreichte die Straße und lief los, so schnell sie konnte.

Jupiters Geist schälte sich aus tiefer, allumfassender Schwärze. Sein erster Gedanke war, daß er tot sein mußte. Er war erstickt, ohne jeden Zweifel, und selbst jetzt konnte er noch nicht frei durchatmen. Aber vielleicht war das auch gar nicht mehr nötig, nicht hier – wo immer dieses *Hier* auch sein mochte.

Er wußte nicht mehr, wie er in diese Lage gekommen war. Vage erinnerte er sich an Schmerzen, an Krämpfe, an unsichtbare Hände, die seine Kehle zudrückten.

Blut unter deinen Fingernägeln.

Er erinnerte sich an Kräfte, die seinen Magen nach außen kehren wollten, ihn umkrempelten, ausquetschten.

Blut unter den Nägeln. Dein eigenes Blut.

Das Jucken war noch da, er hatte es mit herübergebracht. Vielleicht hätte man ihn am Tor zur anderen Seite in Quarantäne stecken sollen. *Der Mann, der den Juckreiz ins Jenseits einschleppt* – das würde einen Mordsärger geben.

»Wachen Sie auf!«

Eine Hand klatschte in sein Gesicht, und dieser Schmerz war mit einemmal viel wahrhaftiger als der in seiner Erinnerung. Viel *schmerzhafter*.

Er öffnete die Augen, und sogleich krallten sich seine Finger in die Haut seiner Unterarme, seines Halses, seiner Wangen. Das Jucken war kaum zu ertragen.

Er bekam wieder Luft. Nicht wie früher, aber genug, um weiterleben zu können – vorerst.

Landinis Geistergesicht grinste auf ihn herab. Weiße Geisterhände schüttelten ihn. Geisteraugen bohrten sich in seine eigenen.

»Kommen Sie schon! Sie werden erwartet!«

Er versuchte, den Kopf zu heben, aber sein Schädel wog plötzlich zwei Zentner, und er war sicher, würde er ihn jetzt bewegen, dann würde er ihm einfach von den Schultern rollen und irgendwo liegenbleiben wie eine alte Kanonenkugel auf den Zinnen eines Burgmuseums.

»Man will mit Ihnen sprechen!«

Er ballte eine Faust und überlegte benommen, ob dies ein guter Augenblick wäre, sie tief in Landinis Gespensterfratze zu graben. Bevor er zu einem Entschluß kam, traf ihn eine weitere Ohrfeige. Dann noch eine. Und noch eine.

Jupiters Augenlider flackerten, er versuchte, tief durchzuatmen. Landini mußte denken, er hyperventiliere, denn er stieß eine Reihe von Flüchen aus, verschwand für einen Moment aus Jupiters Blickfeld und kehrte dann zurück, eine halb aufgezogene Spritze in den Händen.

»Sehen Sie«, sagte Landini. »Ich geb Ihnen noch was.«

»Was… was ist das?« Seine ersten gesprochenen Worte nach fünfhundert Jahren Tiefschlaf, nach fünftausend Jahren im Sarkophag eines ägyptischen Pharaos. Die Rückkehr der lebenden Leiche.

»Ein Antihistaminikum«, sagte Landini. »Gegen Ihre Allergie.«

Jupiter verstand nicht. War nicht Landini derjenige gewesen, dem er seinen Zustand zu verdanken hatte?

»Warum tun Sie das?«

»Halten Sie den Arm still!«

Der Einstich tat weh, und die Injektion brannte höllisch – beides nicht unbedingt Anzeichen dafür, daß Landini wußte, was er tat –, aber schon nach wenigen Sekunden bekam Jupiter besser Luft, und auch das Jucken ließ ein wenig nach. Nicht völlig, natürlich nicht, darauf achtete Landini zweifellos sehr genau, aber er fühlte sich besser. Gut genug, um zu begreifen, daß sein Schwindel, die Übelkeit und die grauenvollen Kopfschmerzen nicht allein Folgen der Allergie, sondern auch des Alkohols waren. Keine Injektion der Welt würde dagegen etwas ausrichten können.

»Wo bin ich?«

»Wie sieht es denn für Sie aus?«

Jupiter versuchte abermals den Kopf zu heben, und diesmal erkannte er, daß die gesamte Umgebung strahlend weiß war.

»Ich bin im Arsch, Landini. In *Ihrem*, so wie 's aussieht.«

Der Albino blickte Jupiter irritiert an. Was für ein unfaßbarer Triumph, daß Landini die subtilen Spitzen seines feinen Humors nicht erfaßte!

Seine Sicht wurde ein wenig konkreter, dann wieder verschwommen, schließlich fast glasklar, ganz so, als spielte jemand an einem Schärferegler in seinem Kopf. Er erkannte, daß er sich in einem Waschraum befand, verkleidet mit weißen Kacheln. Kein Marmor, nur billige Keramik. Die Privatgemächer des Papstes waren dies gewiß nicht.

Noch immer fühlte sich seine Haut an, als säße er inmitten eines Ameisenhaufens. Jupiter kratzte und rieb und schabte, aber es wurde nicht besser. Zudem mußte er noch immer achtgeben, nicht zu stark aus- oder einzuatmen; er schätzte, daß seine Luftröhre etwa zur Hälfte offen war, und er kämpfte nach wie vor mit einem Würgereiz. Aber sich jetzt zu übergeben hätte alles nur noch schlimmer gemacht. Keine schöne Vorstellung, am eigenen Erbrochenen zu ersticken.

Er war nackt. Sein Haar, sein ganzer Körper waren klatschnaß. Neben ihm lag der Schlauch am Boden, mit dem man ihn abgespritzt hatte. Rote Schlieren schwammen um ihn herum, Reste des erbrochenen Weins, aber sie waren zu stark mit Wasser verdünnt, um ihm jetzt noch gefährlich zu werden.

Landini zerrte ihn auf die Beine. Sein Gesicht verriet den Ekel, den er dabei empfand, und erneut verspürte Jupiter tiefe Genugtuung. Er war viel zu schwach, um dem Albino etwas anzutun, und vorerst mußte er sich mit solch kleinen Siegen zufriedengeben.

»Wir haben trockene Kleidung für Sie«, sagte Landini, als er ihn aus dem Waschraum in einen menschenleeren Korridor führte.

Jupiter nahm an, daß sie sich irgendwo in den Kellern des Vatikans befanden. Die Umgebung pulsierte, zog sich zusammen, blähte sich wieder auf, verwischte in Unschärfen und war dann wieder so hart umrissen, daß der Anblick in seinen Augen brannte. Bei jedem unsicheren Schritt, den er mit Landinis Hilfe machte, hatte er Angst, außer Atem zu geraten. Der kurze Weg zu einer der nächsten Türen kam ihm vor wie ein Dauerlauf.

Der Albino stieß ihn unsanft in einen kleinen Lagerraum, der angefüllt war mit meterhohen Stapeln leerer Papierbögen.

Auf einem lag ein Knäuel aus Kleidung – seine Hose, sein Hemd, sein T-Shirt –, alles gereinigt, wenn auch noch klamm von viel zu kurzer Trockenzeit.

»Wie spät ist es?« fragte Jupiter mit belegter Stimme.

»Vormittag«, gab Landini knapp zurück. »Sie waren nicht lange bewußtlos. Professor Trojan hat großen Wert darauf gelegt, Ihnen Ihre eigene Kleidung zur Verfügung zu stellen. Er meinte, das sei eine Frage des Anstands.«

Jupiter zog sich ungelenk an, schwankte dabei und drohte mehrfach umzukippen, behielt sich aber unter Kontrolle. Es ging ihm dabei gar nicht so sehr um Landini – der Albino hatte ihn bereits weit genug erniedrigt, ein Sturz würde es nicht mehr schlimmer machen –, sondern vielmehr um sein eigenes Selbstwertgefühl. Stolz war für ihn immer ein abstrakter, altmodischer Begriff gewesen, aber jetzt begann er zu erfassen, was es bedeutete, wenn einem nichts blieb außer seinen Werten. Alles andere hatte er bereits verloren.

Er hoffte nur, daß Coralina in Sicherheit war. Nicht einmal dessen konnte er gewiß sein. Kurz spielte er mit dem Gedanken, Landini nach ihr zu fragen, doch dann gönnte er seinem Peiniger nicht den Triumph, ihn möglicherweise mit einer schlechten Nachricht zu konfrontieren.

Landini beobachtete ihn mit verschränkten Armen. Spott spielte um seine Mundwinkel. Jupiter hatte noch nie jemanden mit solcher Leidenschaft gehaßt wie ihn. Aber Landini wußte genau, daß er im Augenblick viel zu schwach war, um ihn anzugreifen.

»Fertig?« fragte der Albino, als Jupiter nach mehreren Anläufen endlich seine Schuhe zugeschnürt hatte.

Jupiter richtete sich benommen auf. Um ihn schien die Luft zu feuchtkalter Watte zu gerinnen, dichte Kissen, die ihm die Luft nahmen, ihn frösteln ließen. »Fertig«, knurrte er mit einem Kopfnicken.

»Gehen Sie voraus«, kommandierte Landini. »Nach rechts den Gang hinunter.«

Jupiter tat, was von ihm verlangt wurde. Bei jedem zweiten Schritt mußte er sich an der Wand abstützen, und er war froh, Landinis überhebliches Grinsen nicht sehen zu müssen. Der Albino ging zwei Schritte hinter ihm. Jupiter blickte sich nicht zu ihm um, hörte nur das Scharren seiner Sohlen auf dem Linoleum, viel zu laut, wie einen übersteuerten Toneffekt.

Sie erreichten einen abgeschalteten Paternoster – wie passend gerade an diesem Ort, dachte Jupiter. Landini dirigierte ihn in den rechten Schacht und legte einen Hebel in der Wand um. Dann stieg er zu Jupiter in die Kabine und ließ ihn nicht mehr aus den Augen. Eine grobgemauerte Wand rauschte an ihnen vorüber, während der Motor des antiquierten Aufzugs in der Ferne knirschte und ächzte.

Zwei Stockwerke höher stiegen sie aus. Landini ließ den Paternoster weiterlaufen und schob seinen Gefangenen einen Korridor hinunter, dann eine schmale Treppe hinauf. Jupiter fragte sich, weshalb sie keiner Menschenseele begegneten; allmählich mußten sie sich wieder in dichter bevölkerten Teilen des Vatikans befinden. Allerdings konnte er noch immer nicht einordnen, wo genau sie waren. Er vermutete aber, daß sie sich irgendwo auf der Ostseite befanden, in einem der zahlreichen Verwaltungsbauten.

Irgendwann wurde ihm klar, daß sie ausschließlich Fluchtkorridore und Feuertreppen benutzten. Erst kurz bevor sie ihr Ziel erreichten, traten sie auf einen Flur, der mit Teppich ausgelegt war. Die Wände waren holzgetäfelt.

Durch eine hohe Doppeltür betraten sie ein weiträumiges Büro, dessen Wände bis an die Decke mit Plänen und Bauzeichnungen bedeckt waren. Rundherum verlief in Hüfthöhe eine Eisenstange, eine Art Haltegriff wie in einem Ballettstudio. Vor den Fenstern erstreckten sich im Licht der Morgensonne die vatikanischen Gärten, sanfte Hügel in sattem, hellem Grün; Jupiter erschienen sie so unwirklich wie die Landschaft auf einem Ölgemälde.

In der Mitte des Raumes stand ein Schreibtisch mit grauer Marmorplatte. In einer Tasse dampfte frisch eingeschenkter Tee. Eine zweite Tasse stand umgedreht daneben, auf einem Teller türmte sich gezuckertes Gebäck. Man hätte meinen können, Jupiter sei zu einer Geschäftsbesprechung gebeten worden, nicht zu einem Verhör oder Schlimmerem.

»Setzen Sie sich!« Landini deutete auf einen gepolsterten Sessel vor dem Schreibtisch.

Jupiter war dankbar, ließ es sich aber nicht anmerken. Der Fußmarsch durch den Vatikan hatte ihn ausgelaugt. Ein Schleier lag wieder vor seinen Augen, und die Stimme des Albinos hatte eine dumpfe, fremdartige Qualität bekommen. Jupiter würde bald eine weitere Injektion brauchen, diesmal stark genug, um die allergischen Reaktionen endgültig zurückzudrängen. Ansonsten würde er sich spätestens in einer Stunde wie ein getretener Hund am Boden wälzen.

»Lassen Sie uns allein, Landini«, sagte eine Stimme in Jupiters Rücken. Er hatte nicht gehört, daß noch jemand das Zimmer betreten hatte; als er unbeholfen über die Schulter nach hinten blickte, erkannte er Professor Trojan. Die Gummiräder seines Rollstuhls glitten lautlos über den dicken Teppichbelag.

»Sind Sie sicher –«, begann Landini, wurde aber von Trojan unterbrochen: »Unser Freund sieht nicht so aus, als wäre er in der Verfassung, mir den Hals umzudrehen.« Der Professor lachte leise, und es klang erstaunlich warm, fast freundschaftlich. »Gehen Sie nur, Landini. Und nehmen Sie sich ein Stück Gebäck mit.«

Jupiter spürte ein hysterisches Kichern in sich aufsteigen, konnte es aber im letzten Moment unterdrücken. Landinis finstere Miene allein war es in diesem Moment wert, die mühsame Strecke bewältigt zu haben.

Trojan rollte an Jupiter vorbei hinter seinen Schreibtisch. Er nickte ihm höflich zu, bevor er sich noch einmal an Landini wandte. »Kein Gebäck? Nun gut, dann schließen Sie bitte die Tür hinter sich.«

Landini fuhr auf der Stelle herum, wagte aber kein Widerwort. Die Tür schlug zu, eine Spur heftiger, als nötig gewesen wäre.

»Ein Handlanger«, seufzte Trojan, »und zu nichts anderem ist er nutze.« Er schüttelte den Kopf und lächelte Jupiter an. »Man sollte nicht meinen, daß er tatsächlich Priester im Vatikan ist, nicht wahr? Oh, nicht etwa aufgrund seiner Niedertracht – die ist hier weit verbreitet, glauben Sie mir –, nein, wegen seiner Dummheit. Können Sie sich vorstellen, daß Landini fließend Latein spricht? Ich nicht, beim besten Willen.« Wieder lachte er, und durch Jupiters benebelte Sinne drang die vage Erkenntnis, es vielleicht doch nur mit einem freundlichen alten Herrn zu tun zu haben.

Ein Mißverständnis! Alles nur ein Mißverständnis!

Trojan räusperte sich, ein trockenes, ungesundes Krächzen. Wieder schien sich die Wirklichkeit vor Jupiters Augen zu verzerren, zu etwas anderem, Fremdem zu verschmelzen, als sich plötzlich aus Trojans linkem Nasenloch ein dunkler Blutstropfen löste und zähflüssig auf seine Oberlippe rann.

»Ach, verflucht«, flüsterte der Professor, zog ein Taschentuch hervor und preßte es unter seine Nase. Dabei legte er den Kopf in den Nacken. Jupiter wußte mit einemmal nicht mehr genau, wer von ihnen eigentlich der Angeschlagenere war.

»Nur eine Minute«, murmelte Trojan mit nasaler Stimme.

Tatsächlich saßen sie nun eine ganze Weile da, schweigend, der Professor mit zurückgelegtem Kopf, Jupiter in die Polster des Sessels gesunken, unfähig, irgend etwas aus eigenem Antrieb zu tun. Sein Verstand funktionierte einigermaßen reibungslos, und die Absurdität des Ganzen war ihm durchaus bewußt, aber ihm fehlte die Kraft, sich dagegen aufzulehnen, die eigenwillige Stimmung zu durchbrechen, mit der Faust auf den Tisch zu schlagen oder den alten Mann einfach anzubrüllen, ihn durchzuschütteln und ihm alles heimzuzahlen, was man ihm angetan hatte.

Und der Shuvani. Und Janus.

Und Coralina.

Aber er konnte nur dasitzen, den blutenden Trojan anstarren, fassungslos, verwirrt, und dabei immer wieder denken: *Ich will weg von hier weg von hier weg von hier* …

Schließlich lehnte sich Trojan nach vorne, tupfte noch einmal über Nase und Mundpartie und steckte das Taschentuch wieder ein. Unter seinem Nasenloch leuchtete noch immer in zartem Rosa die angetrocknete Spur des Blutrinnsals, und Jupiter hatte Mühe, seinen Blick zu heben und dem Professor in die Augen zu schauen. Das dünne Metallgestell seiner Brille glitzerte.

»Was wollen Sie?« fragte Jupiter.

»Möchten Sie Tee?« Trojan drehte die zweite Tasse um und schenkte ein, ohne auf Jupiters Antwort zu warten. Er schob sie ihm über den Tisch, zusammen mit dem Gebäck. »Sie sollten frühstücken.«

»Haben Sie mich deshalb herbringen lassen? Um mit mir zu frühstücken? Ihre Leute haben erst heute morgen versucht, mich umzubringen.«

Trojan nickte und wirkte betroffen. »Die Geschichte mit dem Wein … Glauben Sie mir, das war nicht mein Einfall. Landini und von Thaden müssen das ausgeheckt haben.«

»Natürlich«, erwiderte Jupiter abfällig.

»Essen Sie«, sagte Trojan erneut. »Ich gebe Ihnen mein Ehrenwort, daß die Sachen in Ordnung sind.«

Jupiter rührte weder die Tasse noch den Teller an. »Aber mein Magen nicht.«

Der Professor schenkte ihm einen irritierten Blick, dann zuckte er mit den Achseln. »Wie Sie meinen.«

»Kommen Sie zur Sache.« Der Raum schwankte um ihn herum, und die Bauzeichnungen an den Wänden waren viel zu verschwommen, als daß er Einzelheiten hätte erkennen können. Aber aus irgendeinem Grund war es dennoch die Umgebung, die ihn schrittweise zu seiner alten Sicherheit zurückfinden ließ. Früher hatte er oft mit Männern wie Trojan verhandelt, und meist hatte er bekommen, was er wollte.

Aber diese Leute haben nichts von der Allergie gewußt. Sie haben dich nicht foltern lassen.

»Ich habe mir sagen lassen, Sie waren einmal sehr erfolgreich auf Ihrem Gebiet«, sagte der Professor.

Komplimente. Das war immer der erste Schritt.

»Sie waren nicht nur ein Spürhund, Sie waren auch Geschäftsmann. Deshalb möchte ich Ihnen ein Angebot machen.«

»Ich habe die Kupferplatte nicht mehr – wie Sie vielleicht bemerkt haben.«

»Aber Sie wissen, wo sie sich befindet.«

»Es ist Stunden her, seit ich sie zuletzt gesehen habe. Das war, als Estacado uns hierhergebracht hat.«

Trojans Miene verdüsterte sich. »Estacado ...«

»Ihr Schützling hat einen Fehler gemacht, als er uns die Platte nicht gleich abgenommen hat.« Jupiter versuchte listig zu lächeln, aber er spürte selbst, daß es kläglich mißlang. »Das dürfte neben seiner eigenen auch Ihre Position innerhalb der Adepten schwächen, nicht wahr?«

Der Professor stieß ein Seufzen aus. »Ich will Ihnen nichts vormachen. Sie haben recht. Viele sind der Ansicht, Estacado habe versagt. Aber, glauben Sie mir, genau wie er bin ich gegen jede Form von Gewaltanwendung. Landini mag so etwas Spaß machen, aber ich halte dergleichen für unangebracht und unappetitlich.«

Der Tonfall, mit dem er Jupiters Tortur abtat, verriet, daß es ihm nicht um moralische Bedenken ging. Mord und Folter widerstrebten ihm auf eine Art und Weise, mit der er vielleicht das Tragen einer zitronengelben Krawatte oder einer Federboa abgelehnt hätte. Er hielt Gewalt nicht für verwerflich, nur für geschmacklos.

»Janus hat Verbündete im Vatikan«, sagte Trojan nach einer kurzen Pause und stützte sich mit den Ellbogen auf die Tischkante. »Wir sind nicht sicher, wer diese Leute sind. Aber *Sie* wissen es, Jupiter. Und ich möchte, daß Sie mit uns zusammenarbeiten.«

»Ich soll Ihnen Namen nennen?«

»Ich möchte, daß Sie für uns tätig werden. Sie sind ein fähiger Mann. Sie könnten im Auftrag der Kirche arbeiten, Kunstschätze auf der ganzen Welt aufspüren. Keine kleinen, unbedeutenden Objekte mehr, nicht dieser Firlefanz, mit dem sich die meisten Privatsammler abgeben. Die Kirche besitzt einige der wertvollsten Objekte, die Sie sich vorstellen können – und sie ist auf der Suche nach einer ganzen Reihe weiterer, die im Laufe der Jahrhunderte verlorengegangen sind. Das könnte Ihre Aufgabe sein, Jupiter. Ein aufregenderes und lukrativeres Angebot wird Ihnen kaum jemand machen können.« Er lächelte wieder. »Sie müssen mir nur vertrauen.«

Jupiter beobachtete ihn genau, während er sprach, die hellblauen kleinen Augen, seine schmalen Finger mit den manikürten Nägeln. »Die Shuvani hat Ihnen vertraut.«

Zu Jupiters Überraschung schienen die Worte Trojan zu treffen. Bei der Erwähnung der alten Frau zuckte er unmerklich zusammen. »Das ist sehr lange her«, entgegnete er leise.

»Sie hat Ihnen vertraut«, sagte Jupiter noch einmal. Er konnte gar nicht genug kriegen von den Schuldgefühlen, die sich auf den Zügen des Professors abzeichneten. »Was haben Sie mit ihr gemacht? Sie umgebracht? Sie hätte Ihnen die Scherbe niemals freiwillig gegeben.«

»Nein, wohl kaum.« Trojans betrübter Blick huschte über den Tisch, so als suche er etwas.

Jupiter bohrte weiter in der offenen Wunde. »Wollen Sie Landini auch *dafür* die Schuld geben?«

Trojan zögerte mit einer Antwort, bis er sich wieder in der Gewalt hatte. »Lenken Sie nicht ab, Jupiter. Ich weiß, was in Ihnen vorgeht. Mein Angebot reizt Sie, nicht wahr? Das ist nicht verwerflich. Ich meine, wen würde es nicht reizen? Sie könnten Ihre frühere Arbeit fortsetzen, unter neuen, verbesserten Bedingungen. Sie hätten eine Macht im Rücken, der sich keiner widersetzen kann. Sie hätten das Geld, die Verbindungen –«

»Sie wollen mich kaufen.«

»Nein«, widersprach Trojan energisch. »Ich biete Ihnen keine Summe – nur eine Perspektive. Eine Zukunft! Überlegen Sie doch. Was wollen Sie tun, wenn Sie heil aus der ganzen Sache herauskommen? Ihre Reputation ist ein Trümmerhaufen, genau wie Ihre Auftragslage. Niemand arbeitet mehr mit Ihnen. Diese kleine Geschichte in Barcelona –«

Sogar davon wußte er!

»– hat Ihre Karriere beendet, meinen Sie nicht auch? Und dann der Zwist mit dieser Japanerin. Man vertraut Ihnen nicht mehr. Alles ist zerstört, was Sie sich in zehn Jahren aufgebaut haben. Alles ... verspielt.«

Jupiter spürte Zorn in sich aufkochen, Zorn auf sich selbst und auf Trojan, weil er ihm all diese Dinge vorhielt. Dinge, die er längst wußte, und die doch laut ausgesprochen um ein Vielfaches schmerzhafter waren. Er wollte es nicht hören, wollte sich nicht damit auseinandersetzen. Trojan kannte die wunden Punkte Jupiters.

»Und Sie bieten mir an, all das zurechtzubiegen?«

»Wenn Sie es so nennen wollen.« Trojan deutete auf das Gebäck. »Nun nehmen Sie schon!«

Jupiter streckte die Hand aus und nahm einen der glasierten Fettkringel. Zögernd biß er hinein, kaute und legte den Rest wieder weg.

»Nicht mein Geschmack«, sagte er. »Tut mir leid.«

Das Lächeln des Professors wurde eine Spur kühler. »Heißt das, Sie lehnen ab?«

»Das heißt, daß ich erst wissen will, worauf ich mich einlasse. Ich will Antworten. Dann, vielleicht, überlege ich mir, ob ich Ihnen helfe.«

»Sind Sie denn sicher, daß ich Ihre Hilfe brauche?«

»Sie wollen die Platte. Und die Namen von Janus' Verbündeten. Landini hat versucht, diese Information durch Folter aus mir herauszubekommen, und es hat nicht funktioniert.« Er verschwieg, daß Landini ihm überhaupt keine Frage gestellt hatte. »Ich kann nicht behaupten, daß mich Ihr Angebot nicht reizt. Aber erst will ich wissen, worauf Sie wirklich aus sind.«

Trojan hob eine Augenbraue, sagte aber nichts.

»Was hat es mit dem Haus des Daedalus auf sich?« fragte Jupiter. »Und, bitte – die Wahrheit.«

»Die Wahrheit?« Der Professor betätigte einen Knopf in der Konsole seines Rollstuhls, fuhr ein Stück zurück und kam dann langsam um den Tisch herum auf Jupiter zu. »Wenn man den Gerüchten Glauben schenkt, gibt es weit mehr als *eine* Wahrheit. Wissen Sie beispielsweise, was man sich über den Schlüssel erzählt, den der gute Piranesi in seiner Kupferplatte verewigt hat? Es heißt, dies sei der Schlüssel, den einst Luzifer vom Tor der Hölle zog und über seine Schulter warf, als er eines Tages entschied, er sei lange genug der König der Unterwelt gewesen. Er übergab die Amtsgeschäfte an seine Großfürsten, schloß die Tür hinter sich ab und ging einfach davon.« Trojan blieb ganz ernst, als er hinzusetzte: »Ist das die Wahrheit, die Sie hören wollten?«

»Nein, das wissen Sie so gut wie ich«, entgegnete Jupiter kopfschüttelnd. »Es heißt, die Adepten handeln im Auftrag des Heiligen Stuhls. Janus sagte, es sei Ihr Ziel, die Existenz der *Carceri* oder des Hauses des Daedalus oder wie immer Sie diesen Ort nennen wollen, zu vertuschen. Aber ich glaube das nicht. Sie haben selbst gesagt, Landini sei ein Handlanger. Aber *Sie*, Professor? Warum haben Sie sich auf all das eingelassen?«

»Vielleicht aus Neugier?«

Jupiter spürte, wie die Konzentration auf ein Thema sein Denken stabilisierte. Ihm war noch immer schwindelig, doch allmählich gelang es ihm, wieder klar zu denken. »Neugier … ja, vielleicht. Für eine Weile. Aber Sie sind schon so lange in Rom, und schon so lange Mitglied der Adepten. Würde es Ihre Neugier befriedigen, diese beiden Tore – das Daedalusportal und Piranesis Nebeneingang – für immer geschlossen zu halten? Nein, Professor, das nehme ich Ihnen nicht ab.«

Trojan brachte den Rollstuhl neben ihm zum Stehen, musterte ihn ausdruckslos aus der Nähe, dann wendete er und fuhr zur Wand hinüber. Dort begann er mühsam, sich mit Hilfe des rundum verlaufenden Haltegriffs aus dem Sitz zu ziehen.

»Sagen Sie mir, was Sie sehen«, verlangte er, nachdem er einigermaßen aufrecht stand und mit bebenden Händen die Stange umklammerte. »Kommen Sie, sagen Sie's schon! Was sehen Sie vor sich?«

Jupiter holte tief Luft. »Einen kranken Mann.«

Trojan nickte. »Ist das alles?«

»Was meinen Sie?«

»Hat man Ihnen meinen Spitznamen verraten?«

Einen Augenblick lang überlegte Jupiter, dann erinnerte er sich. »Der Albert Speer des ...«

»Heiligen Stuhls, ganz richtig«, fiel Trojan ihm ins Wort. »Speer war Hitlers Architekt, der Mann, der für ihn erst Berlin und dann die Welt neu gestalten sollte. Und wissen Sie, warum man mir hinter vorgehaltener Hand diesen Namen gegeben hat?«

Jupiter schüttelte den Kopf.

»Weil ich es einmal – nur ein einziges Mal, vor ziemlich genau vierzehn Jahren – gewagt habe, ein paar einschneidende Veränderungen in der Struktur dieses verdammten Friedhofs dort draußen vorzuschlagen.« Er deutete mit einem verbitterten Kopfnicken zum Fenster.

»Mit Friedhof meinen Sie ...«

»Den Vatikan, natürlich. Die Kurie hat mir diesen Vorschlag nie verziehen. Verstehen Sie, Jupiter, man verändert hier nichts! Für die Kardinäle wäre das, als würde man versuchen, die ersten Kapitel der Bibel neu zu schreiben. Man *erhält*, man *rekonstruiert*, man *bessert aus*. Aber man schafft nie etwas Neues.«

»Und das frustriert Sie?«

Trojan stieß ein scharfes Schnauben aus, so laut, daß Jupiter überrascht zusammenfuhr. »Ich bin gut in dem, was ich tue. Seit Jahren leite ich die Restaurationsarbeiten an unschätzbaren Kunstwerken, ich darf die Arbeiten eines Michelangelo aufpolieren und sie manchmal, wenn gerade niemand hinsieht, sogar ein ganz klein wenig verbessern. Der Heilige Vater dankt es mir, indem er mir all das hier zur Verfügung stellt.« Er löste eine Hand von der Stange und machte eine Geste, die den gesamten Raum einschloß. Erst nach einem Moment begriff Jupiter, daß Trojan nicht das Zimmer, sondern die Zeichnungen an den Wänden meinte.

Er stand auf – schwankend, unsicher, aber jetzt zu interessiert, um sich wieder in den Sessel fallen zu lassen – und ging mit schleppenden Schritten zu Trojan hinüber. Da standen sie nebeneinander, beide kaum in der Lage, sich aus eigener Kraft auf den Beinen zu halten, der eine geschwächt von Krankheit, der andere von den allergischen Späßen, die sich sein Körper mit ihm erlaubte.

Aus der Nähe erkannte Jupiter, daß es sich bei den Zeichnungen um Entwürfe gewaltiger Bauten handelte, groß und prachtvoll, mit zahllosen Kuppeln und Türmen und detaillierten Stuckarbeiten, nicht modern, nicht altmodisch, ein Konglomerat aus den unterschiedlichsten Stilrichtungen, auf eine Weise miteinander verbunden, daß etwas vollkommen Neues, Frisches entstand. Was er vor sich sah, war nichts Geringeres als Trojans Neugestaltung des Vatikans.

Der Petersdom war umgeben von neuen Gebäuden, höher, und doch nicht aufdringlich in ihrem verhaltenen Prunk, wuchtig, aber dennoch kein Anblick, der den Betrachter erschlug. Jupiter ging staunend an den Wänden entlang und konnte den Blick nicht von all diesen Entwürfen und Skizzen und Detailplänen nehmen. Der Professor folgte ihm, indem er seitlich einen Fuß neben den anderen setzte und sich wie ein Ertrinkender an die Haltestange klammerte. Die Knie des alten Mannes zitterten merklich. Die Knöchel seiner Hände traten weiß hervor, so kräftig mußte er zupacken, um sich festzuhalten. Aber Trojan war zu stolz auf seine Vision eines neuen, verbesserten Vatikans, als daß er Jupiters Beifall im Rollstuhl entgegengenommen hätte. In Gedanken stand er schon vor dem neuen Gesicht des Katholizismus, gefeiert, umschwärmt – das Zentrum eines tobenden Jubelsturms.

»Das ist phantastisch«, sagte Jupiter tonlos. Er meinte es ernst, ungeachtet der Ablehnung, die er für Trojan und die Adepten empfand. Diese Entwürfe waren mit nichts zu vergleichen, das in den letzten Jahrzehnten errichtet worden war. Trojan war ein Genie, und für einen kurzen Moment glaubte

Jupiter zu verstehen, was in dem Professor vorging, nach all den Jahren der Hoffnung, einst selbst in einer Reihe mit Michelangelo und Bernini und Domenico Fontana zu stehen, selbst einer der Baumeister des Vatikans zu sein, von der Historie auf den Olymp der Kunst erhoben.

Jupiter erreichte das Ende der Wand, löste sich fast ein wenig widerwillig vom Anblick der Zeichnungen und drehte sich zu Trojan um.

Der alte Mann war stehengeblieben, einige Meter hinter ihm. Er hatte wieder den Kopf in den Nacken gelegt und preßte ein Taschentuch unter seine Nase. Jupiter sah, daß das Blut durch die weiße Seide drang, und nun bemerkte er auch auf manchen der Zeichnungen kleine braune Punkte – Blut, das Trojan über seiner Arbeit vergossen hatte. Seine Gesundheit wurde der Kunst untergeordnet, dem Erschaffen einer neuen Welt. Der Professor war ein wahrer Demiurg, und das unterschied ihn so gänzlich von all den selbsternannten Kunstsachverständigen, mit denen Jupiter bisher zu tun gehabt hatte. Selbst die Künstler, die er getroffen hatte, waren letztlich nur Konsumenten gewesen, die Altes vereinnahmten und reproduzierten, mal talentiert, mal hoffnungslos. Aber es war keiner darunter gewesen, dessen Imagination auch nur im Ansatz ausgereicht hätte, etwas zu schaffen wie das, was an diesen Wänden hing.

»Sie hoffen immer noch, all das eines Tages zu verwirklichen?« fragte Jupiter.

Trojan senkte das Taschentuch, aber immer noch quoll Blut aus seiner Nase. »Ich *werde* es verwirklichen«, sagte er bestimmt und brachte das Tuch wieder an seinen Platz.

»Sie arbeiten mit den Adepten, um sie auf Ihre Seite zu bringen. Sie sorgen dafür, daß das Haus des Daedalus ein Geheimnis bleibt, und im Gegenzug hoffen Sie darauf, daß man Ihre Pläne genehmigt!«

Trojan gab keine Antwort, aber er lächelte verhalten unter dem blutgetränkten Seidentuch. Mit einer Hand am Haltegriff machte er sich auf den Rückweg zum Rollstuhl, quälend langsam.

Jupiter beobachtete ihn. Er machte keine Anstalten, dem Alten zu helfen. Er war hin und her gerissen zwischen Abscheu und Bewunderung. Ein Genie im Körper eines Krüppels.

»Was befindet sich wirklich hinter dem Daedalusportal?« fragte Jupiter. »Sie wissen es doch, oder?«

»Woher sollte ich?« keuchte Trojan und schob sich weiter an der Wand entlang.

»Sie sind seit so vielen Jahren im Vatikan. Erzählen Sie mir nicht, Sie hätten nicht die Archive nach Hinweisen durchsucht. Oder hat Cristoforo das für Sie erledigt? Hat er deshalb den Verstand verloren?«

Der Professor setzte weiterhin mühsam einen Fuß neben den anderen, mit dem Gesicht zur Wand, das zerknüllte, blutige Tuch in der Rechten. »Cristoforo«, flüsterte er kopfschüttelnd. »Dieser Narr.«

»Was hat er entdeckt?«

»Den Schlüssel. Aber das wissen Sie. Den einzigen Druck der siebzehnten Platte. Und – zumindest hat er das behauptet – geheime Aufzeichnungen Piranesis über das, was uns wirklich erwartet, wenn wir das Haus des Daedalus öffnen. Er hat sie vernichtet, bevor irgendein anderer sie lesen konnte. Aber er konnte den Mund nicht halten.«

»Hat Cristoforo deshalb den Schlüssel aus dem Druck entfernt? Damit niemand auf die Idee käme, ihn zu benutzen?«

Der Professor war noch drei Meter von seinem Rollstuhl entfernt. Mit jedem Schritt fiel es ihm schwerer, sich zu bewegen. »Muß ich Ihnen darauf wirklich eine Antwort geben?«

Jupiter trat neben den Rollstuhl und legte eine Hand auf die Lehne; er wollte nicht, daß es aussah, als stütze er sich ab, doch nichts anderes tat er. »Was ist da unten?«

»Etwas Unfaßbares«, wisperte Trojan. »Eine Macht, größer als …«

»Kommen Sie mir doch nicht mit diesem esoterischen Unsinn, Professor!«

Trojan blieb stehen und starrte Jupiter zornig an. »Unsinn? Mein Junge, Sie wissen ja gar nicht, wovon Sie sprechen.«

»Dann *sagen* Sie es mir endlich!«

Der alte Mann setzte sich wieder in Bewegung. »Daedalus' Vermächtnis«, sagte er. »Vielleicht sein Geist. Vielleicht sein Fluch. Vielleicht etwas, für das es keine Worte gibt.«

»Aber Sie haben gesagt, Piranesi hätte es beschrieben.«

»Piranesi hat den Nebeneingang geöffnet. Er ist hindurchgegangen und in die Tiefe gestiegen. Das Tor war nur für kurze Zeit geöffnet, und trotzdem ist etwas entwichen. Man könnte es am ehesten mit einem Virus vergleichen.« Trojan erreichte den Rollstuhl und ließ sich mit einem Stöhnen hineinfallen. »Das ist besser.«

»Mit Virus meinen Sie … etwas Ähnliches wie den Fluch der Pharaonen?« Jupiter ließ die Lehne des Rollstuhls los, weil ihm die Nähe des Professors unangenehm war. Bemüht um gerade, zielstrebige Schritte ging er zum Sessel und setzte sich. Schlagartig wurde der Schwindel stärker, ein heftiger Ansturm von Kreislaufattacken, ehe sein Gleichgewichtssinn ganz langsam zurückkehrte.

»Nein, keine Bakterien oder Pilze oder etwas in der Art«, widersprach Trojan und steuerte den Rollstuhl hinter den Schreibtisch. »Nichts, das einen Menschen befällt oder umbringt.« Er versuchte, seine Teetasse zu heben, bemerkte, wie sehr er zitterte, und stellte sie sofort wieder ab. »Nicht die Menschen wurden befallen, sondern die Bauten.«

»Ich verstehe Sie nicht.«

»Piranesi hat den Prozeß beschrieben. Er hat sogar versucht, ihn zu zeichnen. Aber Cristoforo hat alle Unterlagen verbrannt. Deswegen ließ ich ihn aus dem Vatikan werfen. Vielleicht beweist Ihnen das, daß ich kein Mörder bin. Cristoforos Tod geht auf Landinis Konto. Glauben Sie nicht, ich hätte ihn schon viel früher töten lassen können?«

»Wie haben Sie das gemeint – die Bauten wurden befallen?«

Trojan schnaubte unwillig, weil Jupiter nicht auf seinen Verteidigungsversuch einging. »Piranesi öffnete das Tor, stieg hinab, und als er wieder zurückkehrte, hinauf ans Licht, an die Oberwelt, da war etwas anders als früher. Die Stadt war anders. Piranesi verirrte sich in Gassen, die er Tage zuvor noch in- und auswendig gekannt hatte. Häuser hatten sich verändert, Kreuzungen existierten nicht mehr, andere waren hinzugekommen. Und kaum einer schien es wahrzunehmen. Manch einer verirrte sich, aber alle taten es nur als ihren eigenen Fehler ab. Haben Sie sich schon einmal an einem Ort verlaufen, den Sie zu kennen glaubten? Natürlich, jeder von uns hat das. Und haben Sie dabei je gedacht, daß sich der *Ort* verändert haben könnte? Nein, ich bin sicher, Sie haben sich selbst die Schuld gegeben. So wie wir alle das tun würden. Man beruhigt sich damit, daß man abgelenkt war oder daß man eine falsche Abzweigung genommen hat.« Trojan unternahm einen zweiten Versuch mit der Tasse, und diesmal gelang es ihm, daran zu nippen. Mit einem zufriedenen Lächeln setzte er sie wieder ab. »Piranesi war jedoch anderer Ansicht. Als er aus dem Haus des Daedalus zurückkehrte, verirrte auch er sich. Aber kaum jemand kannte die Stadt so gut wie er, es gab kaum einen Winkel, den er nicht gezeichnet oder in Kupfer geritzt hatte. Es waren nur kleine Veränderungen, eine falsche Ecke hier, eine neue Abzweigung dort, ein Häuserblock, der vorher ein paar Meter weiter rechts oder links gestanden hatte. Aber es waren unzweifelhaft *Veränderungen*. Und Piranesi kam zu der Auffassung, daß sie mit dem Haus des Daedalus zu tun hatten – oder den *Carceri*, wie er es nannte. Er glaubte, daß in jenem Augenblick, als er das Tor aufstieß, eine *Labyrinthisierung* der Stadt eingesetzt hatte, und sie endete, als er das Tor wieder schloß.« Trojan seufzte. »Das war es, was ich mit Virus meinte. Es befällt einen Ort und verändert ihn, verzweigt und verwirrt ihn. Es macht ihn zum Labyrinth.«

Jupiter hatte aufmerksam zugehört, auch weil er spürte, daß es ihn von dem kreisenden Raum und den pulsierenden Wänden ablenkte – und von dem grausamen Juckreiz, der jetzt wieder stärker wurde.

Er erinnerte sich an seinen ersten Weg vom Flughafen zur Kirche, an die Irrfahrt des jungen Taxifahrers, der behauptet hatte, sich noch nie in seinem Leben verfahren zu haben. Er erinnerte sich auch an das Bücherlager unter der Vaticana, das sich zu verändern und zu verschieben schien, während er nach einem Ausgang suchte.

Und er erinnerte sich an das Trampeln wilder Hufe, das er in der Ferne gehört hatte, und an Santinos wirres Gerede von einem Stier, der ihn verfolgte.

»Gab es noch etwas … Ungewöhnliches, das Piranesi beschrieben hat?« fragte er vorsichtig. »Irgend etwas anderes, das ihm aufgefallen ist?«

Ein Leuchten trat in Trojans Augen. »Sie haben es auch bemerkt! Das ist es, oder? Sie haben sich in der Stadt verirrt, wie zahllose andere Menschen auch in den letzten Tagen. Und Sie haben etwas gehört!«

Jupiter zögerte, dann nickte er langsam. »Aber was war es?«

Begeisterung flackerte im Blick des Professors, er sprach schneller, aufgeregter. »Piranesi hatte kein Wort dafür, obwohl er selbst es gewesen war, der auf den alten Mythos stieß. Den

Mythos vom Baumeister Daedalus, der hier, an dieser Stelle das größte aller Bauwerke schuf.«

»Sie glauben, daß die Legende wahr ist? Daß tatsächlich Daedalus selbst die *Carceri* erbauen ließ?«

»Manches spricht dafür. Die Labyrinthisierung. Das Trampeln und Brüllen des Stiers, das manche von uns gehört haben – oder des Minotaurus, wenn wir es denn endlich einmal aussprechen wollen. Daran haben Sie doch gewiß auch schon gedacht, oder?«

Jupiter antwortete nicht, und so fuhr der Professor fort:

»Ich will Ihnen sagen, was ich glaube, wovon ich überzeugt bin!« Er räusperte sich, hustete und wischte sich achtlos mit dem Handrücken einen weiteren Blutstropfen von der Oberlippe. »Daedalus wurde in Sizilien an Land gespült, so wie es uns die Sage erzählt. Er wanderte nach Norden, kam hierher und begab sich in die Dienste der Bewohner Latiums. Nach seinen Plänen wurde die größte Tempelanlage aller Zeiten erbaut.«

»Ist das technisch überhaupt möglich?«, unterbrach ihn Jupiter.

»Nein«, entgegnete Trojan ehrlich. »Das ist es nicht. Nicht, wenn wir Piranesis Stichen Glauben schenken dürfen. Aber wissen wir denn überhaupt, ob Piranesi weit genug vorgedrungen ist, ob er wirklich alles gesehen hat? Mag sein, daß seine Phantasie mit ihm durchgegangen ist. Oder es könnte sein, daß er gelogen hat. Aber, vielleicht, nur vielleicht, ist es auch die Wahrheit. Und warum auch nicht? Daedalus war der Sage nach viel mehr als nur ein Baumeister, wie ich oder andere es sind. Schon das Labyrinth auf Kreta war phantastischer als alles, was die Menschheit bis dahin zustande gebracht hatte. Und denken Sie nur an die Flügel, die er gebaut haben soll!«

Jupiter runzelte die Stirn. »Sie sprechen von Magie?«

»Müssen wir das denn nicht in Erwägung ziehen?« fragte Trojan ernsthaft. »Denken Sie an die Labyrinthisierung, die Sie selbst erlebt haben. Denken Sie an die Laute, die Sie gehört haben. Das sind keine Dinge, die sich rational erklären lassen.« Er senkte seine Stimme zu einem Flüstern. »Wir sind schon viel weiter, Jupiter. Wir haben die Schwelle überschritten.«

Jupiter atmete tief durch. »Zauberei, also.«

Trojan lächelte. »Das sollte Ihnen keine Angst machen. Magie hat es in der Architektur schon immer gegeben. Piranesi und die ersten Adepten haben das gewußt, als sie die antiken Ruinen untersuchten. Was, zum Beispiel, ist mit den Kuppeln der Kathedralen? Mit ihren Türmen und Pfeilern, die wie von selbst halten? Wissen Sie, daß heutzutage kaum noch jemand in der Lage wäre, einen gotischen Dom zu errichten? Oder eine der großen Pyramiden? Nicht, ohne die modernsten Hilfsmittel der Technik, ohne Computer und Maschinen und Formen der Berechnung, von denen man annahm, sie seien erst in den letzten Jahrhunderten entwickelt worden. Aber all das ist vor langer, langer Zeit erschaffen worden! Von Männern wie Daedalus! Mit Hilfe eines Wissens, das wir heute in unserer Hilflosigkeit Magie nennen, das wir als Kinderei und Unsinn abtun. Aber die Werke dieser Baumeister existieren. Sie sind der Beweis – nur, daß die meisten von uns sich immer noch weigern, ihn zu akzeptieren. Sie schließen die Augen vor der Wahrheit!« Sein Blick war so eindringlich geworden, daß es Jupiter immer schwererfiel, ihm standzuhalten. »Machen Sie nicht den gleichen Fehler wie all die anderen! Glauben Sie mir, Daedalus hat diese unterirdische Anlage errichtet, und im Grunde ist es ganz egal, wie er es geschafft hat. Aber er hat noch viel mehr getan als das – er hat ihr Leben geschenkt. Sein eigenes Leben.«

Jupiter schaute den Professor irritiert an. »Bis zu einem gewissen Punkt kann ich Ihnen folgen, Trojan, aber …«

Der alte Mann winkte ab. »Die Geschichte endet nicht mit der Fertigstellung. Hören Sie weiter zu! Die Menschen des alten Latium hatten den Bau als Tribut an ihre Götter gedacht, als Verneigung vor ihrer Allmacht. Aber auch sie begriffen bald, daß Daedalus weit mehr als ein weiteres Labyrinth erschaffen hatte. Es war größer als alles bislang Dagewesene, zu gewaltig für ihre Vorstellungskraft. Die Latinerfürsten begannen Daedalus zu fürchten, seine Macht über den Stein und über das, was wir heute Schwerkraft nennen. Ihre Angst wuchs mit jedem Stein, der das Bauwerk seiner Vollendung näherbrachte, und als es endlich fertig war, beschlossen sie, Daedalus zu beseitigen. Gemeinsam mit ihm sollte auch sein unheiliges Labyrinth in Vergessenheit geraten. Sie sperrten ihn in seinem eigenen Werk ein, verschlossen die Tore und begruben die Anlage in der Erde. Sie häuften Hügel darüber auf, und viel später errichteten sie eine Stadt, die das, was darunter lag, vergessen machen sollte. Daedalus wurde zum Gefangenen seiner selbst, denn jeder Bau ist immer auch ein Teil seines Erbauers, und niemand hat ihn jemals wieder gesehen oder von ihm gehört.«

»Bis Piranesi den Kerker öffnete und – ja, und was eigentlich?«

»Bis er den Geist des Daedalus befreite. Oder seine Magie. Oder einfach das, was nach all den Jahrtausenden davon übriggeblieben ist. Möglich, daß der Baumeister während seiner Gefangenschaft den Verstand verloren hat. Fest steht, irgend etwas ist noch dort unten, ein Stück von ihm und seiner Macht. Und Piranesi war der erste, der einen Teil davon in die Freiheit entkommen ließ.«

»Aber das, was ich … was wir gesehen haben … die veränderten Gassen, das, was Sie Labyrinthisierung nennen, und dieser Stier … Warum geschieht all das gerade jetzt wieder? Heißt das nicht, daß …«

»Daß irgendwer erneut das Haus des Daedalus geöffnet hat«, beendete Trojan den Satz mit einem Nicken. »Ganz richtig. Irgendwer hat eine Tür geöffnet, und da es nicht das Hauptportal ist, muß es der Nebeneingang sein, jene Tür, die Piranesi damals benutzt hat.« Der Professor legte die Stirn in Falten. »Und das Schlimme ist, daß ich nicht die geringste Ahnung habe, wer es getan haben könnte.«

»Hat noch jemand außer den Adepten den Code der Schale entschlüsselt?«

»Nein, ausgeschlossen. Niemand hatte Gelegenheit, den kompletten Text zu lesen. Die Schale und das fehlende Bruchstück waren bis heute nacht voneinander getrennt.«

»Also muß jemand durch Zufall auf die Tür gestoßen sein.«

»Das ist auch meine Befürchtung. Und er muß den Schlüssel gehabt haben.«

»Aber die Kupferplatte ...«

»Ich weiß. Die hatten die ganze Zeit Sie. Bis gestern abend. Verstehen Sie nun, weshalb ich so dringend wissen muß, wo sie sich jetzt befindet?«

Ganz kurz war Jupiter versucht, ihm die Wahrheit zu sagen. Über die Nonnen, und über den Gärtner Cassinelli. Alles schien einen Sinn zu ergeben. Sie hatten die Platte und damit den Schlüssel. Also mußten sie es gewesen sein, die das Tor geöffnet und die Labyrinthisierung in Gang gesetzt hatten.

Aber Janus hatte gesagt, er und seine Verbündeten wüßten nicht, wo sich der zweite Eingang zum Haus des Daedalus befand.

Und da kam Jupiter ein weiterer Name in den Sinn. Von jemandem, den er fast schon vergessen hatte.

Santino.

Der Mönch hatte Cristoforo gekannt. Möglich, daß er durch den Maler an den Schlüssel gekommen war. Möglich auch, daß er – auf welche Weise auch immer – das geheime zweite Tor entdeckt und geöffnet hatte.

»Nein«, sagte Jupiter ruhig und versuchte, nicht daran zu denken, was geschehen würde, wenn er sich in den nächsten zwanzig Minuten kein Antihistaminikum spritzte. »Ich werde Ihnen niemanden ans Messer liefern.«

Der Professor starrte ihn ausdruckslos an, sehr lange, sehr durchdringend. Dann legte er langsam die Hand auf einen Klingelknopf an seinem Schreibtisch.

»Gut«, sagte er und klang plötzlich sehr müde. »Wie Sie wünschen. Ich denke, ich kann Ihnen die nötige Zeit verschaffen, um Ihre Entscheidung zu überdenken.«

Der Lastenaufzug kreischte.

Coralina hörte abrupt auf, vor der Tiefgarage auf und ab zu gehen. Statt dessen trat sie nervös von einem Fuß auf den anderen und kaute geistesabwesend auf ihrem rechten Daumennagel.

Ketten rasselten, Scharniere knirschten. Der Geruch von altem Öl drang an ihre Nase. Ungeduldig sah sie zu, wie die große Plattform aufwärts glitt und am Fuß einer Betonrampe zum Stehen kam. Darauf befand sich der alte Lieferwagen der Shuvani, den sie seit Jahren im Garagenkomplex an der Via del Pellegrino abstellte. Fahrzeuge wurden hier am Eingang abgegeben und von Angestellten in blauen Overalls mit dem Lastenaufzug in die Tiefe gebracht.

Der Motor des Lieferwagens wurde gestartet. Das Geräusch hallte verzerrt in den unterirdischen Betonhallen wider. Ein junger Mann lenkte den Wagen zu ihr und händigte ihr die Schlüssel aus.

Coralina gab ihm ein Trinkgeld, setzte sich hinters Steuer und fuhr los. Im Rückspiegel sah sie, daß der Junge ihr stirnrunzelnd nachblickte. Offenbar verbarg sie ihre Nervosität nicht halb so gut, wie sie gehofft hatte.

An der nächsten Kreuzung zog sie Merendas Bücherliste und die CD-Rom aus der Tasche und legte beides auf den Beifahrersitz, neben einen Stapel Bücher, der dort seit ein paar Wochen lag. Er war Teil einer Lieferung, die der Auftraggeber nicht hatte bezahlen können. Seither hatte sich der Mann nicht mehr gemeldet, und die Bücher verstaubten halbvergessen im Auto.

Coralina hatte einen Plan. Aber es gab etwas, das sie vorher erledigen wollte. Sie fand eine Sonnenbrille im Handschuhfach und setzte sie auf. Ein paar Mal schaute sie in den Rückspiegel, suchte nach Fahrzeugen, die ihr folgten. Aber sie sah keine.

Gut, dachte sie. Keine Verfolger.

Du mußt nur daran glauben. Dann schaffst du es schon.

Ja, sicher. Natürlich. Warum auch nicht?

Mit quietschenden Reifen bog sie in die Via Catalana.

KAPITEL 11

Deine Lügen

Der Raum war klein und dunkel. Jupiter bezweifelte, daß er jemals zu etwas anderem gedient hatte, als Menschen darin einzusperren. Erst Ketzer. Häretiker. Und nun ihn.

Er versuchte sich auf derlei Dinge zu konzentrieren. Unbedeutende Dinge. Auf alles, das ihn irgendwie ablenkte.

Er konnte es bereits spüren. Immer stärker, immer drängender. Die Atemnot. Den Juckreiz.

Du wirst hier drinnen jämmerlich verrecken!

Es gab kein Fenster. Jupiter hockte mit angezogenen Knien auf einer groben Decke und starrte wie ein gefangenes Tier zur Tür. Er spürte, wie sein Körper sich aufbäumte. Er brauchte die Spritze so schnell wie möglich. Brauchte sie *jetzt*!

Er bekam nur noch mühsam Luft, hörte sein eigenes Keuchen und Japsen von den nackten Wänden widerhallen. Es war ein Gefühl, als lägen unsichtbare Hände um seine Kehle, die mit jeder Minute ein wenig fester zudrückten. Dazu kam das entsetzliche Jucken. Seine Arme waren aufgekratzt und blutig, seine Fußknöchel mit dunklem Schorf überzogen. Nicht mehr lange – das wußte er mit Sicherheit – und er würde sich die Kleider vom Leib reißen, um sich auch am Bauch, am Rücken und an den Oberschenkeln kratzen zu können. Dann würde er nur noch hoffen können, endlich zu ersticken, endlich zu sterben, damit der Juckreiz ein Ende hatte.

Aber soweit würde es nicht kommen. Vorher würde er ihnen alles verraten, ob er wollte oder nicht. Noch hatte er sich unter Kontrolle, konnte sich beherrschen. Aber wie lange noch?

Irgendwann begann er Bilder zu sehen, Szenen aus Trojans Erzählung.

Er sah einen Mann –

(Piranesi?)

– der durch ein Portal trat und in einem schwarzen Abgrund verschwand.

Er sah einen zweiten Mann –

(Daedalus?)

– der von einem Podest ein endloses Labyrinth aus Stein überschaute, die Arme triumphierend auseinanderriß und das Lachen eines Wahnsinnigen ausstieß.

Er sah eine geflügelte Silhouette am Himmel – ein flirrender Umriß im Gegenlicht einer blendenden Sonne –, sah die Silhouette kleiner und kleiner werden, ehe das weiße Licht sie gänzlich umschloß und auslöschte.

Er sah einen Huf, schmutzig und verhornt, der in einem Berg aus menschlichen Knochen scharrte.

Sah Mauern um sich emporschießen, sah sich selbst immer winziger werden, während sich die Wände verzweigten, auseinanderflossen, neu formierten.

Sah wieder eine Tür, hörte dahinter das Schnauben und Brüllen des Stiers, hörte es näher kommen, immer näher, sah, wie die Tür erzitterte, nachgab, geöffnet wurde. Sah Licht in seine Zelle fließen, und eine Gestalt, die sich über ihn beugte und seinen Namen flüsterte und sagte, er solle aufwachen.

Aber er schlief nicht, seine Augen waren weit aufgerissen, er versuchte zu atmen, die Ameisen auf seiner Haut abzustreifen; doch es wurden immer mehr, eine ganze Armee von Ameisen, die ihr Gift in seine Poren spritzte und ihn in den Irrsinn trieb.

Er spürte einen Stich in seinem Oberarm. Der Schmerz war so scharf und konzentriert, daß er Jupiter eine Sekunde lang von allem anderen ablenkte. Einen Moment war er wie betäubt, ungläubig, fassungslos, ehe die übrigen Sinneseindrücke zurückkehrten, das Jucken, das Gefühl zu ersticken, die Wogen des Deliriums, die über ihm zusammenschlugen.

Ein neuer Schmerz, anders, grober: eine Hand, die in sein Gesicht klatschte. Dann packte jemand seine Schultern, schüttelte ihn. Eine Stimme versuchte aufgeregt zu ihm durchzudringen. Eine weibliche Stimme.

Eine Stimme, die ihm bekannt vorkam. Und damit verbunden ein ganz anderer Schmerz, tiefgehender, aufwühlend, eine so exquisite Art der Folter, daß er sie selbst den Adepten nicht zugetraut hätte.

»Jupiter!«

Diese Stimme!

Alles um ihn herum war unscharf, verzerrt. Ein heller Fleck tanzte über ihm auf und ab, immer wieder überlagert von einem geflügelten Umriß, der mit brennenden Schwingen um sich schlug, dann abwärts fiel wie ein Stein.

Der helle Fleck – ein Gesicht.

Schwarzes, langes Haar.

»Cora …«

Aber er brachte den Namen nicht zu Ende. Es war nicht Coralina.

»Jupiter – du mußt aufstehen! … Hörst du mich? … Wir müssen hier weg! Schnell!«

Er blinzelte, sah schmale, feine Züge. Einen kleinen Mund mit blaßrosa Lippen. Starke Wangenknochen, wie aus Porzellan geformt. Ein winziges Muttermal im linken Mundwinkel. Und dunkle, mandelförmige Augen voller Sorge.

»Miwa?«

Sie packte ihn erneut an den Schultern, schüttelte ihn. »Du mußt aufstehen! Wir müssen hier weg! Sie können jeden Moment hier sein.«

Er verstand sie nicht, sah sie nur an.

»Miwa?«

Ein Seufzen, hell, fast kindlich. Schmale Finger strichen sanft über seine Wange, ganz kurz nur. Eine flüchtige Geste, aber stark genug, um ihn endgültig zurück in die Wirklichkeit zu holen.

»Was tust *du* hier?«

Sie warf ihr schwarzes Haar zurück, sehr sachlich, fast unweiblich. Gerade das hatte er immer so an ihr gemocht.

»Ich rette deinen Hintern, Jupiter. Wenigstens er hat sich nicht verändert.«

»Mein ...«

»Ja. Sieht okay aus. Hier, zieh das an!«

Sie reichte ihm zerknitterte Priesterkleidung, schwarz und weit geschnitten. Als sie sah, daß er sie aus eigener Kraft nicht überziehen konnte, half sie ihm dabei.

Schließlich kam er auf die Füße, halb aus eigener Kraft, halb von ihr gezogen. Dann zur Tür, hinaus auf einen Flur, eine Treppe hinauf. Weitere Türen, eine Feuertreppe.

Dann – frische Luft. Tageslicht.

Tageslicht!

Und Miwa.

Die Spritze wirkte rasch, beschleunigt durch die Anstrengung der Flucht. Sein Herzschlag raste, sein Kreislauf pumpte auf Hochtouren. Das Antihistaminikum strömte durch seinen Körper, verdrängte die allergischen Reaktionen. Die Ameisen waren die ersten, die verschwanden, danach, ganz allmählich, der Würgegriff um seine Kehle.

Er mußte einen Moment stehenbleiben. Vor ihm leuchtete das Grün der Gärten, sonnenbeschienen, mit silbernem Flitter gesprenkelt: Regentropfen auf Blättern und Halmen, von einem Schauer, dessen Wolken bereits weitergezogen waren.

Miwa – *Miwa?* – packte seine Hand, zog daran. »Wir müssen weiter. Hier kann uns jeder sehen.«

Mit jedem Atemzug tauchte er ein wenig weiter aus seiner Benommenheit empor, wie aus einem tiefen See, über dem der Himmel immer deutlicher wurde, bis er schließlich mit dem Gesicht durch die Oberfläche brach, das Wasser aus den Augen blinzelte und in aller Klarheit die Umgebung erkannte.

Er hatte sich nicht getäuscht. Miwa stand vor ihm. Miwa, die so abrupt aus seinem Leben verschwunden war wie die Erinnerung an einen Traum am frühen Morgen. Zartgliedrig wie eine Federzeichnung, mit glattem, schwarzem Haar, das bis zu ihrer Taille fiel. Sie trug Jeans und eine enge, hüftlange Jacke mit fellbesetztem Kragen. In ihrem Gürtel steckte seitlich eine kleine silberne Pistole. Ihn wunderte, daß er in der Lage war, solche Details zu erkennen. Seine Wahrnehmung spielte noch immer verrückt; Kleinigkeiten wurden groß und bedeutend, während das Naheliegende noch immer vor seinen Augen zerfloß.

»Was machst du hier?« fragte er mit stockender Stimme. Er war heiser, sein Hals brannte wie bei einer starken Erkältung.

»Nicht jetzt!« Sie zog ihn von der Mauer fort, und plötzlich war er viel zu beschäftigt, auf den Beinen zu bleiben, um weitere Fragen zu stellen.

Er folgte ihr entlang einer Baumreihe, dann durch ein Gebüsch. Einmal sah er in der Nähe eine Gruppe schwarzgekleideter Priester, vertieft in ein Gespräch. Dann wieder schienen die Gärten völlig verlassen zu sein.

Miwa führte ihn weiträumig um Gebäude, Wegkreuzungen und kleine Plätze, immer verborgen hinter Büschen und Sträuchern. Hinter einigen Azaleen begegneten sie einem der Gärtner, doch der Mann schien sie nicht zur Kenntnis zu nehmen.

Schließlich erreichten sie die hohe Ziegelmauer, die im Osten die Gärten teilte. Einst hatte sie zur Befestigungsanlage gehört, damals, als der Vatikan noch außerhalb der Stadtgrenzen Roms lag. Nur noch zwei der alten Türme und ein Teil des Mauerwerks waren erhalten. Auf dem einen Turm, ein paar hundert Meter weiter nördlich, erhob sich die Sendeantenne von Radio Vatikan.

Miwa führte Jupiter nach Süden, in die Richtung des zweiten Turms. Der Torrione de San Giovanni wirkte verlassen, keine Wächter hüteten das Tor. Über dem Eingang waren seine beiden Namensgeber dargestellt, Johannes der Täufer und Johannes der Evangelist. Miwa zog einen Schlüsselbund aus der Tasche, schaute sich noch einmal hastig um, dann öffnete sie das Tor und schob Jupiter hinein. Sie schlüpfte hinter ihm durch den Spalt, drückte den Flügel wieder zu und schloß ab. Der Schlüsselbund verschwand in ihrer Jacke.

»Wo hast du den her?« fragte Jupiter.

Miwa lief voraus. »Gestohlen, aus Trojans Büro«, entgegnete sie knapp. »Genau wie die Spritze.«

Er folgte ihr eine Treppe hinauf bis in einen Raum, dessen schmales Fenster nach Osten wies. Hinter einer Handvoll Bäume war der Hubschrauberlandeplatz des Vatikans zu erkennen, dahinter die Ummauerung und, jenseits davon, die hellbraunen Fassaden der Stadt. Auf Jupiter wirkten sie wie das verlockende Panorama einer anderen Welt. Coralina war irgendwo dort draußen. Vorausgesetzt, sie war tatsächlich entkommen.

Die Erinnerung an Coralina verblaßte, als Miwa ihn an sich zog und küßte. Sie preßte ihre Lippen auf seine, als sei dies etwas, das sie viel zu lange vermißt hatte. Jupiter ließ es geschehen, ertappte sich sogar dabei, wie sehr er es genoß. Zugleich aber bemühte er sich, eine Distanz aufrechtzuerhalten, die er mehr und mehr dahinschwinden sah.

Sie hatte ihn verlassen; sie hatte ihn bestohlen; sie hatte ihn ruiniert und seine Karriere beendet. Sie hatte alles getan, um ihn fertigzumachen – und all das ohne jede Erklärung, ohne eine einzige Begegnung oder auch nur einen Anruf. Wie eine Spinne hatte sie von außen einen Kokon um ihn gewoben, ihn festgezurrt und von der Außenwelt abgeschnitten, und wenn Jupiter ehrlich zu sich war, hatte er nur noch auf den Augenblick gewartet, in dem sie endlich ihre Hauer in ihn schlug und seiner Lethargie ein Ende machte.

Aber dann hatte ihn die Shuvani angerufen. Er war nach Rom gefahren, hatte eine neue Aufgabe gefunden. Ein Ziel. Und er hatte Coralina wiedergesehen, Coralina, die mit fünfzehn so verletzlich ausgesehen hatte in ihrem Batikhemdchen, und die heute eine Frau war.

Er löste sich von Miwa. »Nicht«, flüsterte er.

»Ich hab dich vermißt.«

Er wich ihrem Blick aus und trat wieder ans Fenster. »Was soll das alles?« Im Grunde war er nicht einmal wirklich neugierig, nur verwirrt. Die Dinge waren ihm längst über den Kopf gewachsen. Als Miwa nicht gleich antwortete, drehte er sich zu ihr um, beide Hände aufs Fensterbrett gestützt, und fixierte sie so gut er konnte. Es war, als schwimme ihr Gesicht wie eine Blüte auf der Oberfläche eines schwarzen Tümpels. »Was tust du hier?«

»Dich retten«, sagte sie leise. Eine zarte Röte überzog ihre Wangen, so als schäme sie sich für dieses Eingeständnis. »Ich habe heute morgen erst erfahren, was passiert ist. O Gott, Jupiter ... die hätten dich fast umgebracht.«

»Da wären sie nicht die ersten.«

Sie hob eine Augenbraue, als hätte sie soviel Sarkasmus nicht von ihm erwartet. »Du bist noch wütend auf mich. Natürlich. Einiges könnte ich dir erklären, wenn genug Zeit dazu wäre, aber anderes …« Sie zögerte, fuhr dann fort: »Ich habe Fehler gemacht. Das weiß ich.«

»Fehler?« Er lachte bitter und fuchtelte unbeholfen mit der Hand in die Richtung der Pistole unter ihrem Jackensaum. »Du hättest mich damals gleich erschießen sollen, das hätte alles sehr viel einfacher gemacht.«

Miwa verzog die Mundwinkel. »Sei nicht so pathetisch, das paßt nicht zu dir. Beziehungen gehen auseinander, so was passiert. Andere werden auch damit fertig.«

»Aber nicht so! Nicht auf dieser Weise!« Er war wütend, aber es war ein kühler, beinahe gelassener Zorn, der ihm zudem ein Gefühl der Überlegenheit gab, das trügerisch, sogar gefährlich sein mochte. In Wahrheit war er viel zu geschwächt für jede Art von Konflikt. »Du hast mir noch nicht verraten, was du hier im Vatikan zu suchen hast«, sagte er ein wenig ruhiger.

»Es wird dir nicht gefallen«, sagte sie.

»Ach ja?« Er wollte auf sie zugehen, aber er hatte noch immer weiche Knie. Ärgerlich über sich selbst, blieb er am Fenster stehen. »Machst du gemeinsame Sache mit Trojan und den anderen?

Sie legte die Stirn in Falten, wie sie es früher oft getan hatte, wenn er etwas ausgesprochen Dummes gesagt hatte – oder etwas, das sie dafür hielt. »Ist das wirklich deine Meinung?«

»Nach allem, was du getan hast? Glaub mir, Miwa, meine *Meinung* willst du bestimmt nicht hören!«

Sie lächelte sanft. »Du bist wütend. Und du hast allen Grund dazu. Ich … entschuldige mich.«

»Du entschuldigst dich?« Er konnte nicht fassen, was er da hörte. »Und du glaubst, dann ist alles wieder so wie früher?«

»Nein«, erwiderte sie bestimmt. »Ich habe es ernst gemeint, als ich mich von dir getrennt habe. Alles, was ich möchte, ist, daß du mir verzeihst.«

»Liebe Güte, Miwa…« Etwas war falsch. Verzweifelt versuchte er, das Chaos in seinem Kopf zu entwirren. Er war kurz davor, auf etwas zu stoßen. Aber er kam nicht dahinter, was es war.

Statt dessen fragte er erneut: »Warum bist du wirklich hier?«

»Du willst tatsächlich die Wahrheit hören?«

»Gottverdammt, Miwa!«

Sie atmete tief durch. »Wie du willst. Deine Freundin, die Shuvani, hat mich angerufen.«

Einen Moment lang starrte er sie ungläubig an, dann lachte er. »Komm schon, du mußt dir etwas Besseres einfallen lassen als –«

»Das ist die Wahrheit«, unterbrach sie ihn. »Sie hat mich angerufen. Sie wußte die ganze Zeit, wo ich zu erreichen war. Aber sie mochte mich nicht, das weißt du. Deshalb wollte sie nicht, daß du Kontakt zu mir aufnimmst.«

»Und weil sie dich nicht mochte, hat sie dich angerufen?«

»Nein – weil sie Hilfe brauchte. Weil sie der Ansicht war, daß du ihr nicht mehr helfen würdest.«

»Nicht mehr helfen? Ich…«

»Hör mir zu, Jupiter! Die Shuvani brauchte Geld. Ihr war klar, daß die Scherbe einiges wert war. Du warst hier, um sie zu beraten. Aber was hast du getan? Du hast dich in diese dumme Geschichte über Piranesi, die *Carceri* und diesen Geheimbund verrannt. Die Shuvani hat erkannt, daß du die Scherbe nicht verkaufen würdest, nicht, bevor du die Sache aufgeklärt hast. Sie hat die Scherbe ausgetauscht und mich angerufen, damit ich ihr helfe, sie an den Mann zu bringen. Sie hat mich vielleicht nicht gemocht, aber sie wußte genau, daß ich genug Leute kenne, um ein kleines Vermögen für sie rauszuholen. Deshalb bin ich nach Rom gekommen. Wegen vierzig Prozent Provision.«

Ihm war, als zöge jemand den Boden unter seinen Füßen weg. »Bei mir waren es immerhin fünfzig«, sagte er schwach, einfach nur, um irgend etwas zu sagen.

Sie nickte gelassen. »Fünfzig Prozent von nichts – gegen vierzig Prozent von ... sehr viel. Klingt für mich, als hätte ich den besseren Deal.«

Draußen flog ein Hubschrauber vorüber, und im ersten Moment glaubte Jupiter, er würde auf dem Platz vor dem Fenster landen. Dann aber erkannte er, daß es ein Helikopter der Polizei war, der über die Gärten hinwegflog und einen Augenblick später aus seinem Sichtfeld verschwand.

»Ich war in Mailand, als sie mich anrief«, fuhr Miwa fort. »Es hat nur ein paar Stunden gedauert, hierherzukommen. Und nur ein paar weitere, mich in den Vatikan einzuschmuggeln.«

Jupiter versuchte ihr mühsam zu folgen, aber er war noch immer viel zu langsam. Immer wieder wurden seine klaren Phasen von Schwindelschüben durchbrochen. »Du hast gesagt, du wolltest die Scherbe verkaufen. Wieso bist du damit in den Vatikan gegangen?«

Miwa lächelte spitzbübisch. »Ehrlich gesagt, habe ich es mir leichtgemacht. Ich habe mir überlegt, wer wohl am meisten für die Scherbe bieten würde.«

»Die Adepten?«

»Wer sonst?«

»Aber sie haben Babio ermordet! Wie konntest du annehmen, daß sie dir einfach ein Bündel Geldscheine in die Hand drücken und dich gehen lassen?«

»Die Shuvani hat mir ein wenig über diese Adepten erzählt. Ihr beiden, du und Coralina, ihr habt den Fehler begangen, sie alle über einen Kamm zu scheren. Aber es gibt Unterschiede, das wurde mir sehr schnell klar. Kardinal von Thaden und sein Sekretär, dieser Landini, sind diejenigen, die Babio auf dem

Gewissen haben. Aber nicht alle Adepten sind skrupellose Mörder. Die beiden Estacados sind anders … und Trojan.«

»Oh, natürlich, Trojan … Der saubere Professor hat mit einem Lächeln in Kauf genommen, daß ich in diesem Loch da unten ersticke oder mir eigenhändig das Fleisch von den Knochen kratze.«

»Ich glaube nicht, daß er dich hätte sterben lassen«, widersprach Miwa. »Er scheint mir ein recht vernünftiger Mann zu sein. Und ein Genie noch dazu.«

»Du hast seine Entwürfe gesehen?«

Sie nickte. »Ich bin hergekommen, um ein Geschäft mit ihm zu machen. Wir haben verhandelt. Und bei der Gelegenheit habe ich seine Zeichnungen bewundert. Großartig … vielleicht ein wenig weltfremd.«

»Dann hast du ihm die Scherbe …«

»Verkauft. Ja, natürlich. Was dachtest du?«

Er wich ihrem Blick aus, öffnete das Fenster einen Spaltbreit und atmete tief die kühle Luft ein.

»Wo ist die Shuvani jetzt?«

»Als ich sie zuletzt gesehen habe, war sie im Krankenhaus.«

»Janus hat gesagt, sie sei nicht mehr dort.«

»Vermutlich hat man sie entlassen. Es ging ihr recht gut, soweit ich es beurteilen konnte. Ein Wunder, wenn man bedenkt, daß sie aus dem Fenster gesprungen ist.«

»Das hat sie deinen neuen Freunden zu verdanken.«

Ihr Blick verfinsterte sich. »Das sind *nicht* meine neuen Freunde. Ich habe ein Geschäft mit ihnen gemacht – na und? Früher hättest du ohne Bedenken das gleiche getan.« Sie trat auf ihn zu und packte ihn an den Oberarmen. »Verdammt noch mal, Jupiter … Nur weil du mir die Schuld an allem geben willst, übersiehst du, daß du selbst ein anderer geworden bist. Glaubst du wirklich, deine Kunden hätten sich nur wegen mir von dir zurückgezogen? Mach dir doch nichts vor! Erst haben sich die Leute nur Sorgen gemacht, sie waren ein wenig beunruhigt, nicht mehr. Aber dann ist diese Sache in Barcelona passiert. Das war nicht *ich*, die diese Frau verprügelt hat! Das warst du! Und jetzt bist du nicht mal mehr in der Lage, einen ganz gewöhnlichen Handel über die Bühne zu bringen. Selbst ein Blinder kann sehen, was mit dir los ist.«

Er wollte, daß sie ihn losließ, wollte, daß sie endlich den Mund hielt. Aber er brachte die Kraft nicht auf, es ihr zu sagen. Ihr Hände an seinen Oberarmen schienen sich wie glühende Eisen durch seine Kleidung zu brennen. Und sie hatte mit allem, was sie sagte, recht. Er war ein Versager.

»Trojan hat mich heute nacht empfangen«, fuhr sie fort. »Er hat mich bezahlt, ich habe ihm die Scherbe gegeben. Bei der Gelegenheit sprach er davon, daß du dich mit Coralina im Vatikan herumgetrieben hast. Ich dachte, daß du vielleicht meine Hilfe brauchen könntest, erzählte ihm eine Geschichte über Probleme mit meinem Hotel, und er, ganz der Gentleman, ließ mich in einem der Gästehäuser einquartieren. Deshalb bin ich noch hier. Und, wie's scheint, hatte ich den richtigen Riecher.«

»Freut mich zu hören, wieviel du mir zutraust.«

»Nein, das hat nichts mit dir zu tun. Ihr habt euch mit den falschen Leuten angelegt, noch dazu vor ihrer eigenen Haustür. Kaum jemand wäre da heil wieder rausgekommen.«

»Außer dir?«

Miwa schüttelte den Kopf. »Ich habe nicht versucht, ihnen etwas wegzunehmen. Ich habe ein Angebot gemacht, sie haben es angenommen. Mehr nicht. Es gab keinen Grund für sie, mich zu beseitigen. Geld spielt für sie keine Rolle. Ihr drei, du, Coralina und die Shuvani, ihr hättet es viel einfacher haben können. Aber ihr mußtet ja die Helden spielen.«

Ich vergesse Dinge. Da sind Sachen, nach denen ich sie fragen sollte. Aber ich kann mich nicht mehr erinnern!

Sie näherte ihr Gesicht dem seinen.

»Miwa, ich ...«

»Sei still«, flüsterte sie. Dann küßte sie ihn.

Er redete sich ein, daß er zu schwach war, um sich zu wehren. Er hatte über ein Jahr damit verbracht, ihr nachzutrauern. Und nun war sie wieder da, ganz die alte Miwa, ein bißchen kaltschnäuzig, aber zugleich unglaublich lockend. Früher hatte er manchmal gedacht, es habe damit zu tun, daß sie Asiatin war, damit, daß es ihm einfach nicht gelang, sie zu durchschauen.

Doch das war es nicht.

In Wahrheit war er ihr mit Haut und Haaren verfallen, gleich bei ihrer ersten Begegnung in Reykjavik. Und jetzt drückte sie einfach einen Knopf, und all die alten Gefühle waren wieder da, Erinnerungen an zwei Jahre, in denen sie unzertrennlich gewesen waren.

Er wollte sie nicht küssen. *Wollte es nicht*.

Aber natürlich tat er es trotzdem.

Die beiden größten Internet-Cafés der Stadt öffneten erst gegen Mittag, wenn die Jugendlichen aus den Schulen kamen. Die beiden ersten, die Coralina anfuhr, waren geschlossen. Vermutlich machten sich die Besitzer vor zwölf gar nicht erst die Mühe, aus ihren Betten zu klettern.

Erst beim dritten, einem schmalen Ladenlokal in der Via dei Gonfalone, unweit des Flußufers, hatte sie Glück. Das Schaufenster war mit allerlei Postern zugeklebt, und als sie eintrat, erkannte sie, daß die Bezeichnung Café etwas übertrieben war. Es gab einen Kaffeeautomaten, aber daran klebte ein Zettel, auf dem stand, daß es verboten sei, Getränke mit an die Terminals zu nehmen. Man konnte einen Kaffee im Stehen trinken oder gar nicht, das blieb einem selbst überlassen.

Aber Coralina war nicht hergekommen, um zu frühstücken.

Der Junge an der Kasse war ein pickeliger Teenager, der in ein paar Jahren vielleicht attraktiv sein würde, vorausgesetzt es gelang ihm, vorher an die frische Luft zu gehen und ein paar Sonnenstrahlen einzufangen. Es kostete Coralina hunderttausend Lire und eine Menge Nerven, ehe er ihr schließlich gestattete, die mitgebrachte CD-Rom in eines der Terminals einzulegen. Zuvor aber bestand er auf einem langwierigen Virencheck. Dies sei nicht sein Laden, erklärte er ihr, und ihre Hunderttausend seien nicht genug, um sich Ärger mit seinem Chef einzuhandeln. Sie verstand und ließ ihm seinen Willen. Endlich, nach fast zwanzig Minuten, nickte er zufrieden, meinte, die Disk sei in Ordnung, und führte sie in ein Hinterzimmer, in dem der Bürocomputer stand.

Coralina öffnete den Hauptordner der Disk. Fabio hatte ihn nach einem seiner Lieblingspornos benannt, die einzelnen Fotodateien trugen die Namen der Darstellerinnen. Er hatte während des digitalen Filterungsprozesses verschiedene Zwischenstufen abgespeichert, denn die ersten Dateien wichen kaum von dem Originalfoto ab. Auf allen war die abgedunkelte Scheibe der Limousine zu erkennen, der Blitz der Kamera und ein Stück von etwas, das vermutlich Jupiters Gesicht war.

Coralina übersprang drei weitere Dateien und wollte die letzte anklicken, als plötzlich wieder der Junge neben ihr auftauchte.

»Alles klar?« fragte er.

»Ja, sicher.«

»Ich hab Ihnen 'nen Espresso mitgebracht.«

Er stellte einen Plastikbecher neben dem Keyboard ab, drehte sich wortlos um und verschwand wieder. Erst nach ein paar Sekunden realisierte Coralina, daß dies vermutlich ein schüchterner Annäherungsversuch gewesen war. Zu jedem anderen Zeitpunkt hätte sie das wahrscheinlich niedlich gefunden.

Jetzt aber nippte sie nicht einmal an dem Becher, starrte nur angespannt auf den Bildschirm und führte den Mauszeiger auf die achte und letzte Fotodatei. Fabio hatte ihr den Namen *Sabrina Stella* gegeben. Charmant.

Der Monitor wurde schwarz, dann begann sich vom oberen Rand her das Foto aufzubauen, in schmalen Streifen, die sich quälend langsam zu einem kompletten Bild zusammensetzten.

Coralina tastete nach dem Becher und nahm nun doch einen Schluck. Sie hatte Automatenespresso schon immer gern gemocht, das brachten vermutlich die Jahre an der Uni mit sich.

Das Foto war ein Querformat. Knapp die Hälfte des Bildes war jetzt zu sehen. Der obere Teil war stark abgedunkelt, um die Reflexion des Blitzlichts auszufiltern. Jupiters Gesicht war verschwunden – oder, nein, jetzt war zu erkennen, daß es sich bei dem Umriß überhaupt nie um ihn gehandelt hatte. Coralina hatte die ganze Zeit recht gehabt.

Zwei Drittel waren fertig.

Dann das ganze Bild.

Doch da wußte sie längst, *wer* hinter der Scheibe saß, hinten auf dem Rücksitz der Limousine. Die Augen blickten voll kalter Wut ins Objektiv der Kamera. Coralina fröstelte.

Sie sprang auf, warf dabei fast den Becher um und rannte so schnell sie konnte aus dem Laden, ließ die Disk zurück und den Jungen, der ihr aufgeschreckt nachschaute und etwas rief.

Aber nicht nur er schaute ihr nach, als sie zum Wagen stürmte.

Vom Hinterzimmer aus starrte ihr ein anderes Gesicht hinterher, zornig, aufgelöst in Pixel.

Miwa löste ihre Lippen von seinen und flüsterte: »Wir können hier nicht bleiben. Wahrscheinlich suchen sie dich schon überall.«

»Hast du außer einem Schlüssel vielleicht noch einen Wagen und zwei Passierscheine geklaut?« fragte Jupiter sarkastisch.

Sie lächelte. »Nein. Übrigens haben wir noch etwas zu erledigen.«

»So?«

»Hast du immer noch nicht verstanden, daß wir hier sind, um Geschäfte zu machen?«

Er begriff nicht, worauf sie hinauswollte. »Erklär's mir.«

»Die Kupferplatte«, sagte sie ruhig. »Wir brauchen sie.«

Er löste sich mit einem Ruck von ihr und taumelte zurück gegen das Fenster, so als hätte sie ihm einen Schlag versetzt. Er wollte etwas sagen, ekelte sich vor sich selbst, verstört über seine eigene Dummheit.

Aber Miwa fuhr fort: »Keine Sorge, die Platte ist nicht für die Adepten. Die Sache mit der Scherbe war etwas anderes – kein Mensch auf der Welt hätte so viel für ein unvollständiges Stück Ton bezahlt. Aber die Druckplatte eines verschollenen Piranesi-Stichs … liebe Güte, Jupiter, mir fallen auf Anhieb ein halbes Dutzend Sammler ein, die jedes Angebot der Adepten ohne zu zögern verdoppeln würden.«

Jupiters Hand krallte sich so fest um die Kante der Fensterbank, als wollte er sie abbrechen. »Du hältst mich doch nicht wirklich für dermaßen einfältig …«

»Bedeutet Geld dir denn gar nichts mehr?« Sie wollte erneut die Arme um ihn legen, doch Jupiter schob sie fort.

Miwa ließ sich davon nicht beirren. Ihre Erfolge hatten schon immer viel mit ihrer Beharrlichkeit zu tun gehabt.

»Wir könnten die Platte aus dem Vatikan schmuggeln«, sagte sie. »Du mußt mir nur vertrauen. Wenn dir so viel an diesem dummen Schlüsselumriß liegt, mach einfach eine Kopie, bevor wir das Ding verkaufen. Und falls es nur darum geht, daß Trojan die Platte nicht in die Finger bekommt, kein Problem, das kriegen wir hin. Ich habe schon größere Kunstwerke durch besser bewachte Tore geschmuggelt. Wenn wir einmal draußen sind, kriegen sie uns nicht mehr. In einer Stunde sind wir am Flughafen, oder wir fahren gleich nach Mailand weiter. Ich kenne dort genug Leute, die ...«

»Laß es einfach«, unterbrach er sie sanft. »Hör auf damit, Miwa. Ich glaube dir kein Wort.«

Ihr Gesicht rötete sich vor Zorn. Sie biß sich auf die Unterlippe, so als wollte sie sich selbst davon abhalten, etwas Unüberlegtes zu sagen.

»Du bist ein Idiot«, brüllte sie ihn an. »So ein gottverdammter Idiot! Wie kannst du dir nur solch eine Chance entgehen lassen?«

Er lächelte und fragte ruhig: »Wie konntest *du* dich von ihnen kaufen lassen?«

»Ich weiß nicht, wovon du ...«

»Hör doch auf mit dem Schmierentheater, Miwa. Es ist zu spät.«

Unten vor dem Fenster ertönte ein Summen. Als Jupiter über seine Schulter in die Tiefe blickte, hielt am Turm ein kleiner Elektrowagen. Er kannte solche Fahrzeuge von Golfplätzen, auf denen er sich früher mit einigen seiner Kunden getroffen hatte.

Doch ehe er sah, wer ausstieg, bohrten sich Miwas Fingernägel in seine Schulter und zerrten ihn herum. »Wir könnten reich sein«, sagte sie scharf. »Ist das für dich so unwichtig?«

»*Du* könntest reich sein – das ist es doch, nicht wahr?«

Sie seufzte und verdrehte die Augen. »Jupiter, lieber Gott ... Willst du nicht begreifen, was ich dir sage?«

»Gib mir einfach eine ehrliche Antwort. Hat Trojan dich gekauft?«

Sie wandte sich ab und ging einige Schritte in den Raum hinein, drehte sich dann abrupt auf dem Absatz herum und lächelte. »Traust du mir das wirklich zu?«

»Du hast ihm die verdammte Scherbe verkauft«, brüllte Jupiter. »Warum nicht auch die Kupferplatte?«

»Ich hab dir erklärt, daß ...«

»Daß andere dir mehr dafür geben? Du lügst, Miwa. Du hast selbst gesagt, daß Geld für die Adepten keine Rolle spielt.«

Aus der Tiefe des Turms drang ein Knirschen herauf. Die Scharniere der Eingangstür. Jemand kam.

»Sind das deine Freunde?« fragte Jupiter kalt, in der Gewißheit, daß er ohnehin nichts mehr daran ändern konnte. Die Spritze hatte die Folgen der Allergie aufgehoben, aber sie brauchten ihm nur eine neue Flasche einzuflößen, um ihn erneut in ein wimmerndes Wrack zu verwandeln. Und er hatte nicht den geringsten Zweifel, daß sie genau das tun würden – falls sie ihn nicht auf der Stelle umbrachten.

Miwa eilte nervös zur Tür. Sie schob die Hand unter ihre Jacke und zog die kleine silberne Pistole hervor. Erstaunt registrierte Jupiter, wie sicher und vertraut die Waffe in ihrer schmalen Hand lag.

»Du wirst doch nicht deine eigenen Auftraggeber über den Haufen schießen, oder?«

Sie wirbelte herum und starrte ihn mit einem Blick an, den er erst ein einziges Mal bei ihr gesehen hatte, damals, in der Nacht des einzigen großen Streits, den sie je miteinander gehabt hatten – in jener letzten Nacht, bevor sie spurlos verschwunden war. Dies war die wahre Miwa. In einem Anflug irrealer Klarheit sah er, daß ihre Augen die gleiche Farbe hatten wie die Mündung ihrer Waffe.

Sie drehte sich wieder um, sprang in den Türrahmen und richtete die Pistole beidhändig ins Dunkel des Treppenhauses. »Wer ist da?«

Mit allem mochte sie gerechnet haben – aber nicht damit, daß Jupiter sich von hinten auf sie stürzte.

Sie stieß ein hohes Kreischen aus, als er sie zur Seite riß, gemeinsam mit ihr gegen die Wand prallte und dann auf den Boden krachte. Er war zu schwach, um gezielt und überlegt zu handeln. Er spekulierte darauf, ihr körperlich überlegen zu sein – doch nach dem, was er in den vergangenen Stunden durchgemacht hatte, stellte sich das als Trugschluß heraus. Miwa holte aus und schlug ihm ins Gesicht, ausgerechnet mit jener Hand, in der sie noch immer die Waffe hielt. Er spürte, wie der kurze Lauf gegen seine Stirn hieb und etwas Scharfes, Spitzes – vielleicht der Sicherungshebel – seine Haut aufriß. Blut spritzte in seine Augen, doch er dachte nicht daran, aufzugeben; neuerdings hatte er Erfahrung darin, Schmerzen wegzustecken. Mit aller Kraft rammte er seine Faust nach oben, streifte Miwas Wangenknochen und traf ihr Ohr. Der Schlag war nicht zielsicher, aber effektiv, denn sie wurde zur Seite geschleudert und prallte abermals mit der Schulter gegen die Wand. Jupiter wollte den Augenblick nutzen und sich aufrichten; dabei spürte er, wie ihn sein Gleichgewichtssinn im Stich ließ. Noch im Liegen winkelte Miwa ihr linkes Bein an, trat es mit aller Kraft durch und schmetterte ihren Fuß gegen sein Schienbein. Er schrie auf, knickte endgültig ein und fiel auf die Seite.

Ein Schuß peitschte.

Jupiter war überzeugt, daß Miwa auf ihn geschossen hatte. Auf diese Distanz konnte sie ihn schwerlich verfehlen. Er spürte keinen Schmerz, aber das mußte nichts bedeuten.

Dann hörte er einen zweiten Schuß und sah durch das Blut in seinen Augen, daß ein menschlicher Umriß in der Tür erschienen war, sich abrupt an die Schulter faßte und zurücktaumelte.

Miwa lag noch immer am Boden. Die Waffe hatte sie in Richtung der Tür gerichtet. Als sie sah, daß Jupiter sich auf sie zu bewegte, schwenkte sie die Pistole herum.

»Nicht«, sagte sie leise. »Zwing mich nicht dazu.«

Ihm blieb gar keine Gelegenheit, sie zu irgend etwas zu zwingen, denn im selben Moment raste eine gewaltige Gestalt herein, stürzte sich mit einem dröhnenden Brüllen auf sie und begrub sie unter sich.

Cassinelli!

Jupiter konnte das Gesicht des Gärtners nicht sehen, aber er erkannte den Mann an seiner bärenhaften Statur und an seiner Kleidung, einer weiten Latzhose aus dunklem Stoff und einem grobkarierten Hemd.

Miwa schrie und strampelte unter der Masse des schwergewichtigen Hünen, und dann sah Jupiter wie in Zeitlupe, daß sie die Hand mit der Waffe freibekam, die Mündung seitlich auf Cassinellis Rippen setzte – und abdrückte.

Der Schuß klang dumpf, wie durch einen Schalldämpfer.

Cassinelli stieß einen gurgelnden Laut aus.

Miwa feuerte erneut.

Jupiter stieß sich ab, ungeachtet der mangelnden Kontrolle über seinen Körper, taumelte auf die beiden zu, bekam Miwas Hand mit der Waffe zu fassen und riß sie von Cassinelli fort. Dabei löste sich eine weitere Kugel, pfiff eine Handbreit an Jupiters Schläfe vorüber und schlug über ihm in die Decke. Weißer Verputz rieselte auf die Kämpfenden herab.

Miwa schrie wie eine Besessene, aber Jupiter ließ ihre Hand nicht los. Er wollte ihr die Waffe entreißen, brauchte aber beide Hände, um ihren Unterarm zu halten.

Sie sah ihn an, durch ihr Zappeln und Kreischen und ihr wirbelndes Haar hindurch. »Was, zum Teufel, tust du?« brüllte sie.

Er ließ sich nicht beirren, umklammerte ihre Hand mit der Waffe nur noch fester. Miwa lag noch immer unter Cassinelli begraben. Der Gärtner zuckte unkontrolliert. Mindestens drei Kugeln steckten in seinem Körper.

»Gib mir die Pistole!« verlangte Jupiter gehetzt.

Miwa schüttelte den Kopf, doch noch im selben Augenblick verdrehte Jupiter ihren Arm so, daß sich ihre Finger öffneten und die Waffe mit einem hohlen Laut auf den Dielenboden fiel.

»Nein!« schrie sie, als Jupiter ihre Hand losließ, der Pistole einen Tritt gab und selbst zwei Schritte nach hinten taumelte.

Miwa war unter dem sterbenden Gärtner gefangen, und sie mochte noch so wütend um sich schlagen und am blutgetränkten Hemd des Mannes zerren – sie kam nicht frei.

Jupiters Sinne spielten verrückt, ließen ihn die Umgebung in anderen Farben sehen, suggerierten ihm Geräusche, die nicht da waren. Alles drehte sich, alles schwankte. Er sah Miwa und sah sie auch nicht. Sah das Blut, das aus Cassinellis Wunde floß. Hörte das Röcheln des Mannes.

Cassinelli braucht Hilfe.

Der Gedanke, eigentlich selbstverständlich, erschien Jupiter wie eine Offenbarung. Er fragte sich, ob er kurz vor einem Nervenzusammenbruch stand.

Miwa machte Mundbewegungen wie ein verendender Fisch. »Jupiter ... Hilf mir ...«

Er wollte sich vorwärtsschleppen, wieder auf die beiden zu, wollte Cassinellis Wunden untersuchen, vielleicht versuchen, sie zu verbinden *(mit WAS?)* –

– als der Gärtner plötzlich einen markerschütternden Schrei ausstieß, sich aufbäumte, Miwas Kopf mit beiden Händen packte *und ihn mit einem berstenden Knirschen herumriß.*

Miwas Genick brach. Ihre Bewegungen erlahmten.

Ihr Blick: ein Gefäß, aus dem das Leben floß wie Wasser.

»Nein!« Jupiters Schrei ließ Cassinelli hochschauen. Schwankend richtete sich der Gärtner über Miwas Leiche auf, träge wie ein Monster aus einem Horrorfilm, unfähig zu sterben, egal wie viele Kugeln man ihm verpaßt oder mit wieviel Pflöcken man es spickt.

Jupiter schlug die Hände vors Gesicht, ließ sie wieder sinken – und starrte Cassinelli an.

»Sie haben … sie getötet …«

Cassinelli nickte, eine kurze, ruckartige Regung, als bewege ein Puppenspieler seinen Kopf.

Ein Fehler! Alles falsch! Alles ist ganz anders, als ich dachte!

Cassinellis Lippen bebten. »Sie werden … gleich … hier sein …«

Jupiter wollte an ihm vorbei, wollte Miwa festhalten, sie hochzerren. Wollte sie anschreien, gefälligst weiterzuleben. Wollte *irgend etwas* tun.

Aber Cassinelli vertrat ihm den Weg.

»Tot«, sagte er leise. Eine Blutblase platzte zwischen seinen Lippen. »Keine … Hilfe … mehr.« Er schluckte. »Miststück!«

Ein Fehler!

»Nein«, flüsterte Jupiter.

Alles – irgendwie – falsch!

»Großer Gott – nein!«

Cassinelli lächelte, aber seine Augen flimmerten wie Kerzen in einem Windfang.

»Miwa gehörte nicht zu denen«, stammelte Jupiter. »*Sie* sind der Verräter!«

Cassinelli machte einen schwerfälligen Schritt auf ihn zu. »Die letzte Scherbe … entschlüsselt … *Gebeine, bei den Gebeinen* … jetzt nur noch den Schlüssel …« Er war nicht mehr Herr seiner selbst, aber er starb langsam, schleppend wie seine Schritte, und er sprach dabei aus, was ihm in den Sinn kam. »Muß … den Schlüssel … haben …«

»Im Reservoir«, keuchte Jupiter, »das waren Sie, der uns verraten hat. Deshalb sind Landini und die anderen dort aufgetaucht! Sie haben Janus auf dem Gewissen!«

Cassinelli spuckte eine Blutfontäne aus, die vor Jupiter auf den Boden klatschte. Drei Schritte trennten sie noch voneinander.

»Bei den … Gebeinen …«, kam es blubbernd über die Lippen des Gärtners. »Der Schlüssel …« Er streckte beide Hände aus wie ein lebender Toter, wankte vorwärts, auf Jupiter zu.

Jupiters Blick raste über den Boden. Die Pistole lag unter dem Fenster. Er wollte darauf zuspringen, überschätzte aber erneut seine Kraft, schwankte, stürzte und kam unglücklich mit dem linken Knie auf. Plötzlich hatte er das Gefühl, auf einer Seite gelähmt zu sein.

Cassinellis Pranken schnappten über seinem Kopf zusammen, verfehlten ihn um Haaresbreite.

Jupiter robbte vorwärts, bekam mit ausgestrecktem Arm die Pistole zu fassen, rollte sich herum, legte an – und drohte zu ersticken, als Cassinellis Stiefel sich in seine Seite bohrte. Abermals flog die Pistole davon, an dem Gärtner vorbei Richtung Treppenhaus. Ihr Scheppern und Scharren auf dem Dielenboden klang wie schadenfrohes Flüstern.

Cassinelli beugte sich vor, halb blind, halb tot. Blut tropfte auf Jupiter, als er versuchte, den Händen des Sterbenden auszuweichen.

»Verraten … wo Schlüssel ist …«

Cassinelli stand breitbeinig über Jupiter, seine Füße fest im Boden verankert, wie einbetoniert. Nach rechts und links gab es kein Entkommen, Jupiter klemmte zwischen den Beinen des Mannes fest. Wieder fuhren die Hände herab, und diesmal bekamen sie Jupiters Schultern zu fassen, seinen Schädel.

Jupiter schaute auf, geblendet von Schmerz und Todesangst, sah in die Augen seines Gegners.

Cassinellis Gesicht explodierte.

Ein Schwall von Blut, Haut und Knochensplittern ergoß sich über Jupiter, und plötzlich konnte er nur noch schreien und schreien und …

Der Körper des Riesen fiel zur Seite, knapp an Jupiter vorbei. Jemand stand hinter ihm, die kleine Pistole in der Hand, deren letzte Kugel Cassinellis Hinterkopf durchschlagen hatte.

Langes, dunkles Haar.

»Miwa …?« stammelte Jupiter, aber dann fiel sein Blick auf Miwas Leiche.

Coralina sprang auf ihn zu, preßte sein blutverschmiertes Gesicht erleichtert an ihren Oberkörper, flüsterte, redete auf ihn ein, aber er verstand nur Wortfetzen.

Hörte, wie sie sagte, daß sie sich beeilen müßten und daß sie alles später erklären könne.

Hörte sie von einem Wagen sprechen, der unten bereitstände.

Hörte sie sagen, daß sie ihn liebte.

Dann stützte sie ihn auf dem Weg die Treppe hinunter, hinaus an die Luft, die ihm jetzt nicht mehr rein und klar erschien, sondern geschwängert vom Leichengestank, der ihnen folgte wie ein Schwarm fetter, dunkler Vögel.

KAPITEL 12

Auferstehung

Die beiden Posten am Tor brachten sich mit waghalsigen Sprüngen in Sicherheit, als Coralina das Gas bis zum Anschlag durchtrat und hindurchraste. Etwas krachte, ein Warnschuß, aber dann war der Lieferwagen schon vorüber, fegte hinaus auf die Viale Vaticano, schlitterte, als Coralina das Steuer scharf herumriß und nach links auf die stark befahrene Via di Porta Cavalleggeri ausbrach. Zwei Fahrzeuge wichen mit quietschenden Reifen aus, Coralina ignorierte sie, stabilisierte den Wagen mit einem waghalsigen Manöver in der Fahrspur und jagte in Richtung Civitavecchia.

»Das… hätten wir schon früher… versuchen sollen«, preßte Jupiter hervor, aber er bezweifelte, daß Coralina ihn hörte. Schweiß perlte auf ihrer Stirn, ihre Unterlippe zitterte. Wahrscheinlich hatte sie selbst noch nicht ganz verarbeitet, was sie gerade getan hatte.

Jupiter lag mehr auf dem Beifahrersitz, als daß er saß. Alles um ihn herum schien zu schwanken und zu rotieren. Er mußte sich übergeben, hatte aber seine Sinne noch soweit beieinander, um den Würgereiz niederzukämpfen; der ganze Wagen stank nach Cassinellis Blut, nach Schweiß und Tod. Jupiters Kleidung war feucht und klebte ranzig an seinem Körper.

»Halt irgendwo an«, keuchte er tonlos. »Egal… irgendwo. Ich muß die Klamotten loswerden.«

Coralina nickte. Sie sah aus, als stünde sie unter Schock. Ihre Finger umklammerten das Lenkrad, als wollten sie es aus der Verankerung reißen. Sie brachte noch immer keinen Ton heraus. Nach dem erleichterten Wortschwall im Turm hatte jetzt die Erkenntnis eingesetzt, daß sie einen Menschen erschossen und vermutlich ein Dutzend weitere gefährdet hatte, als sie durch die Postenkette am südlichen Seitentor des Vatikans gebrochen war.

Lange Zeit fuhren sie ohne ein Wort, ehe die Häuser zu beiden Seiten der Ausfahrtstraße einem breiten Streifen Ödland Platz machten. Hier bog Coralina nach rechts in einen schmalen Weg, der sie schließlich zu etwas führte, das aussah wie eine vergessene Baugrube. Die Kuhle im Boden war mit brackigem Wasser gefüllt, aber Jupiter beschwerte sich nicht. Es war das Beste, was sie in ihrer Situation und seinem Zustand finden würden. Er zog seine Kleider aus, schleuderte das Knäuel in ein Brennesseldickicht und stapfte bis zum Hals in die braune Suppe. Wieder und wieder tauchte er unter, rubbelte wie ein Wahnsinniger, bis auch der letzte Rest Cassinellis von ihm abgespült war.

Er hatte das Gefühl, auch die Erinnerung an Miwas Tod fortwaschen zu müssen. Immer wieder sah er ihren Leichnam vor sich, ihren verdrehten Hals, die offenstehenden Augen. Sie hatte Geschäfte mit den Adepten gemacht, sicher, aber sie hatte ihn nicht an den Geheimbund verraten. Er hatte sich in ihr getäuscht und sogar verhindert, daß sie ein weiteres Mal auf Cassinelli schoß. Er gab sich die Schuld an ihrem Tod.

Als er nackt und frierend zum Auto wankte, erwartete Coralina ihn mit einer grauen Wolldecke, in die sonst Bücher zum Transport eingeschlagen wurden. Sie legte ihm die Decke um die Schultern, half ihm, sich trocken zu reiben, und schob ihn dann wie ein Kind auf den Beifahrersitz. Sie selbst sank erschöpft hinters Steuer, machte aber keine Anstalten, den Motor zu starten. Sie wollte reden, aber er war nicht sicher, ob er dazu schon in der Lage war – ob er überhaupt reden *wollte*.

Er hatte das Gefühl, etwas Nettes sagen zu müssen, ein Wort des Danks oder der Zuneigung, aber es wollte ihm nichts Passendes einfallen. Coralina mußte Miwas Leiche gesehen haben, und gewiß würde sie danach fragen. Aber er konnte darüber jetzt noch nicht sprechen, deshalb kam er ihr zuvor: »Wie bist du da reingekommen?«

Ein schmerzliches Lächeln zeigte sich auf ihrem Gesicht, nur ein Hauch ihrer früheren Unbeschwertheit. Sie erzählte ihm, daß sie Cassinellis Gesicht auf dem Foto entdeckt hatte. Sie berichtete von der Bücherlieferung an Kardinal Merenda und wie es ihr gelungen war, mit dem Dokument des Kardinals die Wachen zu täuschen. Anschließend war sie geradewegs in die Gärten gefahren, die Gefahr ignorierend, daß der erste Gardist, der sie bemerkte, sofort Alarm schlagen würde. Am Kloster Mater Ecclesiae hatte ihr niemand geöffnet, woraufhin sie ziellos umhergefahren war, bis sie Cassinelli in einem Elektrowagen bemerkt hatte und ihm gefolgt war. Erst hatte sie gezögert, ihm in den Turm nachzugehen, doch als sie die Schüsse hörte, war sie hinaufgerannt.

Jupiter nahm ihre Hände in seine und drückte sie.

»Du hast kalte Finger«, sagte sie. »Komm, ich mach den Motor an, damit die Heizung läuft.«

»Nein«, sagte er leise und sah ihr in die Augen. Er wollte sie nicht loslassen, wollte sie spüren, die Wärme ihrer Haut.

Ihre Nähe gab ihm die Kraft, über die Ereignisse im Turm zu sprechen. Sie ließ ihm Zeit und unterbrach ihn nicht durch Zwischenfragen. Als er geendet hatte, gezeichnet von einer Erschöpfung, die nicht nur körperlich war, beugte sie sich zu ihm herüber und küßte ihn.

Sein erster Impuls war, sich zurückzuziehen – zu frisch war die Erinnerung an den Kuß, den Miwa ihm gegeben hatte, berechnend, wie alles, was sie je getan hatte –, aber er spürte auch, daß er das nicht wirklich wollte. Er zögerte noch einen Moment, dann schob er einen Arm unter der Decke hervor, legte ihn um Coralina und erwiderte ihren Kuß mit verzweifelter Intensität.

Als sie sich schließlich mit einem scheuen Lächeln von ihm löste und den Wagen startete, gelang es ihm nicht, seinen Blick von ihr zu nehmen.

Sie bemerkte es und rutschte unsicher auf dem Sitz hin und her. »War das der falsche Zeitpunkt?«

»Nein. Der beste.«

Wieder lächelte sie, diesmal glücklich, dann wendete sie den Wagen, fuhr über den Schotterweg zurück zur Straße und bog ab in Richtung Osten. Zum Meer, zum Flughafen Fiumicino.

Nach einer Weile fragte sie: »Was war das, was Cassinelli gesagt hat, über ... Knochen?«

»Gebeine«, sagte Jupiter. »In irgendeinem Zusammenhang mit der Scherbe ... *Bei den Gebeinen*, glaube ich.«

»Das ist ein Hinweis auf das Tor, oder?« Sie schaute in den Rückspiegel.

»Verfolgt uns jemand?« fragte Jupiter alarmiert und blickte über die Schulter.

»Nein«, sagte sie und atmete tief durch. »Ich glaube nicht. Ich bin nur vorsichtig.« Sie sah flüchtig zu ihm hinüber, wandte sich dann wieder dem Straßenverkehr zu. »Was meinst du – bezog sich das, was Cassinelli gesagt hat, auf den zweiten Eingang?«

»Ich weiß nicht ... Ich war ziemlich ... durcheinander. Vielleicht hab ich mich verhört.«

»Ist jetzt auch egal.«

»Wohin fahren wir?«

»Zum Flughafen. Wir verschwinden von hier. Sollen sich die Nonnen mit Estacado und Trojan herumschlagen.«

Jupiter hob einen Deckenzipfel. »Welches Flugzeug nimmt mich *so* mit?«

»Es gibt Geschäfte am Flughafen. Du wartest im Auto, und ich kaufe dir neue Klamotten.«

Innerhalb der wenigen Stunden, die sie getrennt gewesen waren, war mit Coralina eine Wandlung vorgegangen. Sie wirkte entschlossener, fast ein wenig abgebrüht. Erst als sie ihm von Santino erzählte und vom Tod des Chauffeurs, begriff er, was sie durchgemacht hatte.

Sie erreichten die Autobahn, und wenig später nahm Coralina die Abfahrt zum Flughafen. Er blieb, in die Decke gehüllt, im Wagen sitzen, während sie neue Kleidung für ihn besorgte. Es dauerte eine Dreiviertelstunde, ehe sie schließlich mit der prallgefüllten Einkaufstüte einer Flughafenboutique neben dem Beifahrerfenster auftauchte. Die Jeans war ihm eine Spur zu groß, das Hemd ein wenig eng an den Schultern, aber die weite Windjacke, die sie gekauft hatte, überdeckte all das. Sogar Schuhe hatte sie mitgebracht, und zu seiner Überraschung paßten sie wie angegossen.

»Frauen können so was abschätzen«, sagte sie nur.

Als er angezogen war, zog sie zwei Tickets aus den Taschen ihres dicken Kapuzenshirts und wedelte damit vor seinem Gesicht herum.

»Der Flug geht in anderthalb Stunden.«

»Und wohin?«

Sie hob lächelnd eine Braue. »Du fühlst dich doch nicht übergangen?«

»Überhaupt nicht.«

Sie blätterte eines der Tickets auf und hielt es ihm vor die Nase.

»Athen?« fragte er. »Warum ausgerechnet Athen?«

»Freunde von mir arbeiten dort. Wir können uns eine Weile bei ihnen verstecken. Falls das nötig ist, heißt das – ich vermute, daß Estacado die Sache im Turm vertuschen wird.« Plötzlich schien ihr etwas einzufallen, woran sie bislang noch keinen Gedanken verschwendet hatte. »Du wolltest doch nicht nach Hause, oder?«

Er schüttelte den Kopf. »Du hast doch erst vor ein paar Tagen gesagt, daß dort nur eine leere Wohnung auf mich wartet.«

»Das klingt verbittert.«

»Nur ein bißchen desorientiert... Aber Athen ist okay.«

Sie wirkte erleichtert, so als hätte sie allen Ernstes erwartet, er könnte es ablehnen, mit ihr zu fliegen. Sie steckte die Tickets ein, dann kreuzte sie wieder seinen Blick. Er sah ihr an, daß etwas sie beschäftigte.

»Was können wir sonst tun, außer wegzulaufen?« fragte sie.

»Wir haben gar keine andere Wahl, oder?«

Coralina nickte zustimmend und blickte über das Meer der Autodächer zu einem der weitläufigen Flughafengebäude. Im Hintergrund hob eine Maschine ab und schwebte behäbig in den stahlblauen Himmel.

»Gehen wir.«

Sie ergriff seine Hand, als sie zwischen den Wagen Richtung Terminal gingen.

»Hast du irgendwas über die Shuvani rausfinden können?« fragte er.

Ihre Finger verkrampften sich zwischen seinen. »Ich hab's bei den Krankenhäusern versucht. Aber niemand kannte sie.«

Der Fußmarsch dauerte fast zwanzig Minuten, und Jupiter wurde klar, in welcher Geschwindigkeit Coralina die Einkäufe erledigt haben mußte, um schon nach so kurzer Zeit wieder bei ihm am Wagen zu sein. Unterwegs berichtete er, was er von Trojan erfahren hatte, über das Haus des Daedalus und über den Prozeß der Labyrinthisierung, der angeblich einsetzen würde, wenn die Tore der *Carceri* geöffnet wurden. Coralina erinnert sich daran, daß auch sie sich verfahren hatte, vor zwei Tagen, als sie ihm in Trastevere zu Hilfe kommen wollte; sie hatte ihm davon erzählt, als er zu Hause in der Badewanne lag. »Glaubst du, das war ein Zufall?« fragte sie, aber Jupiter zuckte nur mit den Achseln.

Die Abflughalle erstreckte sich über mehrere hundert Meter und war voller Menschen. Es tat gut, in einer Menge untertauchen zu können. Die Anonymität war wie Wellen, die über sie hinwegspülten, sie unsichtbar machten und in Sicherheit wiegten.

Das beherrschende Element der Halle war eine haushohe Statue, basierend auf da Vincis Zeichnung eines Menschen, dessen abgespreizte Glieder die Speichen eines Kreises bilden. Jupiter hatte vergessen, ob das Werk einen Namen hatte. Wohl aber erinnerte er sich an die symbolhafte Bedeutung: der Mensch als Zentrum aller Dinge. Nach allem, was sie in den letzten Tagen durchgemacht hatten, und vor allem in Anbetracht dessen, was Trojan behauptet hatte, fand Jupiter, daß dies eine äußerst fragwürdige Behauptung war. Wenn auch nur ein Teil von dem, was der Professor über das Haus des Daedalus erzählt hatte, der Wahrheit entsprach, waren es keineswegs die Menschen, die die Dinge tatsächlich regelten. Dann, dachte er, basierte vielleicht weit mehr, als gemeinhin vermutet wurde, auf einer Kraft, die man heutzutage nicht mehr ernst nahm.

Coralina sah ihm an, daß er über irgend etwas nachgrübelte. »Ist es wegen Miwa?«

»Nein, nein.« Noch einmal schaute er an dem Körper des nackten Mannes empor, der wie ein Gekreuzigter im Mittelpunkt des Kreises hing. Die Ähnlichkeit zu Jesus Christus war gewiß kein Zufall. Manche von da Vincis Zeitgenossen hatten den Künstler selbst der Magie bezichtigt. Und hatte er nicht lange Jahre im Vatikan gearbeitet, unter der schützenden Hand des Papstes? Wie nahe lagen Kirche und Zauberei tatsächlich beieinander?

Und was *würde* geschehen, wenn jemand das Tor zum Haus des Daedalus aufstieß?

Jupiter schüttelte ungehalten den Kopf. Die Adepten wollten die Tore versiegeln, nicht öffnen. Keiner würde je erfahren, welche Konsequenzen es hatte, falls noch einmal jemand den Zugang durchschritt.

Wenn Trojan recht damit hatte, daß sich die Stadt bereits veränderte, wie schon damals, zu Lebzeiten Piranesis, dann mußte Santino mehr darüber gewußt haben. Aber der Mönch war tot. Er würde es niemandem mehr erzählen können.

»Was hat Santino dir erzählt?« fragte er unvermittelt.

Coralina sah ihn verwundert an. »Was meinst du?«

»Hat er das Haus des Daedalus erwähnt?«

»Ja. Er hat davon gesprochen, daß ...« Sie brach ab, als sie erkannte, worauf er hinauswollte. »Er hat behauptet, er und ein paar andere Mönche hätten die Tür geöffnet. Den zweiten Eingang, den schon Piranesi benutzt hat.«

»Was hat er noch gesagt? Ich meine, hat er irgendwelche Einzelheiten erzählt?«

»Er sagte, die Mönche hätten Videoaufnahmen gemacht.« Sie beobachtete sorgfältig seine Reaktion. »Glaubst du, er hat uns die Wahrheit erzählt?«

Er schob fröstelnd die Hände in die Taschen seiner Windjacke. »Die Tatsache, daß wir uns verirrt haben ... wahrscheinlich ist es Tausenden genauso gegangen, aber keiner hat darüber nachgedacht. Vielleicht hat es wirklich schon begonnen. Wenn Santino und die anderen Mönche das Tor geöffnet und das Haus des Daedalus betreten haben ...« Er brach ab, weil ihm die Worte fehlten für das, was er dachte.

Coralina starrte ihn einen Moment lang an, dann schüttelte sie den Kopf. »Egal. Wir verschwinden von hier.«

»Janus hat gesagt, daß der Nebeneingang vermutlich ebenfalls irgendwo im Vatikan sei.« Jupiter überlegte laut. »Was kann Cassinelli gemeint haben, als er von Gebeinen sprach?«

»Vielleicht wußte er es selbst nicht.«

»Vielleicht nicht. Aber welcher Zusammenhang besteht zwischen dem Vatikan und irgendwelchen Gebeinen?«

Coralina seufzte. »Unter dem Petersdom wurden seit dem letzten Jahrhundert eine ganze Reihe Gräber aus heidnischer Zeit freigelegt. Und dann ist da natürlich noch ...«

»Das Petrusgrab.«

»Der Höhepunkt aller Vatikan-Führungen.«

Jupiter nickte nachdenklich. »Könnte es das sein? Glaubst du, daß der zweite Eingang irgendwo dort unten liegt?«

»Das Petrusgrab befindet sich genau unter dem Papstaltar. Jeden Tag marschieren Tausende Touristen daran vorbei. Wie hätten sich Santino und die anderen unbemerkt dort aufhalten können?«

»Der Eingang könnte unter dem Grab liegen, noch eine Ebene tiefer. Oder einfach nur in der Nähe der Petrusgruft, was weiß ich ...« Mit einer fahrigen Geste wies Jupiter auf eine Reihe von öffentlichen Telefonen. »Aber es gibt einen Weg, das herauszufinden.«

»Wen willst du anrufen?«

»Warte ab.«

Sie wurde ungeduldig. »In knapp einer Stunde geht unser Flug.«

»Nur ein paar Minuten, okay?«

Sie war nicht glücklich über seine Beharrlichkeit, nickte aber. Jupiter gab ihr einen flüchtigen Kuß, dann eilte er zu den Telefonen hinüber. Er nahm an, daß Coralina ihm folgen würde. Doch als er zurückschaute, sah er, daß sie sich zu einigen Reisenden gesellte, die sich gelangweilt unter einem Fernsehschirm versammelt hatten und die Zeit bis zu ihrem Abflug mit einem römischen Lokalprogramm totschlugen. An einem Stand gleich daneben kaufte sie einen Schokoriegel.

Es tat Jupiter leid, daß sie verärgert war. Er würde mit ihr nach Athen fliegen. Aber vorher wollte er noch in Erfahrung bringen, ob er mit seinem Verdacht richtig lag.

Er mußte fünf Minuten warten, bis eine der Telefonboxen frei wurde. Im Telefonbuch suchte er die Nummer der vatikanischen Touristeninformation. Bald darauf gab man ihm die Antwort, die er sich erhofft hatte.

Hastig hängt er den Hörer ein und eilte zu Coralina. Sie blickte wie gebannt auf den Fernsehschirm.

»Hör zu«, begann er, als er nur noch zwei Schritte entfernt war, »es ist genauso, wie ich's mir gedacht habe. Die Petrusgruft ist seit heute morgen für Besucher geschlossen. Der ganze Altarbereich ist abgesperrt. Wegen archäologischer Grabungen, sagen die von der Information. Ich glaube, daß –«

Er brach ab, als ihm klar wurde, daß Coralina ihm nicht zuhörte.

»Coralina?«

Sie gab keine Antwort. Er sah, daß sie Tränen in den Augen hatte. Sein Blick folgte dem ihren.

Ein verwackeltes Bild des Tiberufers flimmerte über den Bildschirm, eine jener privaten Videoaufnahmen, mit denen Lokalsender viele ihrer Nachrichtensendungen bestücken. Auf dem betonierten Uferstreifen unterhalb der Mauer hatte sich eine kleine Menschenmenge versammelt. Ein paar Männer trugen Uniform; einer sperrte gerade die Treppe ab, die hinauf zur Uferstraße führte. Ein silberner Blechsarg wurde geschlossen und von zwei Männern in Richtung der Stufen getragen. Eine digitale Zeitanzeige am unteren Bildrand verriet, daß die Aufnahmen bereits einen halben Tag alt waren; sie mußten kurz nach Sonnenaufgang entstanden sein.

Das Bild wechselte ins Studio. Eine Ansagerin las eine Meldung vom Telepromter ab. Im Hintergrund erschien ein Schwarzweiß-Foto – das Gesicht einer Frau mit geschlossenen Augen. Ihre Gesicht war aufgedunsen, auch wenn man sich Mühe gegeben hatte, ihr für das Bild einen friedlichen Ausdruck zu verleihen. Die Wangenknochen waren verschwunden, die Lider aufgequollen. Das schwarze Haar der Shuvani war immer noch straff nach hinten gebunden.

Coralina drehte sich um und vergrub ihr Gesicht an Jupiters Schulter. Als einige der Umstehenden aufmerksam wurden, führte er Coralina ein paar Meter von ihnen fort.

Er wußte nicht, was er sagen sollte, deshalb streichelte er hilflos ihren Rücken und wartete, bis ihr Schluchzen allmählich nachließ und ihr Körper nicht mehr von Weinkrämpfen geschüttelt wurde.

Sie hatten beide keine echte Hoffnung gehabt, die Shuvani lebend wiederzusehen, aber daß sich ihr Tod auf diese Weise bestätigte, war entsetzlich. Man hatte sie wie ein Stück Müll in den Fluß geworfen, genau wie Cristoforo.

Landinis Handschrift.

Coralina machte sich mit einem Ruck von ihm los, wischte sich mit dem Ärmel die Tränen aus dem Gesicht und sah ihn dann mit einer Entschlossenheit an, die er nicht erwartet hatte.

»Du hast recht«, sagte sie leise. »Wir können nicht einfach abhauen.«

Er schwieg und wartete, bis sie fortfuhr. Es wäre falsch gewesen, ihr vorzugreifen. Er wollte, daß sie diese Entscheidung allein traf.

Coralina blinzelte eine letzte Träne aus dem Augenwinkel. »Ich will es jetzt wissen. Laß uns rausfinden, was das Haus des Daedalus wirklich ist.«

»Ich bezweifle, daß die Shuvani das gewollt hätte.«

»Landini hat sie umgebracht, damit der Standort des zweiten Eingangs ein Geheimnis bleibt«, sagte sie. »Damit niemand ihn öffnet.«

»Und du *willst* ihn öffnen?«

Sie nickte. »Jetzt erst recht.«

»Und wenn Trojan die Wahrheit gesagt hat?«

»Wir sind die einzigen, die das herausfinden können. Wenn wir uns jetzt aus dem Staub machen, wird kein Mensch je vom Haus des Daedalus erfahren.«

Er lächelte schmerzlich. »Wir können nicht einfach in den Petersdom spazieren, über die Absperrungen steigen und ...«

»Das müssen wir auch nicht.«

Er musterte sie verwundert. »Wie meinst du das?«

»Ich glaube, daß Trojan und die anderen sich täuschen, wenn sie das Tor bei den Gebeinen des Petrus suchen.« Sie zog Jupiter ein Stück beiseite, so daß niemand im Vorübergehen mithören konnte, was sie sagte. »Santino war Kapuziner. Sein Orden hat ein Kloster an der Via Veneto. Er hat nicht im Vatikan gelebt und hätte dort nie nach dem Eingang suchen können. Santino hat vermutlich sein ganzes Leben im Kloster der Kapuziner verbracht, und dort hat er auch Cristoforo gepflegt. Hast du dir einmal überlegt, weshalb Cristoforo sich in die Obhut der Kapuziner begeben hat? Ich meine, du hast ihn doch gesehen ...«

»Er wirkte nicht wie jemand, der sich freiwillig von irgendwem behandeln läßt«, pflichtete Jupiter ihr bei, verstand aber noch immer nicht, worauf sie hinauswollte.

»Cristoforo war vielleicht verrückt, aber er war nicht krank genug, um sich jahrelang von irgendwelchen Mönchen pflegen zu lassen. Trotzdem ist er ins Kloster an der Via Veneto gegangen und hat dort eine ganze Weile gelebt.«

»Du glaubst, daß sich der Zugang im Kloster befindet?«

»Es gibt noch etwas, das dafür spricht.«

»Und das wäre?«

»Die Knochengruft des Kapuzinerklosters. Bis vor ein paar Jahren war sie noch ein Geheimtip. Fünf Kapellen, deren Wände mit den Gebeinen von mehr als viertausend Mönchen dekoriert sind. Es gibt dort Altäre aus menschlichen Schädeln, Reliefe aus Wirbeln und Gelenken, sogar Kronleuchter aus Knochen. Seit die Kapuziner mitbekommen haben, daß sich die Gruft vermarkten läßt, ist sie auch für Besucher zugänglich.«

»Wenn du recht hast, warum wissen dann die Adepten nichts davon?«

»Sie kannten Santino nicht!« entgegnete Coralina. »Für sie existiert keine Verbindung zu den Kapuzinern.«

»Er hat gesagt, er wurde verfolgt ...«

»Aber nicht von ihnen. Vermutlich von niemandem. Er war paranoid.«

»Und der Stier?« Jupiter erinnerte sich noch gut an das, was er im Bücherlager unter der Vaticana erlebt hatte.

Coralina blickte noch einmal zum Fernsehmonitor hinauf; dort lief mittlerweile eine Gameshow. »Wir werden es rausfinden. Das sind wir der Shuvani schuldig.«

»Sie wollte die Platte nur verkaufen. An der Wahrheit hat ihr nicht viel gelegen.«

»Sie ist *tot*, Jupiter. Und sie ist wegen der Platte umgebracht worden. Ich kann jetzt nicht einfach aufgeben!« Coralina sah ihn erwartungsvoll an. »Ich gehe auch ohne dich, wenn es sein muß.«

Er schüttelte den Kopf. »Und Athen?«

»Steht seit ein paar tausend Jahren. Es wird uns nicht weglaufen.« Sie lächelte, obwohl ihre Augen immer noch rot und tränenunterlaufen waren. Es gab nichts, das er ihr in diesem Moment ausgeschlagen hätte.

»Einverstanden.«

Sie stellte sich auf die Zehenspitzen, legte die Arme um seinen Hals und küßte ihn. Ihre Lippen schmeckten salzig.

Sie verließen das Terminal durch eine der Glastüren und gingen zurück zum Parkplatz.

Sie waren keine fünfzig Meter mehr vom Lieferwagen entfernt, als Jupiter Coralina zurückhielt.

»Warte!«

»Was ist?«

Rasch zog er sie hinter einen alten Ford in Deckung. »Runter!«

Sie sah erst ihn an, dann versuchte sie, durch die Seitenscheiben des Ford einen Blick auf den Lieferwagen zu erhaschen. Aber es standen zu viele Fahrzeuge dazwischen.

»Wir werden erwartet«, sagte er.

Coralinas Miene verdüsterte sich. Für kurze Zeit war ihre Trauer wie weggewischt. Sie richtete sich ein wenig auf, um vorsichtig über das Autodach hinwegschauen zu können. Auch Jupiter wagte einen weiteren Blick.

Zwei Männer standen mit dem Rücken zu ihnen neben dem Lieferwagen. Auf dem Zufahrtsweg zur Parkreihe, in der der Lieferwagen stand, glänzte das Dach eines silbernen BMW.

»Ich glaube, das sind zwei von denen, die das Haus in Trastevere angezündet haben«, sagte Jupiter.

Coralina fluchte leise. »Und was jetzt?«

Er wies mit einem Nicken zum Lieferwagen. »Sieh mal.«

Selbst auf diese Distanz konnten sie durch die Scheiben des Wagens ein bleiches Gesicht erkennen. Das kalkige Gesicht unter dem weißblonden Haar war unverkennbar. Jetzt trat Landini um das Fahrzeug herum und gesellte sich zu den beiden anderen Männern.

Jupiter warf Coralina einen Seitenblick zu. Haßerfüllt starrte sie zu Landini hinüber.

»Wir können nichts tun.« Beschwichtigend ergriff er ihre Hand.

Sie nickte verbissen und schwieg.

Angespannt beobachteten sie die drei Männer am Lieferwagen. Landini traf eine Entscheidung. Alle drei gingen zurück zum BMW und stiegen ein.

»Sie lassen keine Wache zurück«, flüsterte Jupiter, ehe ihm klar wurde, daß die Männer ihn ohnehin nicht hören konnten. »Wahrscheinlich nehmen sie an, daß wir schon unterwegs sind.«

»Sie werden im Terminal nach uns suchen«, vermutete Coralina.

»Genau. Das gibt uns genug Zeit, um abzuhauen.«

»Ich hab mit Kreditkarte bezahlt«, sagte sie niedergeschlagen. »Glaubst du, sie können ...«

»Vielleicht über die Vatikanbank«, meinte er schulterzuckend. »Mach dir keine Gedanken. Du hast genau das Richtige getan.«

»Das war leichtsinnig.«

»Wäre es dir lieber, ich säße jetzt mit nacktem Hintern hier?«

Zum ersten Mal seit langem grinste sie ihn wieder richtig an.

Der BMW setzte sich in Bewegung.

»Paß auf«, zischte Coralina, »die kommen genau auf uns zu!«

Gebückt umrundeten sie den Ford. Gerade noch rechtzeitig tauchten sie hinter der Motorhaube unter, als der silberne Wagen an ihnen vorüber fuhr.

»Haben die uns gesehen?«

»Ich glaube nicht. Komm, schnell.« Er lief los, Coralina folgte ihm. Sie huschten zwischen den geparkten Wagen hindurch, mußten hin und wieder einen Haken schlagen, wenn zwei Stoßstangen zu dicht beieinanderstanden, und schauten sich immer wieder nach Landinis BMW um. Inmitten der zahllosen Autodächer war er nicht mehr zu sehen.

Sie erreichten den Lieferwagen und sahen, daß auf der Beifahrerseite die Scheibe eingeschlagen war. Coralina schloß auf, sprang hinters Steuer und entriegelte die Seitentür. Der Beifahrersitz war voller Scherben.

Sie suchte erneut nach dem BMW und entdeckte sein silbernes Dach zwischen denen der übrigen Autos, bedrohlich wie eine Haifischflosse in einem Meer aus Blech. Er befand sich in einer parallelen Fahrschneise und kam wieder näher.

»Warum suchen die uns nicht im Flughafen?« fragte sie gehetzt.

Jupiter wischte mit einem Zipfel der Wolldecke die Glasscherben aus dem Wagen. »Vielleicht haben sie uns doch gesehen.« Er stieg ein und zog die Tür zu. »Mich interessiert viel mehr, was die hier drinnen gesucht haben.«

»Vielleicht Notizen über Abflugzeiten oder irgendeinen Hinweis auf unser Ziel.«

Coralina startete den Motor, nahm den Fuß von der Kupplung und ließ den Wagen viel zu schnell rückwärts aus der Parklücke schießen. Der Lieferwagen war höher als die meisten Autos auf dem Parkplatz. Vermutlich hatte Landini bereits bemerkt, daß er sich in Bewegung gesetzt hatte.

Coralina gab Gas. Mit aufheulendem Motor raste sie Richtung Ausfahrt.

»Kannst du sie sehen?« fragte sie.

»Nein ... das heißt, *doch*! Jetzt sehe ich sie. Sie sind immer noch in der Parallelspur, ungefähr hundert Meter hinter uns. Sie werden schneller.«

»Großartig.«

»Vielleicht hätten wir den Bus in die Stadt nehmen sollen.«

»Lieber nicht.« Sie trat das Gaspedal bis zum Anschlag durch. »Ich fühle mich sicherer, wenn ich das Steuer selbst in der Hand hab.«

Ja, dachte Jupiter beunruhigt, *das merkt man.*

Der Lieferwagen schoß in waghalsigem Tempo zwischen den geparkten Autoreihen hindurch. Falls jetzt jemand unerwartet zurücksetzte, war die Flucht beendet – Coralina hatte gar keine Chance, rechtzeitig abzubremsen.

Er zerrte den Gurt um seinen Oberkörper, während er gleichzeitig den Blick nicht von der Fahrbahn nahm. Instinktiv traten seine Füße imaginäre Kupplungs- und Bremspedale, während Coralina den Motor abermals aufheulen ließ, als sie zu spät in den vierten Gang schaltete. Durch Jupiters eingeschlagenes Fenster heulte der Fahrtwind.

Er blickte über die Schulter, konnte aber durch die schmale Heckscheibe des Lieferwagens nicht sehen, wo sich der BMW befand.

Coralina versuchte zu erkennen, ob irgendwo Menschen zwischen den Wagenreihen waren, die unvermittelt auf die Fahrbahn treten konnten; zwischendurch warf sie immer wieder Blicke in ihren Seitenspiegel.

»Wo sind die jetzt?« Es paßte Jupiter überhaupt nicht, daß er von der Beifahrerseite aus nichts sehen konnte.

»Sie verfolgen uns.«

»Ja«, gab er unwirsch zurück, »das dachte ich mir.«

»Machen Frauen am Steuer dich etwa nervös?«

»Jeder macht mich nervös, von dessen Fahrkünsten mein Leben abhängt.«

»Heißt das nun, daß ich schneller oder langsamer fahren soll?«

»Fahr einfach ... vorsichtig«, erwiderte er zerknirscht. Seine rechte Hand klammerte sich um den Türgriff, seine linke fuhr nervös über die Sitzkante.

»Keine Angst«, sagte sie. »Ich hab an die fünfzig Stunden Risikotraining hinter mir. Ich hatte mal einen Freund, in Florenz … war so 'ne Art Autofreak. Er hat mich immer zu diesen Trainingsgruppen geschleppt.«

Jupiter verzog das Gesicht. »Und wieder einmal lernen wir, daß sich alles im Leben auszahlt, nicht wahr?«

»Sei nicht so sarkastisch. Ich bin …«

Coralinas Seitenspiegel zerplatzte in einer Kaskade aus Silbersplittern. Der peitschende Laut schnitt ihr das Wort ab. Irgend etwas krachte von außen gegen ihre Scheibe, so hart, daß sich ein Riß durch das Glas fraß.

Sie fluchte lautstark und wollte sich vorbeugen, um durch die Scheibe zurückzublicken, aber Jupiter streckte blitzschnell den Arm aus und preßte sie zurück in den Sitz.

»Nicht!« herrschte er sie an.

»War das gerade …«

»Ja. Die schießen auf uns.«

Wie zur Bestätigung krachte es ein zweites Mal. Alarmiert blickte Jupiter über die Schulter in den Laderaum. Der hintere Teil des Wagens hatte, von der kleinen Heckscheibe abgesehen, keine Fenster. Jetzt aber stach ein heller Finger aus Tageslicht durch ein murmelgroßes Loch in der Seitentür.

»Da vorne ist die Ausfahrt«, preßte Coralina zwischen den Zähnen hervor. »Halt dich fest!«

Sie ließ Jupiter kaum Zeit, ihrer Anweisung nachzukommen, denn schon trat sie auf die Bremse, riß das Steuer herum und bog mit schlitternden Reifen nach rechts. Das Heck des Lieferwagens scherte aus und streifte die Leitplanke, die den Parkplatz begrenzte.

Vor ihnen erschien die Ausfahrt. Sie war durch eine gelbe Holzschranke versperrt.

»Du hast nicht zufällig das Ticket bezahlt, oder?«

Ehe er antworten konnte, brach der Wagen bereits durch die Schranke. Bruchstücke aus Holz schrammten rechts und links an den Türen entlang.

»Das wollte ich schon immer mal tun«, preßte Coralina hervor. »Ich hab mich gefragt, wie stabil diese Dinger wirklich sind.«

Jupiter schluckte, als sie ohne abzubremsen auf die Auffahrt zur Autobahn rasten. Die Kurve gab ihm die Möglichkeit, in seinem eigenen Seitenspiegel einen Blick zurückzuwerfen. Zu seinem Schrecken sah er, daß der BMW wie ein silbernes Geschoß über die Reste der Schranke hinwegpreschte. Doch gerade als sich in Jupiter die Überzeugung festsetzte, daß es nun kein Entkommen mehr gäbe, mußte Landinis Wagen einem Fiat ausweichen, der von hinten heranraste. Die beiden Fahrzeuge wären kollidiert, hätte der BMW-Fahrer nicht im letzten Moment das Steuer herumgerissen. Der Fiat fuhr nach heftigem Schlenkern ungehindert weiter, der BMW aber stellte sich mit aufheulendem Motor quer.

»Atempause«, keuchte er erleichtert.

»Wie lange?« fragte Coralina. Rücksichtslos fädelte sie den Lieferwagen in den Verkehr der Autobahn ein. Jemand hupte, aber sie achtete nicht darauf.

»Eine halbe Minute vielleicht, nicht länger.«

»Bei Tempo hundertzwanzig macht das einen Kilometer Vorsprung, oder?«

»Schon immer gut im Kopfrechnen gewesen?«

»Ich geb mir Mühe.« Sie drückte wieder aufs Gas. »Ein Kilometer reicht nicht. Wir müssen schneller werden.«

»Wie schnell fährt dieser Traumwagen denn?«

»Hundertvierzig. Mit Rückenwind ein bißchen schneller.«

Jupiter wischte sich Schweiß von der Stirn. »Der BMW kommt locker auf zweihundertzwanzig.«

»Das soll er bei den Schlaglöchern mal versuchen. Mal sehen, wie weit er kommt.«

Jupiter sah sie von der Seite an. »Kann es sein, daß du plötzlich erstaunlich optimistisch bist?«

»Was hilft's, wenn ich die ganze Fahrt rumjammere?« Ganz kurz erwiderte sie seinen Blick. »Oder nur auf den Tacho starre.«

»Ich starre *nicht* auf den Tacho!«

»So? Etwa auf meine Beine?«

Einen Moment lang blickte er sie aus großen Augen an, dann schüttelte er den Kopf und griff durch das kaputte Fenster nach seinem Seitenspiegel. Er stellte ihn so ein, daß er die Autobahn hinter ihnen im Blick hatte. »Ich schätze«, sagte er ätzend, »bei all deinem Risikotraining brauchst du keinen Spiegel.«

»Ihr Männer könnt einfach nicht akzeptieren, daß euch manche Frauen am Steuer überlegen sind.«

Jupiter wollte etwas erwidern, als er im Spiegel das vertraute silberne Blitzen entdeckte. Der BMW war etwa zehn Wagen hinter ihnen. Er fuhr auf der Überholspur wie sie selbst.

»Da kommen sie.«

Coralina ließ sich nicht beirren.

Jupiter sah, daß die Nadel über die Hundertvierzig kletterte.

»Siehst du«, sagte sie, »du starrst doch auf den Tacho.«

»Ich finde, ich hab allen Grund dazu!«

Sie lächelte, und abermals hatte Jupiter das befremdliche Gefühl, daß ihr diese Verfolgungsjagd Spaß machte – trotz allem, was vorgefallen war. Trotz der Shuvani.

Coralina überholte rechts ein Taxi, scherte wieder nach links aus und raste weiter. Zu beiden Seiten rauschten die braunen Äcker vorbei, gesprenkelt mit Baumreihen und Scheunen. In unregelmäßigen Abständen standen am Rand der Fahrbahn Werbetafeln, auf denen Hotels, Spirituosen und

Fahrzeugmarken angepriesen wurden. Bald erschienen auch die ersten Wohnblocks, Bienenstöcke aus Balkonreihen mit ausgebleichten Markisen.

»Vielleicht sollten wir von der Autobahn runter«, schlug Jupiter vor. »In einem der Vororte können wir sie vielleicht abhängen.«

Coralina schüttelte entschieden den Kopf. »Da gibt's nur breite Zufahrtstraßen. Wir müssen näher an den Stadtkern ran. In den Gassen stehen die Chancen besser, sie loszuwerden.«

Erneut blickte er in den Spiegel. Im ersten Moment dachte er schon, der BMW hätte sie verloren; er war nirgends zu sehen. Dann aber erschien er hinter einem Schwertransporter, viel näher, als Jupiter gehofft hatte.

»Er ist nur noch vier Wagen hinter uns.«

»Dann wird er uns gleich einholen«, sagte Coralina verbissen. Sie zog den Lieferwagen nach rechts.

»Warum bleibst du nicht links?«

»Laß mich mal machen.«

»Es ist auch *mein* Leben«, entgegnete er giftig.

Sie gab keine Antwort, hantierte statt dessen mit hektischen Bewegungen am Rückspiegel. Durch die schmale Heckscheibe war kaum etwas zu erkennen.

»Kannst du nach hinten klettern und durchs Fenster schauen?« fragte sie.

»Und was soll das bringen?«

»Ich muß wissen, wann sie fast auf einer Höhe mit uns sind.«

»Klingt nach einer ziemlich verrückten Idee.«

»Ist die beste, die mir einfällt.«

»Vielleicht könntest du ein paar Details ...«

Sie unterbrach ihn mit unerwarteter Schärfe. »Bitte, Jupiter! Klettere nach hinten, schau aus dem Fenster und sag mir, wenn sie uns einholen.«

Wieder knallten sie in ein Schlagloch, wurden durchgeschüttelt wie auf einer Achterbahn. »Bei dem Tempo soll ich im Wagen rumklettern?« fragte er fassungslos, wartete aber nicht auf eine Antwort, sondern löste den Sicherheitsgurt und krabbelte durch die Lücke zwischen den Sitzen in den Laderaum. Dreimal stieß er sich den Kopf am Wagendach, verzichtete aber auf bissige Kommentare. Schwankend kämpfte er sich auf allen vieren bis zur Heckscheibe vor.

»Noch ungefähr zwanzig Meter«, rief er nach vorne.

Sein Blick fiel auf das Einschußloch in der Karosserie. Ein Lichtstrahl stach noch immer wie eine Sicherheitsschranke quer durch den Laderaum. Landinis Männer hatten vorhin auf sie geschossen, und sie würden es vermutlich wieder tun. Der Gedanke machte es nicht gerade angenehmer, hinter der Heckklappe zu kauern.

Der BMW näherte sich auf der Überholspur, während Coralina beständig rechts fuhr. Direkt hinter ihnen fuhr ein roter Toyota; Jupiter sah, daß der Mann am Steuer in einen Apfel biß.

»Du willst sie doch nicht etwa abdrängen!« brüllte er über den Motorenlärm hinweg, der im Blechkasten des Laderaums viel lauter war als vorne auf den Sitzen.

»Hab ich im Kino gesehen«, erwiderte Coralina. Im Rückspiegel konnte Jupiter erkennen, daß sie grinste. »War nur ein Scherz.«

»Du drängst sie *nicht* ab?«

Sie schüttelte den Kopf.

Erneut schaute er hinaus und sah, daß die Stoßstange des BMW schräg hinter ihnen war. »Sie sind gleich da«, rief er nach vorne.

Er erkannte die beiden Männer aus dem Haus in Trastevere auf den Vordersitzen. Landinis Geistergesicht hing hinter ihnen auf der Rückbank wie ein Irrlicht; er telefonierte.

Auf der Beifahrerseite senkte sich die Scheibe und der Lauf einer Waffe erschien.

Der Mann mit dem Apfel bemerkte sie eher zufällig, riß die Augen weit auf und bremste panisch. Der rote Toyota blieb hinter ihnen zurück. Jetzt hatten Landinis Männer freie Bahn.

Jupiter ließ sich flach auf den Boden fallen, zwischen Papierfetzen und ein paar Bücherkataloge. »Die schießen wieder auf uns!«

Coralina antwortete nicht.

Er hörte nicht den Schuß, wohl aber zweimal ein dumpfes *Klong*, als eine Kugel die Blechwand des Laderaums durchschlug und auf der anderen Seite wieder austrat. Ein zweiter Lichtfinger zog sich durch das staubige Dunkel des Wagens.

»Wo sind sie jetzt?« brüllte Coralina nach hinten.

»Ich werd den Teufel tun und noch mal durchs Fenster schauen!« gab er mit überschnappender Stimme zurück.

»Halt dich fest!«

»Hier gibt's nichts zum Festhal ...«

Weiter kam er nicht, denn im selben Augenblick trat Coralina scharf auf die Bremse. Jupiter wurde gegen die Rückseite der Sitze geschleudert, stieß sich das Knie hart an einem Erste-Hilfe-Kasten an und sah einen Moment lang nur noch schwarz, als er mit der Nase gegen den Filzbezug der Fahrersitzlehne krachte.

Der BMW raste in voller Fahrt an ihnen vorüber; der Lieferwagen fuhr jetzt nur noch etwa sechzig.

»Alles in Ordnung?« rief Coralina besorgt.

»*Nein*, verdammt!«

»Gut. Dann halt dich noch mal fest!«

»Ich hab doch schon gesagt, daß es hier –«

Wieder blieb ihm keine Zeit, den Satz zu beenden. Coralina riß das Steuer nach rechts herum und brach zur Seite aus. Neben dem Asphalt verlief ein Streifen aus strohfarbenem Gras, dahinter lagen jenseits eines schmalen Feldweges die Äcker. Der Lieferwagen schoß zwischen haushohen Werbetafeln hindurch und verließ die Fahrbahn in einem so engen Winkel, daß die Reifen auf der linken Seite einen gefährlichen Augenblick lang die Bodenhaftung verloren. Dann aber kippte das Fahrzeug zurück in die Horizontale, rumpelte über das Gras, flog regelrecht über den Weg hinweg und landete auf dem Acker. Der Grund war hart und holprig. Jupiter wurde derart hin und her geworfen, daß er sich innerhalb eines Atemzuges ein Dutzend blauer Flecken holte.

Der Lieferwagen donnerte viel zu schnell über die verkrusteten Ackerfurchen. Jupiter war sicher, daß sie jeden Moment steckenbleiben würden. Dann aber erreichten sie einen Feldweg; er führte in rechtem Winkel von der Autobahn fort. Der Lärm blieb derselbe, aber das Rütteln reduzierte sich auf ein erträgliches Maß.

Stöhnend, und immer noch fassungslos, daß er Coralinas Manöver einigermaßen heil überstanden hatte, schob sich Jupiter zurück auf den Beifahrersitz. Das weiche Polster erschien ihm wie der Himmel selbst. Hastig schnallte er sich an.

»Geht's?« erkundigte sich Coralina besorgt und trat schon wieder das Gas durch.

Er überlegte, ob er ihr überhaupt antworten sollte, dann aber knurrte er etwas, das wie ein Ja klingen sollte.

»Zumindest haben wir jetzt einen echten Vorsprung«, sagte sie.

»Ich erinnere mich vage, daß du sie in der Innenstadt abhängen wolltest?«

»Plan geändert.«

»Ein wenig … spontan, oder?«

Sie lächelte. »Hättest du lieber weiterhin die Zielscheibe gespielt?«

Er gab keine Antwort, blickte statt dessen in den Rückspiegel. »Sieht so aus, als würde dein Plan nicht ganz aufgehen.«

»Was?« entfuhr es ihr alarmiert.

»Sie sind noch immer hinter uns ... jedenfalls nehme ich an, daß die Staubwolke, die uns mit einem Wahnsinnstempo folgt, kein Traktor ist.«

Mit einem Fluch kurbelte sie ihr Seitenfenster hinunter. Der lange Riß im Glas knirschte, aber der Mechanismus funktionierte noch. Coralina hielt das Steuer mit der Rechten und beugte den Kopf aus dem Fenster.

»Das ist nicht gut«, bemerkte sie spröde, als sie den Kopf wieder einzog.

Er seufzte und blickte angestrengt durch die staubige Windschutzscheibe. »Wie wär's mit der Scheune da drüben?«

Sie schüttelte den Kopf. »Die hilft uns auch nicht weiter.«

Ohne auf Jupiters Protest zu achten, lenkte sie den Wagen an der nächsten Wegkreuzung nach links. Dann, nach ein paar hundert Metern, schlug sie das Steuer erneut nach links ein.

»Du fährst doch nicht etwa zurück zur Autobahn?«

Coralina beschleunigte. Sie holperten durch Schlaglöcher und die getrockneten Furchen von Traktorreifen. Immer wieder drohte der Wagen vom Feldweg abzukommen, doch Coralina lenkte jedesmal im letzten Augenblick gegen und hielt ihn in der Spur.

Jupiter versuchte im Seitenspiegel einen Blick auf ihre Verfolger zu erhaschen, aber der Lieferwagen bebte so stark und wirbelte solche Mengen Staub auf, daß er kaum etwas erkennen konnte. Aus dem eingeschlagenen Beifahrerfenster konnte er sich auch nicht lehnen, ohne Gefahr zu laufen, sich zu verletzen. Ganz kurz erwog er, abermals nach hinten zu klettern; in Anbetracht von Coralinas Fahrweise schien es jedoch nicht ratsam, sein Glück ein zweites Mal herauszufordern.

Sie näherten sich wieder der Autobahn. Das graue Asphaltband schnitt den Feldweg etwa fünfhundert Meter vor ihnen. Am Ende des Weges standen zwei Werbetafeln, jede an die sechs Meter hoch, rechteckig und mit je zwei Pfählen im Boden verankert. »Auf der Autobahn werden sie uns sofort wieder einholen«, bemerkte er.

Coralina nickte. »Sieht ganz so aus.« Sie streckte den Kopf noch einmal auf dem Fenster, und Jupiter war versucht, ins Steuer zu greifen, um sie auf dem Weg zu halten, doch gleich darauf zog sie den Kopf wieder ein. »Sie sind knapp fünfzig Meter hinter uns.«

»So nah?«

Coralina gab Vollgas, und damit war vor lauter Lärm und Staub, der durch die offenen Fenster hereindrang, kein Gespräch mehr möglich. Jupiter kämpfte vergeblich gegen einen Hustenreiz an.

Die Autobahn kam näher. Davor standen, wie zwei antike Monumente, die beiden Werbetafeln. Coralina würde den Wagen genau zwischen ihnen hindurchlenken müssen, wenn sie auf die Fahrbahn wollte. Dabei würde sie fast im rechten Winkel auf die Autobahn stoßen, was in Anbetracht des Verkehrs sicherer Selbstmord war. Sie würde sich niemals schnell genug in die Spur einfädeln können, bevor einer der nachfolgenden Wagen sie rammte.

Allmählich aber teilte Jupiter Coralinas Einstellung, daß man sich den Dingen stellen mußte, wenn es soweit war, nicht früher. Und bis zur Autobahn blieb ihnen noch … nun, eine Minute. Möglicherweise nur eine halbe.

»Du bringst uns um«, flüsterte er.

Zu seiner Überraschung verstand Coralina ihn trotz des Lärms. Vielleicht erriet sie seine Worte auch nur. »Du bist ein unverbesserlicher Pessimist.«

Noch hundert Meter bis zur Autobahn. Achtzig bis zum Ende des Feldweges.

»Das schaffen wir nicht«, rief Jupiter.

Coralina klammerte die Hände noch fester ums Steuer.

Eine Kugel durchschlug die Heckklappe und pfiff an Jupiters Ohr vorbei. Mit einem peitschenden Knall krachte sie in die Windschutzscheibe, stanzte ein Loch hinein und hinterließ ein Spinnennetz aus verästelten Rissen.

Coralina schrie überrascht auf und riß das Lenkrad zur Seite. Jupiter nahm an, daß sie den Wagen vor Schreck ausbrechen ließ, und abermals wollte er ins Steuer greifen, doch sie stieß ihn grob weg.

»Nicht!« brüllte sie, und ließ den Wagen genau auf die rechte der beiden Werbetafeln zudonnern. »Kopf runter!«

»Wir werden …«

»Verdammte Scheiße, Jupiter – bück dich!«

Instinktiv zog er den Kopf ein, sah noch, daß sie das gleiche tat, und riß beide Arme schützend vors Gesicht.

Der Lieferwagen raste ungebremst auf die Tafel zu. Dann versank alles in einem Inferno aus Donnern und Bersten, dem Kreischen aufgerissenen Metalls und einem grausamen Ruck, der sie in die Sicherheitsgurte riß.

Sie fuhren nicht gegen die Tafel – sie rasten darunter hindurch!

Die Fahrerkabine des Lieferwagens paßte um Haaresbreite unter das riesige Werbeschild – im Gegensatz zum Blechkasten des Laderaums. Das Dach krachte mit aller Gewalt gegen die untere Kante der Tafel und wurde aufgerissen wie der Deckel einer Fischbüchse. Coralina versuchte geistesgegenwärtig das Fahrzeug zum Stehen zu bringen, bevor es über den Grasstreifen auf die Autobahn schlittern konnte. Der Lieferwagen stellte sich quer, rutschte weiter, drohte umzukippen, senkte sich schließlich wieder auf seine Räder und blieb keine drei Schritte vor dem Asphaltrand stehen.

Coralina hing hustend mit beiden Armen über dem Steuer, aber ihr schien nichts passiert zu sein. Um Jupiter drehte sich die Welt, sein Herz schlug wie Fausthiebe gegen seinen Brustkorb. Es dauerte eine ganze Weile, ehe er wieder einigermaßen klar denken konnte. Er schaute zu Coralina hinüber, ihre Blicke trafen sich. Beide hatten denselben Gedanken. Sie öffneten blitzschnell ihre Gurte, stießen die Türen auf, taumelten ins Freie.

Der Lieferwagen hatte kein Dach mehr. Der hintere, höhergelegene Teil war aufgepellt wie ein Ei aus Blech, die Seiten an den oberen Rändern ausgefranst und eingedrückt. Das Dach selbst lag als Metallknäuel zehn Meter hinter ihnen, verdreht wie ein altes Bettlaken.

Beim Aufprall hatte der Lieferwagen den unteren Rand der Werbetafel mitgerissen und die gesamte Konstruktion nach hinten kippen lassen.

Das riesige Schild, zentnerweise Holz und Stahl, hatte den BMW unter sich begraben.

Er war nur noch halb so hoch wie zuvor.

Sein Motor lief noch und die Reifen drehten im Staub durch. Aus einer der verbeulten Türen lief ein dünnes Blutrinnsal und bildete im Sand eine nierenförmige Pfütze. Jupiter konnte nicht unter die Tafel sehen, aber nicht einmal ein Wunder hätte die Männer im Wagen retten können – das Schild hatte sie erschlagen.

Jupiter erkannte, wie knapp er und Coralina demselben Schicksal entgangen waren, und er spürte, wie seine Knie weich wurden. Er setze sich in das staubige Gras, schaute sich nach Coralina um und mußte in die Sonne blinzeln, um sie anzusehen.

Sie stand aufrecht zwei Schritte hinter ihm, hob sich als dunkle Silhouette vor der Strahlenaureole am Himmel ab. Sie bewegte sich nicht, sagte kein Wort, blickte nur auf das Wrack des BMW und auf die Tafel, die den Wagen wie eine titanische Faust zermalmt hatte.

Schließlich – nach endlosen Sekunden, wie es schien – trat sie vor ihn, versperrte ihm die Sicht auf die Trümmer und streckte ihm die Hand entgegen.

»Komm«, sagte sie leise, »wir müssen weiter, bevor die Polizei hier ist.«

Jupiter zögerte einen Augenblick, dann ergriff er ihre Hand und richtete sich auf.

KAPITEL 13

Die Treppe

Im Wrack des Lieferwagens erreichten sie die Stadt. Der Laderaum war nur noch verbeultes Blech, die Karosserie verzogen, und die Hinterräder schleiften rasselnd gegen einen Widerstand. Aber der Motor funktionierte noch einwandfrei. Sie kamen sich vor wie zwei Kriegsveteranen in einem alten Hollywoodfilm, die am Ende ausgezehrt, aber mit neuer Kraft in die Heimat zurückkehrten.

Wie durch ein Wunder wurde keine Polizeistreife auf sie aufmerksam. Sie ernteten eine Vielzahl verwunderter Blicke, manche erschrocken, andere amüsiert, aber niemand stellte sie zur Rede. Sie hatten den Unfallort verlassen, bevor Hilfe eintraf. Hinter ihnen hatten Fahrzeuge angehalten, aber Jupiter und Coralina waren nicht sicher, ob jemand ihre Autonummer notiert hatte. Vermutlich, ja – aber im Augenblick war ihnen selbst das gleichgültig. Neue Entschlossenheit trieb sie vorwärts, und sie waren es leid, mit Spekulationen Zeit zu vertun.

Als erstes fuhren sie zu dem Kunstschmied in der Via Giulia, wo Coralina vor drei Tagen den durchgepausten Umriß des Schlüssels abgegeben hatte. Man ließ sie eine ganze Weile in einem Vorraum warten, an dessen Wänden schmiedeeiserne Gitter ausgestellt waren. Jupiter fühlte sich wie ein Gefangener in einem Käfig, und er atmete auf, als man ihnen endlich den

Schlüssel brachte. Erwartungsvoll legten sie ihn auf die Vorlage. Die Maße stimmten exakt.

Es war ein sonderbares Gefühl, den Schlüssel in Händen zu halten. Obwohl er erst vor kurzem geschmiedet worden war, haftete ihm die Aura des Alters an wie eine unsichtbare Patina. Die Gewißheit, daß er ein Tor zur Vergangenheit öffnen konnte, verlieh ihm ein unbestimmbares, rätselhaftes Gewicht.

Coralina hatte den Schmied bereits bei Auftragserteilung bezahlt, was sie davor bewahrte, erneut die Kreditkarte benutzen zu müssen. Sie gingen zurück zum Wagen – oder dem, was davon übrig war – und fuhren durch einen Irrgarten schmaler Gäßchen nach Nordwesten. Coralina mied die großen Straßen, aus Angst, doch noch von der Polizei angehalten zu werden. Schon fürchtete Jupiter, sie könnten sich erneut im Gewirr der Innenstadt verfahren, doch diesmal konnten sie keinerlei Anzeichen der Labyrinthisierung erkennen, von der Trojan so überzeugt gewesen war.

Schließlich parkten sie den Wagen in einer Seitenstraße der Via Sistina und gingen den Rest der Strecke bis zur Via Veneto zu Fuß.

Das Kapuzinerkloster wurde durch die düstere Fassade der Kirche Santa Maria della Concezione markiert, unweit der Piazza Barberini. Eine steile Treppe führte hinauf zum Portal der Kirche. Ein junges Pärchen kam ihnen entgegen, Rucksacktouristen, die sich angeregt in einer skandinavischen Sprache unterhielten. Ihren Mienen nach zu urteilen, einer Mischung aus Abscheu und makaberer Belustigung, hatten sie gerade die Knochengruft des Klosters besucht. Es war ein befremdlicher Gedanke, daß der geheime Zugang zum Haus des Daedalus an einem Ort zu finden sein sollte, der täglich von Reisenden aus aller Welt besucht wurde.

Sie machten gar nicht erst den Versuch, auf eigene Faust nach dem Tor zu suchen, sondern klingelten am Haupteingang des Klosters. Ein bärtiger Mönch in dunkler Kutte öffnete ihnen, musterte sie von oben bis unten und wollte ihnen mit touristenerprobter Höflichkeit den Weg zur Gruft weisen. Coralina unterbrach ihn und erklärte ihm mit knappen Worten, daß sie den Abt des Klosters zu sprechen wünschten. Um ganz sicher zu gehen, daß man sie vorlassen würde, erwähnte sie den Namen Santino und fügte hinzu, daß es um nichts Geringeres gehe als *das Tor*.

Der Mönch wußte offenbar nicht, wovon sie sprach – lediglich die Erwähnung Santinos zauberte eine leichte Blässe in sein Gesicht –, doch er bat sie, einen Moment zu warten, und drückte die Tür wieder ins Schloß.

Nach ein paar Minuten kehrte er zurück und ließ sie eintreten. Am anderen Ende einer schmucklosen Eingangshalle führte er sie eine Treppe hinauf, deren Stufen unter ihren Schritten knirschten. Wenig später erreichten sie das Arbeitszimmer des Abtes.

Das Eintreten war wie ein Klimawechsel. Düsteres, unterirdisches Licht erfüllte den Raum, obgleich er im ersten Stock lag. Das hohe Fenster wies hinaus auf einen Hof, in dessen Mitte ein blattloser Baum stand, grau und leblos, wie versteinert. Die Scheiben waren gelbstichig, doch das mochte eine Täuschung sein, hing doch zwischen ihnen und dem Fenster eine Wolkenbank aus Pfeifenrauch. Jupiter wußte nicht, ob es Kapuzinern verboten war, zu rauchen; sicher war jedenfalls, daß der Mann hinter dem Schreibtisch seine Pfeife gerade erst ausgeklopft hatte, so als wollte er vermeiden, daß man ihn bei etwas Ungehörigem ertappte.

»Mein Name ist Dorian. Ich bin der Abt dieses Klosters.«

Wie alle Angehörigen des Ordens trug er eine dunkle Kutte. Ein schwarzer Bart sproß aus seinem spitz vorspringenden Kinn. Sein Alter war schwer zu schätzen. Vermutlich war er nicht älter als fünfzig, aber seine Haut war faltig, und er hatte Sorgenringe unter seinen tiefliegenden Augen.

Sie stellten sich vor, und Dorian bat sie, Platz zu nehmen. Er schickte den Mönch, der sie hergeführt hatte, aus dem Zimmer, mit der Anweisung, er wolle nicht gestört werden. Dann ließ sich Dorian mit einem erschöpften Laut in einen Holzstuhl auf der anderen Seite des Schreibtischs sinken.

»Was wissen Sie über Santino?« fragte er unumwunden, nachdem die Tür ins Schloß gefallen war.

Sie hatten während der Fahrt zum Kloster darüber gesprochen, was sie dem Abt verraten wollten, und waren zu dem Schluß gekommen, daß es von der Situation abhinge – und dem Eindruck, den der Abt auf sie machte. Jetzt wußten sie beide nicht recht, was sie von Dorian halten sollten. Fest stand, daß er auf den ersten Blick nicht der väterliche, weise Geistliche war, den sie sich erhofft hatten, jemand, der ihnen Eröffnungen machen, kluge Ratschläge geben und vielleicht sogar eine unangenehme Entscheidung abnehmen würde.

Dorian sah aus wie ein geschlagener Mann, verletzt und ausgelaugt. Das gelbe, ungesunde Licht verstärkte diesen Eindruck noch.

»Santino ist tot«, sagte Coralina. »Er ist heute morgen ums Leben gekommen.«

Dorian seufzte und vergrub das Gesicht in den Händen. Als er wieder aufschaute, wanderte sein Blick als hektisches Flackern von einem zum anderen. »So ein Narr, einfach von hier fortzulaufen. Hier wäre er sicher gewesen.«

»Er hat das Tor geöffnet«, warf Jupiter ein.

Dorian nickte. »Er und die anderen. Ich habe erst davon erfahren, als es zu spät war. Seit Jahrhunderten sind wir die Hüter des Tors, und diese Dummköpfe haben alle Regeln und Gesetze mißachtet und sich am größten Geheimnis unseres Ordens vergangen.«

»Wußten Sie, was auf der anderen Seite liegt?«

Der Abt hob eine Augenbraue. »Wissen Sie es denn?«

Coralina sah kurz Jupiter an und sagte dann diplomatisch: »Das Geheimnis Ihres Ordens ist keines mehr – aber das wissen Sie vermutlich, sonst würden Sie nicht mit uns darüber sprechen.«

»Ich warte seit Tagen darauf, daß jemand wie Sie hier auftaucht, seit Santino fortgegangen ist und die Videobänder mitgenommen hat.«

»Haben Sie die Bänder angeschaut?« fragte Jupiter.

»Nein«, entgegnete der Abt kopfschüttelnd. »Ich bin nur der Wächter des Tors. Ich will nicht wissen, was auf der anderen Seite liegt. Glauben Sie mir, ich habe eine Heidenangst vor der Wahrheit.«

»Aber Sie haben doch eine Vermutung, oder?«

»Vermutungen!« rief Dorian abfällig und breitete die Arme aus. »Vermutungen sind nichts, sie sind wertlos. Ich kann Vermutungen über das Wesen Gottes anstellen, aber ich würde sie niemals laut aussprechen. Es gibt Fragen, die sollten nicht gestellt werden, weil es keine eindeutige Antwort darauf gibt. Es sind wertlose Fragen, Gedanken, die zu nichts nütze sind. Verschwendete Zeit.«

Coralina runzelte die Stirn. »Ist das ihr Ernst?«

»Es ist das, was man mich gelehrt hat. Wir Kapuziner sind keine Wissenschaftler oder Entdecker. Wir sind Heiler. Wir helfen anderen Menschen. Und wenn es ein Akt der Hilfe ist, das Tor zu bewachen, dann gehört auch das zu unseren Aufgaben.« Er machte eine kurze Pause, dann fügte er leise hinzu: »Aber ich erwarte nicht, daß Sie das verstehen.«

»Wenn es ein Akt der Hilfe ist, wie Sie sagen, dann setzt das doch voraus, daß hinter dem Tor etwas Unheilvolles existiert«, sagte Jupiter.

Dorian musterte ihn eindringlich. »Sie sind gekommen, weil Sie das Tor öffnen wollen, nicht wahr?«

»Wir haben einen Schlüssel – genau wie Sie.«

»Sie irren sich. Ich habe keinen Schlüssel, habe nie einen gehabt. Als Remeo von … *dort unten* zurückkehrte und Santino sah, was man ihm angetan hatte, nahm er den Schlüssel und schleuderte ihn durch das Tor in die Tiefe. Doch als Santino mir später erzählte, wie er selbst an den Schlüssel gekommen war, als er Cristoforo erwähnte und Piranesi, da wußte ich, daß es nicht damit getan sein würde, den einen Schlüssel fortzuwerfen. Mir war klar, daß es andere geben würde, früher oder später.«

»Warum haben Sie uns dann nicht einfach fortgeschickt, wenn Sie solche Angst vor dem Tor haben?«

Dorian stieß einen tiefen Seufzer aus. »Welchen Sinn hätte das gehabt? Sie wären irgendwann wiedergekommen, Sie oder andere.«

»Warum weiß der Vatikan nicht, daß es hier im Kloster dieses Tor gibt?«

»Das Tor ist Sache unseres Ordens, nicht des Vatikans«, erwiderte der Abt überraschend scharf. »Der katholische Glaube ist ein Gebilde aus Traditionen. Eine ist so wichtig wie die andere. Die Wacht über das Tor ist Teil *unserer* Tradition, der Tradition dieses Klosters, und sie gehört zum Aufgabenbereich der Kapuziner.«

Jupiter schaute aus dem Fenster und sah, daß sich ein Schwarm Spatzen auf den Zweigen des toten Baumes niedergelassen hatte. Als Dorian seinem Blick folgte, erhoben sich alle Vögel gemeinsam in einer panischen Wellenbewegung und flogen davon.

»Werden Sie uns erlauben, das Tor zu öffnen?« fragte Jupiter.

»Warum wollen Sie das tun?«

»Wir haben eine Menge durchgemacht«, entgegnete Coralina, »und im Grunde wissen wir nicht einmal, wofür. Menschen sind gestorben für diese Sache, nicht nur Santino. Cristoforo ist tot, und jemand, der… der uns nahestand.« Sie faßte sich sofort wieder. »Es ist an der Zeit, mehr über die Gründe zu erfahren.«

»Werden noch andere kommen?« fragte Dorian.

»Im Augenblick sind wir die einzigen, die einen Schlüssel besitzen.« Jupiter kam zum ersten Mal ein Gedanke, der eigentlich so naheliegend, so offensichtlich war, daß er sich wunderte, noch nicht früher daran gedacht zu haben. »Wie kommt es eigentlich, daß ein ganz gewöhnlicher Schlüssel solch ein Tor verschließen kann? Hätte es nicht jeder mit einem Dietrich öffnen können? Oder hat man je versucht, es einfach aufzubrechen?«

»Nein, niemals«, erwiderte Dorian. »Aber wenn die mündlichen Überlieferungen der Wahrheit entsprechen, ist dies kein gewöhnliches Schloß, und der Schlüssel, der dazu paßt, kein gewöhnlicher Schlüssel.«

»Magie?«

»Sie können es so nennen, wenn Sie möchten. Ich persönlich würde es als den Hauch eines Wunders bezeichnen.«

Jupiter sah, wie Coralinas Hand über die Ausbuchtung in ihrer Hosentasche glitt. Ganz sachte nur fuhr ihr Zeigefinger die Form des Schlüssels nach, suchte vielleicht nach etwas Ungewöhnlichem, das die Worte des Abtes rechtfertigen würde.

Der Hauch eines Wunder.

»Sie besitzen den Schlüssel«, sagte Dorian, »und vermutlich gibt Ihnen das das Recht, durch das Tor zu gehen. Ich werde Sie nicht davon abhalten. Aber ich werde auch nicht mit Ihnen gehen oder Ihnen einen der Brüder als Begleiter mitgeben.«

Jupiter sah, daß Coralina nickte. »Das ist auch nicht nötig«, sagte er.

»Wie viele Mönche sind schon hinuntergestiegen?« fragte Coralina den Abt.

»Remeo ist als einziger zurückgekehrt. Aber mit ihm sind Bruder Lorin und Bruder Pascale gegangen. Santino blieb am Tor zurück und hielt Wache. Er wartete dort viele Stunden, ehe Remeo zurückkehrte. Es war Nacht, und die Gruft war verlassen. Als die anderen Brüder am Morgen den Eingang aufschlossen, fanden sie Santino mit dem toten Remeo im Arm. Er stand unter Schock und brachte in den ersten Stunden kein Wort heraus. Es hat fast einen Tag gedauert, ehe er mir endlich alles erzählt hat.«

»Und dann ist er fortgelaufen?«

Dorian nickte. »In der Nacht hat er die Tür meines Büros aufgebrochen, die Videobänder und ein wenig Geld genommen und ist damit verschwunden. Ich habe kurz erwogen, die Polizei zu rufen, aber dann wären wir Gefahr gelaufen, daß die Existenz des Tors publik würde. Ich hatte gar keine andere Wahl, als Santino ziehen zu lassen. Mir blieb nur die Hoffnung, daß er allein zurechtkommen würde.«

»Als ich ihn traf, behauptete er, verfolgt zu werden«, sagte Jupiter.

Dorian ballte hilflos eine Hand zur Faust. »Nicht von uns.«

»Er erwähnte einen Stier«, sagte Coralina.

Der Abt wurde blaß. »Der Stier …« Er erhob sich, trat ans Fenster und verschränkte die Hände hinterm Rücken. »Er hat wirklich gesagt, er würde von einem Stier verfolgt?«

»Das waren seine Worte.« Jupiter verschwieg, daß er selbst das Brüllen und Trampeln gehört hatte. »Wissen Sie, was er damit gemeint hat?«

»In das Steintor ist ein Stier eingearbeitet«, erklärte Dorian. »Stilisiert, aber es ist ohne Zweifel ein Stier.« Mit einem Kopfschütteln setzte er hinzu: »Der arme Santino muß den Verstand verloren haben.«

»Können Sie uns mehr über die Knochengruft erzählen?« fragte Coralina. »Wie ist sie entstanden?«

Dorian trat vom Fenster weg und blieb vor ihnen stehen. »Würden Sie mir erst den Schlüssel zeigen?«

Coralina sah Jupiter an. Er nickte ihr zu. Sie schob die Hand in ihre Hosentasche und zog den Schlüssel hervor.

In Anbetracht seiner Bedeutung sah der Schlüssel schlicht und nichtssagend aus. Der Abt streckte die Hand danach aus und befühlte den gezinkten Bart des Schlüssels, ohne daß Coralina ihn losließ.

Schließlich nickte er. »Es ist gut. Sie können ihn wieder einstecken.« Er drehte sich um und begann im Zimmer auf und ab zu gehen. »Ich will Ihre Frage beantworten, wenigstens soweit ich das vermag. Im Jahr 1631 verließ der Orden die alte Abtei Santa Bonaventura und gründete hier ein neues Kloster. Die Mönche brachten damals die Gebeine ihrer Toten mit. Allerdings wurde erst über hundert Jahre später, Mitte des achtzehnten Jahrhunderts, mit der eigentlichen Arbeit an der Gruft begonnen.«

»Sieht so aus«, stellte Coralina fest, »als würde Ihnen dieses Thema nicht besonders behagen.«

»Es gibt zu viele Rätsel um die Entstehung der Gruft, zu vieles liegt noch immer im dunkeln.« Dorian holte tief Luft und fuhr fort: »Wir besitzen keinerlei schriftliche Aufzeichnungen darüber. Das Ganze ist vermutlich kaum mehr als zweihundertfünfzig Jahre her, und trotzdem gibt es keine Dokumente, nichts, das uns Gewißheit geben könnte. Überlegen Sie nur – läppische zweieinhalb Jahrhunderte! Verglichen mit dem Zeitraum der gesamten Kirchengeschichte ist das nichts! Selbst die Anfänge des Katholizismus sind ausführlich dokumentiert, der Bau der meisten Klöster und Kirchen und Kathedralen, Ereignisse, die weit länger zurückliegen. Und trotzdem – kein geschriebenes Wort existiert über die Gruft und ihre Baumeister.

Alles, was wir wissen, ist das, was wir vor uns sehen. Fünf Räume voller Knochen.«

»Weiß man denn, wer die Gruft erbaut hat?«

»Es gibt Gerüchte, aber keine Beweise. Mehrmals hat es Bestrebungen gegeben, sie abzutragen und unseren toten Brüdern ein christliches Begräbnis zukommen zu lassen. Glauben Sie mir, ich wäre der erste, der seine Einwilligung dazu geben würde. Aber heute ist es noch schwieriger geworden als damals, die Gruft zu schließen. Sie ist eine unserer wenigen Geldquellen, und selbst ein besitzloser Orden wie der unsere ist auf gewisse Einkünfte angewiesen. Diese Gruft ist zugleich unser Segen und unser Fluch.«

»Warum Fluch?« fragte Coralina.

Dorian starrte sie an. »*Das* fragen Sie? Wir wissen nichts über die Bedeutung dieser Gruft, nichts über die Umstände, die zu ihrer Errichtung geführt haben.«

»Sie vermuten, daß keine christlichen Ziele dahinter standen?«

»Müssen wir diesen Gedanken denn nicht in Betracht ziehen? Soweit wir wissen, gab es nie unchristliche Umtriebe in diesem Kloster. Aber können wir dessen vollkommen sicher sein, wenn selbst ein Ereignis wie der Bau der Gruft undokumentiert ist?«

»Oder die Dokumente nachträglich beseitigt wurden«, gab Coralina zu bedenken.

»In der Tat«, pflichtete Dorian ihr bei. »Auch das ist eine Möglichkeit.«

»Was besagen denn die Gerüchte, von denen Sie vorhin sprachen?« wollte Jupiter wissen.

»Eines erzählt von einem Künstler, der ein Verbrechen beging und im Kloster Schutz suchte. Die Mönche gewährten ihm Unterschlupf, und in den Jahren, die er hier verbrachte, schuf er zum Dank und zum Lobpreis des Herrn die Knochendekorationen der Kapelle.«

»Die Mönche haben ihm die Gebeine von *viertausend* Brüdern zur Verfügung gestellt, um ein Kunstwerk zu schaffen?« fragte Coralina zweifelnd.

Dorian zuckte die Achseln. »Eine Legende, wie gesagt. Eine andere spricht von einem Mönch, der dem Wahnsinn verfiel, wieder eine von einem Verbrecher und Massenmörder, der sich zeitweilig im Kloster einquartierte und die Mönche mit seinem Werk verhöhnte.« Er schüttelte den Kopf. »Sogar der Marquis de Sade besuchte im Jahr 1775 die Gruft, zu einer Zeit also, als sie vermutlich nicht einmal fertiggestellt war. Möglich, daß er dem wahren Künstler begegnete. In seinem Bericht *Voyage en Italie* behauptet er jedenfalls, daß ein deutscher Mönch dafür verantwortlich gewesen sei.«

Coralina fiel etwas ein. Aufgeregt wandte sie sich an Jupiter. »Erinnerst du dich, was ich dir über Piranesi erzählt habe? Daß er zu Beginn seiner Laufbahn das Kupferstechen aufgab, um die römische Unterwelt zu erforschen?«

»Er verkroch sich in den Katakomben«, erinnerte sich Jupiter. »Und?«

Coralina wurde immer nervöser. »Er zog sich für Monate, vielleicht sogar für ein paar Jahre völlig aus der Öffentlichkeit zurück, weil ihn etwas dort unten so faszinierte, daß er alles andere dafür vernachlässigte. Zu jener Zeit verlor er einen Großteil seiner Stammkunden, die er sich später erst mühsam wieder erkämpfen mußte.«

Jupiter nickte irritiert. »Ich weiß trotzdem nicht, auf was du ...«

»Piranesis Rückzug aus der Öffentlichkeit hat irgendwann Mitte des achtzehnten Jahrhunderts stattgefunden, vermutlich in den vierziger Jahren, zwischen 1745 und 1749.«

Der Abt sah sie eindringlich an. »Etwa um diese Zeit wurde mit der Arbeit an der Gruft begonnen.«

»Glaubst du«, fragte Jupiter mit Blick auf Coralina, »daß Piranesi derjenige war, der die Gruft entworfen hat?«

»Zumindest hätte er die Begabung gehabt. Außerdem – die erste Fassung der *Carceri* erschien 1749! In den Jahren zuvor muß er den Eingang entdeckt haben. Zu selben Zeit also, als er verschwand.« Sie sprach immer hastiger. »Siehst du es denn nicht? Es paßt alles zusammen! Piranesi zog sich um 1745 zurück und stieg in die Unterwelt der Stadt hinab – nur, daß er sich nicht mit den Katakomben zufriedengab. Mit Hilfe der Schale fand er den Nebeneingang zum Haus des Daedalus, hier im Kloster! Er stieg hinunter und kehrte bald darauf zurück, um das, was er gesehen hatte, in der ersten Fassung der *Carceri* zu verarbeiten. Er hatte Angst, auch das wissen wir, vor etwas, das er dort unten gesehen oder erlebt hat. Deshalb ist er danach nie mehr hinuntergestiegen.« Sie wandte sich an den Abt. »Ist es möglich, daß ihn damals Mönche dieses Klosters begleitet haben? Daß sie mit ihm dort unten waren und von etwas derart in Furcht versetzt wurden, daß sie beschlossen, das Tor zu versiegeln?«

Bevor Dorian antworten konnte, sagte Jupiter: »Das würde bedeuten, daß hier das gleiche passiert ist wie im Vatikan! Dort hat man versucht, das Portal durch den Bau einer gewaltigen Kathedrale zu versiegeln. Und hier ...«

Coralina führte den Gedanken für ihn zu Ende: »Hier waren es nur ein paar arme Mönche, die nichts besaßen ... außer den Gebeinen ihrer toten Brüder. Sie errichteten die Knochengruft über dem Tor als Schutz vor dem, was dahinter war – oder immer noch dahinter *ist*.«

Der Abt starrte sie entgeistert an. »Die Gruft als Siegel«, flüsterte er. »Es wäre tatsächlich eine Möglichkeit. Nigromantie gegen den Zauber des Tors.«

»Nigromantie?« fragte Coralina.

»Christliche Magie«, erklärte Jupiter knapp. »Im Mittelalter soll es Magier gegeben haben, die im Auftrag der Kirche arbeiteten, sogenannte Nigromanten.«

Coralina atmete tief durch. »Ich denke, es ist an der Zeit, sich die Gruft genauer anzuschauen.«

»Aber nach allem …«, entfuhr es dem Abt erregt, dann brach er atemlos ab und begann von neuem: »Ich meine … unter diesen Umständen können Sie das Tor doch nicht ernsthaft öffnen wollen!«

»Wie Sie schon sagten«, antwortete Coralina, »irgendwer wird es irgendwann ohnehin tun.«

Jupiter ergriff ihre Hand und drückte sie. Er sah Dorian an. »Werden Sie uns helfen?«

Der Abt wandte sich ab und ging nachdenklich im Raum auf und ab. »Sie haben Remeos Leichnam nicht gesehen. Er war verbrannt, vor allem die Brust, die Oberarme und der Rücken – so als hätte ihn etwas Brennendes *umarmt*! Er hat dort unten etwas Entsetzliches erlebt, vielleicht das gleiche wie Piranesi und die Mönche, falls wirklich welche mit ihm gegangen sind.«

»Aber Piranesi ist zurückgekehrt«, sagte Coralina. »Er hat überlebt und in seinen Stichen sogar dokumentiert, was er gesehen hat.« Ihre letzten Worte waren reine Spekulation. Niemand wußte, ob die *Carceri* tatsächlich ein Abbild dessen waren, was sie im Haus des Daedalus erwartete. »Wenn Piranesi es geschafft hat, können wir es auch«, fügte sie hinzu.

»Aber Remeo …«

»Wir versuchen es«, unterbrach Jupiter den Abt. »Wenn Sie uns fortschicken, werden wir wiederkommen.« Er wollte dem Abt nicht drohen, aber er wußte, daß ihm keine andere Wahl blieb: »Sie wollen doch nicht, daß etwas davon an die Öffentlichkeit dringt, oder?«

Dorian war zu verwirrt, um zornig zu werden. Er ging noch eine Weile schweigend im Arbeitszimmer auf und ab, dann trat er wieder ans Fenster und starrte auf den toten Baum im Hof.

»Wie Sie wollen«, sagte er. »Es ist Ihre Entscheidung.«

Als sie sich dem Eingang zur Gruft näherten, hatte Dorian die Gewölbe bereits räumen lassen. Eine Handvoll ungehaltener Touristen ging gerade die Treppe zur Via Veneto hinunter und schimpfte über die Willkür der Mönche.

Die Gruft befand sich in einem Anbau der Kirche Santa Maria della Concezione. Hinter dem Eingang lag ein kleiner Vorraum, in dem die Kapuziner einen Verkaufsstand mit Andenken – Postkarten, Broschüren und kleine Dia-Heftchen – aufgebaut hatten. Mehrere Schilder wiesen die Besucher darauf hin, daß weder geraucht noch fotografiert werden durfte.

Ein Mönch, bärtig wie alle Kapuziner, aber ohne die übliche Kutte, erwartete sie. Er hatte die Aufsicht über die Gruft. Dorian beugte sich an sein Ohr und flüsterte ihm einige Anweisungen zu. Der Mann schaute verwundert, nickte jedoch fügsam.

Dorian führte Jupiter und Coralina aus dem Vorraum in einen schmalen Korridor. Der Mönch schloß hinter ihnen die Verbindungstür; er selbst blieb draußen. Die beiden waren wieder allein mit dem Abt.

Jupiter trug einen schweren Handstrahler mit Ersatzbatterien, das einzige, was von der Ausrüstung Santinos und seiner Freunde übriggeblieben war. Er fragte sich, ob Remeo den Strahler noch in der Hand hielt, als er sich sterbend die Treppe hinaufgeschleppt hatte. Doch obwohl Jupiter bei diesem Gedanken schauderte, war er dankbar für die Lampe. Sie hatten beide in ihrer Aufregung nicht daran gedacht, irgendwelche Ausrüstungsgegenstände für den Abstieg ins Haus des Daedalus zu besorgen.

Ein schmaler Gang führte an fünf Gewölbekapellen vorbei. Wände und Decken waren weiß gestrichen, damit sich die gelbbraunen Gebeine deutlicher abhoben. Der Anblick war so bedrückend wie überwältigend.

Der Gang selbst war mit bizarren Formen geschmückt, die man aus Rippenbögen, Wirbeln, Unterkiefern und Kniescheiben zusammengesetzt hatte. Es gab hier keine kompletten Rippenkäfige mehr, keine Wirbelsäulen oder Hände; jedes der viertausend Skelette war in kleinstmögliche Teile zerlegt worden. Anschließend hat man sie zu etwas vollkommen Neuem zusammengefügt.

In der ersten Kapelle sah Jupiter einen mannshohen Altar aus Oberschenkelknochen, daneben, ein Gewölbe weiter, einen zweiten, der nur aus Schädeln bestand, und schließlich einen dritten aus Hüftknochen. Nur wenige Gerippe waren vollständig: In Kutten gekleidet lagen sie aufgebahrt in Nischen, andere standen aufrecht an den Rückwänden der Gewölbe.

Es gab hier keinen Quadratmeter, der nicht mit Gebeinen bedeckt war. Unter den Decken prangten verschlungene Ornamente aus Knochen, dem Stuck des Rokoko nachempfunden. Am meisten beeindruckte Jupiter ein makabrer Schmetterling, mit einem menschlichen Schädel und Schwingen aus Schulterblättern.

Während Dorian sie den Gang entlang führte, sagte Jupiter: »Hier müssen schon Knochen aufbewahrt worden sein, bevor mit dem Bau der Gruft begonnen wurde.«

»Wie kommen Sie darauf?«

»Die Aufschrift auf der Tonschale, mit deren Hilfe Piranesi das Tor entdeckte, erwähnte Gebeine. Wenn all das hier aber erst *nach* Piranesis Abstieg ins Haus des Daedalus entstanden ist, wie konnte er dann schon vorher dem Hinweis auf die Gebeine folgen?«

Coralina stimmte mit einem nachdenklichen Kopfnicken zu. »Das ist eigenartig.«

»Nicht, wenn es hier schon früher eine größere Ansammlung von Knochen gab, auf die die Inschrift der Scherbe hingewiesen hat«, widersprach Jupiter.

»Die Kapuziner sind schon in den dreißiger Jahren des siebzehnten Jahrhunderts hierher gezogen«, sagte der Abt, »also über hundert Jahre vor dem Bau der Gruft. Die Gebeine unserer toten Brüder haben sie schon damals mitgebracht. Vielleicht haben sie sie in diesen Räumen aufbewahrt.«

»Möglich«, stimmte Jupiter zu.

»Zudem«, fuhr Dorian fort, »war damals hier ein Friedhof, auf dem auch Angehörige des Ordens begraben wurden.«

Coralina kam ein Gedanke. »Wäre es dann nicht vorstellbar, daß die Kapuziner schon früher auf das Tor stießen und das Kloster hierherverlegten, um es zu bewachen? Vielleicht war es sogar ein Mönch, der die Schale entdeckte – möglicherweise bei Grabungen auf dem alten Friedhof. Er kratzte die zweite Inschrift zwischen die Hieroglyphen, als verschlüsselten Hinweis auf den Standort des Tors. Danach gelangte die Schale ins Archiv des Vatikans, wo sie dann hundert Jahre später von den Adepten entdeckt wurde.«

Jupiter pflichtete ihr bei. Es war eine Theorie, nicht mehr, aber sie klang durchaus plausibel.

Am Ende des Gangs blieben sie stehen und blickten in die fünfte und letzte Kapelle. Der Altar war aus unterschiedlichen Knochen gebaut worden, so als wären hier Reste aus den übrigen Gewölben verwertet worden. Er wurde von zwei Gerippen in Kutten flankiert, leicht vorgebeugt, so als wollten sie jeden Moment aus ihren Nischen steigen und auf die Besucher zugehen. Auf dem Altar saßen drei weitere Skelette, so klein, daß sie nur von Kindern stammen konnten. Unter der Decke entdeckte Jupiter noch ein Gerippe, umrahmt von einem Oval aus Wirbelknochen. In der einen Hand des Toten hatte man eine

Sense befestigt, in der anderen eine Waage; beide Geräte waren vollständig aus Gebeinen gefertigt.

Wie in den anderen Kapellen waren auch hier Gräber in den Boden eingelassen. In den ersten vier Gewölben waren sie durch Holzkreuze markiert, hier durch graue Steinplatten, die eingemeißelte Inschriften trugen.

»In dieser Kapelle wurden einige unserer größten Heiligen bestattet«, erklärte Dorian salbungsvoll. »Die drei Skelette auf dem Altar stammen vermutlich von Kindern der Barberini-Familie.«

Er warf noch einen letzten Blick auf die geschlossene Verbindungstür zum Vorraum, dann stieg er über das Absperrungsband, das den Gang vom Innenraum der Kapelle trennte. Als Jupiter und Coralina zögerten, forderte er sie mit einem Wink auf, ihm zu folgen.

Er trat vor den Altar. In seiner Mitte befand sich ein steinerner Absatz, in den man drei Schädel ohne Unterkiefer eingelassen hatte, die leeren Augen zum Korridor gewandt. Hinter jenem in der Mitte war ein kleines Holzkreuz angebracht. Dorian legte seine Hand auf den mittleren Schädel, und Jupiter fiel auf, daß er eine andere Färbung hatte als die restlichen – so als bestünde er nicht aus demselben Material. Bei genauerem Hinsehen entdeckte Jupiter weitere Unterschiede, und bald hatte er keinen Zweifel mehr, daß der Schädel eine Fälschung war. Jemand hatte ihn aus Stein gehauen.

»Treten Sie zur Seite«, sagte der Abt.

Jupiter und Coralina wichen an die Wände zurück, bemüht, keines der Knochenkunstwerke zu berühren.

Dorian drehte den Schädel, bis seine Augenhöhlen zur Rückwand wiesen. Ein Knirschen ertönte, dann senkte sich die größte Grabplatte in der Mitte des Kapellenbodens um einige Zentimeter und glitt mit einem trockenen Schaben zur Seite. Darunter kam, horizontal in eine Vertiefung im Boden eingelassen, ein stählernes Rad zum Vorschein. Dorian ging in die Hocke und schaute zu Jupiter hoch. »Wenn Sie mir bitte helfen würden ... Es klemmt ein wenig.«

Jupiter wechselte einen Blick mit Coralina, dann kniete er sich zu dem Abt auf den Boden. Gemeinsam drehten sie das Rad nach rechts. Es ließ sich leichter bewegen, als Jupiter erwartet hatte, erforderte aber immer noch genügend Kraft, um den beiden Männern den Schweiß auf die Stirn zu treiben.

»Jupiter!« rief Coralina plötzlich.

Er schaute erst zu ihr, dann, ihrem Arm folgend, zur Stirnseite der Kapelle.

Der Altar hatte sich mitsamt der Wand ein gutes Stück nach hinten geschoben. Rechts und links waren dunkle Spalten erschienen, wie schmale Gänge, die zu beiden Seiten abzweigten.

»Nicht aufhören«, keuchte der Abt.

Jupiter drehte weiterhin mit aller Kraft an dem Rad. Der Altar und die Rückseite des Gewölbes schoben sich immer tiefer nach hinten. Schließlich gab der Abt ihm mit einem Nicken zu verstehen, daß es genug sei.

Jupiter stand auf. Er und Coralina starrten Dorian abwartend an.

»Der Spalt auf der linken Seite endet nach zwei Metern, aber der rechte führt zu einer Treppe und nach etwa zehn Metern in eine Kammer. Dort werden Sie finden, was Sie suchen.«

»Sie kommen nicht mit bis zum Tor?« fragte Coralina.

»Nein«, entgegnete der Abt mit fester Stimme. »Ich bin sicher, Sie können Ihre Fehler auch ohne meine Hilfe begehen.«

Jupiter nickte ihm zu. »Danke, daß Sie uns bis hierher geholfen haben.«

Dorian schaute ihn nur traurig an und gab keine Antwort.

Jupiter ging mit der Lampe voran, Coralina folgte dicht hinter ihm. Sie schlüpften durch den Spalt und ließen den Abt in der Kapelle zurück. Als Jupiter kurz über die Schulter schaute, erschien ihm das Gesicht des Kapuziners noch grauer und eingefallener. Dann verdeckte Coralinas Silhouette die Sicht durch den Spalt, und Jupiter schaute wieder nach vorne.

Genau wie Dorian gesagt hatte, stießen sie bald auf Stufen, die steil nach unten führten. Jupiter ließ den Lichtkegel über die Kanten huschen. Im ersten Augenblick kam ihm irgend etwas ungewöhnlich vor, ohne daß er es hätte benennen können. Dann aber begriff er, was ihn stutzig machte: Stufen in alten Gemäuern waren für gewöhnlich ausgetreten, die Ecken abgerundet, glattpoliert; diese aber waren wie neu. Kaum jemand hatte sie in all den Jahrhunderten benutzt. Vermutlich waren nach Piranesi nur noch Santino und seine Brüder hier hinabgestiegen.

Und nun also Coralina und er.

Die Kammer am Ende der Stufen war niedrig und viel kleiner, als er erwartet hatte. Sie war leer, ein hohler Würfel umgeben von Steinquadern, jeder einzelne so groß, daß je vier eine Wand bildeten.

Gegenüber der Treppe lag das Tor.

Sein Anblick war denkbar unspektakulär: eine quadratische Steinplatte, in die ein auf der Spitze stehendes Dreieck geritzt war, mit zwei kurzen Auswüchsen an der oberen Seite – der stilisierte Stierkopf, von dem Dorian gesprochen hatte.

In der Mitte des Dreiecks, zwischen den eingekerbten Augen des Stiers, befand sich ein schmaler Schlitz. Jupiter wußte nicht, wann der erste Schlüssel erfunden worden war – im frühen Mittelalter, schätzte er –, aber er nahm an, daß der Anblick dieses Mechanismus für den einen oder anderen Historiker eine Sensation bedeutet hätte. Ein Schlüsselloch in einer Tür, die vermutlich um die dreitausend Jahre alt war!

Coralina zog ehrfürchtig den Schlüssel aus der Hosentasche. »Ich oder du?«

»Wir könnten Münzen werfen – wenn wir noch welche hätten.«

Sie lächelte schief, dann trat sie ans Tor und schob den Schlüssel in die Öffnung. Er glitt problemlos hinein, ehe er schließlich auf einen Widerstand stieß.

»Und jetzt?« fragte sie. »Nach rechts oder links?«

Jupiter wollte gerade antworten, als ihnen die Entscheidung abgenommen wurde. Ein leises Rasseln ertönte jenseits des Tors, dann ein Rauschen, wie von Luft, die in ein Vakuum strömt.

»Weder noch«, flüsterte Jupiter, als ein heftiger Ruck durch die Steinplatte ging, so als würde in ihrem Inneren eine Verankerung gelöst. Die beiden sprangen erschrocken einen Schritt zurück, doch nichts weiter geschah.

Jupiter trat erneut vor und legte beide Hände an das Tor. Vorsichtig preßte er dagegen, erst ganz sachte, dann ein wenig kräftiger. Die Steinplatte bewegte sich, schwang langsam von ihm fort. Auf der linken Seite wurde sie von unsichtbaren Scharnieren gehalten, auf der rechten entstand ein schwarzer Spalt, der rasch größer wurde.

Er leuchtete mit dem Strahler in die Finsternis auf der anderen Seite. Er sah Stufen. Die Stufen einer gewaltigen Wendeltreppe.

»Also?« fragte Coralina, trat aber schon an ihm vorbei und durch das Tor. »Gehen wir.«

Seite an Seite betraten sie das Haus des Daedalus.

Monumentale Größe.

Monumentale Dunkelheit.

Sie waren noch keine Stunde unterwegs, als sie zu ahnen begannen, wie *groß* die Treppe tatsächlich war.

Nur ein steinernes Geländer trennte sie von dem schwarzen Nichts des Abgrunds. Wenn sie darüber hinwegschauten, konnten sie erkennen, daß die Wendeltreppe wie das Gewinde einer riesigen Schraube in die Tiefe führte. Der Strahler reichte etwa zwanzig Meter weit, dann verlor sich alles in Dunkelheit. Zu Anfang hatten sie noch die Decke dieses titanischen unterirdischen Hohlraums erkennen können, doch bald lag auch sie außerhalb der Reichweite des Lichtstrahls.

Es war empfindlich kühl geworden. Immer wieder wehte eisige Luft aus dem Abgrund empor, biss sich durch ihre Kleidung und ließ sie frösteln.

Sie hatten bald aufgehört, über die physikalische Unmöglichkeit dieser Anlage zu diskutieren. Schon nach einer halben Stunde war ihr Gespräch an einem Punkt angelangt, an dem es nicht mehr wirklich um Dinge wie Schwerkraft oder Stabilität ging. Sie akzeptierten, was das Haus des Daedalus wirklich war – ein Ort, geschaffen mit Mitteln, die längst in Vergessenheit geraten waren, zu dem alleinigen Zweck, den antiken Göttern zu huldigen, ihnen zu gefallen, sich mit ihnen auf eine Stufe zu stellen. Coralina verglich es mit dem Turm zu Babel – mit dem Unterschied, daß der Turm hier nach *unten* statt nach oben wuchs.

Sie blieb stehen. »Hast du das gehört?«

Jupiter verharrte. »Was?«

»Klang wie ein … Scharren?« Sie sah ihn mit großen Augen an.

Er horchte angespannt, schüttelte dann den Kopf. »Was meinst du? Sollen wir umkehren?«

Sie legte den Zeigefinger an ihre Lippen. Die atemberaubende Schwärze schien von allen Seiten ein wenig näherzurücken, so als wollte sie die beiden Menschen, die sich ihr so wagemutig ausgeliefert hatten, in sich aufsaugen.

»Ich höre nichts«, murmelte Jupiter nach einem Moment.

Coralina nickte langsam. »Jetzt ist es weg. Wie lange halten die Batterien noch?«

»Woher soll ich das wissen?«

»Schätzungsweise?«

»Vielleicht eine Stunde. Vielleicht zwei.«

Coralina seufzte. »Eine brauchen wir von hier aus für den Rückweg. Mindestens.«

»Wenn wir jetzt umkehren, hätten wir ebensogut am Flughafen die nächste Maschine nehmen können«, sagte Jupiter leise.

»Du willst tatsächlich wissen, wohin die Treppe führt?«

Er wich ihrem Blick aus. »Ich will es wissen, aber ich will nicht dorthin gehen.«

»Das heißt dann wohl, daß wir umdrehen.«

»Was bleibt uns denn übrig? Wir haben keine Ausrüstung, keine Verpflegung.«

Das Scharren wiederholte sich – jetzt hörte es auch Jupiter.

Erschrocken starrten sich die beiden an. »Das kommt von unten«, flüsterte Coralina. Nach kurzem Zögern setzte sie den Abstieg fort. »Los, komm.«

»Hältst du das wirklich für eine gute Idee?«

»Nein.«

Er seufzte tonlos und folgte ihr. Diesmal ließ er den Strahl nicht mehr so achtlos umherwirbeln wie zuvor, sondern hielt ihn in schrägem Winkel nach unten, leuchtete so, daß sie die Stufen vor sich im Blick hatten.

»Großer Gott!« Coralina blieb stehen.

Jupiter sah, was sie meinte.

Vor ihnen auf den Stufen lag der leblose Körper eines Mannes. Er trug eine Kapuzinerkutte und roch stechend nach Schmutz und Fäkalien. Er lag auf dem Rücken, quer über einer der Stufen. Die Kapuze war ihm vom Kopf gerutscht, baumelte über dem Rand der Stufe und raschelte bei jedem Windstoß über den rauhen Stein. Dabei verursachte sie das leise Scharren, das sie gehört hatten.

Coralina ging neben dem Mann in die Hocke. Sie musterte sein Gesicht, die aufgerissenen, glasig gewordenen Augen. Seine Haut war dunkel vor Dreck, sein Bart verklebt.

Jupiter trat auf die andere Seite und leuchtete vom Kopf des Mannes an abwärts. »Was glaubst du, wie lange ist er schon tot?«

Coralina schluckte den Kloß in ihrem Hals. »Noch nicht lange. Er stinkt, aber nicht nach Verwesung.«

Jupiter hatte mit dem Lichtkegel den Saum der Kutte erreicht – und das, was darunter hervorschaute. Angewidert verzog er das Gesicht. Seine Innereien ballten sich zusammen wie eine übergroße Faust.

»Schau dir das an«, brachte er mühsam hervor.

Coralina folgte seinem Blick – und wurde blaß.

Unter der Kutte ragten die Beine des Mannes hervor. Er hatte keine Füße mehr – zumindest nichts, das diese Bezeichnung verdient hätte. Wie Astwerk stachen blanke, verkohlte Knochen aus seinen Unterschenkeln hervor. Schwarze Schleifspuren verrieten, daß er sich trotz seiner grausamen Verletzungen hierhergeschleppt hatte, ehe ihn endgültig die Kräfte verließen.

»Was, zum Teufel ...« Jupiter verstummte mitten im Satz, ehe er sich wieder unter Kontrolle bekam. »Was ist mit ihm passiert?«

Coralina richtete sich auf und starrte besorgt in die Schwärze jenseits des Treppengeländers. »Ich will hier weg. Laß uns verschwinden.«

Jupiter war immer noch wie hypnotisiert von den entsetzlichen Verbrennungen des Mannes. Die Vorstellung, daß er sich auf den verbrannten Stümpfen die Treppe heraufgequält hatte, war noch verstörender als der Anblick selbst.

»Das muß einer von den beiden Mönchen sein, die mit Remeo hier heruntergestiegen sind.«

Coralina wurde immer ungeduldiger. »Bitte, Jupiter, laß uns abhauen!«

»Sollen wir ihn liegenlassen?«

»An was dachtest du?« fragte sie bissig. »Eine Feuerbestattung?«

Jupiter wußte, daß ihr Zynismus nur ein Schutzschild war, so wie die ganze scheinbare Unbefangenheit, mit der sie die Treppen hinabgestiegen waren.

Er zögerte noch, als ihm plötzlich etwas auffiel. Aufgeregt ging er in die Hocke und packte eine Hand des Mönchs.

»Was ist?« wollte Coralina wissen.

»Oh, verdammt ...«

»Jupiter«, sagte sie betont, »was – ist – los?«

Jupiter hielt den Unterarm des Mönches und schaute langsam zu Coralina auf. »Er lebt noch.«

»*Was?*«

»Er ist noch am Leben! Seine Brust hat sich bewegt – und er hat einen Puls.« Jupiters Zeige- und Mittelfinger lagen auf der Schlagader des Mönchs. Es gab keinen Zweifel: Das Herz des Mannes schlug noch, pumpte in langsamen, unregelmäßigen Schüben Blut durch seinen Körper.

Coralina kauerte sich neben ihn, nahm die Hand, fühlte es selbst. »Was tun wir jetzt?«

»Wir müssen ihn mitnehmen.«

Sie nickte widerwillig und sah zu, wie Jupiter seine Arme unter den ausgemergelten Körper schob. Selbst durch die weite Kutte war deutlich zu erkennen, wie dürr er war.

Jupiter wollte ihn gerade hochheben, als die spröden Lippen des Mönchs aufbrachen und ein rasselndes Stöhnen ertönte.

»Ist schon gut«, sagte Jupiter sanft. »Wir bringen Sie nach Hause.«

Coralina sah aus, als könne sie es einfach nicht glauben.

Die Augen des Mannes standen offen, so als seien seine Lider zu verklebt, um sich aus eigener Kraft zu schließen. Jupiter schob sie mit der Hand zu, hoffend, daß der Mönch dadurch ruhiger werden würde.

»Von … unten«, drang es kaum hörbar aus der Kehle des Mannes. »Tief … unten.«

Jupiter hob ihn hoch wie ein Kind, erstaunt darüber, wie leicht er war. Kapuziner aßen nur das Nötigste, und die Tage hier unten hatten dafür gesorgt, daß der Mann bis auf die Knochen abgemagert war.

Während sie mit dem Aufstieg begannen, gab Jupiter sich größte Mühe, nicht mit den verbrannten Fußstümpfen in Berührung zu kommen.

»Tief unten«, keuchte der Mönch jetzt wieder.

»Wie heißen Sie?« fragte Coralina.

»Der Geist … und das Feuer … und der Stier …«

»Wie heißen Sie?«

»Pas … Pascale.«

»Gut, Pascale«, sagte Jupiter, »hören Sie jetzt auf zu sprechen. Sie dürfen sich nicht anstrengen. Wir bringen Sie in ein Krankenhaus. Sie werden es schon schaffen.«

Unter den geschlossenen Lidern gerieten Pascales Augäpfel in hektische Bewegung, huschten hin und her, wie bei einem Träumenden. »Habe es … gesehen … das *Panorama* …«

»Scht«, machte Coralina und nahm die Hand des Mönchs in ihre. »Nicht reden.«

Aber Pascale ließ sich nicht abbringen. »So … groß.«

Der Geruch, der von dem Mann ausging, war entsetzlich, aber Jupiter versuchte ihn zu ignorieren. Er nahm die Stufen so schnell er konnte, auch wenn er wußte, daß es vernünftiger gewesen wäre, langsamer zu gehen, mit seinen Kräften hauszuhalten.

»Nicht... sprechen«, flüsterte Pascale, während seine Augen hinter den geschlossenen Lidern noch immer einen wilden Tanz vollführten.

Jupiter glaubte erst, der Mönch habe nur Coralinas Worte wiederholt, doch als Pascale fortfuhr, begriff er, was er meinte: »Sicher nur ... im Dunkeln und ... schweigend!« Ein trockenes Röcheln unterbrach seinen Wortfluß. »Licht lockt ... es an. Und Stimmen. Nicht sprechen. *Nicht sprechen!* Und ... *kein Licht!* Nur deshalb ... überlebt.«

Coralina blickte besorgt auf den Strahler, den sie von Jupiter übernommen hatte. »Kann man das Licht irgendwie dimmen?«

»Nein.«

Ein Aufstieg in absoluter Finsternis war so gut wie unmöglich, zumal mit der Last in Jupiters Armen. Die Lampe mußte eingeschaltet bleiben.

Sie wurden schneller. Coralina bot Jupiter an, ihm beim Tragen zu helfen, aber sie wußte ebensogut wie er selbst, daß sie das nur noch mehr aufgehalten hätte. Pascale hielt sich jetzt an seinen eigenen Rat und schwieg. Die letzten Kräfte verließen ihn, sein Körper schien mit jedem Schritt schlaffer zu werden. Auch Jupiter und Coralina waren verstummt. Nur aufwärtsgehen, die nächste Stufe, und noch eine.

Jupiter dachte über die letzten Worte des Mönchs nach. *Licht lockt es an.* Was war es, das vom Licht angelockt wurde? Und was hatte Pascale dort unten erlebt?

Sie hatten zwei Drittel des Aufstiegs bewältigt, als sie abrupt stehenblieben.

Aus der Tiefe erklang ein markerschütterndes Brüllen. Erst leise und dumpf, dann immer lauter, ehe es schließlich verhallte.

Pascale riß die Augen auf. Seine Augäpfel hatten die Farbe vergilbten Papiers. Sein Mund bewegte sich, aber er brachte keinen Ton heraus.

»Komm, schneller!« flüsterte Jupiter. Er hatte dieses Brüllen schon einmal gehört – mit dem Unterschied, daß es jetzt klarer klang, realer, beinahe greifbar.

Sie nahmen die Stufen nun fast im Laufschritt, obwohl sie wußten, daß sie so nicht lange durchhalten würden.

Flieht! Beeilt euch! Lauft weg!

Das Brüllen ertönte erneut. Jupiter mochte sich täuschen, aber er glaubte, daß es nicht näher gekommen war. Vielleicht hatten sie Glück.

Pascale bewegte wieder die Lippen, dann sackte sein Kopf zur Seite. Seine Augen schlossen sich.

Coralina keuchte. »Ist er …«

»Nein, er atmet noch … nur bewußtlos«, gab Jupiter erschöpft zurück. Der Körper in seinen Armen wurde immer schwerer, genau wie seine eigenen Beine. Jedes Heben der Füße wurde zur Mühsal, jede Stufe zur Tortur.

Zehn Minuten später sahen sie über sich die Decke. Jupiter wagte noch immer nicht, mit dem Strahler nach oben zu leuchten, doch selbst in dem schwachen Schein, der von den Stufen reflektiert wurde, war die steinerne Ebene über ihren Köpfen zu erkennen, grob und bucklig, wie geronnene Gewitterwolken. Der Stein war pechschwarz, mit Pilzen und Flechten überzogen. Trotzdem ließen sich an manchen Stellen noch Fugen erkennen. Die Decke war nicht aus Fels gehauen, sie war gemauert. Das machte ihren Anblick noch unglaublicher.

Das Ende der Treppe schraubte sich als zylinderförmiger Schacht in die Decke. Auf den letzten zwanzig Stufen ersetzten massive Wände das Geländer. Jupiter atmete auf; nach der bedrückenden Weite des Abgrunds glaubte er zu verstehen, wie sich ein Mensch mit Agoraphobie fühlen mußte. Die schiere Größe dieser Anlage war mehr, als sein Verstand zu fassen vermochte.

Wenn er wieder an der Oberfläche war, vielleicht nach ein paar Tagen oder Wochen, würde er vermutlich all das hier unten als Illusion abtun. Die Existenz dieses Ortes setzte alle Gesetze der Logik außer Kraft. So etwas konnte, so etwas *durfte* nicht existieren. Ein wenig Amateurpsychologie reichte aus, um sich darüber klarzuwerden, daß die Schutzmechanismen seines Bewußtseins all das hier unten auslöschen würden. Die Erinnerung daran würde aus der Ablage Realität in die Ablage Traum verschoben, und – irgendwann – würde er vielleicht ganz aufhören, darüber nachzudenken.

Coralina schrak neben ihm zusammen, als das Brüllen zum dritten Mal ertönte. Es wurde von der Decke zurückgeworfen und hallte verzerrt durch die Dunkelheit. Unmöglich zu sagen, ob es näher geklungen hatte als bei den beiden vorangegangenen Malen.

Hinter der nächsten Biegung der Wendeltreppe mußte das Tor liegen. Gleich würden sie es sehen.

Ein Schuß peitschte. Jemand schrie auf. Dann ein zweiter Schuß. Das Schreien brach ab.

Jupiter und Coralina blieben schlagartig stehen. Zu erschöpft zum Sprechen, konnten sie einander nur anstarren, atemlos, gehetzt und nahe daran zusammenzubrechen.

Jupiter lehnte sich mit dem Rücken gegen die Treppenspindel. Pascale drohte aus seinen Armen zu rutschen. Coralina bekam den reglosen Körper des Mönches gerade noch zu fassen und ließ ihn einigermaßen sanft auf die Stufen gleiten.

»Sind *sie* das?« brachte Jupiter mit schwacher Stimme hervor.

»Ich seh nach«, wisperte Coralina.

»Nein.« Er hielt sie kraftlos zurück und löste sich von dem Stein in seinem Rücken. Schwankend stand er da und versuchte, das Gleichgewicht zu halten. Er sah Coralina an. »Laß mich das machen.«

»Gehen wir zusammen«, erwiderte sie gequält.

Jupiter nickte schwerfällig. Sie ließen Pascale auf den Stufen zurück und schoben sich vorsichtig um die letzte Treppenbiegung.

Das Tor stand offen.

Dahinter, auf dem Boden des Vorraums, lag Dorian in einer Blutlache. Der Atem des Abts rasselte wie etwas Mechanisches, erschreckend Unmenschliches. Blut und Speichel troffen aus seinem Mundwinkel.

Auf der schmalen Treppe, die hinauf zur Knochengruft führte, stand ein Mann, lehnte krumm an der Wand und hielt zitternd eine Pistole in der Hand. Um seinen Hals hing an einem Band eine flache Lampe. Er hatte sichtlich Mühe, sich auf den Beinen zu halten.

»Sie können rauskommen«, rief Domovoi Trojan ihnen zu. Seine Stimme klang krächzend, so als sei *er* es gewesen, der den Aufstieg aus dem Haus des Daedalus bewältigt hatte, nicht sie. Der Kraftakt, sich auf eigenen Beinen zu halten, hatte ihn ausgelaugt. Er hatte heftiges Nasenbluten. Dennoch blitzte der Hauch eines Triumphs über seine Züge. »Ich habe Sie gehört«, setzte er hinzu. »Sie beide.«

Jupiter gab sich einen Ruck und trat aus der Deckung. Coralina wollte ihn zurückhalten, ihn hinter die Biegung der Steinspindel ziehen, aber er schüttelte ihre Hand ab. Er war es endgültig leid, davonzulaufen. Trojan war nur ein alter Mann, der sich verbissen an eine Idee klammerte, an den letzten Strohhalm, um seine größenwahnsinnigen Pläne doch noch zu verwirklichen.

»Die eingeschlagene Seitenscheibe«, sagte Jupiter leise und fixierte den Professor. Zwischen ihnen lagen rund zehn Meter. »Ich habe zu spät daran gedacht. Landini hat im Wagen einen Sender angebracht, nicht wahr? Und er hat mit Ihnen telefoniert, als er uns verfolgte.«

»Der gute Landini«, murmelte Trojan kaum hörbar. »Ich habe Ihnen gesagt, daß er nichts ist als ein Handlanger. Und wie ein Handlanger ist er gestorben.«

»Landini war von Thadens Sekretär, aber er war immer Ihr Lakai. Er hat Ihre Drecksarbeit erledigt, nicht die des Kardinals.«

Trojan fuchtelte mit der Pistole. »Ich wußte, daß Sie das Tor öffnen, wenn Sie vom Tod der Zigeunerin erfahren würden. Neugier und Haß sind eine explosive Mischung, glauben Sie mir. Ich kenne das.«

Jupiter war nicht sicher, wofür er Trojan mehr verabscheute: für das, was er der Shuvani angetan hatte, oder für den abfälligen Ton, in dem er über seine frühere Geliebte sprach. Die Gewichtungen verschoben sich, wurden mit einemmal irreal und nebensächlich.

»Sie haben sie umbringen lassen«, sagte Jupiter. »Es geschah auf Ihre Anweisung, nicht auf die Estacados oder von Thadens.«

»Und so fügen sich die Steinchen zu einem großen Mosaik zusammen«, erwiderte der Professor lakonisch und wischte sich Blut von der Nase. »So sollte es immer sein, wenn eine Sache zu Ende geht.«

Jupiter nahm aus dem Augenwinkel wahr, wie Coralina hinter ihrer Deckung erstarrte. Mit einem Wink gab er ihr zu verstehen, sich nicht von der Stelle zu rühren.

»Sie sind uns ein paar Erklärungen schuldig, denken Sie nicht auch?«

Trojan hielt seine Waffe weiterhin auf Jupiter gerichtet. Sein Zittern ließ ein wenig nach, vielleicht weil er spürte, daß er die Dinge unter Kontrolle hatte. »Wissen Sie, weshalb Daedalus dieses Bauwerk errichtete?«

»Als Huldigung an die Götter, dachte ich.«

»Für ihn war es ein Handel«, erklärte Trojan kopfschüttelnd. »Nachdem Ikarus verbrannt war, flehte Daedalus die

Götter an, ihm seinen Sohn zurückzugeben. Er versprach, ihnen dafür den größten und prächtigsten aller Tempel zu bauen. In den Latinern fand er die nötigen Verbündeten, die ihm Material und Menschen zur Verfügung stellten. Daedalus hätte alles getan, damit Ikarus aus der Unterwelt zurückkehrte. Nach seiner Verbannung war nur noch sein Sohn wichtig für ihn – und doch war Ikarus durch seine Schuld ums Leben gekommen. Hätte Daedalus nicht die Schwingen gebaut, mit denen sie aus ihrem Gefängnis entkommen waren, wäre Ikarus nicht in der Sonne verglüht. Nur deshalb baute er diesen Tempel, und er trieb ihn so tief in die Erde hinein wie nur möglich, um seinem Sohn den Aufstieg aus der Unterwelt zu erleichtern.«

Jupiter schaute sich über die Schulter zu Coralina um. Ihre Augen flehten ihn an, in Deckung zu gehen. Aber er hatte nicht vergessen, was sie dort unten gehört hatten, und er wurde das Bild von diesem *Etwas* nicht los, das sie die Stufen herauf verfolgte, schnaubend und brüllend und mit der Kraft einer Lokomotive. Sie *mußten* hier raus.

Er machte einen Schritt auf Trojan zu, dann noch einen, bis er auf der obersten Stufe stand, genau unter dem Tor.

»Hören Sie, Trojan, ich weiß nicht, was Sie vorhaben. Aber was immer es ist, Sie brauchen uns nicht dafür. Lassen Sie uns gehen.«

Trojan setzte sich wieder in Bewegung, trat langsam und mit bebenden Gliedern in den Vorraum. Die Anstrengung lenkte ihn ab, er schaute auf seine Füße. Jupiter sah eine Chance. Er setzte an, um mit wenigen Sätzen auf den alten Mann zuzuschnellen, wollte ihn packen und …

Trojan hob die Pistole und drückte ab.

Ein schneidender Schmerz durchfuhr Jupiters rechten Oberschenkel. Sein Knie knickte ein, und plötzlich war seine Hose voller Blut.

Hinter ihm schrie Coralina seinen Namen, sprang aus der Deckung, rannte zu ihm und zerrte ihn zurück, als zwei weitere Kugeln an ihnen vorbeizischten und in uraltes Mauerwerk schlugen. Staub und kleine Steinbrocken wirbelten durch die Luft.

Jupiter brachte kein Wort heraus. Erst als Coralina ihn die Stufen hinabzerrte, vorbei an Pascale, hinter die Biegung der Treppenspindel, wurde ihm bewußt, daß Trojan ihn angeschossen hatte. Bis jetzt hatte der Schock den Schmerz gedämpft; nun aber brach er sich ungehindert Bahn.

Trojan folgte ihnen die Treppe herunter. Der Kraftakt, den er sich dafür abverlangte, war enorm. Doch sein Geist war so auf das Haus des Daedalus fixiert, sein Wille so fest und unnachgiebig, daß er die ersten Stufen bewältigte, als mache es ihm kaum Mühe.

»Zählen Sie nicht meine Schüsse«, sagte er. »Ich habe die Taschen voller Munition. Glauben Sie, ich hätte keine Vorbereitungen getroffen, um die Neugestaltung der Welt einzuläuten? Ich bin fast am Ziel, wissen Sie.«

»Sie haben die Adepten nur ausgenutzt«, brüllte Coralina ihn an, während sie panisch von Jupiter zu dem reglosen Pascale hinübersah. Sie mußte weiter hinunter. Und sie konnte nur einen von beiden mitnehmen. »Leg deinen Arm um meine Schulter«, flüsterte sie Jupiter zu. »Ich stütze dich.«

»Wir… können da nicht runter«, gab er mit heiserer Stimme zurück.

»Trojan wird uns erschießen, wenn er uns einholt.«

Aus der Tiefe ertönte abermals das grauenvolle Schnauben, und diesmal klang es eindeutig *näher*. Dennoch war es noch immer abstrakt im Vergleich zu dem, was ihnen von oben folgte: ein Wahnsinniger mit einer Waffe.

»Ausgenutzt?« rief der Professor. »Wenn Sie so wollen, gewiß. Estacado geht es nur darum, die beiden Tore zu bewachen. Nicht im Traum denkt er daran, eines davon zu öffnen. Aber ich will dabeisein, wenn der Geist des Daedalus die Stadt zu etwas Neuem formt, zu etwas Besserem, Großartigem! Die Stadt und die ganze Welt!«

Während Jupiter sich, auf Coralina gestützt, die Wendeltreppe hinabbewegte, tastete er mit seiner freien Hand nach der Verletzung, fühlte Blut an seinem Bein. Ein Durchschuß.

»Wenn wir einen größeren Vorsprung haben, verbinde ich die Wunde«, flüsterte Coralina. Sie horchte immer noch angespannt in alle Richtungen. Es beruhigte sie ein wenig, daß kein weiterer Schuß gefallen war; offenbar hielt Trojan Pascale für tot.

Mit der linken Hand hielt Coralina Jupiter, in der rechten trug sie den Strahler und versuchte, sich gleichzeitig an der Treppenspindel abzustützen. Dabei irrlichterte der Schein immer wieder über das Geländer hinaus ins Dunkel. Pascales Worte flammten wie eine Warntafel hinter ihrer Stirn auf. Kein Licht. Es lockt etwas an.

»Sie können sich nicht vorstellen, wie das ist«, rief Trojan von oben. »Ein ganzes Leben lang schaut man auf die Schöpfungen Michelangelos und Berninis, wird jeden Tag von neuem mit ihrem Genie konfrontiert und darf doch nie selbst etwas erschaffen. Immer nur ausbessern, reparieren, aber niemals etwas Neues gestalten! Ich hatte Pläne, wundervolle Pläne, aber man hat mir nicht zugehört.« Er machte eine kurze Pause, dann fuhr er fort: »Die allerersten Bauten, die die Menschheit entwarf, waren Labyrinthe. Die alten Höhlenzeichnungen sind voll davon. Die Labyrinthisierung, die vom Haus des Daedalus ausgeht, wird der Urschlamm einer neuen Architektur sein. Aus dem Chaos wird etwas Neues erstehen, etwas vollkommen *anderes*! Das Tor muß offenbleiben, und was immer auch hier unten ist, muß entweichen ... stellen Sie sich vor – die Welt als ein einziges, unermeßliches Labyrinth!

Die Infizierung hat bereits begonnen. Das alles hier, Sie, ich, unsere Geschichte, sind vielleicht schon Teile des Labyrinths. Ist das hier noch die Wirklichkeit?«

Das Brüllen stieg aus dem Dunkel herauf, weniger hallend, weniger fern. Und dann hörten sie auch ein Rauschen, so als schwebe etwas auf mächtigen Schwingen nach oben, unsichtbar im Dunkeln.

»Mach das Licht aus«, krächzte Jupiter.

»Ohne Licht sehen wir nicht …«

»Mach es aus! Schnell!«

Coralina überlegte, ob die Verletzung ihn halluzinieren ließ, aber sie hörte es ja selbst, das Rauschen und das Brüllen, und sie …

Ein kreischendes Gelächter ertönte in der Schwärze des Abgrunds.

Coralina glaubte erst, es sei Trojan.

Doch das Lachen wiederholte sich, hielt diesmal länger an. Es war mit keinem Laut vergleichbar, den Coralina je zuvor gehört hatte. Ihr wurde eiskalt. Jupiter verkrampfte sich in ihrem Arm.

»Das Licht«, flüsterte er. »Mach die verdammte Lampe aus!«

Ihr Daumen schob den Regler des Handstrahlers zurück. Das Licht erlosch. Augenblicklich waren sie in wattige Schwärze gehüllt. Coralina spürte, daß Jupiter ihr einen Finger an die Lippen legte und ihr bedeutete, nicht mehr zu sprechen. Stocksteif und schweigend standen sie da, mit dem Rücken an die feuchtkalte Treppenspindel gelehnt – und warteten.

Es war nicht *völlig* dunkel im Haus des Daedalus.

Unter ihnen dämmerte ein sanfter Schein. Im ersten Moment hielten sie es für eine Täuschung, doch dann, als sie begriffen, daß da tatsächlich ein Licht war, brachten sie nicht mehr den Mut auf, an das Geländer zu treten und in die Tiefe zu blicken.

Das Gelächter kam näher, ein irrsinniges, hysterisches Kreischen, voller Leid und Qual und der Freude am Schmerz. Die Quintessenz jahrtausendealten Deliriums.

Jupiter und Coralina klammerten sich aneinander, während der Schein von unten emporstieg, mit rasender Geschwindigkeit empor*flog*, aus der unfaßbaren Tiefe eines Abgrunds, ausgehoben, um es mit der Unterwelt selbst aufzunehmen.

Auch das Rauschen war wieder zu hören. Irgend etwas glitt steil in die Höhe, umschwebte und belauerte sie – und wurde wieder vom animalischen Brüllen des Stiers übertönt, eine Eruption unmenschlicher Wut und Mordlust.

Es sind drei, dachte Jupiter schaudernd. Das Rauschen, das Brüllen und das Lachen. Drei Geräusche, drei Wesen.

Der Geist und das Feuer und der Stier, hatte Pascale geflüstert. Eine unheilige Dreifaltigkeit als Herrscher über den schwarzen Schlund.

Und dann tauchte ein zweites Licht auf, nicht unter, sondern über ihnen. Es irrlichterte über den Rand der Treppe, suchend, tastend, begleitet von einer Stimme:

»Ich weiß, daß Sie da unten sind. *Ich weiß es!*«

Obwohl sie Trojan nicht erkennen konnten, sahen sie doch das Licht, mit dem er zu ihnen herableuchtete. Und sie sahen eine Hand, die sich zitternd zwischen den Steinsäulen des Geländers hervorschob, in ihren Fingern die Pistole, die ziellos nach unten gerichtet wurde, weil Jupiter und Coralina dort sein *mußten*.

Ein Schuß peitschte, dann ein zweiter. Trojan feuerte blind in die Tiefe. Die Kugeln schlugen zwei Schritte vor ihren Füßen auf, stanzten Krater in die Stufen.

Coralina zog Jupiter eine halbe Drehung tiefer, brachte die Treppenspindel zwischen sich und die Einschüsse. Trojan mußte am Ende seiner Kräfte sein, wenn er sich auf eine solche Verzweiflungstat einließ. Er war ein alter Mann, und er war krank und schwach.

Noch ein Schuß.

Sicher nur im Dunkeln … und schweigend.

Coralina und Jupiter gingen in die Hocke, preßten sich eng aneinander, zogen die Köpfe ein, versteckten sich hinter der Treppenspindel.

Nicht vor Trojan.

Das Licht von unten wurde heller, gelb und rot und orange. Feuerschein! Etwas stieg aus der Tiefe empor, brennend, lodernd, von einer Aureole aus kochender Hitze umgeben, heiß genug, um den Stein der Stufen schlagartig zu erwärmen.

Dann hörten sie Trojans Schreie.

Für einige Sekunden übertönte er sogar das Brüllen des Stiers. Eine Glocke aus Gestank senkte sich auf sie herab. Es roch nach brennendem Fleisch und verschmortem Haar, und noch immer brachen die Schreie des alten Mannes nicht ab, gellend und voller Todesangst.

Der Feuerschein hatte seine höchste Intensität erreicht, hing jetzt auf einer Höhe mit den beiden, genau auf der anderen Seite der Spindel. Die breite Steinsäule verbarg sie vor dem, was dort drüben war, schützte sie vor seinen Blicken und vor der Hitze.

Im letzten Moment aber konnte Jupiter sich nicht mehr zurückhalten, achtete nicht auf den Schmerz, auch nicht auf Coralina, die ihn zurückhalten wollte. Er schaute um die Spindel und sah gerade noch etwas wie ein Kreuz aus Feuer – vielleicht ein brennender Mensch mit ausgebreiteten Armen, ausgebreiteten *Schwingen* – und mit ihm in einem zuckenden Tanz aus Glut und zerfließendem Fleisch den Körper des Alten, Trojans Leichnam, hinabgetragen in den Abgrund.

Das Licht verblaßte, wurde zu Dämmer, löste sich auf in Düsternis.

Der Geist und das Feuer …

Der Vater und der Sohn.

Jupiters Gedanken rotierten in einem Reigen aus Schmerz und Fassungslosigkeit. Was, wenn die Götter ihren Pakt mit Daedalus eingehalten hatten? Wenn sie ihm seinen Sohn tatsächlich zurückgegeben hatten, lebend und brennend bis in alle Ewigkeit, gefangen in jahrtausendelanger Pein, jenseits aller Vorstellungskraft?

Er fand keine Antwort, nur ein Kaleidoskop vager, traumgleicher Bilder und Vermutungen.

Das Feuer wurde endgültig von der Tiefe verschluckt, und zurück blieb nichts als Schwärze. Finsternis schob sich durch das Geländer, verschlang sie, hüllte sie ein.

Aber es war noch nicht vorbei.

Das Brüllen des Stiers kam wieder näher, tobte unter ihnen die Treppe herauf, ließ die Stufen und die Spindel erzittern. Staub rieselte aus den Fugen über ihren Köpfen, ein feiner grauer Nebel wie aus Asche.

»Los«, flüsterte Coralina. »Wir müssen zurück.«

Jupiter kämpfte gegen den Schmerz. Er hatte keine Kraft mehr in dem angeschossenen Bein, es schleifte mehr, als daß es ihn stützte.

Gemeinsam schleppten sie sich im Stockfinsteren die Stufen hinauf. Das, was ihnen brüllend und trampelnd folgte, mußte um ein Vielfaches schneller sein als sie, aber noch hatten sie einen gehörigen Vorsprung.

Ein kurzer, heftiger Windstoß traf sie ins Gesicht und ließ sie erstarren.

Schwingen, durchfuhr es Jupiter. Unsichtbare Schwingen im Dunkeln.

Die Schwingen eines Geistes, der sie beobachtete, aber nicht eingriff. Nur zusah, vielleicht *hoffte*, für sie oder für die Bestie auf ihrer Spur.

Keine Zeit zum Zögern. Keine Zeit zum Nachdenken.

Weiter. Nach oben.

Sie konnten die Stufen unter ihren Füßen nicht sehen, und regelmäßig stolperte einer von ihnen, drohte den anderen mitzureißen. Aber Coralina entwickelte Kraft und Geschick für zwei, zerrte ihn mit sich, wenn sein gesundes Bein zu erlahmen drohte oder der Schmerz ihn Dinge sehen ließ, die nicht da waren.

Ein Hauch von Helligkeit, ein Hauch von Licht schälte sich vor ihnen aus der ewigen Nacht. Die Form des Tors, zaghaft umrissen vom Licht der Knochengruft.

Hinter ihnen tobte das Brüllen heran. Sie konnten jetzt etwas riechen, animalischen Gestank, heiß und schwül und widerwärtig, wie in einem Raubtierkäfig.

»Er kommt!« stieß Jupiter aus, als sie die letzten Stufen hinauftaumelten.

Coralina schaltete ihren Verstand ab, ihre Vernunft, ihre Angst. Sie blickte nur nach vorne, der Oberwelt, ihrer Rettung entgegen. »Das Tor ist ... schmaler geworden.«

Keine Luft mehr. Seitenstechen. Krämpfe in den Waden.

Und wieder das *BRÜLLEN* ...

Pascale war fort. Im Dunkeln hätten sie über ihn stolpern müssen.

Dann begriff Jupiter, warum das Tor schmaler geworden war, immer noch schmaler *wurde*. Pascale und der blutende Dorian waren auf der anderen Seite, drückten es mit letzter Kraft zu!

»Pascale!« brüllte er so laut er konnte. Es war nur ein Krächzen. »Dorian ... Wartet!«

Sie stürzten durch das Tor. Jupiters Schulter streifte den Stein, der Stoff zerriß. Coralina stolperte, fiel hin, er flog über sie hinweg, schreiend vor Schmerz.

Das Brüllen – und mit ihm die Gewißheit, daß da etwas war, herantobte, eine Form, halb Mensch, halb …

Das Tor fiel zu.

Coralina sprang auf, warf sich mit der Schulter gegen den Stein, keuchte vor Schmerz.

Und zog den Schlüssel ab.

Ein Donnern war zu hören, als von der anderen Seite etwas gegen das Tor rammte. Die unterirdische Kammer erbebte in ihren Grundfesten, es regnete Gesteinssplitter und Staub auf sie herab. Doch das Tor hielt stand. Dumpfes Brüllen kündete vom haltlosen Zorn ihres Verfolgers, und die Mauern erzitterten ein zweites Mal. Vergeblich.

Noch einmal das Brüllen – dann Stille.

Jupiter nahm die Umwelt nur noch wie durch einen Schleier wahr, sah nichts außer Schemen, hörte aber die schwache Stimme des Abts, der Coralina bat, sich um Pascale zu kümmern.

»Sie brauchen einen Arzt«, entgegnete sie atemlos.

Dorian ging nicht darauf ein. »Gehen Sie nach oben. Zerschlagen Sie … den mittleren Schädel. Vielleicht reicht das … für ein paar … Generationen.«

Ein Rascheln, dann: »Dorian?« Coralinas tränenerstickte Stimme. »Dorian, verdammt …!«

Jupiter fühlte sich am Arm gepackt. »Ich bringe dich nach oben«, wisperte sie schwach an seinem Ohr. »Dorian ist tot.«

»Und … Pascale?«

»Hole ich danach.«

»Ich will nicht, daß … daß du allein … noch mal runtergehst.« Sein Widerspruch war schwach und kraftlos, und er wußte, daß sie keine andere Wahl hatte, wenn sie den Mönch retten wollte.

Irgendwann, nach weiterer Anstrengung, weiterem Schmerz, sah er die Lichtflut der Knochengruft, sah Wände aus Gebeinen und einen leblosen Körper in einer Blutlache – der Mönch, der sie und den Abt hereingelassen hatte. Trojan hatte auch ihn erschossen.

Jupiter blieb auf dem Steinboden liegen, die Wange auf einer eiskalten Grabplatte. Mühsam rollte er sich auf die andere Seite und sah nach einer Weile Coralina, die sich mit Pascale im Arm durch den Spalt in der Rückwand zwängte, den Mönch neben ihn legte und dann das Rad im Boden drehte, stöhnend und weinend, bis die Wand wieder an ihrem Platz und der Geheimgang geschlossen war.

Als sie sich zum Beinaltar umdrehte, hatte Jupiter sich schon dorthin geschleppt. Mit beiden Händen drehte er den mittleren Schädel, bis die Platte im Boden der Kapelle zuglitt und das stählerne Rad verbarg.

Dann holte er mit aller ihm verbliebenen Kraft aus und schlug auf den steinernen Schädel, fühlte ihn zerbersten, schlug noch einmal, und dann noch einmal, schwächer, bis Coralina bei ihm war, mit kühler Hand über sein Gesicht strich und die Lippen an sein Ohr senkte.

Flüsterte. Atmete.

Flüsterte.

EPILOG

Aus dem Schatten der Kolonnaden traten sie auf den Petersplatz.

Hunderte Touristen bevölkerten das weite Rondell, einzeln und in Menschentrauben, mit Fotoapparaten, Videokameras und zerlesenen Stadtführern. Reiseleiter winkten trotz des trockenen Wetters mit Regenschirmen, um die Mitglieder ihrer Gruppen zusammenzurufen. Ein Dutzend dunkelhäutiger Pilger in weiten Galabiyas kreuzte ihren Weg, ging zum Petersdom hinüber, wo Männer in schwarzen Anzügen, mit Sonnenbrillen und Funkgeräten die Besucher aufmerksam musterten, immer auf der Suche nach Attentätern.

Jupiter hatte die Schönheit dieses Platzes schon bewundert, als er ihn nur von Bildern kannte. Bei seinem ersten Besuch in Rom – er wußte nicht mehr, vor wie vielen Jahren – hatte er es kaum erwarten können, hierherzukommen, die Menschenmassen zu beobachten, gefangen in einer Zeitblase, einer seltsamen Mischung aus Markttreiben und ehrfurchtsvollem Staunen.

Zwischen den hohen Kolonnaden Berninis hatten sie sich geschützt gefühlt, trotz der Offenheit nach allen Seiten. Jetzt aber, während ihres Weges quer über die riesige Piazza, kehrte ein Anflug der alten Furcht zurück, das Gefühl, beobachtet zu werden. Selbst die maßlose Erschöpfung meldete sich zurück, ungeachtet der drei Tage, die seit ihrer Rückkehr aus der Tiefe vergangen waren, drei Tage, die sie mit viel Schlaf und noch mehr Gesprächen verbracht hatten.

Reden, schlafen, reden, schlafen.

Der hohe Obelisk in der Mitte des Petersplatzes dominierte das Treiben der Menschen wie vor Jahrhunderten. Caligula hatte ihn einst nach Rom bringen lassen, als Schmuckstück für seinen Circus am Fuß des vatikanischen Hügels. In der Metallkugel auf der Spitze des Obelisken wurde, so die Legende, das Herz Julius Cäsars aufbewahrt, vielfach durchstochen von den Klingen der Verräter. Ein heidnisches Herz im Zentrum des Katholizismus. Man hatte ein Kreuz auf die Kugel gesetzt, das vorerst letzte Wort im uralten Kampf der Religionen.

Estacado erwartete sie am Fuß des Obelisken. In seinem weißen Sommeranzug und mit dem altmodischen Spazierstock sah er ein wenig aus wie ein Dandy des neunzehnten Jahrhunderts. Das kühle Wetter schien ihm nichts auszumachen. Er war allein, so wie es abgesprochen war.

»Ich möchte Ihnen alles Gute wünschen«, sagte er, als die beiden ihn erreichten. Jupiter verlagerte sein Gewicht auf das gesunde Bein. Die Ärzte im Krankenhaus hatten ihm erklärt, daß er noch ein paar Wochen auf die Krücke angewiesen sein würde. Der Durchschuß war nur eine Fleischwunde, er hatte Glück gehabt.

»Und ich möchte Ihnen danken«, fuhr Estacado fort. »Ich hoffe, das klingt nicht allzu zynisch.«

»Wofür?« fragte Coralina kühl. »Daß wir Ihnen verraten haben, wo sich der zweite Zugang befindet?«

»Vor allem dafür, daß ich Ihnen trauen kann. Von Thaden und ein paar andere Adepten sind nach wie vor nicht glücklich darüber, daß ich Sie laufenlasse. Zumal noch immer niemand weiß, wo sich die Platte befindet.« Er musterte die beiden eindringlich. »Aber wir haben den zweiten Eingang, und das ist die Hauptsache. Gemeinsam mit den Kapuzinern werden wir dafür sorgen, daß er für immer verschlossen bleibt.«

»Und Trojan?«

»Wenn es stimmt, was Sie erzählt haben, müssen wir uns um ihn keine Sorgen machen.«

»Er hat Sie unterstützt. Sie müssen ihn gut gekannt haben.«

Estacado schwieg einen Augenblick, dann schüttelte er langsam den Kopf. »Nicht so gut, wie ich geglaubt habe. Keiner von uns wußte, was er vorhatte.«

Jupiter und Coralina wechselten einen kurzen Blick.

»Ob Sie uns die Wahrheit sagen oder nicht, ist unwichtig geworden, nicht wahr?« Jupiter schaute am Obelisken vorbei zum Ausgang des Platzes. Dort wartete ihr Taxi. »Weshalb wollten Sie uns treffen? Nur um uns zu danken?«

»Um Sie zu warnen. Vor von Thaden. Landinis Tod hat ihm nicht gefallen.«

»Landini hat ihn hintergangen. In Wahrheit hat er die ganze Zeit für Trojan gearbeitet.«

»Der Kardinal ist wütend«, sagte Estacado. »Auf Landini, auf sich selbst – und vor allem auf Sie. Ich kann verhindern, daß er Sie verfolgen läßt. Aber Sie sollten nicht nach Rom zurückkehren.«

Jupiter schaute ein letztes Mal über den Platz. »Machen Sie sich um uns keine Sorgen.«

Der Spanier griff in seine Anzugtasche und zog einen prallen Umschlag hervor. »Der ist für Sie.«

Coralina nahm ihn entgegen. Sie schaute hinein und verzog mißbilligend das Gesicht. »Geld?«

»Sie werden es brauchen. An Ihrer Stelle würde ich in den nächsten Monaten darauf verzichten, eine Kreditkarte zu benutzen. Sie wollen sicher Tickets kaufen, neue Kleidung.« Er deutete auf Jupiters Hosenbein, ausgebeult von den Bandagen. »Ich habe mir erlaubt, die Arztrechnung zu begleichen.«

Coralina zögerte kurz, dann steckte sie den Umschlag ein, ohne Estacado zu danken. »Bilden Sie sich nicht ein, Sie hätten damit unser Schweigen erkauft.«

»Ich habe kein Interesse daran, Sie zu beleidigen«, antwortete der Spanier. »Ich vertraue auf Ihre Vernunft. Sie werden Ihr Versprechen halten.« Einen Augenblick lang sah es so aus, als wollte er ihnen zum Abschied die Hand reichen. Dann aber bemerkte er das feindselige Funkeln in Coralinas Blick und ließ es bleiben.

»Viel Glück«, sagte er knapp und ging davon, folgte dem Schatten des Obelisken wie einem ausgestreckten Zeigefinger, hinüber zum Tor der Kathedrale.

Das Gefühl, daß es vorbei war. Endlich.

Der Schritt über die Ziellinie, der Blick zurück, das erste freie Durchatmen.

Und vor ihnen – ein Grab.

Jupiter und Coralina standen unter einer Buche und blickten auf den frisch aufgeworfenen Erdhügel. Es gab noch keinen Grabstein, nur ein Holzkreuz mit einer unscheinbaren Inschrift.

Miwaka Akada.

Coralina tastete nach Jupiters Hand. Seine Finger schlossen sich fest um die ihren. Sie hatten kein Wort gesprochen, seit sie den Friedhof betreten hatten, ein Schweigen, das doppelt heilsam war, weil sie beide wußten, was in dem anderen vorging.

Ein paar Blumen lagen am Fuß des Grabes, keine Kränze. Jupiter beugte sich mühsam vor, stützte sich dabei auf seine Krücke und legte einen Strauß auf die Erdkuppe. Kurz verharrte er in dieser Position, ohne Coralinas Hand loszulassen, dachte an Miwas Gesicht, an die Ereignisse im Johannesturm, den fassungslosen Glanz in ihren Augen, dann den trüben Schleier, verschwommen, blutig …

»Alles in Ordnung?« fragte Coralina leise.

»Ja«, sagte er, und ein zweites Mal, fester, entschiedener: »Ja.«

Sie ließ ihm Zeit, Abschied zu nehmen. Alle Zeit, die er benötigte. »Wenn du einen Moment allein sein möchtest«, begann sie, doch er schüttelte den Kopf.

»Es geht schon.« Er richtete sich wieder auf und legte einen Arm um ihre Taille. Er wollte etwas sagen, als ein dritter Schatten auf den Grabhügel fiel.

Als sie sich umwandten, stand Schwester Diana hinter ihnen, die Äbtissin des Monastero Mater Ecclesiae. Sie hatte gezögert, mit ihnen zum Grab zu gehen. Sie wolle lieber am Eingang des Friedhofs warten, hatte sie gesagt. Jetzt aber bückte sie sich, nahm die Blumen vom Fuß des Grabes und legte sie neben Jupiters Strauß.

»Danke«, sagte er, »daß Sie sich um alles gekümmert haben.«

»Es ist unsere Aufgabe, auch für die Toten zu sorgen«, entgegnete sie leise, »nicht allein für die Lebenden.«

»Die Platte«, setzte er an, wurde aber von der Äbtissin unterbrochen: »Liegt in Signorina Akadas Sarg, so wie Sie es gewünscht haben. Niemand sonst hat mehr Verwendung dafür.«

Als die beiden nichts erwiderten, blickte sie zum ersten Mal auf und schaute Coralina ins Gesicht. »Und der Schlüssel?«

»Im Tiber. Wo der Schlick und der Morast am tiefsten sind.«

Diana seufzte, und es klang sehr erleichtert.

Jupiter schaute wieder auf den braunen Erdhügel und das Kreuz. »Sie ist für nichts gestorben. Völlig umsonst.«

»Sie hat Ihr Leben gerettet«, widersprach die Nonne.

Jupiter löste seinen Blick von dem Grab. Es fiel ihm schwer, etwas zu sagen, auch nur annähernd die richtigen Worte zu finden.

»Wann verlassen Sie Rom?« fragte Diana.

»Noch heute.«

Ein Windstoß fegte über den Friedhof, empfindlich kalt und schneidend. Coralina drückte sich enger an Jupiter.

Die Äbtissin schüttelte ihnen die Hand und beobachtete, wie sie langsam davongingen, Jupiter humpelnd, ungeübt im Umgang mit der Krücke.

»Noch eine Frage!« rief sie ihnen hinterher.

Die beiden blieben stehen und schauten sich um.

»Bedauern Sie es?«

»Was?«

»Bedauern Sie, daß Sie es nicht gesehen haben?« fragte die Äbtissin. »Das Ende der Treppe.«

Jupiter überlegte kurz, dann sagte er: »Pascale hat es gesehen. Ich schätze, das muß reichen.«

Der Blick der Äbtissin richtete sich in die Ferne. »Man wird nie endgültig wissen, ob er halluziniert oder die Wahrheit sagt.«

»Nein«, sagte Coralina.

»Nein?« fragte Diana.

»Ich bedaure es nicht. Das wollten Sie doch wissen.«

Die Äbtissin lächelte sanft. »Guten Flug. Und leben Sie wohl.«

Coralina hob zum Abschied die Hand, dann führte sie Jupiter zur Straße.

Als sie fort waren, faltete Diana die Hände. Über dem Grab sprach sie ein Gebet und schlug das Kreuzzeichen.

Ein zweiter Windstoß fegte in die Blumen, löste ein Blütenblatt und trieb es gegen das Holzkreuz, gleich neben Miwas Namen. Dort blieb es haften wie festgenagelt.

Die Nonne wandte sich ab und ging mit langsamen Schritten zum Ausgang.

NACHWORT DES AUTORS

Die *Carceri* gelten, neben den *Antichità Romane*, als bedeutendstes Werk Giovanni Battista Piranesis. Sie haben zahlreiche Generationen von Künstlern inspiriert, von Schriftstellern wie Thomas De Quincey, Jorge Luis Borges und Horace Walpole über Zeichner wie M. C. Escher und Alfred Kubin bis hin zu den großen Filmemachern Fritz Lang und Sergej Eisenstein. Welchem Abgrund Piranesis bedrückende Visionen auch entstiegen sein mögen, es ist offenbar einer, in den viele von uns gerne einen Blick werfen würden. Wir versuchen es, auf die eine oder andere Weise, schreibend, malend, sogar musizierend. Die Psychoanalyse hätte vermutlich ihre Freude daran.

Piranesis Abstieg in die römische Unterwelt ist historisch verbürgt, verbunden mit seinem zeitweiligen Rückzug aus der Öffentlichkeit. Als er zurückkehrte, hatte er die fertigen Platten der *Carceri* dabei.

Wer die Knochengruft des Kapuzinerklosters an der Via Veneto besuchen will, kann das zu den üblichen Öffnungszeiten tun. Der Mönch am Eingang wird Ihnen bestätigen, daß man kaum etwas über die Entstehung dieses makabren Bauwerks weiß, ebensowenig wie über seinen Schöpfer. Statten Sie den Kapuzinern einen Besuch ab, bewundern Sie das Dekor aus den Gebeinen von viertausend Menschen. Ich verspreche Ihnen, Sie werden den Anblick nicht vergessen.

Wieder habe ich bei meinen Recherchen auch auf die Werke anderer Autoren zurückgegriffen. Von besonderer Hilfe waren mir diesmal die Arbeiten von Alexander Kupfer, Bernhard Hülsebusch, Franca Magnani und Mary Barnett.

Meine Frau Steffi hat mich nach Rom begleitet, in den Vatikan und das Kapuzinerkloster, auf die Rotonda, in diverse Kirchen und vor allem bei den zahlreichen Fußmärschen durch das *wahre* Labyrinth der römischen Gassen. Das meiste, was wir gesehen haben, habe ich beschrieben. Lediglich eine ganze Reihe von Boutiquen und Schuhgeschäften wurde stillschweigend übergangen.

KAI MEYER
Rom, März 2000